Arnold Küsters
Endstation Allgäu

PIPER

Zu diesem Buch

Bei der Durchforstung alter Akten stößt der Kemptener Kommissar Carsten Jakisch auf einen interessanten Fall. Vor vielen Jahren ist im Werdensteiner Moos eine Frau verschwunden; alles, was von ihr blieb, war ein sorgsam gefalteter Stapel Klamotten. Die einzige Spur führte an den Niederrhein, denn eine Zeugin wollte sich daran erinnert haben, die Verschwundene zuvor in einem Auto mit Mönchengladbacher Kennzeichen gesehen zu haben. Sofort denkt Jakisch an die Kollegen am Niederrhein, mit denen er vor einigen Monaten zusammengearbeitet hat, und wittert seine Chance, endlich die wohlverdienten Lorbeeren einzuheimsen und die Karriereleiter nach oben zu steigen. Ob sie ihm helfen würden? Ohnehin hat sein Chef noch eine Rechnung mit den Niederrheinern offen. Denn für den Allgäuer Kommissar Robert Mayr ist klar, dass zum Schweinsbraten nur Semmelknödel passen und auf keinen Fall Kartoffelklöße. Die endgültige Klärung dieser Frage soll schließlich ein Kochduell bringen, doch das nimmt einen unerwarteten Ausgang …

Arnold Küsters, geboren 1954 in Nettetal-Breyell, studierte unter anderem Anglistik, Amerikanistik, Pädagogik und Psychologie. Seit 1986 ist er als Journalist tätig, vor allem für den Westdeutschen Rundfunk und die ARD, und berät Unternehmen in Presse- und Imagefragen. Küsters lebt in Mönchengladbach, ist verheiratet und hat einen Sohn. Wie seine Ermittler liebt er den Blues und spielt privat in der Rockband STIXX sowie bei »Hands Up! & the Shooting Stars«, Deutschlands einziger Band, die aus Krimiautoren besteht.

Arnold Küsters

Endstation Allgäu

Kriminalroman

Piper München Zürich

Mehr über unsere Autoren und Bücher:
www.piper.de

Von Arnold Küsters liegen bei Piper vor:
Schweineblut
Totenstimmung
Ein Knödel zu viel
Endstation Allgäu

FSC
www.fsc.org
MIX
Papier aus verantwortungsvollen Quellen
FSC® C083411

Originalausgabe
November 2014

Umschlaggestaltung und -motiv: buerosüd°, München
Satz: Satz für Satz. Barbara Reischmann, Leutkirch
Gesetzt aus der Minion
Papier: Pamo Super von Arctic Paper Mochenwangen GmbH, Deutschland
Druck und Bindung: CPI books GmbH, Leck
Printed in Germany ISBN 978-3-492-30623-2

Für Edith

Come here, let me show you how hard my heart beats
when I'm under the sheets with you.

Harry Rowland (*Rosie*, »Southward Bound«)

Figuren und Handlung sind frei erfunden.
Ähnlichkeiten mit lebenden oder verstorbenen Personen wären damit rein zufällig.

Sie öffnete die Tür und betrat eine Welt, in der ihr einziger Bewohner geduldig auf ihren Tod wartete. Was sie nicht ahnte: Er hasste bereits jetzt den Augenblick, in dem sie von ihm gehen würde.

I.

Der Ärmel bewegte sich. Zunächst war es nur ein Züngeln. Zug um Zug schob sich die Kreuzotter unter der Wolle hervor. Sie verharrte einen Augenblick, als spürte sie einen Rest Wärme. Dann glitt sie in gleichförmigen Wellenbewegungen davon und verschwand zwischen flachen Torfmoosen und dichtem Wollgras. Zurück blieb eine feine Spur im taufeuchten Untergrund. Hoch über ihr segelte ein Bussard. Lautlos stürzte sich der Greif dem Erdboden entgegen, fing sich alsbald, kreiste, gewann wieder an Höhe, und sein Tanz über dem Werdensteiner Moos begann aufs Neue. Einem der größten Hochmoore im Oberallgäu, das wie ein riesiger Schwamm in der Landschaft liegt. Im Zentrum können sich die sensiblen Bereiche ungestört entwickeln. Vor gut dreißig Jahren waren die Gräben für die Entwässerung wieder zugeschüttet worden. Seither steigt das Wasser und sterben die Gehölze. Ihr Tod schafft Raum für anderes. Dort, wo kein Wasser hinkommt, gedeihen Faulbaum und Birke. Nur auf vorgezeichneten Wegen dürfen sich Besucher durch das Reservat bewegen.

Ein schlüpfriger Pfad führte zu der Stelle. Pullover, Bluse, Hose, Unterwäsche und Schuhe. Den Bussard störte das sorgfältig zusammengelegte Bündel nicht. Er zog weiter aufmerksam seine Kreise.

Ein blauer Himmel. Über den plötzlich Wolkenfetzen jagten. Es wurde kalt. Eine Schar Krähen stob kreischend in die Höhe.

II.

»Was willst du, meine Liebe?« Justus Liebig musterte sie von oben bis unten und schickte ein spöttisches »Karriere machen?« hinterher.

Katharina war mal wieder spät dran. Wie immer hatte sie keinen Parkplatz gefunden. Laut fluchend war sie durch den Platzregen zur Redaktion gelaufen. Nun saß sie im Büro des Chefredakteurs. Ihre nackten Füße steckten in nassen Ballerinas, und ihre Haare waren eine einzige Katastrophe. Sie verkniff sich eine Antwort. Sie wollte möglichst schnell raus aus ihren Schuhen und raus aus der Redaktion.

»Wenn du vorankommen willst, sei wenigstens pünktlich. Ich habe nicht den ganzen Tag Zeit.« Liebig hob die Hand, als erwarte er Widerspruch. »Und bring mir eine Story, die deine Oma berührt. Keine C-Promis, nix über aufgespritzte Lippen. Obwohl«, er grinste anzüglich, »na ja – nee, schon gut, brauchst gar nicht so pikiert zu tun. Ich will das echte Leben. Die Leser haben genug von Irak, Syrien oder Ukraine. Bring mir den«, er warf sich mit übertriebener Geste in eine Denkerpose, »ja, bring mir den echten Menschen. Die besten Geschichten liegen vor deiner Haustür. Du musst nur zugreifen.« Liebig sah ihr direkt in die Augen. »Als ob du das nicht wüsstest, meine Liebe.« Der Redaktionsleiter wippte auf seinem Drehstuhl vor und zurück und spielte dabei mit seinem Kugelschreiber. Seine Augen wanderten ungeniert über ihr feuchtes Sommerkleid. Dann warf er eine Büroklammer Richtung Terminplaner, der an der

Wand gegenüber hing. »Und beeil dich. Ich habe noch jede Menge Platz.«

Blablabla. Liebig war ein dickes, trotziges Kind. Katharina bekam Kopfschmerzen. Sie hätte seine Unverschämtheiten parieren können, doch sie beschloss, weiterhin zu schweigen. Stattdessen schoss ihr der Gedanke an den Trockner ihrer gehbehinderten Nachbarin durch den Kopf. Sie hatte vergessen, ihn auszuschalten! Na prima! Vor zwei Jahren wäre fast das Haus abgefackelt, weil das Ding im Keller einen Kurzschluss gehabt hatte. Sie hatte damals der alten Dame versprochen, ihr regelmäßig mit dem Trockner zu helfen. Liebigs überfallartiger Anruf hatte sie völlig aus dem Konzept gebracht.

»Was ist?« Liebig deutete ihren erschrockenen Blick als Reaktion auf seine Forderung.

»Ich muss dann mal wieder.« Katharina griff nach ihrer Tasche und stand auf. In ihren Schuhen schmatzte es hörbar.

Liebig hob mit gespieltem Erstaunen eine Augenbraue. »Willst du nicht wissen, warum ich dich herbestellt habe?«

Was denn noch?

Der Chefredakteur grinste. »Setz dich ruhig wieder.«

Sie zögerte. In ihrer Phantasie loderten bereits die Flammen. Sie musste die Redaktion augenblicklich verlassen! Liebig! Der Fettsack wollte mal wieder sein Lieblingsspiel spielen: Ich bin dein Chef! Katharina zog ungeduldig Luft durch die Nase.

»Du bist jung und gut – aber du musst noch eine Menge lernen. Bilde dir auf das Lob bloß nichts ein. Also: Ich finde deine Story über diesen Dings, diesen Arzt im Praktikum, gar nicht mal so schlecht. Hätte ich nicht gedacht, dass du daraus was stricken kannst. Wir setzen sie auf Seite eins der Sonntagsbeilage. Aber«, er hob den Zeigefinger, »nicht abheben, Frau Starjournalistin.«

Ole! Wenn Liebig wüsste! Sie war mit dem angehenden Dr. med. Ole Olsen zum Abendessen verabredet. Wenn nicht noch ein Notfall dazwischenkam.

»War's das?« Katharina klang ungehaltener als gewollt. Aber es geschahen noch Zeichen und Wunder: Liebig war tatsächlich zufrieden! Andererseits, sie hatte schließlich alles gegeben. Bei dem Gedanken an Oles Hintern lächelte sie.

»Dein überhebliches Grinsen kannst du dir sparen.« Liebig drehte sich mit seinem Stuhl schwungvoll zu seinem Bildschirm hin. Für Katharina das untrügliche Zeichen dafür, dass die Besprechung beendet war.

»Mein Mentor hat immer gesagt, die besten Storys schreibst du nur, wenn du sie auch selbst erlebt hast. Nur so gibt's den Pulitzerpreis. Merk dir das.« Liebig starrte angestrengt auf seinen Bildschirm.

Eben, dachte Katharina.

Sie verließ Liebigs Büro auf Zehenspitzen. Sie wollte nicht, dass er das Schmatzen ihrer Ballerinas hörte. Sie würde einen Schnupfen bekommen. Welch ein Spätsommer.

Justus Liebig sah ihr hinterher. Warum nur lief sie wie auf Eiern? Ein Meter achtzig schwankendes Weib. Er grinste. Nicht die schlechteste Aussicht.

Der Chefredakteur der *Rheinischen Allgemeinen Nachrichten* warf einen Blick in seinen Kaffeebecher. Auf der Oberfläche hatte sich ein schillernder Film gebildet. Er trank dennoch einen Schluck. Er verzog das Gesicht. Kalt, der Kaffee. Und der Text über die Sitzung des Heimatvereins viel zu lang. Auch der Volontär musste noch viel lernen. Er speicherte den Text ab und schob sorgfältig die Papiere zusammen, die sich auf seinem Tisch angesammelt hatten. Eigentlich hasste er Unordnung, aber hier in der Redaktion entstand ständig neues Chaos.

Liebig hielt einen Augenblick inne und betrachtete versonnen den Terminplaner, der fast die gesamte Stirnwand seines Büros einnahm. Katharina! Das Mädchen würde er auch noch knacken. Die Kleine würde bald das beste Pferd in seinem Stall sein.

Er drehte sich um. »Kann jemand mal die Tür zumachen? Der Lärm ist ja nicht zu ertragen!«, brüllte Liebig ansatzlos Richtung

Großraum. Die Kollegen verstummten und duckten sich hinter ihre Bildschirme. Schließlich stand die Praktikantin auf und schloss mit unsicherem Lächeln die Tür zu seinem Büro.

Liebig grinste. Es klappte doch immer wieder.

»Du, es geht heute Abend nicht. Wirklich nicht. Ich habe noch Termine.« Katharina sah zum Küchenfenster hinaus, ohne seinem Redeschwall wirklich zuzuhören. »Ich weiß, was ich dir versprochen habe. Ja, wir sehen uns in letzter Zeit nicht mehr so oft. Das stimmt. Aber –« Sie kam nicht weiter.

Ja, sie hatte Paul vernachlässigt. Aber ihre gemeinsame Zeit war ohnehin abgelaufen. Sie hatte das Gefühl zwar schon länger gehabt, jedoch ganz intensiv seit dem Wochenende, an dem sie zu seinen Eltern gefahren waren. Nette Menschen, aber auch nervig. Was allerdings weitaus schlimmer gewesen war: Paul war, kaum dass er die Türschwelle passiert hatte, zum Muttersöhnchen mutiert. Paul hatte alles getan, um die vollkommene Aufmerksamkeit seiner Mutter zu bekommen. Mama hier, Mama da. Ein Chamäleon war dagegen ein armseliger Amateur. Unglaublich, was aus einem Mann werden kann, wenn er auf seine Mutter trifft!

Sie hatte es Paul schon auf der Rückfahrt sagen wollen. Aber er hatte ihr die ganze Zeit über von seiner glücklichen Kindheit in Celle vorgeschwärmt. Am Ende hatte sie nur noch nach Hause gewollt.

»Paul. Paul, hör mir bitte mal einen Augenblick zu!« Eine Katastrophe! Er wollte nicht zuhören, aber er wollte noch viel weniger verstehen. Sie musste es ihm sagen! Nicht am Telefon. Sie würde es Paul ins Gesicht sagen müssen.

Katharina hielt den Hörer ein Stück vom Ohr weg und schloss eine Abmachung mit sich selbst: Ich treffe mich mit ihm. Und ja, jetzt am Telefon bin ich nett zu ihm. Ich reserviere noch heute bei seinem Lieblingsgriechen, und dort werde ich endlich reinen Tisch machen.

Das war sie ihm schuldig. Und auch sich selbst. Da war schließlich Ole. Mit Ole konnte noch einiges passieren. Und dazu brauchte sie klare Verhältnisse.

Katharina lehnte sich an den Küchentisch. Sie brauchte jetzt Halt. »Paul? Hör zu, ich habe eine gute Idee. Was hältst du von einem Abendessen im Zorbas?«

Gut. Er hatte zugesagt. Erleichtert legte sie auf und öffnete einen Fensterflügel. Dicke Tropfen trommelten auf das Blätterdach der Bäume und auf das Blech der parkenden Autos. Katharina atmete die klare Luft tief ein. Sie ließ das Fenster geöffnet.

Eine Stunde und eine Kanne Tee später hatte sie Simone am Telefon.

»Ich hab nicht viel Zeit. Ich muss los. Recherche, weißt du. Paul hat mich aufgehalten.« Katharina biss sich auf die Lippen. Die kleine Notlüge war nicht zu vermeiden gewesen. Simone würde sie sonst totquatschen, aber sie wollte jetzt keinen Small Talk. Sie wollte einfach nur ihre Ruhe.

»Wie geht's dem Guten?« Simones Stimme verrutschte einen Tick ins Kindliche und verriet, was sie über Paul dachte.

»Er nervt.« Katharina hatte dummerweise zu spät daran gedacht, dass »Paul« für Simone das Schlüsselwort war. Ihre Freundin hatte eine Menge Meinung zu Paul.

»Du bist auch nicht viel anders, wenn du verliebt bist, meine Liebe.« Simone verpackte ihren Vorwurf in ein Kichern. »Bei dem Hintern sollte dir seine Nerverei egal sein. Der Rest ergibt sich.«

Das sagte ausgerechnet Simone! Die nach spätestens drei Wochen merkte, dass auch Männer nicht immer nur ins Bett wollten und, außer ihren Kumpels, fast alles vergaßen: Socken, Verabredungen, Geburtstage. Und am Ende sogar den Spaß am aktuellen Betthupferl.

»Hör zu, ich muss jetzt wirklich los. Ich melde mich bei dir.« Katharina wollte auflegen.

»Wir sollten mal wieder einen Mädelsabend machen. Mit viel Ratschen und viel Wein.« Simone klang ehrlich enttäuscht.

»Viel Wein ist immer gut«, versuchte Katharina, versöhnlicher zu klingen, und verabschiedete sich.

Typisch Simone. Ein bisschen mehr als »er nervt« hatte sie wohl doch erwartet, dachte Katharina amüsiert. Wie sie Simone kannte, hatte sie garantiert die Chancen ausloten wollen, Paul unter Umständen für eine Zeit übernehmen zu können.

Sie wählte Oles Nummer, aber sie stieß lediglich auf seine Mailbox. Dann fiel es ihr wieder ein: Ole hatte Bereitschaft. Trotzdem war sie enttäuscht.

Katharina brühte sich einen frischen Tee auf und schloss das Fenster. Unter ihr hasteten die Passanten durch den Regen. Es würde bald Herbst werden. Dabei hatte der Sommer in diesem Jahr seinen Namen kaum verdient.

Sie schlürfte vorsichtig ihr heißes Getränk. Bring mir den echten Menschen: Der Satz ging ihr nicht aus dem Kopf. Was wusste Liebig schon? Er redigierte Texte, saß in Ausschuss- und Ratssitzungen und traf bei Terminen immer die gleichen aufgeblasenen Wichtigtuer.

Und ausgerechnet Liebig tat jetzt so, als wisse er, was das richtige Leben ist und wer die »echten« Menschen sind. Sie verzog verächtlich das Gesicht. Liebig – ein am wahren Leben Gescheiterter.

Wie auf ein Stichwort schrillte das Telefon. Liebig. Er habe »die Wahnsinnsidee«. Müde stellte sie den Teebecher ab.

»Mach was über die Schülerszene. Was treiben die Kids nach der Schule? In welchen Kneipen hängen sie ab? Zu meiner Zeit war es das St. Michele. Total verräuchert. Mann, was war da immer los! Schach spielen, saugute Musik. Wir haben mehr als einmal Mathe geschwänzt.«

»Kids? Du meinst Oberstufenschüler. Was soll das bringen?« Ihr ging Liebigs aufdringliche Euphorie auf den Wecker.

»Eine Milieu- und Szenestudie. Klapper die Kneipen und Cafés ab. Frag nach ihren Träumen. Ihrer Mode, Musik und dem ganzen Zeug. Twitter, Facebook. Geh auf ihre Konzerte.«

»Twitter? Facebook? Woher kennst du solche Fremdworte?«

Er lachte angestrengt. »Du weißt, was ich will. Die Kids sind unsere Leser von morgen.«

»Liebig?« Hätte er ihr das nicht schon in der Redaktion sagen können?

»Ja, meine Liebe?«

»Hat dir das unser Verleger eingeblasen?«

Justus Liebig blieb unbeeindruckt. »Eine Serie.« Das mit dem Blasen würde er auch noch mit ihr klären. Später. »Acht Geschichten. Mindestens.«

»Mensch, Liebig.« Katharina hatte vor Augen, wie er mit schwitzigen Händen imaginäre Schlagzeilen in die Luft schrieb.

»Ich zähl auf dich, meine Liebe. Du wirst noch ganz groß rauskommen. Das verspreche ich dir.«

Noch bevor sie etwas sagen konnte, hatte Liebig aufgelegt.

III.

Heinz-Jürgen Schrievers sah sich zufrieden um und rieb sich die Hände. Auf den Metallschränken stapelten sich keine Akten mehr, von seinem Schreibtisch war die Arbeitsplatte wieder zu sehen, die Kaffeemaschine blitzeblank, das längst überfällige Umtopfen seines geliebten Bogenhanfs endlich erledigt. Derart aufgeräumt hatte sein Archiv lange nicht mehr ausgesehen. Die Ruhe der vergangenen Wochen hatte ihn auf die Idee gebracht, mal wieder klar Schiff zu machen.

Das deutlich sichtbare Ergebnis seiner Mühen war aber nur der halbe Grund für seine gute Laune. Die weitaus wichtigere Hälfte lieferten die dick belegten Leberwurstbrote, die seine Gertrud ihm eingepackt hatte und die er sich nun bei einer frischen Tasse Kaffee und der Begutachtung des neuen Posters an der Wand neben der Bürotür zu gönnen gedachte.

Schrievers setzte sich und goss sich ein. Genüsslich kauend betrachtete er das Objekt seiner Begierde. Das Poster zeigte einen Traktor von 1956. Einen Schlüter. Genau so einen würde er sich zulegen. Gertrud hatte endlich grünes Licht gegeben. Gertrud! Ohnehin die beste aller Archivarehefrauen! Schrievers lächelte. Sie hatte ihm über Wochen geduldig zugehört, wenn er wieder mal von dem Traktor geschwärmt hatte.

Er war zufällig im Internet auf das Bild des Treckers gestoßen. Seither hatte es ihn nicht mehr losgelassen. Er erinnerte sich wieder genau an das satte Geräusch des Motors. Und an den Geruch. Auf dem Hof seiner Eltern war genau dieses Modell ein paar Jahre im Einsatz gewesen. An einem Morgen war er wach geworden, hatte seine Gertrud in den Arm genommen und von dem Schlüter und seiner Idee erzählt. Er hatte gewusst, dass sie ihn nicht für verrückt halten würde.

Schrievers rieb sich erneut die Hände und nahm das zweite Brot aus der Frühstücksdose. Er würde sich gründlich umsehen. Irgendwo in Deutschland wartete sein Schlüter Baujahr 1956 auf ihn. Er musste den Trecker nur noch finden. Sein Blick fiel auf die wichtigste Fachzeitschrift für Schlepperfreunde, die auf einem Aktenstapel auf ihn wartete. Auf dem Titelbild prangte ein alter Lanz. Der Archivar seufzte voller Vorfreude auf den restlichen Vormittag. Vielleicht hatte er ja Glück und wurde gleich fündig. Zustand und Preis spielten keine große Rolle, schließlich war sein Bruder Horst Landmaschinentechniker. Wie gesagt, es gab nur noch dieses eine kleine Problem: Wo stand ein Schlüter zum Verkauf?

Schrievers wischte ein paar Krümel von der Strickjacke. Warum war er nicht schon eher auf den Gedanken gekommen? Der Trecker würde die Attraktion in seinem Dorf werden. Fröhlich pfeifend griff der Archivar der Mönchengladbacher Polizei zu dem Heft und strich andächtig über das glänzende Deckblatt.

Er hatte gerade das Inhaltsverzeichnis aufgeschlagen, als sein Telefon klingelte.

»Schrievers?«, meldete er sich ungehalten. Der Anruf kam nun wirklich zum völlig falschen Zeitpunkt.

»Carsten Jakisch.«

Seine Laune verbesserte sich schlagartig. »Junge. Lange nix gehört. Bist du noch bei, wie heißt er doch gleich, Mayr?«

»Schon. Ihr wisst ja, wie er ist. Er kann mich halt nicht leiden. Ein echter Allgäuer Schädel.«

»Klingt nicht gut.« Schrievers erinnerte sich noch genau an Jakischs Gesicht, wenn er von seinem Vorgesetzten sprach. Robert Mayr war ein selbstgefälliger Grantler ersten Grades. Ein Kriminalhauptkommissar, den seine Verlobte Martina und deren Käse mehr zu interessieren schienen als die Aufklärung der Verbrechen im Oberallgäu. Er stellte sich Mayr als Älpler mit Gamshut vor, dessen Horizont nicht weiter reichte als zum nächsten Gipfel und zum Aschermittwochstreffen der CSU.

»Mayr kann vielleicht nix dafür«, versuchte der Archivar, dem jungen Kollegen aus Kempten Mut zu machen, »das liegt sicher an den Genen. Allgäuer werden in Lederhosen geboren und sind zwanghaft Anhänger schroffer Felsen und ebenso schroffer Lebensart.« Bei dem Gedanken musste er lachen. »Nichts für ungut, ich wollte jetzt nicht auch noch Salz in deine Wunden reiben. Kann ich was für dich tun, außer mit dir über die Herzlichkeiten deines Volksstamms zu jammern?«

»Hallo, ich bin nur ein halber Allgäuer«, begehrte Jakisch auf. »Opa und Oma kommen aus Schwalmtal –«

Schrievers fiel ihm ins Wort. »Stimmt. Hätte ich fast vergessen. Gertrud hat sie vor einiger Zeit auf dem Friedhof getroffen. Sie sehen noch recht fit aus, hat sie mir erzählt.« Er räusperte sich. »Du musst doch hin und her gerissen sein. Halb Niederrheiner und halb Allgäuer – geht das überhaupt?«

»Ja, ja, hack du auch noch auf mir rum.« Jakisch klang bekümmert, und seine Stimme bekam diesen knödeligen Tonfall, den sie immer dann annahm, wenn er aufgeregt war.

»Entschuldige. Was kann ich für dich tun?« Schrievers hatte vergessen, dass Pumuckl, oder Knödel, wie sie den knubbeligen Kollegen mit den roten Haaren während der Zeit genannt hatten, in der er sie bei der Aufklärung der Morde um den Unternehmer Ernst Büschgens unterstützt hatte, schnell beleidigt war.

Sein Chef in Kempten hatte ihn hoch ins »Rheinland« geschickt, wie Mayr so stur wie falsch den Niederrhein bezeichnete, da einige der Taten in und um Moosbach passiert waren, die Spuren aber deutlich nordwärts gezeigt hatten. Schrievers war damals den Eindruck nicht losgeworden, dass Mayr Jakisch aus den Augen hatte haben wollen. Wie auch immer, Jakisch hatte sein Mitgefühl. Der junge Kommissar ging im Allgäu durch eine harte Schule.

»Du kannst mir in der Tat helfen.« Jakischs Stimme klang wieder normal. »Mayr lässt mich gerade alte Vermisstenfälle bearbeiten.« Er machte eine kurze Pause. »Wenn du mich fragst, eine Strafaktion.« Er stockte erneut. »Na ja. Er hat nicht ganz unrecht. Ich habe halt ein paarmal verschlafen. Und, na ja, außerdem habe ich zwei Asservate verschludert.«

Schrievers wollte etwas sagen, hielt sich aber zurück. Jakisch war schon gestraft genug.

»Jedenfalls, bei der Durchsicht der Akten habe ich eine Sache gefunden, die auch für euch interessant sein könnte.«

Jakisch berichtete Schrievers von einer Frau, die vor sechs Jahren im Werdensteiner Moos, einem großen Hochmoor zwischen Kempten und Immenstadt, spurlos verschwunden war. Ein Förster hatte mitten in dem Naturreservat Kleidung gefunden. Sorgsam gefaltet.

»Trotz Großfahndung hat sich lediglich eine Frau gemeldet, die die Kleidungsstücke auf einem Zeitungsfoto erkannt hat. Sie erinnerte sich daran, der Unbekannten auf dem Parkplatz eines Discounters in Immenstadt begegnet zu sein. Allerdings hat sie die Frau nur vage beschrieben. Es habe an jenem Tag wie aus Eimern gegossen. Außerdem sei sie sehr aufgeregt gewesen, weil die Unbekannte beim Rangieren ihren neuen Opel Corsa leicht berührt hatte. Den Wagentyp der seltsamen Frau hat sie sich nicht gemerkt, wohl aber die Anfangsbuchstaben des Kennzeichens: MG.«

Schrievers nickte nachdenklich. »Das ist in der Tat dünn. Ein Auto mit dem Kennzeichen MG. Farbe?«

»Dunkel, steht hier.«

Der Archivar strich seine Notizen durch. »Ein dunkles Auto, ein Kleiderbündel. Das ist wenig, Knödel.«

»Ich weiß. Ich hatte gehofft, in deinem Kopf würde etwas klingeln, wenn ich dir von der Frau im Moor erzähle. Ihr habt ja auch nicht immer alle Vermisstensachen auf dem Schirm. Die Kollegen haben damals auch in NRW nachgefragt. Ohne Erfolg. Also haben sie die Ermittlungen eingestellt. Kann auch sein, dass sich damals jemand einen Scherz erlaubt hat und den Förster aufschrecken wollte.«

»Bei mir klingelt im Augenblick nichts. Aber versprochen, ich schau mal in mein Archiv. Vor sechs Jahren, sagst du?«

»Ja. Ich habe auch schon die BKA-Datei durchforstet. Negativ. Aber möglicherweise habe ich ja etwas übersehen. Und: Nenn mich nicht immer Knödel.«

»Wie gesagt, Knödel, ich kümmere mich darum.« Schrievers überkam ein Geistesblitz. »Sag mal, lieber Carsten, du kennst nicht zufällig einen Bauern, der seinen alten Schlüter-Schlepper verkaufen will? Im Allgäu müssten noch einige von der Sorte rumstehen. Ich suche einen mit Baujahr '56.«

Jakisch verneinte. Aber er versprach, sich umzuhören.

Nachdem Carsten »Pumuckl« Jakisch sich »mit den besten Wünschen an Frank und Ecki« verabschiedet hatte, stand der Archivar auf und schüttete den mittlerweile kalt gewordenen Kaffee in den Ausguss. Dabei warf er einen Blick auf die Uhr. Herrje. Fast Mittag. Die Kantine hatte schon geöffnet. Die Treckerzeitung würde warten müssen.

IV.

Sie stand schräg vor ihm. Keine zwei Armlängen entfernt. Er konnte im Licht der tief stehenden Sonne den Flaum an ihrem Haaransatz erkennen. Ihr schlanker Hals lief in harmonischer Linie in schmale Schultern aus. Sie hielten ein hellgraues Top mit dünnen Trägern. Satin. Keine störenden Leberflecken, keine Sommersprossen. Reine Haut. Er nickte zufrieden.

Sie konnte nicht älter als Ende zwanzig, höchstens Anfang dreißig sein. Ihr blondes Haar hatte sie nachlässig zu einem Zopf gewunden. Er wippte im Takt der Musik.

Er spürte ihre Aura. Jede seiner Fasern drängte sich ihr entgegen. Er lächelte in sich hinein. Sie war ein Magnet und wusste es nicht. Er würde ihre Haut schon bald riechen. Und dann jede Pore, jedes noch so kleine Fältchen, jedes Haar sorgsam prüfen auf Brauchbarkeit. Er schloss die Augen. Die Menschen um ihn herum waren seine Deckung.

Er hatte mit Freude festgestellt, dass sie allein gekommen war. Die Hände lässig in den Taschen ihrer Jeans, das Top, das eng auf ihrem schmalen Körper lag und das den Bronzeton ihrer Haut erst sichtbar machte, Chucks: Sie war sich selbst genug.

Selbstvergessen hing ihr Blick an der Sängerin. Er folgte ihm. Die kleine Amy sah auf der großen und dunkel abgehängten Bühne verloren aus. Ein schottisches Mädchen in einer tiefen Schlucht. Lautsprechertürme wie schwarze schroffe Felsen. Diese zarte Person, die mit ihrer Gitarre tapfer gegen die Angst vor dem bösen Wolf ankämpfte.

Ihre Augen! Sie passten perfekt. Dazu die klare Luft. Er genoss die vibrierende Vorfreude seines Körpers. Das Licht war optimal! Sie war die perfekte Bühne für seine Phantasien.

Die Menge war ständig in Bewegung. Aber er hatte immer noch den besten Blick auf sie. Er notierte die exakte Uhrzeit in seinem Mobiltelefon und imitierte dann ihre Körperhaltung. Er würde schon bald besitzen, was er sich so sehr gewünscht hatte.

Amy trat ab. Nebensache. Er sah alles in ihren Augen. Sie

waren perfekte Spiegel für das Licht und die Bewegungen auf der Bühne. Wunder der Natur! Fotorezeptoren, deren jeweiliger Erregungszustand durch die unterschiedlichen Wellenlängen elektromagnetischer Strahlung verändert wurde.

In den Glaskörpern brachen sich das Blau, Gelb, Rot und das Grün der Scheinwerfer. Sie erschufen Symphonien aus Licht, die im Augenblick ihrer Entstehung verlöschten, um anders temperiert neu zu entstehen. Gemischt mit dem weißen Licht der Verfolger. Verstärkt durch die Blitze der Lichtkanonen.

Im Dunkel seines Zimmers hatte er festgelegt, welchen Typ er suchte. Und nun hatte er sie gefunden! Ihre Augen spielten die eigentliche Symphonie dieses Open-Air-Konzerts.

This is the Life hatte Amy Macdonald gesungen. Er hatte begeistert zugehört. Amy hatte allein für ihn gesungen.

Es war nun Nacht. Das Open-Air-Konzert würde bald zu Ende sein. Mit seinem Blick vermaß er jede der wiegenden Bewegungen seiner Auserwählten. Er durfte diese Augen auf keinen Fall verlieren. Er würde sehen, wie das farbige Leuchten in ihren Glaskörpern von jetzt auf gleich verlosch.

V.

»Wer hat sie gefunden?«

Der diensthabende Rechtsmediziner wies, ohne aufzublicken, stumm über seine Schulter.

Ecki folgte der Geste mit seinem Blick. »Da ist niemand. Geht's auch ein bisschen genauer, Leenders?«

Richard Leenders drehte den Schädel der Toten mit beiden Händen vorsichtig hin und her. Dabei nickte er bedächtig. »Was weiß denn ich?« Als könnte er die Tote erschrecken, zog er mit einer ebenso bedächtigen Bewegung seinen Koffer zu sich und nahm ein Skalpell heraus, um eine eingetrocknete Substanz von der Schulter der Toten in ein Plastiktütchen zu kratzen.

»Fundort gleich Tatort?«

Leenders reagierte nicht.

Kriminalhauptkommissar Michael »Ecki« Eckers hob lediglich eine Augenbraue. Leenders war und blieb unausstehlich. Im Präsidium hielten ihn alle für verrückt. Im reich bestückten Fundus der Polizeiprosa hatten sie für ihn den Begriff *Mad Doc* gefunden. Wie sie meinten, das passende Attribut für einen Mediziner, der mit Hingabe an toten Körpern schnüffelte und für gewöhnlich Mentholzigaretten bei der Arbeit rauchte. Aber erst seit Leenders mit dem Rauchen aufgehört hatte, war er seinem Spitznamen so richtig gerecht geworden.

Ecki stapfte zu einem der Polizeibullis, die ein Stück entfernt am Rand des kleinen Wäldchens standen. Als er die Schiebetür eines Transporters aufzog, sprang ihm unversehens ein schmaler Rauhaardackel entgegen. Ohne weiter auf den Ermittler der Mönchengladbacher Polizei zu achten, verschwand das krummbeinige Tier mit wippenden Ohren Richtung Leenders.

»Schröder! Schröö-derr!«

Ecki konnte nur knapp ausweichen. Andernfalls wäre er zum Sprungkissen für den beleibten Hundehalter geworden, der auf seinen ebenfalls kurzen Beinen seinem Dackel hinterherstürzte.

»'tschuldigung. Schröder hört nicht mehr richtig. Er wird Ihrem Kollegen noch alles durcheinanderbringen.«

»Das glaube ich eher weniger.« Ecki sah dem Vierbeiner hinterher und musterte dann dessen Herrchen, der auf die Jagd verzichtet hatte. Ein Mann im Rentenalter. Kugeliger Bauch. Über dem dichten grauen Bart blitzten listige kleine Augen.

Er bemerkte Eckis fragenden Blick. »Hubert Heuts. Ich habe die Frau, nee, Schröder hat sie gefunden«, verbesserte er sich. »Wir sind oft hier unterwegs. Gestern lag sie noch nicht da.« Schröders Herrchen strich sich über den Bart und sah in Richtung Leenders. »Wer tut so etwas?«

Bevor Ecki antworten konnte, winkte Frank, der neben *Mad Doc* stand, ihn ungeduldig herbei.

Hubert Heuts sah dem Kommissar kopfschüttelnd hinterher. Entschleunigung wäre ein wichtiges Thema für den Betriebssport der Polizei, dachte er. Diese Hektik konnte auf Dauer nicht gut gehen. Er beugte sich zu seinem Hund, der kurzatmig zu ihm zurückgetrippelt war. »Schröööder. Bei Fuß. Ja, so ist's gut.«

Die nackte Tote lag auf dem Rücken. Ihr Haar floss blond und lang über ihre Schultern. Die gefalteten Hände lagen auf ihrem Bauch, die Beine parallel nebeneinander. Der schmale Körper war nicht mit Zweigen oder Laub abgedeckt worden.

»Wie aufgebahrt.«

»Ophelia.«

Ecki zog die Stirn kraus. »Du kennst sie?«

Frank ließ seinen Blick langsam über ihren Körper wandern. »Hamlet. Ophelia, die nach dem Tod ihres Vaters wahnsinnig geworden ist und sich ertränkt hat.«

»Wie? Sie hat im Wasser gelegen?« Ecki musterte die Tote skeptisch.

»Die hier natürlich nicht! Mir fiel eben Ophelia ein, so wie sie hier aufgebahrt liegt. So voller Unschuld.«

»Ach so, ja.« Mit Klassikern hatte es Ecki nicht.

Leenders hockte noch immer neben der Leiche und hatte das Gespräch der beiden Todesermittler schweigend verfolgt. »Vielleicht ein Freund Shakespeares, unser Täter. Bernhard Minetti war klasse.« Er sah Frank schräg von unten herauf an. »Ich gebe Eckers ja ungern recht, aber nass ist die Gute seit ihrer letzten Dusche nicht geworden.« Leenders kratzte nun an einem Knöchel der Toten.

»Aufgebahrt? Eine Altarsituation? Eine Opferung.« Ecki ging in die Hocke und machte sich Notizen. Leenders ignorierte er. »Wie friedlich sie aussieht. Oberkörper, Arme und Beine ohne äußere Verletzungen. Wären nicht die Wunden im Gesicht und die Verfärbungen am Hals, man könnte meinen, sie schläft.«

»Auf einer Plastikfolie?« Leenders stand leise ächzend auf und deutete auf die Ränder der dicken Plane. Sie umrahmten den Körper der Frau wie ein Passepartout.

»Du meinst, sie ist erst hier im Wald ausgepackt worden?« Frank ging ebenfalls in die Hocke. »Sieht aus wie Baufolie.«

Die Folie war dreifach gelegt und akkurat gefaltet. Der Täter, oder die Täterin, muss sich sehr sicher gefühlt haben, dachte Frank. Warum war die Leiche nicht abgedeckt? Er sah sich um. Die Leiche lag zwischen Haselnusssträuchern. Die Stelle war von der Straße aus, die nahezu schnurgerade zwischen Breyell und Kaldenkirchen verlief, nicht einzusehen. Die Tote und der Ablageort waren perfekt getarnt.

»Der Täter hat sie nicht beerdigt, weil er sie betrachten wollte. Vielleicht ist Sex das Motiv. Das Bild der toten Frau hat ihn geil gemacht.« Frank deutete auf die Kleidung, die neben der Frau lag.

»Ein Sextäter?« Ecki zog die Stirn kraus. »Hm. Und wenn eine Frau ihre Rivalin tot sehen wollte? Dazu passt eher das zerschnittene Gesicht.«

Frank nahm den Gedanken auf. »Schau dir die Kleidung an. Das Shirt, die Hose, die Unterwäsche: ordentlich gefaltet. Die Haare sehen aus wie frisch gekämmt. Wer die Frau getötet hat, legt äußerst viel Wert auf Ordnung. Die exakte Anordnung erregt ihn oder sie. Guck dir die Plastikplane an: Wenn du ein Lineal anlegst, ich wette, die Kanten sind gleich lang und der Körper liegt genau in ihrer Mitte.«

»Hm.« Ecki fuhr mit dem Finger über die Kante der Folie.

Frank trat einen Schritt zurück und ließ seinen Blick über das Unterholz und die angrenzenden Felder schweifen. Weiter hinten zeichnete sich deutlich ein altes Bahnwärterhäuschen gegen den makellos blauen Himmel ab. Eine leichte Brise fuhr durch das Wäldchen. Aber Frank ließ sich nicht täuschen. Der Herbst war nicht mehr weit. Er seufzte bei dem Gedanken.

»Wir müssen klären, wo die nächsten Funkmasten stehen und welche Handys dort in den vergangenen 24 Stunden eingeloggt waren. Hat der Zeuge sonst noch etwas gesagt?«

Leenders klappte seinen Koffer zu und kam Ecki zuvor. »Das

Wäldchen wird oft von Liebespaaren genutzt. Sagt der Typ mit dem Dackel.«

»Wie lange liegt sie schon hier?« Frank drehte sich einmal um seine Achse. Zwischen den Bäumen waren drei Kirchtürme zu sehen. Breyell. Sein Heimatdorf. Bis zum Marktplatz waren es gut drei Kilometer Luftlinie. In die andere Richtung ebenfalls locker zwei Kilometer bis Kaldenkirchen. Viel Betrieb gab es auf den Feldwegen ringsum sicher nicht.

Leenders grinste. »Pass auf, Borsch.« Er bückte sich und hob einen Arm der Toten ein Stück an. »Was meinst du, he?«

Du bleibst ein Drecksack, dachte Frank. »Keine 24 Stunden. Eher zwischen zwölf und 24 Stunden. Die Leichenflecken?«

Leenders ließ den Arm wieder sinken. »Bravo. Aus dir könnte ein ganz brauchbarer Rechtsmediziner werden.«

»Verarschen kann ich mich alleine.«

»Macht aber nicht so viel Spaß.« Richard Leenders nahm seinen Koffer. Im Gehen sah er sich noch einmal um. »Möchte mal wissen, warum der Toten die Augen herausgenommen wurden.«

Ecki beachtete Leenders' grußlosen Abgang nicht weiter. »Ein Spinner, aber er hat recht. Warum fehlen die Augen? Hat sie etwas nicht sehen sollen? Fühlte sich der Mörder von ihr beobachtet und ist ausgerastet? Sie hat sicher wunderschöne Augen gehabt.«

»Schau dir die Bäume an, Ecki.« Frank fuhr mit den Fingern über die glatte Rinde einer Buche. »Überall Initialen. 1943, da 1957. B + H 7.68. Das hier ist von 2010. Ein Liebeshain. Vielleicht der Quell ewiger Liebe.«

»Klingt nach großem Theater.« Ecki hatte in der Schule mal von griechischen Tragödien gehört.

»Nee, reine Vermutung.«

»Sie war noch jung.« Ecki winkte die Bestatter heran, die mit ihrem Kunststoffsarg geduldig in der Nähe gewartet hatten.

»Wer tut so etwas?«

Frank Borsch legte den Bericht zur Seite, den Leenders ihnen überraschend schnell zugeschickt hatte.

»Die Augen fachgerecht aus ihren Höhlen geholt, die Lider sauber abgetrennt. Die Frau hat noch gelebt! Erst danach wurde sie erwürgt.« Er hob eines der Fotos an, die vor ihnen auf dem Konferenztisch lagen. Leere Augenhöhlen in Großaufnahme, aus denen dünne Blutfäden zu den Schläfen liefen.

»Keine Papiere, kein Geld. Trotzdem können wir Raubmord wohl ausschließen. Wir hatten Wochenende. Streit in der Disco? Eifersuchtsdrama? Aussprache im Auto, und dann: zack.«

Ecki sah Heinz-Jürgen Schrievers dabei zu, wie er sich redlich mühte, es sich auf dem altersschwachen Drehstuhl für Besucher einigermaßen gemütlich zu machen.

»Was wissen wir über die Frau? Und was sagt dein Archiv über ähnliche Fälle?«

Schrievers' Schulterzucken endete in einem kreischenden Klagen des Stuhls. Mehr als hundertzehn Kilo Lebendgewicht waren in seinem Alter entschieden zu viel.

»Nix Vergleichbares. Auch die Kollegen haben nix. Wenn ihr mich fragt: Das Ganze hat etwas von Bestrafung. Das Blenden von Menschen ist schon seit dem 14. Jahrhundert vor Christus belegt.« Der Archivar hatte endlich eine erträgliche Position für seinen Körper gefunden, der von einer Strickjacke mit Zopfmuster dominiert wurde.

»Blenden? Wie passt das Erwürgen dazu?« Frank sah den Archivar neugierig an.

»Keine Ahnung. Das ist euer Job. Sadismus? Triebtäter?« Schrievers musterte seine braun karierten Filzpantoffeln.

»Täter? Keine Frau?«

»Eher unwahrscheinlich. Aber wie sagt Ecki immer: Der Teufel ist ein Eichhörnchen. Möglich ist alles. Eifersucht ist ein starkes Motiv. Manch eine könnte ›der falschen Schlange die Augen auskratzen‹. Der Spruch ist so abwegig nicht.«

»Folter? Vielleicht waren mehrere an der Tat beteiligt.« Frank ließ seinen Gedanken freien Lauf.

Ecki schaltete sich ein. »Leenders hat mir eben am Telefon gesagt, er bekommt das Gesicht so hin, dass wir mit einem Foto an die Presse geben können. Lasst uns derweil den Zahnstatus klären. Vielleicht haben wir dann schon einen Namen. Die Frau hatte kurz vor ihrem Tod Sex. Leenders geht davon aus, dass sie betäubt wurde. Er tippt auf Propofol. Wenn das stimmt, sagt er, dann wollte der Täter seinem Opfer bewusst Schmerzen zufügen. Er hat die Frau lediglich sedieren wollen. Propofol lindert keine Schmerzen.«

»Einstichstellen?«, fragte Frank.

»Fehlanzeige.« Der Archivar stand schwerfällig auf und zog seine Jacke glatt. »Ich muss los. Das Archiv wartet, Jungs.«

An der Tür drehte er sich noch einmal um. »Und wenn sie nicht aus Nettetal ist oder dem Kreis Viersen? Vorgestern war Nettetal rappelvoll: *WDR 2 für eine Stadt*. Mit Festival – Nena, Amy Macdonald und so. Die Fans kamen aus halb Deutschland.«

Frank nickte. »Dann haben wir ein Problem.«

»Die Frage ist doch auch, wie kommt der Täter an dieses Narkosemittel? Ist er Arzt? Apotheker? Krankenpfleger?«

»Recht hat er.«

Nachdem Schrievers gegangen war, zog Ecki eine Schublade seines Schreibtisches auf und hielt Frank eine aufgerissene Tüte mit Lakritzschnecken hin. »Bis zur MK-Sitzung kriegste eh nichts Gescheites mehr zu essen. Okay, ein Hefeteilchen wär mir jetzt auch lieber. Aber immerhin besser als nix.«

Sechshundert Kilometer weiter südlich steckte Carsten Jakisch seinen Kopf in Mayrs Büro. »Ich bin so weit durch, Chef. Wenn nichts mehr anliegt, würde ich gerne Feierabend machen.«

»Wer will das nicht?« KHK Robert Mayr schloss für einen Moment die Augen. Jakisch hatte ihn bei seinen Gedanken an das nächste Heimspiel des Greuther Fürth gestört. Sechsundzwanzig Punkte, Platz drei. Die Kölner mit nur einem Punkt Vorsprung auf Platz zwei. Das war zu packen! Spätestens nach der Winterpause. Dann mussten die Kölner durch die Karnevalszeit. Diesmal würde es klappen, und seine geliebten Kleeblätter wären endlich wieder erstklassig. Ja, die Rheinländer waren zu packen!

»Chef? Ich meine, haben Sie mir zugehört?«

»Waaas?« Der Pumuckl war einfach nur lästig. Wäre er nach der Sache mit dem Toten aus Mönchengladbach doch im Norden geblieben. Er, Robert Mayr, dienstältester KHK der Kemptener Polizei, hätte sicher nichts dagegen gehabt.

Rein statistisch hätte sich ja auch nichts geändert. Der tote Unternehmer lag gut verwahrt auf dem Kirchhof droben in Moosbach, da würde es nicht weiter auffallen, wenn einer aus dem Allgäu wegzöge. Na ja.

»Ich meine«, Jakisch räusperte sich verlegen. Er schien Mayr wieder auf dem falschen Fuß erwischt zu haben. Sein Chef träumte entweder von der Greuther Fürth, den geliebten Kässpatzen seiner Martina oder einem Schweinsbraten mit allem Drum und Dran. Träumen schien Mayrs Lieblingsbeschäftigung zu sein. Somit kam Jakisch stets ungelegen. »Also, ich würde gerne –«

»Ach, gehen S' nur.« Mayr wischte mit der Hand durch die Luft, in der Art, wie einst die Herrschaften ihr Personal aus dem Zimmer schickten. »Ich habe alles.«

Herrgott noch mal, dachte Jakisch. »Steffi hat gekocht. Schweinebraten mit Klößen.« Er wollte so kurz vor Feierabend nicht noch Streit mit Mayr. »Ein Rezept meiner Oma.«

»Herrschaftszeiten, Jakisch! Das heißt Knö-del und Schwein-s-braten.« Er betonte das »s« besonders. »Wann lernen S' das endlich? Wir sind hier im Allgäu und nicht da oben bei den Rheinländern.« Die zu allem Übel zum Braten eine Plörre servierten, zu der sie Kölsch sagten. Und sie aus Gläsern tranken, die die Bezeichnung Bierglas niemals verdienten. Für ihn gehörte zum Schweinsbraten eine ordentliche Maß. Basta.

Diese armen Seelen würden ihm bis in alle Ewigkeit hinein unbegreiflich bleiben: keine Ahnung von Kässpatzen, schon gar nicht von gutem Bier. Und alle auch nicht von der sportlichen Qualität, mit der in seiner Heimat gegen den Ball getreten wurde. Er sah auf. Jakisch stand immer noch in der Tür. Ein kugeliger Polizist, rote Haarstoppeln und erfolglos. Und immer stand er einem auf den Füßen.

»Nun gehen S' endlich.« Mayr zögerte, fügte dann aber doch hinzu: »A guate.«

Nachdem Jakisch die Tür hinter sich geschlossen hatte, zog Mayr einen Katalog eines Hochzeitsgestalters hervor. Das macht man heute so, hatte Martina ihm nun schon zum wiederholten Mal und mit einem zärtlichen Stups gegen die Brust gesagt. Alles aus einer Hand, von der Einladung über die Ringe, bis hin zum Blumengesteck am Altar. Hundert Seiten Hochglanz, samt Preisliste.

Er schlug die erste Seite auf und wollte sich gemütlich zurücklehnen, als die Tür zu seinem Büro erneut aufging. Mit einer einzigen Handbewegung schlug er den Katalog zu und zog eine Umlaufmappe darüber. Er wurde so rot wie damals, als seine Mutter ihn im Bett erwischt hatte, wie er in der *Bravo* höchst interessiert Dr. Sommers Kolumne gelesen hatte. »Kruzitürken.«

»Sorry, mir ist da noch etwas eingefallen.« Jakisch ließ nicht erkennen, ob er den Katalog gesehen hatte.

»Was denn?« Mayr faltete seine Hände und drückte sie fest auf die Umlaufmappe.

»Die Sache im Werdensteiner Moos.«

Werdensteiner Moos? Was hatte der knödelige Pumuckl mit dem Hochmoor zu schaffen? »Ja? Machen Sie's kurz, ich habe noch zu arbeiten. Die Überstundenaufstellung muss heute noch raus.«

»Geht ganz schnell.« Jakisch setzte sich ungefragt auf den Stuhl neben der Tür. »Ich habe mit dem Archivar in Mönchengladbach gesprochen. Sie erinnern sich? Schrievers.«

Meine Güte, dachte Mayr, mach hin. »Ja. Der mit der Liebe zum Allgäu. Komischer Kauz. Als wenn der wüsste, wie's da bei uns zugeht. Dieser durchgedrehte Karnevalsprinz aus der Kölner Bucht.«

Jakisch wollte schon entgegnen, dass Mönchengladbach weiß Gott nicht in der Nähe von Köln liege, nicht im Rheinland, sondern am Niederrhein, aber dann schwieg er doch. Es war müßig, Mayr den besonderen Landstrich zwischen Rhein und Maas zu erklären. Die Laune des Todesermittlers würde nur noch ungenießbarer werden.

»Schrievers hat mir«, Jakisch sah, wie sich Mayrs Stirn in gefährlich tiefe Falten legte, und verbesserte sich umgehend, »er hat uns Unterstützung zugesagt.«

Wobei nur? Mayr konnte sich nicht erinnern. Er warf einen Blick zu der einsamen Topfpflanze, mit der er seit Jahren einträchtig sein Büro teilte und die längst wieder mal hätte gegossen werden müssen. »Gut.«

Jakisch nickte. »Das wollte ich nur schnell loswerden. Ich hoffe nämlich, dass sich doch noch ein vielversprechender Ermittlungsansatz ergibt.«

Hm, dachte Mayr. Er würde nachher unauffällig auf Jakischs Schreibtisch ermitteln. Das Werdensteiner Moos würde er dort sicher finden. Er nickte mehrmals freundlich. »Gut, gut, Herr Kollege, Ermittlungsansätze sind immer gut.«

Was hatte Mayr nur? Egal, was machte er sich Gedanken! Endlich Feierabend. Bestimmt hatte Steffi den Braten schon im Ofen. Jakisch lächelte bei dem Gedanken. »So viele dunkle Autos mit Kennzeichen MG wird es damals auch nicht gegeben haben.«

»Scho recht.« MG? Hatten die Kölner nicht ein K im Schild? Wann verschwand Jakisch endlich?

Der Kriminaloberkommissar rieb sich erwartungsfroh über die Oberschenkel. »Sobald die Liste vorliegt, werde ich sie akribisch abarbeiten.«

»Gut.« Nun verschwinde endlich! Mayr spürte ein Kribbeln in seinem Rücken. Kein gutes Zeichen. Wenn Jakisch nicht endlich verschwand, würde er gleich explodieren. Dann kam ihm die Erleuchtung. »Wenn Sie dazu eine Dienstreise brauchen? Ich bin der Letzte, der Sie Ihnen verweigern würde. Länderübergreifende Polizeiarbeit ist der Schlüssel zum Erfolg«, dozierte er.

Jakisch spürte, wie er wuchs. Er hatte gewusst, dass er mit seiner Idee richtig lag. Und warum eigentlich nicht? Auf Staatskosten an den Niederrhein reisen? Guter Gedanke. Vielleicht nahm er diesmal sogar Steffi mit. »Ja, wäre doch gelacht, wenn ich, äh, wenn wir den Fall nicht lösen würden.«

»Ja, das wäre gelacht.« Mayr nickte. So, und nun raus.

»Ähm, noch etwas.« Jakisch spürte, dass sich auf der anderen Seite des Schreibtisches ein Unwetter zusammenbraute. Er stand auf. »Wenn Sie jemanden kennen, der einen Trecker verkaufen will, ich hätte da einen Abnehmer – am Niederrhein.«

Robert Mayr sah seinem Mitarbeiter irritiert hinterher. Was sollte das nun wieder? Trecker? Was wollte der mit einem Schlepper? Für einen Moment sah er den lästigen Jakisch hinter dem Steuer eines Treckers sitzen und gegen Norden fahren. Bis hoch ins Rheinland. Vor der untergehenden Sonne waren Jakisch und sein Gefährt nicht mehr als ein Schattenriss.

Der Kriminalhauptkommissar horchte zur Tür. Als er sicher sein konnte, dass Jakisch endgültig weg war, zog er erneut den Hochzeitskatalog hervor und begann zu blättern. Nur glückliche Gesichter, Kerzenschein, Ringe, und in der Wäscheabteilung Dinge, die ihm bisher fremd waren.

VI.

Katharina beendete mit entschlossenem Tastendruck das Gespräch und steckte das Telefon in ihre Schultertasche zurück. Sie war zu wütend, um das Café zu betreten. Sie blieb einen Augenblick auf dem Bürgersteig stehen.

Paul wollte es nicht kapieren! Hätte sie sich nur nicht mit ihm getroffen! Anstatt mit Simone loszuziehen, hatte sie nämlich am Ende doch wieder auf seiner Couch gehockt, zu viel Rotwein getrunken und zu wenig erreicht.

Zum Glück hatte Paul keinen Sex gewollt. Jedenfalls hatte er das nicht offensiv betrieben. Das hätte sie nicht ertragen: Einen Mann, der bettelt. Stundenlang hatte sie auf ihn eingeredet und ihm unermüdlich erklärt, warum es nur noch um ihre Trennung gehen konnte. Er war immer stiller geworden, aber er hatte sie nicht verstehen wollen.

Sie hatte sich gefühlt wie eine Therapeutin ohne Aussicht auf Behandlungserfolg. Im Taxi hatte sie dann das erste Mal geheult. Nicht aus Trauer, sondern aus Wut über sich selbst. Sie hätte sich den Abend schenken können, wenn sie in den Wochen vorher ein bisschen konsequenter gewesen wäre. Sie war auch deshalb wütend gewesen, weil Simone in einem Punkt recht hatte: Sie würde seinen Hintern vermissen.

Zu Hause hatte sie sich statt eines Tees einen Espresso gemacht, auf die Couch gekuschelt und Ole angerufen. Aber er hatte keine Zeit für sie gehabt. Wieder nicht. Eine Kollegin war krank geworden, und er kurzerhand eingesprungen. Ole war gerade für eine schnelle Zigarette nach draußen gegangen, als sie ihn erreicht hatte. Bevor er zurück in den OP musste, hatten sie sich immerhin für den nächsten Tag verabredet.

Obwohl es schon spät in der Nacht gewesen war, hatte sie schließlich Simone angerufen. Sie brauchte jemanden, der ihr beim Heulen zuhörte. Aber bei ihr war nur der AB angesprungen.

Zum Glück hatte sie keinen Sonntagsdienst gehabt. So müde und verkatert, wie sie war, hätte sie den Tag nicht eine Minute durchgestanden. Schon gar nicht Liebig und seine Sprüche. Am allerwenigsten aber den Trubel um die Tote aus dem Wäldchen zwischen Kaldenkirchen und Breyell.

Als sie am Morgen Liebigs knappen Bericht gelesen hatte, war sie froh gewesen, dass er sie nicht angerufen und auf die Polizei angesetzt hatte. Sie hätte ihm die Augen ausgekratzt, denn in seinem Text hatte nämlich nur so viel gestanden, dass es sich um eine junge blonde Frau handelte, deren Identität noch nicht bekannt war. Mehr hätte auch sie nicht erfahren. Die Bullen waren bei Mord äußerst zugeknöpft.

Seinen dürren Artikel hatte Liebig vermutlich eins zu eins aus der Pressemitteilung der Polizei übernommen, ohne auch nur einmal den Telefonhörer in die Hand genommen zu haben.

Der Abend mit Paul hatte auch ihren Elan in Sachen »junge Menschen« geknickt. Das Open Air am vergangenen Wochenende in Nettetal-Lobberich wäre die beste Gelegenheit gewesen, einen Einstieg in ihre Artikelserie zu finden.

Nun stand Katharina etwas ratlos vor dem Café, von dem Simone schon seit Längerem behauptete, dass sich dort die Szene treffe und es somit »das ideale Biotop für deine Feldforschung« sei. Sie hatte gelacht, weil sie wusste, was Simone unter »Feldforschung« verstand. Für ihre Freundin hatte das Thema unbedingt mit behaarten Beinen, einem V-Körper und blauen Augen zu tun.

Katharina schmunzelte bei dem Gedanken und zog erneut ihr Telefon hervor. Sie wählte nun schon zum x-ten Mal Simones Nummer. Sie wollte sichergehen, dass sie tatsächlich vor dem richtigen Café stand. Aber Simone meldete sich auch diesmal nicht. Dann eben nicht! Während sie das Telefon wegsteckte, drückte sie die schwere Tür auf.

Überrascht blieb sie stehen. Sie fand sich unvermittelt in einer anderen Zeit wieder. Das Café stammte entweder original aus den ganz frühen Sechzigerjahren des vergangenen Jahrhunderts oder es war eine gut gemachte Kopie: Blümchentapete, Stühle und Sessel, gepolstert mit großzügig abgestepptem Kunstleder. Lindgrün. An den Wänden Lampen mit Schirmchen aus Milchglas wie Blütenkelche. Auf den Tischen Väschen mit roten Anemonen.

Hinter der Kuchentheke stand eine ältere Frau. Streng frisiert, in dunklem Rock und weißer Spitzenschürze, schien sie ebenfalls aus der Zeit gefallen zu sein. Sie nickte freundlich, als Katharina sich nach einem freien Platz umsah.

Das Café war gut besucht. Vorwiegend junge Frauen saßen in Gruppen um die Tischchen und unterhielten sich angeregt. Ihr Alter stand im deutlichen Widerspruch zu der gediegenen Atmosphäre, die das Café ausstrahlte.

Katharina blieb mitten im Lokal stehen. Sie tat so, als sei sie mit jemandem verabredet, den sie unter den Gästen suchte. Die Frauen hatten sie kurz gemustert und sich sofort wieder ihren Gesprächen zugewandt.

Katharina hatte das Gefühl, am falschen Ort zu sein. Sie verspürte wenig Lust, bei diesen Schnepfen, die ganz ungeniert den Marktwert des Neuankömmlings taxiert hatten, ihr Thema zu recherchieren. Nein, sie würde an einem anderen Tag wiederkommen. Eine Story wird nur dann zu einer guten Geschichte, wenn die eigene Gemütsverfassung stimmt, sagte sie sich. Lieber wollte sie zu Hause auf Ole warten.

Sie war schon auf dem Weg zur Tür, als sie den Mann sah. Sie hatte ihn zunächst nur aus den Augenwinkeln wahrgenommen. Nun bemerkte sie seine einladende Geste. Sie sah sich um, um sicher zu sein, dass sie gemeint war.

Sie war gemeint.

Katharina überlegte. Ein Milchkaffee oder ein Tee konnte nicht schaden. Und wer weiß, vielleicht kam sie doch noch zu einer Story. Unsympathisch sah der Typ auf den ersten Blick jedenfalls nicht aus. Eher ein wenig skurril. Sie sah auf ihre Uhr. Ole steckte sicher noch in seinem weißen Kittel. Warum also nicht? Sie ging die wenigen Schritte bis zu dem Tisch in der hinteren Ecke. Etwas in ihr war neugierig geworden.

»Es ist immer voll um diese Uhrzeit. Setzen Sie sich doch zu mir.« Der Mann lächelte. »Ich beiße nicht.«

Dummer Spruch, dachte sie und zog dennoch einen Stuhl zu sich. Ihre Tasche stellte sie neben sich ans Tischbein.

»Sie sind das erste Mal hier?« Der Mann lüftete kurz seinen Hut.

Ein Mann, der seinen Hut im Café aufbehielt! Diese Marotte kannte sie bisher nur von den Freundinnen ihrer Oma, als sie sich noch regelmäßig in ihrem Lieblingscafé zum Kaffeeklatsch getroffen hatten. Die Damen hätten niemals ihre Hüte abgesetzt oder auf ihre Schals verzichtet. Sie waren Katharina immer wie auf der Durchreise vorgekommen. Aber Männer? Männer behielten im Café ihre Hüte nicht auf. Nicht in diesem Jahrhundert.

»Ich komme jeden Tag her.« Sein Kinn deutete in den Raum.

»Ich war noch nie hier. Und ich frage mich gerade, warum eigentlich nicht.« Sie folgte seinem Blick. »Echt nett.«

»Nicht wahr? Man betritt eine andere Welt, wenn man durch die Tür geht. Als sei man auf einer Zeitreise. Ich mag dieses Gefühl, durch die Zeiten wandern zu können.«

»Sicher.« Sie wusste nicht, was sie noch sagen sollte. Dass sie ihn für ebenso skurril hielt wie das Café?

»Darf ich Ihnen etwas bestellen?« Die Handbewegung des Unbekannten wirkte ein wenig ungelenk.

Sie hob unschlüssig die Hände. »Ich –«

»Bitte seien Sie mein Gast.« Er neigte sich zu ihr. »Sie werden es nicht bereuen. Die Kuchen sind ein Gedicht, und die Stücke so groß, dass manch eine Konditorei glatt zwei daraus machen würde.«

Katharina zögerte immer noch.

»Bitte.« Er rückte seine Tasse ein Stück zur Seite. »Machen Sie mir doch die Freude. Bitte.«

Er hat schmale Hände. Ein Pianist, dachte Katharina und sah ihrem Gegenüber geradewegs in die Augen. Tiefblaue Seen. Um ihre Ufer lagen feine Fältchen.

»Also gut. Ein Milchkaffee wäre schön.«

»Kein Kuchen?«

Sie hob die Schultern und ärgerte sich zugleich über ihre mädchenhafte Schüchternheit.

»Den Apfelkuchen *müssen* Sie probieren.«

»Eigentlich esse ich nicht so gerne Kuchen.« Sie wusste nicht, warum, doch sie setzte schnell hinzu: »Aber ich mache heute mal eine Ausnahme.«

Die Fältchen um seine Augen wurden tiefer. »Fein.«

Während er die Bestellung aufgab, nutzte Katharina die Gelegenheit, ihren unerwarteten Gastgeber etwas eingehender zu betrachten. Sie tat dies verdeckt, indem sie sich erneut umsah und ihn dabei mit ihrem Blick wie zufällig streifte.

Der Mann war auf jeden Fall jenseits der fünfzig. Sein wahres Alter vermochte sie nicht zu bestimmen. Das lag unter anderem an seinem Dreitagebart, der seine klar geschnittenen Gesichtszüge und die fein geschwungenen Lippen unterstrich. Der Bart verlieh seinem Gesicht etwas Jugendliches. In seinen Mundwinkeln bemerkte sie leichte Spuren von Spott. Aber vielleicht täuschte ihr schneller Blick sie auch. In seinen Augen jedenfalls lag eine Wachsamkeit, die sie in dieser Intensität zuvor noch bei niemand anderem gesehen hatte. Wenn er ihre Augen eine Wimpernschlaglänge festhielt, tauchte sein klarer Blick mühelos tief in ihr Innerstes ein. Etwas, das sie gleichermaßen erstaunte, verlegen und auf unerklärliche Weise unruhig machte.

Der Mann trug einen dunklen Anzug, dazu ein weißes, am Kragen offen stehendes Hemd. Ihr Blick fiel erneut auf seine Hände, die er beim Sprechen sparsam einsetzte. Seine schlanken und doch kräftigen Finger gefielen ihr auf Anhieb.

Musiker. Wissenschaftler. Ihre journalistische Neugier war geweckt. Auch ein aus der Zeit gefallenes Wesen. Ein Forscher, der sich hier seinem Müßiggang hingab. Auf den einen Moment bedacht, da ihn neue Ideen für den Fortgang seiner Studien ansprangen.

Ihr Blick blieb an seinem Hut hängen. Dessen Größe ließ sie an jene Hüte denken, die sie von orthodoxen Juden kannte.

Der Mann bemerkte ihr Stirnrunzeln. Sein Lächeln wurde noch eine Spur spöttischer.

»Sie wundern sich über meinen Hut?«

Katharina fühlte sich ertappt und nickte verlegen. Seine Stimme hatte einen angenehm dunklen Unterton.

»Das ist ein Fedora. Ein, zugegeben, extravagantes Stück. Ein wenig in die Jahre gekommen.« Er legte einen Finger an die Krempe. »Wissen Sie, ich halte es mit dem Hut wie die älteren Frauen früher, wenn sie sich zum Kaffeeklatsch trafen.«

Sie lächelte. Sie war also nicht allein mit ihrer Beobachtung.

»Das mag ein wenig absonderlich aussehen.«

Sie schüttelte vehement den Kopf.

»Danke, bemühen Sie sich nicht.« Seine Augen flogen über ihr Gesicht, als müssten sie dort auf Anhieb alle besonderen Merkmale entdecken. »Darf ich Ihnen das erklären? Meine Marotte hat einen tieferen Sinn. Wissen Sie, es ist eine Reminiszenz an meine Mutter. Sie hatte Hutmacherin gelernt. Sie ist schon lange tot.« Sein Blick wurde eine Spur dunkler. »Was erzähle ich Ihnen da? Das muss Sie langweilen.«

Katharina schüttelte erneut heftig den Kopf. »Keineswegs. Im Gegenteil. Hutmacherin? Das klingt ja sehr interessant.«

Den Typ schickt der Himmel, dachte Katharina. Wer weiß, vielleicht saß ihr in diesem Augenblick genau die Geschichte gegenüber, die Liebig so dringend von ihr erwartete. Das hatte zwar wenig bis gar nichts mit dem Lifestyle der jungen Hühner zu tun, die Liebig im Blick hatte, versprach aber deutlich mehr Unterhaltungswert. Ein Unbekannter mit einem altmodischen Hut in einem Café, das es im Grunde so auch nicht mehr geben durfte. Sie würde gleich nachher mit Liebig sprechen.

»Na ja. Viel weiß ich nicht über meine Mutter. Deshalb der Hut. Ich habe das Gefühl, ihr damit nahe zu sein. Auf meine Art.« Er hob den Kopf. »Ah, da kommt Ihr Gebäck.« Er räumte die Zeitung beiseite, die aufgefächert neben seinem leeren Teller gelegen hatte.

Während Katharina aß, tauschten sie einige höfliche Bemerkungen über den verregneten Sommer aus. Je länger er mit ihr sprach, umso mehr vergaß sie, warum sie das Café ursprünglich betreten hatte. Aber der Zufall hielt eben oft die besten Geschichten bereit. Die alte Journalistenweisheit.

Wenn er den Kopf drehte, um seinen Blick schweifen zu lassen, gab er ihr die Gelegenheit zu weiteren Studien. Sein Profil ist geradezu klassisch schön, dachte sie. Der Unbekannte trug sein Haar im Nacken länger. Seine Locken waren von grauen Strähnen durchzogen. Eine durch und durch italienisch anmutende Erscheinung, stellte sie mit ungewohnter Freude fest. Im Grunde mochte sie das aufgeblasene Gehabe südländischer Machos nämlich nicht.

Aber dieser Mann war anders. Wobei sie dieses Anderssein nicht in Worte fassen konnte. Sie spürte lediglich, dass ihn eine Ruhe umgab, die ihr gefiel. Sie wollte nun unbedingt herausfinden, was sie sonst noch an ihm mochte. Sie war jetzt ganz sicher, sie hatte ihr Thema gefunden.

»Den Hut lege ich in der Tat nur in besonderen Situationen ab. Und zum Schlafen natürlich.« Er lächelte.

Katharina spürte, dass sie rot wurde.

Der Mann neigte sich zu ihr. »Ich habe mich Ihnen noch gar nicht vorgestellt. Moritz. Moritz Grünewald.«

Sie hatte mit allem gerechnet. Maurice vielleicht. Oder Patrick. Irgendetwas Künstlerisches. Aber Moritz? Gut, dann eben Moritz Grünewald.

»Was erstaunt Sie so?«

Er hat ein feines Gespür für Stimmungen, dachte Katharina. Das machte ihn ihr noch sympathischer. Konzentriert zerteilte sie mit der Gabel das letzte Stückchen Kuchen. Dann lächelte sie. »Katharina.«

Er erwiderte ihr Lächeln mit einem Schmunzeln. »Haben Sie auch einen Nachnamen? Oder haben Sie den vergessen?«

»Oh, nein. Natürlich. Ungerechts. Katharina Ungerechts.« Sie streckte ihm über den Tisch hinweg ihre Hand entgegen. »*Rheinische Allgemeine*. Ich bin Journalistin. Frei.«

Sein Händedruck war angenehm fest. Die Haut fühlte sich warm und trocken an. Die Berührung löste in ihr ein samtiges Gefühl aus, das zu seiner Stimme passte und sich unversehens über ihren Körper ausbreitete. Das Stimmengewirr um sie herum hatte sie längst vergessen.

»Journalistin?« Er musterte sie neugierig. »Auf der Suche nach einer Geschichte? Oder sind Sie zufällig hier?«

Katharina lachte. Sie mochte Menschen, die klar und direkt zur Sache kamen, ohne dabei unverschämt zu wirken. Grünewald hatte zudem das Talent, Gedanken lesen zu können.

»Um ehrlich zu sein, ich bin in der Tat beruflich hier.« Mit ausholender Geste umfasste sie das Café. »Eine Freundin hat mir erzählt, ich könnte hier eine Menge Leute treffen, die mir einen Einblick in den aktuellen Lifestyle geben könnten. Wenn sie denn wollten.« Sie musste an den taxierenden Blick der Frauen von vorhin denken.

»Dazu müssen Sie doch nicht extra in dieses Lokal kommen, um nahe dran zu sein.«

»Ich verstehe Sie nicht.«

»Wenn jemand etwas über Lifestyle weiß, dann doch Sie.«

Grünewald irritierte sie zunehmend. »Wie meinen Sie das?«

Er lächelte, ohne zu antworten.

»Ach so, Sie meinen?« Sie spürte, dass ihre Wangen zu glühen begannen. »Sie machen sich lustig über mich.«

»Auf keinen Fall.«

Er schien tatsächlich amüsiert.

VII.

»Ich gehe da nicht rein.« Leon hockte mit Christopher hinter einem der Büsche, die in Mengen auf dem Gelände standen und an einigen Stellen zu einem undurchdringlichen Dickicht geworden waren. Von ihrer Position aus hatten sie jedoch einen direkten Blick auf den Eingang.

»Wenn du dich nicht traust, Leon, bist du nicht mehr mein Freund.« Christopher kickte mit der Hand einen Kieselstein weg. »Ich war schon dreimal drin.«

»Ja klar, mit deinem Vater.« Leon zog unschlüssig die Nase hoch und wischte mit der Hand über den sandigen Boden.

Schon ein paarmal hatte er mit den Fingern Muster gemalt und anschließend wieder ausgewischt. Er musste nach Hause. Das hatte er seiner Mutter versprochen.

»Nur mal mit dem Fahrrad durchs Dorf fahren. Nicht lange, Mama«, hatte er gebettelt und ihr einen Kuss auf die Wange gegeben, als sie ihn schließlich hatte ziehen lassen.

»Aber um fünf bist du zurück«, hatte sie ihm hinterhergerufen. Doch das hatte er schon nicht mehr gehört. Er hatte Christopher nicht länger warten lassen wollen. Sein bester Freund hatte ihm nämlich ein Geheimnis versprochen.

»Du bist ein Feigling.«

»Bin ich nicht.« Leon zeichnete erneut Kreise in den Sand.

»Dann geh doch rein.« Christopher brach mit provozierend gelangweilter Miene einen Zweig aus dem Strauch, hinter dem sie seit einigen Minuten hockten, und begann, die Rinde mit den Fingernägeln abzuschälen.

»Willst du mein Taschenmesser?« Leon versuchte abzulenken.

»Ich will keinen Feigling zum Freund.«

Leon wischte die Kreise weg. »Ich muss nach Hause.«

»Feigling.« Christopher ließ den nackten Zweig wie eine Peitsche durch die Luft sausen. Beim zweiten Mal zischte der Zweig dicht an Leons Gesicht vorbei.

Leon zuckte zurück. »Was ist denn da drin?«

Christopher benutzte den Zweig nun seinerseits als Pinsel. »Das siehst du dann.«

Was, wenn ich kurz reinginge und dann wieder rauskäme? Christopher würde nicht merken, dass er hinter dem Eingang stehen geblieben wäre. Leon sah zu seinem Fahrrad, das neben Christophers stand. Oder sollte er doch schon zurückfahren?

»Was jetzt?« Christopher bog den Zweig in seinen Händen. »Das wird unser geheimstes Geheimnis sein.«

Der Stock sauste wieder an Leons Kopf vorbei.

Leon schniefte erneut und wischte sich die Hände an seiner Hose ab. »Aber nur ganz kurz.«

Christopher lachte. »Nein. Es ist ganz hinten versteckt.«

»Aber du kommst mit.«

»Feigling.«

Leon spürte die späte Nachmittagssonne in seinem Nacken. Er wollte keine Angst haben. Nicht, wenn Christopher dabei war. Er stand auf. »Na gut. Wenn du unbedingt willst.«

Christopher lachte verächtlich und brach den Zweig in der Mitte durch. »Nun mach schon.«

Leon ging zögernd auf das Gebäude zu. Eine richtige Tür gab es nicht. In der Wand klaffte lediglich eine ausgebrochene Öffnung. Das Gemäuer sah verfallen aus. Die Arbeiter seien schon lange weg, hatte Christopher behauptet. Und dass dort immer ein Feuer gebrannt habe. Aber das sei längst aus.

Kurz vor dem Einstieg drehte Leon sich zu seinem Freund um. Doch der winkte nur verächtlich. Mist. Hätte ich nur eine Lampe dabei, dachte er und streckte die Hand aus. Die Steine fühlten sich warm an. Ob da drin doch noch Feuer ist?

»Feigling. Leon ist ein Feigling«, hörte er hinter sich seinen Freund. Am liebsten wäre er umgekehrt und zu seinem Fahrrad gelaufen. Er hätte schon längst daheim sein sollen.

»Feigling. Leon ist ein Feigling.«

Leon gab sich einen Ruck und tat einen tastenden Schritt in das Innere des seltsamen Hauses.

Sofort war es deutlich kühler als draußen in der Sonne. Er spürte einen leichten Luftzug. Leon tastete sich ein Stück vor. Viel sehen konnte er nicht. Je weiter er in den dunklen Schlauch vordrang und je mehr Ecken und Kurven er folgte, umso dunkler wurde es.

Christophers »Feigling« klang nun deutlich schwächer. Leon drehte sich um, aber er sah den Ausgang nicht mehr.

Tief im Bauch des Gewölbes meinte Leon, ein Geräusch zu hören. Als fielen Steine gegen Steine.

»Hallo?« Er blieb stehen. Sein Nacken war jetzt ganz kalt, und er hatte Gänsehaut auf den Armen. Das sieht ihm ähnlich, dachte er, Christopher steht längst da hinten und spielt mir einen Streich. Seine Gänsehaut wurde immer dicker.

»Christopher? Komm raus.« Leons halb laute Stimme wurde von den Steinwänden aufgesogen.

Nichts.

Er blieb stehen. Er wollte umkehren. Aber er hatte Angst, sich umzudrehen. Er wartete darauf, dass sich eine Hand auf seine Schulter legte.

»Christopher?« Es fehlte nicht mehr viel, und er würde losschreien. Obwohl er nun etwas besser sehen konnte, blieb der Gang dunkel. Es roch hier anders als am Eingang. Irgendwie nach faulen Kartoffeln. So, wie es in der Scheune von Opa immer roch, besonders dann, wenn es geregnet hatte.

Leon horchte angestrengt in die Dunkelheit hinein. Hier musste doch irgendwo der Raum sein, den Christopher meinte. Zu hören war nichts. Oder doch? War da ein Husten? Es raschelte und knisterte. Etwas, das schwer sein musste, bewegte sich.

Hoffentlich sind hier keine Ratten, durchfuhr es Leon. Eine Hand auf seiner Schulter! Er schrie auf und fuhr herum.

»Du Angsthase.«

Christopher! Um ein Haar hätte Leon sich auf ihn gestürzt und ihn verprügelt. Sein Herz raste wie noch nie.

»Hier ist nichts.« Christopher lachte immer noch. Es wurde von den Wänden mehrfach zurückgeworfen. »Komm, lass uns hier verschwinden.« Er versuchte, Leon mit sich zu ziehen. Aber sein Freund rührte sich nicht von der Stelle. »Nun komm schon. Du bist kein Feigling. Ehrenwort.«

Leon schüttelte Christophers Arm ab. »Da hinten ist was.«

Christophers Grinsen wich einem verärgerten Blick. »So ’n Quatsch, alles leer. Das habe ich schon tausendmal gecheckt.«

»Nein. Hör doch.« Leon deutete in den Gang. »Hör doch, da sind Geräusche.«

Nun war es Christopher, der flüsterte. »Unsinn.«

»Doch.«

Christopher stellte sich hinter Leon und horchte nun ebenfalls in die Dunkelheit hinein.

Deutlich war so etwas wie Flattern zu hören. Ganz leise. Kein richtiges Flattern. Was war das?

»Lass uns abhauen.« Christopher straffte sich.

Aber Leon war schon ein paar Schritte weiter den Gang entlanggegangen.

»Leon. Warte.« Christopher kam nun kaum hinterher. Hätte er nur nicht sein Taschenmesser zu Hause vergessen. Saublöd!

Auf ihrem Weg passierten sie mehrere kleine Kammern, deren Wände unverputzt waren. Unter ihren Füßen spürten sie Sand und eine Art Schotter. Je weiter sie vordrangen, umso heller wurde es vor ihnen. Nur noch wenige Schritte, und sie würden hinter der nächsten Ecke auf die Quelle des Lichts stoßen.

Was sie sahen, ließ sie wie auf Kommando gleichzeitig schreien. Obwohl sie nur zwei strahlende Baulampen wahrnahmen und eine seltsame Plastikhaut, die eine Art Kammer in der Backsteinkammer bildete, wussten die Freunde instinktiv, dass sie auf etwas sehr Furchtbares gestoßen waren.

Ohne den Schmerz zu spüren, als sie in ihrer blinden Flucht hinfielen und sich die Knie aufschlugen, kannten sie nur ein Ziel: so schnell wie möglich zurück zu ihren Rädern.

Frank und Ecki standen etwas ratlos neben der jungen Polizeikommissarin. Die Kollegin hatte zwar längst den letzten Rest ihres Mageninhalts ausgekotzt, würgte aber immer noch. Mit zitternden Händen hielt sie einen Becher Tee, den ihr ein Streifenwagenkollege in die Finger gedrückt hatte.

»Deine erste?« Ecki sah die Kollegin mitfühlend an.

Als Antwort kam ein erneutes Würgen.

Frank stieß seinen Freund und Kollegen an und deutete mit dem Kopf Richtung Ringofen. »Lass uns anfangen.«

Ecki legte fürsorglich eine Hand auf die Schulter der uniformierten Beamtin. »Wird schon wieder, Bettina. Bestimmt.«

Frank stellte den Kragen seiner Jacke auf. Es sah aus wie die Kampfansage an das, was auf sie wartete.

Sie hatten gerade die Besprechung der MK Augen beendet gehabt, die von dürftigen Ermittlungsergebnissen geprägt gewesen war, als sie der Anruf von der Leitstelle erreicht hatte: weibliche Leiche in der alten Ziegelei in Nettetal-Bracht.

Ringofen war vielleicht nicht das richtige Wort. Nur noch vage war der Verlauf der runden Mauern zu erkennen, in denen seit dem ersten Boom der Gründerzeitjahre ungezählte Tonnen Backsteine gebrannt worden waren. Das weitläufige Gelände war längst verwildert. Wo einst Ziegel an der Luft getrocknet worden waren, wucherten nun Unkraut, Birken und Haselnusssträucher.

»Karge Landschaft.« Ecki streifte mit der Hand über das hohe Gras.

»Immerhin wächst hier noch was.«

Am ehemaligen Eingang zu den Brennkammern standen zwei Streifenwagen. Ein Beamter wies ihnen den Weg. Über ihren Köpfen kreiste ein Helikopter, aus dessen offener Tür ein Kollege Aufnahmen vom Gelände machte.

Im Inneren war es angenehm kühl. Die Gänge wurden jetzt von Baulampen ausgeleuchtet. Frank und Ecki mussten nur wenigen Windungen folgen, bis sie am Tatort standen. Der Raum war vielleicht zwanzig Quadratmeter groß. Wände und Decke bestanden aus Backstein. Der Boden war mit rotschwarzem Ziegelmehl bedeckt. Sie befanden sich augenscheinlich in einer der wenigen Brennkammern, die noch halbwegs intakt waren. Früher musste es um den Ofen mörderisch heiß gewesen sein.

»Wie haben die das nur ausgehalten? Dachziegelbrennen muss die heißeste Arbeit gewesen sein, mit Ausnahme vielleicht von Stahlkochen.«

Frank reagierte nicht.

Im Raum war eine zweite, kleinere Kammer abgetrennt. Von der Decke hingen Plastikbahnen als provisorische Wände. Sie waren an einer Stelle zu einer Art Eingang aufgeschlagen.

Die Öffnung gab den Blick frei auf einen nackten Körper.

»Mein Gott.« Mehr brachte Frank nicht heraus.

Es war still im Raum. Sie spürten einen feinen Luftzug, dessen Quelle sie nicht ausmachen konnten. Das gesamte Team der Spurensicherung war angerückt. Leenders war gerade dabei, den Leichnam, oder das, was von ihm übrig war, zu vermessen und seine Ergebnisse in einer Kladde zu notieren.

Die Frau hing an einem dünnen Stahlseil von der Decke. Ihre Füße berührten beinahe den Boden. Die Arme fehlten. Die

Schulterknochen standen aus den Stümpfen heraus. Das lockige dunkle Haar war zu einem Pferdeschwanz gebunden.

»Unglaublich«, flüsterte Ecki und trat einen Schritt zur Seite. »Jemand hat ihr das Seil um den Hals gebunden und dann hochgezogen.« Er musste sich zwingen, genau hinzuschauen. Dann drehte er sich irritiert weg. Sie sah ihn an! Ihr Körper war makellos. Bis zu den Schultern.

»Sauber abgetrennt.« Frank trat einen Schritt näher. Dabei ließ er die Frau nicht aus den Augen. Sie starrte aus weit aufgerissenen Augen zurück. Er ging einen Schritt nach rechts, dann nach links. Der Blick der Frau schien ihm zu folgen. »Mona Lisa.«

Ecki stutzte.

»Ihre Augen verfolgen mich.«

»Quatsch.« Leenders unterbrach seine Arbeit. »Das meinst du nur. Das liegt an dem Licht und an dem Schatten. Die Wände verschlucken nahezu das gesamte Licht. Und pass auf, dass du nicht hineintrittst.« Er deutete auf den Boden.

Frank wich erschrocken zurück. Der Boden unter der Leiche war dunkler als die Umgebung. Er deutete auf den Kleiderstapel in einer Ecke des Raums. »Was ist das?«

»Na, was wohl?« Leenders klappte den Messstab zusammen.

Jetzt reicht's, dachte Frank. Aber bevor er die passende Antwort geben konnte, legte Ecki eine Hand auf seinen Arm.

»Ordentlich gefaltet. Wie im Kaufhaus. Der Täter muss ein Pedant sein.« Ecki musste an die blonde Frau im Wald denken. Er bückte sich und hob das Shirt, das zuoberst lag, mit dem Kugelschreiber an. »Nicht billig, würde ich sagen. Dessous, Jeans, T-Shirt, Ballerinas. Eine Frau mit Geschmack.«

»Genaues nach dem DNA-Test.« Leenders deutete auf den Torso.

»Kannst du mir in deiner unerschöpflichen Güte wenigstens verraten, wie lange die Frau schon hier hängt?«

»So hab ich's gern, immer schön höflich. Ich gehe davon aus, dass sie vor nicht viel länger als zwölf Stunden aufgehängt wurde.

Vielleicht vierzehn. Ich muss sie erst auf dem Tisch haben. Tod durch Ersticken. Die Arme wurden ihr vorher abgenommen.«

»Sie war bei Bewusstsein?«, fragte Ecki. Er spürte, dass sich seine Nackenhaare aufstellten.

Leenders schüttelte den Kopf. »Vielleicht Propofol. Muss ich erst klären. Wenn, dann hat sie unerträgliche Schmerzen gehabt. So wie die Frau ohne Augen.«

Der Luftzug wurde stärker.

»Komm.« Frank vergrub die Hände in den Hosentaschen. »Es muss sich jemand um die beiden Jungs kümmern.«

»Lass den Typen, den kannst du immer noch machen. Kümmere dich lieber um den Mord an deiner Freundin.« Liebig klatschte in die Hände, um seine Anordnung zu unterstreichen.

Katharina nahm das Treiben um sich herum wie durch Watte wahr. Liebig hatte sie angerufen und »sofort« in die Redaktion beordert. Wie ein Stabschef, der ungeduldig auf die Lagebesprechung wartete. Schon da hatte er Simones Namen genannt. Trotzdem hatte sie den Sinn seiner Worte nicht verstanden.

Simone tot? Nein! Sie hatte doch erst vor ein paar Tagen mit ihr zum Konzert gehen wollen! Eine Verwechselung! Die Tote hieß nur zufällig wie ihre Freundin! Liebig hatte sich wieder mal irgendeinen Scheiß ausgedacht, um sie zu ärgern!

Erst hatte er ihr grünes Licht für die Geschichte über den »Mann mit Hut« gegeben, und jetzt wollte er unbedingt das blutige Drama um diese Frau! Verärgert hatte sie sich in ihr Auto geworfen und war losgefahren. Zuvor hatte sie noch auf Oles Anrufbeantworter gesprochen, um ihn mit einem Lächeln in der Stimme an ihre Verabredung für das Wochenende zu erinnern.

Auf der Fahrt in die Redaktion war die Angst mit jedem Kilometer tiefer in ihre Gedanken eingesickert. Sie hatte ein paarmal versucht, Simone anzurufen, war aber wieder nur auf ihre Mailbox gestoßen. Das musste nichts bedeuten. Simone hatte ihr Telefon fast nie eingeschaltet. Einer ihrer Ticks. Sie bestimme selbst, mit wem sie telefonierte, hatte sie einmal kokettierend gemeint. Dass Simone nicht ans Telefon ging, hatte rein gar nichts zu bedeuten!

Der Selbstbetrug hatte funktioniert, bis sie in der Redaktion eingetroffen war.

Das Foto der Toten, mit dem die Polizei an die Presse gegangen war, hatte sie fast um den Verstand gebracht. Man hatte zwar versucht, die fehlenden Augen zu retuschieren, aber Katharina hatte sofort erkannt, was passiert sein musste.

Sie hatte gewürgt, sie hatte geschrien, und sie war auf ihrem Stuhl zusammengebrochen, alles gleichzeitig. Liebig hatte seine Praktikantin gescheucht, ein Glas Wasser zu holen. Ansonsten hatte er sie angesehen, als wolle er kein bisschen von dem verpassen, was sich gerade vor ihm abspielte. Das war pure Emotion. Ganz nach seinem Geschmack.

»Du bist die Richtige. Informationen aus erster Hand: Wie hat Simone gelebt? Wovon hat sie geträumt? Ihre Kindheit! Was sagen die Eltern? Wer waren ihre Lover? Warum hat die Polizei noch keinen Verdächtigen? Die ganze Palette, Katharina! Wann kannst du liefern?«

Katharina kämpfte sich mühsam durch die Watte. »Du bist ein Arschloch, Liebig. Ein richtiges Arschloch.«

Der Lokalchef legte seine Hände auf ihre Schultern, um ihren Nacken zu massieren.

»Du kotzt mich an.« Sie versuchte, ihn abzuschütteln.

»Komm, meine Kleine. Lass deine Gefühle raus. Ich kann dich gut verstehen. Schrei deine Trauer raus – und mach dich dann, verdammt noch mal, endlich an die Arbeit.«

Erneut schossen ihr Tränen in die Augen. Scheißkerl! Sie musste raus aus dem Büro, sonst würde sie ersticken. Bevor sie aufstehen konnte, wurde die Tür geöffnet.

»Raus!«, brüllte Liebig.

Verschüchtert hielt die Praktikantin ihm mit langem Arm eine ausgedruckte Mail entgegen. Während er sie unwirsch aus dem Büro scheuchte, las er bereits den Text.

»Noch eine Tote.« Liebig ließ das Blatt sinken. Er hob den

Kopf. Er nahm Witterung auf. Er war nicht länger der Mann am PC. Er war jetzt der Jäger. Schweiß trat auf seine Stirn.

»Hier, lies.« Er drückte Katharina das Blatt in die Hände, die kraftlos in ihrem Schoß lagen. »Du kriegst eine ganze Seite.« Er klopfte ihr auf die Schulter. »Okay, ich bin ein Arschloch. Aber ein ziemlich geniales.«

VIII.

»Wie geht es Ihnen heute, mein Lieber?«

Er sah auf seine Hände. Er hatte wieder einmal keine Antwort. Er hob den Kopf und lauschte der Amsel, die im Baum vor dem geöffneten Fenster sang. Vögel mussten keine Fragen beantworten. Irgendwo in der Nähe surrte ein Rasenmäher.

Im hellen Therapieraum blieb es für Minuten still.

»Beim letzten Mal haben wir uns darauf verständigt, dass Sie versuchen, Tagebuch zu führen. Alles aufzuschreiben. Welche Gefühle Sie an welchem Tag zu welcher Stunde hatten. Sie haben mir zugestimmt, dass Ihnen das guttun würde.«

Er hielt seinen Blick fest auf seine Hände gerichtet. In dieser Haltung verbrachte er den Rest der Sitzung. Peinlich darauf bedacht, exakt in der Mitte des Sessels zu sitzen. Die Schultern zurück, die Hände parallel zu seinen Beinen gelegt. Die Stille tat ihm gut. Nur die Amsel sang. Was hätte er auch sagen sollen? Dass er eine schöne Frau kennengelernt hatte? Eine, die er unter keinen Umständen verlieren wollte? Es gab noch so viel zu tun. Und er machte immer noch zu viele Fehler. Diese Stille war der eigentliche Nutzen dieser Sitzungen.

»Also gut«, durchbrach die sich räuspernde Stimme die Stille, »machen Sie sich keine Sorgen. Das ist ganz normal. Der Anfang ist immer schwer. Sind die ersten Zeilen niedergeschrieben, geht alles einfach von der Hand. Wir setzen das Gespräch dann am Donnerstag fort? Die gleiche Zeit?«

Er nickte leicht. Er würde mit ersten Schreibübungen beginnen. Es war ein Spiel. Er wollte ihm ein paar Sätze an die Hand geben, die ihn beschäftigen würden. Über die würde er sprechen können, ohne viel von sich erklären zu müssen. Und vielleicht war nächsten Donnerstag auch die Amsel wieder da.

IX.

»Die gleiche Handschrift?« Frank zerknüllte das Blatt, das er vollgekritzelt hatte, und warf es in den Papierkorb.

Schrievers legte die Stirn in Falten. »Ja und nein. Beide Frauen waren jung. Der einen wurden die Arme abgeschnitten, der anderen die Augen herausgenommen. Beide waren nackt. Und bei beiden war vermutlich Propofol im Spiel. Die einzig echte Gemeinsamkeit ist die Plane. Schwere Qualität. Üblicherweise auf Baustellen im Einsatz, sagt die Kriminaltechnik.«

Ecki nickte. »Contzen wurde im Wald abgelegt, die andere aufgehängt. Alles riecht nach einem Zusammenhang, aber ich kann mir keinen Reim darauf machen. Leenders meint, das kann, muss aber kein Profi gewesen sein. Die Schnittflächen sind nur auf den ersten Blick sauber. Bei der zweiten Toten gibt es an den Knochen massive Kratzer. Entweder war da ein Laie am Werk, oder der Täter stand unter Drogen.« Ecki wollte Schrievers die Mappe mit den Bildern zuschieben.

Der Archivar hob eine Hand. »Keine Details, Ecki. Das ist ja widerlich.« Er überlegte einen Augenblick. »Sag mal, Frank, bei der ersten Leiche hast du an Ophelia denken müssen, bei der zweiten an Mona Lisa. Vielleicht ist das ein Hinweis? Der Mörder hat einen gewissen Hang zu den schönen Künsten?«

Frank begann erneut, ein Blatt zu bekritzeln. »Nee. Mona Lisa hängt im Louvre, samt Armen. Und Shakespeares Ophelia hat sich umgebracht. War halt nur so eine Assoziation. Vielleicht, weil Lisa sich gerade viel mit Kunst und Literatur beschäftigt.«

»Eine Inszenierung.« Ecki nickte nachdenklich.

»Warum sollte der Täter oder die Täterin das tun?« Frank konnte mit Eckis Idee wenig anfangen.

»Aus Lust an der Inszenierung. Theater spielen. Vielleicht stehen die Auffindesituationen für Zitate. Aus der Mythologie, aus der Bibel.« Schrievers zog seine Strickjacke gerade.

Frank unterbrach sein Gekritzel. »Zitate? Nee. Obwohl – der Täter hat einen hohen Aufwand betrieben, um seine Opfer so zu hinterlassen. Das hat schon eine ästhetische Komponente. Die ›Kammer‹ aus Plastikplanen war genau in der Mitte des Raumes platziert. Die Kantenlängen der vier Seiten waren exakt identisch. Das Stahlseil ist auf den Millimeter genau zwei Meter lang.« Er machte eine Pause, bevor er fortfuhr. »Aber ich verstehe die Chiffren nicht.«

»Die eine soll nichts sehen, die andere nichts anfassen«, trieb Ecki Franks Idee weiter.

»Warum hängt er die zweite Tote auf? Eine Bestrafung?«, warf Heinz-Jürgen Schrievers ein.

»Womit haben sie ihren Peiniger so verletzt, dass sie auf diese Weise sterben mussten?«

Das Telefon unterbrach ihre Überlegungen. Ecki nahm ab und hörte einen Augenblick zu. Stirnrunzelnd legte er auf.

»Leenders. Auch die Zweite wurde mit Propofol betäubt.«

»Ein Mediziner oder Apotheker.«

»Stopp«, korrigierte Schrievers Frank. »Das Zeug gibt's in jeder Internet-Apotheke. Und auch jede Anästhesieschwester kommt an das Zeug. Es geht das Gerücht: Ärzte sollen Propofol nehmen, um runterzukommen. Als heiße Spur würde ich das nicht bezeichnen.« Er entdeckte an seinem Uniformhemd einen offenen Knopf. »Propofol wird in Verbindung mit anderen Substanzen bei Hinrichtungen eingesetzt.«

»Hinrichtungen?« Das Wort elektrisierte Frank.

Schrievers schloss den Knopf. »In den USA. Eine Reihe deutscher Firmen hat das Narkosemittel hergestellt, das auch auf Todesspritzen aufgezogen wird. Soweit ich weiß, liefert aber keine mehr in die USA.«

»Wir sollten uns vorsorglich die Firmenadressen besorgen.« Frank sah Schrievers an. »Zwei Frauen, zweimal Propofol.«

»Kann kein großer Aufwand sein. Soweit ich mich erinnere, sind es nicht mehr als eine Handvoll Firmen. Eine sitzt in der Nähe von Hamburg, eine andere irgendwo im Breisgau. Michael Jackson soll ja angeblich an einem deftigen Cocktail aus Beruhigungsmitteln und Propofol gestorben sein.«

»Das ist mir alles zu vage.« Ecki schloss die Fotomappe. »Giftspritze. Hinrichtung. Cocktail. Ich weiß nicht.«

»Habt ihr das Umfeld von Simone Contzen schon gecheckt?«

»Was denkst du, Schrievers?«, fragte Ecki. »Wir sind damit fast durch. Wenig Erhellendes. Sie war wohl kein Mädchen von Traurigkeit, das steht fest. Wir haben noch ein, zwei Kontakte, die wir abklären müssen.«

Frank riss das Blatt mit seinen kryptischen Zeichen vom Block und begann, sich Notizen zu machen. »Mir geht die Ziegelei nicht aus dem Kopf. Niemand kommt ungesehen auf das Fabrikgelände, das kann mir keiner erzählen. Vielleicht gibt's ja einen Rentner, der vor Langeweile den ganzen Tag aus dem Fenster schaut und dem ein fremdes Kennzeichen aufgefallen ist. Die beiden Jungs müssen auch noch mal befragt werden. Ich will den Lebenslauf von allen Anwohnern. Ecki, trommel die MK für 16 Uhr zusammen. Wir müssen die Aufgaben neu verteilen.«

Es war nach 18 Uhr, als es klingelte. Katharina stand gerade unter der Dusche. Es ging ihr nicht nur um Abkühlung. Der gleichmäßige Wasserstrahl war Therapie. Wenn sie müde war oder sich krank fühlte, konnte eine 15-Minuten-Dusche wahre Wunder wirken. Katharina beschloss, nicht zu öffnen.

Sie konnte nicht begreifen, dass ihre Freundin tot war. Sie meinte, zwischen dem Rauschen des Wassers ihre Stimme zu hören. Das helle Lachen, so oft mit spöttischem Unterton. Die lebenslustige Simone! Immer auf der Suche nach dem Ritter auf dem weißen Pferd. Oft enttäuscht und doch wieder auf die Beine gekommen. Immer gut für einen Abend mit Wein, dem neuesten Tratsch und den schönsten Träumen. Simone existierte nicht mehr! Auf bestialische Weise umgebracht. Und nun eine zweite Leiche. Wer sollte das begreifen?

Dafür nistete sich dieses penetrante Geräusch in ihrem Kopf ein. Das Klingeln hörte nicht auf. Katharina spürte, wie sich ihr Nacken verkrampfte. Sie versuchte, es zu ignorieren, aber schließlich gab sie entnervt auf. Sie schlang sich ein Badetuch um den Körper und ging zur Tür. Ihre nackten Füße hinterließen eine feuchte Spur auf den Dielen.

Leise legte sie die Kette vor und öffnete die Tür einen Spaltbreit. »Ja?«

»Borsch, Frank Borsch.«

Katharina warf einen misstrauischen Blick erst auf den Dienstausweis und dann auf Frank. »Kriminalhauptkommissar? Polizei? Um diese Zeit?« Sie rümpfte die Nase.

»Ich habe nur ein paar Fragen. Ich hätte Sie gerne angerufen, aber Ihre Telefone sind ausgeschaltet.«

Sie bemerkte mit Genugtuung, dass dem Beamten in Zivil die Situation sichtlich unangenehm zu sein schien.

»Na schön.« Sie lächelte dünn. »Warten Sie hier, ich ziehe mir schnell etwas über.«

Frank kam sich vor wie ein ungezogener Junge, der vor der Tür auf seine Strafe warten musste.

Nach einer gefühlten Ewigkeit öffnete ihm die Frau erneut, nun in Jeans, T-Shirt und mit einem Handtuchturban auf dem Kopf, und bat ihn in ihr Wohnzimmer.

Frank warf einen schnellen Blick auf die Einrichtung. Eine Mischung aus Flohmarkt und modernem Design. Viele Bücher. Auf dem Schreibtisch ein teurer Laptop. Eine Flasche Wein, daneben ein halb gefülltes Glas.

»Schön haben Sie es.« Frank nickte anerkennend.

»Was wollen Sie von mir? Es geht mir nicht gut.«

»Darf ich?« Frank setzte sich in den Sessel vor ihrem Bücherregal.

»Bitte.« Sie rührte sich nicht vom Fleck.

»Ihnen geht es nicht gut?« Er lächelte verständnisvoll.

Als Antwort verschränkte sie ihre Arme vor der Brust.

»Sie wissen sicher, warum ich gekommen bin.« Frank spürte ihre Anspannung. »Wollen Sie sich nicht setzen?«

»Ich war mit Simone befreundet, wenn es das ist, was Sie wissen wollen.« Katharina blieb stehen.

»Wie gut kannten Sie Frau Contzen?«

Katharina suchte mit den Augen Halt an ihrem Laptop. »Sie war meine Freundin. Was wollen Sie von mir? Sie wissen, dass ich Journalistin bin?«

»Ja.« Ihre schlanke Figur, die hohen Wangenknochen, ihre vollen Lippen und das dunkle Haar, das unter dem Handtuch hervorlugte, erinnerten Frank an seine Freundin Lisa.

»Was starren Sie mich so an?« Sie verschränkte die Arme enger vor der Brust. »Ich würde mir gerne die Haare föhnen.«

Frank fühlte sich ertappt. »Tut mir leid. Es ist nur so, Sie erinnern mich an jemanden.«

Katharina verlagerte ungeduldig ihr Gewicht von einem Bein auf das andere.

»Frau Contzen war also eine enge Freundin.« Mehr eine Feststellung denn eine Frage.

Die Journalistin wartete ab.

»Sie waren mit ihr verabredet?«

Sie ließ überrascht ihre Arme sinken. »Wer sagt das?«

»Wollen Sie nicht doch?« Frank deutete auf das Sofa.

Sie setzte sich, ohne ihn aus den Augen zu lassen.

»Der Anrufbeantworter. Außerdem haben wir in der Wohnung einen Terminkalender gefunden. Darin steht, dass Sie gemeinsam zum Open Air wollten. Waren Sie auf dem Konzert?«

»Nein.«

»Warum nicht?« Die Frau irritierte ihn. Vielleicht lag es daran, dass auch ihre aufrechte Haltung Lisas ähnlich war.

»Ich habe mich mit einem Freund verquatscht. Ist das wichtig?«

»Wir rekonstruieren gerade Simones letzte vierundzwanzig Stunden. Möglicherweise ergibt sich daraus ein Ermittlungsansatz.«

»Hat sie sehr gelitten? Ich habe die Fotos gesehen.«

Was sollte er antworten? Dass sie zwar betäubt gewesen war, aber entsetzliche Schmerzen gehabt haben musste? »Wir warten auf den abschließenden Bericht der Gerichtsmedizin.«

»Ich begreife nicht, dass Simone tot sein soll.«

»Hatte Ihre Freundin einen Freund?«

»Warum?«

»Sie hatte kurz vor der Tat noch Geschlechtsverkehr.«

Katharina musste an Paul denken. Hatte Simone ihre Chance gesucht und genutzt?

»Sie sehen nachdenklich aus. Fällt Ihnen jemand ein?«

Sie schüttelte stumm den Kopf.

»Sicher?«

Sicher war sie nicht. Simone ließ nichts anbrennen. Und wenn Paul sich mit ihr hatte trösten wollen? Nein, der Gedanke war abwegig. Dafür war er zu sehr auf sie fixiert. Auf der anderen Seite, was mochte in einem Mann vorgehen, der sich zurückgestoßen fühlt? Verletzter Stolz war sicher nichts, das man gerne spürte. Schon gar nicht Paul.

»Sicher?« Frank wiederholte die Frage.

Katharina nickte. Bevor sie Pauls Namen nennen würde, wollte sie zunächst selbst mit ihm sprechen.

Frank hatte zunehmend das Gefühl, dass sie nicht die ganze Wahrheit sagte. »Mit wem haben Sie sich getroffen?«

»Mit einem Bekannten.« Ihr wurde mit einem Mal heiß. Wenn sich Paul nach ihrem Gespräch doch bei Simone hatte ausweinen wollen? Sie rechnete nach, wann sie sich von ihm verabschiedet hatte, das Konzert zu Ende gewesen war und wie viel Zeit Paul gehabt hätte, um sich mit Simone zu treffen. Nach allem, was sie von der Polizei wusste, könnte es durchaus passen. Nur, Sex mit Simone war die eine Sache, aber warum sollte er sie töten? Noch dazu auf diese Weise? Simone würde ihn nicht abgewiesen haben. Schließlich wusste Simone, dass sie mit Paul durch war. Sie hatte ihr damit indirekt freie Bahn signalisiert.

»Der Name?«

»Wollen Sie jetzt etwa die Freundin des Opfers verdächtigen? Wie weit sind Sie denn mit Ihren Ermittlungen? Oder muss ich offiziell Ihre Pressestelle fragen?« Sie konnte ihren Sarkasmus kaum bändigen.

Oh, die hübsche Journalistin fährt ihre Krallen aus! Nun war es an Frank, sarkastisch zu sein. »Sie kennen den Spruch: Jemandem die Augen auskratzen. Wird gerne dann zitiert, wenn es um Frauen geht.«

»Sie machen sich lächerlich.«

»Wenn es denn der Wahrheitsfindung dient«, erwiderte Frank eine Spur zu spöttisch.

»Ich habe mich mit einem Mann getroffen, um mit ihm Schluss zu machen. Zufrieden?«

»Der Name würde mir schon ein Stück weiterhelfen.«

Sie nannte Pauls Namen. »Sind Sie jetzt zufrieden?«

Frank deutete eine Verbeugung an. »Zu Ihrer Frage, es gibt wenig Neues. Wie heißt es so treffend: Wir ermitteln in alle Richtungen. Sind Sie sicher, dass Sie das Thema weiterhin bearbeiten wollen? Ihr journalistisches Ethos in allen Ehren.«

»Seit wann interessiert sich die Polizei für ethische Fragen?« Sie gab sich keine Mühe, den zynischen Unterton zu unterdrücken. »Wenn Sie es genau wissen wollen: Das bin ich Simone schuldig.« Sie stand auf. »War es das? Mir wird kalt.«

Frank sah sie aufmerksam an. Katharina Ungerechts hatte sich innerhalb weniger Augenblicke von der trauernden Freundin zur unnahbaren Journalistin gewandelt.

»Ich bin gleich fertig. Hat Ihre Freundin erwähnt, dass sie jemanden kennengelernt hat?«

Sie schüttelte den Kopf.

»Sie war ein lebenslustiger Mensch?«

Sie nickte.

»Hatte sie wechselnde Kontakte zu Männern?«

Sie war mit jeder Frage mehr von der inquisitorischen Haltung des Bullen angewidert. Katharina musste sich zwingen, sachlich zu bleiben. »Sie war kein Flittchen, wenn Sie das meinen. Sie war ein liebenswerter Mensch. Aber das haben ihre Eltern Ihnen sicher schon erzählt.«

Frank nickte. »Genau, allein schon wegen der Eltern müssen Sie uns helfen. Ihre Freundin war also in letzter Zeit solo?«

Was sollte sie dem Bullen antworten? »Simone war fröhlich, hübsch und aufgeschlossen. So jemand findet immer Anschluss.«

»Das klingt so, als sei Ihnen das nicht recht gewesen.«

»Sie war erwachsen und niemandem Rechenschaft schuldig.«

»Auch Ihnen gegenüber nicht?«

»Warum sollte sie?« Katharina Ungerechts trat ungeduldig von einem Bein auf das andere.

»Hatte sie vielleicht auch ein Auge auf Ihren Freund geworfen?«

»Paul? Nein!«

»Eifersucht ist ein starkes Motiv.«

»Na, na, dann hätte doch ich das Opfer sein müssen. Ich habe sie bestimmt nicht getötet. Einfach lächerlich!«

»Also hat sie?« Frank blieb unbeeindruckt.

»Nein. Hat sie nicht. Jedenfalls nicht in der Zeit, in der ich mit ihm zusammen war. Was soll der Quatsch? Hören Sie, mir ist wirklich kalt.«

»Und wann haben Sie die Beziehung zu Herrn Eggerath beendet?«

»Ich habe mich schon vor einiger Zeit von ihm getrennt. Aber er hat das nicht akzeptieren wollen. Ständig hat er mich angerufen, mir Mails geschickt und SMS. Paul hat bestimmt kein Interesse an Simone gehabt.« Sie winkte ab.

Sieh an, sie hat diese Möglichkeit auch schon in Betracht gezogen, dachte Frank. »Lassen Sie uns über Paul sprechen.«

»Haben Sie nicht verstanden? Ich will ins Bad.«

»Wir sind gleich fertig. Was ist er für ein Mensch? Was macht er beruflich? Wo wohnt er?«

»Er ist Statiker.«

»Hier?«

»Bauamt, Kreis Viersen.«

»Hat er schon immer als Statiker gearbeitet?«

»Ich verstehe Ihre Frage nicht.« Sie verschränkte ihre Arme vor der Brust.

»Ganz normale Ausbildung?«

»Soviel ich weiß.«

»Als Statiker muss man einen besonderen Sinn für Ordnung haben. Es geht um Genauigkeit, Exaktheit in der Berechnung.«

»Und?«

»So was kann schon mal nerven.« Frank nickte aufmunternd.

»Ich habe selten einen Menschen erlebt, der so penibel ist. Unerträglich im Dauerbetrieb. Hat er von seiner Mutter.«

Frank schmunzelte. »Ordentlich gefaltete Kleidung erspart das Suchen.«

Katharina Ungerechts kommentierte die Feststellung nicht.

»Medizinische Vorkenntnisse hat er nicht?«

Ein erstaunter Blick war ihre einzige Antwort.

»Routinefrage.«

»War's das?«

»Paul Eggeraths Anschrift, bitte.«

Katharina diktierte Frank die Angaben.

»Danke. Es kann sein, dass wir Sie noch einmal bemühen müssen.« Frank stand auf und trat auf sie zu. »Unser Gespräch darf auf keinen Fall Gegenstand der Berichterstattung sein. Das hat nichts mit Einschränkung der Pressefreiheit zu tun. Nicht, dass Sie das missverstehen.«

»Keine Sorge, Herr Kriminalhauptkommissar«, sie betonte seinen Dienstrang überdeutlich, »ich habe kein Interesse daran, meine Beziehungen und mein Seelenleben vor den Lesern auszubreiten. Allerdings bin ich mir nicht sicher, ob sie nicht erfahren wollen, dass die Polizei nichts Besseres zu tun hat, als in den falschen Ecken herumzuschnüffeln.«

Frank ließ sich nicht provozieren. »Eine letzte Frage: Was sind Ihre Themen bei der Zeitung?«

»Ich kümmere mich um das Leben der Menschen.«

Abweisender ging es nicht. Nun gut. »Das tue ich auch.«

»Das glaube ich weniger. Ihr Thema sind die Toten. Und das macht wenig sensibel«, spottete sie.

»So, meinen Sie?«

»Seien Sie sicher, dass ich Ihnen auf den Fersen bleibe. Zwei Morde in so kurzer Zeit! Ich will, dass Simones Mörder schnell gefunden wird. Wie gesagt, das bin ich ihr schuldig.«

Sie weiß mehr, als sie sagt, dachte Frank, als er seinen MGB startete. Er würde schon noch herausbekommen, was es war.

Katharina beobachtete von ihrem Wohnzimmerfenster aus, wie der Kommissar in seinem offenen Cabrio davonfuhr. Zwei tote Frauen! Sie stöpselte spontan ihr Telefon ein und wählte Pauls Nummer. Während sie auf die Verbindung wartete, ließ sie ihren Blick über die Dächer der Häuser gegenüber bis hinauf zum Himmel wandern. Er würde bald die Dramaturgie der Nacht übernehmen. Die dunklen Wolken kündigten ein heftiges Gewitter an. Der Bulle sollte besser seine Karre wetterfest machen.

Paul meldete sich nicht. Ohne auf den AB zu sprechen, legte sie auf. Sie schrieb Grünewald eine SMS und sagte die Verabredung fürs erste Interview ab. Simone war jetzt wichtiger.

Grünewald. Sie hatte seinen Namen gegoogelt, aber nichts gefunden. Auch kein Foto. Allerdings war er in einem Alter, in dem man nicht unbedingt Wert auf ein Leben in der virtuellen Welt legte. Da war die Tatsache, dass er ein Mobiltelefon besaß, allein schon eine Überraschung. Es dauerte kaum fünf Minuten bis zu seiner Antwort: *kein problem. Ich erwarte ihren vorschlag. Lg, Grünewald.*

Ein seltsamer Kauz, aber sympathisch. Trotz ihrer Trauer um Simone musste sie lächeln. Die Arbeit an einem Porträt über den »Mann mit Hut« würde ihr großen Spaß machen. Ein Lichtpunkt in ihren grauen Gedanken. Mit einem Blick auf die Uhr rief sie Liebig in der Redaktion an. Seine Leitung war besetzt. Sie seufzte. Sie würde gleich morgen bei der Staatsanwaltschaft anrufen und einen Interviewtermin fordern.

Nachdem Katharina ihr Haar getrocknet hatte, goss sie eine Kanne Tee auf. Sie musste nachdenken. Warum wollte Borsch so viel über Paul wissen? Und dann noch die Frage nach medizinischen Vorkenntnissen.

Katharina setzte sich an das geöffnete Küchenfenster und sah hinauf in den nachtblauen Himmel. Es war ein langer Tag gewesen und nun die richtige Stunde zwischen Arbeit und Traum, um sich mit einem Tee und Oles Zärtlichkeit aus dem Tag zu stehlen. Sie wählte bereits seine Nummer, als ihr einfiel, dass er Nachtdienst hatte. Ole, der Chirurg. Ole mit den zarten Händen. Der ihren Körper liebte, weil er »die perfekte Anatomie hat«. Sie hatte ihn mit Kissen beworfen, ihn einen »schrecklichen Macho« geschimpft und sich doch seinen Händen entgegengebogen.

Sie meinte, den leichten Druck seiner Finger auf ihrer Haut zu spüren. Seine Hände hatten jede Beugung, jede Vertiefung, jede Ebene und jeden Muskelstrang ihres Körpers mit geradezu wissenschaftlicher Akribie vermessen. Irgendwann war sie verschwitzt und glücklich in seinem Arm eingeschlafen.

Warum hatte Ole ausgerechnet heute Nachtdienst? Sie dachte einen Augenblick lang daran, ihn mit einer Flasche Wein im Bereitschaftszimmer der Station zu überraschen. Aus der Ferne klang leises Gewittergrollen zu ihr herüber.

Sie trank ihren Tee und horchte auf die Geräusche der schläfrigen Stadt. Irgendwo zwischen den Häusern bellte ein Hund. Zwei Stockwerke über ihr lief der Fernseher. Die Geräusche der nahen Durchgangsstraße verschmolzen mit dem stärker werdenden Donner.

Als sie das Fenster schloss, bemerkte sie im Schatten der gegenüberliegenden Straßenseite einen roten Punkt.

Es war eine Zigarette, die aufglühte.

Der Leiter der Kriminaltechnik sah von seinem Bildschirm auf. »Einen derart aufgeräumten Tatort habe ich noch nie gesehen.«

»Heißt?«

Torsten Linder schmunzelte. »Nicht sauber, sondern rein.«

»Wo ist der Unterschied?« Ecki verstand nicht.

Linder lächelte, als würde er das Geheimnis lieber für sich behalten wollen. »Allein die Art, wie die Kleidung am Tatort lag, verweist auf einen Pedanten. Und wie die Planen an der Decke befestigt waren: auf Schienen gezogen, die Dübel im exakt gleichen Abstand zueinander. Keine Fingerabdrücke, keine Fasern. Weder auf der Leiche, am Stahlseil, an den Lampen noch sonst wo im Raum. Wir haben lediglich auf dem Weg zum Tatort an den Wänden ein paar abgeriebene Fasern gefunden. Und die werden von den beiden Jungs stammen. Darauf wette ich.«

»Dann müsst ihr die Ziegelei noch einmal auf den Kopf stellen. Es muss Spuren geben.«

Torsten Linder lächelte dünn. »Es gibt tatsächlich eine Übereinstimmung mit dem Tatort im Wäldchen.«

»Nun?« Frank konnte seine Ungeduld kaum verbergen.

»Auch dort nix. So einen Reinheitsfimmel habe ich noch nie erlebt. Ich habe ein ganz bestimmtes Täterbild vor Augen: ein Buchhalter. Grauer Anzug, graues Gesicht. Klein, unauffällig. Ordentliches Äußeres. Aktentasche. Sparsame Gesten. Wenig Außenkontakte. Vielleicht Kirchgänger.«

»Die Beschreibung passt auf die meisten Deutschen. Damit werden wir nicht weit kommen.« Ecki verzog enttäuscht den Mund und grinste dann übergangslos. »Keine gelben Fasern? Von einem Pullunder. Selbst gestrickt. Ich muss gerade an Laumen denken. Die Beschreibung passt perfekt zu unserem Verwaltungsheini.«

»Quatsch. Wir sollten die Fotos und das Filmmaterial, das es von dem Open Air gibt, noch einmal sichten.«

»Gute Idee, Linder. Dann mach dich mal an die Arbeit.«

»Nee, nee, nee. Ich habe hier einen Berg Unerledigtes liegen. Habt ihr keine Praktikanten? Die könnten sehr schön lernen, was Polizeiarbeit wirklich bedeutet.« Torsten Linder wandte sich wieder seinem Bildschirm zu.

»So kommst du uns nicht aus, mein Freund.« Frank setzte sich neben den Kriminaltechniker.

Ecki legte eine Hand auf Linders Schulter. »Weißt du schon, woher die Plane stammt?«

Ohne aufzusehen, zog Linder eine Mappe aus einem Stapel Unterlagen und hielt sie Ecki hin. »Italien. Sizilien. Die Firma sitzt ganz in der Nähe von Neapel. Ist Konfektionsware. Die verkaufen im Jahr zig Tonnen von dem Zeug. Sackgasse.«

»Italien?«

»Das heißt gar nichts.« Torsten Linder ahnte, was Frank dachte. »Geht die Vermisstenfälle noch mal durch. Die Tote ist doch nicht vom Himmel gefallen. Eltern, Freunde, Kollegen, Lover, Ehemann.« Linder seufzte.

Ecki schüttelte den Kopf. »Bis jetzt negativ.«

Torsten Linder griff noch einmal in den Stapel und zog ein Foto vom Torso der Frau hervor.

»Sportliche Figur. Sie war regelmäßig beim Work-out. Habt ihr die Fitnessclubs abgeklappert? Oder die Tattoo-Studios?«

»Warum das?« Frank runzelte die Stirn.

»Vielleicht wurden ihr die Arme abgeschnitten, um Spuren zu verwischen. Ein Tattoo könnte ihre Identität verraten. Jeder Tattoo-Stecher hat seine eigene Handschrift. Und die Branche kennt sich untereinander.«

»Gut, dann kommt das auch noch auf unsere Liste.« Ecki hatte sich Linders Hinweis bereits notiert.

X.

»Es tut mir so leid.«

Sie hatte lange mit sich gerungen und sich dann doch mit Paul getroffen. Sie musste Klarheit haben.

»Du warst doch ihre beste Freundin! Und jetzt musst du ihren Mord recherchieren. Grausam. Und dann die andere Frau.« Unter Pauls Mitleid hatte sich eine Spur Neugierde gelegt.

Katharina ärgerte sich maßlos, dass sie das Gespräch überhaupt in Erwägung gezogen hatte. Nachdem er sie in den vergangenen Tagen mit Anrufen überschüttet hatte, musste er annehmen, dass sein Betteln erfolgreich war. Bei dem Gedanken begann ihr Magen zu rebellieren.

»Warum sagst du nichts? Katharina, arme Katharina.«

Sie war zu erschöpft, um seine Hand wegzuschieben, die er auf ihren Arm gelegt hatte.

Schon das Gespräch mit Liebig hatte sie ausgelaugt. In Wahrheit war es kein Gespräch gewesen. Angebrüllt hatte er sie. Die gesamte Redaktion hatte mithören können. Liebig hatte »echte Recherche!« verlangt, sie eine »Enttäuschung« genannt. Pressemeldungen abschreiben könne jede Praktikantin. Zur Journalistin reiche dies aber noch lange nicht. Wie oft er ihr das schon gepredigt habe. Die ganze Litanei. Allzu oft gehört, als dass sie sie noch sonderlich ernst nehmen konnte.

Trotzdem hatte Liebigs Tirade sie erschöpft. Was sie besonders getroffen hatte, war der eine Satz gewesen: »Wenn du nicht stark genug bist für diese Story, schaffst du es nie. Dann kannst du dich beim Veranstaltungskalender entfalten.«

Der Gedanke ließ sie aufstöhnen. Aber eines Tages würde sie auch ihn schaffen! Das hatte sie sich auf dem Weg aus der Redaktion geschworen.

Doch jetzt musste sie sich um Paul kümmern. Klarheit haben und die Sache zu Ende bringen. Wegen Ole und wegen Simone.

»Paul, hör zu –«

Er ergriff ihre Hand. »Sag nichts, Liebes. Du musst jetzt nicht reden. Ich weiß doch, wie es dir geht. Ich bin bei dir.«

Katharina hatte das Gefühl, laut schreien zu müssen.

»Was kann ich tun, damit es dir besser geht?« Ohne eine Antwort abzuwarten, winkte er der Kellnerin und bestellte noch einmal zwei Milchkaffee »für die junge Dame und für mich«.

»Paul, ich –« Es klang wie ein erneutes Stöhnen.

»Weißt du was? Wir fahren weg! Einfach raus. Das hattest du doch sowieso vor! Was hältst du von England? Lass uns die Überfahrt buchen und das Ganze hier vergessen. Nur wir beide! Ein Cottage irgendwo auf dem Land. Cotswolds, Cornwall, was du willst.« Er strahlte sie an. »Sag einfach Ja, und morgen sieht die Welt wieder anders aus.«

Sie startete einen letzten Versuch. »Paul –«

»Ich wusste, dass du Ja sagen würdest.« Paul tätschelte ihre Hand und nickte der Kellnerin zu, die den Milchkaffee brachte. »Katharina, du bist wunderbar. Also, Cornwall.«

»Paul.« Ihre Stimme zitterte und war so überraschend laut, dass die Gespräche an den Nachbartischen abrupt verstummten.

Paul erstarrte mitten im Umrühren. Langsam legte er den Löffel neben seine Tasse.

»Ich sage es ein letztes Mal: Es ist aus. Endgültig. Wir passen nicht zusammen. Und du weißt das.« Katharina schob seine Hand weg. »Das haben wir alles schon tausendmal besprochen. Und du hast gesagt, dass du mich verstehst.«

Paul hielt den Kopf gesenkt. Es war nicht mehr als ein Flüstern, aber für Katharina klang es wie eine Drohung. »Geh nicht fort. Das darfst du nicht.«

»Hör auf damit, Paul. Du und ich, wir haben unsere Zeit gehabt. Und unseren Spaß. Nun ist es vorbei.«

»Du hast einen anderen. Stimmt's?«

»Du hast kein Recht, das zu fragen. Ich bin nicht dein Eigentum.« Katharina griff nach ihrer Umhängetasche. Dann verzichtete sie halt auf diese eine wichtige Frage.

Er hielt seinen Kopf gesenkt. »Ich liebe dich doch.«

»Das finde ich schön, Paul.« Ihre Stimme bekam für einen Augenblick einen weichen Klang. »Aber es ändert nichts.«

Er schaute sie an, aber sein Blick ging durch sie hindurch. »Bist du sicher? Ich dachte, ich könnte dir eine Hilfe sein. Jetzt, da Simone tot ist. Katharina.«

»Hat Simone dich angebaggert?«

»Was?« Paul wirkte verblüfft.

»Hat sie dich angegraben? Hat sie?« Ihre Stimme klang zunehmend schärfer.

»Warum sollte sie? Nein, hat sie nicht.« Paul nahm den Teelöffel auf und begann erneut, in seiner Tasse zu rühren.

»Sie hat.«

Sein Blick wurde eine Nuance dunkler. »Warum sollte sie? Sie wusste doch, dass wir zusammen sind und uns – lieben.«

Katharina lachte auf. »Ich habe ihr davon erzählt, dass es aus ist zwischen uns. Also, hat sie dir schöne Augen gemacht? Oder du ihr? Du hast sie angegraben!«

»Sie war deine beste Freundin. Und ich liebe nur dich.«

»Sie war kein Kind von Traurigkeit. Sie hat selten etwas anbrennen lassen. Dafür sei das Leben zu kurz.« Sie musste schlucken. »Sie hat recht behalten.«

»Katharina! Du klingst so anklagend.« Mit einer ärgerlichen Bewegung ließ Paul den Löffel auf den Tisch fallen. »Wie kannst du nur denken, dass ich mich an sie herangemacht habe! Ich habe keine Lust, mich verteidigen zu müssen.«

»Sie hat dich also angerufen.« Sie wusste nicht, ob ihr Pauls Blick Genugtuung gab oder sie verletzte.

»Sie hat mich angerufen. Ja.« Seine Augen blieben dunkel. »Sie wollte sich mit mir nach dem Festival treffen. Auf ein Bier. Zum Reden. Einfach so.«

»Einfach so?« Pauls Antwort versetzte ihr einen Stich.

»Was interessiert dich das? Ich denke, es ist vorbei?«

Sie suchte nach Argumenten und geriet dabei in eine Verteidigungshaltung, die ihr nicht gefiel. »Ich frage aus rein journalistischem Interesse.«

»Du bist jetzt ganz Reporterin? Nichts weiter?«

»Nichts weiter.« Ihre Antwort kam vorschnell und patzig.

»Wir haben uns nicht getroffen. Ich wollte alleine sein. Mich zu Hause besaufen. Kein Bock auf Begleitung.«

»Das soll ich dir glauben? Der einsame Wolf, der sich mit einer Flasche Whisky in seinem Bau verkriecht und seine Wunden leckt. Ich kann mir eher vorstellen, dass du ihr Angebot nur zu gerne angenommen hast. Die gute Simone, die deine Probleme wegstreichelt und dich versteht.«

In Pauls Gesicht zuckte es. »Du tust mir weh. Katharina. Was soll ich denn noch sagen, damit du mir endlich glaubst! Mich haben keine anderen Frauen mehr interessiert, seit ich dich getroffen habe. Das musst du mir glauben.«

Sie dachte an Simone und ihre Männer. Sie hätte sicher auch bei Paul alles darangesetzt, um zum Erfolg zu kommen. Einer Simone gab man keine Abfuhr.

Sie schulterte ihre Tasche und stand auf.

»Geh nicht. Bitte.« In seinen Augen erschien Zorn. »Du zerstörst alles. Überlege, was du tust.«

Katharina sah sich um. Sie hatte das Gefühl, auf einer Bühne zu stehen. Oh Gott: »Du zerstörst alles«! Das war schmalziges Liebesleid pur! Und – was sollte diese alberne Drohung?

»Dann geh eben du. Ich bleibe.« Sie hielt den Riemen ihrer Tasche so fest, als wäre er ihre Rettungsleine.

Er sah sie an.

Sie hielt seinem Blick stand. Wer würde zuerst aufgeben? Katharina war fest entschlossen, diesen Kampf zu gewinnen.

Endlich erhob sich Paul. Er zog einen Geldschein aus der Hosentasche und legte ihn auf den Tisch. »Ich bleibe nicht gern etwas schuldig.«

Wie lächerlich, dachte Katharina und schwieg. Einen Moment lang sah es so aus, als sei Paul unschlüssig. Dann deutete er eine knappe Verbeugung an. »Ich hoffe, du weißt, was du tust.«

Es klang wie eine erneute Drohung.

Sie sah ihm hinterher, wie er das Lokal verließ, ohne sich noch einmal umzusehen. Katharina war erleichtert und besorgt. Was hatte Pauls Bemerkung zu bedeuten? Sie ließ sich zurück auf ihren Stuhl fallen. Noch so eine Szene würde sie nicht durchstehen.

Lustlos betrachtete sie ihren Milchkaffee. Sie würde nach Hause fahren und an dem Artikel arbeiten. Und würde sie nicht fertig werden, musste Liebig sich eben gedulden.

Katharina ließ ihre Tasche los. Simone war tot. Der Satz kreiste in ihren Gedanken. Simone ist tot. Aber sie fühlte nichts. Sie versuchte, sich an die Abende zu erinnern, an denen sie auf der Couch gesessen, zu viel getrunken und dabei eine komplette Staffel *Sex and the City* durch den DVD-Player gejagt hatten. Gelacht hatten sie, sich aneinandergelehnt, hatten geträumt und Pläne geschmiedet.

Aber die Bilder wollten nicht bleiben. Ihr Kopf war leer. Als hätte es diese Abende nie gegeben.

Hätte sie Liebig nur nicht nachgegeben! Was sollte sie über Simone schreiben? Sollte sie von der kleinen Simone erzählen, ihrem Verhältnis zu ihren Eltern, das niemals unproblematisch war? Von ihren Teenagerträumen? Dass sie bei ein paar tiefen Blicken alle Bedenken vergaß und jede Warnung ihres Selbsterhaltungstriebes ignorierte? Dass sie die ewig Suchende war? Dass sie Männer fast so sehr liebte wie ihre sündhaft teuren Handtaschen und Schuhe? Dass sie in ihrer kleinen Wohnung nächtelang heulen konnte wie ein Baby? Dass sie Simone bewundert und gleichzeitig, das wurde ihr plötzlich und zu ihrem eigenen Schrecken klar, gehasst hatte? Über Tote darf man nichts Schlechtes sagen, hatte ihre Großmutter gesagt. Sie sollte über Simone schreiben und wusste doch, dass sie es nicht konnte. Den Text musste jemand anderes schreiben! Sollte Liebig sie für eine Versagerin halten.

»Frau Ungerechts?«

Erschrocken blickte sie auf. Erst jetzt bemerkte sie, dass ihre Wangen feucht waren.

»Ist Ihnen nicht gut?«

Grünewald. Wo kam der Mann mit Hut so plötzlich her?

»Darf ich mich zu Ihnen setzen? Oder möchten Sie lieber alleine sein? Ich kann ohnehin nicht lange bleiben. Ich habe Sie zufällig durch das Fenster gesehen.«

Katharina wischte sich mit dem Handrücken über die Wangen und versuchte ein Lächeln. Seine Fürsorge, die so überraschend gekommen war, tat ihr gut. Seine wenigen Worte strahlten eine Wärme aus, die sie daran erinnerte, dass sie schon den ganzen Tag über das Gefühl hatte, die Sonne habe nicht mehr die Kraft, sie zu erreichen.

»Sehen Sie, Sie lächeln ja schon wieder.« Grünewald setzte sich und sah sie aus seinen unergründlich blauen Augen aufmunternd an. »Darf ich Ihnen etwas bestellen? Etwas Kühles vielleicht?«

Sie schüttelte den Kopf. »Danke. Ich wollte gerade gehen.«

»Wollen Sie mir nicht erzählen, was Sie so traurig macht? Das Leben ist zu kurz, um es unnötig mit Trauer zu belasten.« Sein Blick wurde zusehends fröhlicher. »Genießen Sie den Tag. Gehen Sie hinaus in die Welt, und halten Sie die schönen Dinge fest. Gehen Sie spazieren. Spüren Sie den Wind in Ihrem Haar.«

Nun musste Katharina tatsächlich lachen. »Sie sind ein hoffnungsloser Romantiker, stimmt's? Was kann ich Ihren Worten entgegensetzen? Vielleicht haben Sie recht.«

»Aber sicher habe ich recht. Schauen Sie sich um: Die Menschen genießen das Leben. Nehmen Sie nur das Pärchen in der Ecke da hinten. Sehen Sie, wie sie ihn anhimmelt? Sehen Sie, wie er ihre Hand hält? Das ist Liebe, das ist Leben.«

»Sind Sie Seelsorger?«

Er stutzte und musste dann lachen. »Nein, nein. Ich habe in meinem Leben einfach genug erlebt, um zu wissen, dass nur die schönen Dinge zählen und die Liebe jede Wunde heilt. Sie können es die Erfahrung des Alters nennen, wenn Sie wollen.« Sein Blick wurde ernst. »Wollen Sie mir nicht erzählen, warum Sie geweint haben? Liebeskummer?«

Katharina sah ihn lange an. Grünewald hatte eine Begabung, ihr direkt in die Seele zu blicken. Dies war bemerkenswert, und gleichzeitig verunsicherte es sie auch. Sie wunderte sich über sich selbst. Sie kannte den Mann nicht und hatte trotzdem das Bedürfnis, ihm aus ihrem Leben zu erzählen. Von ihrem Job, von Ole. Von Paul, der sie nicht in Ruhe ließ. Von Liebig wollte sie erzählen und von Simone. Vor allem von Simone.

Aber sie hatte einen Auftrag. Sie sollte Grünewald mit den Augen einer Journalistin betrachten, die ihr Rechercheobjekt und ihre Chancen auf eine gelungene Story taxiert.

Doch da war noch etwas anderes im Spiel. Ein Gefühl, das sie noch nicht in Worte fassen konnte. Er verwirrte sie mit seiner Art, wie er mit ihr sprach. Seine Worte klangen so vertraut, als würde sie ihn seit vielen Jahren kennen. Nicht als begehrenswerten Mann. Nein, eher als väterlichen Freund.

Er unterbrach ihr Schweigen. »Sie haben recht. Ich bin zu neugierig. Sie sind die Journalistin. Entschuldigen Sie.«

»Nein, nein.« Sie winkte erschrocken ab. »Nur«, sie suchte nach den passenden Worten, »in den vergangenen Tagen ist viel passiert.« Sie räusperte sich. »Ich habe mich gerade, freiweg gesagt, von einem Mann getrennt. Und dann ist da noch Simone. Meine Freundin. Sie ist tot. Sie ist ermordet worden.«

Sie spürte mit jedem Wort, wie froh sie über Grünewalds Gegenwart war. Ihre Sätze kamen immer leichter. »Ja, brutal ermordet. Und nun soll ich über sie schreiben.« Ihre Augen suchten seine. »Ich hoffe, Sie sind mir nicht böse. Ich möchte von Ihnen vieles wissen. Nur – es passt gerade nicht ganz.«

Grünewald legte seine Hand auf ihren Unterarm, zog sie aber sofort wieder zurück. Die unvermittelte Berührung mit ihrer Haut schien ihn zu überraschen.

»Machen Sie sich meinetwegen keine Sorgen.« Er lächelte sie aufmunternd an. »Ich bleibe Ihnen erhalten.«

Katharina spürte, wie ihre Anspannung wich. »Das ist schön. Sie haben nämlich so viel zu erzählen.«

»Das war Ihre Freundin? Wie entsetzlich.« Grünewald überflog mit einem Blick die Nachbartische, dann beugte er sich vor. »Hat die Polizei schon Hinweise auf den Täter?«

Sie schüttelte den Kopf. »Schlimmer. Es gibt eine zweite Leiche.« Sie erzählte kurz, was sie wusste.

»Ich habe davon gelesen. Schreckliche Sache.« Seine Stirn zog sich in Falten, und sein Blick wurde betrübt.

»Simone hat man die Augen herausgeschnitten. Was mit der anderen Frau gemacht wurde, sagt die Polizei nicht genau.« Katharina lief ein Schauer über die Arme.

»Sie frieren ja.«

»Nein, es ist nur, dass ich –« Sie brach ab.

»Eine Freundin auf diese Weise zu verlieren.« Seine Stimme wurde noch wärmer. »Und dann die Sache mit Ihrem Freund. Das muss Sie sehr mitnehmen.«

Paul! Paul, der immer nur sich selbst sah. »Kein großer Verlust. Tut nicht wirklich weh. War ein Fehler.« Sie sah aus dem Fenster und dachte an Ole.

»Das ist weise. Schmerzen gehören zu unserem Leben. Wenn Sie das erkannt haben, liebe Katharina, kann Ihnen nichts mehr passieren. Ich denke, der Neue ist sowieso ganz anders.«

Katharina sah Grünewald erschrocken an.

Bevor sie etwas sagen konnte, zwinkerte er ihr amüsiert zu. »Sie fragen sich, woher ich das weiß?«

Unglaublich, dachte Katharina. Sie kannte niemanden mit einem ähnlichen Feingefühl. Na ja, mit Ausnahme von Ole. Der »Junge«, wie sie ihn liebevoll für sich nannte, war ein echter Volltreffer. Sehr zärtlich, mit viel Humor, pragmatisch, die perfekte Mischung aus Frauenversteher und Mann fürs Bett.

»Sehen Sie, jetzt lachen Sie wieder. Das ist gut.« Grünewald sah auf seine Uhr. »Ich muss gehen. Leider. Wollen Sie mich ein Stück begleiten? Dann können Sie mir über Simone erzählen. Wenn man über Dinge spricht, werden sie einem klarer, und man weiß, was zu tun ist. Wollen wir?«

Er bot ihr tatsächlich seinen Arm an! Sich bei jemandem einhaken – wer tat das heute noch? Mit plötzlich erwachender Unternehmungslust stand sie auf und winkte der Kellnerin.

Schrievers setzte die Brille ab und rieb sich ausdauernd über die Augen. »Mann, bin ich müde. Es gibt keine Vermisstensache, die zu unserem Torso passt.«

»Das kann nicht sein«, wandte Ecki ein und biss in eine Nussschleife, die er zur Besprechung mitgebracht hatte. Er war ohne Frühstück zum Dienst gefahren. Auf seinem Familienplan hatte überraschend Rechnen gestanden. Nils hatte ihm bei Müsli und Kakao gestanden, dass er vergessen hatte, Mathe zu machen.

»Wenn ich es doch sage.« Schrievers ließ die Nussschleife nicht aus den Augen. »Ich bin alle Altfälle durchgegangen.« Er hielt Frank eine Mappe hin. »Schau's dir an. Männer, Frauen und Kinder – alle verschwunden und nie wieder aufgetaucht.«

Frank blätterte halbherzig durch die ersten Seiten.

»Es gibt Menschen, die lassen buchstäblich alles zurück, selbst ihre Kleidung.«

Ecki ließ einen großen Bissen Hefeteilchen in seinem Mund wandern. »Sie verschwinden nackt?«

Schrievers erzählte Ecki von Jakischs Anruf.

»Okay. Das ist Allgäu. Ich kann mich nicht erinnern, dass hier vor sechs Jahren eine Frau als abgängig gemeldet wurde.«

»Ich finde es aber schon auffällig. Wer zieht sich aus und geht freiwillig ins Moor? Um dort elendig zu ersticken.« Der Archivar schüttelte sich bei dem Gedanken.

»Eine falsche Spur. Die Frau liegt in Wahrheit im Beton unter einer Terrasse. Wäre nicht die erste Ehe, die so endet.«

»Ich habe Pumuckl versprochen, mich ein wenig umzuhören.«

»Der Archivar und sein großes Herz«, spottete Ecki.

»Pass mit dem Zuckerguss auf. Nachher klebt wieder alles«, knurrte der Archivar.

»'tschuldigung.« Ecki wusste, warum der Archivar schlecht gelaunt war. »Willst 'n Stück?«

Schrievers überging das halbherzige Angebot. »Ich habe nicht nur bei uns recherchiert. Auch im Ostblock nix.« Er nahm die Mappe zurück und blätterte die hinteren Seiten auf.

»Bringt uns also auch nicht weiter.« Ecki vermied es, ein genießerisches »Hm« hinterherzuschicken. Stattdessen suchte er nach einem Taschentuch. Nussschleifen standen ganz oben auf der Hitliste seiner Lieblingsbackwaren.

»Was sagt Leenders?« Schrievers ließ seinen Freund nicht aus den Augen.

Ecki wischte sich über die Finger. »Nichts Neues. Keine Fremdspuren. Beide Frauen wurden zunächst sediert.«

»Ein Sadist.« Schrievers setzte seine Brille auf und ging zu einem seiner Stahlschränke. »Wenn ich mich nicht irre, dann sitzen alle einschlägig Bekannten ein«, murmelte er und zog den nächsten Stahlschrank auf. »Mir geht gerade so eine Idee durch den Kopf.« Er sprach mehr zu sich selbst als zu seinen Kollegen. »Wenn ich nur wüsste, wo ich sie abgelegt habe. Andererseits, ein Haus verliert nichts. Sagt Gertrud. Und die hat immer recht.«

Vor sich hin murmelnd begann er, Berge von Akten, Ordnern und Schnellheftern von einer Seite auf die andere zu räumen. Der Archivar der Mönchengladbacher Polizei war in seinem Element. Sein Büro war sein Fundus, reich bestückt mit kriminalistischen Schätzen aller Art, aus dem er immer wieder die erstaunlichsten Dinge zutage förderte. Mehr als einmal hatte er den Kollegen den entscheidenden Tipp geben können. Und die hatten längst akzeptiert, dass er Computer auf den Tod nicht leiden konnte und alles daransetzte, sie aus seiner Arbeit herauszuhalten.

Schließlich drehte Schrievers sich um. Ihm entfuhr ein erstauntes »Nanu?«, als er bemerkte, dass Frank und Ecki verschwunden waren. Er würde ihnen seinen Fund halt später zeigen.

»Wir müssen mit dem Bild unbedingt raus. Es reicht, wenn wir ihren Kopf zeigen. Zumal wir als Hinweis auch die Kleidung der

Frau haben. Vielleicht erinnert sich jemand, dass er diese Kombination schon einmal gesehen hat.«

Staatsanwältin Carolina Guttat war nach der Sitzung der MK Augen Frank und Ecki ins Büro gefolgt. Sie wollte die beiden Ermittler noch einmal separat auf zügige Arbeit einschwören. Auch deshalb, um den ewigen Nörglern und Neidern im Präsidium nicht neue Nahrung zu geben. Sie wusste nur zu genau, dass die beiden wegen ihrer unkonventionellen Arbeitsmethoden immer wieder ins Schussfeld einer bestimmten Clique gerieten, die ihnen den Erfolg neidete. Dazu gehörte auch einer der Beamten aus dem KK 11, den sie in der Lagebesprechung gesehen hatte. Jemand mit ganz kurzem Draht zum Polizeipräsidenten. Wenn sie eines nicht mochte, dann waren es diese Speichellecker. Sie waren überall dort zu finden, wo es etwas zu verteilen gab – eine Belobigung oder die Aussicht auf Beförderung.

»Es ist aber auch zu dämlich«, sagte Frank, der Guttats Diskretion zu schätzen wusste, »dass die Kollegen nicht einmal Spuren von Fingerabdrücken auf den Leichen gefunden haben. Wir dürfen den Aspekt ›Ritualmord‹ nicht aus den Augen verlieren.«

»Das Mobiltelefon von Simone Contzen bringt uns auch nichts. Es ist nicht mehr zu orten, der Täter muss den Akku herausgenommen haben. Und bei der Frau ohne Arme wissen wir nicht einmal, ob sie ein Telefon hatte. Die Handys, die im Umfeld der Ziegelei zur fraglichen Zeit an den Knotenpunkten eingeloggt waren, sind gecheckt, die Besitzer registriert. Bisher nichts Auffälliges. Ich warte noch auf die Daten des Anbieters, um Contzens Telefonkontakte abarbeiten zu können.« Ecki seufzte. »Und unser Ansatz, dass der Mörder seine Opfer im Umfeld von Großveranstaltungen sucht, hat sich mit dem Fund der zweiten Leiche in Luft aufgelöst.«

»Was ist mit den Aufzeichnungen des WDR vom Festival?«

Frank nickte. »Die Kollegen sichten noch. Ist alles ziemlich mühsam.«

»Sie müssen schneller arbeiten.«

»Wir brauchen Zeit.« Ecki beobachtete die Staatsanwältin, wie sie mit ungeduldiger Geste imaginäre Flusen von ihrem Jackenkleid zupfte. »Wir drehen hier keine Däumchen.«

»Das weiß ich, Ecki. Das weiß ich.« Carolina Guttats Miene hellte sich auf. »Sollen wir über die Medien die Fans dazu aufrufen, ihre Smartphones zu checken? Ist doch möglich, dass jemand zufällig Simone Contzen und ihren Mörder gefilmt hat.« Sie registrierte Franks zweifelnden Blick. »Heute wird doch jeder Mist mit den Dingern aufgenommen.«

»Möglich.« Frank blieb skeptisch. »Wir würden Hunderte, wenn nicht Tausende Hinweise bekommen. Alle würden bei der Suche nach dem Mörder dabei sein wollen. Genau das Richtige für die Generation Facebook und Scripted Reality. Nein, das würde eine Hetzjagd werden, die wir nicht stoppen können.«

Ecki hatte die gleichen Bedenken. »Das gibt nur Ärger. All die kaputten Typen, die sich nachmittags den Müll auf den Privaten reinziehen, werden denken: Geil, ich mach mit.«

Carolina Guttat blieb dabei. »Ich will trotzdem, dass ihr das versucht. Es ist im Augenblick unsere einzige Chance.«

Das letzte Mal war er mit Steffi in Missen gewesen. Zur Viehscheid. Sie hatten sich eigens einen Tag freigenommen, das aufwendig geschmückte Vieh bestaunt und sich vom Geläut der ungezählten Kuhglocken und von den Klängen der Alphörner in eine Feierstimmung versetzen lassen, die sie später im Zelt bei Blasmusik, Knödeln und Schweinsbraten hatten ausklingen lassen. Sie hatten sich gefühlt wie Touristen. Ein Tag Ferien vom Alltag! Auch schon wieder ein Jahr her.

Carsten Jakisch sah auf seine Armbanduhr. Mittag. Um diese Zeit war im Allgäu sicher jemand zu Hause. Er warf einen Blick zum Himmel, der Regen versprach, und überquerte entschlossenen Schrittes die Straße. Gegenüber der Kirche klingelte er. Der Türkranz und die Blumenkästen auf den Fenstersimsen gaben dem Haus trotz seiner Schlichtheit etwas Heimeliges.

»Ja, bitte?«, klang es blechern aus der Gegensprechanlage. Gleichzeitig summte der Türöffner.

Auf der Treppe kam ihm eine Frau in karierter Bluse und Trachtenrock entgegen. In einer Hand trug sie einen Putzeimer.

»Bitte?« Die Frau blieb auf der untersten Stufe stehen.

»Sie sollten nicht so schnell öffnen, Frau Kremer.« Carsten Jakisch sah sie freundlich an.

»Sind Sie ein Vertreter?«

Der Tonfall der Frau ließ Jakisch vermuten, dass sie nicht im Oberallgäu aufgewachsen war.

»Nein, nein.« Er hielt ihr seinen Dienstausweis entgegen.

»Polizei? Für was? Bin ich zu schnell gefahren?« Sie stieg nun auch die letzte Stufe hinab und setzte den Putzeimer ab.

»Nein. Ich komme wegen der Sache vor sechs Jahren.«

Die Frau runzelte die Stirn. »Was meinen S'?«

»Darf ich reinkommen? Nur kurz.«

»Ich habe nicht viel Zeit. Die neuen Gäste kommen bald, und ich bin noch nicht fertig. Aber kommen S' durch in die Küche.«

Während Martina Kremer einen Kaffee aufbrühte, erzählte Jakisch von seinen Ermittlungen.

»Ich habe damals Ihrem Kollegen alles erzählt. Wie hieß der doch gleich?« Sie überlegte kurz. »Mayr oder so ähnlich. Fragen S' den, der hat alles aufgeschrieben.«

Na, da schau einer an, dachte Jakisch. Mayr hatte ihn auflaufen lassen. Dieser Sauhund. »Das ist auch so, Frau Kremer, aber ich verfolge einen völlig neuen Ansatz, quasi. Sie haben sich damals ja sehr genau an die Kleidung der Frau erinnert. Warum genau haben Sie sie in der Zeitung erkannt? Können Sie das bitte noch einmal wiederholen?«

»Das ist ja nun schon so lange her.« Sie rührte ausdauernd in ihrem Kaffee, dann warf sie einen Blick auf die Küchenuhr. »Das war ein kurioser Tag. Ich war auf dem Rathaus, um eine Kleinigkeit wegen einer Gästereservierung zu klären. Danach bin ich einkaufen gefahren. Und dann war das auf dem Parkplatz.«

»Ja?« Der Kriminaloberkommissar beugte sich vor.

»Es ist nicht wirklich viel passiert. Ich bin nicht mal sicher, dass die Frau meinen Wagen berührt hat. Ich war nur verärgert, weil das Auto pfuschneu war.« Sie suchte in seinem Gesicht nach Verständnis. »Sie hat mir sofort dreihundert Euro oder so in die Hand gedrückt. Dann ist sie wieder eingestiegen und weggefahren. Im Nachhinein hat sie mir leidgetan. Ich wollte nicht so grob sein, aber ich war so erschrocken. Und dann habe ich ein paar Tage später in der Zeitung ihre Kleider gesehen.«

»Was war das Besondere daran?« Auf den Fotos hatte er lediglich erkennen können, dass es Bekleidung war, die damals in jedem besseren Kaufhaus lag. Jedenfalls keine Luxuswäsche.

»Sie hatte dieses bunte Tuch um den Hals, das hat mir gleich gefallen. Eine aparte Frau. Groß, dunkle Haare, feine Gesichtszüge. Aber das war es nicht.« Sie hielt inne und trank einen Schluck. »Mögen Sie noch eine Tasse?«

Jakisch hob die Hand. »Danke, nein. Was war es dann?«

»Es war das Kennzeichen. MG. Ich habe es erst beim Wegfahren bemerkt. Sonst hätte ich die Frau angesprochen.«

»Das verstehe ich nicht.«

»Ich bin auch vom Niederrhein.«

Jetzt wusste Jakisch, warum ihm ihr Tonfall so vertraut erschienen war. Er lächelte. »Ein ungewöhnlicher Zufall.«

Martina Kremer schüttelte den Kopf. »I wo. Wir wohnen nun schon fast zwanzig Jahre in Missen. Ich kenne mittlerweile eine ganze Reihe Niederrheiner, die es ins Allgäu verschlagen hat.«

»Meine Großeltern kommen aus Schwalmtal.«

Sie lachte herzhaft. »Na bitte! Das Allgäu hat eine magische Wirkung auf die Niederrheiner. Der Berg ruft! Der Kini ist schuld. Oder der Ganghofer mit seinen Büchern, dass die Menschen die Berge so lieben. Vielleicht auch der Luis Trenker.« Sie seufzte und sah erneut zur Uhr. »Wir haben den Schritt jedenfalls nicht bereut. So, nun muss ich aber weiter. Sonst stehen meine Gäste vor der Tür, und ich bin mit dem Saubermachen noch nicht fertig.« Ihre fröhliche Miene schlug unvermittelt in einen traurigen Blick um. »Die Frau haben Sie also immer noch nicht gefunden? Sechs Jahre sind eine lange Zeit. Ob sie noch lebt?«

»Das will ich ja herausfinden. Das komplette Kennzeichen ist Ihnen damals nicht eingefallen?«

Martina Kremer schüttelte den Kopf. »Ich war ja wegen dem Auto so aufgeregt. Im Rückspiegel habe ich nur noch die ersten beiden Buchstaben gesehen. Und dass es ein dunkler Wagen war.«

»Schade, ich hatte gehofft, Sie könnten mir weiterhelfen. Na ja.« Jakisch stand auf und verabschiedete sich. »Dann werde ich mal wieder. Sonst kann ich Ihre Gäste gleich begrüßen.«

Martina Kremer blieb an der Haustür stehen und sah dem jungen Polizeibeamten hinterher. Ein netter Kerl, vielleicht waren seine Haare für einen Allgäuer ein wenig zu rot. Dafür passte die rundliche Figur schon besser in die Gegend. Dass die Polizei auch solche Männer einstellte, wunderte sie.

»Warten S'.« Sie lief dem Beamten hinterher.

Jakisch hatte bereits die Autotür in der Hand und sah sie fragend an.

»Mir ist gerade was eingefallen. Dass ich nach dem Besuch Ihres Kollegen daran gedacht habe, ob die Frau alleine in dem Auto gesessen hat. Dann habe ich aber vergessen, dem Kommissar davon zu erzählen. War ja alles so vage, außerdem war Saison. Da hatte ich alle Hände voll zu tun.« Sie strich sich verlegen über ihren Trachtenrock.

»Ja? Und – saß da noch wer?«

»Erst war ich nicht sicher, ob sie gefahren ist, aber dann schon, und am Ende wieder nicht. Aber wenn sie nicht alleine in dem Auto war, hat da jemand gesessen, der zu ihr passte.«

»Das müssen Sie mir erklären.« Jakisch hatte das Gefühl, ihr tue es leid, ihn ohne Ergebnis ziehen lassen zu müssen.

»Ein Mann. Unauffällig, wie gesagt. Aber schon elegant.«

»Sind Sie sicher?«

Martina Kremer hob ein wenig die Schultern.

XI.

Das Licht seines Laptops reichte nur bis zu seinem Gesicht. Seine Hände liefen rastlos über die Tastatur. Er suchte nach Ebenbildern in den Uffizien und in den Sammlungen Dresdens und Berlins. Er sah atemberaubende Schöpfungen in Marmor. Die Anatomie perfekt. Perfekte Statik! Die Welt da draußen hielt die Lösung, seine Lösung, bereit. Er musste sie nur finden.

Er war bereit.

Er brauchte weitere Zutaten. Die Augen und die Arme waren wichtig für den Ausdruck. Aber entscheidend ist die Haltung des Kopfes! Es blieb noch so viel zu tun. Die Antike lieferte nur Beispiele. Gute. Sehr gute, aber die Ausführung konnte nur ihm überlassen bleiben. Der Abgleich zwischen Vorbild und Wirklichkeit war die größte Arbeit. Der Kopf musste lotrecht in die Wirbelsäule fallen, dann würde er endlich am Ziel sein.

Alles wird durch das Gehirn gesteuert! Jede Information fließt über die Wirbelsäule zu den Organen. Nervenbahnen geben die Botschaften der Organe auf separaten Leitungen zurück. Die Statik muss stimmen! Lebenswichtig bestimmt die Wirbelsäule unser Denken und Fühlen. Der Torso muss der richtige sein!

Die Aussicht auf diese Frau beflügelte seine Phantasie. Er spürte die Hände nicht mehr, die immer noch über die Tastatur flogen. Er hatte nach passenden Körperteilen gesucht, die seiner Erinnerung an sie entsprachen. So wie die Augen. So wie die Arme. Bei dem Gedanken an die fast unsichtbaren Härchen auf ihren Oberarmen hielt er einen Augenblick inne. So weich, so hell. Wie er die feinen Härchen geliebt hatte!

Die Archive von Agenturen hatte er durchsucht. Facebook. Auf YouTube hatte er unzählige Filme angeklickt. Am Ende war in ihm die Erkenntnis gewachsen, dass er sein Zubehör auf der Straße finden würde. Beim Flanieren. Der Zufall als Schicksal.

So schön die einzelnen Partien auch sein würden, die Proportionen würden stimmen müssen! In Zeichenstudien, deren

Technik er in Volkshochschulkursen hatte verfeinern können, hatte er sich dem Problem Stück für Stück genähert. Dabei war er zu dem Schluss gekommen, dass er Maßeinheiten brauchte. Er würde Bezugsgrößen brauchen. Allein schon, um Arme, Beine, Kopf und Rumpf nachprüfbar und zuverlässig einmessen zu können.

Er loggte sich aus. Er brauchte frische Luft. Hinaus in die Nacht!

Die Stadt war voller ruheloser Geister, die ihren Schlaf nicht fanden. Oder ihn nicht finden wollten, weil ihre Träume sie in die Hölle schickten. Hinter den Fenstern wurde geliebt, gehasst, gesoffen, geschwitzt. Fand diese Stadt niemals Ruhe? Er meinte, dass sein Körper sich inmitten dieser steinernen Hüllen auflöste.

Seine Seele brannte wie Feuer, seit sie ihn verlassen hatte. Die Gedanken hatten sich in seine Haut gefressen. Er hatte den Klang ihrer Stimme konservieren wollen, aber er hatte versagt. Ihre Melodie war verflogen wie die Moleküle eines Parfums aus einem nutzlos gewordenen Flakon.

Nach ruhelosen Wanderungen durch Straßen, über vertraute Wege und Plätze, fand er gegen Morgen zurück in seine Wohnung. Er fiel in einen kurzen, fiebrigen Zustand, der mit »Schlaf« nicht das Geringste zu tun hatte. In der Hoffnung, dass sein Therapeut auf ihn wartete.

Er war wie immer pünktlich.

»Wie geht es Ihnen heute, Herr Boveleth? Sie sehen müde aus. Sie müssen mehr schlafen.«

Sein Therapeut schien ernsthaft besorgt. Boveleth! Alle Welt kannte ihn als Dr. Boveleth. Er klang poetisch, mit einem Schuss Geheimnis, der Name, der auch an diesem Morgen im Raum hing. Würde der Therapeut das Fenster öffnen, sei es nur einen Spaltbreit, seine Name würde sich hinausschwingen und mit dem ewigen Lied der Amsel wetteifern.

»Nun ja«, bemüßigte er sich einzugestehen, »die Nächte sind kurz. Die stickige Luft lässt mich nicht schlafen. Dann stehe ich auf und wandere umher.« Er bemerkte den erstaunten Blick seines Gegenübers. »Nein. Nicht, was Sie denken. Ich wandere in der Wohnung umher, schaue aus dem Fenster.«

Der Therapeut machte sich ein paar Notizen.

Was er sich wohl aufschreibt, dachte er bei sich. »Mache ich Fortschritte?«

»Der Schritt in meine Praxis war der größte Schritt und die beste Entscheidung, die Sie bisher getroffen haben.« Er sah seinen Patienten lange an, bevor er weitersprach. »Wo waren wir stehen gelieben? Ach ja, das Befinden.«

»Ich fühle mich mit jedem Tag besser.« Er brachte sogar ein Lächeln zustande.

»Das höre ich gerne. Worüber wollen Sie heute sprechen?«

Wir hatten doch eine Vereinbarung, dachte er. War der Mann tatsächlich so unzuverlässig?

»Nun?« Der Therapeut hob erwartungsvoll seinen Stift.

»Kennen Sie das Gefühl, mit einem Haus, einem Gebäude aus Stein, zu verschmelzen? Mit allen Türen, Fenstern, Betten, ja selbst den Kühlschränken? Eins zu werden mit dieser Materie, um die eigene aufzugeben, und doch das Gefühl zu haben, etwas Neues ist entstanden. Etwas, das noch mehr mit meinem früheren Ich zu tun hat.« Er war gespannt auf die Reaktion.

»Eine überaus interessante Sicht auf die Welt. Ich meine, das kann ich mir durchaus als ein sehr reizvolles Experiment vorstellen. Wann hatten Sie das erste Mal dieses Gefühl der materiellen Verschmelzung?«

Der Therapeut schrieb, was das Zeug hielt. Er hatte es gewusst. Dieser Berufsgruppe war nichts fremd. »Ich war drei Jahre alt, damals.«

»In welchen Intervallen denken Sie diese Gedanken?«

»Intervalle?«

»Alle drei Monate, drei Jahre, drei Jahrzehnte.« Der Therapeut nickte aufmunternd. »Na, was würden Sie sagen?«

»Ich war drei Jahre alt, als ich das erste Mal das Gefühl hatte, mit meinem Zimmer zu verschmelzen. Das Kinderzimmer war ich, und ich war das Kinderzimmer. Die Möbel, der Ofen, die Tapete. Alles. Der Gedanke beschäftigt mich seither permanent. Er ist der Stoff, aus dem mein Leben ist. Die Materie, die ich bin, in der ich lebe und aus der heraus ich mich bewege.«

»Sehr interessant. Höchst aufschlussreich. Sie machen Fortschritte! Sie sind heute ein gutes Stück vorangekommen. Haben Sie Ihre Gedanken schon einmal zu Papier gebracht? Tun Sie das, es wird Sie erleichtern. Sie werden sehen.«

Sein Stift flog über das Papier.

Er hätte jetzt gerne der Amsel zugehört. Aber das Fenster war verschlossen. Nicht mehr lange, und der Herbst würde die Blätter von den Bäumen fegen.

XII.

»Frank, du musst Carolina das ausreden. Wir haben schon jetzt mehr als sechzig Stunden Film. Allein die WDR- und die privaten Aufnahmen! Das ist Stochern im Nebel!«

»Wir fordern zusätzliches Personal an. Das werde ich beim Präsidenten durchsetzen. Besorg ein Foto von Paul Eggerath.«

Ecki kramte in seiner Schreibtischschublade. Er brauchte jetzt etwas Süßes. Franks Zuversicht war ihm zu viel. »Warum? Wir haben gegen Eggerath nichts in der Hand.«

»Ich spreche noch einmal mit Ungerechts. Vielleicht hat sie ein Foto, das sie uns zur Verfügung stellt.«

»Sie wird das längst gelöscht haben. Und wenn sie doch noch eins hat: Warum sollte sie das tun? Wenn wir nicht achtgeben, schlachtet sie uns in ihren Artikeln. Die Frage nach einem Foto ist doch ein gefundenes Fressen für sie.«

»Das wird sie nicht tun.«

Der »Brief« hatte unter einem ihrer Scheibenwischer gesteckt. Er war nur wenige Zeilen lang. Zunächst hatte sie ihn zusammenknüllen und in den Papierkorb werfen wollen. Welch ein Spinner, hatte sie halb amüsiert, halb irritiert gedacht. Dann hatte sie ihn doch in ihre Tasche gesteckt.

Nun saß sie in der Redaktion und versuchte, sich auf ihre Arbeit zu konzentrieren. Aber ihre Gedanken wanderten immer wieder zu den Zeilen zurück. Sie hatte keine Ahnung, wer der Verfasser sein könnte. Ein Leser, dem sie mit einem Artikel zu nahe getreten war? Nein. Missbrauch, Bandenkriminalität oder Missgunst und Verrat hinter den Türen der Parteien waren allein Liebigs Spielwiese.

Sie war bei der *Rheinischen* die Frau für alle Fälle. Die einfühlsame Reporterin, die sich um die Familien- und die Bildungsthemen kümmerte, wie zum Beispiel »gesundes Frühstück an Schulen«. Die Journalistin, die immer dann geschickt wurde, wenn es um Termine in der Kinderklinik ging. Alles Themen, die Sensibilität und »Frauenverstand« verlangten, wie Liebig es gerne süffisant formulierte.

Katharina zog den Zettel zum wiederholten Mal hervor.

Liebe Katharina,
Dein Name ist wunderschön. Ich muss bei seinem Klang an meine geliebte Großmutter denken, die eben diesen Namen trug.

Namen sind die Melodien, die uns durch unser Leben begleiten.

Katharina! Ich spreche Deinen Namen tausendmal am Tag aus. Sein Klang spült alles Böse von mir.

In meinen Träumen lächelst Du mir zu, greifst nach meiner Hand. Dann strömt Glück in heißen Wellen durch meinen Körper.

Katharina, ich weiß, wir gehören zusammen.

Sie ließ den Brief sinken. Schmalz! Und doch hatte sie das Gefühl, dass zwischen den Zeilen etwas Drohendes steckte.

»Ich will endlich die Fortsetzung.«

Katharina fuhr herum. Hinter ihr stand Liebig. Sein anzügliches Grinsen verriet, dass er den Brief gesehen hatte.

»Deine Liebesbriefe kannst du zu Hause lesen. Dein Text erscheint in einer Stunde auf meinem Bildschirm. Hast du mich verstanden?«

Katharinas Herz klopfte wild. Liebig kreuzte immer dann auf, wenn es am allerwenigsten passte.

»Keine Sorge, Liebig, du kriegst deinen Text.«

»Das höre ich jeden Tag. Von dir und den anderen. Legt mal 'ne andere Platte auf. Wie wäre es mit: Aber sicher, Chef, ist schon unterwegs. Chef, was darf ich als Nächstes tun?«

»Du mich auch«, murmelte Katharina und verstaute den Brief wieder in ihrer Handtasche.

»Was hast du gesagt?« Liebigs Grinsen war verschwunden.

»Wenn du mir nicht die Ohren vollquatschen würdest, wäre ich längst fertig mit der Arbeit.«

»Hört, ihr Völker, diesen Kämpferton! Das liebe ich so an dir, Katharina. So kenn ich dich, so will ich dich.«

Liebig legte ihr seine Hand auf die Schulter und entfernte sich dann lachend. Katharina sah, wie er auf dem Weg in sein Büro der Praktikantin die Wange tätschelte und etwas sagte, das sie aber nicht verstehen konnte.

Während sie wütend ihre Notizen mit den Pressemeldungen abglich, ging ihr Paul durch den Kopf. Er war ein Schwachkopf, der in seiner verletzten männlichen Eitelkeit nicht kapieren wollte, dass er abgeblitzt war. Aber dass er solche Briefe schrieb – nein, das konnte sie sich nicht vorstellen.

Je mehr sie sich mit ihrem Artikel über die schleppenden Ermittlungen beschäftigte, umso weiter traten die Zeilen des unbekannten Briefschreibers in den Hintergrund. Es war schon fast Abend, als sie, nach mehreren Anrufen bei der Polizei, einigen Umstellungen in ihrem Text sowie diversen

Absprachen mit der Mantelredaktion, den Brief in den Reißwolf steckte.

»Und tschüss.« Zufrieden beobachtete sie, wie der Brief in den Schredder gezogen und zu schmalen Streifen verarbeitet wurde. Sie hatte sich entschieden. Der Brief war lediglich ein dummer Scherz. Vermutlich hatte sich einer der Kollegen den Spaß gemacht, sie zu verunsichern. Der Sportredakteur war so jemand, der keine Gelegenheit ausließ, seine infantilen Späße zu reißen. Er hatte sie bestimmt auf der Liste. Sie hatte ihn bei der letzten Feier abblitzen lassen, als er sie mit einer der begehrten Pressekarten der Borussia hatte ködern wollen.

Katharina war gerade an ihren Platz zurückgekehrt, als das Telefon läutete. Es war Borsch.

»Ich wüsste nicht, warum.« Sie schrieb aus Gewohnheit mit. »Noch mal: Von mir bekommen Sie keins. Wenn Sie ein Bild von Herrn Eggerath wollen, rufen Sie ihn an.« Sie machte eine winzige Pause. »Wozu brauchen Sie das Foto?«

»Es ist wichtig.«

Prima, der Fahnder wollte sich nicht in die Karten sehen lassen. Umso weniger hatte sie Lust, der Polizei zu helfen.

Nachdem sie Borsch abgewimmelt hatte, blieb sie eine Zeit lang mit dem Hörer in der Hand sitzen. Warum blieb die Polizei so hartnäckig? Katharina entschied sich, Paul doch noch einmal anzurufen. Zum wirklich allerletzten Mal.

Nachdem sie ihre endgültige Fassung ins System eingestellt und bei Liebig nachgefragt hatte, ob alles in Ordnung sei, war er doch noch nett zu ihr gewesen. Zu nett, für seine Verhältnisse: Er hatte »Endlich« in den Hörer geknurrt.

Müde, aber zufrieden verließ sie die Redaktion. Der Abend würde ihr gehören. Seit Simone tot war, wollte die bleierne Müdigkeit nicht verschwinden. Ihr Leben war in letzter Zeit zu sehr Achterbahn gefahren. Sie brauchte dringend eine Auszeit.

Sie würde Ole fragen, ob er mit ihr wegfahren wolle. Übers Wochenende. Egal, wohin. Der Rest würde sich finden. Sie würde ihm eine SMS schicken. Sehnsuchtsvoll und schmutzig, dachte sie und schmunzelte. Seine Hände, Muskeln und sein Hintern waren genau das Mittel, sie auf andere Gedanken zu bringen.

Erst als sie vor ihrem Auto stand und nach dem Schlüssel suchte, merkte sie, dass sie den Tag über noch nichts gegessen hatte. Auf dem Heimweg hielt sie bei ihrem Lieblingstürken und nahm ein paar Vorspeisen mit. Als Nachtisch hatte sie Ole auf die Speisenkarte gesetzt. Hoffentlich meldete er sich bald.

Fluchend setzte Katharina die Einkäufe vor ihrer Tür ab. Dass sich ihr Wohnungsschlüssel immer in die unterste Schicht ihrer Tasche verkriechen musste! Zunehmend hektischer kramte sie in ihrem großen Umhängebeutel, bis sie den Schlüssel wie eine Trophäe in die Höhe hielt.

Im Flur stieß sie mit dem Fuß gegen einen Umschlag, den jemand unter ihrer Tür hindurchgeschoben hatte. Achtlos stellte sie ihr Abendessen auf dem Küchentisch ab und ging in den Flur zurück.

Der Brief hatte keine Adresse. Als sie ihn öffnete, traf sie der Text mit voller Wucht.

Ups, das war ein langer Tag für Dich, meine Katharina. Ich bewundere Deine Energie, mit der Du Dein anstrengendes Pensum schaffst. Deshalb verstehe ich auch zu gut, dass Du gerade so wenig Zeit für mich hast. Aber ich bin sicher, der Tag kommt, an dem alles anders wird! Ich habe viel Geduld. Das ganze Leben liegt noch vor uns.

Immer wenn ich an Dich denke, werde ich ganz ruhig. Die Gedanken an Dich geben mir so viel Kraft! Seit ich Dich kenne, ist in meinem Leben nichts mehr wie zuvor. Ich weiß endlich, wohin ich gehöre. Ich habe Dir mein neues Leben zu verdanken!

Ich weiß, wie es ist, wenn man einsam ist. Das Leben hat noch viel für uns vorbereitet. Du wirst sehen.

So, nun lasse ich Dich für heute in Ruhe. Du bist müde und hast Dir Deine Ruhe verdient.

Pass gut auf Dich auf!

Katharina spürte, wie sich die Haare auf ihren Armen aufstellten. Wer trieb hier sein Spiel mit ihr? Paul! Sie würde ihn anrufen. Oder den Bullen. Nein, überlegte sie, nicht den Bullen. Sie wollte sich vor Borsch keine Blöße geben.

Sie wählte Pauls Nummer, erreichte aber nur die Mailbox. Ohne eine Nachricht zu hinterlassen, legte sie auf. Ihr Herz raste. Sie legte sich im Wohnzimmer auf die Couch. Was sollte sie tun? Ole musste kommen! Er würde wissen, was zu tun war.

Je länger sie lag, umso schwerer wurde ihr das Aufstehen. Die Briefe hatten ihr den Boden unter den Füßen weggezogen. Warum rief Ole nicht an?

Irgendwann schreckte sie auf. Was, wenn sie beobachtet wurde? Sie sah hinüber zum gekippten Fenster und quälte sich hoch. Die Straße war bis auf ein paar parkende Autos leer. Die Hundebesitzer schienen ihre abendliche Runde bereits gedreht zu haben. Katharina zog hastig die Vorhänge zu. Anschließend ging sie zur Wohnungstür, legte die Kette vor und drehte den Schlüssel zweimal um. Ihre Angst wuchs mit jeder Sekunde. Sie war schutzlos. Sie hastete zurück ins Wohnzimmer und wählte Oles Nummer. Angestrengt hörte sie auf das Freizeichen.

Bitte geh ran, flehte sie. Nach einer halben Ewigkeit hörte sie seine Stimme.

»Ole, Ole. Du musst kommen. Sofort.«

»Was ist denn los?« Seine Stimme klang verschlafen.

»Bitte, Ole.«

»Katharina, ich habe mehr als fünfzig Stunden gearbeitet. Ich bin fix und fertig. Ich muss mich ausruhen.«

»Bitte. Ich brauch deine Hilfe.« Ihre Stimme zitterte.

Es dauerte eine Weile, bis er antwortete. Er klang nun wie ein erfahrener Stationsarzt, der seinen fehlenden Schlaf und seine Erschöpfung mit routinierter Zuversicht überspielen konnte. »Es dauert ein bisschen, aber ich bin gleich da.«

Katharina legte auf. Tränen liefen ihr über die Wangen.

»Sie müssen wissen, dass ich gerne weiß, was meine Mitarbeiter und Mitarbeiterinnen beschäftigt. Auch die privaten Sorgen. Das verstehe ich als meine Fürsorgepflicht.« Der Vorstandsvorsitzende der Kreditbank ordnete nun schon zum wiederholten Mal seine gelbe Krawatte und zupfte an seinem gleichfarbigen Einstecktuch. Der unerwartete Besuch machte ihn sichtlich nervös.

»Hatten Sie regelmäßig Kontakt zu Frau Contzen?« Ecki hatte sein Notizbuch gezückt, das in einem speckigen braunen Ledereinband steckte.

Peter von Ambeck drückte den Rücken gegen die Lehne seines Ledersessels. »Ich bin für achthundert Menschen verantwortlich. Wenn es keine fachlichen Fragen zu klären gibt, kein Geburtstag zu würdigen oder ein privates Problem zu lösen ist, wirke ich im Hintergrund – als eine Art Wagenlenker. Zu viel Fürsorge kann schnell als Kontrolle missverstanden werden. Gleichwohl: Jedem steht meine Tür offen.«

Ecki nickte. »Frau Contzen war seit ihrer Ausbildung bei Ihnen. In welcher Abteilung war sie zuletzt tätig?«

Peter von Ambeck schob seine Manschetten zurecht. »Sie war im Controlling. Sie hat gute Arbeit geleistet.«

»Controlling? Aha. Ein sehr sensibler Bereich.« Welch ein aufgeblasener Hansel, dachte Ecki.

»Ohne exzellentes Controlling ist verantwortungsvolles Wirtschaften nicht möglich.« In der Stimme des Managers lag Wohlwollen, so, als habe der Prüfling Eckers die entscheidende und richtige Frage gestellt.

Ecki blieb von der Arroganz des Bankers unbeeindruckt. »Und die Controller sind in allen Abteilungen gerne gesehen?«

Der Vorstandsvorsitzende lächelte verschwörerisch. »Die Antwort kennen Sie sicher schon, oder?«

»Nämlich?« Ecki wurde ungeduldig.

»Wer will sich schon gerne auf die Finger schauen lassen? Manches in einer Bank, wie in jedem anderen Unternehmen, ist interpretierbar. Die Kunst liegt darin, seine Bilanz so in Schuss zu halten, dass man seine Ziele erreicht und am Ende auch das Controlling zufrieden ist.«

»Wir würden gerne mit den Kolleginnen und Kollegen von Frau Contzen sprechen.« Ecki sah zu Frank, der bisher der Unterhaltung schweigend gefolgt war und nun zustimmend nickte.

»Sie war Abteilungsleiterin. Hoch geachtet, kompetent, stets sachorientiert. Unbestechlich und ein lebensfroher Mensch. Kein reiner Aktenfresser, wenn Sie wissen, was ich meine. Überaus attraktiv.«

Ecki fragte sich, was genau von Ambeck unter Fürsorge verstand und wie Simone Contzen die Philosophie ihres Chefs interpretiert hatte. Er wurde das Gefühl nicht los, dass es zwischen von Ambeck und seiner Abteilungsleiterin um mehr gegangen sein könnte als um reine Sachfragen. Controlling konnte in diesem Zusammenhang alles bedeuten.

»Hatte sie Feinde?« Frank machte eine Geste, die die gesamte Verwaltung der Kreditbank umfasste.

Von Ambeck legte erneut seine Krawatte zurecht. »Nein. Es ging stets um die Sache. Banker sind immer ergebnisorientiert, müssen Sie wissen.«

»Muss ich das?« Ecki musterte den Vorstand, der ihm frei ins Gesicht sah und seinen prüfenden Blick zu genießen schien.

»Wo waren Sie am Tag von Simone Contzens Tod?«

Von Ambeck zuckte mit keiner Faser. »Zu Hause. Warum fragen Sie mich das? Sie glauben doch nicht, dass ich irgendetwas mit dem Tod von Frau Contzen zu tun habe.«

»Reine Routine. Ihre Frau kann das sicher bestätigen?«

Der Banker räusperte sich. »Nein. Meine Frau ist zu ihrer Schwester gefahren. Sie wollen sich um das Haus ihrer Mutter kümmern. Wir wollen es verkaufen.«

Ecki genügte die Antwort nicht, er nickte dennoch.

Von Ambeck stand auf. »Ich habe die Kollegen von Frau Contzen bereits informieren lassen, dass Sie kommen. Wenn Sie wollen, führt meine Sekretärin Sie eine Etage tiefer.«

Das abrupte Ende der »Audienz« verfehlte seine Wirkung auf

die beiden Ermittler. Von Ambeck zeigt mehr Nerven, als ihm vermutlich bewusst ist, dachte Ecki.

»Gute Idee.« Ecki lächelte freundlich. »Sie sollten darüber nachdenken, vielleicht hatten Sie ja Besuch, der bestätigen kann, dass Sie am Tatabend zu Hause waren.«

Peter von Ambeck ließ übertrieben ergeben die Arme hängen. »Ich fürchte, dass ich Ihnen da nicht helfen kann.«

»Mir müssen Sie nicht helfen, Herr von Ambeck. Sie werden unter Umständen sich selbst helfen müssen.«

Nun lächelte von Ambeck. Allerdings kam das Lächeln nicht bis zu seinen Augen. »Wollen Sie damit andeuten, dass ich meinen Rechtsbeistand informieren sollte?«

Frank schüttelte den Kopf. »Wir haben nur ein paar einfache Fragen gestellt. Ihre Mitarbeiterin ist tot. Es muss doch auch in Ihrem Interesse sein, den Fall aufzuklären«, versuchte er zu beschwichtigen.

»Unbedingt. Unbedingt, Herr Borsch.« Von Ambeck hatte seinen jovialen Ton wiedergefunden und sah in Frank einen Verbündeten. »Sie glauben ja gar nicht, wie sehr uns allen der Tod von Frau Contzen nahegeht. Unbeschadet der Tatsache, dass sie nur schwer zu ersetzen sein wird.«

Widerling, dachte Ecki. »Dann sollten wir nicht länger warten.« Ihn hielt es keine Sekunde länger in dem Büro. Frank schien es ähnlich zu ergehen.

Das Gespräch mit den Mitarbeitern war wenig erhellend. Simone Contzen sei eine »überaus korrekte« Kollegin und Vorgesetzte gewesen, hieß es. Über ihr Privatleben mochte sich niemand explizit äußern. Sie hatte als freundlich bis fröhlich gegolten. Über »pikante Männergeschichten« wusste man angeblich nichts. So privat sei man nun doch nicht gewesen.

»Typisch Banker«, meinte Ecki, als sie wieder vor dem Bankgebäude standen.

»Immer alles unter Kontrolle haben wollen.« Frank nickte in Richtung erste Etage. Die Gestalt des Bankchefs war am Fenster des Vorstandssekretariats zu sehen.

»Was hältst du von von Ambeck?« Frank schnallte sich an und lenkte den Wagen Richtung Präsidium.

»Ich hab's nicht so mit Bankern. Alle gierig, und alle Halsabschneider. Die melken dich, ohne dass du das merkst.«

»Klingt nach schlechten Erfahrungen. Wir sollten wissen, wie weit von Ambecks Fürsorge bei der Contzen wirklich ging.«

Ecki sah aus dem Seitenfenster. »Die Internetbanken können mich mal.« Sein Seufzen klang nach tiefroten Zahlen auf seinem Konto. »Von Ambeck ist für mich der typische Machtmensch. Der meint, für ihn gelten eigene Gesetze.«

Frank nickte. »Wir werden sehen.« Sie würden von Ambecks Leben diskret unter die Lupe nehmen. Die Vorsicht, mit der ihnen Contzens Umfeld begegnet war, musste einen Grund haben.

Im Präsidium wartete bereits Heinz-Jürgen Schrievers auf die beiden Ermittler. Mit verschränkten Armen stand der Archivar am Fenster ihres Büros und winkte ihnen ungeduldig zu. Frank musste schmunzeln. Großes Kino: ein Fleischklops, unterwegs im Namen des Herrn. Eher Meatloaf als Blues Brother. Es fehlte nur die altmodische Sonnenbrille, mit der Schrievers in jüngster Zeit immer öfter gesichtet wurde.

»Na endlich! Wurde aber auch Zeit.« Der Archivar blieb mit verschränkten Armen am Fenster stehen. Ecki musste an seinen Religionslehrer denken, der es meisterlich verstanden hatte, ihm ein schlechtes Gewissen zu bereiten, wenn er mal einen Augenblick zu spät zum Unterricht erschienen war. Auch ein Grund, warum sein Verhältnis zur katholischen Kirche mehr schlecht als recht war.

»Nun ist es amtlich.« Schrievers deutete auf den schmalen Ordner, der auf Franks Schreibtisch lag. »An und auf beiden Leichen wurden absolut keine Fasern gefunden. Keine fremden Hautpartikel, schon gar nicht unter Contzens Fingernägeln. Nahezu aseptisch rein. Ich glaube, dass Linder und sogar Leenders sich persönlich beleidigt fühlen. Niemand hat etwas gesehen, keine verdächtigen Fahrzeuge, ganz zu schweigen von Personen. Man könnte meinen, die Opfer sind zu ihren Fundorten geradezu geschwebt.«

»Verschone mich mit deiner Küchen-Mystik.« Ecki setzte sich. Das hatte noch gefehlt, der Archivar als Esoterikjünger.

»Mystik – nicht schlecht. Danke für die Überleitung.« Schrievers nickte. »Habt ihr einmal darüber nachgedacht, dass die Verstümmelungen einem bestimmten Muster folgen?«

Frank winkte ab und fuhr seinen PC hoch. »Hatten wir doch schon, Schrievers. Blenden der Augen im Altertum.«

Der Archivar trat einen Schritt vom Fenster zurück in das halb dunkle Büro. Das Sonnenlicht ließ sein Haar mit einem Mal in einem hellen Kranz erscheinen. »Contzen hat vielleicht etwas gesehen, das sie nicht hätte sehen sollen. Und die unbekannte Tote hat Dinge angefasst, die sie nicht hätte berühren sollen.«

»Gar nicht so blöd, sein Gedanke.« Ecki war schon Ähnliches durch den Kopf gegangen.

»Da ist jemand am Werk mit einer eigenen Auffassung von Menschsein. Der exakt festlegt, was zu tun und zu lassen ist.«

»Das hat aber nichts mit Fürsorge zu tun?« Frank hatte von Ambeck vor Augen, der in seiner Bank peinlich genau über Richtig und Falsch wachte. Unwillig verdrängte er das Bild aus seinen Gedanken. Es gab keinen Anlass, solche Dinge zu denken.

»Fürsorge?« Schrievers wiegte bedächtig den Kopf. »Nein. Nenn es Kontrolle, dann stimmt es. Ihr sucht jemanden, der Kontrolle will. Über die Welt. Der Kontrolle über andere haben will – am Ende damit auch über sich selbst.«

»Jemand, der nicht mit seinem Leben klarkommt? Der fünfmal kontrolliert, ob der Herd ausgestellt ist, bevor er das Haus verlässt? Ersatzhandlungen? Warum drapiert er seine Opfer so, wie wir sie gefunden haben? Das macht doch alles keinen Sinn.«

Schrievers hatte sich offenbar gründlich auf das Gespräch vorbereitet. »Ecki, Befriedigung findet der Täter nicht nur in der Tat selbst. Erst die Art und Weise, wie er seine Opfer zurechtmacht, gibt ihm das Gefühl, das Richtige getan zu haben. Das ist die Sicherheit, die er zum Überleben braucht.«

»Und was macht er dann mit den Augen oder mit den Armen? Landen die auf dem Müll? Oder legt er sie in seine Kühltruhe?«

Schrievers' Gesicht hatte sich gerötet. Er war in seinem Element. »Er sieht sie als Trophäen und bewahrt sie gesondert auf. In Formalin! So kann er sich zu jeder Zeit an seiner eigenen Größe und Macht berauschen. Sie sind für ihn der Beweis, dass er lebt.« Schrievers sah Ecki nun direkt an. »Und was diese besondere Form von ›Dekorieren‹ betrifft: Er will uns damit seine Allmacht demonstrieren!«

»Das sind Botschaften an uns?« Ecki blieb skeptisch.

»Das könnte man durchaus so sehen, ja.«

»Wie krank ist das denn? Woher hast du deine Weisheiten?«

Bevor der Archivar antwortete, warf er einen schnellen Blick auf Frank. »Ich habe Viola gesprochen. Sie ist beim LKA ja immer noch im Team Operative Fallanalyse aktiv.«

Franks verschlossenes Gesicht verriet nicht, ob ihn Violas Name auf irgendeine Weise berührte. Schrievers war dennoch auf der Hut. Weil er wusste, dass Frank eine ganz eigene Meinung zu Viola Kaumanns hatte. Und weil er sich nicht sicher war, ob zwischen den beiden nicht doch mehr war – oder gewesen war –, als Frank sich und den Freunden eingestehen wollte.

Frank nickte nachdenklich. »Interessanter Ansatz.«

Ecki war beim Namen der jungen Kriminalkommissarin kaum merklich zusammengezuckt. Viola hatte in der Vergangenheit immer wieder für dienstliche Aufregung gesorgt. Aber auch, wie er Frank bei passender Gelegenheit offen ins Gesicht gesagt hatte, für »hormonelle Wallungen«. Frank hatte die Bemerkung allerdings mit dem Hinweis »Ich liebe allein Lisa« gekontert. Ecki war an jenem Abend in der Kneipe *Das Café* allerdings wenig überzeugt davon gewesen.

»Wie hilft uns die Information?« Ecki versuchte, die eigenartige Stimmung, die unvermittelt im Raum stand, mit Professionalität zu überbrücken.

»Sucht einen Ordnungsfanatiker mit Allmachtsphantasien.

Wühlt euch durch die einschlägigen Internetforen. Viola kann euch entsprechende Links schicken. Hat sie angeboten.« Schrievers warf Frank erneut einen schnellen Blick zu. »Wenn ihr wollt, helfe ich euch.«

»Du hasst doch Computer«, argwöhnte Frank.

»Ehrlich gesagt, ich würde meinen Neffen fragen.« Er hob die Hände. »Es geht ja nur um ein paar zusätzliche Infos.«

Zu Eckis und Schrievers' Erstaunen stimmte Frank zu. »Kann nicht schaden, wenn wir uns aus verschiedenen Richtungen dem Fall nähern. Sprich mit Viola. Aber lass deinen Neffen aus dem Spiel. Hier geht es um Mord und nicht um ein Computerspiel.«

Schrievers räusperte sich. »Wobei – kann sein, dass ihr demnächst mal ein paar Tage auf mich verzichten müsst.«

»Urlaub? Krankenhaus? Seminar?«, fragte Frank.

»Oldtimer. Und zwar ein Trecker.«

»Ein Trecker?« Frank hatte mit allem gerechnet, aber – ein Trecker?

»Brauchst gar nicht so zu gucken. Dein MGB ist doch auch ein Oldtimer. Du müsstest doch am ehesten Verständnis haben.«

Frank grinste. »Ein MG ist ein englischer Sportwagen und quasi von Geburt an auf ein Leben als Oldtimer vorbereitet. Aber ein Trecker?«

»Du hast ja keine Ahnung. In Deutschland gab es mal weit mehr als vierzig Hersteller. Sogar Porsche hat Trecker gebaut. Und in Italien Lamborghini. Erzähl du mir nichts von Sportwagen!«

»Ist ja schon gut«, beschwichtigte Ecki, der ab und an auf dem Ponyhof seiner Eltern noch selbst auf einem Trecker saß. »Was willst du mit so einem Ding? Zum Dienst kommen?«

»Und wenn?« Der Archivar zerrte seine Strickjacke vor den Bauch. Er vergeudete seine Zeit mit diesen Ignoranten. »Ihr habt ja keine Ahnung. Entschleunigung ist das Stichwort.«

Frank hatte Mühe, ernst zu bleiben. »Okay. Und du hast jetzt so ein Ungetüm an der Angel?«

Schrievers stand auf. Er hatte keine Zeit für so was. »Vielleicht. Und dieses Ungetüm hat auch einen Namen und ein Baujahr: Schlüter, 1956. 15 PS. Einzylinder-Viertakt-Diesel. Grüngrau. Wollt ihr mehr wissen? Ach was.«

Ohne weiter auf die beiden zu achten, verließ er das Büro. Sollten sie denken, was sie wollten. Wenn alles klappte, war er in ein paar Wochen stolzer Besitzer eines Schlüters.

Frank und Ecki verbrachten die folgenden Stunden damit, die neu eingetroffenen Berichte der MK Augen zu lesen und einzuordnen. Außerdem beantragten sie die Aufstockung der MK um sechs Beamte. Zunächst bedachte sie der Polizeipräsident mit Unverständnis in Form hochgezogener Augenbrauen. Am Ende hatten sie das zusätzliche halbe Dutzend aber sicher.

Ihre offene Arbeitsweise und die guten Ergebnisse hatten sich mittlerweile bis weit über die Landesgrenzen hinaus herumgesprochen. Das Präsidium auf der Grenze zwischen Rheydt und Mönchengladbach war für die Kollegen zur ersten Adresse in Sachen Erfolgsquote geworden. Dementsprechend begeistert waren die Zusagen, als die sechs Kolleginnen und Kollegen erfuhren, dass sie mit im Boot waren.

»Ich bin mal kurz in der Kriminaltechnik. Soll ich dir einen Kaffee mitbringen?« Ecki stand schon an der Tür.

Frank nickte, ohne wirklich zugehört zu haben. Er arbeitete sich nun schon zum xten-Mal durch den Stapel Konzertfotos, den die KT zusammengestellt hatte. Vielleicht hatten sie doch ein Gesicht übersehen, das sie kannten.

Schließlich schob er die Fotos von sich. Er faltete die Hände hinter dem Kopf, lehnte sich zurück und bog seinen schmerzenden Rücken durch. Er würde noch Stunden im Präsidium zubringen müssen, um alle Bilder zu sichten. Und Lisa hatte vor ein paar Tagen erst angemahnt, er verbringe mehr Zeit auf der Dienststelle als in ihrem Bett. Er hatte gelacht und sie in den Arm genommen. Überzeugt hatte er sie aber nicht. Später war sie in ihre Wohnung zurückgekehrt. Das tat sie selten.

Je länger er die Gesichter auf den Fotos betrachtete, umso schneller mischten sich ihre Konturen zu einem zähen Brei aus

Haaren, Augen, T-Shirts und Lachen. Sollte Contzen tatsächlich auf dem Konzert ihren Mörder getroffen haben, wie sollten sie ihn je identifizieren können?

Gab es gar eine Verbindung hinein in Contzens Kindheit? Oder schloss sich diese Vermutung aus, weil es mittlerweile eine zweite Tote gab? Und: Gab es nicht doch eine Verbindung zwischen den Frauen? Vom Alter her konnte das durchaus möglich sein. Die gleiche Uni, der gleiche Zumba-Kurs, die gleiche Kneipe, der gleiche Italiener? Der gleiche Liebhaber?

Frank zog aus einer Schreibtischschublade eine Bluesharp in D-Dur hervor. Er strich mit dem Daumen über die verchromten Deckel. Er hatte die Harp schon länger nicht benutzt. Leise blies er jeden Ton einzeln an. Dann zog er ebenso leise die Luft an jeder der zehn Öffnungen an. Erst danach spielte er eine der Phrasen, die er auch bei *Pride and Joy* blies.

Wenn es in beiden Fällen derselbe Täter war – suchte er seine Opfer zufällig aus? Oder gezielt? Frank hatte keine Antwort. Die MK Augen schien auf beiden Augen blind zu sein.

Frank setzte abrupt die Bluesharp ab. Hatte Viola recht mit ihren Ideen? Was konnten sie beide tun?

Viola: Das war längst eine andere Zeit, ein anderes Leben. Sie waren ein Stück Weg gemeinsam gegangen. Ihre Hände hatten sich dabei hin und wieder für den Bruchteil eines Augenblicks berührt. Wie zufällig. Nichts war zufällig! Selbstbetrug. Er seufzte. An mehr wollte er sich nicht erinnern. Jetzt zählte Lisa. Und die beiden toten Frauen.

Er setzte erneut zu einem Lick auf seiner Harp an. Lisa zählte. Lisa war immer wichtig. Es gab für sie beide nur dieses eine Leben. Die Tonfolge auf seiner Harp missglückte völlig. Ich muss mehr üben, dachte er.

Frank nahm die Bluesharp vom Mund. Wichtig waren jetzt auch der Polizeipräsident und die Staatsanwältin. Carolina verlangte Ergebnisse. Auch der PP wurde immer ungeduldiger. Er stehe im rauen Wind der Medien, hatte er bei ihrer letzten Sitzung voller Pathos gemeint. Der Satz entlarvt die Angst um deinen Posten, hatte Frank angewidert gedacht. Die typische Berufskrankheit auf politisch besetzten Posten, wie Ecki ihm sarkastisch zugeflüstert hatte. Allerdings mit gefährlichen Erregern, die jederzeit überspringen konnten, hatte Frank gekontert. Und das wollte er auf keinen Fall zulassen.

»Du warst lange fort.« Frank legte gerade die Harp in die Schublade zurück, als Ecki die Tür hinter sich schloss.

»Spiel mir das Lied vom Tod?« Ecki grinste und deutete mit einem Becher auf die Mundharmonika.

»Falsche Tonart.« Frank nahm den Kaffee entgegen.

Noch bevor Ecki etwas sagen konnte, schepperte in seinem Rücken das Glas der Bürotür.

»Wir haben einen Namen.« Rainer Rosteck von der Leitstelle wedelte mit einem Blatt. »Corinna Neuhaus, dreißig. Ihre Eltern haben sie vor einer Stunde als vermisst gemeldet. Sie hatten ein Foto dabei. Sowohl Leenders als auch Linder haben keinen Zweifel: Die Frau aus der Ziegelei muss Corinna Neuhaus sein. Der DNA-Vergleich steht natürlich noch aus.«

Katharina drehte die Ansichtskarte in der Hand. »Ich habe sie eben erst aus dem Briefkasten gezogen.«

»Gut. Gut. Das freut mich.« Am anderen Ende der Leitung klang Moritz Grünewald auffallend aufgekratzt.

Sie wechselte ihr Handy von einem Ohr zum anderen. »Ich freue mich sehr. Wirklich. Schicken mir einfach Post aus dem Allgäu, Sie sind mir ja einer!« Erst Grünewalds Karte, nun sein gleichermaßen überraschender Anruf.

»Ich musste mal für ein paar Tage raus aus der Stadt. Und da habe ich mir gedacht, fahre ich doch ins Schwäbische. Dann ist es das Allgäu geworden.«

»Schön dort.« Die Karte zeigte eine Alpe, davor Wiesen.

»Sie hatten sicher einen langen Tag.« Grünewald machte eine kleine Pause. »Bevor ich Sie in Ruhe lasse, eine kurze Frage: Haben Sie mit dem Porträt schon begonnen, Katharina?«

Er sprach ihren Vornamen so aus, als sei es die Einladung, ihm das Du anzubieten. Aber Katharina überhörte absichtlich den Unterton. »Ich muss Ihnen ein kleines Geheimnis verraten. Mein Chef hat mir heute auf seine Art feierlich eröffnet, dass mein Text im Mantel laufen wird.«

»Im Mantel laufen?« Grünewald klang amüsiert.

»Sorry, ich meinte, der Artikel wird im überregionalen Teil abgedruckt.«

»Herzlichen Glückwunsch. Das ist sicher eine Ehre.«

Katharina legte die Postkarte auf die Anrichte. »Danke. Das heißt aber auch, dass ich noch ein paar Fragen habe. Ich habe nämlich jetzt mehr Platz als ursprünglich geplant.«

»Das heißt, wir treffen uns noch einmal?« Grünewalds Vorfreude war nicht zu überhören.

»Wir können das gerne auch telefonisch machen.« Sie betrachtete den verlockend blauen Himmel auf der Ansichtskarte. »Nur nicht heute, wenn ich das sagen darf.«

»Sie dürfen mir alles sagen. Ich freue mich. Wenn ich das an dieser Stelle anmerken darf: Verstehen Sie das bitte nicht falsch, aber ich hatte gleich bei unserer ersten Begegnung das Gefühl, dass wir uns verstehen. Es ist sehr angenehm mit Ihnen, liebe Frau Ungerechts. Ich spüre direkt eine Art Wesensverwandtschaft.«

Katharina hätte um ein Haar laut aufgelacht. Das passte so gar nicht zu Grünewald: Süßholzraspeln. »Nicht doch, ich schreibe das Porträt auch ohne Ihre Schmeicheleien.«

»Ich will Ihnen keineswegs schmeicheln. Jedenfalls nicht so. Bitte entschuldigen Sie.« Seine Stimme zog sich mit jeder Silbe von ihr zurück.

»So schlimm ist es nun auch wieder nicht.« Sie zögerte kurz. »Ganz im Gegenteil.« Aber den Zusatz, seine Gesellschaft ebenfalls zu genießen, unterdrückte sie dann doch.

»Gleicher Ort?« Grünewald klang erleichtert.

»Sagen wir am Freitagnachmittag, 16 Uhr?«

Katharina legte auf, zog die Schuhe aus und durchsuchte den Kühlschrank. Was sie fand, würde für einen Salat reichen, zu dem hervorragend der Grauburgunder passte, der schon seit ein paar Tagen auf den Korkenzieher wartete. Als sie im Wohnzimmer ihre blinkende Telefonstation sah, nahm ihre gute Laune schlagartig um ein paar Grad ab. Liebig konnte ihr für heute Abend gestohlen bleiben.

Doch es war nicht Liebig. Es war Paul.

»Liebste Katharina, meine Kathi.«

Paul hatte hörbar zu viel getrunken. Katharina wollte den Anruf schon löschen, hörte ihn dann aber ab.

»Dein Name ist so schön. Meine Oma hieß genauso. Aber das weißt du ja alles.« Katharina hörte förmlich, wie er eine abwehrende Handbewegung machte. »Katharina, Liebste, ich habe mit dem Tod von Simone nichts zu tun. Du hast mir wehgetan. Wie kannst du nur so was glauben. Ich, ich –«, er schluchzte, »ich habe immer nur dich geliebt. Nein, das ist falsch. Ich liebe immer nur dich. Kathi.« Paul musste am Telefon Haltung angenommen haben. »Katharina. Ich liebe dich.« Der Rest des Satzes ging in Schluchzen unter.

Katharina löschte die Nachricht. Wie konnte sich ein Mann nur so unterwürfig benehmen?

Sie setzte sich auf die Couch. Ihre aufgekratzte Stimmung war schlagartig verschwunden. Sie würde den Wein nicht mehr trinken. Sie wollte nur noch duschen und dann ins Bett.

Aber der Gedanke an Ole hielt sie auf ihrer Couch fest. Er hatte ihr die Angst genommen und den zweiten Brief zerrissen. Er hatte dabei so überzeugend gelacht, dass sie sich beruhigt in seinen Arm gekuschelt hatte und eingeschlafen war.

Katharina streckte sich aus. Mit Männern hatte sie es bislang nie einfach gehabt. Simone hatte einmal nach einem langen Rotweinabend behauptet, sie habe ein klassisches Vaterproblem. Sie hatte das vehement bestritten. Am anderen Tag hatte sie lange über ihren Vater nachgedacht, der bereits seit einigen Jahren tot war. Irgendwie hat Simone recht, hatte sie sich eingestehen müssen. Sie war nie das Gefühl losgeworden, dass zwischen ihr und ihm eine unsichtbare Wand stand. Je mehr sie versucht hatte, diese Barriere zu überwinden, umso unerreichbarer war er ihr erschienen. Sie hätte als Kind viel dafür gegeben, dass ihre Liebe erwidert worden wäre. Nach jenem Abend hatte sie nie mehr mit Simone über ihren Vater gesprochen.

Entschlossen stand Katharina auf, um den Wein doch noch zu öffnen. Seine Kälte ließ das Glas beschlagen. Sie mochte den Anblick, der Erfrischung verhieß. Ole hatte sie auf die Marke aufmerksam gemacht. Ole war überhaupt der aufmerksamste Mann, den sie in ihrem Leben kennengelernt hatte. Wenn er denn Zeit hatte. Andererseits war das nachvollziehbar, hatte sie nach langen Diskussionen zugeben müssen. Ole sollte Karriere machen können und einmal Ärztlicher Direktor einer Klinik werden.

Katharina hob ihr Glas und prostete Ole in Gedanken zu. Er hatte Bereitschaft und würde erst in der kommenden Woche wieder unter ihre Decke kriechen können. Bei dem Gedanken hatte sie augenblicklich seinen herben Geruch nach Tabak und Aftershave in der Nase, den sie an ihm so mochte.

Bis Freitag waren es noch zwei Tage. Am Nachmittag würde sie Grünewald treffen, und irgendwann würde Ole müde vom Dienst kommen. Sie würde ihm zur Entspannung die Grübchen an seinem Hintern massieren. Leise kichernd ging Katharina zum Fenster, um es zu öffnen. Sie wollte sich schon abwenden, als sie es wieder sah. Das kurze Aufleuchten eines glühenden Punktes.

Katharina spürte, wie sich ihre Nackenhaare aufrichteten.

»Ihre Tochter lebte alleine?«

»Kann ich sie sehen?«

Frank wechselte einen kurzen Blick mit Ecki. »Sie werden sie identifizieren müssen, aber es wird nicht leicht sein.«

»Ich habe nicht nur in meiner Ausbildung Leichen gesehen. Ich werde damit umgehen können.« Gisela Neuhaus zog den weißen Kittel enger um ihren Körper. Sie schien die Hand nicht zu spüren, die ihr Mann ihr auf die Schulter legte.

»Sie hat alleine gelebt?« Ecki wiederholte Franks Frage.

Neuhaus nickte und steckte eine Hand in die Tasche seines Kittels. Die Geste schien ihm Sicherheit zu geben. »Unsere Tochter hat an der Hochschule Textildesign studiert. Sie hätte sich eine andere Gegend leisten können, weil wir ihr, wenn sie gewollt hätte, unter die Arme gegriffen hätten. Aber sie wollte unbedingt in Eicken wohnen. Weiß der Himmel, warum.«

»Dort sind alle so kreativ, dort pulsiert das Leben, hat sie gesagt«, sekundierte seine Frau leise. »Wir haben das akzeptiert. Wir waren auch einmal jung.«

Frank entging nicht, dass ihre Gefühle ihre Worte Lügen straften. So beherrscht die Eltern von Corinna Neuhaus auch auftraten, so sehr kämpften sie um Haltung. Gisela Neuhaus hatte rote Flecken im Gesicht, ihre Fingerknöchel waren weiß, so fest ballte sie ihre Hände. Georg Neuhaus' Augenlider zuckten.

»Kennen Sie ihre Freunde?« Ecki hatte bislang aufmerksam das Medikamentensortiment betrachtet, das in einem offenen Schrank neben dem breiten Fenster gestapelt war.

Neuhaus zuckte mit den Schultern. »Kennen? Wir haben oft bis spätabends mit Befunden und Abrechnungen zu tun. Nein, wir kennen wohl niemanden aus ihrer Clique, oder? Gisela?«

Seine Frau zuckte bei ihrem Namen zusammen und suchte in ihrem Kittel nach einem Taschentuch. »Clique? Corinna ist – sie war dreißig. Die Zeit ihrer Schulclique liegt mehr als zehn Jahre zurück, Georg. Nun ist sie tot. Mein Kind ist tot.«

Sie sprach mit harscher Stimme wie über einen negativen Befund, der den Patienten verzweifeln lassen würde. Sie wollte auch in diesem Fall nichts beschönigen. Besser, man stellte sich der Diagnose. Aktion versprach Hoffnung, Resignation spielte dem Tod in die Hände.

»Gisela.« Es klang wie eine Verteidigung.

»Ich weiß nicht viel über Corinnas Leben. Sie lebte schon lange ihr eigenes. Sie war selten daheim. Ihr ganzes Leben war Opposition. Wir haben uns oft gefragt, warum sie so ist. Wir lieben unser Kind, aber sie hat uns ihre Liebe nie gezeigt.« Sie wischte sich mit dem Taschentuch durch die Augenwinkel.

Georg Neuhaus zuckte zurück, als habe er auf eine heiße Herdplatte gefasst. »Das bringt doch jetzt nichts, Gisela.«

»Waren Sie ein strenger Vater? Ich habe selbst zwei Kinder. Als Vater ist man doch ständig gefordert.« Ecki lächelte bei dem Gedanken an Nils und Enrica.

»Ich sehe jeden Tag eine Menge Patienten. Wir haben uns das aufgeteilt, meine Frau und ich. An den Wochenenden habe ich mehr Zeit gehabt. Aber zuletzt hat das Corinna wenig interessiert. Sie war lieber mit Freunden unterwegs.«

»Hör endlich damit auf«, Gisela Neuhaus presste die Worte hervor. »Corinna war kein kleines Kind mehr. Das hast du nie kapiert.« Sie wandte sich an die Kommissare. »Corinna war uns gegenüber sehr verschlossen. Ich kenne kaum jemanden ihrer Freunde. Ja, da waren ein paar junge Frauen in Eicken. Corinna wollte mit ihnen einen Laden aufziehen: nicht der übliche Schnickschnack. Dinge, die junge Leute heutzutage schön finden. Schicke Taschen aus alten Fahrradschläuchen, Frühstücksbrettchen mit Anarcho-Sprüchen, Selbstgestricktes. Corinna war immer schon anders als wir. Nur haben wir das nie bemerkt.«

Sie sah ihren Mann an, der zögerte, seine Hand wieder auf ihre Schulter zu legen. Sein fragender Blick zeigte, dass er gerade zum ersten Mal von den Plänen seiner Tochter hörte.

Worüber reden die beiden? Außer über Abrechnungen und Fallzahlen, dachte Frank. Ein routiniertes Team, aber Eltern?

»Hatte sie Männerbekanntschaften?« Frank nutzte bewusst den antiquierten Ausdruck.

»Hatte sie?« Neuhaus sah seine Frau an.

Sie ging zum Fenster, als fehlte ihr in seiner Gegenwart die Luft zum Atmen. Dort drehte sie sich um. Ihr Gesicht war im Gegenlicht kaum zu erkennen.

»Da war ein junger Mann. Aber das ist lange her. Eine Teenagerliebe. Sie hat kaum über das Abitur hinaus gehalten. Aber später?« Sie hob die Schultern. »Bestimmt haben sich Männer um sie bemüht. Corinna war eine hübsche junge Frau.«

»Wissen Sie noch den Namen des jungen Mannes?«

»Wie gesagt, das ist alles schon so lange her.«

»Überlegen Sie in Ruhe.«

»Genau, Gisela. Denk nach.«

Gisela Neuhaus schrie so laut, dass Frank zusammenzuckte und Ecki unwillkürlich zurückwich. Georg Neuhaus blieb wie angewurzelt stehen. Er verzog nicht einmal eine Miene.

»Sag du mir nicht, was ich zu tun habe! Wenn ich mich recht erinnere, hieß er Paul, Patrick oder – ich weiß es nicht!«

Die Tür zum Behandlungszimmer öffnete sich, und eine der Zahnarzthelferinnen sah Gisela Neuhaus besorgt an. »Kann ich noch etwas für Sie tun?«

Sie winkte ab. »Sind noch Patienten bestellt?«

Die Angesprochene schüttelte den Kopf.

»Dann macht jetzt Schluss, danke.«

»Frau Neuhaus, ich wollte Ihnen mein –«

Ihre Chefin unterbrach sie so brüsk, wie sie zuvor ihren Mann angegangen war. »Danke. Es ist gut.«

Der blonden Mitarbeiterin schien der Ton nicht unbekannt zu sein. Sie nickte und schloss behutsam die Tür hinter sich.

»Martina Hallmann, unsere gute Seele der Praxis.« Georg Neuhaus lächelte, als wollte er die Störung entschuldigen.

»Hat Corinna gelitten?«, fragte Gisela Neuhaus.

»Es ist noch zu früh.« In dieser Umgebung aus Trauer, Desinfektionsmitteln, Medikamenten und Verzweiflung wollte Frank den Eltern nicht sagen, wie ihre Tochter gestorben war. »Das Ergebnis der Abschlussuntersuchung steht noch aus.«

»Wann geben sie sie frei?« Neuhaus klang so sachlich, als stünde er vor dem Abschluss einer langwierigen Behandlung.

»Sie werden sich noch etwas gedulden müssen.« Ecki wollte die Situation entschärfen. Außerdem war die wichtigste Frage noch nicht beantwortet. »Ist Ihnen der Name des jungen Mannes inzwischen eingefallen, Frau Neuhaus?«

Gisela Neuhaus ging an ihren Schreibtisch. Ihre Mimik hatte

sich verändert. Von der Zahnärztin, für die Schmerzen zum Beruf gehörten, war sie zur Mutter geworden, deren Schmerzen sich tief in ihr Gesicht eingegraben hatten.

»Nein.« Sie sah ihren Mann an, der nun ebenfalls Tränen in den Augen hatte. »Nein, nein, nein.«

»Wer kann uns noch von Ihrer Tochter erzählen?« Ecki ließ seinen Stift über seinem Notizbuch schweben.

Die Ärztin wischte sich die Tränen aus dem Gesicht. »Ich kann mich an eine Frau erinnern, die in Eicken einen Laden mit selbst geschneiderten Kleidern hat. Ich glaube, sie heißt Eva. Der Nachname ist irgendwas mit B.«

Ecki notierte den Namen. »Eva B.?«

»Wir würden Ihnen ja gerne helfen.« Neuhaus steckte seine Hand wieder in die Kitteltasche. Er versuchte erst gar nicht, seine Tränen wegzuwischen.

»Für den Augenblick ist es gut.« Frank nickte Ecki zu.

Ecki steckte sein Notizbuch ein. »Eine Frage noch. Sagt Ihnen der Name Simone Contzen etwas?«

Das Ehepaar sah sich schulterzuckend an.

»Wer soll das bitte sein? Eine Freundin von Corinna?«

»Das wissen wir nicht, Frau Neuhaus.«

»Warum fragen Sie uns dann nach dieser Frau?«

»Die Frage ist wichtig.«

»Warum?« Georg Neuhaus wischte sich über das Gesicht.

»Ist sie die zweite Tote?«, fragte seine Frau ahnungsvoll.

Frank und Ecki nickten stumm und verabschiedeten sich. Die »gute Seele« schloss hinter ihnen die Praxis ab.

»Hast du gesehen, wie nervös Neuhaus wurde, als wir Simone Contzen erwähnt haben?« Ecki schnallte sich an.

»Er hat sich lediglich die Tränen weggewischt. Ein Mediziner, der es gelernt hat, seine Emotionen zu beherrschen. Ich kann nicht erkennen, dass er nervös war.«

»Ich bin ganz anderer Meinung.« Ecki ließ seinen Blick über das hell gestrichene Gründerzeithaus schweifen.

Frank startete den Motor und drückte die Starttaste des CD-Players. Bei Joanne S. Taylors krachendem Blues *Diamonds in the Dirt* bogen sie in die Einfahrt zur alten Polizeikaserne.

XIII.

Sie hat so schöne Hände. Ich werde sie besonders sorgfältig behandeln. Die Hände verraten viel über den Charakter eines Menschen. Es wird aber noch Zeit brauchen, denn es ist die Frage zu klären: Wie konserviere ich diese Feingliedrigkeit? Eines der noch ungelösten Probleme in der Pathologie! Ich werde es lösen und damit Medizingeschichte schreiben!

Es geht nur noch um einige wenige Experimente. Für den Sachbeweis muss ich lediglich das Gewebe haben. Ich weiß auch schon, wo ich es herbekomme. Es wird eine Hand sein, die nicht hart arbeitet, aber immer in Bewegung ist. Ihre Struktur ist klar definiert durch den täglichen Umgang mit Tastaturen. Ihre Konservierung wird mir die Richtung weisen für den endgültigen Schnitt. Ein scharfes Messer. Im Handgelenk angesetzt.

Robert Mayr stand mit dem Rücken zur Tür, als Jakisch eintrat. »Können S' nicht anklopfen?« Er drehte sich nicht um. Das konnte nur der Knödel sein. »Was gibt's?«

Viel mehr als die Antwort interessierte ihn die Uhrzeit. Er hatte sich vorgenommen, den Nachmittag am Rottachsee zu verbringen. Bei einer ordentlichen Brotzeit im Gasthof *Zum Kreuz*: Meckatzer, Bergkäs und ein Wurstsalat aus Schüblingen.

»Es geht um die verschwundene Frau vom Werdensteiner Moos, Herr Mayr.« Carsten Jakisch setzte sich auf den Besucherstuhl. So einfach wollte er sich diesmal nicht abspeisen lassen. Er hatte schlechte Laune. Er war seit dem frühen Morgen unterwegs und hatte noch nichts Gescheites gegessen.

»Haben Sie die immer noch nicht gefunden?« Mayr ließ eine

Schulter kreisen. Martina würde ihn am Abend massieren und mit ihrer Pferdesalbe einreiben müssen. Etwas riss an und in der Schulter. Seit Tagen. Der Herbst war nicht mehr weit. Der da draußen und der in seinem Leben.

»Warum haben Sie mir nicht gesagt, dass Sie den Fall von der Frau im Moos damals bearbeitet haben?«

»Schmarrn.« Was wollte der Rothaarige denn noch von ihm?

»Aber –«

»Nix aber. Ich bin nur zufällig ans Telefon gegangen. Weil der Kollege grad mal nicht in seinem Büro war.« Er wollte jetzt dringend raus aus dem Präsidium. Er musste nachdenken. Über seine Hochzeit. Sie hatten sich immer noch nicht auf einen Termin einigen können.

»Aha.«

»Aha«, echote Mayr. »War's das?« Das Reißen in seiner Schulter wurde schlimmer.

Carsten Jakisch wollte schon das Büro verlassen, als er durch das offene Bürofenster das Tuckern eines vorbeifahrenden Treckers hörte. »Da fällt mir ein, Herr Mayr, ich will nur noch mal auf den Trecker zu sprechen kommen. Den der Archivar sucht. Sie kommen doch viel rum. Wenn Sie mal was hören –«

»Einen Traktor? Den hör ich alleweil. Grad jetzt. Das Allgäu ist voll mit Traktoren«, brummte Mayr. Ihm fiel ein, dass er den Wirt des *Kreuz* fragen wollte, ob der nicht seinen Schlepper für die Hochzeit hergeben wolle. Nein, korrigierte er sich, das würde um diese Jahreszeit keinen Sinn machen. Zu kalt für eine Treckerfahrt um den See herum. Das war was für den Mai. Sowieso müsste Martina ein anderes Brautkleid tragen. Eine Schleppe auf einem Schlepper ging gar nicht.

Der Katalog! Er hatte noch immer nichts ausgesucht. Sie hatten ja auch noch keinen Termin. Den gab's nicht im Katalog. Er würde ihn mit nach Moosbach nehmen. Dort hatte er Ruhe.

»Es wäre schön, wenn Sie sich umhören täten. Ich würde Heinz-Jürgen gerne eine Freude machen.«

Heinz-Jürgen? Wer war nun das schon wieder? Jakisch kam ihm ständig mit neuen Namen. »Ja, ja.«

Carsten Jakisch verließ grußlos das Büro. Er hatte jetzt Feierabend, und außerdem wartete Steffi.

Seit er den Fall des toten Mönchengladbacher Unternehmers hatte mitlösen können, sah Steffi ihn mit anderen Augen. Sie hatte alle Berichte aufgehoben und in Sichthüllen gesteckt. Einen eigenen Ordner hatte sie angelegt und ihn stolz in ihr Regal gestellt. Auf den Papprücken hatte sie seinen Namen geschrieben und ein Herz dazugemalt. Seither stand er direkt neben den DVDs mit Johnny Depp und Til Schweiger.

Wenn er nur den Fall der Frau aus dem Moos klären könnte! Dann müsste Mayr ihm endlich die fällige Anerkennung geben. Und er könnte Steffi fragen, ob sie ihn heiraten würde. Ganz in Weiß. Auf einem Schiff auf dem Rhein. Seinetwegen auch auf Schloss Neuschwanstein. Das mochte er aber eher weniger. Nicht wegen der Japaner. Nee. Er hatte doch mindestens ebenso viel niederrheinisches Blut in seinen Adern wie Allgäuer. Da wäre eine Kreuzfahrt doch ein Kompromiss. Heirat am Äquator. Steffi würde das mögen. Aber bis dahin war es noch ein Stück Arbeit.

Er ging den langen Flur entlang auf die Glastür zu. Er konnte sich darin sehen: Carsten J., unterwegs im Auftrag des – ja, wessen? Im eigenen Auftrag, entschied er. Bevor er die Tür aufstieß, betrachtete er ausgiebig sein Spiegelbild. Er sollte ein wenig mehr Sport machen.

»Jakisch?«

Er zuckte zusammen und verharrte. Mayr!

»Melden Sie sich morgen bei mir. Aber nicht vor elf. Es gibt einiges zu besprechen. Haben S' dahoam keinen Spiegel?«

»Möchten Sie noch Kaffee?« Die Serviererin deutete auf die beiden Gedecke. »Oder noch ein Stück von unserem Hauskuchen?«

Grünewald sah Katharina auffordernd an.

»Nein. Ich bin sowieso durch mit meinen Fragen.« Katharina schlug ihren Notizblock zu und steckte ihn zusammen mit ihrem Kugelschreiber in ihre Tasche. Der Tag war schon lang genug gewesen, und sie musste an die Bügelwäsche denken, die zu Hause auf sie wartete. Und an *Doktor Schiwago*. Couch, Wein, Tempos und Omar Sharif auf Arte: Die Aussicht ließ sie schmunzeln.

»Wie Sie möchten.« Moritz Grünewald bezahlte die Rechnung und machte Anstalten, aufzustehen. Als er nach seiner Jacke griff, hielt er inne. »Ach, machen Sie mir doch die Freude und trinken Sie irgendwo noch ein Glas Wein mit mir.«

Katharina sagte »Gerne«, bevor sie wusste, was sie gerade gesagt hatte.

»Sicher? Sie müssen nicht höflich sein.«

Seine Stimme schmeichelte sich in ihre Gedanken. Und seine blauen Augen luden sie ein, in diesem kühlen See zu versinken und den Tag zu vergessen. Sie überdachte ihre Alternative und beschloss, dass Omar Sharif auch gerne in der Videothek auf sie warten würde. »Der Doktor hat Zeit.«

»Der Doktor?«

Sie musste kichern. »Nicht wichtig. Ein kühles Glas kommt jetzt gerade recht.«

Nahe der Hauptkirche fanden sie einen Tisch vor dem *Rossini*.

»Schön, dass Sie so spontan mitkommen«, sagte Grünewald, nachdem die Kellnerin ihre Bestellung aufgenommen hatte.

Katharina warf einen Blick hinüber zum Kirchturm. »Ach, ich war in letzter Zeit alles andere als spontan. Ich finde, es ist an der Zeit, dass ich das ändere.«

»Ich glaube, Sie denken zu viel.«

Sie sah Grünewald erstaunt an. »Wie kommen Sie darauf?«

Er neigte lächelnd seinen Kopf, und seine blauen Augen wurden noch eine Spur blauer.

Sie lachte. »Nehmen Sie wirklich nie Ihren Hut ab?«

»Niemals. Nach Möglichkeit.«

Sie blies eine Locke aus ihrem Gesicht. »Ich würde Sie gerne einmal ohne Hut sehen.«

»Niemals.« Er dankte der Kellnerin nickend für den Wein.

Seine Augen wurden unvermittelt dunkel. Oder war das nur Einbildung? Die Sonne verschwand gerade hinter den Häusern. Ein dämmriges Zwielicht schob sich über den Platz.

»Bin ich Ihnen zu nahe getreten?« Katharina hob erschrocken ihr Glas, um ihm zuzuprosten.

Er stieß mit ihr an. »Sie denken zu viel. Es gibt noch ein Leben außerhalb Ihres Kopfes. Das sollten Sie nicht leichtfertig übersehen.«

»Das ist nett formuliert.« Sie drehte versonnen ihr Glas, bevor sie es absetzte. »Im Augenblick ist mein Leben nicht ganz so einfach. Zu viel Arbeit.«

»Ich ahne, dass es um mehr geht als um den Alltag in Ihrer Redaktion. Die Mordfälle, nicht wahr?«

Seine Stimme hatte einen warmen Klang. In ihr breitete sich eine Leichtigkeit aus, die sie so noch vor einer halben Stunde für undenkbar gehalten hatte. Allein dafür war sie Grünewald dankbar.

»Ich habe recht, nicht wahr?« Seine Stimme klang eine Spur spöttisch. Er machte eine einladende Geste. »Schweigen Sie. Schon Ihre bloße Gegenwart freut mich.«

Charmeur, dachte sie und musste lachen. »Nun, es ist nicht so einfach. Ich weiß nicht so recht, wo ich anfangen soll. Und ich weiß nicht, ob Sie das interessiert«, Katharina strich sich durchs Haar, »interessieren sollte. In unserer Abmachung sind doch Sie derjenige, der Auskunft geben soll. Oder?« Sie würde ihm auf keinen Fall ihr Herz ausschütten, drängte sie ihren Impuls zurück.

»Lassen Sie Ihren Beruf doch einfach mal beiseite.«

»Die Morde machen mich fertig.« Die Unvermitteltheit, mit der das Bekenntnis aus ihr herausbrach, irritierte sie.

»Furchtbar, ja.« Auf Grünewalds Stirn erschienen steile Falten. »Weiß man immer noch nicht, wer das getan hat?«

Sie schüttelte den Kopf. »Die Polizei hat keine Ahnung.«

Grünewald nickte bedächtig. »Grausame Sache.«

»Wir haben nur die freigegebenen Fakten veröffentlicht. Wir

wissen natürlich mehr.« Katharina beugte sich zu ihm. »Simone muss furchtbar gelitten haben. Auch die andere Frau.«

»Ist die Polizei wenigstens unter vier Augen offen?«

Katharina lachte auf. »Was ich weiß, habe ich von meinen Kontakten bei der Staatsanwaltschaft und aus anderen Quellen im Präsidium. Nein, die Polizei tut so, als hätten die Medien kein Recht auf die Wahrheit.«

»Sie werden bei Ihrer Recherche behindert? Unglaublich.« Grünewald griff nach dem Glas. »Erzählen Sie mir davon.«

»Offiziell kooperiert die Polizei mit der Presse. Aber wir werden absichtlich im Unklaren gelassen. Typisch. Andererseits –« Sie überlegte, ob sie auch den Rest erzählen sollte.

»Andererseits?«

»Da ich nicht nur Journalistin bin, sondern in diesem Fall auch besonders betroffen, geht man anders mit mir um als mit dem Rest der Medien. Ich bin eine Zeugin. Eine der wenigen, mit der Simone vielleicht zuletzt Kontakt hatte.« Sie spürte Tränen aufsteigen. »Sie können sich nicht vorstellen, wie man mich behandelt. Es ist fast so, als sei ich mitschuldig.«

»Das verstehe ich nicht.«

»Sie sagen das nicht direkt. Aber die Art, wie dieser Kommissar fragt! Ich habe doch nichts damit zu tun! Ich habe an jenem Abend nicht mit ihr zusammen sein können. Ich habe abgesagt, weil ich wirklich nicht konnte. Sie ist alleine zu dem Konzert gegangen. Wenn ich gewusst hätte, was passiert –« Katharina sah hinüber zum Kirchturm. Das Grün der Patina auf der schlanken Dachhaube wurde zusehends intensiver. Es wurde langsam kühl.

Grünewald legte kurz seine Hand auf ihre. Sie war warm und weich. »Niemand kann das Schicksal ändern. Es war vorbestimmt. Sie trifft keine Schuld, Katharina. Sie nicht.«

»Ich weiß nicht mehr, was ich denken soll.«

»Was sagt die Polizei über die zweite Tote?«

»Nichts. Aber ich weiß, dass die Frau aus der Ziegelei extrem grausam getötet wurde.«

Grünewald schüttelte ungläubig den Kopf.

»Ich habe gehört, dass sie aufgehängt wurde. Ihr sollen die Arme abgeschnitten worden sein. Zwei Jungs haben sie entdeckt. Welch ein Trauma für die Kinder!«

Grünewald knetete nachdenklich seine Hände. »Ohne Arme? Sieht die Polizei einen Zusammenhang mit der ersten Tat?«

Katharina zuckte mit den Schultern. Sie versuchte, die hilflose Geste mit dem Griff nach ihrem Glas abzumildern. Sie trank einen großen Schluck.

Grünewalds Stimme klang noch einen Grad weicher. »Sie haben doch sicher jemanden, der Ihnen Halt gibt.«

Seine Worte trafen ins Schwarze. Sie hätte am liebsten losgeheult. Ole. Sie griff erneut nach dem Glas und trank es leer. Der Alkohol schoss ihr in die Venen.

»Nicht?« Grünewald lächelte.

»Doch. Schon.« Katharina ließ ihren Blick über den Platz schweifen.

»Katharina, Sie sind ein sehr sympathischer Mensch. Ich bin froh, dass wir uns begegnet sind. Ich habe Ihnen schon sehr viel von mir erzählt. Und da finde ich es nicht mehr als fair, wenn ich Ihnen zuhöre. Wie gesagt, wenn Sie mögen, Sie sind herzlich eingeladen, mir von Ihren Sorgen zu erzählen.«

Ich weiß nicht, dachte Katharina und hatte doch schon den nächsten Satz über die Lippen gelassen. »Mein Exfreund hat Simone noch kurz vor ihrem Tod gesehen.«

»Wollen Sie damit andeuten, dass –?« Er hielt inne.

»Ich weiß nicht. Nein, nein.« Sie schüttelte den Kopf.

Grünewald bedeutete der vorbeieilenden Kellnerin, noch einmal Wein zu bringen. Katharina protestierte nicht.

»Gedanken machen Sie sich aber schon, oder?«

Sie zögerte. Was sollte sie ihm antworten? Dass sie bei Paul nicht mehr sicher war? Dass sie Angst hatte, an Paranoia zu leiden? Dass sie glimmende Zigarettenstummel für Vorboten der Hölle hielt?

»Ja, ich mache mir Gedanken, um ehrlich zu sein.« In dem Augenblick, in dem sie den Satz aussprach, spürte sie eine tiefe

Erleichterung. Sie wollte das Gefühl nicht. Nicht hier und nicht mit diesem Mann.

»Sie sehen traurig aus.«

»Das ist das richtige Wort. Ja, ich bin traurig.«

»Da Sie sich nicht sicher sind, was zwischen Ihrem Exfreund und Simone passiert sein könnte«, führte er ihren Satz fort. »Machen Sie sich keine Sorgen.« Er legte erneut seine Hand kurz auf ihre. »Er wird nichts Böses getan haben. Wer Sie zur Freundin hat oder hatte, kann kein schlechter Mensch sein. Sie würden das Böse sofort erkennen.«

Katharina lächelte dankbar. »Es tut gut, mit jemandem zu reden, der nichts mit diesen Dingen zu tun hat. Sie geben mir das Gefühl, doch noch nicht ganz verrückt geworden zu sein.«

Grünewald hob sein Glas. »Ich freue mich, dass ich Ihnen ein wenig Ihrer Sorge nehmen kann.«

Seine dunkelblauen Augen ruhten so lange auf ihr, bis sie verlegen zur Seite blickte.

Es wurde ein langer Abend. Wegen der Kühle waren sie ins Lokal gewechselt. Katharina erzählte von ihren Träumen als kleines Mädchen. Von ihren Sorgen um ihre Oma und von den beiden längst verstorbenen Tanten, die sie so sehr geliebt hatte. Grünewald hörte zu, stellte nur ab und zu eine Frage. Sie prosteten einander zu und lachten viel.

Irgendwann bedankte sie sich beschwipst für die Einladung und bestieg fröhlich ein Taxi. Vor ihrer Haustür dachte sie nur kurz an das nächtliche Aufglühen von Zigaretten, dann aber lachte sie laut und ließ mit Schwung die Haustür hinter sich zufallen. Wer immer unter ihrem Fenster stehen mochte, konnte ihr an diesem Abend gestohlen bleiben.

»Sind Sie so weit?« Frank berührte leicht ihren Unterarm.

Sie wehrte seinen Arm ab.

Seit Minuten standen Frank, Ecki, der Pathologe und das Ehepaar Neuhaus vor dem Stahltisch.

»Frau Neuhaus?« Frank sprach ihren Namen so sanft und so sachlich aus, wie er konnte. Ein Seitenblick auf ihren Mann hatte ihm gesagt, dass er von ihm keine Unterstützung erwarten durfte. Neuhaus' Blick hatte längst die Mauern der Pathologie durchdrungen und war auf etwas fixiert, das weit jenseits der gekachelten Routine des Sektionssaals lag.

Durch Gisela Neuhaus' Körper lief in Intervallen ein Schauer. Ein leichtes Beben vor der gewaltigen Eruption.

»Wenn Sie noch Zeit brauchen? Wir haben übrigens den Namen des jungen Mannes von damals ermittelt. Paul Eggerath.« Frank bemühte sich um Sachlichkeit.

Gisela Neuhaus' Gedanken waren weit weg. Es schien, als würde sie sich sammeln wie ein Skispringer, kurz bevor er sich vom Sitzbalken in die Spur abstieß, um sich dann der eigenen Kraft und Gravitation zu überlassen. Dann nickte sie knapp.

Der diensthabende Pathologe schien von ihrem Schwung mitgenommen zu werden und zog das Laken mit einer fließenden Bewegung von Corinna Neuhaus' Gesicht. Allerdings nahm sein Schwung kein Ende. Erst in Höhe ihres Oberbauches kam das Laken zur Ruhe.

Der Schrei brach sich vielfach an den glatten Wänden des Sektionssaals. Das Haar. Der Hals, dessen sanfte Linien den Übergang ihres Kopfes auf die Schultern definierten. Selbst im Tod eine schöne Frau. In Franks Schädel rang der Schrei der gequälten Mutter unerbittlich mit dem Stakkato übersteuerter Gitarren und kreischender Kreissägen, die sich durch seinen Kopf fraßen. Frau Neuhaus' Geist musste verstehen, was ihre Augen nicht sehen wollten. Ihre kleine Tochter geschlachtet! Ohne jene Arme, die sich einst um ihren Hals geschlungen hatten.

Ecki schrie den Pathologen an. »Sind Sie wahnsinnig? Decken Sie sie zu! Um Gottes willen! Decken Sie sie zu.«

Katharina Ungerechts fuhr in die erste Etage und betrachtete ihr Profil in der spiegelnden Verkleidung der anderen Rolltreppe. Noch vor zwei Wochen war sie mit Simone durch die Geschäfte gezogen. Herumalbernd wie Teenies, auf der Suche nach den geilsten Pumps für den Sommer. Ihre gute Laune hatten sie anschließend mit einem großen Eis und Milchkaffee verlängert. Katharina fasste ihre Tasche fester. Sie würde nicht nur heute alleine auf der Rolltreppe stehen. Simone fehlte ihr.

Eigentlich war heute ihr freier Tag. Aber sie war für einen kranken Kollegen eingesprungen. Liebig hatte sich nicht einmal für ihre Hilfsbereitschaft bedankt. Katharina hatte es sich längst abgewöhnt, über seine ungehobelte Art sauer zu sein. Ihre Schicht hatte sie damit verbracht, Polizeimeldungen zu Einbrüchen, geblitzten Autofahrern und ungesicherten Lkw-Ladungen umzuschreiben und zu kürzen. Außerdem hatte sie Kurzmeldungen für die Seite drei bearbeitet. Nichts, was sie übermäßig gefordert hätte. Zwischendurch hatte sie nach dem Stand der Mordermittlungen gefragt. Aber die Pressestelle der Polizei hatte lediglich mitgeteilt, dass »die MK zwar mit Hochdruck arbeitet, es aber keine Fortschritte gibt«.

Einzig die Auswahl der Fotos, mit denen sie ihren Artikel über Moritz Grünewald bebildern wollte, hatte ihr Freude bereitet. Ihr Lieblingsfotograf hatte Grünewald am Schloss Rheydt abgelichtet. Die mächtigen Bäume, das satte Grün des Rasens und der Renaissancebau verliehen der schlanken Gestalt etwas Aristokratisches. Das Schloss stand ihm verdammt gut zu Gesicht. Unterstrichen wurde die mediterrane Stimmung durch seinen Fedora.

Sie hatte schmunzeln müssen: ein schon etwas angegrauter Schlossherr, der doch vor Kraft zu strotzen schien. Grünewalds Blick war auf einen Punkt jenseits der Kamera gerichtet. Seine Augen waren wach und wurden umrahmt von winzigen Fältchen. Selbst Liebig war von den Fotos angetan.

Das Wochenende hatte sie damit zugebracht, den Text über den »Mann mit Hut« in Form zu bringen. Er war mehr geworden als die bloße Momentaufnahme einer zufälligen Begegnung im Café. Das Porträt eines Mannes, der aus der Zeit gefallen zu sein schien. Der das laute Gehabe seiner Umgebung zur Kenntnis nahm, um sich am Ende mit einer leichten Verbeugung und einem knappen Lüften seiner Kopfbedeckung in seine eigene Welt zu verabschieden. Der Philanthrop, der letzte Bildungsbürger, Humanist, Dandy und Flaneur.

Die endgültige Deutung seiner Persönlichkeit hatte sie bewusst vermieden. Auch, weil Grünewald in einigen Dingen sehr allgemein geblieben war. So wusste sie nur, dass seine Familie schon im ausgehenden 19. Jahrhundert zu Geld gekommen war. Der Spross einer Industriellenfamilie. Auch gut, hatte sie gedacht, sollten sich die Leser doch von der etwas geheimnisvoll bleibenden Figur Moritz Grünewald angezogen fühlen. Sie war zufrieden gewesen, zumal sie hoffte, eine Fortsetzung schreiben zu können, nach allem, was Liebig angedeutet hatte. Material gab Grünewalds Leben jedenfalls genug her.

»Katharina.«

Sie schreckte auf. Sie hatte schon eine ganze Weile vor dem Ständer mit den T-Shirts gestanden, ohne sich zu rühren.

»Träumst du vom reichen Prinzen?«

Das Lachen in ihrem Rücken kam ihr bekannt vor. Sie drehte sich um. Es war Greta, eine von Simones Freundinnen.

»Ich habe dich ein paarmal angesprochen, aber du hast nicht reagiert.« Lachend wechselte Greta ihre Handtasche von einem Arm auf den anderen.

Katharina fühlte sich ertappt. »Ich habe gerade an etwas denken müssen. Tut mir leid.«

»Simone?« Gretas Blick wurde ernst. »Schrecklich, nicht?«

Katharina nickte. Sie wusste, dass Simone eine Zeit lang eng mit Greta befreundet gewesen war. Aber dann war von einem auf den anderen Tag Funkstille gewesen. Abgesehen von einigen gelegentlichen SMS und lockeren Verabredungen auf Facebook.

»Mich hat die Nachricht echt umgehauen. Wie schrecklich ist das denn, habe ich gedacht. Doch nicht Simone! Wir haben doch so viel zusammen unternommen!«

Katharina wollte nicht unhöflich sein, aber sie hatte wenig

Lust, vor diesem Kleiderständer mit Greta, die sie nicht sonderlich gut kannte, über Simone zu sprechen.

»Unfassbar, ja.« Katharina kramte in ihrer Handtasche. »Sei mir nicht böse, Greta, aber ich habe noch einen Termin, mein Handy hat mich gerade daran erinnert.« Sie hielt ihr Telefon hoch.

Greta nickte, dabei fiel ihr eine blonde Haarsträhne ins Gesicht, die sie dort beließ. »Schade. Als ich dich gesehen habe, dachte ich, wir könnten einen Kaffee trinken gehen. Du hast sie doch auch gut gekannt. Ich weiß nicht, was ich nun tun soll. Es ist alles so schrecklich. Du bist doch bei der Zeitung. Du weißt bestimmt mehr. Bitte, nur einen Kaffee.«

Es war etwas in Gretas Blick, das Katharina einlenken ließ. Ich werde sie sonst ohnehin nicht los, dachte sie und nickte ergeben. »Ein schneller Milchkaffee, meinetwegen.«

Es dauerte nicht lange, und schon bereute Katharina ihre Nachgiebigkeit. Sie hatten sich kaum im *Rossini* einen freien Platz gesucht, als Greta auch schon ohne Punkt und Komma über ihre Freundschaft mit Simone redete. Davon, welch »wertvoller Mensch« sie doch gewesen sei. Und dass solche Menschen am allerwenigsten solch ein Schicksal verdient hätten.

Greta war eine der Frauen, die es mühelos zuwege brachten, mit Belanglosigkeiten ganze Abende zu füllen. Katharina fühlte sich unversehens zur Kulisse für eine umfassende Selbstdarstellung reduziert.

»Wir haben allerhand zusammen erlebt.« Greta schaute versonnen auf den Schaum in ihrem Glas. Dann sah sie Katharina aus ihren grünen Augen fragend an. »Wer tut so etwas?«

Katharina wollte das Treffen auf dem schnellsten Weg beenden. »Sag du es mir.«

Greta sah sie erschrocken an. »Warum ausgerechnet ich?«

Sie hatte ihr Ziel erreicht. Greta war irritiert, und ihr Redefluss verebbte. Es wird nicht mehr lange dauern, und Greta verabschiedet sich, wettete sie mit sich selbst.

»Du hast doch gerade erzählt, dass ihr viel unternommen habt.

Vielleicht ist in dieser Zeit etwas vorgefallen, das dir jetzt merkwürdig vorkommt.« Das abrupte Ende der Beziehung wollte Katharina nicht direkt ansprechen. Sie fürchtete, Greta damit ein Stichwort für eine ausufernde Erklärung zu liefern.

Gretas Blick wurde noch eine Spur ernster. »Das habe ich mich auch schon gefragt. Aber –« Sie ließ das Satzende offen.

»Du weißt, dass noch eine Tote gefunden wurde?«

Greta nickte stumm und begann, in ihrer Tasse zu rühren.

Katharina sah ihr dabei zu. Eine schrille Blondine mit langen, farbig modellierten Fingernägeln, sehr großen weißen Ohrringen und einem Sommerkleid, das eine Spur zu kurz war. Damit hatte Greta es im Handumdrehen geschafft, alle Blicke auf sich zu ziehen. Sie tat, als bemerke sie das nicht.

»Wir waren eine Zeit lang wirklich sehr eng. Jede kannte so ziemlich alles von der anderen.«

Katharina wartete, dass sie fortfuhr, aber Greta zog es stattdessen vor, stumm in ihrem Glas zu rühren. Sie ahnte, dass Greta damit ein »Was meinst du damit?« provozieren wollte, aber sie wollte nach Hause. »Hör zu, Greta, schön, dass wir uns getroffen haben. Aber nun muss ich wirklich los.«

»Oh, entschuldige bitte.« Greta blickte auf und griff nach ihrer Handtasche. »Stimmt ja, ihr Reporter müsst ja immer nur arbeiten. War jedenfalls schön, dass wir uns getroffen haben und ein bisschen reden konnten.«

»Das fand ich auch. Lass nur«, Katharina winkte ab, »ich lade dich ein.« Sie war froh, Greta endlich los zu sein.

Was mochte drin sein? Lisa hatte den großen wattierten Briefumschlag entgegengenommen und Frank wortlos in die Hand gedrückt. Sein Blick auf den Absender erklärte ihr Schweigen.

»Post von Ruth?« Frank sah seine Freundin ratlos an.

»Woher soll ich wissen, was deine Exfrau umtreibt?« Mit Schwung hob sie ihre Schultasche vom Boden auf. »Ich muss los. Nach der Sechsten haben wir noch Konferenz. Es kann spät werden. Der Direx spendiert Kaffee und Kuchen.« Lisa gab

Frank einen Kuss auf die Stirn und zog geräuschvoll die Tür hinter sich zu.

Nachdenklich vernahm er ihre hüpfenden Schritte im Treppenhaus. Ruth hatte offenbar etwas für ihn, das nicht in einen Brief oder einen Anruf passte. Acht Jahre war das nun schon her. Sie hatten sich damals weder im Krieg getrennt, noch hatten sie sich ihrer Freundschaft versichert. Die Ehe war einfach so zu Ende gewesen. An einem Montagmorgen. Die langen Dienste, das Unplanbare, das fehlende Verständnis: Sie hatten viele Gründe gefunden, damals.

Frank stand auf und zog ein Messer aus dem Messerblock. Der gepolsterte Briefumschlag enthielt ein paar Fotos und seine Liebesbriefe. Wie jung er gewesen war und wie anders seine Handschrift damals noch ausgesehen hatte! Kein Brief von Ruth. Kommentarlos gab sie ihm seine Vergangenheit zurück. Der Gedanke schmerzte ihn mehr, als er sich eingestehen mochte.

Hastig schob er den Inhalt zurück in den Umschlag und sah auf die Uhr. Er hätte längst im Dienst sein müssen. Lisa hatte ihn noch im Bett an sein Versprechen erinnert, sich endlich um eine gemeinsame Wohnung zu kümmern. Statt ihr recht zu geben, hatte er mit ihr darüber diskutiert, dass er im Moment anderes zu tun hatte, als die Immobilienseiten zu studieren.

Erst spät an diesem Morgen hatten sie wieder zueinandergefunden. Aber selbst dann hatten sie nur belanglose Dinge gesprochen. Seine Versuche, Lisa mit ein paar witzigen Bemerkungen aufzuheitern, waren in der Anspannung versickert. Solche Augenblicke hatten sie in den vergangenen Monaten immer wieder erlebt. Zu oft. Das war ihm klar. Aber er hatte noch keinen Weg gefunden, das zu ändern.

Frank stand bereits im Flur, als sein Handy klingelte.

Es war Ecki. »Es gibt ein anonymes Schreiben. Von Ambeck hat angeblich was mit der Contzen gehabt. Sie sollen sich in Sexclubs getroffen haben.«

»Anonym?« Frank nahm seine Lederjacke vom Haken.

»Kann ich heute noch mit dir rechnen?«

»Ist ja schon gut, bin gleich da.«

Erst als er die Wohnungstür öffnete, bemerkte er den Post-it-Zettel, den Lisa neben das Schloss geklebt hatte. Er musste schlucken, als er ihn las: *Wie nah sind uns manche, die tot sind, und wie tot sind uns manche, die leben. – Wolf Biermann*

Ecki erwartete ihn zusammen mit dem Leiter der KTU.

»Ich hab's eilig. Also: Fotokopiert, Billigpapier. Kann jeder überall angefertigt haben. Wenn ihr mich jetzt bitte entschuldigen wollt.« Torsten Linder verabschiedete sich mit einem Tip an die Stirn und verschwand.

»Schlechte Laune?« Frank fuhr seinen PC hoch.

»Seine Kinder sind krank, die Frau ist mit Freundinnen zum Wandern auf dem Rheinsteig. Und hier ein Berg Arbeit.«

»Wer mag hinter dem Hinweis stecken? Und mit welchem Interesse?« Frank zog die Tastatur zu sich.

»Wenn stimmt, was in dem Brief steht, sitzt der Verfasser entweder in der Bank, oder er ist selbst Besucher in diesen Clubs. Ein verschmähter Lover?«

»Wir sollten die Journalistin fragen. Vielleicht stand Contzen auf ältere Semester. Bei von Ambeck wäre das eine interessante Melange privater und beruflicher Interessen.«

»Contzen vögelt sich die Karriereleiter rauf?«

»Wären nicht die ersten Überstunden, die so verbracht werden. Wir sollten von Ambeck fragen.«

»Meinst du wirklich, er lädt uns zum Kaffee ein, erklärt uns sein besonderes Verhältnis zu seiner Mitarbeiterin und gibt uns auch noch eine Kopie seines Terminkalenders mit auf den Weg?« Ecki schüttelte den Kopf.

»Wenn etwas an der Geschichte ist, geht dem Herrn Banker jetzt der Arsch auf Grundeis. Denn käme die Geschichte ans Licht, wäre er erledigt. Die feine Gesellschaft würde ihn mit Genuss grillen.«

»Denkbar auch, dass er Simone loswerden wollte. Aus Angst vor seiner Frau? Vielleicht hat Contzen ihn erpresst. Ist doch verlockend, als junge Frau an der Seite eines Bankers durchs gesellschaftliche Leben zu gehen.«

»In diesen Kreisen hatte Moral noch nie den nötigen Humus zum Wachsen. Anstand ist nur was für die kleinen Sparer.«

»Das hat nicht nur was mit Bank zu tun.«

»Du sagst es.« Frank hatte die Bilder von Betriebsfeiern vor Augen, die er in einer Polizeibehörde so nie für möglich gehalten hätte. »Wie auch immer. Ungerechts muss uns noch ein paar Fragen beantworten. Zum Beispiel, ob es nicht doch eine Verbindung zu Corinna Neuhaus gibt. Der Sexclub als Klammer zwischen den beiden, sozusagen.«

»Welcher Club soll das sein? Es gibt allein hier in der Gegend Dutzende. Und bis Holland ist es nur ein Katzensprung.«

»Wir werden sehen.«

Sie begegneten Katharina Ungerechts im Treppenhaus.

Beim Anblick der Ermittler wurde ihr Blick hektisch. Als suchte sie vergeblich die Lücke, um an Frank und Ecki vorbeizukommen. Dann blieb sie stehen und sah auf sie herab.

»Wollen Sie zu mir? Ich bin auf dem Weg zu einem Termin.«

Frank versuchte sein überzeugendstes Lächeln. »Nur ein paar Fragen. Geht ganz schnell.«

»Aha.« Ihre Augen irrten an ihm vorbei Richtung Ausgang.

Ecki nickte. »Da sie ja eng mit Simone Contzen befreundet waren: Haben Sie auch über intime Dinge gesprochen?«

Katharina verschränkte ihre Arme vor der Brust und holte hörbar Luft.

Gleich lässt sie ihre Tirade über das Frauenbild der Polizei los, dachte Frank und legte sich eine Antwort zurecht.

Was sollte sie den Bullen antworten? Dass sie das nichts anging? Sie wusste sehr wohl, dass die beiden nur ihren Job machten. Wie aufgeblasene Machos sahen sie nicht aus, wenn sie ehrlich war. Mit einem Seufzer setzte sie sich auf die Stufen.

»Ich lasse meine Interviewpartner ungern warten. Also, was wollen Sie wissen?«

»Hatte Ihre Freundin ein Verhältnis mit ihrem Chef?« Frank bemühte sich um einen sachlichen Ton.

Sie lachte irritiert auf. Das Treppenhaus warf das Lachen ebenso irritierend laut zurück. »Simone stand nicht auf ältere Männer. Sugardaddys sind nur was für Backfische, fand sie.«

»Sie haben also über solche Dinge gesprochen?«

»Am besten bei viel Rotwein.« Ihre Stimme klang harsch. »Ist es das, was Sie über uns Frauen denken: shoppen, vögeln, saufen?« Sie hätte sich am liebsten auf die Zunge gebissen, aber nun war es zu spät.

Frank ließ den Sarkasmus in ihrer Stimme unkommentiert. »Sie haben also? Auch über Simones Chef, von Ambeck?«

Katharina wurde unvermittelt ernst. »Ich kenne den Typen nur von Presseterminen.« Sie reckte herausfordernd ihren Kopf. »Ältere Männer waren immer mal Thema. Aber nicht von Ambeck. Wir haben über mich gesprochen. Simone hat gemeint, ich hätte einen Vaterkomplex.«

Frank verkniff sich eine Nachfrage. »Hat Simone mal einen Sexclub erwähnt? Und dass sie Gefallen an solchen Clubs hat?«

Katharina prustete los. »Auf welche absurden Ideen kommen Sie denn noch, Herr Kommissar?« Sie stand auf. »Für diese Art Männerphantasien habe ich nun wirklich keine Zeit.«

Ecki stellte sich ihr in den Weg. »Sie haben die Frage meines Kollegen nicht beantwortet, Frau Ungerechts.«

Ihre Augen blitzten wütend, als sie ihr Haar mit einer kurzen Kopfbewegung schwungvoll zurückwarf. »Natürlich nicht.«

Ohne die beiden eines Blickes zu würdigen, schob sich die Journalistin an ihnen vorbei.

»Die hat aber Haare auf den Zähnen.« In Eckis Feststellung schwang Bewunderung mit.

Moritz Grünewald legte die Zeitung sorgfältig zusammen. Er schmunzelte. »Woher nur wissen Sie all diese Dinge?«

»Sie haben sie mir erzählt.«

»Ich ziehe meinen Hut vor Ihnen. Sie haben mein Innerstes ans Tageslicht befördert. Das hat so noch niemand geschafft.«

»Ich hoffe, ich bin nicht zu weit gegangen?«

»Nein, nein«, Grünewald hob die Hand, »Sie haben mich gut getroffen. Es ist ein, ja, impressionistisches Gemälde meiner Person und meiner Gedanken, wenn mir dieser Vergleich erlaubt ist. Besonders der Abschnitt über meinen Huttick hat mir gut gefallen. Und das Fazit: Grünewald ist der Anker, an dem sich unsere Zeit verfangen kann. Stabilität und Tradition in ihren besten Bedeutungen. – Schön. Meine Liebe zur Kunst und zur Musik haben Sie herausgearbeitet. Die Leser wissen nun eine Menge über mich – und doch bleibt der wahre M.G. im Verborgenen. Das gefällt mir, wie Sie diesen Spagat geschafft haben.« Er schüttelte den Kopf, weil Katharina widersprechen wollte. »Sie sind eine sensible Schreiberin. Von dieser Sorte gibt es wenige. Und die Fotos! Ich muss zugeben«, er rückte sich in seinem Stuhl zurecht, »ich bin ein bisschen eitel.«

»Ihr Lob macht mich verlegen.« Katharina hob ihre Tasse, um ihre roten Wangen zu verstecken.

Grünewald bedachte ihren missglückten Versuch mit einem Lächeln. »Was werden Sie als Nächstes in Angriff nehmen?«

Sie setzte ihre Tasse ab. »Ich weiß es noch nicht. Liebig, also mein Redaktionsleiter, möchte eine Fortsetzung. Er hat aber noch nicht ›den richtigen Dreh‹, wie er sagt. Außerdem ist er auf der Suche nach ähnlich starken Persönlichkeiten. Ich soll die Augen offen halten.« Sie seufzte. »Um ehrlich zu sein, ich würde mich gerne um andere Dinge kümmern.«

Grünewald suchte mit seinem Blick ihre Augen. »Ich weiß.«

Katharina musste lachen. »Sie sind ein Frauenversteher.«

»Das klingt nicht gerade wie ein Ritterschlag. Welche Frau will einen Frauenversteher? Der weibliche Teil dieser Welt möchte eine starke Schulter, einen Mann, der den Weg vorgibt. Frauenversteher sind etwas für gemeinsame Kinoabende. Das sind Männer, mit denen man nichts anderes anfangen kann, als stundenlang zu reden.« Er lehnte sich zurück und bemerkte ihren irritierten Blick. »Oh, ich wollte nicht zu weit gehen.«

Sie sah ihn schweigend an.

»Ich wollte damit nicht gesagt haben, was ich gesagt habe. Also, ich meine, ich denke, dass Sie eine völlig normale Frau sind. Herrje, ich rede Unsinn.« Er hob die Zeitung, als wolle er sich hinter ihr verbergen.

Katharina musste lachen. »Nun machen Sie sich mal keinen Kopf. Ich verbinde mit ›Frauenversteher‹ durchaus positive Eigenschaften. Sie können den Begriff auch gegen ›einfühlsam‹ austauschen. Das trifft es sogar noch besser. Es gibt so viele, die nur die Oberfläche des anderen sehen wollen, weil es ihnen nur um die Politur der eigenen Oberfläche geht. Dabei ist das Verstehen des anderen doch der Schlüssel zum Glück. Wenn wir verantwortungsvoller miteinander umgehen würden, wäre die Welt nicht so grausam zu uns.«

Grünewald beugte sich vor. »Wenn man füreinander da ist, gerät die Welt nicht aus den Fugen?« Um seinen Mund zeigte sich ein spöttischer Zug. »Meine Liebe, ich würde Ihnen gerne recht geben. Aber ich habe bisher meist das Gegenteil erlebt.«

»Wie meinen Sie das?« Katharina winkte der Kellnerin. Für einen zweiten Kaffee war noch Zeit. Zu Hause wartete nur die Steuererklärung auf sie. Der Mann vor ihr war indes deutlich attraktiver. Sie spürte ein Gefühl von Zuneigung, das sie nicht einzuordnen wusste.

»Sehen Sie es mir nach, wenn ich direkt bei Ihnen einhake. Sie haben mir das eine oder andere schon angedeutet, was Ihre Erfahrungen mit Ihrem Freund betrifft.« Grünewald betrachtete aufmerksam ihre Reaktion.

Sie räusperte sich. Grünewald ging nun doch zu weit. »Um ehrlich zu sein, ich habe gerade an Simone gedacht. Wer weiß, wen sie getroffen hat und was zwischen den beiden vorgefallen ist.« Sie wollte Paul auf keinen Fall erwähnen. Sie hatte schon zu viel über ihn erzählt.

»Ein Verbrechen ist ein Verbrechen. Wer einen Menschen umbringen will, der lässt sich durch nichts aufhalten.«

»Das mag ich nur für eine spontane Tat gelten lassen.« Katharina nahm den frischen Kaffee mit einem Kopfnicken entgegen. »Wenn zwischen dem Gedanken und der Tat noch eine gewisse Zeitspanne liegt, besteht für beide Seiten noch die Chance zum Ausstieg und auf eine wie auch immer geartete Beziehung. Dann kann diese Begegnung ganz anders ausgehen.«

»Sie meinen, dass das Opfer die Chance hat, so etwas wie Solidarität mit dem Täter zu zeigen?« Grünewald schüttelte den Kopf. »Niemals. Aber wir betreten philosophisches Terrain, in dem ich mich nicht so gerne spontan bewege. Ich möchte dieses Problem noch einmal in Ruhe betrachten, bevor ich meinen Standpunkt festlege. Wir sollten das Gespräch ein anderes Mal fortsetzen. Ein interessanter Ansatz ist es allemal. Außerdem habe ich damit die Chance auf ein Wiedersehen.«

Wenn er mich so verschämt ansieht, wirkt er wie ein kleiner Junge, dachte Katharina. Ihr wurde mit einem Mal warm.

XIV.

Zum wiederholten Mal warf Katharina Ungerechts einen Blick auf den Strauß blauer Anemonen, der auf ihrem Wohnzimmertisch stand. Die Blumen waren in der Redaktion für sie abgegeben worden. Liebig hatte den Tag über immer wieder dumme Sprüche über ihre »jüngste Eroberung« abgelassen. Mit dem Strauß war eine Karte abgegeben worden, auf der sich Grünewald »für die charmanten Treffen und wohltuenden Gespräche« bedankte.

Anemonen waren ihre Lieblingsblumen. Grünewald konnte das nicht wissen. Er war wieder einmal seiner Intuition gefolgt. Sie hatte seine Nummer gewählt, ihn aber nicht erreicht.

Sie strich vorsichtig über die zarten Blüten. Die Blumen passten so sehr zu dem Gentleman mit Hut. Liebigs Spott war an ihr abgeperlt. Immerhin hatte er die Seite mit dem Porträt für alle sichtbar aufgehängt. Als Motivation für die Kollegen, wie er in der Redaktionskonferenz süffisant betont hatte.

Katharina hatte gerade das Bügelbrett eingeklappt und war auf dem Weg zur Couch, als ihr Telefon klingelte.

Die Nummer war unterdrückt. Die Redaktion konnte es nicht sein. Paul auch nicht. Ole, schoss es ihr durch den Kopf, Ole hatte versprochen, sie heute noch anzurufen!

Es war Greta. Ausgerechnet! »Hast du einen Moment Zeit?«

Sie klingt verhuscht, dachte Katharina. Mehr widerwillig gab sie ihrer Stimme einen freundlichen Klang. »Yes. Was kann ich für dich tun?«

In der Leitung blieb es still. Sie hörte nur Gretas Atmen.

»Bist du noch da?«

»Ja, also, ich habe lange überlegt, ob ich dich anrufen soll. Du hast mich nach Simone gefragt. Ich weiß nicht – aber ich muss es dir sagen –« Ihre Stimme brach ab.

Mein Gott, jetzt bloß keinen Dramen! »Greta?«

»Du musst mir versprechen, dass das unter uns bleibt.«

»Sicher. Nun sag schon, was ist los?«

Stille.

»Greta?«

»Simone und ich sind ein paarmal in Clubs gewesen.«

Clubs? Simone? »Was erzählst du mir da?«

»Wir wollten nur ein bisschen Spaß. Ehrlich. Entspannen im Swingerclub, wenn du weißt, was ich meine.«

»Was erzählst du mir da?« Ihr Kopf schwirrte. Simone. Ihre Freundin war kein Kind von Traurigkeit gewesen, klar. Aber ein Swingerclub? Wenn sie richtig informiert war, kam man da nur als Paar rein.

»Du hast mich nach ihr gefragt.« Gretas Stimme klang ein wenig verwaschen.

»Hast du getrunken?«

Als Antwort hörte Katharina ein Wimmern.

»Greta!«

»Katharina, ich habe Angst.«

Sie sagte noch mehr, aber das konnte Katharina nicht verstehen, weil es in heftigem Schluchzen unterging.

»Greta! Soll ich vorbeikommen?«

»Nein, ich will nicht, dass du kommst. Ich will niemanden sehen und ich werde nicht öffnen.«

Katharina saß mittlerweile kerzengerade auf dem Sofa. »Wovor hast du Angst, Greta?«

Also Antwort hörte sie ein tiefes Schluchzen. »Greta?«

»Wir wollten doch nur Spaß. Wir hatten als Frauen freien Eintritt. Ein bisschen Sex, nichts Festes. Verstehst du? Es waren immer Männer da, die uns vögeln wollten. Manche waren echt nett. Ich habe ein bisschen getrunken, aber nicht viel.«

Unglaublich, Simone und Greta fahren zum Vögeln in einen Swingerclub! Sie hatte ihrer Freundin eine Menge zugetraut, aber nicht so etwas.

Sie musste es unbedingt wissen. »Ihr wart alleine dort?«

»Das war der Deal.« Greta seufzte stoßweise. »Wir fahren alleine hin und alleine zurück. Was im Club ablief, hatte mit dem Rest unseres Lebens nichts zu tun.«

»Kennst du Paul?«

Es herrschte einen Augenblick Stille.

»Paul? Wer soll das sein?«

»Schon gut.« Offenbar hatte sie in dem Punkt Paul unrecht getan. »Ihr seid in verschiedene Clubs gefahren?«

»Eigentlich immer nur in einen. *Heartbeat.*«

»Aha.«

»Kurz hinter Düsseldorf.«

»Düsseldorf?«

»Wir wollten sicher sein, dass uns niemand kennt. Ich habe Angst, Katharina.«

»Angst wovor?«, fragte sie in das Schluchzen hinein.

»Dass ich das nächste Opfer bin.« Das Schluchzen ging in Weinen über. »Hätte ich mich doch nie darauf eingelassen.«

Katharina verstand nichts mehr. »Was heißt das? Simones Mörder hat mit diesem Club zu tun? Was ist dort passiert?«

Greta erzählte ihr von Angeboten zu Sadomaso-Spielen, von Gruppensex und von eindeutigen Angeboten, Männer auch außerhalb des Clubs zu »bedienen«.

»Aber wir haben das nie gemacht. Und die Spiele waren alle harmlos. Alles kann, nichts muss, ist dort die Regel.«

»Soll ich nicht doch vorbeikommen?«

»Nein. Ich schäme mich so. Ich habe nur Angst, dass einer von Simones Männern ausgerastet ist.«

»Ihr wart doch immer nur zu zweit dort?«

»Jaaa, schon. Soviel ich weiß. Simone hat mir versprochen, dass sie nicht alleine in die Clubs fährt.«

»Aber sicher bist du dir nicht?«

»Ich habe Angst, dass Simones Mörder auch mir auflauert!«

»Dann geh zur Polizei.« Katharinas Kopf war leer.

»Was soll ich denen sagen? Die werden mir nicht glauben. Die Polizei glaubt mir nicht. Das habe längst kapiert.«

»Was heißt das?«

»Das ist eine andere Geschichte. Hat mit früher zu tun. Ich war als Jugendliche nicht immer einfach.«

»Greta, ich glaube nicht, dass du Angst haben musst.« Etwas Besseres fiel ihr nicht ein.

»Woher willst du das wissen?«

Ja, woher? »Ich kann mir das einfach nicht vorstellen.«

»Und wenn doch?«

»Und du hast keine Ahnung, wer diese Männer sind?«

»Es waren ja nicht nur Männer. Die Frauen, die dort waren, haben ja auch mitgemacht.« Sie schnäuzte sich hörbar die Nase.

Katharina musste nachdenken. Darüber, dass sie Simone doch nicht so gut gekannt hatte, wie sie dachte.

»Greta, du solltest jetzt ins Bett gehen. Morgen siehst du die Sache bestimmt ganz anders. Schlaf dich aus. Das hilft. Du kannst jederzeit anrufen.«

»Du hast recht. Vielleicht sollte ich ins Bett gehen. Es ist nur so, mich hat die Angst voll erwischt. Besser, du vergisst, was ich dir erzählt habe. Ich wollte Simone nicht schlechtmachen.« Greta klang mit einem Mal nüchtern.

»Quatsch. Mein Angebot steht. Sag mir nur noch: Warum wart ihr zum Schluss nicht mehr so eng befreundet?«

»Wir haben uns gestritten.« Sie zögerte. »Wegen dem Typen im Club. Wenn ich darüber nachdenke, wie lächerlich.«

»Was war mit dem Typ?«

»Simone wollte ihn für sich haben.«

»Wer ist es?«

»Keine Ahnung.«

Nachdem Greta aufgelegt hatte, fuhr sie ihren Laptop hoch. Google bot ihr nicht nur zahllose Verbindungen zur Mutter-Gottes-Verehrung in Kevelaer, sondern auch den Link zum *Heartbeat.*

Die Startseite ließ keinen Zweifel: Hier trafen sich Gleichgesinnte zu Club- und Themenabenden. Von »Ganz in Weiß« bis hin zur »Miss und Mr Wet Wet Wet« reichte die libidinöse Angebotspalette. Neugierig klickte sie durch den angebotenen »Rundgang«. Viel Plüsch, rotes Licht, verspielt verschleierte »Spielwiesen mit ausreichend Hygieneartikeln«, viel nacktes Fleisch auf künstlerisch fragwürdigen Gemälden, ein üppiges Buffet. Wollte sie mehr sehen, müsste sie sich registrieren, aber dazu fehlte ihr der Mut.

Je länger sie sich durch die Seiten auch anderer Clubs klickte, je mehr reifte in ihr eine Ahnung. Am Ende ihrer zweistündigen Recherche in der bunten und doch überraschend spießigen Welt der Swingerclubs hatte sie einen Entschluss gefasst. Das war sie Simone schuldig. Die Frage war nur, wie sie ihn umsetzen würde. Aber das würde sich schon noch finden.

Sie öffnete das Fenster und sah hinaus in die Nacht. Die Müdigkeit würde sie hoffentlich bald in den Schlaf ziehen. Im Nachbarhaus lief Flamenco-Musik. Rasant glitten die Finger des Gitarristen über die Saiten. Die fiebrigen Läufe wollten nicht so recht zu ihrer Stimmung passen. Schließlich schloss Katharina das Fenster und ging ins Bett. Deshalb sah sie den roten Lichtpunkt nicht, der unregelmäßig aufleuchtete.

Ecki warf den Wagenschlüssel auf den Schreibtisch. »Die Fahrt hätte ich mir sparen können. Eggerath war nicht im Bauamt. Er ist schon seit Tagen nicht mehr zum Dienst erschienen. Ihn hat angeblich die Sommergrippe erwischt. Ein Attest liegt aber nicht vor.«

»Hast du seine Adresse?« Frank schlug die aktuelle Ausgabe der *bluesnews* zu, die er von zu Hause mitgebracht hatte. Bis vor einer Viertelstunde hatte er noch abwechselnd mit Linder, den Eltern von Corinna Neuhaus, der Staatsanwältin und mit Schrievers telefoniert, ohne auch nur einen Millimeter vorangekommen zu sein. Die Neuigkeiten aus der Welt des Blues hatten ihm die Zeit bis zu Eckis Rückkehr vertreiben und auf andere Gedanken bringen sollen. Was sonst problemlos gelang, wollte diesmal nicht funktionieren. Zu sehr hatte ihm die erneute Durchsicht der Lichtbildmappe zugesetzt. Die Bilder der Verstümmelten gaben ihm keine Ruhe. Jeder Versuch, sich abzulenken, spülte gleichzeitig das Entsetzen mit an die Oberfläche. Eine gnadenlose Brandung aus Bildern und Gedankenfetzen.

»Natürlich habe ich seine Adresse.« Ecki warf einen Blick auf das Cover der *bluesnews.* Beth Hart, eine weichgezeichnete Sängerin mit Mikro. Nie gehört, dachte er achselzuckend. Ihm war Helene Fischer ohnehin lieber.

»Schon gut. Was sagen die Kollegen? Ist er beliebt, ein Spinner, Streber oder jemand, der sich mit Vorliebe verpisst?«

Ecki öffnete das Fenster. »Eher unauffällig. In der Arbeit äußerst korrekt. Seine Kollegen kennen aber kaum den privaten Eggerath. Sagen sie. Bei Feiern soll er schon mal einen über den Durst trinken und dann den Kolleginnen nachstellen.«

»Was sagen sie zu seiner Beziehung zu Ungerechts?«

Ecki setzte sich an seinen PC. »Er hat wohl kaum etwas erzählt. Eine Ingenieurin hat mir beim Rausgehen gesteckt, dass der Behördenchef den Kontakt zwischen den Bediensteten und der Presse gar nicht gerne sieht.«

»Aha. Was wissen sie über Eggeraths Musikgeschmack?«

»Du meinst, ob sie wissen, ob er bei dem Konzert war?«

»Zum Beispiel.«

Ecki schüttelte den Kopf. »Ich hab nicht danach gefragt. Sorry.« Er hob die Schultern. »Eggerath soll FC-Fan sein.«

»Das nennst du unauffällig?«, frotzelte Frank.

»Er hängt das wohl nicht an die große Glocke. Er hat nicht mal eine Kaffeetasse mit dem Kölner Logo im Büro.«

»Im Borussia-Land auch besser so. Wir sollten ihn besuchen.« Frank stand auf.

»Jetzt?«

»Ich muss hier mal raus.«

Die Wohnung lag in einer Seitenstraße, nicht weit vom Stadtzentrum. Eher kleinbürgerlich, dachte Frank, als sie aus dem Auto stiegen. Eine ungewöhnliche Wohngegend für einen gut verdienenden Statiker. Die Straße war so schmal, dass nur auf einer Seite geparkt werden konnte. Das Klingelschild des Statikers war eines von vier in dem Gründerzeithaus. Auch nach wiederholtem Klingeln öffnete niemand.

»Und jetzt?« Ecki war zurück auf die Straße getreten und warf einen Blick auf die Fenster. Niemand ließ sich blicken.

»Wir warten. Eggerath kann noch beim Arzt sein, oder er ist in der Stadt unterwegs.«

»Irgendwer in diesem Haus wird doch zu Hause sein.« Ecki drückte alle vier Klingelknöpfe gleichzeitig.

»Ja, bitte?«

»Können Sie bitte öffnen? Wir sind von der Polizei und haben eine Frage an Sie.« Ecki drehte sich zu Frank um und hob den Daumen. »Der alte Trick. Geht doch.«

Als der Türöffner summte, schoben sich die Ermittler in den dunklen Hausflur, in dem es nach Staub und abgestandener Luft roch.

»Ganz oben.«

Die ausgetretenen Stufen knarrten bei jedem Schritt. Vor der Wohnungstür erwartete sie eine junge Frau, die sich ein Handtuch um den Kopf geschlungen hatte. Als Frank und Ecki sie erreichten, zog sie das große Badelaken enger um ihren Körper.

»Wir wollen eigentlich zu Herrn Eggerath. Aber er reagiert nicht auf unser Klingeln.«

Die schlanke Frau zuckte die Schultern. »Wie spät ist es?«

Frank sah auf seine Armbanduhr. »Nach vier.«

»Dann müsste er zu Hause sein. Typischer Beamter. Keine Sekunde länger als nötig im Amt.« Sie machte keine Anstalten, sie hineinzubitten.

»Sie kennen Herrn Eggerath, Frau …?« Ecki zögerte.

»Démi Papadopoulos.« Sie lächelte verschmitzt. »Wer will schon so einen Langweiler kennen?«

»Sie sind sich also schon begegnet?«

Sie nickte. »Zufällig. Bei einem Fest hier im Viertel.«

»Hat er Sie mal angesprochen? Oder Sie ihn?«

»Haben Sie schon mal einen Langweiler gesehen, der auf Frauenheld macht? Polohemd und Fönfrisur. So einen spricht man nicht an. So einem geht man gepflegt aus dem Weg.« Sie bewegte ihre rot lackierten Zehen auf und ab. »War's das? Ich muss mich fertig machen. Ich muss gleich zur Arbeit.«

»Was arbeiten Sie denn?« Ecki war neugierig.

»Ich arbeite in einem Restaurant.«

»Beim Griechen am Markt?«

»Nee, beim Chinesen in der Küche. Nicht alle Griechen arbeiten beim Griechen. Sie werden wohl wiederkommen müssen. Guten Tag.« Ohne weiter auf die beiden Ermittler zu achten, drehte sich die Griechin um und schloss die Wohnungstür.

Ecki schwieg zunächst verblüfft und grinste dann. »Das Orakel hat gesprochen. Los, wir gehen.«

Sie waren schon wieder in der ersten Etage, als sie über sich eine Tür öffnen hörten.

»Wenn ich recht überlege, habe ich Eggerath schon seit ein

paar Tagen nicht mehr gesehen. Auch seinen Wagen nicht.« Die Griechin schickte ein »Schönen Feierabend« hinterher und ließ die Wohnungstür erneut ins Schloss fallen.

Frank hielt Ecki am Ärmel fest. »Wir müssen mit Eggeraths Vorgesetztem sprechen. Hier stinkt was.«

XV.

Sie zerrte an den Fesseln. Schreien war unmöglich. Ihr Mund war mit Gewebeband verklebt. Ihr Atem kam stoßweise durch die Nase. Das Klebeband war die einzige Kleidung, die sie trug.

Ihr Oberkörper war mit mehreren Lagen eng verschnürt. An einigen wenigen Stellen quollen schmale Streifen Haut heraus. Ihre nackten Beine waren an den Ecken des Tisches fixiert. Die Kabelbinder schnitten tief ins Fleisch.

»Sch, sch.« Er legte seine Hand sanft auf ihre Stirn. Der Lederhandschuh klebte an ihrer schweißnassen Haut. »Sch, sch.«

Ihre Pupillen weiteten sich, die Augäpfel irrten hin und her. Sie roch das Leder. Sie roch ihre Angst, und sie roch das, was passieren würde. Ihr Kopf schlug hin und her. Sie bäumte sich auf, um sich gegen das Unausweichliche zu stemmen.

Der Schmerz raste durch ihren Körper, als er das Messer ansetzte, um ihr rechtes Bein vom Rumpf zu trennen. Sie fühlte das warme pulsierende Blut. Dann spürte sie nichts mehr. Sah, wie er ihr Bein vom Tisch nahm und wie eine kostbare Trophäe durch den Raum trug. Das war unmöglich! Ihr Bein konnte nicht ohne sie den Raum verlassen! Wohin brachte er es? Sie wollte aufstehen und ihrem Bein folgen. Sie versuchte zu schreien, zu betteln. Aber es kamen wieder nur dumpfe Laute aus ihrem verklebten Mund.

Wo war ihr Bein? Sie sah zur Decke, in den Spiegel, den er vor ihr aufgestellt hatte: der blutige Stumpf an ihrer Hüfte! Sie spürte erneut seine Lederhand auf ihrem Kopf. Ihr Haar klebte an ihren Schläfen.

»Sch, sch.«

Sie spürte den ersten Schnitt in ihr linkes Bein. Dann war alles schwarz. Sie vernahm noch den leisen Ton des Cellos. Das Cello spielte die *Träumerei* von Robert Schumann.

»Das ging ja schneller, als die Polizei erlaubt. Hahaha, wenn ich mir den Spaß erlauben darf.« Der Dezernent hatte sich hinter seinem wuchtigen Schreibtisch erhoben und war ihnen mit federndem Schritt entgegengekommen.

»Schön, dass Sie Zeit für uns haben.« Das joviale Getue stieß Frank augenblicklich ab.

»Guter Scherz, guter Scherz. Bitte, meine Herren.« Er deutete einladend auf die Sitzgruppe am Fenster des großen Büros. »Kaffee?« Ohne die Antwort abzuwarten, nickte er seiner Sekretärin zu, die an der Tür im Hintergrund gewartet hatte.

»In Wahrheit duldet die Sache keinen Aufschub. Ich bin ehrlich entsetzt. Ich habe mich in dieser Sache bereits mit meinen Parteifreunden beraten. Sie haben mir dringend zur Zusammenarbeit geraten. Aber das hätte ich ohnehin getan.«

Ecki und Frank sahen sich an.

Der Dezernent ließ seinen Blick zwischen Frank und Ecki hin und her wandern, immer noch auf der Suche nach Zustimmung. Dann beugte er sich vor. »Mich hat fast der Schlag getroffen, als ich davon erfahren habe.« Er nickte seiner Sekretärin zu, die von einem Tablett den geforderten Kaffee servierte. Erst nachdem sie gegangen war, sprach er weiter.

»Ich habe Herrn Eggerath bisher für einen absolut integren Mitarbeiter gehalten. Ein Mann ohne Fehl und Tadel, wenn ich das mal so sagen darf. Loyal und zuverlässig. Und nun das.«

»Das?« Ecki nickte auffordernd.

»Ja, genau. Das. Diese Sache. Ich will von vorne beginnen. Ich betone, dass ich, dass die gesamte Verwaltung nichts zurückhalten wird! Wir werden alles dazu beitragen, um diese, ich will mal sagen, unangenehme Sache sauber aus der Welt zu schaffen. Und ich kann Ihnen versichern, dass wir Herrn Eggerath konsequent zur Verantwortung ziehen werden.«

»Das?«, wiederholte Ecki.

»Was? Ach so, ja. Das. Die Sache.« Die Unterhaltung schien ihm mit einem Mal unangenehm zu werden. Er begann, auf seinem Sessel hin und her zu rutschen. »Jedenfalls sind wir sicher, dass sich das Projekt durch dieses, äh, Problem nicht verzögern wird. Wir sind dafür bekannt, dass wir die Beschlüsse des Kreistages unverzüglich und dabei sowohl qualitäts- als auch kostenbewusst umsetzen. Meine Herren, Sie sehen mich erschüttert. Die Glaubwürdigkeit und der Ruf eines ganzen Dezernates stehen auf dem Spiel. Und nur, weil so einer meint, am großen Rad drehen zu können.«

Frank verstand kein Wort.

Der Dezernent rückte nervös seine Krawatte zurecht. »Sie gestatten doch?« Er zog seine Anzugjacke aus und legte sie achtlos auf den freien Sessel neben sich. »Na, dann wollen wir mal.« Er sprang auf, wies seine Sekretärin über die Gegensprechanlage an, keine Anrufe durchzustellen. Dann kam er zu seinem Besuch zurück. »So. Nun bin ich ganz für Sie da, meine Herren.«

Es folgte ein quälend langer Abriss der geplanten und bereits in Umsetzung befindlichen Bauprojekte. Erst danach kam der Name Paul Eggerath ins Spiel. Und erst da klärte sich, warum Frank und Ecki so überschwänglich begrüßt worden waren.

Der Dezernatsleiter hatte die Polizei gerufen, weil Paul Eggerath angeblich mehrfach, vielleicht sogar im größeren Stil, Baupläne gegen Geld großzügig geprüft und genehmigt haben sollte. Außerdem sollte er während der Arbeitszeit auf eigene Rechnung Statiken erstellt haben. Vor allem für Firmen, die dadurch Vorteile bei Ausschreibungen gehabt hätten.

»Können Sie sich vorstellen, welcher Schaden dadurch entstanden ist? Wirtschaftlich wie imagemäßig? Wenn das herauskommt, kann ich einpacken.« Der Dezernent fuhr sich mit dem Zeigefinger zwischen Hemd und Hals. Er schien bereits den

Hanfstrick zu spüren. »Das ist doch der Wahnsinn, oder? Noch ein Tässchen Kaffee, die Herren?«

»Herr Eggerath soll die Behörde betrogen haben?«, fasste Ecki zusammen.

»Nicht nur die Behörde. Er hat mein Vertrauen missbraucht. Ich war ihm stets ein väterlicher Freund. Außerdem, wer sagt mir denn, dass seine Berechnungen stimmen? Nicht irgendwann ein Wohnhaus oder eine Lagerhalle zusammenkracht? Bitte legen Sie dem Kerl das Handwerk – aber mit der nötigen Diskretion. Ich bin sicher, dass Sie das auch so sehen.«

Gleich bietet er mir eine »nette Aufwandsentschädigung« an, dachte Ecki angewidert. »Um ehrlich zu sein, sehe ich noch nicht, warum wir zuständig sein sollen.«

Der Dezernent verstand zunächst nicht. Dann machte sich ein feines Lächeln auf seinen Lippen breit. Er schien nun doch verstanden zu haben. »Was kann ich tun, um Ihr Sehvermögen ein wenig zu befördern?«

Frank hatte genug. »Die Frage habe ich überhört. Uns interessiert nicht, was Eggerath in Ihrer Behörde auf eigene Rechnung gemacht hat oder gemacht haben soll. Wir wollen wissen, wo er sich aufhält.«

Der Dezernent runzelte die Stirn, öffnete und schloss den Mund und ließ dann die Mundwinkel hängen. Seine Gesichtszüge erschlafften zusehends.

Dieser blöde Blick passt zu dir, dachte Ecki. »Können Sie uns sagen, wo Eggerath sich aufhält?«

»Was wollen Sie von ihm?« Eggeraths Vorgesetzter wusste nicht, ob er erleichtert oder noch besorgter sein sollte. Er fuhr erneut mit dem Finger an seinem Hals entlang. »Das weiß ich nicht. Ich meine, hat er noch was getan?«

Frank stand auf. »Wir haben ein paar Fragen. Und die würden wir ihm gerne persönlich stellen.«

Ecki stand bereits an der Tür. »Wenn Sie ihn sehen, rufen Sie uns an.«

Der Dezernent war zu seinem Schreibtisch zurückgekehrt.

Dort fühlte er sich deutlich sicherer. »Selbstverständlich.« Er hatte sich wieder gefasst. »An wen soll er sich wenden?«

»KK 11. Wir informieren die Kollegen vom Betrug.«

»KK 11? Um Gottes willen.« Er kannte sich aus, denn er saß im Polizeibeirat.

Ecki sah, wie sämtliche Farbe aus dem Gesicht des Dezernenten wich.

XVI.

»Sitzen Sie bequem?«

»Ja.«

»Sie können auch gerne wieder auf die Couch wechseln. Nur wenn Sie wollen, natürlich.«

»Natürlich.«

Stille.

»Und? Wollen Sie?«

Diese Typen meinten doch immer, für jede Situation das richtige Verhalten parat zu haben. Alles nur Floskeln, nichts als Floskeln. Aber das würde er ihm schon noch austreiben.

»Nun?«

Sein Therapeut klang sanft. Unerträglich sanft.

»Ich bleibe hier sitzen.« Er sprach den Satz patziger aus, als es klingen sollte. Das ärgerte ihn.

»Geht es Ihnen heute nicht gut?«

Stille.

»Warum sollte es mir nicht gut gehen?«, trumpfte er schließlich auf. Eine Frage mit einer Gegenfrage beantworten – das war das Konzept.

»Nuuuun.«

Ja! Der Therapeut fühlt sich unwohl. »Mir geht es gut.« Er lehnte sich entspannt zurück und lächelte hinauf zur Decke. Dann sah er auf die Beine des Therapeuten.

»Dann ist es ja gut.« Der Therapeut räusperte sich.

»Klar. Alles gut.« Er verschränkte seine Hände und legte sie in den Schoß. Interessiert sah er sich im Zimmer um. Die Palme in der Ecke brauchte Wasser.

»Ich würde mit Ihnen gerne über diesen einen, diesen ganz besonderen Tag sprechen.«

»Aha.« Er ließ seine Hände liegen.

»Sie wissen doch.«

Stille.

Sicher wusste er, natürlich, aber der Therapeut sollte es deutlich aussprechen.

»Wie haben Sie sie kennengelernt? Oder soll ich besser sagen: entdeckt?«

»›Entdeckt‹ klingt nach Abenteuer, Archäologie, nach Jagd und Leidenschaft.« Er hob seine Hände vom Schoß und legte sie auf die Lehnen seines Sessels.

»Fühlen Sie jetzt eine Art Anspannung?«

Dir gehe ich nicht auf den Leim! »Mir geht es gut. Der Tag heute ist ein wunderschöner Spätsommertag.«

»War er das damals nicht auch?«

»Es war Abend«, widersprach er verärgert. Dass der Typ sich nicht die einfachsten Sachen merken konnte. »Es war nach 22 Uhr, um genau zu sein.«

»Das ist Ihnen wichtig, diese Genauigkeit.«

»Ja.« Wortklaubereien faszinierten ihn seit jeher. Intelligente Scharmützel in einem ansonsten armen Alltag.

»Sie mögen diese Art Antworten, nicht? Wollen wir darüber reden? Über Ihre Sicht auf die Wortlosigkeit dieser Zeit?«

»Ich will über sie reden«, entgegnete er trotzig.

»Gerne. Nur zu.«

Stille.

Er heftete seinen Blick auf das Polohemd des Therapeuten. »Reiner Zufall. Hören Sie? Er war rein, dieser Zufall.«

Der Therapeut nickte nur.

»Ich habe sie da das erste Mal gesehen. An dieser Ampel. In

ihrem Auto. Es war dunkel, wie gesagt. Ich habe gebremst, und dabei habe ich ihr Gesicht im Rückspiegel gesehen. Im roten Licht meiner Rückstrahler. Ich wusste sofort, dass ich sie gefunden habe. Ein schönes Gesicht.« Er unterbrach sich, um die Reaktion des Therapeuten abzuwarten.

Aber es kam keine.

»Na ja. Ich habe immer wieder das Bremspedal getreten, weil ich ihr Gesicht sehen wollte. Ich war wie elektrisiert. Diese Unschuld. Sie hat nicht ahnen können, dass ich sie beobachte. Die Dunkelheit hat das nicht zugelassen. Ich konnte sie beobachten, ohne dass sie es bemerkt hat. Es waren perfekte Momente. Auf die ich seit Jahren gewartet hatte.«

Er starrte den Therapeuten an, aber der schien weggedöst zu sein. Zumindest hielt er die Augen geschlossen und war ein Stück tiefer in seinen Therapeutensessel hineingerutscht.

»Sie sah so unschuldig aus«, fuhr er fort. »Das perfekte Gesicht eines Models. Sie war mit irgendetwas beschäftigt. Mit ihrem Handy oder dem Autoradio. Dieses naive Vertrauen auf die Anonymität der Dunkelheit hat mich fast um den Verstand gebracht. Glauben Sie mir.«

»Warum sollte ich Ihnen das nicht glauben?«

»Als die Ampel grün wurde, bin ich losgefahren und habe sie dann überholen lassen. Sie hat mich auch da nicht bemerkt. So unbeschwert! Ich wusste, ich würde sie kennenlernen.«

Der Therapeut öffnete endlich die Augen. »Wir machen Fortschritte. War sie blond oder dunkelhaarig, hatte sie einen vollen Mund?«

Er schlug sich beinahe fröhlich auf die Schenkel. »Ich sagte doch, der perfekte Tag für einen perfekten Menschen.«

Der Therapeut gähnte verstohlen. »Sie haben sie dann wiedergesehen?«

»Ich bin perfekt im Wiedersehen.«

»Ich weiß.«

»Mein Suchen hat ein Ende. Ich werde sie niemals mehr loslassen. Dieser Augenblick an dieser Ampel war in seiner profanen Schlichtheit ein göttlicher.«

»Ich weiß.«

Du weißt gar nichts, dachte er und stand auf.

Draußen vor dem offenen Fenster sang eine Amsel ihr Lied.

Katharina Ungerechts saß mit einem Becher Kaffee in der Hand vor ihrem Bildschirm und scrollte durch die eingegangenen Mails: Termine, Werbung, Memos des Verlegers, die täglichen Polizeimeldungen, eine Einladung auf ein Bier in der Politik. Nichts, was ihre Aufmerksamkeit besonders einfing. Seufzend machte sie sich daran, die wichtigsten Mails zu beantworten. Der Tag würde keine Überraschung bringen. Gut so.

Aus dem kleinen Radio, das auf ihrem viel zu vollen Schreibtisch stand, klangen die Stimmen von Wolfgang Niedecken und Cluseo. *All die Augenblicke*. Sie dachte an Ole. Und es fühlte sich nicht gut an.

Er hatte ihr in der vergangenen Nacht erzählt, dass er die Klinik wechseln wollte. Um Oberarzt werden zu können, würde er sich einen anderen Chef suchen müssen. So sei das halt, hatte er ihr zwar zärtlich, aber ebenso bestimmt erklärt. Zunächst hatte sie die Tragweite seiner Ankündigung nicht verstanden. Eine andere Klinik. Gut. Davon gab es in der Stadt mehrere. Aber etwas in seiner Stimme hatte ihr gesagt, dass er nicht die Klinik, sondern auch die Stadt wechseln wollte. Ihr Körper hatte sich versteift, als er ihr sanft über den Rücken gestrichen hatte. Was sie zu anderen Zeiten nur zu gerne als Auftakt zu einer langen und schlaflosen Nacht verstanden hätte, hatte sich nun wie ein Abschied auf Raten angefühlt.

Noch bevor sie hatte reagieren können, war sein Notruf gegangen. »Lass uns später telefonieren«, hatte er sie vertröstet und mit ihren Befürchtungen alleine gelassen.

Sie schüttelte den Kopf, um ihre Gedanken zu verscheuchen, und wollte gerade aufstehen, um die Mittagskonferenz nicht zu verpassen, als eine neue Nachricht in ihrem Mail-Fach eintraf, die sie mehr mechanisch öffnete. Unfähig, sich zu bewegen, starrte sie auf den Bildschirm. Um sie herum zogen sich in einer rasenden Bewegung die Gesichter zurück. Die Geräusche, das Büro versanken in Nebel.

»Deine Mails sind Koks für meine Seele.«

Dieser eine Satz! Abgeschickt von einem Absender, den sie nicht kannte. Sie las ihn erneut.

»Deine Mails sind Koks für meine Seele.«

Die übergroße Schrift machte ihr Angst. In ihren Schläfen pochte das Blut. Welche Mails waren gemeint? Koks: Das Wort bedeutete Rausch, Junkie. Bilder drängten in ihren Kopf. Düster, verwaschen. Schmutz. Unsinn! Eine Spam-Mail! Noch ein blöder Gag von Kollegen, beschwichtigte sie sich selbst und griff entschlossen zu den Notizen über ein Medizinthema, das sie in der Konferenz vorschlagen wollte.

Aber die Angst blieb auch während der Sitzung. Ihre Gedanken schweiften immer wieder zu ihrem PC ab, auf dessen Festplatte dieser Satz auf sie wartete: »Deine Mails sind Koks für meine Seele.«

Zurück an ihrem Schreibtisch versuchte sie, sich auf die Telefongespräche mit dem Zentrum für Kinder- und Jugendmedizin zu konzentrieren. Allerdings waren weder der Chefarzt der Klinik noch deren Pressesprecher zu erreichen. Der Betriebsrat hatte ihr nicht helfen können, und der Aufsichtsratsvorsitzende hatte sie trotz eines netten Gesprächs an die Klinik zurückverwiesen. Untätig wartete sie die Rückrufe. Sie traute sich nicht, ihr Mailfach zu öffnen.

Schließlich stand sie auf und holte sich einen frischen Kaffee. Die Situation wurde nicht besser, wenn sie sich vor dieser Mail versteckte. Entschlossen rief sie sie auf. Sie musste pragmatisch bleiben. Welche Mails waren gemeint? Katharina konnte sich an keine Mail erinnern, die in irgendeiner Weise hätte »berauschend« sein können. Bis auf, ja, bis auf die Mails, die sie mit Ole ausgetauscht hatte. Nicht nur eine davon war nicht jugendfrei gewesen.

Ihr Gesicht brannte. Nicht aus Scham, sondern aus Panik. Sie konnte sich nicht daran erinnern, jemals aus der Redaktion auch nur eine intime Mail verschickt zu haben. Sie sah unauffällig über ihren PC in das Großraumbüro.

Niemand kümmerte sich um sie, niemand warf ihr anzügliche oder verschwörerische Blicke zu. Sie studierte verstohlen das Verhalten jedes einzelnen ihrer Kollegen. Nichts Auffälliges.

Wer war der Absender? Liebig ist so einer, dem ich diesen schmierigen Spaß zutraue, dachte sie. Sie hatte sich zwar längst an seine unstet über ihren Körper wandernden Augen gewöhnt. Jetzt aber hatte sie die Bilder dieser speziellen Augenblicke deutlich vor Augen. Liebig hatte die Gabe, ihr das Gefühl zu geben, nackt vor seinem Schreibtisch zu stehen.

Liebig. Ja. Aber es konnte auch jemand völlig anderes sein. Ihre Internetverbindung zu Hause war abgesichert. Aber was hieß das schon in diesen Zeiten?

Der Absender. Katharina las ihn wieder und wieder. Es war eine Zahlenkombination, die sie nicht kannte. Der Zusatz *.org* war nichtssagend. Der Server konnte sonst wo stehen. Katharina beschloss, Opfer einer Spam-Mail geworden zu sein. Diese Mails wurden an Millionen Adressen verschickt, versuchte sie, sich zu beruhigen. Jeden Tag. Sie sollte diese Mail einfach ignorieren und darüber lachen. Aber sie konnte nicht.

Schließlich wählte sie Grünewalds Nummer. Aber er hob nicht ab. Es soll wohl so sein, dass ich heute kein Glück habe, dachte sie und sah auf die Uhr an der Wand gegenüber. Zu früh, um zu gehen. Sie würde halt noch ein paar Meldungen für das Vermischte bearbeiten. Außerdem würde sie sich um die Praktikantin kümmern müssen. Die Kleine lief immer noch verschreckt durch die Redaktion. Keine gute Haltung, um im Haifischbecken Journalismus lange überleben zu können. Bevor ich die Redaktion verlasse, werde ich es noch einmal bei Grünewald versuchen, beschloss sie und hielt Ausschau nach der Praktikantin.

Sechshundert Kilometer weiter südlich konnte die Auffindesituation nicht ungewöhnlicher sein. Zwei Arbeiter hatten einen Rundgang durch eines der leer stehenden Gebäude der ehemaligen Spinnerei und Weberei am Ufer der Iller gemacht. Sie hatten sicher sein wollen, dass keine Obdachlosen oder Junkies von den Bauarbeiten überrascht würden. In der hinteren Ecke eines der Räume im sechsten Stock hatten die beiden Rumänen zunächst an ein Überbleibsel der Textilfirma gedacht: eine Kleiderpuppe, die einsam an einer Backsteinwand lehnte. Vielleicht auch ein Spaß. Ein Torso ohne Unterleib, absichtlich zurückgelassen, um die Arbeiter zu erschrecken.

Beim Näherkommen war ihnen sofort klar geworden, was sie in Wirklichkeit sahen. Keine Puppe. Ein weiblicher Körper ohne Beine. Nackt. Auf den Stümpfen an die Wand gelehnt! Der Torso stand in einer dünnen Lache unbestimmter Flüssigkeit. Neben der Toten lagen penibel gefaltet ein paar Kleidungsstücke: Unterwäsche, Jeans, T-Shirt. Daneben, wie zum Hohn, Pumps.

»Wie können Sie jetzt essen?« Carsten Jakisch schüttelte den Kopf. Er versuchte seit einigen Minuten, gegen das Würgen anzuschlucken. Vor Mayr wollte er sich nicht die Blöße geben, dass sein Magen stärker war als sein Willen.

Robert Mayr biss erneut in seine Leberkässemmel und kaute voller Hingabe. »Sensibel heute, der Herr? Ich habe Hunger. Und mit Hunger kann ich nicht denken. Außerdem ist sie tot. Und viel Blut ist hier auch nicht.« Mayr hatte schlechte Laune. Er nahm es immer persönlich, wenn jemand eine Leiche in seinem Kempten ablegte. Da half am Ende auch keine Semmel.

»Habe ich schon erzählt, Jakisch, dass mein Onkel früher immer gerne zu Hausschlachtungen gerufen wurde? Weil er den Schweinen beim Abstechen so beruhigend in die Augen sehen konnte. Hat meine Tante jedes Mal erzählt, wenn wir bei ihr zu Schweinsbraten mit Knödeln eingeladen waren.«

»Ihr könnt sie euch jetzt näher anschauen. Aber tretet nicht in die Lache da«, knurrte der Leiter der Kriminaltechnik im Vorbeigehen.

Jakisch konzentrierte sich auf die Leiche. Eine junge Frau, nicht älter als dreißig. Lange blonde Haare, ein schlanker, fester Oberkörper. Eine sportliche Figur. Kleine Brüste, ein flacher Bauch. Bis hinunter zum Bauchnabel war der Körper intakt. Wie absurd, dachte Jakisch, es sah tatsächlich so aus, als habe der Täter großen Wert darauf gelegt, dass die Tote selbst in ihrer Verstümmelung gepflegt aussah. Ihr Haar schien frisch gewaschen zu sein, geföhnt und frisiert.

Der Kriminaloberkommissar suchte mit den Augen Decke und Wände ab. Keine Haken, keine Blutspritzer. Keine sichtbaren Anzeichen, dass die Frau in dem Raum umgebracht worden war. Auf dem Boden fehlten Schleifspuren.

»Wie kommt der Torso hierher?«

»Reifenspuren. Sie könnte mit einer Schubkarre hergebracht worden sein.« Mayr deutete mit dem Semmelrest auf den Boden.

»Dann sollten wir nach der Karre suchen lassen.« Jakisch ging in weitem Bogen um den Torso herum. Die Arme waren nicht an den Körper gefesselt. Er konnte sich nicht vorstellen, dass die Frau freiwillig in den Tod gegangen war. Die Spezialisten würden ihnen sicher den Beweis liefern, dass sie gefesselt worden war. Und dass sie bewusstlos gewesen war, als ihr die Beine abgetrennt worden waren. Er konnte es nicht genau sehen, aber die Schnittstellen der Wunden waren nicht ausgefasert. Es musste ein Profi am Werk gewesen sein.

»Wo sind die Beine?« Carsten Jakisch sah sich suchend um.

Ein Einblick in moderne Polizeipsychologie konnte dem rothaarigen Knödel jetzt nicht schaden! Robert Mayr zuckte daher mit den Schultern. »Habe noch nie verstanden, warum Menschen andere Menschen abschlachten.« Er seufzte. Wie aus dem Nichts heraus hatten sie es mit einem Psychopathen zu tun. Und das ausgerechnet am Ende des Sommers! Er hatte gehofft, in Ruhe in den Herbst übergehen zu können. Die Leiche da kam äußerst ungelegen.

Zumal er mit Martina dringend über die kommenden Monate sprechen musste. Er hatte nämlich seit Tagen das Gefühl, dass sich sein Leben wie ein Karussell drehte und er nicht mehr mitkam. Andererseits hatte er das Gefühl, dass auch Martina es nicht mehr so eilig hatte mit der Hochzeit. Heiraten war auch etwas für den Frühling. Vor der besten Zeit für das Käsen. Er schüttelte den Kopf. Nicht jetzt. Jetzt musste er zuerst die Beine der Frau finden. Und seine Semmel zu Ende essen.

Der Kriminaltechniker löste sich aus der Gruppe seiner Kollegen und kam zu ihnen. »Die Frau muss entsetzliche Schmerzen gehabt haben. Auf den ersten Blick haben wir an ihr nichts gefunden. In ihren Körperöffnungen war keine Botschaft für uns versteckt. Der Gerichtsmediziner meint, dass die Frau vor der Tat sediert worden sein könnte. Hier ist nur wenig Blut. Der Fundort ist also nicht der Tatort.«

»Wer hat Dienst?«

»Konstantin Höllisch.«

Mayr nickte. Der zuverlässigste Gerichtsmediziner, den er kannte. Eine echte Koryphäe. Ganz anderer Schlag als Jakisch, der gerade im Halbkreis um die Leiche kroch, die Nase dicht über dem Boden. Als suche er dort den Schlüssel zur Tat. »Wie lange liegt, ich meine, steht sie schon hier?«

»Frag Höllisch. Wir gehen davon aus, dass sie, rechnet man die Temperatur der Wände und des Bodens mit ein, nicht länger als zwölf Stunden hier ist.«

Mayr nickte verdrossen und scharrte mit dem Fuß über den Schmutz der alten Fabriketage. Irgendwo in dieser Stadt musste es einen Ort geben, der für diese Frau die Hölle gewesen war. Eine Garage? Ein Keller, eine Lagerhalle? Er seufzte erneut. Seine Semmel hatte er vertilgt und keine Idee. Es gab in der Stadt mengenweise aufgegebene Gebäude, verlassene Hinterhöfe und Mansarden. Ideale Orte, um Frauen verstümmeln und töten zu können. Verschwiegene Tatorte. Es würde Wochen dauern, alles abzusuchen. Was, wenn der Tatort gar nicht in der Stadt lag? Sondern irgendwo im Umland? Ein Bauernhof? Ein abgelegenes Waldstück? Ein gefliestes Badezimmer in einem biederen

Reihenhaus? Hier oder weiter oben in St. Mang? Oder sonst wo im Oberallgäu. Er dachte an Moosbach.

»Wir haben eine Frau, keinen Tatort.« Mayr sah an Jakisch vorbei zu dem Torso, der gerade von zwei Männern in weißen Schutzanzügen vorsichtig in eine Kunststoffwanne gelegt wurde. In dem provisorischen Sarg sah er aus wie eine Puppe, die von ihrer Puppenmutter beim allzu wilden Spielen versehentlich lädiert worden war. »Nun stehen Sie schon auf. Auf dem Boden werden Sie den Täter und sein Motiv nicht finden.« Jakisch würde es nie kapieren.

Der kugelige Kriminaloberkommissar stand ächzend auf und klopfte sich den Staub von den Hosenbeinen. Dabei zwinkerte er der jungen Polizeiobermeisterin aufmunternd zu, die mit angestrengtem Blick der Plastikwanne folgte.

»Einen schauerlicheren Ort gibt es kaum. Hier könnte ich mir nie eine Wohnung kaufen. Nicht nach der Frau da.« Jakisch deutete auf den provisorischen Sarg, der mit den Trägern im Treppenhaus verschwand. Er trat an die Fensteröffnung und sah hinunter zur Iller. »Da kann die Lage noch so exklusiv sein.«

Da wird er sowieso das Geld nicht für haben. Er und seine Steffi, dachte Mayr. »Mörderisch idyllisch. Wenn nach der Schneeschmelze die Iller rauscht.« Mayr trat von einem Bein auf das andere. Es tat gut, sie zu spüren. Gerade heute. »Der Täter hat uns ein Rätsel aufgegeben.«

»Sie meinen, der Mörder spielt mit uns?«

»Es wäre nicht das erste Mal, Jakisch.« Das ist Teil II der Polizeipsychologie, merk dir das, dachte Mayr und trat ebenfalls an das Fensterloch. Von hier oben sah die Iller aus wie ein unscheinbares Rinnsal. Er warf einen Blick auf die Stadt. St. Lorenz protzte über alle Bürgerhäuser hinweg. Er erinnerte sich, dass in einem Seitenschiff der Basilika ein Kruzifix mit gelösten Armen hing. Gab es einen Zusammenhang?

Carsten Jakisch drehte sich um und deutete in den Raum. »Und wenn die Leiche nur deshalb hier abgelegt wurde, weil der Ort zufällig günstig lag?«

»Der sechste Stock? Jakisch! Seiens jetzt nicht gar so blöd.« Typisch. Jakisch war eben kein Allgäuer. Die Leute dort droben im Rheinland konnten ums Verrecken nicht pragmatisch denken. Auch wenn Jakisch nur ein halber Rheinländer war – von der Rheinseite hatte er viel zu viel mitbekommen. Er würde es nie lernen! Ein Wunder, dass die Steffi den nicht schon längst davongejagt hatte! So ein fesches Madel. Jedenfalls, wenn sie Tracht trug. Jakisch hatte ihm mal Fotos von einer Viehscheid gezeigt. Lauter Viecher, und Steffi mittendrin.

»Tatort kann das gesamte Oberallgäu sein. Wissens denn nicht, wie viele Alpen es hier gibt? Da könnens Menschenmassen umbringen, und keiner täts bemerken, außer die Viecher.« Und Rheinländer schon gar nicht, fügte er still hinzu.

Mitten in Mayrs Ermittlungsgedanken schrillte Jakischs Telefon. Die Wände der leeren Fabriketage warfen *Wir schwören Stein und Bein auf die Elf vom Niederrhein* vielfach zurück.

Mayr nahm erschrocken die Hände aus den Jackentaschen. Nicht wegen Borussia Mönchengladbach, sondern weil seine Greuther Fürth immer noch in der 2. Liga spielten. Und er die Fanfare der Rheinländer nicht mochte. Was hieß schon »Stein und Bein«? Er sah auf die Stelle, an der noch vor wenigen Minuten der Torso gelehnt hatte. »Gehens endlich ran, Jakisch. Das ist ja nicht zum Aushalten.«

Jakisch fummelte sein Mobiltelefon umständlich aus der Hosentasche hinter dem Reißverschluss seines Einmaloveralls. »Wer? Ach, Schrievers, altes Haus. Wie, nein, ich habe noch nix gehört. Aber ich schau mich weiter um. Ja, ich weiß, ein Schlüter soll es sein.« Er sah schuldbewusst zu Mayr. »Du, ich kann jetzt gerade nicht. Wir haben einen Fall. Eine Leiche. Wenig appetitlich. Ohne Beine. Was? Nein, keine Spuren. Nur –«

»Jakisch!« Was ging den Rheinländer die Leiche an?

»Du, ich muss auflegen. Ja. Nein, nix gefunden. Nur Kleider. Sauber aufgeschichtet. Pfiat di. Ich melde mich. Was?«

»Jakisch!«

»Er schickt noch heute den Bericht. Das wäre der Hammer, wenn die Tatmuster identisch wären.« Heinz-Jürgen Schrievers rückte seine hundertzwanzig Kilo Lebendgewicht auf dem Drehstuhl zurecht, der seine Haltungsänderung mit einem gequälten Quietschen kommentierte. Beleidigt zog er seine Strickjacke vor den Bauch. Gut, seine Diätversuche waren nur von bescheidenem Erfolg gewesen, trotzdem musste ihm der Stuhl das nicht bei jeder Gelegenheit vor Ohren halten. Er musste dringend ein Kännchen Öl besorgen. »Wie das so geht: Ich wollte einfach nur mal nachfragen, ob er schon was gehört hat in Sachen Gisela.«

»Gisela?«

»Ja, Gisela. Ich werde meinen Trecker Gisela nennen.« Schrievers sah seine Kollegen überlegen lächelnd an.

Frank tippte sich an die Stirn. »Gisela. Schon klar. Wie kann man einen Trecker Gisela nennen?«

»Ich will doch einen Schlüter.«

»Ich verstehe nur Bahnhof.« Ecki zog eine Augenbraue hoch.

»Na, Gisela Schlüter«, entgegnete Schrievers ungehalten. »Die ist Kult. Schlüter: die Quasselstrippe der Nation. Lady Schnatterly. Noch nie gehört? Gisela Schlüter war der Star im Schwarz-Weiß-Fernsehen. Leider schon tot. Wie haben die DVD *Geheimagent Tegtmeier* zu Hause. Tolle Serie.«

»Du guckst Agentenfilme? Du spinnst doch.«

»Die Schlüter müsstet ihr doch kennen. Na, ist auch egal.« Er musterte Frank und Ecki ungläubig.

Die beiden zuckten unisono mit den Schultern. War jetzt sowieso nicht ihr Thema. Sie waren fest davon ausgegangen, dass der dicke Archivar die Ergebnisse aus Kempten schon auf dem Tisch hatte. Ein Torso im Allgäu: Das war an sich schon sehr bemerkenswert. Die Nachricht, dass daneben ordentlich gestapelte Bekleidung gefunden worden war, hatte sie elektrisiert und in Schrievers Archiv eilen lassen. Und nun ging es Schrievers nur noch um diesen dämlichen Trecker.

»Was guckt ihr so bedröppelt? Als wäre eine Läusearmee auf eurer Leber unterwegs zur letzten Schlacht.« Auf Schrievers' Gesicht erschien ein Anflug diebischer Freude. »Habe ich euch je hängen lassen?« Er zog seine Zopfmuster-Strickjacke fester um seinen Bauch. Der Stuhl jammerte dazu erbärmlich.

»Das heißt?« Ecki holte einen Müsliriegel hervor und hielt ihn dem Archivar hin. Er wusste, dass Schrievers niemals nicht zugreifen würde. So war es auch. Der Archivar barg mit einer blitzschnellen Handbewegung seine Beute.

»Zu Gertrud kein Wort.« Schrievers pellte die Verpackung von dem Riegel ab wie die Schale von einer Banane.

»Niemals«, beteuerte Frank, dem die Szene vorkam wie die Fütterung im Zoo.

Schrievers biss ein ordentliches Stück ab und sah dann von Frank zu Ecki. »Guter Kollege. Nun: Es gibt in ganz Europa keinen Täter, der ähnlich vorgegangen ist. Wir haben es also mit einem Ersttäter zu tun. Mit jemandem, dessen Phantasien explodiert sind und der seine Triebe befriedigen musste, um nicht selbst verrückt zu werden.«

»Was ist das denn für eine Logik?«

»Warte doch mal ab, Borsch. Ich bin noch nicht fertig.« Der Archivar pflückte sich einen Krümel von der Unterlippe. »So, wie er nach meiner Meinung denken muss, ergibt das durchaus Sinn. Der Triebstau würde ihn umbringen, wenn er sich nicht erleichtert.«

»An wen denkst du?« Ecki zog einen weiteren Müsliriegel aus der Tasche und hielt ihn Frank hin.

Frank winkte ab. Stattdessen griff Schrievers behände zu und schob die Süßigkeit kommentarlos in seine Hosentasche.

»Könnt ihr euch an diesen Spinner erinnern, der uns vor vier Jahren eine Zeit lang beschäftigt hat?« Als Schrievers merkte, dass seine Kollegen mit der Frage nichts anzufangen wussten, fügte er hinzu: »Jens Reiche. Der durchgeknallte EDVler. Hat über Facebook seine Mordphantasien als Literatur verbreiten wollen. Bis die Kollegen von der Netzkriminalität auf ihn aufmerksam gemacht geworden sind. Ist am Ende wegen groben Unfugs mit einer Geldbuße davongekommen.«

Ecki nickte. »Ich erinnere mich dunkel. Hat sich im Netz als künftiger Nobelpreisträger feiern lassen. Und du meinst, der könnte unser Mann sein?«

Der Archivar klaubte einen dünnen Schriftsatz vom Stapel auf seinem Schreibtisch. »Er ist der Einzige, der nach meinen Recherchen für so etwas infrage kommen könnte. Lest selbst.«

Es klopfte. Horst Laumen schob erst sein Gesicht mit der dickrandigen schwarzen Brille durch die Tür und dann seinen Oberkörper, der wie stets in einem seiner kanariengelben, von seiner Frau gestrickten Pullunder steckte. Angestrengt blinzelte der Verwaltungsbeamte in die Runde, stutzte, als er Frank und Ecki entdeckte, und verschwand wortlos wieder.

»Ich wüsste noch jemanden.« Frank sah verwundert aus. Normalerweise hätte Laumen niemals das Feld geräumt, ohne auf irgendeine Verwaltungsvorschrift hinzuweisen, gegen die sie angeblich wieder verstoßen hatten.

Schrievers und Ecki grinsten und schwiegen.

»Sag mal, hat Jakisch dir vor einiger Zeit nicht etwas über eine unbekannte Frau erzählt? Im Allgäu?« Das Erscheinen des gelb gewandeten Verwaltungsangestellten hatte in Frank eine Assoziation ausgelöst, die er nicht erklären konnte.

»Stimmt.« Schrievers schlug sich gegen die Stirn. »Jungs, ich werde alt. Hätte ich fast vergessen.«

Das hat wohl eher mit deinem Trecker zu tun, dachte Frank.

»Die unbekannte Frau im Hochmoor. Jakisch hat erzählt, dass man von ihr nur die Klamotten gefunden hat.« Schrievers setzte seine Brille auf, die bisher an einer Kordel auf seinem Bauch geruht hatte. »Die Kleidung! Warum bin ich nicht gleich darauf gekommen?« Er begann, das Papier von seinem zweiten Müsliriegel zu pellen. »Ich habe die Verbindung nicht gezogen, weil es keine Leiche gab. Zumal keine ohne Extremitäten. Tut mir leid. Das ärgert mich richtig.«

»Schon gut. Kann passieren. Hauptsache, es ist uns überhaupt eingefallen.« Frank nickte Schrievers zu, der ein bekümmertes Gesicht machte.

»Wer weiß, ob den Kemptenern die mögliche Verbindung überhaupt schon aufgegangen ist«, versuchte auch Ecki, seinen Freund und Kollegen zu beruhigen.

»Wie auch immer. Bis es Neues aus Kempten gibt, nehmen wir uns Reiche vor. Mehr können wir im Augenblick nicht tun.«

Jens Reiche hatte damals in einem Start-up-Unternehmen gearbeitet, das auf dem Gelände der ehemaligen Preußischen Zöglingsanstalt in einem der historischen Backsteingebäude seinen Sitz hatte. Die Firma hatte innerhalb kurzer Zeit mit innovativen Lösungen im E-Commerce-Bereich viel Geld gemacht und war auf dem Sprung in die Top Ten der Branche gewesen. Reiche hatte damals den Europavertrieb übernehmen sollen.

Der 32-Jährige war von den Ermittlungen gegen ihn ebenso unbeeindruckt geblieben wie von der Tatsache, dass die Firma ihm fristlos gekündigt hatte. Arbeiten war für den smarten EDV-Experten ohnehin eine reine Freizeitbeschäftigung. Sein Vater hatte eine der umsatzstärksten Textilfirmen in der Stadt betrieben und genug Geld für das sorgenfreie Leben gleich mehrerer Generationen hinterlassen.

Reiche hatte in seinen Vernehmungen immer wieder betont, dass er allein aus einem »besonderen literarischen Interesse heraus« seine Ideen ins Netz gestellt hatte. Er habe die Reaktionen der Leser zu einem Roman verarbeiten wollen.

Seine Schilderungen hatten allerdings kaum Raum für eigene Phantasien gelassen. Mit anatomischer Genauigkeit hatte Reiche seitenlang über die unterschiedlichen Praktiken schwadroniert, die er bei der Tötung von Frauen anwenden würde. Als besonders aufregend hatte er dabei die Option empfunden, seine Opfer nur zu sedieren, damit sie zwar wehrlos, aber schmerzempfindlich blieben. Warum er ausschließlich Frauen als Opfer sah, war den Ermittlern damals trotz intensiver Vernehmungen nicht klar geworden. Sie hatten Reiche damals einen diffusen Hass auf Frauen bescheinigt.

Jedes seiner Opfer hatte er nach exakt vorherbestimmten Besonderheiten aussuchen wollen. Bei der einen Frau sollte es lediglich um die Augen gehen – er wollte die schönsten der Welt konservieren –, bei der anderen wollte er die Eleganz ihrer Beine für »alle Zeit« ansehen wollen.

Frank und Ecki hatten ihren Wagen unterhalb der Stadthalle geparkt und sich Reiches Anwesen über den Zugang zum Bunten Garten genähert.

Das Gebäude war das mittlere in der Straße, die parallel zum Hauptweg des Parks verlief. Ein zweigeschossiger Würfel, weiß gestrichen. Moderne Sachlichkeit, dachte Frank, der sich mit Lisa solche Objekte angesehen, dabei aber schnell festgestellt hatte, dass die Wohnlage zwar perfekt, aber für sie nicht bezahlbar war.

»Nicht schlecht. Wenn ich das nötige Kleingeld hätte –« Ecki pfiff anerkennend durch die Zähne.

»Wirkt irgendwie italienisch. Ist mir aber zu offen, wenn ich es mir recht überlege. Mag es nicht, wenn man mir ins Müsli linst.«

Ecki zuckte mit den Schultern. In der Einfahrt parkte ein schwarzer SUV. »Es scheint jemand da zu sein.«

Reiche öffnete erst nach wiederholtem Klingeln. Er trug eine ausgewaschene Jeans und ein weißes Oberhemd, das er nachlässig in seinen Hosenbund gesteckt hatte. Seine Füße waren nackt. Die Ausweise der Ermittler ignorierte er.

»Wir würden uns gerne mit Ihnen unterhalten.«

Ohne nachzufragen, dirigierte er sie mit einer angedeutet einladenden Geste in den Flur. Dann ging er voraus. Jens Reiche schien der Besuch nicht sonderlich zu überraschen.

Das Wohnzimmer war sparsam möbliert. Teure Möbel in klaren Formen. Viel Weiß. Ein paar Grünpflanzen. Von einer Wand dominierte eine großformatige Arbeit von Heinz Mack die unterkühlt wirkende Wohnlandschaft. Aus versteckten Boxen klang Amy Macdonald: *Down down, I'll meet you on the ground. It's no good with your hair and your shiny blue eyes.*

Reiche nahm auf einem der großen Sofas Platz und legte seine

Arme ausgebreitet auf die Rückenlehne. Die Geste sollte klarstellen: meins. Und ihr seid hier nur geduldet.

»Würden Sie bitte die Musik ausmachen?« Frank setzte sich ungefragt.

»Amy Macdonald. Sie mögen sie nicht? Schade. Die Kleine hat eine ungeheure Bühnenpräsenz. Diese zarte Figur und die viel zu große Gitarre. Man möchte sie beschützen. Ich habe sie beim Open-Air-Konzert in Nettetal gesehen. Schöne Augen. Schöne Hände. Schönes Haar. Perfekt. Allein ihr schottischer Akzent!«

Ecki setzte sich ebenfalls. »Sie waren bei dem Konzert?«

Reiche nickte selbstgefällig.

»Alleine?«

Reiche grinste. »Nicht ganz. Fünfundzwanzigtausend andere waren auch da.« Er griff zu einer Fernbedienung, die auf einem Beistelltisch lag. Augenblicklich verstummte die schottische Sängerin.

Reiche machte auf Frank einen nervösen Eindruck, trotz seiner betont lässigen Haltung. Seine Augen flatterten zwischen ihm und Ecki hin und her oder irrten im Raum umher. Frank vermutete, dass Reiche unter Drogen stand.

»Warum sind Sie hier? Doch nicht wegen Ruhestörung.« Reiche wedelte mit der Fernbedienung.

»Sie kennen Simone Contzen?« Ecki zückte sein Notizbuch.

»Simone – wer?« Jens Reiche legte die Fernbedienung auf den Tisch zurück. »Müsste ich?«

»Kennen Sie sie?«

Reiche sah zur Decke. »Simone Contzen? Nie gehört. Nee. Was ist mit der? Ist sie hübsch?« Er machte ein Gesicht, als würde ihn die Frage brennend interessieren.

»Corinna Neuhaus?« Ecki hob seinen Stift.

Nun antwortete Reiche sofort. »Nein, auch den Namen kenne ich nicht.« Er legte die Arme wieder auf die Rückenlehne. »Was wollen Sie von mir?«

»Wann haben Sie das Konzert verlassen?« Frank fragte sich, wie lange Reiche seine betonte Lässigkeit aufrechterhalten würde.

»Nach Nenas Zugabe. Warum?«

»Was haben Sie anschließend gemacht?«

»Warum? Ich frage mich gerade, ob ich vielleicht meinen Anwalt anrufen sollte.«

»Meinen Sie, dass das nötig sein könnte?« Ecki notierte etwas in sein Notizbuch.

Reiche versuchte unauffällig, einen Blick darauf zu werfen, während er antwortete. »Was soll das Ganze? Sie kommen hierher, stellen merkwürdige Fragen nach Frauen, die ich nicht kenne, Sie interessieren sich für meinen Musikgeschmack – da soll ich mich nicht fragen, was Sie von mir wollen?«

»Wollen Sie Ihren Anwalt anrufen?«

Jens Reiche stand auf und ging zur Fensterfront. Er legte die Hände auf die Scheibe und drehte sich dann um. »Nein. Ich brauche keinen Anwalt. Was wollen Sie wissen?«

Frank war ihm mit den Augen gefolgt. Jens Reiche hatte Angst. »Was haben Sie nach dem Konzert gemacht?«

Reiche räusperte sich und verschränkte die Arme. »Ich war mit einer Freundin in einem Club. Die ganze Nacht.«

»Ein Club? Wo?«, fragte Ecki.

Reiche räusperte sich erneut und hob dann herausfordernd den Kopf. »Ein Swingerclub. In der Nähe von Düsseldorf.«

»Ein Swingerclub?«, fragte Ecki.

»Ja.« Reiche nahm die Arme herunter.

»Und wie heißt diese Freundin?«

»Muss das sein?«

Ecki nickte unnachgiebig.

»Miriam – Schönbeck. Können wir das diskret behandeln? Ich habe nichts Verwerfliches getan. Wir hatten nur etwas – Spaß.«

»Sie müssen sich nicht rechtfertigen. Uns ist es herzlich egal, wie Sie Ihre Nächte verbringen. Solange dabei niemand zu Tode kommt.« Ecki schlug eine neue Seite seines Buchs auf. »Die Adresse von Frau Schönbeck und von diesem Club. Bitte.«

Reiche ging zu einem der beiden Sideboards und nahm aus einer Schublade eine Visitenkarte heraus, auf deren Rückseite er etwas notierte. Dann reichte er Ecki das schmale Kärtchen. »Der Club ist sehr diskret. Hinten drauf steht Miris Nummer.«

»Und Sie kennen die Frauen tatsächlich nicht, von denen wir eben gesprochen haben?«

Jens Reiche runzelte die Stirn und schüttelte den Kopf. »Wollen Sie mir nicht endlich sagen, warum Sie hier sind?«

»Das ist ganz einfach.« Ecki schloss sein Notizbuch. »Sie haben vor vier Jahren im Netz für ziemlichen Wirbel gesorgt«, kam Frank Ecki zuvor. Er wollte Reiche nicht von vornherein in eine Abwehrhaltung drängen.

Jens Reiche ging zum Sofa zurück. Von seiner lässigen Haltung war nichts mehr übrig.

»Ach, daher weht der Wind. Hätte ich mir denken können. Ich dachte, die Sache sei längst erledigt.«

»Im Gegenteil. Ich fürchte, für Sie beginnt sie gerade erst von Neuem.« Ecki legte provozierend entspannt einen Arm auf die Rückenlehne seines Sessels.

»Das war eine dumme Sache, damals. Zu viele Hormone. Ein bisschen Spielerei mit der Phantasie. Möglichkeiten ausloten. Alles reine Theorie. Alles lange vorbei. Ich habe mich wie ein Idiot benommen. Der Jens Reiche von damals hat nichts mit dem Jens Reiche von heute zu tun. Sie können gerne meine PCs checken. Ich habe aus meinen Fehlern viel gelernt und noch mehr Lehrgeld bezahlt. Das können Sie mir glauben.«

»Es geht nicht ums Glauben.« Ecki trommelte mit den Fingern. »Drei Frauen sind getötet worden. Exakt so, wie Sie es sich zusammenphantasiert haben.«

»Drei?« Reiche machte einen ungerührten Eindruck. So leicht war er offenbar nicht zu provozieren.

»Es gibt eine mögliche Verbindung zu einem dritten Opfer. Sicher ist, dass die Frauen auf nahezu genau die Art und Weise umgebracht wurden, wie Sie es im Internet beschrieben haben.« Ecki beugte sich vor.

Reiche stand schwerfällig auf, als bereitete ihm jede Bewegung Schmerzen. »Um Gottes willen.«

»Sie sind sicher, dass Sie nach dem Konzert in diesem Club waren?«

»Ich habe dort mit Miri gevögelt! Ja! Aber ich habe keine Frauen getötet!« Der Klang des plötzlichen Gefühlsausbruchs brach sich an den Wänden des Wohnzimmers.

Frank stand auf. Er hatte vorerst genug gehört. Und er glaubte Jens Reiche kein Wort.

»Eine letzte Frage.« Auch Ecki war aufgestanden. »Wann waren Sie das letzte Mal im Allgäu?«

Reiche sah die beiden Ermittler irritiert an. »Allgäu? Ich –« Er schüttelte den Kopf. »Ich war noch nie im Allgäu.«

»Sicher?«

Was genau sie in dieser Parkbucht wollte, wusste sie selbst nicht. Getrieben von journalistischem Recherchedrang und weiblicher Neugier, war sie einfach losgefahren. Das *Heartbeat* lag genau auf Düsseldorfs Stadtgrenze zu Mettmann.

Exklusiver Laden, hatte Katharina gedacht, als sie ihren alten Peugeot gegenüber der Zufahrt in die Parklücke bugsiert hatte. Die Gründerzeitvilla lag in einem weitläufigen Park und ließ keinen Schluss auf die gegenwärtige Nutzung zu.

Sie hatte in einem ersten Reflex ihre Kamera auf das Haus gerichtet. Es gab kein Schild an der breiten Einfahrt, deren schmiedeeisernes Tor weit offen stand. Für den Abend war eine Mottoparty angekündigt, hatte sie auf der Homepage des Clubs gelesen. Katharina lehnte sich in ihrem Sitz zurück. Noch war der Parkplatz leer. Sie kam sich vor wie eine eifersüchtige Frau, die ihrem untreuen Ehemann nachstellte.

Die Straße blieb leer. In dieser Wohngegend bewegten sich die Anwohner entweder unsichtbar oder verbrachten ihre freie Zeit auf ihren Segeljachten oder in ihren Jagdhütten. Oder, dachte Katharina, sie wussten alle von der Villa und gingen den Besuchern diskret aus dem Weg. Der ideale Ort also für verschwiegene Sexpartys.

Wie sie vorgehen wollte, wusste sie auch nach einer Stunde

Warten nicht. Sie konnte nicht einfach durch das Tor gehen, an der Tür klingeln und freundlich lächelnd ihre Fragen stellen. Geschweige denn, dass sie den Abend dort als Gast verbringen wollte. Wobei die Betreiber sicher nichts dagegen hätten. Frauen haben freien Eintritt, warben sie auf der Webseite.

Der Name im Impressum der Swingerclub-Homepage hatte ihr nichts gesagt. Es war die Anschrift einer Firma für Webdesign. Welche Fragen hätte sie dort stellen sollen? Entschuldigen Sie bitte, aber verkehren potenzielle Frauenmörder auf den Partys Ihres Auftraggebers? Nein, ihr war klar, dass sie nicht mehr tun konnte, als die Ankunft der Besucher zu beobachten, die für den Abend auf eine spezielle Art Entspannung aus waren.

Sie war nicht so naiv, zu glauben, dass sie auf Simones Mörder treffen würde. Und doch hatte sie die Hoffnung auf einen Hinweis. Auf ein Detail, das sie weiterbringen würde.

Aus der Gegenrichtung rollte ein Fahrzeug auf sie zu. Ein großer schwarzer BMW. Katharina rutschte in ihrem Sitz ein Stück tiefer. Sie ärgerte sich, dass sie aus dieser Position ihre Kamera nicht in Anschlag bringen konnte. Der BMW bog auf das Villengrundstück. Katharina konnte durch ihr einen Spaltbreit geöffnetes Seitenfenster den Kies knirschen hören.

Der Wagen hatte ein Mettmanner Kennzeichen. Sie notierte es in der kleinen Kladde, die sie für ihre Recherchen nutzte. Ein Mann und eine Frau stiegen aus. Waren sie Gäste, oder waren sie die Betreiber? Es dauerte eine Weile, bis das Paar umständlich eine Tasche aus dem Kofferraum genommen und den Wagen abgeschlossen hatte. Beide machten einen gepflegten Eindruck. Der Mann war größer als die Frau und sicher bereits jenseits der fünfzig, mutmaßte Katharina. Ein Geschäftsmann, Banker oder Firmenchef. Er hakte die Frau ein, und sie gingen zielstrebig Richtung Eingang. Sein Gesicht hatte sie nicht gesehen.

Die Frau war blond, schlank und deutlich jünger als ihr Begleiter. Sie trug ein geblümtes Sommerkleid mit dünnen Trägern und über der Schulter die große Tasche. Sie sah aus, als sei sie auf dem Weg zum Strand. Ihre Füße steckten in hochhackigen Schuhen, die auf dem Kiesweg nur schlecht Halt fanden. Und trotzdem hielt sie ihren Körper aufrecht.

Gerade als sich die Frau zu ihrem Auto umdrehte, als habe sie etwas vergessen, bog ein Lieferwagen in die Einfahrt. Das Fahrzeug eines Partyservices versperrte Katharina die Sicht. Sie fluchte leise. Der Wagen blieb hinter dem Paar und fuhr dann am Haupteingang vorbei. Vermutlich war an der Seite der Villa der Boteneingang. Nun war das Paar zu weit entfernt, um ihre Gesichter erkennen zu können. Hastig notierte Katharina die wesentlichen Merkmale der beiden.

Mit der Zeit füllte sich der Parkplatz. Meist Autos teurer Marken. Und meist glichen sich die Bilder: Ältere Männer wurden von jungen Frauen begleitet. Die Paare wirkten merkwürdig uniform. Als sei dies das wahre Motto des Abends.

Die Liste mit den Kennzeichen würde die einzige Ausbeute sein. Was würde sie ihr nutzen? Vermutlich nichts, gestand Katharina sich ein. Aber die Liste war immerhin so etwas wie ein Anfang. Von was auch immer. Sie konnte die Kennzeichen ja schlecht der Polizei übergeben und um die Namen der Halter bitten. Die Bullen würden sie auslachen: eine überspannte Journalistin, die ihre Kompetenzen überschritt; und sie mit dem Hinweis wegschicken, sich nicht in ihre Ermittlungen einzumischen. Sie hatte nur diese Liste. Mehr nicht.

Was mochten Simone und Greta in der Villa erlebt haben? Greta hatte es eigentlich treffend beschrieben: Sie hatten Spaß gewollt. Und aus diesem Spaß war tödlicher Ernst geworden. War Simone hier auf ihren Mörder gestoßen?

Katharina umklammerte das Lenkrad mit beiden Händen. Sie musste herausfinden, ob einer der Männer, die gerade mit ihren Gespielinnen in dem Club verschwunden waren, etwas mit Simones Tod zu tun hatte! Sie würde außerdem herausfinden müssen, ob auch Corinna Neuhaus in solchen Clubs verkehrt hatte.

Es war längst dunkel geworden. Der Cateringservice hatte vor mehr als zwei Stunden das Gelände verlassen. Der Parkplatz vor der Villa war gut gefüllt. Lediglich über dem Eingang brannte ein Licht. Katharina wollte sich nicht vorstellen, was hinter den Rollladen vor sich gehen könnte. Sie kam sich mit einem Mal lächerlich vor.

Sie legte ihre Kladde auf den Beifahrersitz und wollte gerade den Motor anlassen, als es an ihrer Seitenscheibe klopfte. Erschrocken fuhr sie herum. Neben ihrem Auto stand ein blonder Hüne und bedeutete ihr, das Fenster noch ein Stück weiter herunterzulassen.

»Können wir Ihnen behilflich sein?«

Stumm schüttelte Katharina den Kopf. Ihr Herz klopfte. Sie fühlte sich wie ein Mädchen, das beim Spionieren durch das Schlüsselloch erwischt worden war.

»Wir beobachten Sie schon geraume Zeit. Sie scheinen ein großes Interesse an unseren Gästen zu haben.«

»Nein. Ich bin zufällig hier.« Sie war froh, dass die Kamera unten im Fußraum lag.

Der Hüne blieb freundlich. »Wir haben einen ganz anderen Eindruck. Dass Sie wissen wollen, wer uns besucht.«

Katharina musterte den Blonden. Breites Kreuz, schmale Hüften. Das Gesicht war zu scharf geschnitten, um sympathisch zu wirken. Das eng sitzende Camouflage-T-Shirt unterstrich diesen Eindruck.

»Bin schon weg.« Katharina nickte.

Der Unbekannte legte seine große Hand auf den Türrahmen. »Wir haben kein Interesse an eifersüchtigen Ehefrauen. Unsere Gäste schätzen die Diskretion unserer Anlage. Ich gebe Ihnen den guten Rat, sollten Sie Probleme mit Ihrem Freund oder Ihrem Ehemann haben, dann sprechen Sie ihn zu Hause darauf an. Das *Heartbeat* ist der falsche Ort für so etwas.« Sein Lächeln saß festgefroren zwischen seinen Lippen. »Haben Sie sich Notizen gemacht?« Er warf einen Blick in das Wageninnere.

»Niemals.« Katharina startete den Motor ihres Peugeots und fuhr an, ohne weiter auf den Mann zu achten. Im Rückspiegel konnte sie sehen, dass der Blonde mitten auf der Straße stand und in ein Mobiltelefon sprach.

Sie zitterte am ganzen Körper. Ohne den Mann aus den Augen zu lassen, fuhr sie bis zum Ende der Straße und bog dann Richtung Autobahn ab. Sie hatte gerade den Zubringer zur A 52 erreicht, als ihr Mobiltelefon klingelte. Katharina warf einen Blick auf das Display. Die Nummer war unterdrückt. Den Blick auf die Wegweiser geheftet, nahm sie zögernd den Anruf an.

»Katharina. Ich bin's. Grünewald. Ich weiß, dass es schon spät ist. Aber ich habe gerade an Sie gedacht. Mögen Sie mit mir einen Wein trinken? Die Nacht ist noch zu jung, um ins Bett zu gehen. Oder ist Ihnen das Angebot zu unmoralisch?«

Katharina spürte den feinen Hauch von Spott in Grünewalds Stimme. Ihre Augen flogen über die Industriebauten links und rechts der breiten Straße. Warum rief er sie an? Ausgerechnet jetzt? Andererseits kam sein Anruf genau richtig. Sie konnte jemanden zum Reden brauchen, um ihre Gedanken zu sortieren.

»Bitte verzeihen Sie, dass ich Sie um diese Zeit anrufe.«

Grünewald hatte ihr Schweigen missdeutet.

»Nein, nein. Ist schon in Ordnung. Ich bin in einer halben Stunde in der Stadt. Sagen wir im Biergarten? Bei *Langer*? Der müsste noch offen sein.«

Sie bog tatsächlich keine dreißig Minuten später auf den kleinen Parkplatz des Biergartens. Schon von der Zufahrt aus sah sie den Fedora.

Moritz Grünewald stand auf, als Katharina an den Tisch trat. »Ich freue mich –« Er stutzte. »Sind Sie, wenn ich mir die Bemerkung erlauben darf, auf der Flucht?«

Katharina ließ sich auf einen der Klappstühle sinken. »In gewissem Sinn kann man das so sagen, ja.«

»Kommen Sie erst einmal zur Ruhe. Haben Sie Hunger? Die Küche kann Ihnen vielleicht noch etwas bringen.«

Grünewalds Fürsorge wirkte unmittelbar beruhigend auf sie. Ihr fiel ein, dass sie mal wieder den Tag über nichts gegessen hatte. »Ein Salat vielleicht und einen Wein?«

Grünewald gab die Bestellung auf und sah sie dann lange schweigend an.

Katharina ließ die romantische Stimmung auf sich wirken, die von den Lampen ausging, die zwischen den alten Kastanien hingen, und von den Kerzen, die auf den Tischen im leichten Abendwind flackerten. Ab und an wurde an einem der Nebentische gelacht, ansonsten waren nur gedämpfte Stimmen zu hören. Ein letzter warmer Abend im Frühherbst. Aber sie verspürte noch eine ganz andere Wärme. Sie ging von Grünewalds Augen aus und durchflutete sie auf angenehme Weise.

Moritz Grünewald ließ Katharina zunächst in Ruhe essen, bevor er sie fragte: »Wollen Sie mir jetzt erzählen, was Ihnen widerfahren ist?« Er lehnte sich erwartungsvoll zurück.

Sie legte ihr Besteck auf den Teller und hob ihr Glas. Was sollte sie ihm erzählen? Die Frage ging ihr schon die ganze Zeit über durch den Kopf. Wenn sie ihm von ihrer Begegnung vor dem *Heartbeat* berichtete, würde sie ihn ein großes Stück in ihr Leben hineinschauen lassen. Ob sie ihm und sich diese Nähe gestatten sollte? Andererseits war er ein verständnisvoller Gesprächspartner, der darauf achtete, sie mit seinen Meinungen und Ansichten nicht zu bedrängen. Ein Mann, der sehr sorgsam mit ihr umging. Sie antwortete aus dem Bauch heraus.

»Ich muss herausfinden, was wirklich mit Simone passiert ist. Ich habe das Gefühl, dass sie selbst in ihrem Tod noch schutzlos ist. Das kann ich nicht zulassen. Können Sie das verstehen?« Sie schloss für einen Moment die Augen. »Man muss doch spüren, wenn ein Mensch stirbt, den man kennt. Wie statisch aufgeladene Luft bei einem Gewitter. Stattdessen erschlägt einen die Nachricht, wenn man es erfährt. Das ist nicht fair. Ich weiß, was Sie sagen wollen. Es würde nichts ändern. Das stimmt. Aber es wäre nicht so grausam. Besser wäre es, wenn man es spüren könnte, wann ein Mensch stirbt. Dann könnte man etwas tun. Man hätte auf jeden Fall eine Chance. Die Chance ist wichtig.«

Er nickte. »Sie trauen der Polizei immer noch nicht?«

»Die Polizei ermittelt zwar, aber ich habe den Eindruck, dass sie weder vorankommt, noch dass sie weiß, wo sie suchen soll. Mein Gott. Zwei Frauen tot, es muss doch Spuren geben!«

Grünewald nickte erneut. »Ich habe gelesen, die Polizei hat die bisher größte Mordkommission zusammengerufen. Aber Sie haben recht, wenn man, so wie Sie, so eng an der Sache dran ist, dann geht einem das alles nicht schnell genug.«

Er beugte sich vor und legte seine Hand auf Katharinas. Sie spürte die Wärme seiner Haut. Ein angenehmes Gefühl.

»Was ist heute Abend passiert?«

Als hätte der Mann mit Hut eine Schleuse geöffnet, spürte Katharina Tränen in sich aufsteigen. Sie wischte sich über die Augen und erzählte Grünewald von ihrer Begegnung mit Greta, davon, dass sie und Simone hin und wieder in einem Swingerclub Abwechslung gesucht hatten. Dass sie zu diesem Club gefahren war in der Hoffnung, einen Hinweis auf Simones möglicherweise letzten Begleiter zu finden. Sie vermied das Wort Mörder. Und sie erzählte, dass sie sich nicht getraut hatte, den Club zu betreten, sondern im Auto gesessen und nur die Kennzeichen der Wagen notiert hatte.

»Ich habe mich benommen wie eine hysterische dumme Gans. Vor allem, als dieser Typ aufkreuzte und wissen wollte, was ich vor dem *Heartbeat* verloren hätte. Ich habe mir von dem Spinner Angst machen lassen, das verzeihe ich mir nicht.« Der Gedanke ließ ihre Augen vor Wut funkeln.

»Da ist sie wieder, die Kämpferin.« Grünewald lächelte.

Auch Katharina konnte nun etwas über ihr Erlebnis lachen. Sie prostete Grünewald zu. »Danke, dass Sie mir zugehört haben.«

»Wollen Sie nicht endlich Moritz zu mir sagen?« Er fing mit seinen Augen ihren Blick auf. »Wir wissen doch schon so viel voneinander.« Grünewald hob ansatzweise sein Glas.

Katharina war erstaunt und angenehm berührt zugleich. In den wenigen Tagen, die sie sich kannten, war in der Tat eine vertraute Atmosphäre zwischen ihnen gewachsen. Sie hatte schon mehrfach das Gefühl gehabt, dass sie sich schon Ewigkeiten kannten. In aller Regel versuchte sie, ihre professionelle Distanz zu ihren Gesprächspartnern aufrechtzuerhalten. Aber diesmal wollte sie eine Ausnahme machen. Ein aufregender Entschluss. Etwas verlegen stieß sie mit ihm an. »Katharina.«

»Moritz.« Auf Grünewalds Gesicht bereitete sich ein breites Grinsen aus.

Wenn ich nicht wüsste, wie alt er ist, ich würde glatt behaupten, dass er nicht älter als ein Lausbub sein kann, dachte Katharina amüsiert.

Der Abend stand an der Schwelle zur Nacht. Sie sah hinauf zu den Sternen. Sie standen selten klar über der Stadt. Dort oben musste es wunderbar sein. Die Stille würde sich mit ihren Träumen mischen, und sie würde selig die Welt umarmen.

Katharina spürte, dass der Wein sie leicht und zugleich schwer machte. Und sie spürte eine Mischung aus Zufriedenheit und Unruhe in sich wachsen, die sie erstaunte. Aber nur für einen Augenblick. Sie wusste ja längst, dass von Moritz eine Kraft ausging, die sie immer stärker anzog. Und doch stellte sie verwundert fest, dass ihr das nichts ausmachte. Ganz im Gegenteil. Ihre Leichtigkeit verschwand. Ole hatte sich durch ihre weinseligen Ideen nach vorne gekämpft. Ole und sein Lächeln, Ole und seine starken Arme, Ole und sein Geruch nach Zimt und Tabak. Eine plötzliche Sehnsucht schoss in ihre Venen, sodass sie die sternenklare Nacht kaum noch ertragen konnte.

»Was ist mit dir? Du bist mit einem Mal so ernst?«

»Nichts. Es ist nur –«

»Ja?«

»Es ist der Wein. Ich glaube, ich muss in mein Bett.«

»Soll ich dich heimbringen?«

Sie lächelte. »Nein. Aber lieb von dir.« Katharina kramte in ihrer Tasche nach ihrem Geldbeutel. Warum lag das verdammte Ding immer zuunterst?

»Du lässt dein Auto aber stehen, oder?«

Sie winkte ab. »Ich nehme mir ein Taxi.«

Auf dem Weg vom Biergarten Richtung Innenstadt begegneten ihnen zahlreiche Taxen, aber alle waren besetzt. Irgendwann nahm er ihre Hand. Katharina erwiderte seinen Händedruck und fasste mit der anderen Hand ihre Umhängetasche. Kurz bevor sie am Bahnhof den Taxistand erreichten, beugte sich Grünewald zu ihr und küsste sie. Als sie in das erste freie Taxi stieg, hob er die Hand und lächelte zaghaft.

Während der Taxifahrer aus der Parkbucht ausscherte, bemerkte Katharina auf der anderen Straßenseite einen Wagen, der ihr sofort bekannt vorkam. Hinter dem Steuer saß Liebig. Was, zum Teufel, macht Liebig jetzt noch in der Stadt?, dachte sie.

XVII.

»Ihr habt euch geküsst.«

Sie fuhr herum. Er war unbemerkt hinter ihren Stuhl getreten.

»Na und?« Sie war zu erschrocken, um zu leugnen. Liebig hatte sie also gesehen.

»Du weißt, was das bedeutet?«

Sie ahnte es. »Nein. Was denn?«

Er stand jetzt neben ihr. »Du bist raus aus der Story.«

»Das kannst du nicht machen«, unternahm Katharina einen halbherzigen Versuch, sich zu verteidigen.

»Du kennst das Geschäft.«

»Dein schmieriges Grinsen kannst du dir sparen.« Sie tat so, als würde sie sich wieder auf ihren Text konzentrieren.

»Hört, hört. So liebe ich dich, meine Kleine.« Liebig lachte laut. »Immer hart am Gegner. Die toughe Journalistin.« Sein Lächeln erstarb übergangslos. »Nur hast du es diesmal zu weit getrieben. Gute Geschichten gibt es immer nur aus der Distanz. Die Kleine übernimmt die Fortsetzung.«

Die Kleine. Liebig meinte damit die Praktikantin. Auf keinen

Fall! »Grünewald ist meine Story. Das kannst du nicht machen. Die Praktikantin hat doch keine Ahnung.«

»Genau. Weil Grünewald deine Story ist, nehme ich sie dir weg. Mach mit ihm, was du willst! Eine zweite Reportage über den Mann mit Hut wird es von dir aber nicht geben.«

»Liebig«, zischte Katharina, »was hat dir die Kleine geboten, dass du sie an große Themen ranlässt? Lässt sie dich ran? Ja, sie lässt dich ran.« Sie wusste, dass Liebig recht hatte. Und genau das machte sie so zornig.

»Du hast es gehört. Du bist raus. Sieh es mal so: Jetzt kannst du bei jeder Nummer Vollgas geben.« Er senkte seine Stimme. »Und was du über mich und die Praktikantin gesagt hast, habe ich nicht gehört. Ansonsten wäre eine Abmahnung fällig. Du bist also gut beraten, ganz kleine Brötchen zu backen, Katharina. Ganz kleine.«

Katharina umklammerte ihre PC-Maus, um nicht hochzufahren. Leise und jedes Wort betonend sprach sie gegen ihren Bildschirm. »Warum verfolgst du mich, Liebig? Was willst du von mir? Weil du nicht bei mir landen kannst, deine coolen Sprüche bei mir nicht ziehen? Ist es das?«

»Du hättest die komplette Redaktion lächerlich gemacht, wenn irgendeiner da draußen mitbekommen hätte, dass die coole Journalistin ein Verhältnis mit ihrem Thema hat! Die komplette *Rheinische* hättest du unglaubwürdig gemacht. Ich fass es nicht. Wenn du schon den Typ mit dem lächerlichen Hut vögelst, dann gefälligst so, dass es niemand mitbekommt!«

Liebig wurde immer lauter. Alle anderen Gespräche waren mittlerweile verstummt.

Sie schnaubte vor Wut. »Aber bis zum Umfallen saufen mit den Stadträten, das ist völlig in Ordnung, oder wie?«

»Sei vorsichtig. Du bewegst dich auf ganz dünnem Eis.«

»Was ist denn passiert? Nichts! Du hast ja keine Ahnung.«

»Dann habe ich dir wenigstens frühzeitig deine Grenzen aufgezeigt.«

»Ach. Leck mich.«

Seine Stimme war nicht mehr als ein Flüstern. »Ich lass mir den Ruf meiner Zeitung nicht ruinieren. Niemals.«

Katharina starrte auf ihren Bildschirm. Bleib bloß ruhig, dachte sie. Es hat keinen Zweck. Bleib einfach sitzen und warte, bis Liebigs Wutanfall vorüber ist.

Liebig lachte auf und schlug die Hände zusammen. Es war ein unechtes Lachen. »Ich sehe, wir verstehen uns. Du hast recht, Katharina, du solltest ein paar Tage Urlaub nehmen.« Er sah selbstgefällig in die Runde. »Ist hiermit genehmigt. Fahr weg, lass dir den Wind um die Nase wehen. Du hast in den vergangenen Tagen genug um die Ohren gehabt. Aber kein Club-Urlaub, Herzchen.« Liebig betonte das Wort »Club« und lachte meckernd. Dann drehte er sich schwungvoll um. »Anja – zu mir!« Im Weggehen hob er eine Hand und winkte.

Katharina sog hörbar die Luft ein. Sie ließ sich nicht so einfach aus der Redaktion jagen! Sie schenkte dem Kollegen aus der Kultur, der ihr scheinheilig über seinen Bildschirm hinweg zulächelte, ein zuckersüßes Grinsen.

Was hatte Liebig vor? Sie war sich jetzt sicher, dass er sie heimlich beobachtete. Er war es, der in den Nächten vor ihrem Haus stand und rauchte! Er folgte ihr heimlich. Wie sonst konnte er wissen, dass sie vor dem Club gestanden hatte? Dieses unverschämte Lachen beim Wort »Club-Urlaub«! Liebig stieg ihr nach. Aber warum? Liebig, der Stalker?

Liebig begann, ihr Angst zu machen. Vor den Fenstern der Redaktion braute sich ein Gewitter zusammen.

»Was meinst du?«

Frank zuckte mit den Schultern. »Keine Ahnung. Eine Frau ohne Augen, eine Frau ohne Arme, eine Frau ohne Beine. Im Grunde fehlen noch zwei.« Frank legte den Bericht aus Kempten zu den übrigen Akten.

»Ein Körper ohne Kopf und ein Frauenkopf.« Ecki nickte. »Aber wir sind hier nicht bei Frankenstein.«

Warum nicht, dachte Frank und verschwieg, dass er lange mit

Viola telefoniert hatte. Und dass sie die Idee aufgebracht hatte, dass es dem Täter darum ging, aus den »Einzelteilen« den perfekten Menschen neu zu formen. Ein Mann ohne Seele, mit Allmachtsphantasien. Ein zutiefst verletztes Wesen, das seine Chance auf Heilung darin sah, anderen ihre Unversehrtheit zu nehmen. Das genau sei das Problem: Einen Psychopathen stellen zu müssen, bevor er wieder zuschlug. Und zugleich nicht zu wissen, wann und wo. Sie suchten eine menschliche Nadel im zweigeteilten Heuhaufen, am Niederrhein und im Allgäu.

Was war der Link über sechshundert Kilometer hinweg? Die Geschichte der Frauen? Was hatten sie gemeinsam, außer ihren Tod? Gab es eine Erklärung, die so nahelag, dass sie sie nicht sahen?

Sie suchten jemanden, hatte Viola gemeint, der in seinem normalen Leben nicht auffiel. Nach außen hin nett, höflich, pünktlich, korrekt und beliebt. Und nach innen zerfressen von seinem Trieb. Sie mussten nach Dr. Jekyll suchen, hatte sie am Ende ihres Gespräches mehr im Scherz gemeint. Dass er sich in ihrer Gegenwart manchmal ähnlich zerrissen fühlte, hatte Frank nicht gesagt. Er hatte keine alten Wunden aufreißen wollen.

»Was denkst du?« Ecki trank einen Schluck.

»Vielleicht sind wir doch mitten in diesem Frankenstein-Horror gelandet.« Frank hob sein Bierglas und deutete der Kellnerin an, dass er ein neues Bier wollte. Die junge Frau hinter dem Tresen des *Okiedokie* nahm seinen Wunsch mit einem kurzen Nicken entgegen.

»Ich weiß nicht, das ist mir alles zu wischiwaschi.« Ecki lächelte Richtung Tresen. »Ich verstehe nicht, wie man einem zarten Wesen wie diesem da etwas antun könnte.«

»Dieses zarte Wesen ist bis zum Hals tätowiert, hat in der Lippe und in der Nase ein Piercing und wer weiß, wo sonst noch. Und der Bürstenhaarschnitt signalisiert auch nicht ›Hey, ich bin eine Elfe‹.« Frank vergaß für einen Moment ihr Thema.

»Trotzdem ist sie hübsch.«

»Sie ist ein Typ. Das stimmt. Hübsch? Na ja.«

»Unser Mann hat jedenfalls ganz konkrete Vorstellungen von Schönheit. So weit gebe ich dir recht«, kam Ecki unvermittelt auf den Ausgang ihres Gespräches zurück. »Aber er tötet, weil er töten will. Ich glaube, dass er sich an der Qual seiner Opfer befriedigen will. Wer schneidet einem Menschen, der bei vollem Bewusstsein ist, die Beine ab?«

Frank drehte nachdenklich den Bierdeckel in der Hand. »Wir müssen noch einmal die Fundorte auf links drehen. Wir haben vielleicht etwas übersehen. Das Wäldchen, die Ziegelei und denk an die Fotos, die Fabrik in Kempten sind der ideale Rahmen, um ungestört zu töten und seine Lust zu befriedigen. Sie bieten dem Täter die große Bühne – voller Bedeutung und Mystik.«

Auch das hatte Viola gemutmaßt. Und auch das wollte er Ecki nicht erzählen. Nicht jetzt, so kurz vor dem Auftritt von Michael Vdelli. Und auch später nicht. Frank wollte sich Eckis Kommentare zu seiner »Beziehung« zu Viola ersparen, weil er selbst nicht wusste, was ihn immer wieder zu ihr hinzog.

»Du machst ein Gesicht, als wäre dir gerade das ganze Leid dieser Welt in die Schuhe gefallen. Was ist los, Borsch? Spuck es aus. Dann geht's dir gleich besser.« Ecki hob sein Glas.

»Vielleicht sollten wir uns mit den Kemptenern treffen. Möglich, dass der Schlüssel zu allem im Allgäu liegt.«

»Im Allgäu, do gibt's a Sünd, meinst du?« Ecki hatte Feierabend und keine Lust mehr auf Dienstliches.

Frank trank einen Schluck. »Die Fabrik in Kempten, was wurde dort hergestellt?«

Ecki sah Frank missbilligend an. Er sollte endlich mal an etwas anderes als ihre Fälle denken. Ein gepflegtes Besäufnis oder ein Blueskonzert würden helfen, die Festplatte aufzuräumen. Waren das nicht Franks eigene Worte?

»Im Allgäu steht ein Hofbräuhaus, eins, zwei – oh, mein lieber Mann.« Er sah der Kellnerin hinterher, die mit einem vollen Tablett Bier in den Raum nebenan verschwand, wo sich die Besucher langsam auf den Abend mit Vdelli eintranken.

»Weißt du, was dazu in Jakischs Bericht steht?«

»Ich musste gerade an etwas anderes denken«, grinste Ecki Richtung Nebenraum. »Was hast du gesagt? Eine Weberei. Klar, so eine Textilfabrik. Und? Was sagt dir das jetzt?« Er lächelte der Kellnerin zu, die, ohne ihn eines Blickes zu würdigen, zurück zur Theke kam.

»Siehst du!« Frank hob sein Glas und stieß damit an Eckis. »Textil! In Kempten gab es Textilindustrie. Und hier bei uns gab und gibt es sie ebenfalls.«

»Du meinst, der Schlüssel liegt in der Textilindustrie?« Ecki versuchte, die Kellnerin mit einem Lächeln auf sich aufmerksam zu machen. »Was haben Webstühle damit zu tun? Die gibt es im Allgäu doch längst nicht mehr.«

»Konzentrier dich mal, Ecki. Die Textilmaschinenindustrie bei uns – die Firmen haben doch Vertreter und Monteure. Die arbeiten weltweit. Also auch im Allgäu. Ecki!«

»Du meinst?« Sie ist aber auch hartnäckig, dachte Ecki.

»Die Handelsbeziehungen!«

»Die Kemptener Weberei gibt es nicht mehr.« Ecki trank sein Glas leer und hielt es der Kellnerin hin.

»Es gibt diese Verbindung. Wenigstens theoretisch. Ein Handelsreisender in Sachen Textil. Der fällt nicht auf, wenn er im Allgäu alte Kontakte auffrischt.«

Ecki stellte das Glas auf den Tresen. Derart missachtet hatte er sich schon lange nicht mehr gefühlt. »Wenn du meinst – dann ruf ich Jakisch morgen an.«

»Besser Mayr. Du weißt, was der für einen Tanz macht, wenn er sich übergangen fühlt.« Frank war nicht entgangen, dass die »Elfe« Ecki ignorierte. »Das Gefühl kennst du doch auch.«

Frank amüsierte sich über Eckis Gesichtsausdruck und dachte an Carsten Jakisch, der unter KHK Robert Mayr mehr litt, als dass er etwas bei ihm lernte. Er hatte Jakisch nahegelegt, sich versetzen zu lassen. Aber der knödelige Pumuckl hatte davon nichts wissen wollen. Er krallte sich sozusagen mit allen Gliedmaßen im KK 11 fest. Jakisch wollte als Todesermittler Karriere machen, und sei es zulasten seiner Zufriedenheit. Diese Sturheit nötigte Frank dann doch einigen Respekt ab. Jakisch mit seinen beiden, nur auf den ersten Blick so ungleichen Wurzeln war die ideale Mischung aus niederrheinischer Behäbig- und Beharrlichkeit und ignoranter Allgäuer Konsequenz. »Irgendwann geht Mayr in Pension«, war Jakischs Antwort gewesen.

»Machst du endlich Feierabend?«, fragte Ecki mürrisch.

Frank nickte. »Eines noch: Ich meine es ernst, wir sollten uns mit den Kemptenern treffen.«

»Wir im Land der glücklichen Wiesen, glücklichen Kühe auf glücklichen Bergen und glücklichen Dirndln?« Endlich hatte die Kellnerin seinen Blick erwidert.

»Weißt du, was du gerade für ein Zeug redest?« Es hatte wenig Zweck, mit Ecki weiter über ihre Fälle zu sprechen.

»Und du weißt scheinbar nicht, dass unser Präsident keine Dienstreise genehmigen wird. Bei der vagen Faktenlage.«

Frank sah ein, dass Ecki recht hatte. »Na ja, vorerst.«

»Ansonsten bin ich der Erste, der mitfährt. War schon lange nicht mehr unten.« Erst vor ein paar Wochen hatte Marion gemeint, ob sie nicht noch einmal ins Allgäu fahren sollten, bevor die Kinder zu groß für Familienurlaub seien.

»Wir sollten langsam rübergehen. Das Konzert fängt gleich an.« Frank nahm sein Bier in die Hand und stand auf.

Ecki nickte. Zum einen war er froh, dass er mal wieder zusammen mit Frank abschalten konnte, andererseits: Blues! Allein schon der Name des Lokals war ihm spanisch vorgekommen. »*Okiedokie*, ist das nicht ein Indoorspielplatz für Kiddies?«, hatte er gefragt, als Frank ihm von der Musikkneipe am Rande des Neusser Hafens erzählt hatte.

»Ist doch 'ne gute Idee, sich mal den Wind aus den Boxen um die Nase wehen zu lassen, oder? Über Herrn Frankenstein können wir auch morgen noch philosophieren.«

Frank zog seine Geldbörse.

Ecki hob die Hand. »Lass stecken. Du zahlst das nächste Mal.« Er gab der Bedienung einen Wink.

Frank steckte sein Geld wieder ein. »Ich will nicht, dass wir in den nächsten Tagen eine Frau ohne Kopf finden.«

Sie waren kaum in den kleinen Saal gewechselt, als das Michael Vdelli Trio die Bühne des *Okiedokie* enterte und ein krachendes Bluesrockfeuerwerk abbrannte. *Dream Girl Nightmare* war ein knochenharter Boogie, getrieben von der Cowbell, der direkt ins Blut ging. Oder war es das Bier? *You stabbed me in the back* – Franks Oberkörper wippte im Rhythmus der Band.

Selbst Ecki war beeindruckt. »Der Typ ist tatsächlich aus Australien? Ich dachte, da gibt's nur Kängurus und Koalas«, meinte er, als sie gegen Mitternacht ins Auto stiegen.

Katharina zog das Schreiben aus dem Briefkasten und drehte es um. Kein Absender. Sie faltete das Blatt auseinander und überflog den Inhalt mit schnellem Blick. Ein Gedicht. Dann las sie Zeile für Zeile. Sie verstand zunächst den Sinn nicht und las es erneut. Dabei sprach sie jede Zeile leise vor sich hin. Der Sinn erschloss sich ihr immer noch nicht.

Archaischer Torso Apollos

Wir kannten nicht sein unerhörtes Haupt,
darin die Augenäpfel reiften. Aber
sein Torso glüht noch wie ein Kandelaber,
in dem sein Schauen, nur zurückgeschraubt,

sich hält und glänzt. Sonst könnte nicht der Bug
der Brust dich blenden, und im leisen Drehen
der Lenden könnte nicht ein Lächeln gehen
zu jener Mitte, die die Zeugung trug.

Sonst stünde dieser Stein entstellt und kurz
unter der Schultern durchsichtigem Sturz
und flimmerte nicht so wie Raubtierfelle;

und bräche nicht aus allen seinen Rändern
aus wie ein Stern: denn da ist keine Stelle,
die dich nicht sieht. Du mußt dein Leben ändern.
– Rainer Maria Rilke

Sie kannte Rilke, aber nicht das Gedicht. Das Einzige, was sie verstand, war der letzte Satz: *Du mußt dein Leben ändern.*

Katharina ging in die Küche und legte das Blatt auf den Tisch. Wie wahr der Satz doch war. Sie musste tatsächlich ihr Leben ändern. Sie schlang die Arme um den Oberkörper. Der Zettel sah auf der großen Tischplatte verloren aus. Wer hatte ihr das Gedicht geschickt? Sie nahm das Stück Papier wieder in die Hand. Eine einfache Fotokopie aus einem Gedichtband.

Sie ging an ihren Laptop und fuhr ihn hoch. Es war ein Sonett. Veröffentlicht 1908 in *Der neuen Gedichte anderer Teil.*

Das sagte ihr nichts. Wohl aber die Erklärungen, dass Rilke mit dem Text viele Menschen zu eigenen künstlerischen Auseinandersetzungen mit dem Begriff »Torso« inspiriert hatte. Darunter zum Beispiel Tänzer wie Stefan Maria Marb oder Philosophen wie Peter Sloterdijk. Sie zuckte unbewusst mit den Schultern. Philosophie war nicht ihr Ding. Sie hielt sich lieber an die Fakten, die sie sah und die sie verstand.

Plötzlich war wieder diese Angst da, die sie schon in der Redaktion gespürt hatte, als sie die Mail bekommen hatte. So ein Unsinn, schalt sie sich, ein Gedicht kann keine Angst machen. Kindern vielleicht. Aber keinem erwachsenen Menschen. Trotzdem verbrachte sie einen nachdenklichen Abend. Sie saß später lange am Fenster und sah aus ihrem dunklen Wohnzimmer in die Nacht hinaus. Sie wartete förmlich darauf, wieder eine aufglühende Zigarette zu sehen, aber der Bürgersteig blieb leer.

Im Radio lief *Summer in the City,* als sie endlich aufstand, um ins Bett zu gehen. Es war lange nach Mitternacht, und sie spürte nun deutlich, dass Rilkes Gedicht doch etwas mit ihr zu tun hatte. Ihr Leben hatte sich längst verändert. Simone war tot. Spätestens seit Moritz' Kuss war nichts mehr wie zuvor. Beim Einschlafen nahm sie sich vor, Grünewald anzurufen. Seit dem Kuss am Taxistand hatten sie nicht mehr miteinander gesprochen.

Das war ihr mehr als recht gewesen. Viel zu viel war an jenem Abend passiert. Sie musste alles erst noch für sich sortieren, bevor sie in der Lage sein würde, sich bei Moritz zu melden. Sie brauchte Klarheit, um zu wissen, wie es weitergehen sollte. Mit Ole, mit Liebig und mit Moritz.

Im Grunde ihres Herzens wusste sie, was passieren würde. Sie träumte von Grünewalds zartfühlenden Händen und seinen weichen Lippen, die an jenem Abend ihren Mund gesucht hatten.

»Haben Sie Ihre Bekannte wiedergesehen?«

»Wen meinen Sie?«

»Dr. Boveleth, wir wollen jetzt nicht Versteck spielen, oder? Andererseits, Versteck spielen – macht Ihnen das Spaß?«

Er musste kichern. Der Mann war verunsichert! Der ach so gelassen daherkommende Herr Therapeut war gar nicht so cool, wie er so gerne vorgab zu sein! Er stand doch tatsächlich kurz davor, die Fassung zu verlieren! Diesen Gesichtsausdruck musste er sich merken. Außerdem: Wenn der Therapeut wüsste, dass Boveleth nicht sein Name war, sondern der Mädchenname seiner leider viel zu früh von ihm gegangenen Frau! Und er auch keinen Doktortitel besaß!

Vor dem offenen Fenster sang eine Amsel.

»Sie haben heute gute Laune. Sehr schön.« Der Therapeut nahm die Faust vor den Mund und räusperte sich kurz. »Sie machen jeden Tag Fortschritte. Stört Sie das offene Fenster?«

»Ich habe sie getroffen. Und werde sie wieder treffen.«

»Sie sind gut im Wiedersehen. Ich weiß. Wie geht es ihr?«

»Sie kennen sie doch gar nicht. Was geht es Sie an, wie es ihr geht?« Der Vogel begann, ihn zu nerven.

»Soll ich das Fenster schließen?«

»Warum müssen Vögel immer singen?«

»Sie interessieren sich für Philosophie?« Er hatte das Gefühl, sich mit Boveleth im Kreis zu drehen. Kenntnisse in Philosophie waren das Letzte, was er bei ihm vermutete. Seine Klienten hatten nur in den seltensten Fällen einen Draht zu philosophischen Denkansätzen. Die Frage von Existenz war für sie verknüpft mit massiven Störungen in der Beziehung zwischen der inneren und der äußeren Welt. Ihr Ich lag in permanentem Kampf um die Balance der beiden Welten. Kranke Menschen hatten andere Sorgen als die akademische Auseinandersetzung mit Kant, Hegel, Heidegger, Jonas oder den antiken Philosophen.

»Warten Sie immer noch auf eine Antwort?« Dieser Typ war ein Meister im Schweigen. Das musste man ihm lassen.

»Verunsichert Sie Stille, Dr. Boveleth?«

»Als Kind habe ich mit der Zwille Vögel und Eichhörnchen vom Baum geschossen.«

»Also mögen Sie Stille?«

»Ich mag es nicht, wenn Sie so tun, als würden Sie auf meine Antwort warten. In Gedanken sind Sie in Wahrheit doch ganz woanders.«

»Ihnen scheint es doch nicht ganz so gut zu gehen heute.«

»Ich mag es nicht, wenn Sie lügen.«

»Wollen wir zum Anfang unseres Gespräches zurückgehen?«

Der Therapeut braucht sicheres Terrain. Meinetwegen, und ausnahmsweise. »Ich habe sie getroffen. Ja.«

»Hatten Sie sich auf das Treffen gefreut?«

Freude war gar kein Ausdruck! »Könnte man so sagen. Ja, vielleicht.« Er würde den Therapeuten im Unklaren lassen.

»Wenn Sie Ihre Freude auf einer Skala bewerten – welchen Wert erreichen Sie dann?«

»Werte? Es ging bei dem Treffen nicht um Werte.« Er nickte nachdenklich. Das war ehrlich geantwortet.

»Worüber haben Sie sich denn unterhalten?«

Er zögerte. »Darüber möchte ich nicht sprechen.«

»Ist Ihnen das Thema unangenehm?«

»Ich werde heute nichts darüber erzählen.« Er lächelte in Richtung Amsel, die immer noch im Baum saß. »Ich genieße jetzt das Schweigen.«

Der Therapeut atmete hörbar ein. Boveleth war ein schwieriger Klient. Aber einer, der ihn regelmäßig besuchte und seine Sitzungen großzügig beglich. Ein Bonvivant, der seine kleinen Macken genoss und pflegte. Nun gut, solange Boveleth zahlte, konnte er in seiner Praxis sitzen und in Gedanken mit seiner Zwille schießen, worauf er wollte.

»Ich höre, dass Sie unzufrieden mit mir sind.« Er lächelte seinen Therapeuten nachsichtig an. »Dafür bezahle ich Sie aber nicht. Schweigen Sie mit mir. Sie werden merken, dass die Ruhe Ihnen guttut. Schweigen ist das Gold unserer Erinnerung.«

Katharina saß in der Küche und grub missmutig in ihrem Müsli. Sie hatte schlecht geschlafen und war früh am Morgen durch ein lautes Geräusch aufgeschreckt. Hatte sie gedacht. Nachdem sie jedoch alle Räume kontrolliert hatte, war ihr klar geworden, dass sie das Geräusch nur geträumt hatte. An den Traum selbst konnte sie sich nicht mehr erinnern. Sie ahnte aber, dass es kein angenehmer Traum gewesen war.

Neben der Müslischale lag ihr Telefon. So verärgert sie über ihr Unvermögen war, ihrem diffusen Gefühl Gestalt zu verleihen, so zögerlich war sie, Grünewald anzurufen. Noch unter der Dusche war sie fest entschlossen gewesen, sich mit ihm zu verabreden. Aber diese Zuversicht hatte sich in einem Gefühlsdurcheinander aufgelöst.

Sie rührte in ihrem Müsli, als könne sie damit das Chaos aus Nüssen, Früchten, Haferflocken und Milch in eine Ordnung bringen, die gleichzeitig auch ihr Innerstes aufräumen würde.

Stattdessen wurde Katharina immer wütender. Sie war jetzt 34 und hatte sich von dem kaum älteren Liebig maßregeln lassen wie ein kleines Mädchen. Sie schnaubte, als sie die Szene vor sich sah: Liebig, breitbeinig vor ihrem Schreibtisch, die Blicke der Kollegen, die plötzliche Stille in der Redaktion. Was bildete Liebig sich ein? Er war der Leiter einer mittleren Lokalzeitung und nicht der Hüter von Moral und Ordnung. Seine überhebliche Art mochte die Lokalpolitiker beeindrucken und vielleicht auch ängstigen, aber in Wahrheit war er nicht mehr als ein kleiner Provinzjournalist.

Katharina legte den Löffel in die Müslischale und stand auf. Sie wanderte in ihrer Wohnung umher. An der Schlafzimmertür warf sie einen Blick auf das Chaos aus Tops, Unterwäsche und Jeans und machte auf dem Absatz kehrt. Zum Aufräumen fehlte ihr jetzt die Geduld. Das galt auch für die herumliegenden Zeitungen und Bücher im Wohnzimmer, Arbeitszimmer und Bad. Der Zustand meiner Wohnung ist ein Spiegelbild meiner Seele. Wäre sie hier, würde ihr genau das die Kollegin vom Vermischten vorbeten. Und wenn schon, das Sammelsurium wichtiger und unwichtiger Dinge gab ihr das Gefühl zu leben! Aufgeräumte Wohnungen waren ihr ein Graus. Sie glichen kalten Museen.

Schließlich blieb sie am Wohnzimmerfenster stehen und sah hinaus. Der Wind fächelte Blätter von den Bäumen.

Liebigs Auftritt musste einen anderen Grund gehabt haben als die Szene am Taxistand. Ihm konnte es doch egal sein, wie sie an ihre Infos kam. Hauptsache, alles stimmte. Und es ging doch lediglich um das Porträt eines interessanten Menschen! Es hing nichts davon ab, dass sie ihm nähergekommen war als den Menschen, die bisher Teil ihrer Texte waren. Liebig hatte überreagiert. Es gab sicher einen anderen Grund!

Katharina setzte sich in den geliebten Ohrensessel ihrer Großmutter und zog die Beine an. Sollte er sie doch in den Zwangsurlaub schicken! Sie würde die Zeit nutzen und weiterhin Simones Mörder suchen. Und ein paar Tage wegfahren. Das würde ihr helfen, den Kopf freizubekommen.

Entschlossen stand Katharina auf. Du musst dein Leben ändern! Der letzte Satz des Sonetts ging ihr nicht aus dem Kopf. Noch vor Ende des Jahres würde sie einige Dinge in ihrem Leben geändert haben. Vielleicht sollte sie nach Paris fahren und sich den Torso ansehen. Das könnte ein Anfang sein.

Sie sah hinaus. Sie konnte nicht sagen, warum sie danach

suchte, aber sie war froh, dass Liebigs Rostlaube nirgends zu sehen war. Gerade als sie das Fenster öffnete, klingelte es.

»Wir haben Reiches Angaben überprüft. Er mag unmoralisch unterwegs sein. Eingebildet, ein Angeber vor dem Herrn. Aber was die Morde betrifft, ist er sauber.«

»Sicher?« Carolina Guttat goss sich Tee nach.

»Wir haben alles gecheckt. Seine Mobildaten. Sein Handy ist weder in der Nähe des Waldstücks bei Breyell eingeloggt gewesen noch im Umfeld der Ziegelei. Und schon gar nicht in der Nähe der alten Weberei in Kempten. Die Kollegen dort haben die Fabrik noch einmal durchkämmt. Nicht die kleinste Faser, die wir mit Reiche in Verbindung bringen können.«

Die Staatsanwältin nippte an der heißen Tasse. »Das heißt nichts. Er kann das Handy sonst wo gelassen haben. Er ist sicher nicht so dumm, es bei seinen Morden dabeizuhaben.«

»Auch das ist negativ. Wir haben die Gesprächsliste seines Handys abgearbeitet. Sie deckt sich in etwa mit den Routen und Aufenthaltsorten, die er angegeben hat und die uns von seinen Gesprächspartnern bestätigt wurden. Außerdem gibt es für die Tatzeiten keine auffälligen Gesprächs- oder Einloglücken.« Frank schüttelte den Kopf. »Es gibt nur wenige Zeitabschnitte, die wir nicht füllen konnten. Aber auch die liefern keine Anhaltspunkte für weitere Ermittlungen.«

»Das klingt nicht gut, Frank.« Guttat warf einen Blick auf ihren PC und machte zwei Klicks. »Sorry, ich muss meine Mails im Blick haben. Die Kinder sind bei ihren Großeltern und dort ständig online, statt draußen zu spielen.«

»Wir haben auch die Frauen aufgesucht, die mit Reiche unterwegs waren. Außer dass ihnen ihre Besuche in den Clubs unangenehm waren, haben wir nichts weiter von ihnen erfahren. Reiche muss eine starke Anziehungskraft auf sie haben. Keine mochte schlecht über ihn reden.«

Carolina Guttat nahm erneut einen Schluck. »Was ist mit diesem Banker?«

»Auch der ist sauber. Von Ambeck wird sicher weiterhin kooperieren, wenn wir nur seine Frau aus dem Spiel lassen.«

»Ein feiner Herr. Brauchst du mehr Personal?«

»Es ist keine Frage der Einsatzstärke. Ohnehin liegt es nicht an der MK. Ich habe selten erlebt, dass die Kollegen sich dermaßen ins Zeug legen. Niemand klagt über Überstunden. Die Ehefrauen unterstützen ihre Männer und bringen Kuchen ins Präsidium! Wenn der Anlass nicht so grausam wäre, würde ich mir diesen Zusammenhalt für den ganz normalen Alltag wünschen. Diese Solidarität und dieses ganz selbstverständliche Wirgefühl, das ist fast so groß wie damals in der Soko Mirco.«

»Woran liegt es dann?«

»Es gibt kein erkennbares Motiv. Außer der Lust am Töten. Das reicht nicht, um den Täterkreis einzugrenzen.«

»Der Täter lebt also unerkannt unter uns? In der Maske des Biedermanns?«

»Wir haben alle einschlägig bekannten Kunden gecheckt. Sie sitzen entweder, sind tot oder haben ein Alibi.«

»Vergleichbare Fälle? Nachahmer?« Carolina Guttat las zeitgleich eine Mail. Sie musste einen lustigen Inhalt haben, denn die Staatsanwältin schmunzelte. Als sie aufsah, traf sie auf Franks irritierten Blick. »Sorry.«

»Nichts. Weder in Deutschland noch im Ausland. Soweit Schrievers das mit seinem Archiv klären konnte.«

»Na, wenn selbst er nicht weiterkommt.« Sie hob die Kanne. »Nicht doch einen Tee, Frank?«

Er hob abwehrend die Hände. »Ich mache mir große Sorgen.«

»Dann tut etwas.«

»Wir könnten enger mit den Kemptenern zusammenarbeiten.«

»Du willst eine Dienstreise? Vergiss es. Die Faktenlage.« Carolina Guttat schrieb etwas in ihren PC.

»Das haben die Kemptener Kollegen auch zu hören bekommen.«

Die Staatsanwältin nickte, drückte eine Taste auf ihrem PC

und wandte sich ihm dann zu. »Bei den heutigen Möglichkeiten wie skypen oder Videokonferenz doch nachvollziehbar, oder?«

»Moritz?« Katharina freute sich und war zugleich ein wenig ungehalten. Sie mochte es nicht, wenn jemand unangemeldet vor ihrer Tür stand. Mit ihm hatte sie schon gar nicht gerechnet.

»Störe ich?« Grünewald stand etwas unbeholfen vor ihr.

»Nein. Es ist nur - ach, komm erst mal rein.« Sie trat zur Seite. Seine Verlegenheit hatte ihre Irritation augenblicklich verschwinden lassen.

Grünewald zögerte einen Augenblick, bevor er eintrat. Er schaute sich um, als gelte es, innerhalb kürzester Zeit die Wohnung und ihre Aura zu erfassen und abzuspeichern.

»Schön hast du es.«

»Geradeaus geht es in die Küche.«

Grünewald nickte und ging voraus. An der offenen Tür zum Schlafzimmer hielt er inne. Er sah sich zu ihr um, als habe er die Richtung verloren.

»Geradeaus.« Im Vorbeigehen zog Katharina die Tür zu.

Moritz Grünewald blieb mitten in der Küche stehen.

»Setz dich. Magst du etwas trinken. Einen Tee?«

Er setzte sich und ließ seinen Blick schweifen.

»Ich habe nicht mit Besuch gerechnet.« Sie strich sich verlegen über ihr T-Shirt. »Willst du einen Tee?«

»Mach dir bitte keine Umstände. Ich war gerade in der Nähe -«, er lächelte, »und die Unordnung stört mich auch nicht. Nur ein paar Handgriffe, und schon ist alles wieder perfekt.«

Katharina stutzte. Dann lachte sie. »Ich fürchte, das ist nicht mit ein paar Handgriffen erledigt. Um ehrlich zu sein, die meiste Zeit stört mich der Kram nicht. Ganz im Gegenteil, die Unordnung gibt mir das Gefühl, lebendig zu sein.«

Grünewald lächelte nachsichtig. »Jeder, wie er es braucht.«

»Woher weißt du eigentlich, wo ich wohne?«, fragte Katharina über ihre Schulter hinweg.

»Dein Name steht im Telefonbuch.«

»Ach, richtig, ja.« Sie öffnete die Teedose und schaltete den Wasserkocher ein. »Ich habe keine Kekse oder so.«

»Macht nichts.«

Katharina wollte fragen, ob er seinen Hut nicht ablegen möge, verkniff sich die Bemerkung jedoch. Seine unvermutete Gegenwart irritierte sie. Sie dachte an ihren Kuss, und dass es ihr jetzt in ihrer Küche so merkwürdig vorkam, daran zu denken – geschweige denn dort weiterzumachen, wo sie aufgehört hatten. Der Kuss hatte sich so gut angefühlt, und nun stand er zwischen ihnen. Katharina wusste nicht, was sie tun sollte, also räumte sie die Anrichte auf und stellte das Teegeschirr auf den Tisch.

»Mache ich dich nervös? Soll ich wieder gehen?«

»Nein, nein. Es ist nur –«

»Ja?« Seine Frage verband er mit einem Lächeln, das ihr fast den Atem nahm.

»Nichts. Ich bin nur überrascht, dass du da bist. Nein. Ich freue mich wirklich. Wirklich.«

»Schön.«

Sein Lächeln blieb.

Starr ihn nicht so an, dachte Katharina, starr ihn um Himmels willen nicht so an. Du bist kein Teenie mehr!

»Katharina?«

»Ja?« Oh Gott, dachte sie, was kommt jetzt?

»Du hast mich verwirrt, da beim Taxi.« Er räusperte sich verlegen.

»Das war nicht meine Absicht«, entgegnete sie mit einem kecken Augenaufschlag und musste gleichzeitig lachen.

»Machst du dich lustig über mich?« Seine blauen Augen wurden eine Spur dunkler.

»Nein, nein.« Sie kam auf ihn zu. »Es ist nur – ach was.« Sie schlang ihre Arme um seinen Hals und küsste ihn. »Es ist – dein Hut. In meiner Küche ist er so fremd.«

»Daran wirst du dich gewöhnen müssen«, flüsterte er.

Sie fasste nach der Hutkrempe, um ihm den Fedora in den Nacken zu schieben, doch er hielt ihre Hand fest. »Das nicht, Katharina, das nicht.«

Als sie seine Hände auf ihrem Körper spürte, löste sie sich sanft von ihm. »Der Tee. Er ist längst gut.«

Hastig wandte sie sich der Anrichte zu. Er sollte nicht sehen, wie heiß ihr Gesicht war. Sie hätte sich in seinem festen und zugleich zärtlichen Griff verlieren können. Von seinem Körper und seinen Bewegungen ging eine verstörende Vertrautheit aus.

Sie hob die Kanne und drehte sich zu ihm um. »Moritz, ich will mich nicht in dich verlieben. Das geht nicht.«

»Ich weiß.« Seine blauen Augen waren voller Verständnis. »Es ist der Altersunterschied.«

»Unsinn.« Katharina begann mit entschlossenen Bewegungen, den Tisch zu decken. War es wirklich Unsinn? Moritz war mehr als zwanzig Jahre älter als sie. Außerdem war sie ja nicht in ihn verliebt! Oder doch? Unsinn, dachte sie. Er macht mich nur verlegen wie ein kleines Mädchen.

»Was ist es dann?« Aufmerksam verfolgte er jeden Handgriff.

»Du weißt doch, dass ich einen Freund habe.«

Grünewald setzte sich und schwieg.

Mehr wollte sie nicht sagen. Was hätte sie ihm auch mehr sagen und erklären können? Alles hätte in diesem Augenblick geklungen wie eine verunglückte Entschuldigung. Und die wollte sie auf keinen Fall.

»Ich weiß, Katharina.« Er berührte kurz ihren Arm. »Kein Problem. Setz dich zu mir.« Er lächelte sie zärtlich an.

Katharina strich sich eine unsichtbare Haarsträhne aus der Stirn. »Ich weiß nicht, Moritz. Es ist so viel passiert in der letzten Zeit. Ich bin völlig durcheinander.«

Und dann erzählte sie Grünewald doch, was Liebig ihr an den Kopf geworfen hatte und dass sie sogar an Kündigung gedacht hatte und am Ende nur noch froh gewesen war, tatsächlich ein paar Tage freinehmen zu können. Und dass sie nun die Zeit nutzen wollte, um mehr über den Tod von Simone zu erfahren, vielleicht sogar ihren Mörder aufzuspüren.

Grünewald hatte schweigend zugehört und Tee getrunken.

»Es tut mir leid, dass du meinetwegen solchen Ärger hast. Ich werde gehen.« Er machte Anstalten aufzustehen.

»Bleib, bitte.« Sie ergriff über den Tisch hinweg seinen Arm. »Es tut mir so gut, dass du hier bist und mir zuhörst.«

Moritz schwieg und strich sanft über ihre Finger.

»Simones Tod, Paul, das Verhalten von Ole – im Augenblick kommt so vieles zusammen. Ich fühle mich so müde. Ich sollte wirklich ein paar Tage verreisen.«

Er nickte. »Wenn man aus der Distanz auf seinen Alltag schauen kann, ist vieles nicht mehr wichtig, was vorher so brennend war. Mit neuer Gelassenheit wirst du aus dem Urlaub zurückkehren, und die Dinge werden nicht mehr so nahe an dich heranrücken, dass sie dich verletzen können.«

Katharina seufzte.

»Sieh, Katharina, Liebig ist ein Spinner, ein grober Klotz, in einem hat er aber recht: Bring ein wenig Distanz zwischen dich und dein Leben hier.«

»Ich muss erst wissen, was mit Simone passiert ist.«

»Setz dich nicht so unter Druck.« Er beugte sich zu ihr.

»Das sagt sich so leicht.« Katharina suchte seine Augen. »Ich weiß nicht. Überhaupt: Wo soll ich hin? Urlaub hatte ich für dieses Jahr gar nicht auf dem Schirm.« Sie dachte daran, dass sie Ole mehrfach vorgeschlagen hatte, nach Südfrankreich zu fahren. Und er ihr stets mit Hinweis auf seinen Dienstplan ausgewichen war.

»Schlaf drüber, und du weißt, wohin die Reise gehen soll.«

»Aus deinem Mund klingt das Leben so leicht.«

Er hielt ihre Hand. »Mit dem Alter verliert die Zeit ihren Schrecken. Das Gespür für das Wichtige wächst.«

»Und wann weiß ich, wann was wichtig ist?«

»Wenn du auf deine innere Stimme hörst.«

»In mir ist nur Chaos.« Sie entzog ihm ihre Hand.

»Außerdem ist vieles vorherbestimmt. Es passiert, weil es passieren muss. Ohne dass du dich dagegen wehren kannst.« Sein zärtlicher Blick hielt ihren Augen stand.

Katharina stieß mit ihrer Stirn leicht gegen die Krempe seines Hutes. »Bis du Philosoph? Oder Esoteriker?«

»Sicher nicht. Aber ich habe schon viel erlebt.«

Beim Stichwort »Philosoph« fiel ihr Rilkes Sonett wieder ein. Sie stand auf und holte das Blatt aus dem Arbeitszimmer.

»Ein Gedicht von Rilke. Steckte in meinem Briefkasten.«

Moritz Grünewald nahm das Blatt und las. Anschließend drehte er es hin und her und zuckte mit den Schultern. »Ein Sonett habe ich zuletzt in der Unterprima gelesen.«

»Seltsam. Als würde mir jemand ein Zeichen geben wollen.«

Moritz lachte sie an. »Jetzt bist du die Esoterikerin. Wer sollte das tun? Vermutlich hat jemand aus dem Haus das Blatt gefunden und es aus lauter Übermut in deinen Kasten gesteckt.«

»Zuerst habe ich gedacht, dass es von einer Sekte stammt. Aber die hätten sicher den Absender nicht vergessen.«

»So etwas wie die Zeugen Jehovas?«

»So etwas, ja.« Katharina nickte zögernd.

Er schüttelte den Kopf. »Ich bleibe dabei, da hat sich jemand einen Scherz mit dir erlauben wollen.«

Katharina stand auf. »Das glaube ich nicht.«

Er schaute zu ihr auf. »Das klingt, als wüsstest du mehr.«

»Ich glaube, dass ich verfolgt werde.«

»Verfolgt? Von wem? Von Liebig?« Er gab sich selbst die Antwort. »Quatsch. Warum sollte er das tun?«

»Weiß nicht. Weil er nicht bei mir landen kann? Keine Ahnung, wer sonst noch infrage käme.«

»Ich glaube, du siehst Gespenster.«

»Etwas macht mir Angst.«

Grünewald stand auf und nahm sie bei den Schultern. »Sch, sch, wer sollte dir Angst machen? Und warum? Die Morde sind schrecklich. Aber sie haben sicher nichts mit dir zu tun.«

»Nachts steht jemand unter meinem Fenster und beobachtet mich, Moritz.« Sie machte sich von ihm frei.

»Wer sollte so etwas tun?«

»Ich weiß es doch nicht!« Sie ging zur Küchenzeile. Sie stützte sich mit den Armen auf der Arbeitsplatte auf, als sie gegen die Wand sprach. »Ich weiß es doch nicht.«

Grünewald nahm das Sonett in die Hand und las die Zeilen laut vor. »›Wir kannten nicht sein unerhörtes Haupt, darin die Augenäpfel reiften. Aber sein Torso glüht noch –‹« Er faltete das Blatt zusammen. »Du hast recht, das klingt gruselig. Aber es ist nur ein Sonett.«

Katharina drehte sich zu ihm um. »Ich habe Angst, dass Simones Mörder mich verfolgt.« Um ihre Augen lagen Schatten.

Grünewald ließ das Blatt fallen und nahm Katharina in den Arm. »Kleine Katharina, hab keine Angst. Es sind nur ein paar lyrische Zeilen. Komm, wir verscheuchen die bösen Geister.«

»Wie soll das gehen?« In ihren Augen standen Tränen.

»Gib mir ein Feuerzeug.« Er öffnete eine Hand.

Sie sah ihn an, als habe sie ihn nicht verstanden. Dann zog sie eine Schublade auf und reichte ihm ein Feuerzeug.

Sanft schob er sie zur Seite und zündete das Blatt über der Spüle an. Schnell fraß sich die blaue Flamme durch das Papier. Grünewald wendete es hin und her, bis er es nicht mehr halten konnte. In der Spüle verlöschte die Flamme.

»Siehst du, nun ist die Gefahr vorüber. Das Blatt hat sich in Rauch aufgelöst, und damit auch deine Angst.«

Katharina wischte sich die Tränen von den Wangen und versuchte ein Lächeln. »Du bist lieb, Moritz. Aber das ist doch nur Hokuspokus.«

»Wer sagt denn, dass er nicht wirkt? Es gibt in der Welt genug Psychologen, die das Phänomen beschrieben haben. Schreib auf, was dich belastet, und wirf es weg. Dann bist du auch das Problem in deinem realen Leben los.«

»Das ist doch etwas anderes.« Sie musste nun laut lachen.

»Nein, das ist es nicht.« Grünewald drehte den Wasserhahn

auf und spülte die Asche durch den Abfluss. Dann nahm er ein Küchentuch, um das Becken trocken zu wischen.

»Moritz Grünewald, der Magier, der alle Geheimnisse der Welt kennt. Wäre es doch so einfach.« Ihre Stimme klang eine Spur spöttischer, als sie gewollt hatte.

»Du solltest mich ernst nehmen.« Er nahm sie in den Arm und zog sie an sich. Sie hatte das Gefühl, die Kontrolle zu verlieren.

Als er in sie eindrang, klammerte sie sich an ihn wie eine Ertrinkende. Es war das erste Mal, dass sie ihn ohne Hut sah.

Er sah Lisa kopfschüttelnd an. »Das ist nicht dein Ernst!«

»Es ist doch nur für ein paar Tage.«

Frank schob den Teller beiseite. Sie waren ins *Kervan* gegangen, um einen Abend zu zweit beim Türken zu verbringen. Das erste Mal seit Wochen. Aber kaum, dass das Essen auf dem Tisch stand, waren die alten Probleme wieder da.

»Du bist unfair. Du kannst nicht weg aus deiner MK – mal wieder nicht. Da darf ich mir wohl die Freiheit nehmen und ein paar Tage wegfahren. Bald geht die Schule wieder los, und ich habe noch keinen richtigen Urlaub gehabt.«

»Ich kann nichts dafür, das weißt du.« Frank zog den Teller wieder zu sich, aber die Lust am Essen war ihm vergangen.

»Immer die gleiche Leier. Ich mag das nicht mehr hören.«

Frank wusste nichts zu sagen.

»Was denkst du?« Lisa nahm eine Gabel Bulgur auf.

»Lass uns den Abend genießen, Lisa.«

»Du läufst wieder weg, Borsch.«

»Das stimmt nicht.«

»Du weißt es besser.«

Frank hob sein Weizenbierglas. »Lass uns nicht streiten.«

»Streiten wir?« Lisa hob ihr Weinglas und prostete ihm zu.

»Wenn ich könnte, dann –«

»Ja? Dann kann doch einfach.« Lisa schüttelte den Kopf, als sei Frank einer ihrer Schüler, der mit seiner Pubertät nicht klarkam. »Du stehst dir selbst im Weg.«

»Lisa, ich will nicht mit dir streiten. Natürlich kannst du fahren. Ich vermisse dich jetzt schon.«

Lisa lächelte ihn an. »Ich brauche die Zeit.«

»Muss ich mir Sorgen machen?«

»Ach, Borsch, du bist und bleibst ein großer Junge. Was bist du nur für ein Idiot? Natürlich musst du dir keine Sorgen machen. Das ist ja das Problem. Ich liebe dich nämlich. Aber wir müssen uns entscheiden. Wollen wir eine richtige Familie sein? Wollen wir Kinder? Willst du das: immer auf Abruf, nie ganz zu Hause? Die Angst, dass du nicht zurückkommst! Das –«, sie zögerte, »KK 11 ist Gift für uns. Vielleicht solltest du dich versetzen lassen. Ich möchte nicht so enden wie –«

»Wie Ruth«, vollendete Frank den Satz. Er legte sein Besteck zur Seite und trank einen großen Schluck. Sein Blick war abwartend und herausfordernd zugleich.

»Ich wollte dich nicht verletzen, Frank. Es ist nur, ich werde immer älter. Die biologische Uhr tickt. Und ich brauche ein bisschen mehr Sicherheit in meinem Leben, weißt du?«

In Franks Gesicht arbeitete es. »Natürlich verstehe ich dich. Aber du hast mich als Bulle kennengelernt. Und du weißt, was mir der Job bedeutet. Ich kann nicht aufhören.« Er legte seine Hand auf ihre. »Jedenfalls nicht jetzt.«

Lisa zog ihre Hand weg. »Wann dann, Frank?«

Frank blieb ihr die Antwort schuldig. Wieder einmal.

Widerwillig zog Mayr Jakischs Bericht zu sich. Es gab niemanden, zu dem die Personenbeschreibung passte. Und niemand vermisste die Tote. Er fuhr sich mit der Hand durchs Gesicht. Tote machten einem immer nur Ärger. Dumm, wer das Gegenteil dieser Lebens- und Ermittlungsweisheit behauptete. So wie der Jakisch. Was der bloß daran fand, bei Obduktionen dabei sein zu können! So was Ungesundes! Er würde mit Steffi sprechen müssen. Vielleicht brachte sie ihn ja dazu, sich aus seinem Kommissariat wegzubewerben. Am besten ganz woanders hin. Hoch in den Norden. Ins Rheinland! In die Stadt mit dem saublöden Fußballverein. Dieses Mönchengladbach war für den die rechte Adresse.

Robert Mayr trank einen Schluck von seinem Kräutertee. Ein Heuschnaps droben beim Kreuzwirt wär mir jetzt lieber, dachte er. Statt hinter einer Halben zu hocken, hatte er sich folgsam den Tee aufgeschüttet. Martina hatte darauf gedrungen, dass er etwas Gesundes im Dienst trank. Wenn er schon den Tag über mit ungesunden Dingen beschäftigt sei, hatte sie gemeint und ihm ein großes Stück Kräuterkäse zusätzlich eingepackt. Als wenn sie damit das Verbrechen von ihm fernhalten könnte, hatte er auf dem Weg zum Präsidium gedacht. Dabei hatte er ihr Foto betrachtet, das auf dem Armaturenbrett in einem kleinen Rahmen steckte, gleich neben dem heiligen Christophorus.

Mayr stutzte, als er den Bericht weiterlas. Da stand ja wirklich der Name dieser Stadt. Was hatte Jakisch geschrieben? Der KHK las murmelnd weiter. Dass es eine mögliche Verbindung gab zwischen der Beinlosen und den toten Frauen im Rheinland. Wegen der Textilindustrie. Von Vertretern war da die Rede, die zwischen den Regionen pendelten und dabei ihrer Lust am Töten freien Lauf ließen.

Der Todesermittler der Kemptener Polizei stand auf und begann, in seinem Büro auf und ab zu gehen. So ein Schmarrn! Er blieb stehen. Vielleicht war Jakisch ja doch nicht so blöd. Andererseits: Vermutlich verhielt es sich bei diesem Polizei-Knödel wie mit den blinden Hühnern. Mayr nahm seine Wanderung wieder auf. Ein Vertreter, der durch die Republik reiste, um Textilmaschinen zu verkaufen und dabei nebenbei unbehelligt Frauen tötete? Hm. Na gut, kein schlechter Ermittlungsansatz. Eine Tote an jedem seiner Verkaufsorte! Pro Vertragsabschluss über einen Spinnspulautomaten eine Leiche zur Belohnung!

Mayr nickte: Er würde noch einmal über Interpol abklären, ob es anderswo ähnlich zugerichtete Leichen gab. Dann brauchte man nur gegenzuchecken, welche Firmen dort aktiv waren, dann deren Mitarbeiterstamm abscannen – und: bingo! Er blieb an seinem Schreibtisch stehen. Ja, er würde als Erstes nach Fällen im Ausland suchen! Nordrhein-Westfalen stand ganz oben auf seiner Liste. Er schielte auf das Glas mit dem Kräutertee. Kalt schmeckte der bestimmt noch schlechter.

Es klopfte.

Das konnte nur der Knödel sein! Er hatte ihn am typischen Klopfen des Oberkommissars erkannt: zwischen den Zeichen erst eine lange Pause, dann eine kurze und dann wieder eine lange. Jakischs Knödel-SOS.

Mayr seufzte. »Ja?«

»Darf ich stören?«

»Das tun Sie schon.«

»Ich will wirklich nicht –« Er schien Mayr beim Meditieren unterbrochen zu haben. Es roch eindeutig nach Kräutern. Zudem stand sein Chef mit streng auf dem Rücken verschränkten Händen vor ihm. Ein lebender Polizeitorso, war Jakischs Diagnose.

»Dann tun Sie's auch nicht.«

»Ich wollte Sie nicht stören.« Jakisch hatte die Türklinke noch in der Hand.

»Gehen S' her und machen S' den Mund zu.« Mayr zog seine Hände hervor und schüttelte seine Arme aus. »Sie verdrehen mir noch den Geist, Jakisch.«

»Entschuldigung.« Geist? Seit wann hatte Mayr Geist?

»Nun sagen Sie schon, was Sie wollen!« Mayr setzte sich hinter seinen Schreibtisch und war jetzt ganz Chef. Krachend landete seine Hand auf der Tischplatte. Unter der Wucht seiner Autorität tanzten die Bleistifte aus der Reihe. Er würde sie neu ordnen, sobald Jakisch gegangen war.

»Also.« Jakisch trat einen Schritt näher. Sehr interessantes Phänomen, dachte er: Je näher ich komme, umso kleiner wird Mayr. Mutig geworden trat er bis dicht an die Schreibtischkante. »Ich habe eine Theorie entwickelt.«

Mayr unterdrückte den Impuls, schon jetzt nach den Stiften

zu greifen. Stattdessen warf er einen missbilligenden Blick auf den kalten Kräutertee.

»Ich denke, dass das Abtrennen von Gliedmaßen, zumal auf diese saubere Art, nur in geeigneten Räumen möglich ist.« Er schwieg erwartungsvoll.

Auch Mayr schwieg. Allerdings wenig erwartungsvoll.

»Eine Metzgerei oder ein Operationssaal. Vielleicht auch der Stahltisch eines Rechtsmediziners.«

Mayr schwieg weiterhin. Er würde nicht mehr nach Moosbach kommen. Was würde er sich von diesem unbegabten, ihm leider auf Dauer zugeteilten Beamten denn noch alles anhören müssen?

»Die Frau muss höllische Schmerzen gehabt haben.«

Höllisch? Ihr Rechtsmediziner hieß Konstantin Höllisch. Das konnte nicht Jakischs Ernst sein! Er schüttelte den Kopf.

»Wir müssen die Schnittränder noch einmal untersuchen lassen. War es ein Fleischermesser oder ein Skalpell? Wenn das klar ist, können wir auf den Täterkreis schließen.«

»Wollen Sie alle Fleischereien im Allgäu durchsuchen?«

Mayr braucht gar nicht so drohend zu fragen, dachte der Kriminaloberkommissar. So viele Schlachthäuser und Wurstküchen gab es im Allgäu nicht. »Die Frau in der Fabrik war keine drei Stunden tot, sagt Höllisch. Das schränkt den Radius ein, in dem der Transportweg liegt.«

Na ja, eine Möglichkeit, gestand Mayr sich ein, vor allem aus Mangel an Alternativen. Ihm kam eine Idee. »Ich fange mit der Recherche in Sulzberg an. In der Metzgerei Höbel. Gute Idee, Jakisch. Weiter so. Weiter so.« Mayr war beim letzten Satz bereits auf dem Flur.

Carsten Jakisch ballte zufrieden die Becker-Faust. Ja! Er war auf der richtigen Spur. Hatte er doch gewusst, dass der Alte an seinen Ideen nicht mehr vorbeikommen konnte!

Auf dem Weg zum Auto machte Mayr kurz Station in der Telefonzentrale und wählte von dort das Handy von Martina an.

»Schatz, in einer Stunde beim Mader in Moosbach«, sprach er gut gelaunt in den Hörer. Man musste Jakisch nur machen lassen! Dann kam am Ende doch noch etwas Brauchbares dabei heraus. Eine Brotzeit beim Kreuz-Wirt. Höbel konnte warten. Ein Metzger als Täter – ein Schmarrn.

XVIII.

Heinz-Jürgen Schrievers stieß mit dem Fuß die Bürotür hinter sich zu und balancierte den Stapel Aktenordner Richtung Eckis Schreibtisch. Mit lautem Krachen ließ er ihn fallen.

»Geht's noch?« Ecki schob seinen Stuhl erschrocken zurück.

Der Archivar schnaufte und zog seine Strickjacke über seinem Bauch zurecht. »Statt auf schreckhafte Diva zu machen, solltest du froh sein, dass ich mich weiter um eure Fälle kümmere.« Er tippte mit dem Zeigefinger auf die zuoberst liegende Kladde. »Hier sind noch einmal alle geklärten und ungeklärten Fälle aufgelistet, die entfernt Ähnlichkeiten mit den drei Morden aufweisen könnten. Außerdem«, er setzte die Brille auf, »habe ich noch mehr Material zu den Personen aus dem Umfeld der beiden Opfer zusammengetragen.«

Ecki rollte wieder an seinen Schreibtisch. »Dann verteil das mal schön auf die Kollegen in der MK. Frank ist mit von Ambeck verabredet. Du weißt, die Bank, in der Simone Contzen gearbeitet hat. Und ich muss noch zur Staatsanwaltschaft.«

»Die Identität der Frau ohne Beine ist immer noch unklar, hat mir Jakisch erzählt. Die Kemptener tippen mittlerweile auf eine Frau aus dem Baltikum. Möglicherweise eine Studentin. Der Zahnstatus lässt darauf schließen. Und der Rest eines Tattoos, das sie auf ihrem linken Schulterblatt gehabt haben muss. Die Allgäuer Rechtsmediziner haben in dem Gewebe Spuren von Tinte gefunden. Sie testen gerade zufällig hochempfindliche und hoch geheime Geräte, mit denen man nahezu alles sichtbar machen kann. Im Gewebe unter der ausgeschnittenen Hautpartie sind sie auf den Namenszug gestoßen. Sie meinen, ›Algis‹ entziffern zu können. Ich habe mal nachgeschlagen: Algis ist die Kurzform von Algirdas. Algis ist in der litauischen Mythologie ein Götterbote. Was es heute nicht alles gibt! Gegen den Apparat sind die gängigen Elektronenrastermikroskope nicht mehr als billige Lupen.« Schrievers war sichtlich beeindruckt.

»Algis? Vielleicht auch Allgäu? Da unten gibt's doch auch jede Menge Mythen. Wie auch immer, dann sollen die Kollegen mal schön weiterermitteln. Kann uns nur weiterbringen.«

»Vielleicht ist sie ja auch als Prostituierte unterwegs gewesen«, gab der Archivar zu bedenken.

»Das werden die Kollegen schon abklären. Es gibt im Allgäu ja nicht nur Rotwild-Experten. War das Rotlicht nicht auch mal Jakischs Revier?« Ecki meinte sich daran zu erinnern, dass er so etwas erwähnt hatte, als er in ihrer MK gewesen war.

»Das Studentensekretariat der Hochschule Kempten! Ich telefoniere gleich mal mit Jakisch. Dort müssten die Fotos der Studierenden liegen. Vielleicht haben wir Glück. Ansonsten werden wir die Suche hier fortsetzen und auf Düsseldorf, Köln, Bochum, Dortmund oder Essen ausweiten.« Schrievers strich sich zufrieden über den Bauch. Eine Aufgabe, der er sich mit Freude widmen würde. Das Durchkämmen von Archiven kam noch vor seiner Lust, auf Dachböden nach vergessenen Schätzen zu kramen oder zu den Heimspielen von Borussia Mönchengladbach zu gehen.

»Am besten, du fängst sofort an.« Ecki kannte die Lust seines Freundes an der Recherche.

»Ähm.« Scheinbar unentschlossen blieb Schrievers stehen.

»Ja?« Ecki wusste, was kommen würde.

»Du hast nicht zufällig noch einen Müsliriegel gebunkert?«

Es kostete Ecki einige Anstrengung, den Archivar ernst und mit besorgter Miene anzusehen. »Nein.«

»Na dann.« Schrievers klang gallig und drehte sich auf dem Absatz um.

Ecki hätte das Spielchen noch ein wenig weiterspielen können, aber da die Zeit drängte, hatte er ein Einsehen. »Da fällt mir ein –« Er griff in die Fahrradtasche, die an seinem Schreibtisch lehnte, und wedelte mit einem Schokoriegel.

»Weißt du, ich habe heute noch nichts Richtiges gegessen.« Mit flinkem Griff sicherte sich der Archivar die Süßigkeit.

»Ich denke, Gertrud schnippelt dir jeden Morgen Möhren und Äpfel für deine Frühstücksdose?« Ecki wusste, dass Schrievers' Ehefrau seit Jahren einen aussichtlosen Kampf gegen die hundertzwanzig Kilo Lebendgewicht führte. Dabei hatte Schrievers vor einiger Zeit mit Walking einen eigenen Versuch gestartet, nachhaltig Pfunde zu verlieren. Der Amtsarzt hatte ihm die Gelbe Karte gezeigt. Aber so recht mochte sich kein sichtbarer, vor allem aber längerfristiger Erfolg einstellen.

»Sag ich doch: Was Richtiges habe ich seit heute Morgen noch nicht zwischen die Kiemen bekommen.«

Bevor Ecki Schrievers' inkonsequentes Verhalten diskutieren konnte, klingelte das Telefon.

»Von Ambeck kennt Jens Reiche.« Frank klang, als könne er es selbst nicht glauben.

Ecki sah Schrievers nachdenklich hinterher, der mit einem Kopfnicken das Büro verließ. »Wie kommst du darauf, ihn das zu fragen?«

»Als ich aus dem Auto stieg, habe ich gesehen, wie von Ambeck Jens Reiche am Eingang der Bank verabschiedet hat. Die beiden wirkten nicht gerade entspannt.«

»Warum hast du von Ambeck nicht darauf angesprochen?«

»Weil ich mich erst mit dir besprechen wollte. Außerdem habe ich gedacht, es kann nicht schaden, wenn die beiden nicht wissen, dass wir ihre Verbindung kennen.«

»Vielleicht hatten sie nur einen geschäftlichen Termin.«

»Mag sein, aber ich glaube nicht an Zufälle. Nicht in dieser Stadt. Dazu ist sie zu klein.«

»Und jetzt? Was hat von Ambeck erzählt?«

»Ich habe ihn auf das Gerücht über ein Verhältnis zwischen

ihm und Contzen angesprochen. Ein abgezockter Typ. Er hat alles kalt lächelnd in die Welt der Spekulation verwiesen.«

Dort kennen Banker sich ja besonders gut aus, dachte Ecki.

»Schade, dass es keine gemeinsamen Fotos der beiden gibt. Wir sollten uns noch einmal in der Bank umhören. Bei einem der anderen Vorstände. Oder bei einem Aufsichtsrat, der nicht mit von Ambeck zurechtkommt. Wir sollten einen Kollegen auf von Ambeck ansetzen, der herausfindet, was ihn und Reiche verbindet. Wenn Reiche und Contzen in Sexclubs waren, kann von Ambeck dort auf sie gestoßen sein. Delikate Sache: Chef trifft auf Sachbearbeiterin. Nicht auszuschließen ist auch, dass Contzen ihren Chef erpresst hat.«

»Sehr interessante Theorie.« Ecki berichtete kurz von seinem Gespräch mit Schrievers. »Wann bist du zurück?«

Frank räusperte sich. »Ich bin noch mit Lisa verabredet.«

»Seht ihr euch eine Wohnung an?«

Das Thema Zusammenziehen oder doch nicht, vor allem in den endlos langen Diskussionen bei ihren Kommissionsabenden, begleitete Ecki nun schon mehr als ein Jahr. Manchmal hatte er den Eindruck, dass Frank und Lisa immer wieder Argumente fanden, um den letzten entscheidenden Schritt dann doch nicht zu tun. Angesichts der Tatsache, dass Frank nach seiner gescheiterten Ehe mit Ruth nicht so ohne Weiteres wieder heiraten wollte, und nach Lisas tragischer Fehlgeburt war ihm das durchaus verständlich. Andererseits wurden die beiden auch nicht jünger.

»Frank?« Ecki wartete auf eine Antwort.

»Ich bringe Lisa zum Bahnhof.«

»Aha.« Mehr brachte er nicht heraus.

»Lisa fährt für ein paar Tage weg.«

»Aha.«

»Nach Eutin.«

»Aha.«

»Aha, aha, aha – mehr fällt dir nicht ein?«

»Aha. Nein, ich meine natürlich – schön, dass sie ihre Ferien genießt. Ist doch schön in der Holsteinischen Schweiz. Der Himmel auf Erden, sage ich immer.«

»Hast du mit Schrievers getrunken?«

»Quatsch. Ich freue mich wirklich für Lisa.«

»Ich muss jetzt zum Bahnhof. Wir sehen uns morgen.«

Ecki legte das Telefon nachdenklich in die Ladestation zurück. Das war das Los der Ermittler: die Unbeständigkeit, oftmals gepaart mit dem Unverständnis der Partner. Dabei war es ihr Job, zu den unmöglichsten Zeiten ihre Arbeit zu tun. Ihn beunruhigte der plötzliche Abbruch des Gesprächs. Sein Freund war auf dem besten Weg, in eine ernste Beziehungskrise zu schlittern. Anzeichen hatte es in den vergangenen Wochen mehrfach gegeben. Allein der Umstand, dass Frank schon ein paarmal nicht zu den Proben gefahren war, hatte ihn stutzig gemacht. Frank und seine Bluesmusik gehörten zusammen wie … er suchte vergeblich nach einem passenden Vergleich.

Entschlossen fuhr Ecki den PC herunter. Er würde heute eher Schluss machen und mit den Kindern ins Eiscafé fahren. Und auf Frank muss ich mehr achtgeben, dachte er.

Katharina streckte ihren Arm aus und tastete nach seinem Körper. Die Augen öffnen? Auf gar keinen Fall! Sie war viel zu schläfrig, um etwas wahrnehmen zu wollen. Mit Ausnahme von Moritz' warmem Körper. Aber ihre Hand griff ins Leere. Sie tastete erneut die Matratze und das Kopfkissen ab. Das Laken war kalt. Irritiert öffnete sie die Augen, um sie sofort wieder zu schließen. Die Sonne schien ihr direkt ins Gesicht. Das helle Licht versprach einen warmen Herbsttag. Vor dem Fenster sang eine Amsel ihr Lied. Katharina hätte schnurren können wie eine Katze. Friedlicher konnte ein Tag nicht beginnen. Wo war eigentlich Moritz? Katharina setzte sich auf.

Sie wollte nicht denken. Noch nicht. Doch eine Tatsache stand plötzlich im Raum und überdeckte das Lied der Amsel: Sie hatte mit Moritz geschlafen. Sie hatte es nicht gewollt – und hatte es doch gewollt. Sie war eingetaucht in eine Welt aus Lust und Sinnlichkeit, die sie noch nie intensiver gespürt hatte. Moritz war behutsam und zärtlich gewesen. Er hatte das Tempo und den Grad ihrer Erregung bestimmt. Sie war ihm mit blindem Vertrauen gefolgt, das sie in jenem Augenblick weder verwirrt noch erstaunt hatte. Ihr Körper war wie von selbst in seine Bewegungen geflossen. Sie war anschließend in seinem Arm eingeschlafen wie ein Kind.

Und nun war Moritz nicht da! Seine Abwesenheit ließ sie an Ole denken. Sie hatte kein schlechtes Gewissen. So sehr sie sich auch bemühte, ihr Verhalten schlecht zu finden. Das erstaunte sie am meisten. Ole war weit weg. Sie hatte ihn nicht betrogen. Oder doch? Ole war Ole und lebte in ihrer Welt, die gestern war. Sie würde mit ihm reden, aber später.

Sie zog die Decke bis zum Kinn und sah zum Fenster hinaus. War das seine Art, mit einer Nacht in einem fremden Bett umzugehen? Zu flüchten? Schlagartig wurde ihr klar, dass sie Moritz nicht wirklich kannte. Sicher, da waren die Interviews, die Treffen, seine Augen und Hände, die so viel Vertrauen schenkten. Aber andererseits waren da Fragen wie diese. Sie wischte die Gedanken mit einer energischen Handbewegung von ihrer Bettdecke und stand auf.

Gerade als sie sich im Bad mit der Bürste durch ihr Haar fuhr, hörte sie die Klingel. Sie warf ihren Morgenmantel über und linste durch den Spion, dann öffnete sie die Tür.

»Frühstück?« Moritz Grünewald schwenkte eine Brötchentüte.

»Komm rein.« Als er an ihr vorbeigehen wollte, hielt sie ihn zurück und küsste ihn.

Grünewald erwiderte ihren Kuss nur flüchtig und drängte sich lächelnd an ihr vorbei. »Ich habe einen Bärenhunger.«

»Dann sollten wir den Herrn nicht verhungern lassen.«

»Ich decke den Tisch, und du ziehst dich an.« Er stellte die Tüte auf die Anrichte. »Ich finde mich schon zurecht.« Er drehte sich um und nahm sie in den Arm. »Guten Morgen, meine Liebe.« Katharina spürte die Lust der vergangenen Nacht in sich aufsteigen. Doch noch bevor sie ihren Morgenmantel von ihren Schultern hätte streifen können, ließ er sie los.

»Wie magst du dein Ei?« Er öffnete den Kühlschrank. »Oh, sehr übersichtlich. Marmelade hast du aber, oder?«

Katharina zog lächelnd den Gürtel des Morgenmantels enger. »Wenn ich gewusst hätte, wie der gestrige Tag endet, hätte ich eingekauft.«

»Sag bloß, das war dir nicht klar?« Er sah ehrlich erstaunt aus.

»Nein.« Sie warf lachend ihren Kopf zurück. »Du hingegen scheinst dir ja sicher gewesen zu sein.«

»Vom ersten Augenblick an.« Er öffnete vergnügt eine Schranktür nach der anderen.

»Ahh, heute ein Macho? Moritz weiß, was Frauen lieben?«

»Wenn du so willst.« Grünewald schien nicht im Geringsten von ihrem Spott berührt.

»Ich bin im Bad.« Du kannst gerne nachkommen, dachte sie.

Eine Viertelstunde später saßen sie vor dampfendem Kaffee und duftenden Brötchen.

»Welch ein Tag.« Grünewald biss herzhaft in sein Brötchen.

»Was meinst du damit?«

»Ich finde es schön, dich in deinem Leben zu erleben.«

»Das klingt ganz so, als wärest du dir doch nicht so sicher gewesen, wie der Tag gestern enden würde.«

»Das kann man so nicht sagen.« Er lehnte sich zurück.

Moritz irritierte sie. Sein Verhalten stand im krassen Gegensatz zu seiner zärtlichen Vorsicht, mit der er ihr in der Nacht begegnet war.

»Was denkst du?«

»Sag du es mir.« Sie nahm einen Schluck Kaffee.

»Dass du mich nicht begreifst.«

Dieser Mann war tatsächlich unbegreiflich. »Wo nimmst du nur dieses Selbstbewusstsein her?«

»Das werde ich dir erzählen, wenn die Zeit dazu da ist.« Er zwinkerte ihr zu.

»Das scheint ja ein abendfüllendes Programm zu werden.«

»Tja.« Grünewald überlegte einen Augenblick und lächelte dann. »Keine Sorge.«

»Ich mach mir keine Sorgen.« Sie wies mit dem Brötchen Richtung Fenster. »Noch ist der Herbst schön, oder?«

»Hast du die Amsel singen gehört?«

»Sie hat gezwitschert, als ginge es um ihr Leben.« Sie schloss die Augen. Die Amsel hatte mit Inbrunst ihr Lied geschmettert und war dann abrupt verstummt.

»Die Nacht mit dir war schön.«

Katharina spürte, dass sie rot wurde.

»Du kannst ja noch rot werden. Wie schön.« Seine Stimme wehte samtweich über ihre Haut.

»Moritz, ich –«

»Sch, ich weiß, Ole. Ich werde gehen, wenn du willst.«

»Nein, du sollst bleiben, Moritz. Das ist es nicht.«

Grünewald trank einen Schluck Kaffee. »Ich bin zu alt.«

»Unsinn.« Katharina schob ihre Hand auf seine. »Natürlich gibt es den Unterschied. Aber er ist nicht entscheidend.«

»Was ist es dann?«

»Ich weiß es nicht. Oder doch.« Tausend Gedanken schossen ihr gleichzeitig durch den Kopf. »Ich wollte nur ein Porträt über dich schreiben, und dann landen wir in meinem Bett. Wie kitschig ist das denn, bitte?«

»Kitschig?«

»Verzeih, das ist nicht das richtige Wort. Der Klassiker: Journalistin verliebt sich in ihr ›Thema‹. Ich sitze mitten in einem Klischee, das ich niemals bedienen wollte.« Katharina nahm ihre Tasse und setzte sie sofort wieder ab.

»Dinge geschehen einfach. Mach dir nicht unnötig Gedanken. Was wirst du heute tun?«, fragte er sie aufmunternd.

Sie zuckte mit den Schultern. »Ich weiß nicht. Simones Leiche ist noch nicht freigegeben. Jemand muss sich um die Beerdigung kümmern. Außerdem will ich weiter ermitteln.«

»Wenn die Polizei schon nicht weiterkommt mit all ihren

Mitteln und all den Beamten – wo willst du da ansetzen? Ich weiß nicht – du solltest denen die Arbeit überlassen.«

»Aber ich muss etwas tun. Ich kann nicht hier herumsitzen und abwarten.«

»Ich will dir nicht zu nahe treten, aber ich glaube, dass du dir zu viel zumutest.«

»Das bin ich Simone schuldig.«

»Das ehrt dich, Katharina. Aber –« Moritz hob seine Hand, um ihr Gesicht zu streicheln, doch Katharina wich ihm aus.

»Ich muss immerzu an Simones Augen denken. Sie sprühten vor purer Lebenslust. Sie hatten manchmal etwas Verwegenes. Und nun klaffen in ihrem Gesicht zwei Löcher. Ich kann die Bilder nicht verscheuchen.«

Grünewald nickte. »Ich kann dich gut verstehen.«

»Wer das getan hat, muss ein Monstrum sein.«

»Ja, vielleicht solltest du versuchen, Licht in dieses Drama zu bringen. Damit du es verstehen lernst. Nur so wirst du zur Ruhe kommen.« Er nickte wieder.

Katharina stand auf und kam auf seine Seite. »Rück mal ein bisschen.« Als Grünewald seinen Stuhl zurückschob, setzte sie sich breitbeinig auf seinen Schoß, tippte gegen seinen Fedora, schlang die Arme um seinen Hals und küsste ihn.

»Es ist so schön, verstanden zu werden. Du bist mir so vertraut, als würden wir uns schon ewig kennen.« Sie legte den Kopf schief, sah ihn an, dann gab sie ihm einen Kuss auf die Stirn und stand auf. »Ich mach uns noch einen Kaffee.«

Er nickte und folgte ihr mit seinem Blick.

Ihre schlanken Beine steckten in engen Jeans, an ihren nackten Füßen trug sie Flipflops. Die knappe Bewegung, mit der sie ihr Haar bändigte und über die Schulter warf, raubte ihm schier den Verstand. Die schlichte weiße Bluse unterstrich die perfekte Rundung ihrer Brust. Sie hatte ja keine Ahnung, was sie in ihm herausforderte. Nur mit Mühe gelang es ihm, nicht aufzustehen und seine Hände auf ihre Brüste zu pressen.

»Fahr mit mir in den Urlaub, Katharina.«

Sie drehte sich zu ihm um und sah ihn verblüfft an.

»Lass uns für ein paar Tage aus der Stadt verschwinden.«

Katharina war immer noch irritiert. »Du willst mit mir weg? Aber –« Das geht doch nicht, wollte sie sagen, aber sie verschluckte die Bemerkung.

»Um den Mord an Simone kannst du dich immer noch kümmern. Mit ein bisschen Abstand wirst du zu ganz neuen Denkansätzen kommen und mit neuer Kraft weiterarbeiten. Um die Beerdigung kann sich sicher jemand anderes kümmern.«

»Ich weiß nicht, das Angebot kommt sehr plötzlich.«

»Ist es wegen Ole?«

War es wegen Ole? Seit Tagen hatte sie keinen Kontakt zu ihm. Sein Verhalten war doch eindeutig! Und dennoch hatte sie das Gefühl, vor einer Entscheidung zu flüchten. »Ich muss mit Ole reden. Ich hasse das Gefühl, vor etwas wegzulaufen.«

Moritz Grünewald zog sein Telefon aus der Hosentasche und legte es auf den Tisch. »Ruf ihn an.«

Katharina sah ihn erstaunt an. Sie konnte nicht einfach Ole anrufen. Noch dazu in seiner Gegenwart.

»Doch, ruf ihn an.« Er schob das Handy näher zu ihr.

»Ich glaube, das ist keine gute Idee.«

»Du hast gerade selbst gesagt, dass du nicht davonlaufen willst. Das ist die richtige Einstellung. Deine verpassten Gelegenheiten, der Kummer, deine Sorgen, dein Hass: Das wird dir an irgendeinem Punkt in deinem Leben wiederbegegnen.«

Katharina zögerte einen Augenblick, bevor sie das Telefon nahm und Oles Nummer eintippte. Dabei ließ sie Grünewald nicht aus den Augen. Ihre Hand suchte seine, als könne er ihr beistehen. Es dauerte lange, bis Ole abhob.

»Ich bin es, Katharina.« Sie hatte augenblicklich das Gefühl, das Falsche zu tun.

»Ja?«, kam es zögernd zurück.

»Ich möchte dich sehen«, Katharina verbesserte sich, »ich muss dich treffen. Wir müssen reden, Ole. Heute.«

»Ich stecke noch in meiner 24-Stunden-Schicht.«

Katharina hörte sein Seufzen. Offenbar wollte er nicht zu abweisend wirken.

Sein »Was willst du von mir?« klang dann aber ungehalten.

»Es ist so viel passiert in letzter Zeit. Ich«, sie suchte nach den richtigen Worten, »so kann es nicht weitergehen.«

Während sie sprach, sah sie Moritz Hilfe suchend an und drückte seine Hand so fest, als könne sie damit die Energie übernehmen, die sie für das Gespräch brauchte.

»Was willst du denn noch? Ich bin müde. Müde von uns.«

Katharina hörte, wie Ole sich straffte.

»Es ist alles gesagt, Katharina.«

»Wieso? Warum? Ich –«

Oles Stimme wurde leiser. »Ich bin müde, Katharina. Und ich bin es müde, mich immer vor dir rechtfertigen zu müssen.«

»Ich –«

Ole ließ sie nicht zu Wort kommen. »Ständig Meckern und Misstrauen. Ich habe einen anstrengenden Job. Ich investiere viel Zeit und Kraft in meine Zukunft. Da passt es natürlich prima, dass meine Freundin aus jedem Extradienst gleich ein Staatsdrama macht. Du machst mich müde, Katharina, verstehst du das? Du machst mich müde.«

Katharina hatte Mühe, ihre Tränen zurückzuhalten. Weder Moritz noch Ole sollten merken, dass sie mit ihrer Trauer und Verletztheit kämpfte. Sie sah Grünewald an und versuchte ein Lächeln, das ihr gründlich misslang.

»Lass uns noch einmal reden, Ole, bitte. Ja?«

Am anderen Ende der Leitung war es still. Dann hörte Katharina das vertraute Geräusch von Oles Piepser.

»Ich will aber nicht mehr mit dir reden. Hör zu, mein Piepser geht, ein Notfall. Es ist alles gesagt.« Ohne ein weiteres Wort trennte Ole die Verbindung.

Verstört starrte Katharina auf das stumme Handy. So also ging ihre Beziehung mit Ole zu Ende. Einfach so. Mit einem Telefongespräch. Sie fühlte sich verletzt, traurig, und sie schämte sich vor Grünewald.

»Siehst du, so einfach geht das.« Er nahm ihr vorsichtig das Handy aus der Hand. »Es wäre sowieso so gekommen. Besser jetzt, als noch länger dem falschen Traum hinterherzulaufen.«

Katharina wollte auffahren. Was wusste Grünewald schon über ihre Ernüchterung? Dann besann sie sich. In ihrer Küche saß dieser Mann, der so unendlich zärtlich sein konnte und der für jede Situation und jedes Problem den richtigen Weg zu wissen schien. Moritz hatte sicher recht. Besser ein Ende mit Schrecken als ein Schrecken ohne Ende. Sie konnte ihre Tränen nicht länger zurückhalten.

»Siehst du, es wird alles gut.« Moritz fasste ihre Hände.

»Ach, Moritz.« Mehr brachte sie nicht heraus.

»Das ist das Leben. Man geht ein Stück gemeinsam, und dann trennen sich die Wege wieder. Eines Tages weißt du, Ole hätte dich nicht glücklich gemacht.«

Katharina entzog ihm ihre Hand und setzte sich. »Du bist seltsam, Moritz. Du bist so selbstlos. Warum tust du das?«

Er lächelte. »Es ist doch so: Wir Menschen gehen viel zu sorglos miteinander um. So möchte ich nicht sein. Wären wir sorgsamer miteinander, wäre die Welt nicht ganz so schlecht.«

»Ein echter Philanthrop.«

Grünewald runzelte die Stirn.

»Ich meine das positiv, Moritz. Ich wollte mich nicht über dich lustig machen.« Sie atmete tief durch, bevor sie ihren Gedanken aussprach. »Es bedeutet mir sehr viel, dass du mich so nimmst, wie ich bin. So verquer, wie ich auch mal bin.«

Er lächelte sie an und sagte nichts.

Sie atmete erneut tief durch. Ole hatte ihr wehgetan. Aber gleichzeitig spürte sie eine Erleichterung, die sie ebenso erstaunt wie froh zur Kenntnis nahm.

»Wird es gehen?«

Sie nickte. »Ich bin ein wenig durcheinander. Bitte verzeih mir.«

»Es gibt nichts zu verzeihen.«

Katharina spürte, wie sich sein Blick in ihr Herz senkte.

»Danke.«

»Du musst dich nicht bedanken. Im Gegenteil.«

»Wie meinst du das?«

»Warte.« Moritz verschwand für einen Augenblick im Flur und kam mit einem schmalen Päckchen zurück. »Für dich.«

Erstaunt drehte Katharina das in Geschenkpapier gewickelte Etwas in ihren Händen.

»Willst du es nicht öffnen?«

Grünewald machte das Gesicht eines Kindes, das ungeduldig darauf wartete, dass endlich die Schleife gelöst wurde.

Es war ein Halstuch, das sie neugierig auseinanderfaltete. Aus Seide, bedruckt mit einem dezenten Paisleymuster.

»Für mich?« Sie strich über das glatte Tuch. »Womit –«

»Ich war mir sicher, dass es dir gefällt.« Er klatschte in die Hände wie ein überglückliches Kind. »Ich habe lange danach gesucht.« Er nickte zufrieden. »Ein Klassiker. Vintage.«

»Danke.« Katharina gab ihm einen Kuss. »Du bist verrückt.«

»Woher weißt du das?« Er lachte fröhlich. »Siehst du, in dem einen Augenblick sieht die Welt düster und fremd aus, und im nächsten lacht die Sonne. Komm, leg es einmal um.«

Katharina schlang sich das Tuch um den Hals und drehte sich dann vor ihm wie ein Model. Je mehr er lachte, umso schneller drehte sie sich. »Moritz, du bist verrückt. Petrol. Genau meine Farbe.«

»Ich wusste, dass es dir perfekt steht.« Er klatschte erneut in die Hände. »Ich habe es gewusst.«

Atemlos kam sie vor ihm zum Stehen. »Du weißt so vieles, Moritz. Wie machst du das nur?«

Er trat dicht vor sie. »Du bist etwas ganz Besonderes. Das wollte ich dir mit diesem Tuch sagen.«

Sie zog ihn zu sich und küsste ihn zuerst zärtlich, dann immer fordernder. Ohne weiter nachzudenken, schob sie ihn schließlich ein Stück von sich.

»Ich will in deine Augen schauen, wenn ich es dir sage.«

»Nun?« Amüsiert erwiderte er ihren Blick.

»Wohin willst du mit mir fahren, Moritz?«

Erstaunt hob er eine Augenbraue und schwieg.

»Habe ich dich falsch verstanden?« Sie geriet ins Stottern und spürte, dass sie rot wurde.

Ein breites Lächeln vertrieb den Ernst aus seinen Augen.

»Du Schuft.« Sie boxte ihn mit beiden Fäusten spielerisch auf den Oberkörper. »Nun sag schon.«

»Allgäu.« Er zog sie an sich und küsste sie zärtlich.

»Allgäu?«, versuchte sie, zwischen zwei Küssen zu sagen.

Er nickte schweigend.

Allgäu. Das hatte sie am allerwenigsten erwartet. Spanien, Frankreich oder England schon eher. Aber warum nicht? Sie war mit der Oberstufe zum Skifahren in den Alpen gewesen. Eine typische Klassenfahrt mit viel Teenager-Herzschmerz und viel billigem Wein.

Interessiert beobachtete Frank durch die Frontscheibe, wie der Polizeipräsident auf einen Leitstellenbeamten einredete und dabei heftig gestikulierte. Den uniformierten Kollegen schien die Aufregung seines Vorgesetzten nicht sonderlich zu beeindrucken. Es sah aus, als wollte er sein Auto abschließen und seinen Chef einfach stehen lassen.

»Schau dir das an.«

»Was?« Ecki kramte in einem Stapel gebrannter CDs.

»Der PP spielt Parkplatzwächter.«

»*Allein im Licht*. Oder lieber *Atemlos*?«

»Hä?«

»Ich weiß, dass ich sie eingepackt habe. Die neue CD von Helene Fischer. Schrievers hat sie mir gebrannt.«

»Unglaublich. Hat der Mann nichts Besseres zu tun?«

»Die hat Schrievers von zu Hause mitgebracht«, brummte Ecki ungeduldig. »Ich weiß, dass ich sie eingepackt habe.«

»Ich meine unseren Chef. Der hat nichts Besseres zu tun, als auf die Einhaltung der STVO zu achten.«

In einem unbekannten Land, Ecki summte die Melodie.

Frank musste lachen. »Der ist völlig durchgeknallt.«

»Helene singt die Titelmelodie von *Biene Maja*.« Ecki hielt triumphierend den Silberling hoch. »Sag ich doch.« Zufrieden schob er die CD in den illegal in den Dienstwagen eingebauten CD-Player. »Lass ihn doch. Auch für die Polizei gilt die STVO.« Ecki grinste. »Gleich holt er 'ne Politesse.«

»So macht er sich Freunde. Wo sollen die Kollegen denn parken?« Frank schüttelte den Kopf.

»Wenn ich an einem schönen Tag durch eine Blumenwiese geh.« Ecki drückte den Startknopf. »Wir können. Mit Helene geht alles leichter.« Er drückte seinen Oberkörper zufrieden in das Sitzpolster. »Ist doch beruhigend, dass jemand auf Recht und Ordnung achtet. Was wären wir ohne Laumen und PP.«

Frank schüttelte erneut den Kopf, diesmal über Ecki. Der wurde immer dann zum Gemütsmenschen, wenn seine geliebte WDR-4-Musik dudelte. Als sie den streitbaren PP passieren wollten, wurden sie von einer unwirschen Handbewegung des Chefs gestoppt. Frank ließ die Seitenscheibe herunter.

»Das gilt im Übrigen auch für Sie.«

»Ich verstehe nicht ganz.« Frank verstand tatsächlich nicht, denn Helene Fischer war laut.

»Sie haben falsch geparkt. Das nächste Mal gibt's kein Nachsehen. Was glauben Sie, wofür erlasse ich meine –« Der Polizeipräsident unterbrach sich irritiert. »Was soll das Kindergartengeplärre? Haben Sie nichts zu tun?«

Ecki stoppte Helenes Gesang nur unwillig. Der Mann trug nicht nur völlig unmoderne Krawatten, er hatte auch keinen Sinn für hohe Kultur. »Könnte ein Beweismittel sein.«

»Was? Das Geplärre da?« Der Präsident deutete auf den CD-Player. Je länger er in das Fahrzeuginnere sah, umso finsterer wurde sein Blick. »Sie verarschen mich, Eckers, oder?«

»Niemals.« Ecki setzte seine unschuldigste Miene auf. »Das steht mir nicht zu.«

»Wie bitte?« Auf der Stirn des Polizeichefs zeigte sich eine Falte, die stetig tiefer wurde.

»Kollege Eckers meint, dass das Lied möglicherweise als verdecktes Erkennungszeichen benutzt wird.« Frank musste sich beherrschen, nicht laut loszulachen. Vor ihm stand ein ausgewachsener Polizeipräsident, kurz davor, sich endgültig lächerlich zu machen. Erst das Gezeter um den uniformierten Falschparker von der Leitstelle und nun die Diskussion um *Biene Maja*. Der Mann musste von der Straße! Konnte Laumen nicht mit einem »dringenden Anliegen« um die Ecke kommen? Die beiden hätten sicher Gesprächsstoff genug.

»Vorsicht, KHK Borsch. Ich habe ein sehr feines Gespür für Mitarbeiter, die mich nicht ernst nehmen. Was haben Sie vor?«

»Wir sind auf dem Weg in den Swingerclub.« Ecki hatte die Nase voll von der Szene.

»Eckers!«, brüllte der Polizeipräsident.

»Er meint es ernst«, versuchte Frank zu vermitteln. »Eine Reihe von Indizien laufen in diese Richtung. Vielleicht liegt ein Schlüssel zu den Morden im *Heartbeat*.«

»Swingerclub? So, so.« Der argwöhnische Ausdruck setzte sich nun im Gesicht ihres Vorgesetzten fest.

»Die Geschichte ist schnell erklärt.« Frank schaltete den Motor aus. »Wir haben eine Verbindung zwischen dem Bankchef Peter von Ambeck und Jens Reiche herstellen können. Dabei spielt möglicherweise der Swingerclub eine Rolle. Die Tote, Simone Contzen, hat in der Bank gearbeitet. Sie kannte beide. Und sie kannte Eggerath, der immer noch verschwunden ist. Es würde uns nicht wundern, wenn alle vier ihren Schnittpunkt im *Heartbeat* hätten.«

»Welche Informationen haben Sie über den Club?«

»Nur das Übliche. Eher ein gehobenes Publikum, wenn man der Homepage Glauben schenken darf.«

»Aha.«

Frank und Ecki hatten nicht den Eindruck, dass ihr Chef wusste, was sie meinten.

»Leute mit Geld und Manieren«, versuchte Frank zu helfen.

»Ich bin doch nicht blöd, Borsch.«

»Um Gottes willen.«

»Das ist alles? Vage Vermutungen?«

»Wir wollen diesen Komplex abarbeiten«, erklärte Ecki leicht unwirsch. Er wollte endlich los. »Wir schließen nicht aus, dass von Ambeck tiefer in der Sache steckt, als es bisher scheint. Wir haben noch jede Menge Arbeit vor uns.«

»Dann laden Sie ihn vor.«

»Das wird schwierig sein. Konkret haben wir nicht genug, um ihm hier im Präsidium auf den Zahn zu fühlen. Außerdem –«

»Ja?«

»Von Ambeck hat einflussreiche Freunde. Wir werden ganz vorsichtig vorgehen müssen. Wir wollen Ihnen ja unnötigen Ärger ersparen.« Ecki zog ein wenig den Kopf ein, hatte er sich doch ein Stück zu weit aus dem Fenster gelehnt.

»Papperlapapp. Wer Dreck am Stecken hat, wird dafür zur Verantwortung gezogen. Sei es nun ein Falschparker oder Frau Kraft höchstpersönlich.«

»Schön.« Ecki nickte zufrieden. Noch einmal gut gegangen. »Sie trauen Ministerpräsidentinnen ja allerhand zu.«

»Eggerath ist immer noch verschwunden?« Der Polizeichef wechselte abrupt das Thema.

»Wir haben alles gecheckt. Auch die Kollegen vom Betrug. Zumindest ist er nicht ins Ausland geflogen. Sein Name taucht auf keiner Passagierliste auf. Seine EC- und Kreditkarten hat er in den vergangenen Tagen nicht belastet. Sein Handy lässt sich leider nicht orten. Wir gehen aber davon aus, dass er noch in der Gegend ist. Untergetaucht bei einer Bekannten oder bei Freunden, die wir noch nicht kennen.«

»Halten Sie ihn für den Täter?«

Frank nickte. »Zumindest verhält er sich so.«

Dem Polizeichef fiel etwas ein. »Und die Reporterin? Wie heißt sie doch gleich?«

»Katharina Ungerechts.«

»Ja, egal.« Der PP wischte ihren Namen unwirsch beiseite. Die beiden Ermittler waren nicht nur unverschämt, sondern auch so was von umständlich. »Also? Sie kannte doch die Tote.«

Frank nickte bedächtig. »Es sieht danach aus, als habe sie von Simones Besuchen im Club nichts gewusst.«

»Haben Sie das überprüft?« Der Polizeichef stützte sich mit einer Hand auf dem Autodach ab. Die Geste sollte Frank und Ecki Entschlusskraft signalisieren.

»Natürlich«, antwortete Ecki, obwohl er wusste, dass diese Frage noch nicht abschließend geklärt war.

»Gut, gut. Und weiter?«

»Sie ist wenig kooperativ. Was man verstehen kann. Sie ist eine kritische Journalistin und betroffen.« Frank sah in den Rückspiegel. An der Schirrmeisterei waren zwei grüne Busse angekommen, aus denen Mitglieder der Hundertschaft stiegen.

»Sie sollten an ihr dranbleiben. Nicht, dass sie noch den Racheengel spielt, wenn Sie verstehen, was ich meine.«

Auf welche Ideen so ein Behördenleiter doch kommt, wenn er nix zu tun hat, dachte Frank. »Selbstverständlich.«

»Wie auch immer. Sie haben sie auf dem Schirm zu haben.«

»Klar, Chef.«

Der Polizeipräsident schlug mit der flachen Hand auf das Autodach, dass es krachte. »Nicht, dass noch etwas anderes hinter der Sache steckt.« Er machte eine Kunstpause.

Frank tat ihm den Gefallen. »Ich bin gespannt.«

»Eifersucht.« Der Polizeipräsident sah triumphierend von Frank zu Ecki. »Zickenkrieg. Die Ungerechts war selbst in dem Club und hat Stress angefangen, weil sie ihrer Freundin den Kerl ausspannen wollte. Von Ambeck, zum Beispiel. Ein Mann mit Geld. Dafür kann man seiner Freundin schon mal – im wahrsten Sinne – die Augen auskratzen. Nun, meine Herren?«

»Interessanter Ansatz.« Jetzt war es Ecki, der seinen Kopf bedächtig hin und her wog. »In der Tat.«

»Sehen Sie? Auf, auf. Manchmal ist es doch von Vorteil, sich von Zeit zu Zeit mit Experten auszutauschen, die dazu noch einen neutralen Blick auf das Geschehen haben.« Der Polizeichef schlug erneut auf das Dach ihres Dienstwagens.

»Wirklich interessant.« Frank nickte. »Aber wie passen dann die anderen Morde ins Bild? Die Frau ohne Arme und die Beinlose in der Kemptener Fabrik? – Wenn es sich denn um diese Täterin handelt.«

Der Polizeichef ließ sich nicht beirren. »Sie haben mein Vertrauen, Sie sind meine besten Männer. Nur, und das sage ich an dieser Stelle mit aller Deutlichkeit, bringen Sie endlich Ergebnisse. Ich brauche Erfolge! Leute, strengt euch an.«

Der Behördenleiter trat einen Schritt zurück und straffte sich, da im gleichen Augenblick die Hundertschaft an ihm vorbeizog. Nun schlägt er gleich die Hacken zusammen und legt seine Hand an die Mütze, die er nicht aufhat, dachte Ecki.

Frank nickte und startete den Motor. Bevor er losfuhr, trat der Polizeichef noch einmal an das offene Fenster. »Was ist denn nun mit der albernen Melodie von vorhin? Wie geht sie gleich? In einem anderen Land?« Er summte leise.

»Später.« Frank gab Gas, und Ecki drückte im Wegfahren die Starttaste. Im Spiegel seiner Sonnenblende konnte er sehen, dass der Polizeipräsident die Schultern zuckte und auf die Fahrzeuge zuging, die vor der Leitstelle parkten.

Sie waren auf der A 44 bereits am Flughafen Düsseldorf vorbei, als Eckis Handy klingelte. Es war Schrievers.

»Ich hab ihn!« Der Archivar klang, als habe er gerade den Lotto-Jackpot geknackt.

»Wen?« Ecki verstand nicht.

»Ich hab ihn! Mensch, Ecki, ich hab ihn!«

»Was ist los? Beruhige dich! Erste Polizeipflicht: Ruhe bewahren, Heini, äh, Heinz-Jürgen.«

»Du sollst es als Erster erfahren: Jakisch hat einen Schlüter für mich aufgetan. Im Allgäu! Ist das nicht super?«

»Schön.« Ecki verstand Schrievers' Aufregung nicht.

»Was ist?«, fragte Frank verwundert dazwischen.

Ecki bedeutete ihm, dass der Archivar offenbar verrückt geworden sein musste, und wechselte dann das Telefon vom einen zum anderen Ohr. »Und deshalb rufst du an? Doll.« Er konnte sich den sarkastischen Unterton nicht verkneifen.

Schrievers überhörte die Spitze. »56er Baujahr. Perfekt restauriert. Sagt Jakisch. Das Problem ist nur, dass ich ihn umgehend abholen muss, sonst gilt der Deal nicht.«

»Können wir das nicht später besprechen?«

Schrievers ließ sich nicht beirren. »Ist das nicht toll?«

»Toll.« Ecki trennte die Verbindung.

»Was hat er?« Frank sah Ecki an.

»Einen Trecker. Heini ist völlig aus dem Häuschen. So habe ich ihn zuletzt erlebt, als er mit Gertrud die jährliche Rollbratenmeisterschaft in seinem Schützenzug gewonnen hat.«

Frank lachte. Schrievers und seine unerschütterliche Liebe zum Niederrhein und der deftigen niederrheinischen Küche: Der Archivar selbst war der deutlich sichtbare hundertzwanzig-Kilo-Beweis, dass gutes Essen die Grundvoraussetzung und zugleich das Geheimnis war für die friedvolle und harmonische Sicht auf die Welt im Großen und auf die von schiefen Kopfweiden und nassen Wiesen geprägte niederrheinische Welt im Besonderen. Er konnte sich gut vorstellen, wie Schrievers gerade überglücklich in seinem Archiv saß. Vermutlich in Gesellschaft einer »guten Tasse Bohnenkaffee«, wie er stets betonte, und einer Süßigkeit, die er für besondere Anlässe bereithielt. Oder mit einem Brot, dick bestrichen mit »guter Butter« und grober Leberwurst.

»Allerhand.« Ecki pfiff leise durch die Zähne.

Das schmiedeeiserne Tor stand offen. Frank ließ den Wagen langsam bis zum Haus rollen, vor dem sich eine Rasenfläche ausbreitete, in deren Mitte ein Brunnen stand. Die Villa aus dunklem Stein, mit Erkern und schlankem Türmchen, musste gegen Ende des 19. Jahrhunderts für einen Unternehmer oder Bankier erbaut worden sein, mutmaßte Frank.

Er parkte neben einem weißen Transporter, dessen Türen offen standen. Ein Mann in karierter Hose und weißer Jacke stellte gerade einen Korb mit Tellern in den Laderaum und warf dann geräuschvoll die Türen zu.

»Nobel.« Ecki nickte anerkennend und öffnete seine Tür.

»Vor allem weit genug weg von der Straße.«

Auf ihr Klingeln hin erschien ein Mann in Jogginghose und Kapuzenshirt. »Tut mir leid, wir haben noch geschlossen. Unser Betrieb beginnt erst am Abend. Aber wenn Sie wollen, mache ich gern einen Rundgang mit Ihnen.« Er winkte dem Fahrer des Caterers zu, der an ihnen vorbei zum Ausgang rollte.

»Nein danke.« Ecki hielt ihm seinen Dienstausweis entgegen. »Dürfen wir dennoch einen Augenblick hereinkommen? Sind Sie der Betreiber des Clubs?«

Der Blick des Mannes blieb freundlich. Doch in seinen Augen lag ein Schimmer, der etwas anderes sagte. »Wir sind sauber, meine Herren. Wir haben regelmäßig Besuch von den Behörden. Wir halten uns streng an die Vorgaben. Ganz zu schweigen davon, dass bei uns keine Professionellen zugelassen sind.« Bereitwillig trat er einen Schritt zur Seite. »Aber, bitte. Bei einem Kaffee lässt es sich besser plaudern.«

Frank und Ecki folgten ihm in das Halbdunkel des Flurs, der sich am Ende zu einer Art Lounge erweiterte. Die schweren Teppiche und die in kontrastreichen Acrylfarben gemalten Akte, die ringsum an den Wänden hingen, standen in einem deutlichen Gegensatz zu den dunkel getäfelten Wänden und der Treppe, die mit großzügigem Schwung zu den oberen Räumen führte.

»Kaffee?« Der Mann wirkte mit seiner Bodybuilderstatur, den kurzen, blond gefärbten und aufrecht gegelten Haaren in dieser Umgebung ebenso deplatziert wie die moderne Einrichtung des Foyers. »Bitte, nehmen Sie doch Platz.« Er wies auf eine dünnbeinige Sitzgruppe, die genauso gut in eine Eisdiele gepasst hätte, und rief dann in Richtung einer Tür, die in den hinteren Teil des Hauses führte: »Giselle? Mach uns mal drei Schwarze!« Er verbeugte sich leicht vor den Kommissaren und setzte sich dann ihnen gegenüber. »Dauert nur eine Sekunde.«

»Wir sind nicht hier, um Ihre Konzession zu überprüfen. Auch nicht, um zu kontrollieren, ob die Hygienebestimmungen eingehalten werden. Wir haben einige Fragen zu Ihren Gästen.« Ecki hatte sein Notizbuch gezückt.

Das sonnenbankbraune Gesicht ihres Gegenübers wurde mit einem Schlag dunkler. »Wir geben grundsätzlich keine Auskunft über unsere Gäste. Diskretion ist unser größtes Kapital.«

»Na ja, Herr –?« Frank beugte sich vor.

»Hasso von Bergmann. Ich bin der Geschäftsführer. Nicht adelig und darüber nicht unglücklich.«

Der Scherz hatte sicher schon zigmal gezündet. Diesmal verpuffte er an den unbeeindruckten Mienen der Ermittler.

»Diskretion –« Von Bergmann wusste nicht so recht weiter.

»Darauf können wir keine Rücksicht nehmen. Wir erwarten von Ihnen die Namen Ihrer Gäste. Es wäre schön, wenn Sie das freiwillig tun.« Frank zog ein Foto von Simone Contzen aus der Innentasche seiner Jacke und legte es auf den schmalen Tisch, der zwischen ihnen stand. »Kennen Sie die Frau?«

Von Bergmann warf nur einen kurzen Blick auf das Foto. »Nie gesehen.«

»Schauen Sie genau hin. Ihre Antwort kam für meinen Geschmack ein wenig zu schnell.« Ecki lächelte verbindlich.

Von Bergmann beugte sich erneut vor. »No.«

Frank steckte das Foto wieder ein. Natürlich war von Bergmann zu clever, um sich derart übertölpeln zu lassen. »Wer sind Ihre Gäste im Allgemeinen?«

Der Geschäftsführer rückte sich in seinem Sessel zurecht. Ein deutliches Zeichen, dass er sich wieder auf sicherem Boden wusste. Mit einer Geste dirigierte er die Frau, ebenfalls in Jogginghose und dünnem Kapuzenshirt, die wie aus dem Nichts erschienen war und den bestellten Kaffee vor ihnen absetzte. Mit einem knappen Lächeln entschwand sie in die obere Etage.

»Unser Haus ist international. Messegäste, Geschäftsleute, Adel. Einige Gäste kommen sogar aus dem Nahen Osten.« Von

Bergmann nahm einen Schluck und lehnte sich zurück. Er würde nicht mehr über die Klientel des *Heartbeat* preisgeben.

»Aber sie kommen auch aus der näheren Umgebung?« Ecki stellte seine Tasse ab.

Von Bergmann machte eine Geste, die alles bedeuten konnte.

»Heißt?«, hakte Ecki nach.

»Den Nummernschildern nach kann das sein, ja.«

»Stellen Sie uns bitte eine Namensliste zusammen. Wir warten gerne.« Frank lehnte sich ebenfalls zurück.

»Wir führen keine Listen. Schon gar keine Namenslisten.«

»Wie läuft die Anmeldung?« Ecki sah ihn interessiert an.

»Telefonisch. Wir teilen den Gästen entweder das Motto mit oder geben den Hinweis, dass wir schon ausgebucht sind.«

»Sie haben Stammkunden?«

Von Bergmann zuckte mit den Schultern. »Auch.«

»Wenigstens von diesen haben Sie sicher die Namen.«

»Erstens bekommen Sie von mir keine Liste. Zweitens würden Ihnen die Namen ohnehin wenig helfen. Es sind nämlich meist nicht die richtigen. Die Gäste begleichen die in Rechnung gestellte Aufwandsentschädigung, und wir wünschen einen schönen Abend. Das ist alles.« Von Bergmann blieb gelassen. Die Bullen hatten nichts in der Hand, mit dem sie Ärger machen könnten.

»Sagt Ihnen der Name von Ambeck etwas? Oder Jens Reiche?« Frank wollte noch nicht mit der Staatsanwaltschaft drohen.

Von Bergmann hob bedauernd die Schultern und lächelte. »Warum sind Sie hier? Was ist der wahre Grund?«

»Wir ermitteln in mehreren Mordfällen.« Mehr muss er nicht wissen, dachte Ecki.

Von Bergmann ließ nicht erkennen, inwieweit ihn die Nachricht beunruhigte. »Und diese Frau ist darin verwickelt? Und diese beiden Männer?«

Frank nickte. »Möglich. Sie sollen hier verkehrt haben.«

Der Blonde bedauerte erneut. »Keine Ahnung.«

»Sie bewegen sich auf ganz dünnem Eis, mein Lieber.« Frank

wollte endlich deutlich werden. »Wenn sich herausstellt, dass Ihre Villa eine Schnittstelle für unsere Ermittlungen ist, dann nehmen wir Ihren Laden auseinander.«

Die Augen des Geschäftsführers verengten sich unmerklich. »Auf Ehre und Gewissen, ich würde Ihnen etwas sagen, wenn ich könnte.« Er verzog das Gesicht zu einem gequälten Lächeln. »Wir sind ein zuverlässiges und bei den Gästen beliebtes Haus. Das Vertrauen wollen wir auf keinen Fall aufs Spiel setzen.«

Frank hakte nach. »Wie können Sie sicher sein, dass unter Ihren Gästen keine Perversen oder Psychopathen sind? Dass sie Ihren Club nicht als Kontaktbörse für ihre eigenen Phantasien benutzen? Ohne dass Sie es bemerken.«

»In jedem Raum sind Überwachungskameras installiert. Wenn etwas aus dem Ruder zu laufen droht, würden wir das sofort merken. Auch das wissen unsere Gäste. Im Gegenteil, sie erwarten diese Kontrolle. Aber«, er hob seine breiten Hände, »was unsere Gäste privat verabreden, das entzieht sich natürlich unserer Kenntnis. Es sind erwachsene Menschen, die genau wissen, worauf sie sich einlassen. Serienkillern können Sie auch im Supermarkt oder an der Tankstelle begegnen.«

»Zahlen Ihre Gäste bar oder mit Karte?«, hakte Ecki nach.

Auf von Bergmanns Gesicht breitete sich ein feines Lächeln aus. »Wir akzeptieren nur Barzahlung. Aus gutem Grund.«

Frank hatte genug und stand auf. »Sie hören von uns. Und dann werden Sie uns die Namen herausgeben müssen.«

Von Bergmann lächelte und machte eine einladende Geste.

Nachdem Frank und Ecki gegangen waren, rief von Bergmann hinauf in die obere Etage: »Giselle? Verschwinde. Du hast heute frei.« Dann ging er in sein Büro, das sich hinter einer verborgenen Tür unmittelbar an das Foyer anschloss, und wählte auf seinem Mobiltelefon eine Nummer. Gleichzeitig fuhr er den PC hoch. Seine Finger trommelten auf der Tischplatte, während er darauf wartete, dass sich die Telefonverbindung aufbaute.

»Wir müssen reden. Ich hatte gerade Besuch.«

»Wie kommen Sie voran?«

Immer diese dämlichen Fragen! »Bestens. Bestens. Danke.«

»Sie machen einen entspannten Eindruck.«

»So?« Er würde sich jetzt gerne im Spiegel betrachten.

»Fast glücklich, würde ich meinen. Geradezu gelöst. So habe ich Sie schon lange nicht mehr erlebt.«

Was wissen Sie schon von mir, wollte er sagen. Stattdessen schwieg er schmunzelnd und beugte bestätigend den Kopf.

»Was wollen wir heute besprechen?«

»Ich bin in Gönnerlaune. Suchen Sie sich etwas aus.«

Der Therapeut lächelte nun ebenfalls. »Nein. Nein. Sie kommen zu mir. Sie entscheiden über das Thema.«

Er lehnte sich entspannt zurück. Der Therapeut schwieg.

Pah, immer diese Spielchen! Er hatte Zeit und seinen Spaß.

»Es gibt ja den Spruch: Nur sprechenden Menschen kann geholfen werden. Wollen wir das zum Thema machen?«

Der Therapeut bricht heute überraschend schnell sein Schweigen. Sieh an, der Mann zeigt doch so was wie Nerven.

»Warum lachen Sie?«

»Weil heute – Donnerstag ist.« Und du jetzt einen völlig verunsicherten Eindruck machst, vollendete er still den Satz.

»Lieber Herr Boveleth, möchten Sie die Sitzung beenden?«

»Wie kommen Sie darauf?«

Der Therapeut rutschte kaum wahrnehmbar auf seinem Sessel in eine andere Position.

Er fühlt sich nicht wohl. Wie schön!, dachte er. Heute war ein Tag ganz nach seinem Geschmack. »Man ist nie ganz.«

Erstaunt hob der Therapeut eine Augenbraue, schwieg aber.

»Ich meine, niemals ist man ganz an einem Ort. Meist ist man mit seinen Gedanken irgendwo anders. Körper und Geist sind selten zur gleichen Zeit am gleichen Ort.«

»Beunruhigt Sie dieser Gedanke?« Der Therapeut veränderte erneut seine Sitzposition. Seine aufrechte Haltung sollte volle Konzentration signalisieren.

Wie lächerlich, dachte er. »Nein. Das beunruhigt mich nicht.

Das gehört zu unserem Wesen dazu – wir können immer nur für Augenblicke vereint an einem Ort sein.«

»Das klingt so, als würde Sie etwas anderes beunruhigen.«

Nicht blöd von dir, dachte er. »Ja.«

»Wollen Sie darüber sprechen?«

Und du schreibst das dann auf? Nein, auf keinen Fall. »Wir machen es so: Sie legen jetzt Stift und Block beiseite.«

Der Therapeut legte sein Arbeitswerkzeug zur Seite.

Menschen sind so leicht zu dirigieren! Er musste ein Kichern unterdrücken. »Ich habe mich schon oft gefragt, was passiert, wenn Materie nur unvollständig von A nach B kommt.«

»Das verstehe ich nicht.«

Natürlich nicht! »Nehmen wir an, die Augen eines Menschen bleiben am Ort A und der Rest ist längst am Ort B.«

»Das ist so ähnlich wie bei den Gedanken, meinen Sie?«

»Nein, das meine ich nicht.«

»Mögen Sie mir das erklären?«

Er seufzte. »Ich weiß nicht.«

»Wenn ich Sie richtig verstehe, möchten Sie mir etwas mitteilen, der Akt des Sprechens belastet Sie aber.«

Er zuckte mit den Schultern und sah zum Fenster hinaus. »Ich höre die Amsel nicht mehr.«

»Es gibt also eine Diskrepanz zwischen dem, was Sie sagen wollen und was Sie denken?«

»Ich möchte singen können wie ein Vogel.«

»Und Sie möchten die Augen eines Vogels haben?«

Nun war er ehrlich entrüstet. »Papperlapapp. Schwachsinn. Ich rede von den Augen dieser Frau. Herausgetrennt können sie sich überall aufhalten, getrennt vom Rest des Körpers.«

»Welchen Zweck sollte das haben? Sie sind dann tot und zu nichts mehr nutze. Tote Materie.«

Seine Stimme wurde leise und dünn. »Sie verstehen nichts, absolut nichts.« Er stand auf und ging. Einfach so. An der Tür drehte er sich noch einmal um. »Nur dieses eine Mal und nur für Ihre Ohren: *Heartbeat*. Sagt Ihnen das was?«

»Nicht direkt. Was meinen Sie mit *Heartbeat*?«

»*Each word is a beat of my heart.*«

»Jedes Wort ist ein Herzschlag von mir?«

»Gut, gut. Ist von Mink DeVille.«

»Aha.«

»*Heartbeat.* Ein schönes Wort, nicht?«

»Durchaus.«

»Es gibt kaum einen schöneren Song.«

»Warum empfinden Sie das so?«

»Weil es so ist.«

Er ließ die Tür hinter sich ins Schloss fallen.

Schrievers hielt die beiden Ausdrucke hoch. »Schau dir das an, Frank. Die Kollegen haben eine Höllenarbeit hinter sich.«

Frank nahm die Fotokopien in die Hand. »Fasern? Wovon?«

»Die Analyse hat so lange gedauert, weil das BKA aushelfen musste. Sie haben in der Tat etwas Interessantes entdeckt: ganz feines Kaninchenhaar.«

»Und wo? In dem Waldstück? Das würde mich nicht sonderlich wundern, um ehrlich zu sein.«

»In der Ziegelei, Frank. An einer Wand.«

»Und? Das Gelände ist offen. Kaninchen haben dort jede Menge Möglichkeiten, ihre Baue anzulegen.«

Der Archivar hatte sich die eigentliche Sensation bis zum Schluss aufgehoben. »Okay. Aber nicht auf einer Ziegelwand und nicht in ein Meter achtzig Höhe.«

Frank blickte erneut auf die Ausdrucke. Aber er sah immer nur zwei hoch aufgelöst dargestellte Fasern.

»Die Haare wurden chemisch behandelt.«

»Und worauf deutet das Ganze hin?«

Schrievers zuckte mit den Schultern. »Auf alles Mögliche. Auf eine Tasche aus Filz? Heutzutage ist Filzen groß in Mode. Im Kindergarten, in der Schule. Ganze Heerscharen von VHS-Referenten leben von diesen Kursen. Um Genaueres sagen zu können, braucht das BKA noch eine Weile.«

»Der Täter hat einen Lodenjanker angehabt und ist beim Transport der Leiche an die raue Ziegelwand geraten? Meinst du das?«

»Gute Idee. Das würde bedeuten, dass die Kollegen in Kempten abklären müssen, ob auch in der Fabrik Kaninchenhaare sichergestellt werden können. Beide MKs müssten sich bei den Waidmännern in ihrer Region umsehen. Eine Heidenarbeit. Mein Onkel mütterlicherseits hatte gleich mehrere Jacken und Capes, die er auf seinen Jagden getragen hat.«

Frank winkte ab. »Ja, ja. Im Wäldchen sind keine Fasern entdeckt worden, die vergleichbar sind?«

Schrievers schüttelte den Kopf.

»Dann sind diese beiden winzigen Spuren jetzt der einzige halbwegs brauchbare Anhaltspunkt?«

»Yep.« Schrievers zog eine der Schreibtischschubladen auf und kramte ungeduldig in deren Inhalt.

»Ich kann nur hoffen, dass sich das BKA bald meldet.« Frank reckte sein Kinn. »Was wird das? Die Pantomimenversion von *Jäger des verlorenen Schatzes*?«

»Wie witzig. Irgendwo muss noch ein Müsliriegel sein. Ich habe mir erst vorgestern eine frische Packung gekauft.«

»Ecki hat sicher noch was in petto.«

Der Archivar horchte auf. »Wo ist der überhaupt?«

»Bei Carolina. Eine Telefonüberwachung für das *Heartbeat* beantragen. Wir gehen davon aus, dass der Club als Treffpunkt dient, um sich für ganz besondere Spiele zu verabreden.«

Der Archivar stellte das Kramen ein. »Die Frauen als Opfer aus dem Ruder gelaufener Partys? Versteht ihr die inszenierten Tatorte, die Verletzungen sowie die übrigen Indizien als Ergebnis sadomasochistischer Exzesse? Dann müsste Jakisch da unten ähnliche Etablissements abklären.«

Schrievers machte auf Frank den Eindruck, als wolle er noch etwas loswerden, das er aber noch hintanstellte. »Weißt du eine andere Erklärung?«

»Der Täter sucht seine Opfer in Sexclubs? Wie krank ist das denn?«

Frank hob etwas ratlos die Schultern. »Phantasie und Lust kennen keine Grenzen.«

Schrievers schwang mit seinem alten Drehstuhl herum und begann, in einem seiner grauen Stahlschränke zu stöbern. »Es gab vor Jahren mal einen ähnlichen Fall, der allerdings nie aufgeklärt wurde. Irgendwo im Süden. Wenn ich mich nicht irre, habe ich dazu ein paar Unterlagen gesammelt.« Er drehte sich zu Frank um. »Ich werde es herausfinden – sicher bald.«

Frank wusste, dass Schrievers wenig mehr hasste, als bei der Suche in seinem Archiv beobachtet zu werden. Und da machte es keinen Unterschied, ob der Beobachter ein guter Freund war oder der Hass-Kollege Laumen. »Nee, lass man. Ich habe genug zu tun. Such du in Ruhe. Ich freue mich auf das Ergebnis.«

Schrievers grunzte zufrieden. Seine Botschaft war angekommen. »Bevor du gehst, lieber Frank, will ich noch schnell loswerden, dass ihr in den nächsten Tagen ohne mich auskommen müsst. Ich habe ein Date.«

»Du hast ein Date?«

»Ich fahre ins Allgäu.«

Frank hob die Augenbrauen. »Du willst den Kollegen dort unten helfen?«

Schrievers schüttelte den Kopf. »Keine Dienstreise. Ich habe Urlaub genommen. Ich«, er zog an seiner Strickjacke, bevor er weitersprach, so, als könnte sie ihn vor Franks ungläubigem Blick schützen, »ich hole meinen Trecker ab.«

»Was?«

»Du hast richtig gehört. Ich hole meine Gisela heim.« Schrievers sah, dass Frank völlig auf der falschen Fährte war. »Gisela. Habe ich euch doch erzählt. Ich werde meinen Trecker, Baujahr '56 der Firma Schlüter, auf den Namen Gisela taufen.«

Nun verstand auch Frank. »Das ist jetzt nicht dein Ernst? Du holst mitten in unseren Ermittlungen einen Trecker ab?«

»Ich sehe, du verstehst mich«, spottete der Archivar, »ja – und fahre das alte Schätzchen eigenhändig aus dem Allgäu an meinen Niederrhein, heim nach Amern. Das dauert zwar ein paar Tage, aber in der Zeit lernen Gisela und ich uns kennen. Außerdem kann ich ein bisschen Entschleunigung gut gebrauchen. Du übrigens auch.«

Frank war sprachlos. Schrievers nicht in seinem Büro! Keine Unterstützung aus dem Archiv! Das hatte es noch nie gegeben. Heinz-Jürgen gemächlich tuckernd auf den Landstraßen zwischen Allgäu und Niederrhein unterwegs: Der ist doch mindestens eine Woche lang weg, dachte er.

»Was meinst du, wird Carolina der Telefonüberwachung stattgeben?«

Der hat doch nicht mehr alle Tassen im Schrank! Verkündet einfach so, dass er weg ist, und tut auch noch so, als sei dies das Selbstverständlichste auf der Welt. Mit dem alten Trecker auf großer Fahrt! Schrievers' niederrheinische Variante von Midlife-Crisis! Anders konnte es nicht sein. Frank musste sich zusammenreißen. Na gut, dann eben nur ein Gespräch über Dienstliches. »Ich wüsste nicht, warum sie das nicht tun sollte. Wir haben den Geschäftsführer des Clubs unter die Lupe genommen. Ein wenig adeliges Strafregister. Da kommt einiges zusammen: Erpressung, Körperverletzung, Urkundenfälschung, Alkohol am Steuer.«

Schrievers sah auf seine Uhr. Er musste jetzt anrufen. Jakisch wartete auf seinen Rückruf. »Wieso wenig adelig? Ich kenne so einige Blaublütige, die Ähnliches vorweisen können. Und so mancher mimt vor Gericht den dummen – August.«

»Wie auch immer.« Frank hatte Schrievers' Geste richtig gedeutet und wandte sich zum Gehen.

»Wenn du Eckers siehst, sag ihm, dass ich schon länger keines seiner Hefeteilchen abbekommen habe. Die Pflege seiner Kollegen sollte dem deutschen Beamten eine Angelegenheit des Herzens sein. Wenn du verstehst.«

Frank verließ kopfschüttelnd Schrievers' Archiv.

Der Archivar wartete, bis Frank die Tür hinter sich zugezogen hatte. Dann griff er in seine Hosentasche. Voller Vorfreude riss er das Papier von dem Schokoladenriegel. Nur nicht unterzuckern, dachte er und biss in die weiche Masse. So ließ es sich besser recherchieren. Dann griff er zum Telefon.

»Carsten? Ganz kurz, mein Zug geht am Freitag. Hast du eine Unterkunft für mich? Wo? Gasthof *Zum Kreuz*? Ist das nicht – was? Ja, prima.«

Schrievers legte auf und zog eine Straßenkarte aus einer Ablage. Er faltete sie sorgsam auseinander und betrachtete die Entfernung zwischen dem Allgäu und Amern. Es würde eine sehr entspannte Reise werden. Falls seiner Gisela die Tour nicht zu viel würde. Aber davon war nicht auszugehen nach den ersten Beschreibungen des Verkäufers.

Er zog einen Schreibblock zu sich und fuhr mit dem Finger über die abgenutzte Karte. Er würde am Tag im Schnitt etwa hundert Kilometer fahren. Das müsste klappen, wenn nur das Wetter mitspielte. Für eine solche Strecke war es auf einem Trecker ohne dichte Fahrerkabine fast schon zu kalt. Ach was, dachte er, ein bisschen Abenteuer kann nicht schaden. Er spitzte einen Bleistift an und begann, die Streckenabschnitte, die er für sinnvoll und interessant hielt, zu notieren.

XIX.

Katharina schmiegte sich in seinen Arm. »Wo geht es hin? Was hast du gebucht? Lass mich nicht dumm sterben. Tatsächlich Allgäu?« Als er nicht sofort reagierte, stützte sie sich auf und knuffte ihm in die Seite. »Vielleicht doch Italien? Die Schweiz? Frankreich, Spanien?«

Lachend hielt er ihre Hände fest. »Es geht mit dem Auto Richtung Süden. Erst die A 61 runter, dann auf die A 6 und dann – du wirst sehen.«

»Komm, sag schon!«

Immer noch lachend schüttelte Moritz den Kopf. »Italien war in der Tat eine von mehreren Optionen. Nein, diesmal geht es nicht über die Alpen. Wie schon gesagt, wir fahren ins Allgäu. Du bist hoffentlich nicht enttäuscht? Dort unten ist es im Herbst besonders schön.« Er strich ihr sanft über die Wange. »So schön wie du. Du glaubst nicht, wie blau der Himmel dort leuchten kann.«

»So blau wie deine Augen.« Sie küsste seine Fingerspitzen. Sie war kein bisschen enttäuscht. Das Allgäu also.

»Ich liebe die Ruhe der Menschen. Und die Farben. Das Grün der Wiesen, die schroffen Felsen, die dunklen Seen. So tief und voller Geheimnisse. Sie ziehen mich an. Eine durch und durch friedliche Landschaft. Und doch kann im Allgäu von einem Augenblick auf den anderen eine tödliche Gefahr lauern. Wenn die Thermik die Gleitschirmflieger abstürzen lässt, Wanderer im Berg verunglücken oder sich die Seen ihren Tribut holen. Eine Welt voller Gegensätze.«

»Ich habe schon Gänsehaut.« Sie drängte sich enger an ihn. »Erzähl mir mehr.«

»Die Kirchen! Die barocken Städtchen. Sehr katholisch. Ein liebenswerter Menschenschlag, ein wenig verschroben, aber bodenständig und ehrlich.« Er lächelte.

»Ich liebe verschrobene Menschen.« Sie kicherte leise.

»Was soll das heißen?«, fragte er betont streng.

»Genau das, mein Lieber. Genau das.« Sie hatte Mühe, ihr Kichern zu unterbrechen. »Warst du schon oft da?«

Er schloss einen Augenblick die Augen. »Ich glaube, ich bin in den Sechzigerjahren das erste Mal dort gewesen. Ich will, nein, ich muss immer wieder dorthin.«

»Dann wird es Zeit.« Sie küsste seinen Hals.

»Das stimmt. Es wird Zeit.«

Seine Lippen suchten ihren Mund. »Du hast ja keine Ahnung, wie sehr ich mich auf diese Fahrt freue.« Unvermittelt stand er auf und verschwand nackt ins Wohnzimmer. »Ich habe dir noch etwas mitgebracht.«

»Du sollst mir nicht immer etwas mitbringen!«, rief sie ihm hinterher und freute sich gleichzeitig. Er hatte ständig ein Geschenk für sie. Mal war es eine Rose, dann wieder ein Buch oder eine CD. Sie war gespannt, was es diesmal war. Bei ihrer Begrüßung hatte er eine Tüte hinter seinem Rücken gehalten. Sie hatte ihn nicht überreden können, sie zu öffnen.

»Für dich.« Grünewald setzte sich neben sie und drückte ihr ein Päckchen in die Hand.

Katharina betrachtete es neugierig von allen Seiten. »Wie hübsch. Da traut man sich ja gar nicht, es auszupacken.«

Er schwieg und verfolgte ihre Hände mit einem Leuchten in den Augen, als sei nicht sie, sondern er der Beschenkte.

»Ein T-Shirt!«

»Gefällt es dir?«

Katharina hielt sich das langärmelige Shirt vor die Brust. »Meine Farbe. Am Hals schön weit ausgeschnitten. Ich mag das.« Sie ließ das Shirt fallen und umarmte ihn. »Danke.«

»Ich habe mir gedacht, dass im Frühherbst ein Shirt mit langem Arm nicht schaden kann.« Er wehrte sich lachend gegen ihren Versuch, ihn abzuknutschen. »Hör auf, ich bekomme sonst keine Luft mehr.«

Katharina ließ sich zurück auf ihr Kissen fallen und verschränkte die Arme hinter dem Kopf.

»Du sollst mich nicht so ansehen. Du machst mich nervös.«

»Das sehe ich.«

»Kleines Biest.« Er legte sich neben sie und zog das dünne Oberbett über sie beide.

»Sag mal, woher hast du diesen ausgefallenen Geschmack? Hast du mal was mit Mode gemacht?«

»Nein, ich habe keine Ahnung von Mode. Ich sehe nur genau hin, was Menschen tragen, und überlege, was ihnen besser stehen könnte.«

»Das ist doch schon eine ganze Menge Einfühlungsvermögen. Wenn ich da an –« Sie unterbrach sich abrupt.

»Ja?«

»Ach, ich muss gerade an Paul denken. Der ist nur auf Äußeres aus. Die Mädels müssen bei ihm qua Geburt schön sein.«

»Dann musst du für ihn göttlich schön sein, wenn er dir immer noch nachsteigt.«

»Tut er ja nicht mehr – Gott sei Dank! Er ist von der Bildfläche verschwunden. Und außerdem glaube ich, dass ich nicht schön bin. Schön sind andere.« Sie rekelte sich.

Moritz legte seinen Arm um sie. »Du hast ja keine Ahnung von deiner Wirkung auf Männer. Nun sage ich mal: Gott sei Dank. Ich bin dankbar, dass wir uns begegnet sind. Ich habe schon nicht mehr daran geglaubt, auf die Richtige zu treffen.«

»Nun hör aber auf, alter Mann.« Sie drehte sich zu ihm und kniff ihm in die Wange. »Es gibt kein Mitleid. *No fishing for compliments*, mein Freund.«

»Okay, du hast recht. Kein Mitleid und keine Gnade. Ich muss jetzt gehen.«

»Hey, was ist los?« Katharina sah ihn besorgt an. »Das mit dem alten Mann war doch nicht so gemeint.« Sie streichelte sein Gesicht.

Er griff ihre Hand und hielt sie fest. »Das ist es nicht.«

»Was ist es dann? Du siehst mit einem Mal so ernst aus.«

Er beugte sich zu ihr. »Ich habe noch etwas zu erledigen.« Er küsste sie sanft auf die Stirn. »Mach dir keine Gedanken. In drei Tagen bin ich wieder zurück.«

Katharina rückte ein Stück von ihm weg. »Warum diese Eile? Und drei Tage? Dich beschäftigt doch etwas, Moritz.«

Er schüttelte den Kopf. »Ich muss nur noch eine winzige Kleinigkeit erledigen. Die mich aber etwas Zeit kostet.«

»Warum hast du mir nicht schon früher davon erzählt, dass du verreisen willst?« Katharina klang anklagender, als sie gewollt hatte. »Du bist mir keine Rechenschaft schuldig«, entschuldigte sie sich, »aber ich habe mich schon so an dich gewöhnt, dass du mir fehlst, wenn du nicht da bist.«

»Ich weiß, mein Liebes.« Er erwiderte ihr Lächeln. »Komm, ein paar Minuten Zeit habe ich noch.« Er beugte sich zu ihr.

Während sich ihre Gesichter näherten, forschte Katharina in Moritz' Augen. Aber sie fand nichts, was sie beunruhigte.

Später lag Moritz Grünewald mit geschlossenen Augen neben ihr. Er öffnete sie auch nicht, als Katharina aufstand, um zu duschen.

Als sie ins Schlafzimmer zurückkehrte, stand Moritz mit verschränkten Armen am Fenster.

»Denkst du?« Katharina trat von hinten an ihn heran und schlang ihre Arme um seinen nackten Oberkörper. Sie spürte, dass er sich versteifte, und ließ erschrocken los.

Sie beobachteten eine Zeit lang nebeneinander das Treiben unter dem Fenster. Dann brach er das Schweigen.

»Diese Stadt hat ihren eigenen Geruch und ihre eigenen Geräusche. Hörst du den Bus? Hörst du die Musik von gegenüber? Die Vögel haben keine Chance gegen diesen Lärm. Du wirst das Allgäu lieben. So ursprünglich und so voller Versprechen.«

»Das klingt schön. Und trotzdem bist du so ernst?«

»Es ist nur –«

»Ja?« Sie berührte nur kurz seinen Arm. Seine Muskeln waren angespannt.

Er holte Luft wie ein Sportler, der Kraft für den nächsten Sprung sammelt. »Es ist so, ich habe Angst.«

»Angst?« Sie lachte auf. Nein. Ein Moritz Grünewald hatte doch keine Angst.

»Ja, Angst.« Seine Stimme war rau.

»Wovor hast du denn Angst, Moritz?«

Katharina sah, wie stark sich seine Brust beim Atmen hob und senkte.

»Ich habe Angst, dass ich deine Liebe verliere.«

»Ach, du Dummer.« Katharina lachte und knuffte ihn in die Seite. Eine unsichere Geste. Sein Bekenntnis freute sie und beunruhigte sie gleichermaßen. »Du großer dummer Junge.«

Moritz drehte sich abrupt zu ihr um und fasste sie an den Oberarmen. »Ich habe Angst, dass du mich einmal hassen wirst.«

»Was für ein großer dummer Junge! So groß und plötzlich so unsicher.« Sie gab ihm einen Kuss auf die Nasenspitze. »Warum sollte ich dich hassen? Welch ein böses Wort. Warum sollte ich das tun?«

»Wo?«

Der uniformierte Kollege an der Salzstraße zeigte Richtung Volkshochschule.

Robert Mayr hob das Absperrband und näherte sich langsam dem schmucklosen Eingang, neben dem die Kriminaltechnik einen Pavillon aufgebaut hatte. Mehrere Einsatzfahrzeuge schirmten den Fundort gegen neugierige Blicke ab.

»Möchte wissen, wen die in der Leitstelle schmieren«, knurrte Mayr ungehalten und deutete auf die Kamerateams und Fotografen, die erwartungsvoll ihre Objektive auf sie richteten. »Warum sind die Zugänge nicht verhängt? Mit der Meute im Rücken ist kein vernünftiges Arbeiten.«

Jakisch nickte schuldbewusst, obwohl er nichts dazukonnte, und sprach angestrengt in sein Funkgerät.

Es nieselte. Die beiden Ermittler hatten die Köpfe zwischen die Schultern gezogen. Aber gegen den feinen Regen waren sie chancenlos. Sie beschleunigten ihren Schritt.

»Der Herbst ist endgültig da.« Jakisch hatte keine Lust auf einen Streit über das Miteinander von Polizei und Medien. Bei Mayr würde er ohnehin auf Granit beißen. »Als hätten wir schon Sommer genug gehabt.«

Er dachte für einen Augenblick an Steffi. Beim Frühstück hatten sie über eine Kreuzfahrt gesprochen. All inclusive, sechs Tage durch den Ärmelkanal: Hamburg, Paris, Dover, London. Dabei hatte er – urplötzlich und zu seiner eigenen Verwunderung – gemerkt, dass ihn allein schon der Gedanke seekrank werden ließ. Wie hatte er nur auf die Idee mit der Kreuzfahrt kommen können? Der Rhein war okay. Vielleicht. Aber mehr Wasser, vor allem Meerwasser, durfte es nicht sein. Zum Abschluss hatte er verkündet, keine zehn Pferde würden ihn aufs Schiff bekommen. Steffi hatte ihn lange angesehen und nichts gesagt. Kein gutes Zeichen.

Seine Kindheit sei schuld, hatte er noch zu erklären versucht. Was auch stimmte. Gewissermaßen. Er sei als Kind einmal von seiner Mutter in der Badewanne vergessen worden, als sie sich bei einer Nachbarin nur schnell eine Tasse Mehl hatte ausborgen wollen und sich dabei verquatscht hatte. Er habe sich, hatte er Steffi mit schauspielerischem Einsatz erklärt, verzweifelt an den Rand der Badewanne geklammert, um nicht unterzugehen. Soweit er sich erinnern konnte. Aber auch darauf hatte Steffi nichts gesagt.

»Sie sind ja ganz grün im Gesicht.« Mayr lachte meckernd, als sie den Pavillon erreichten. Er warf nur einen kurzen Blick auf die Frau. »Wer hat sie gefunden?«

Florian Böck von der Spurensicherung sah kurz von seinem Laptop auf, das er auf den Knien hatte, und deutete wortlos auf eine hochgewachsene blonde Frau, die sich vor dem Wetter in den Eingang der VHS geflüchtet hatte.

»Mayr. Ich bin der Chef von dem da«, er zeigte auf Carsten Jakisch, »und leite die Ermittlungen. Sie haben sie entdeckt?«

Die Frau nickte. »Ich war die Erste heute Morgen. Andrea Bahrenberg. Ich bin immer so früh. Ich habe da vorne geparkt, und dann habe ich sie gefunden.« Sie gab Mayr die Hand.

»Was machen Sie in der VHS?« Mayr nickte nur.

»Ich bin für den Bereich Kulturelle Bildung zuständig.«

»Was heißt das?«

»Ich organisiere Kurse, Seminare, Vorträge, Lesungen.«

Kurse in Serviettentechnik seien echte Klassiker und meist ausgebucht, hatte Martina ihm mal erzählt. »Kennen Sie die Frau?« Er deutete Richtung Zelt.

Die VHS-Mitarbeiterin schüttelte den Kopf und strich sich eine Strähne aus dem Gesicht. »Nein. Das ist ja so furchtbar.«

Jakisch bemerkte, dass die schlanke Frau zitterte. »Wollen Sie einen Kaffee? Warten Sie, ich hole eine Decke.«

»Nicht nötig. Aber ein Kaffee wäre nicht schlecht. Nein, ich glaube, besser nicht.« Sie versuchte ein Lächeln, das tapfer wirken sollte, aber völlig verunglückte.

»Sie sind sicher, dass Sie die Frau noch nie gesehen haben?« Eine Kursleiterin war sie demnach also nicht. »Einen Kurs könnte die Tote aber schon gebucht haben?« Mayr fragte sich, wer heutzutage noch zur Volkshochschule ging. Früher waren das Hausfrauen, die zwischen Kochen und Waschen nichts mit ihrer Zeit anzufangen wussten.

»Möglich. Wissen Sie, mit dem operativen Geschäft habe ich wenig zu tun.« Sie warf einen Blick auf das weiße Zelt, das den toten Körper gegen den stärker werdenden Regen abschirmte.

Operativ? Robert Mayr nickte. Ihm reichte das Gespräch.

Als Mayr und Jakisch den Pavillon betraten, war Konstantin Höllisch gerade dabei, die Tote auf die Seite zu drehen.

»Oh Gott. Sie wurde gehäutet!« Jakisch ging in die Hocke.

Von vorne hatte die nackte Leiche unversehrt ausgesehen. Sie hätte auch an einem Herzinfarkt gestorben sein können. Hätte. Die Haut war auf der gesamten Rückenfläche vom Körper gelöst worden. Neben der Toten lag ein ordentlich gefaltetes Kleiderbündel.

»Eine tote Frau ohne Rücken. Und schon wieder penibel gefaltete Kleider.« Mayr trat einen Schritt näher. Wenn Jakisch nicht kotzen musste, würde auch er sich keine Blöße geben. Er hatte als Kind zugesehen, wie Kaninchen das Fell abgezogen wurde, also würde er auch das hier schaffen.

»Viel kann ich noch nicht sagen. Ich denke, dass der Täter mit einigem Geschick zu Werke gegangen ist.« Höllisch drehte die Frau wieder auf den Rücken und stand leise ächzend auf.

»Wie wurde sie getötet? Was meinen Sie?« Mayr duzte Höllisch, wenn sie mal abends beim Bier zusammensaßen. Im Dienst beließ er es bei der förmlichen Anrede. Schnaps ist Schnaps, und Dienst ist Dienst! Diese Devise hatte immer schon geholfen. Vor allem beim knödeligen Unglücksraben, dachte er mit einem Seitenblick auf den Kriminaloberkommissar, dessen grüne Gesichtsfarbe an Intensität zugenommen hatte.

»Ich tippe mal auf Giftspritze.«

»Wie kommen S' darauf? Haben Sie eine Einstichstelle?«

»Das nicht, aber die fehlende Hautpartie und die Kleider bringen mich auf die drei toten Frauen, von denen in den Berichten zu lesen ist. Die hatten alle die gleiche Substanz im Körper.«

»Der Serientäter hat also wieder zugeschlagen?«

»Ihr Fall, Kriminalhauptkommissar Mayr. Ich kann nur die Fakten liefern. Ich muss jetzt los. Meine Toten warten nicht gerne.« Der Mediziner eilte grußlos zu seinem Wagen.

Mayr hob missbilligend die Augenbrauen, darüber würde am Stammtisch noch zu reden sein. Er sah sich nach Böck um, der gerade seinen PC zuklappte. »Wer ist sie? Weiß man das schon?«

»Nein. Sie hatte keinen Ausweis dabei.« Er deutete auf die Tote. »Aber ihr könnt unbesorgt ein Foto von ihr an die Presse geben. Schön war sie.«

»Was sagt die Vermisstenliste? Habt ihr Spuren gefunden? Ist das hier auch der Tatort?« Jakisch kämpfte immer noch hart gegen den Würgereiz.

»Zu viele Fragen auf einmal, findest du nicht? Es ist noch zu früh, um etwas zu sagen.« Florian Böck schaute gen Himmel, dessen Grau immer dunkler wurde. »Hörst du den Regen? Selbst die Amseln singen nicht. Es ist endgültig Herbst.«

Jakisch verließ nickend den Pavillon und betrat zügigen Schrittes die Volkshochschule.

Florian Böck sah Mayr an. »Sie wurde nicht hier getötet. Ihre Leiche muss gegen Morgen abgelegt worden sein.« Er warf einen Blick über die angrenzende Bebauung. »Tagsüber ist hier viel los. Ich würde sowieso die Nacht bevorzugen.«

»Wo könnte sie getötet worden sein? Braucht man spezielle Messer? Oder geht so was wie bei Kaninchen?«

»Ohne Messer geht's nicht. Aber das kann euch Höllisch besser erklären.«

Mayr sah sich um. »Ein Lieferwagen. Klappe auf, Frau raus, Klappe zu. Nicht mal zehn Sekunden. Ich tippe mal, dass die Frau nichts mit der VHS zu tun hat.«

Böck zuckte mit den Schultern. Konnte sein, konnte nicht

sein. Das war nicht sein Thema. Für ihn zählten Faserspuren und Fingerabdrücke. Für Logistik war er nicht zuständig.

»Der Täter kennt sich hier aus.« Robert Mayr sprach mehr zu sich selbst als zu dem jungen Kriminaltechniker.

»Das müsst schon ihr klären. Nanu, der ist aber fix.«

Carsten Jakisch kam zurück und steckte die Hände in seine Jeanstaschen. »Frau Bahrenberg scheint so schnell nichts umzuhauen. Sie geht ziemlich professionell zu Werke und lässt gerade die Namen der Kursteilnehmer zusammenstellen. Sortiert nach Geburtsdatum. Sie bittet uns um ein Foto, damit sie das im Sekretariat herumzeigen kann. Sie lässt auch schon Aushänge drucken mit dem Hinweis, dass der Unterricht heute ausfällt.«

»Gut.« Mayr wandte sich erneut an Böck. »Fasern oder andere Spuren?«

»Wir haben ein paar Kippen sichergestellt.« Er deutete auf einige Tütchen, die in einem offenen Koffer neben ihm lagen. »Es gibt ein paar Anhaftungen an der Toten, die nicht von ihr stammen müssen. Wie gesagt, für Eindeutiges ist es eindeutig zu früh.« Der frisch bestellte Leiter der Spurensicherung und gelernte Zimmermann stand auf. »Wir sind so weit durch. Ihr könnt die Tote wegbringen lassen. Wir sehen uns im Präsidium.«

Bevor Mayr den in einiger Entfernung wartenden Bestattern ein Zeichen gab, hockte er sich neben die junge Frau. Jakisch hockte sich dazu. Er wollte ja auch mal Chef werden.

Sie mochte Ende zwanzig, Anfang dreißig gewesen sein. Ihr schmales Gesicht wurde von halb langem, rotbraunem Haar umrahmt, das eng an ihrem Kopf lag. Böck hatte ihre schlanken Hände auf ihren Bauch gelegt. Es sah aus, als habe sich die Unbekannte auf dem feuchten Asphalt zur Ruhe gelegt.

Robert Mayr stand auf. »Erst die Frau ohne Beine in der Fabrik, dann eine ohne Haut vor dieser Lernfabrik? Was hat das zu bedeuten? Und dann die zwei Toten im Rheinland droben. Mir scheint's, da pendelt ein Irrer zwischen hier und dem Norden hin und her.« Er sah Jakisch nachdenklich an. Fuhr der nicht auch ständig hoch ins Rheinland? »Nun stehen S' endlich auf.«

Jakisch erhob sich langsam. Ein mörderischer Pendler? Hatte er Mayr doch schon geschrieben! »Wir sollten abwarten, ob sich jemand auf die Berichte in der Presse meldet. Höllisch hat recht, wir können ohne Not mit ihrem Foto an die Öffentlichkeit gehen.« Jakisch lockerte seinen Krawattenknoten ein wenig. Sofort hatte er das Gefühl, dass das Würgen zunahm.

»Wie immer hat er die bessere Idee«, höhnte Mayr mit Blick auf das Farbenspiel in Jakischs Gesicht. »Hm. Aber warum ausgerechnet hier?« Nach dem Motto: V-H-S – Vielleicht Hier Sterben?, dachte er. Nein, so ein Schmarrn!

»Vielleicht sollte sie schnell gefunden werden«, vermutete Jakisch und zog den Krawattenknoten wieder enger.

»Was fummeln Sie dauernd an Ihrem Schlips herum?«

»Vielleicht will uns der Täter mit dem sehr öffentlichen Fundort zeigen, dass er sich durch unsere Ermittlungen nicht abhalten lässt. Er will uns zeigen, dass er der Stärkere ist.«

»Und was hat er für Pläne, Jakisch? Sie sind ja immer noch ganz grün im Gesicht.« Mayr drehte den Kopf ein wenig, um besser sehen zu können. Genau. Und auch hinter den Ohren, fügte er stumm hinzu.

Mayr und Jakisch kamen von ihrer Besprechung mit der Kemptener MK Iller-Killer, als sie vor ihrer Bürotür auf eine ältere Frau trafen, die nervös auf und ab ging.

»Sind Sie die Mordkommission?« Die vornehm gekleidete Frau streckte ihnen die Hand entgegen, ohne auf eine Antwort zu warten. »Fefi Felicitas Feiter. Ich habe auf Sie gewartet. Ich habe es in der Zeitung gelesen. Ich bin die Tante der Toten.«

Sie folgte den beiden Ermittlern umstandslos ins Büro. Jakisch wollte ihr aus dem Mantel helfen, aber sie winkte ab und setzte sich auf den einzigen Besucherstuhl.

»Es musste ja so kommen.« Fefi Feiter strich über ihren dünnen Staubmantel. »Eva hat sich schon lange nichts mehr sagen lassen. In Wahrheit hatte ich in den vergangenen Monaten auch kaum Gelegenheit dazu.«

»Ich verstehe nicht ganz?« Mayr setzte sich. Er mochte keine Frauen, die sich ungefragt in seinem Büro aufhielten und dazu ihren Mantel anbehielten. Schlechte Manieren waren ihm ein Graus. Außerdem hatte er keine Zeit. Und außerdem ging ihm der Knödel auf die Nerven, der seit geraumer Zeit keine Gelegenheit ausließ zu beteuern, dass ihn Leichen, dazu noch weibliche, nicht aus der Fassung brachten. Nun stand Jakisch am Fenster und fummelte erneut an seinem Binder herum.

»Eva ist«, sie verbesserte sich, »Eva war eines Tages einfach verschwunden. Ich habe all ihre Freunde abtelefoniert, soweit ich ihre Nummern kannte. Ich bin in die Restaurants und Kneipen gegangen und habe sie dort gesucht. Und in ihrem Zimmer habe ich nicht den geringsten Hinweis gefunden.«

»Eva war Ihre Nichte?«

»Ja.«

»Sie werden sie identifizieren müssen. Wir können Ihnen das leider nicht ersparen«, schaltete sich Jakisch ein und fing sich augenblicklich einen bösen Seitenblick seines Chefs ein. Er zog unwillkürlich den Kopf ein. Er hatte verstanden, solche Sätze waren allein Mayr vorbehalten.

»Das ist auch alles, was ich noch für sie tun kann.« Ihre Stimme wurde dunkler. Sie fuhr sich entschlossen über die Augen.

Fefi Felicitas Feiter mag die sechzig schon überschritten haben, aber sie ist immer noch eine attraktive Frau, dachte Mayr nun doch anerkennend. Man sah ihr an, dass sie in ihrem Leben nie hatte hart arbeiten müssen. Er fragte sich, welchen Beruf sie wohl ausgeübt haben mochte, oder ob sie an der Seite eines vermögenden Mannes durch ihr Leben ging. Vielleicht hatte ihrer Familie ja die Weberei an der Iller gehört, schoss es ihm blitzschnell wie ein Weberschiffchen durch den Kopf.

»Wir konnten keine eigenen Kinder bekommen. Da war es keine Frage, Eva zu uns zu holen, als meine Schwester und ihr Mann bei einem Verkehrsunfall in England ums Leben gekommen sind. Mein Schwager hat als hochrangiger Offizier lange in Sonthofen gearbeitet. Eva hat den Verlust nie verkraftet.« Fefi

Feiter legte ihre Hände in den Schoß und begann, ein Stofftaschentuch zu kneten, das sie aus einer Manteltasche gezogen hatte.

»Wie alt ist Eva geworden?«, fragte Jakisch.

»29.«

»Wo hat sie gearbeitet?«

»Sie hat erst studiert und dann eine Lehre als Bankkaufrau begonnen. Hier in Kempten.«

»Begonnen?« Jakisch runzelte die Stirn.

»Sie hat die Lehre abgebrochen. Einfach so. Ich verstehe die jungen Leute nicht. Sie hat alle Chancen gehabt. Aber Eva wollte sich schon damals nicht mit mir auseinandersetzen. Ich habe zuerst argumentiert, dann sie inständig gebeten, ihre Entscheidung zu überdenken. Ich habe gebettelt, und ich habe gedroht.« Das Kneten ihrer Hände wurde stärker. »Aber das war wohl mein größter Fehler. Sie war seitdem völlig verändert.«

»Inwiefern?«

»Eva blieb immer öfter von zu Hause weg. Kurz nach dem Streit um die Lehre ist mein Mann gestorben. Eva ist nicht einmal zur Beerdigung gekommen. Dabei hat sie sehr an Martin gehangen. Er war ein guter Vater zu ihr.«

»Sie haben nicht herausfinden können, warum sie die Lehre geschmissen hat?« Jakisch ging zu seinem Schreibtisch und setzte sich. Er sah an Mayrs Haltung, dass er seine Fragerei besser ihm überlassen hätte.

»Nein. Von einem Tag auf den anderen war Schluss. Dabei war sie die beste Auszubildende. Und ständig unterwegs. Sie saß als Azubi in verschiedenen Arbeitsgruppen. Wir haben damals gedacht, dass sie eine große Karriere machen wird.«

»Wovon hat sie nach der Kündigung gelebt? Haben Sie sie unterstützt?« Das würde seine letzte Frage sein. Jakisch hatte das Gefühl, dass die Luft Feuer gefangen hatte.

Fefi Feiter sah erst Jakisch und dann Robert Mayr an, als erhoffte sie von den Polizeibeamten im Nachhinein den Segen für ihr Verhalten. »Wir haben ihr kein Geld gegeben. Sie hat natürlich weiter bei uns wohnen dürfen. Aber Geld? Nein, hat mein Mann entschieden. Eva sollte lernen, was es heißt, für sich selbst verantwortlich zu sein.«

»Sie hat es aber augenscheinlich nicht gelernt. Zumindest nicht so, wie Sie es sich für sie erhofft haben. Liege ich da richtig?« Mayr bemerkte zu seinem Verdruss, dass Jakisch sich sichtlich entspannte. Er würde dem Neigschmeckten schon zeigen, wer das Zepter führte.

Fefi Felicitas Feiter nickte kaum merklich. »Sie ist immer häufiger über Nacht weggeblieben. Wir haben uns große Sorgen gemacht. Aber irgendwann war unsere Kraft aufgebraucht, und wir haben nichts mehr gesagt.« Sie brach unvermittelt in Tränen aus. »Jetzt ist Eva tot. Und ich habe nichts tun können.«

Mayr betrachtete die Frau, die zusammengesunken vor ihnen saß und weit entfernt war von der selbstsicheren Art, mit der sie ihr Büro betreten hatte. Sie dauerte ihn nun doch.

»Vielleicht ist die Tote ja gar nicht Ihre Eva«, versuchte Jakisch, Trost zu spenden. Dabei ließ er Robert Mayr nicht aus den Augen.

»Doch. Das Foto in der Zeitung lässt keinen Zweifel.«

»Fühlen Sie sich stark genug, uns noch ein paar Fragen zu beantworten?«, ergriff Mayr wieder das Wort.

»Fragen Sie.« Sie blickte auf. »Ich bin stark. Ich musste immer stark sein.«

»Wenn Sie Eva so lange nicht gesehen haben, wissen Sie vermutlich nichts über ihre Beziehungen?«

Auf Fefi Feiters Lippen zeigte sich der Anflug eines erinnernden Lächelns. »Eva war sehr attraktiv. Das machte sicher auch einen Teil ihres Erfolges in der Bank aus. Sie hatte diese spezielle Wirkung auf Männer, wissen Sie. Aber sie war auch begabt, bitte verstehen Sie mich nicht falsch. Sie hätte ihre Ausbildung mit Auszeichnung abgeschlossen, auch wenn sie nicht so hübsch gewesen wäre.«

Mayr räusperte sich. Ihm war der Stellenplan im Präsidium in den Sinn gekommen. Frauen hatten immer einen Bonus. Gut, dass er damit nichts mehr zu tun hatte. Darüber hatte er gerade erst vor wenigen Tagen mit Martina gesprochen. Dass das Alter auch seine positiven Seiten hatte.

»Ich verstehe. Es ist mir direkt peinlich, aber ich muss diese Frage stellen: Hatte Eva spezielle sexuelle Vorlieben? Verkehrte sie in Swingerclubs?« Er hatte das starke Gefühl, sich vor Evas Tante rechtfertigen zu müssen. »Ich frag das, weil es im Rheinland entsprechende Ermittlungen gibt.« Er sah ihren fragenden Blick. »Dort gibt es zwei ähnliche Fälle.«

Fefi Feiters Gesichtsausdruck verhärtete sich zusehends. Sie war jetzt die Löwin, die ihr Junges verteidigte. »Nicht dass ich wüsste. Eine höchst befremdliche Frage, wenn ich das so sagen darf.«

Jakisch wollte Mayr zu Hilfe kommen. »Wir verstehen Sie sehr gut. Aber wir müssen wissen: Sie wissen es nicht, weil Sie es nicht wissen wollen, oder Sie wissen es, wollen es aber nicht wahrhaben, oder Sie wissen es tatsächlich nicht.«

Was für ein Schmarrn, dachte Mayr. So würde Jakisch auf ewig eine mittlere Charge bleiben. Andererseits – nicht die schlechteste Aussicht. Er entging nur knapp einem Lächeln.

Der harte Gesichtsausdruck in Fefi Feiters Gesicht blieb. »Was fällt Ihnen ein? Ich habe mein Kind, ja, ich sage ausdrücklich: mein Kind verloren. Und nun stellen Sie diese Fragen.«

Sie ist tatsächlich nicht so stark, wie sie tut, dachte Mayr und hatte immer noch Mitleid mit ihr. »Verstehen S' uns, Evas Tod steht vermutlich im Zusammenhang mit drei weiteren Frauenmorden.«

Fefi Feiter drückte den Rücken durch. »Meine Herren, entschuldigen Sie bitte meine vorübergehende Schwäche. Sie haben natürlich recht, Sie müssen diese Fragen stellen.« Sie sah etwas hilflos von einem zum anderen. »Ich habe mir diese Frage auch schon gestellt. Wie gesagt, Eva war attraktiv, ein sehr positiver und lebenslustiger Mensch. Sie hat mir einmal gesagt, dass sie nichts – wie sagt man das heute? –, nichts anbrennen lassen wolle. Schließlich sei sie noch viel zu jung, um sich festzulegen. Sie hat dabei gelacht und mich in den Arm genommen. Warst du anders?, hat sie gefragt. Wir haben dann noch eine ganze Weile über das Leben gescherzt und uns ausgemalt, welche Überraschungen noch auf uns warten. Dass es zu dieser entsetzlichen Tat kommen würde – nur gut, dass der Mensch nicht in die Zukunft schauen kann. Wie ist meine Eva gestorben? Hat sie sehr leiden müssen?«

»Diese Fragen klären wir am besten erst, wenn wir in der Gerichtsmedizin waren.« Mayr wollte ihr so lange wie möglich die Wahrheit ersparen.

Fefi Feiter stand auf. Sie war jetzt wieder ganz die selbstbeherrschte Dame der Kemptener Gesellschaft. »Dann sollten wir nicht länger warten.«

Mayr erhob sich ebenfalls.

»Eine Frage ist aber noch offen«, bemerkte Jakisch im Hinausgehen, »wovon hat Eva gelebt?«

Als Antwort zuckte ihre Tante mit den Schultern. In dieser Geste steckten Ratlosigkeit und ein stummes Bekenntnis.

»Was meinen Sie?« Mayr ahnte die Antwort.

»Sagen Sie es mir.« Fefi Feiter hatte nicht die Kraft zu antworten.

»Sie hat ihren Körper verkauft?«

Ihr Blick sprach Bände.

»Und Sie wissen nicht, wo Ihre Nichte zuletzt gelebt hat?«

Fefi Feiter zuckte erneut mit den Schultern.

»Hat Sie das nie so interessiert, dass Sie es wissen wollten?«

»Sie meinen, ich hätte sie suchen lassen müssen?«

Mayr sagte nichts. Das Ganze war einfach nur tragisch.

»Nein. Ich wollte sie natürlich finden. Aber dann habe ich erkannt, dass mir das nur wehtun würde. Wer weiß, wie ich sie vorgefunden hätte? Nein, sie hat uns sehr verletzt. Ich wollte am Ende nicht wissen, unter welchen Umständen sie lebt. Ich wollte sie als kleines Mädchen in Erinnerung behalten. Wenigstens dieses eine Bild wollte ich mir nicht zerstören lassen.« Sie blieb stehen. »Ich weiß, es klingt, als wäre sie schon damals für mich gestorben. Ja, ich hatte damals dieses Gefühl. Was ich vermisst habe, waren die unbeschwerten Momente mit ihr. Ich weiß, man kann weder den Moment konservieren, noch das Schicksal aufhalten. Leben passiert einfach. Und Leben vergeht – ebenso einfach. Ich habe das einsehen müssen, und das hat sehr wehgetan.« Fefi Feiter schwieg erschöpft.

Mayr schwirrte der Kopf vor lauter Philosophiegeschwurbel. »Hatte Eva Kontakt zur Volkshochschule?«

»Nicht dass ich wüsste, nein.«

»Sagen Ihnen die Namen Simone Contzen und Corinna Neuhaus etwas?«

»Sind das die toten Frauen aus dem Rheinland?«

»Nicht Rheinland, Niederrhein«, verbesserte Jakisch.

»Ich habe die Namen noch nie gehört.«

Die Tote war Eva Leuchter. Fefi Feiter war noch im Sektionssaal zusammengebrochen. Sie hatte gegen die blanken Kacheln des Saals angeschrien, als Robert Mayr den gehäuteten Rücken erwähnt hatte. Er hat sich nicht anders zu helfen gewusst, als die Frau vorsorglich in die Psychiatrie einzuweisen.

Nach ihrer Rückkehr ins Büro hatte Jakisch Mayr darauf hingewiesen, dass er ständig die Regionen durcheinanderwerfe. Dass das Rheinland nur sehr wenig mit dem Niederrhein gemein habe und er, Mayr, sich doch, bitte schön, angewöhnen solle, den Niederrhein nicht zu verunglimpfen. Schließlich könnte das auch zu dramatisch verfälschten Ermittlungsergebnissen führen.

Mayr hatte zunächst wortlos zugehört und dann zu einer endlosen Tirade über die Norddeutschen angesetzt, die sommers in unübersehbarer Zahl über »sein Allgäu« herfallen würden wie im Alten Testament die Heuschreckenplage über Ägypten. Rhein sei sowieso nur Rhein, der Wein im Norden sauer, und die Fußballer des 1. FC Köln allesamt ihr Geld nicht wert. Das könne er als Greuther sowieso am besten beurteilen, und in Mönchengladbach würden eh nur lahme Fohlen spielen, die zudem mit Haschisch gedopt seien, das man »dort oben an der Grenze so billig kaufen kann wie Kaffee und diesen ungenießbaren Kunstkäse«.

Jakisch hatte anfangs versucht, die wild stürzenden Wortkaskaden einzudämmen, hatte dann aber nur noch geschaut, dass er nicht von den Satzfluten mitgerissen wurde und in der tosenden See aus Vorurteilen und Ignoranz ertrank.

Als er Steffi von Mayrs Ausbruch hatte erzählen wollen, hatte sie nur gemeint, dass »der Mann ein Vulkan« sein müsse, und einen dicken Katalog mit Fernreisen aus ihrer Tasche gezogen. Der Kilimandscharo sei gerade günstig, und da brauchte er, Carsten, sich nicht groß umzugewöhnen. Dort liege, hatte sie ihm, schon in Netzstrümpfen und Korsage, ins Ohr gehaucht, auch Schnee, und Afrika sei dort ein bisschen wie das Allgäu.

Robert Mayr hatte nach der »Besprechung« daheim ein paar Halbe getrunken und mit Martina über den Käse der »Nordländer« gelästert. Im Bett hatte er zufrieden an sein Allgäu gedacht und daran, dass sie nun endlich einen Termin für ihre Hochzeit gefunden hatten.

»Wir haben nun vier tote Frauen.« Frank pinnte das vierte Foto auf die Schautafel im Besprechungsraum. »Eva Leuchter. Aus Kempten. Die Fakten haben wir euch ausgedruckt zu den anderen Infos getan.« Er hob einen Hefter hoch. »Es bleibt die Frage: Wo ist die verdammte Verbindung zu den Frauen? In allen vier Körpern wurden Reste von Propofol gefunden. Und damit bin ich auch schon fast am Ende. Wir warten noch auf das BKA-Ergebnis zu den Fasern. Die Allgäuer kennen immer noch nicht die Identität der Toten aus der Fabrik. Also: Wo und was ist die verdammte Verbindung?« Er sah auffordernd in die Runde. Einige Kollegen machten sich Notizen oder sprachen leise mit ihren Nachbarn.

»Konzentrieren wir uns zunächst auf unsere Fälle. Das *Heartbeat* ist ein suspekter Schuppen. Aber wir haben keine Handhabe, den Laden hochzunehmen.« Ecki sandte seinem von der Drogenfahndung zu ihnen abgeordneten Kollegen einen fragenden Blick.

Paulert nickte zustimmend.

»Ihr wisst, Ulf ist ein Trüffelschwein. Wenn der nix findet, dann wird es schwer.«

Im Lagezentrum wurde das Getuschel lauter. Paulert genoss bei seinen Kollegen hohes Ansehen. Er war trotz einer schweren Schussverletzung und der Ankündigung, den Polizeidienst zu quittieren, am Ende doch »im Laden geblieben«, wie er in seiner lakonischen Art gemeint hatte. Er war eines Morgens wieder zum Dienst erschienen, als sei nichts gewesen.

Frank bat mit erhobenen Händen um Ruhe. »Ich weiß, dass ihr bei dem Thema kotzen könntet, aber ich brauche ein paar von euch, die sich die Konzertbilder noch einmal ansehen.«

Die Gespräche verebbten. Es dauerte eine gefühlte Ewigkeit, bis sich ein paar Hände hoben.

»Wir haben Contzen auf dem Weg zum Konzert identifiziert, aber das ist schon alles. Das ist schlimmer als die Suche nach der Stecknadel«, meldete sich ein Kollege aus der letzten Reihe.

»Daher ist es umso schöner, dass ihr euch noch einmal an die Arbeit macht.« Ecki nickte zufrieden und notierte die Namen der Kollegen. Sie mussten etwas finden! Sie hatten alle Puffs am Niederrhein abgeklappert beziehungsweise von den Kollegen in den umliegenden Städten abarbeiten lassen. Nichts. Sie hatten noch die Auswertung einiger Tausend Handy-Anschlüsse in der Mache, die in der Nähe der Tatorte zu den jeweils fraglichen Zeiten in die jeweiligen Funkzellen eingeloggt gewesen waren.

Die Auswertung konnte noch Wochen dauern. Bis dahin konnte der nächste Mord passiert sein. Die Presse wurde mit jedem Tag ungeduldiger. Ganz zu schweigen vom Polizeipräsidenten und Carolina Guttat. Die Oberstaatsanwältin hatte ihnen unter vier Augen gesagt, dass sie nicht mehr lange ihre Hand über die MK werde halten können und ihre Ablösung bereits Gewehr bei Fuß stehe. Franks und Eckis schärfste Kritiker würden nur darauf warten, die beiden fallen zu sehen.

In der hintersten Reihe wurde erneut eine Hand gehoben.

»Ja?« Frank nickte der Kollegin zu.

Jasmin Köllges erhob sich. »Wir sollten auch über Facebook gehen. Die Netzgemeinde kann sehr umtriebig sein.« Sie setzte sich wieder.

»Die Idee ist an sich nicht schlecht, Jasmin«, Frank wusste, dass sie unbedingt in sein Kommissariat wollte, »aber ich möchte vermeiden, dass eine Hexenjagd losbricht.«

Köllges erhob sich erneut. »Ich beobachte Facebook schon eine ganze Weile. Was meinst du, was da los ist! Die Morde werden rauf und runter diskutiert. Es werden Tipps gegeben bis hin zu ausgefeilten Strategien, wie die Polizei Erfolg haben könnte. Da sind eine Menge guter Ideen dabei.« Sie setzte sich und blickte zufrieden in die Runde.

»Und das ist genau der Grund, warum ich nicht noch Öl ins Feuer gießen möchte. Da passiert schon viel zu viel. Die Leute sollen im Netz meinetwegen ihre Theorien aufstellen und alle Wenn und Aber durchhecheln. Aber ich möchte nicht, dass wir uns daran beteiligen. Das wird aus dem Ruder laufen, da bin ich mir sicher. Trotzdem danke für dein Engagement, Jasmin.« Er sah, dass die Kollegin die Arme vor der Brust verschränkte und sich kopfschüttelnd zu ihrem Nebenmann beugte.

»Wir arbeiten natürlich weiter mit der Presse, werden aber, ich sage das ausdrücklich, nicht bei Facebook aktiv werden. Vielleicht reichen ja die Veröffentlichungen in den Zeitungen und im Fernsehen aus.«

»Es gibt noch einen Ansatz, den wir nicht vergessen dürfen.« Ecki heftete ein Foto an die Pinnwand hinter sich. »Paul Eggerath. Der Viersener ist immer noch verschwunden. Wir müssen ihn finden, er kann uns sicher eine Menge über Simone Contzen sagen. Die Kollegen vom Betrug sind auch an ihm dran.«

»Kann er der Täter sein?« Köllges hatte den Arm gehoben.

Frank zuckte mit den Schultern. »Zumindest hat er sich im Umfeld von Contzen aufgehalten. Das hat uns die Journalistin von der *Rheinischen* mittlerweile bestätigt.«

»Was haben wir bisher getan, um ihn zu finden? Auch die Journalistin überprüft?«

»Ja«, bestätigte Ecki knapp. »Natürlich haben wir sein Profil durch alle Datenbanken laufen lassen. Bisher null.«

»Dann ist er noch in Deutschland?«

»Oder irgendwo in Europa unterwegs. Seine Kredit- oder EC-Kartendaten sind bis jetzt nirgendwo aufgetaucht.«

»Das könnte für eine gut organisierte Flucht sprechen. Sein Mobiltelefon?«

»Auch hier: negativ. Entweder hat er den Akku entfernt und nutzt das Telefon nicht, oder er hat sich ein Kartentelefon besorgt. Warum fragst du, Kollegin?«

Jasmin Köllges lehnte sich zurück. »Ich will mich nur einbringen. Kann ja sein, dass wir etwas übersehen.«

Oder du willst nur Unruhe stiften, dachte Frank. Verletzte Eitelkeit war das Letzte, was er in seiner MK brauchen konnte. Er lächelte wohlwollend. »Wir können jede gute Idee brauchen.«

Köllges schwieg und verschränkte ihre Arme erneut.

Bevor Frank weitersprechen konnte, öffnete sich die Tür, und eine Beamtin der Leitstelle reichte ihm einen Zettel.

Frank überfolg die wenigen Worte. »Ein Problem haben wir vorerst gelöst. Paul Eggerath ist erkannt und vorläufig in Gewahrsam genommen worden.« Er warf Ecki einen kurzen Blick zu. »Nicht weit von hier. Vor der Wohnung der Journalistin. Mieter hatten sich gewundert, dass vor ihrem Haus ein Mann dauernd zum ersten Stock hinaufgestarrt hat. Einer hat uns angerufen. Eggerath ist schon auf dem Weg zu uns.«

»Ich will ehrlich zu Ihnen sein.« Er beugte sich gerade so weit vor, dass sein Gegenüber die Bewegung wahrnehmen konnte. Eine Geste, die er vor dem Spiegel einige Male geprobt hatte, um ihre Wirkung einschätzen zu können. »Ich beende unsere regelmäßigen Zusammenkünfte. Mit dem heutigen Tag.«

Der Therapeut blieb unbeeindruckt. »Mögen Sie mir den Grund für Ihre, zugegeben, überraschende Entscheidung nennen?«

Wie er dort sitzt und die Fingerspitzen aneinanderlegt, das eine Bein lässig über das andere geschlagen, dazu dieser helle Strohhut – wir sind hier nicht in Südfrankreich!

Es geht um mein Leben! Er war versucht, aufzuspringen und den Raum zu verlassen, der an diesem Vormittag in einem üppigen Licht stand, so, als habe ein Beleuchter die Lampen, einer speziellen Choreografie folgend, in die beste Position gesetzt. Er schnaubte leicht. »Wofür bezahle ich Sie? Dass Sie dasitzen, in Ihrem teuren Leinenanzug und mit diesem albernen Hut, und nichts tun, als zuzuhören? Als könnten Sie mir dadurch helfen!«

»Sie sind so aufgebracht. Worum geht es, mein Lieber?«

»Ich bin nicht Ihr Lieber. Was maßen Sie sich an? Sie sind nicht mehr als ein Zuhörer, der von mir bezahlt wird. Noch dazu ein lausiger Zuhörer.« Er wandte sich brüsk ab. Auch eine Geste, die er sorgfältig einstudiert hatte. Er würde den Typen so lange vorführen, bis er von sich aus die Sitzung beendete. Er war sicher, Erfolg zu haben. Er hatte noch immer erreicht, was er sich vorgenommen hatte. Menschen waren ja so formbar.

Der Therapeut veränderte seine Position nur um Nuancen. »Sie reden sich in Rage. Etwas muss Sie sehr beeindruckt haben. Oder muss ich sogar sagen, dass es Sie aufgeregt hat? Was ist es? Mögen Sie es mir nicht sagen?«

Ich werde deine selbstgefällige Art schon knacken, dachte er. »Das tut nichts mehr zur Sache. Ihr Job ist erledigt.«

»Ich bin sicher, dass Sie einen Fehler machen. Lassen Sie uns unser Gespräch fortführen. Ich werde Ihnen helfen. Bei was es auch sein mag.« Er nahm seinen Hut ab. »Wenn es der Hut ist, der Sie stört – kein Problem, ich nehme ihn ab. Sehen Sie?« Er ließ den Sommerhut achtlos neben seinen Sessel fallen. »Sie haben recht, ein albernes Ding. Ich habe ihn aus einer Laune heraus gekauft. Und gedacht, dass er Ihnen gefallen würde, bei Ihrem guten Geschmack für ausgesuchte Kleidung.«

Der Therapeut hatte nicht den Hauch einer Ahnung. Und es nicht verdient, mit ihm diese Fragen zu diskutieren. Ein verächtliches Schnauben musste als Antwort genügen.

»Nun gut«, der Therapeut strich sich über sein Haar, »damit ist also das größte Hindernis beiseitegeräumt. Nun können wir uns befreit dem eigentlichen Thema unserer Sitzung zuwenden.«

Er musste zugeben, dass ihn die Unverfrorenheit auf eine gewisse Weise beeindruckte. Er beschloss, das Spiel noch eine kleine Weile mitzuspielen.

»Nun?« In den Augenwinkeln des Therapeuten lag ein spöttischer Zug. »Was meinen Sie?«

Er seufzte. »Nur damit Sie Ruhe geben: Ich werde unsere Treffen nicht fortsetzen, weil ich mein Ziel erreicht habe.«

»Ihr Ziel?«

»Bitte verschonen Sie mich mit diesen Spielchen. Sie wissen ganz genau, was ich meine.«

»Der Punkt geht an Sie.«

Der Therapeut gab seiner Körperhaltung eine gönnerhafte Note.

»Ihr Ziel hat mit dieser Frau zu tun. Habe ich recht? Diese Frau aus dem Auto.«

Die gönnerhafte Haltung blieb.

»Ich habe lange darüber nachgedacht und bin zu dem Schluss gekommen, dass Ihr Verhalten der vergangenen Sitzungen seine Quelle in der Begegnung mit dieser Autofahrerin haben muss.«

»Nur zu, ich bin ganz Ohr.« Nun war es an ihm, den Gedanken des anderen nicht im Weg zu stehen. Ein tatsächlich sehr angenehmes Gefühl. Zum ersten Mal empfand er so etwas wie Sympathie. Er nahm sich vor, es nicht überhandnehmen zu lassen. Sonst würde er die Kontrolle verlieren. Über den Therapeuten und schließlich über sich selbst. Und das war das Letzte, was er wollte.

Der Therapeut fühlte sich regelrecht angefeuert. »Diese junge Frau, die Sie im Schein der Rücklichter gesehen haben, hat Sie sehr beeindruckt. So sehr, dass Sie Kontakt zu ihr aufgenommen haben. Sagen Sie, welcher Art ist dieser Kontakt?«

Er schwieg.

Der Therapeut nahm es als Zustimmung. »Sind diese Kontakte regelmäßiger Natur?«

Auch diese Frage blieb unbeantwortet.

»Dann haben Sie sich ihr bereits sexuell genähert.« Er lehnte sich zurück. Na also. Er hatte es gewusst. Seinem Klienten war es um nichts anderes gegangen: Er, der Therapeut, war die moralische Instanz, die Gebote und Verbote aussprach. Der Therapeut als Elternersatz. Viel beschrieben in der Psychologie! Sein Gegenüber war nicht anders als alle anderen Geschöpfe, die fachlichen Rat und Hilfe bei ihm suchten.

Wobei – dieser Mann war doch anders. Ihm ging es nicht allein um die Sanktion seiner Ideen und Vorlieben, er wollte mehr. Er wollte die Zustimmung zum bislang Unausgesprochenen und in der letzten schrecklichen Konsequenz Unaussprechbaren. Er würde ihm dieses intellektuelle Nicken verweigern. Niemals konnte er seine Zustimmung geben. Er würde diesen Machtkampf zwischen zwei ebenbürtigen Gegnern, der es in Wahrheit war, bis zum Ende durchstehen.

»Sie wissen, dass ich um Ihre Phantasien und Nöte weiß. Und Sie wissen, dass ich sie niemals gutheißen werde. Kehren Sie um. Trennen Sie sich von der Frau. Bevor es zu spät ist.«

Er sprang auf. Der Therapeut versuchte, die Macht an sich zu reißen, ihm die Kontrolle zu entziehen! Damit war er gleich mehrere Schritte zu weit gegangen. Das war nicht wiedergutzumachen.

»Hören Sie auf! Wenn jemand etwas anordnet, dann bin ich das! Sie haben offenbar vergessen, dass Sie ohne mich nichts sind. Ich bin der Spiegel, in dem Sie sich betrachten dürfen – weil ich es Ihnen gestatte. Sie haben mir gar nichts zu sagen! Hören Sie? Gar nichts!«

Je lauter sein Klient wurde, umso gelassener blieb er in seinem Korbsessel sitzen. Mochte er doch toben! Er hatte ihm die Maske vom Gesicht gerissen. Hatte aus der aufgeblasenen, eingebildeten und unverschämten Existenz das gemacht, was sie war: ein armseliges Nichts, dem die Welt durch die Finger glitt, ohne die geringste Chance, auch nur ein Jota festhalten zu können.

»Ich sage, wann Schluss ist! Hören Sie? Ich! Ich! Ich!« Er brüllte in den Raum hinein, aber der Therapeut zuckte nicht einmal. »Und ich sage Ihnen: Es ist Schluss. Sie werden mich nicht wiedersehen.« Er rannte aus dem Raum, nicht ohne auf dem Weg zur Tür dem Strohhut einen wütenden Tritt zu verpassen.

Der Therapeut blieb auch von dieser explosionsartig vorgebrachten Gefühlsäußerung völlig ungerührt. Er hatte recht. Das hatte er gerade bewiesen bekommen. Sein Klient hatte ihn verlassen, weil er nicht das bekommen hatte, was er wollte. Nämlich die uneingeschränkte Erlaubnis, mit der Frau nach seinen eigenen Vorstellungen verfahren zu dürfen. Er, der Therapeut, war aus diesem Kampf als Sieger hervorgegangen! Zufrieden klaubte er den Strohhut vom Boden und öffnete das Fenster. Draußen war es still. Die Blätter der Bäume hatten begonnen, sich zu verfärben. Er nickte, eine Jahreszeit war vergangen. Das ewig währende Spiel der Natur.

Schade nur um die Frau.

Frank und Ecki saßen Paul Eggerath im Vernehmungsraum gegenüber. Der Statiker schwitzte trotz Klimaanlage.

»Was wollen Sie von mir?« Eggerath sah Frank trotzig an. »Sie können mich nicht so einfach festhalten.«

»Bleiben Sie ganz ruhig. Was wollten Sie vor dem Haus von Frau Ungerechts?«

»Ich wollte mit ihr reden. Wir sind befreundet.«

»Aha.«

»Sehr sogar.«

»Warum sind Sie nicht zu ihr gegangen? Haben Sie sich etwa nicht getraut? Sie haben sich reichlich verdächtig benommen.«

»Ich habe nur gewartet. Ihr Auto war nicht da. Da habe ich mir die Zeit mit Warten vertrieben. Ist das verboten?«

»Nein. Natürlich nicht. Darüber reden wir später. Deshalb sind Sie auch nicht hier.«

»Warum dann?«

»Es geht um Frau Contzen.«

»Ich verstehe kein Wort.«

»Dann werde ich gerne konkreter: Wann hatten Sie das letzte Mal Kontakt zu Simone Contzen?«

»Ich stehe ganz friedlich auf der Straße, dann kommen Ihre Kollegen und bringen mich zur Wache. Ich verstehe das nicht.«

»Ich werde gerne noch ein bisschen deutlicher.« Ecki schob das Mikrofon näher an Eggerath. »Wir suchen den Mörder von Simone Contzen.«

»Ich war's nicht.« Auf Eggeraths Stirn standen dicke Schweißperlen. Er legte seine Hände flach auf den Tisch. »War's das? Kann ich jetzt bitte gehen!«

»Haben wir gesagt, dass wir Sie für den Täter halten? Wir wollen lediglich Simones letzte Stunden rekonstruieren. Sie haben sie am Tattag getroffen. Das stimmt doch?«

»Am Tattag, am Tattag.« Eggerath fuchtelte mit den Händen. »Ich habe mit ihrem Tod nichts zu tun.«

»Sie haben meine Frage nicht beantwortet.«

Eggerath öffnete den obersten Hemdknopf und wischte sich den Schweiß von der Stirn. »Ich habe Simone kurz gesehen. Ja.«

»Ich habe Sie nicht verstanden. Können Sie etwas lauter sprechen?« Ecki schob das Mikrofon ein Stück näher.

»Ich habe Simone nur kurz getroffen. Zufällig.«

»Wo und wann?«

»Nach dem Konzert. Ich war in der Stadt unterwegs. Ich hatte keine Lust, alleine zu Hause zu sein. Und da stand sie plötzlich vor mir.«

»Zufällig?«

»Ja, rein zufällig.«

»Und dann?«

»Wir haben kurz gesprochen, und dann ist sie wieder weg.«

»Worüber haben Sie gesprochen?«

»Über die Musik. Die Bands. Die Leute. So was halt.«

»Kann es nicht so gewesen sein, dass Sie Simone gesucht haben und sich mit ihr treffen wollten?«

Eggerath schüttelte den Kopf.

»Wir haben die Verbindungsdaten ihres Handys überprüft. Demnach ist sie an jenem Abend ein paarmal von der gleichen Nummer aus angerufen worden.« Frank blätterte in einem schmalen Hefter. »Von Ihrer Nummer.«

»Sie wollen mir den Mord an Simone anhängen!«

»Wir wollen Ihnen gar nichts anhängen. Wir wollen wissen, in welcher Beziehung Sie zu Frau Contzen standen und was an dem Abend passiert ist.« Frank sah die wachsende Panik in Eggeraths Augen.

»Das habe ich Ihnen doch schon gesagt.« Eggeraths Stimme wurde fast tonlos. »Wir haben nur ein bisschen geredet.«

»Sie haben sie angerufen.«

Eggerath nickte. »Ich hatte an dem Abend Streit mit Katharina. Ich wollte ein bisschen reden. Das war alles.«

»Sie meinen die Journalistin.«

»Ja.«

»Warum hatten Sie Streit?« Ecki machte sich Notizen.

Paul Eggerath sah auf. »Wissen Sie, Katharina und ich – das ist nicht so einfach mit uns beiden.«

»Ja?«

Er räusperte sich. »Katharina liebt mich, das weiß ich. Aber sie hat so viel Arbeit und so wenig Zeit. Da kommt ihr manchmal etwas durcheinander. Sie will ja mit mir zusammen sein. Aber die Arbeit! Verstehen Sie? Ich kann das verstehen. Ich habe Geduld. Eines Tages trennt uns nichts mehr.«

»Hat sie Ihnen gesagt, dass sie Sie liebt?«

»Ja, das hat sie. Nicht direkt. Sie ist manchmal etwas versponnen. Aber ich kann zwischen den Zeilen lesen. Sie liebt mich.« Den letzten Satz setzte Eggerath wie ein Ausrufezeichen an das Ende einer schlüssigen Beweiskette.

»Und an jenem Abend, am Tag des Konzertes, hat sie Ihnen auch wieder gesagt, dass sie noch ein bisschen Zeit braucht?«

»Ja.«

»Warum haben Sie sich dann gestritten?«

Paul Eggerath merkte, dass er auf dem besten Weg war, sich in Widersprüche zu verstricken. Er rückte nahe an den Tisch heran. »Katharina ist total überarbeitet. Ich habe daher ihre Argumente zuerst nicht so ernst genommen. Der Mensch sucht schnell nach Argumenten, wenn er müde ist und eigentlich seine Ruhe will. Da sagt man schnell mal etwas, was in Wahrheit nicht so gemeint ist. Das habe ich ihr so gesagt. Aber statt zu erkennen, dass ich mich in ihre Seele einfühlen kann, hat sie mich zurückgewiesen. Na ja, ich habe auch das verstanden und bin dann gegangen.«

»Sie hat Sie nicht rangelassen.«

Eggerath fixierte Ecki aus schmalen Augen. Er sah aus, als würde er sich im nächsten Augenblick auf Ecki stürzen. »Meine Gefühle für Katharina haben nichts mit dieser Art Sex zu tun. Ich lasse nicht zu, dass Sie so über uns reden«, zischte er.

Frank nahm den Ball auf. »Wie beschreiben Sie dann Ihr Verhältnis zu Frau Ungerechts?«

»Verhältnis? Das ist kein ›Verhältnis‹! Ich empfinde eine tiefe Liebe zu Katharina. Das einzig Tragische an unserer Beziehung ist, dass sie im Augenblick noch nicht so tief empfindet wie ich. Aber es ist nur eine Frage der Zeit, bis unsere Seelen auf der gleichen Frequenz schwingen.«

Oh Mann, dachte Ecki. Er war mehr für klare Worte. »Sie hat Sie nicht rangelassen, und da haben Sie Ihren Stau anders lösen wollen. Da kam Ihnen Simone gerade recht.«

»Sie ziehen etwas in den Dreck, das in den Himmel gehört. Nein, Simone kam mir nicht gerade recht. Ich wollte nur mit einem Menschen reden, der ebenso sensibel fühlt wie ich – und der Katharina und mich daher besser verstehen kann als sonst jemand in dieser Stadt. Außerdem«, er sah auf seine Hände, »würde ich nie eine andere Frau anfassen. Ich habe Katharina mein Herz geschenkt. Ich bin treu. Bis in den Tod.« Erschrocken schnellte er vor. »Was Sie jetzt denken, ist falsch. Ich habe mit dem Tod von Simone nichts zu tun. Ich sage es noch einmal: Ich habe mit ihr reden wollen, deshalb habe ich sie angerufen. Aber sie war ja noch auf dem Konzert. Es war Zufall, dass sie die Anrufe bemerkt hat. Es war so laut.«

»Wie lange waren Sie nach dem Konzert zusammen?«

Eggerath zuckte mit den Schultern. »Ich denke«, er zog die Stirn in Falten, »dass es nicht länger als eine Viertelstunde war. Sie hat mir gar nicht richtig zuhören können. Sie war so aufgekratzt und hat die ganze Zeit vom Konzert erzählt. Von Amy Macdonald, von Nena und so. Wir haben uns dann auch bald verabschiedet. Ich habe gespürt, dass sie allein sein wollte.«

»Haben Sie gesehen, wohin sie gegangen ist?«

»Nein. Sie ist weitergegangen, und ich habe mir ein Taxi herbeiwinken wollen. Da habe ich nicht mehr auf sie geachtet. Als ich mich das nächste Mal umgesehen habe, war sie schon verschwunden. Die Stadt war voller Menschen.«

»Und dann?«

Er runzelte die Stirn. »Dann habe ich ein Taxi erwischt und bin heim. Können Sie überprüfen. Irgendwo habe ich sicher noch die Quittung.«

Frank nickte. »Gut. Wir brauchen die Quittung. Kennen Sie das *Heartbeat*?«

Eggerath sah erneut auf seine Hände. »Was soll das sein?«

»Ein Club. In Düsseldorf. Dort treffen sich Gleichgesinnte zu ihren ganz privaten Spielen.«

»Ich verkehre nicht in solchen Einrichtungen. Ich liebe Katharina, das habe ich Ihnen doch schon gesagt.«

Frank nahm sich vor, Katharina Ungerechts noch einmal zu befragen. »Und die Zeit, bevor Sie Frau Ungerechts kannten?«

Eggerath schüttelte den Kopf.

»Kennen Sie Jens Reiche? Oder Peter von Ambeck?«

»Wer soll das sein? Nein. Nie gehört.«

»Sicher nicht? Der eine ist Bankdirektor. Der andere Unternehmer. Sie sind doch Statiker.«

»Ja und? Ich bin bei der Kreisverwaltung angestellt. Mit Unternehmern habe ich keinen Kontakt. Das Einzige, was ich sehe, sind Zeichnungen. Wenn Leute vor Ort sind, dann immer nur die Amts- und Bauleitung. Die Chefs machen sich ungern die Schuhe schmutzig. Die kommen allenfalls zur Einweihung. Ich tue meinen Job im Hintergrund.«

»Und es gibt nie ein Dankeschön? Keine Einladung zum Essen, keine Kiste Wein? Oder mal das Angebot, in zwangloser Umgebung und in netter Gesellschaft zu entspannen? Denken Sie nach. Vielleicht haben Sie Reiche oder von Ambeck doch einmal getroffen. Möglicherweise sogar im *Heartbeat*. Denken Sie nach, Herr Eggerath.« Ecki bemühte absichtlich die gängigen Klischees. Auf den Busch klopfen konnte nicht schaden.

»Sind Sie wahnsinnig? Wissen Sie, wie schnell ich meinen Job los wäre, wenn ich mich bestechen lassen würde? Nein, ich habe mir keine Nutten aufs Zimmer bestellt. Sie können sich gerne erkundigen. Ich bin sauber.« Er stöhnte auf, als habe er das alles schon mehr als einmal erklären müssen. »Ich bin sehr genau in meiner Arbeit. Ich weiß, dass ich damit manchem auf die Nerven gehe. Aber dafür bin ich eingestellt, dass alles korrekt berechnet und genehmigt wird. Wir sind nämlich nicht in Italien oder Pakistan, wo Sie gegen Bares alles kaufen können und so lange keiner fragt, bis das Gebäude einstürzt.«

»Wir waren schon im Kreishaus.«

Erstaunt sah Eggerath Ecki an. »Na, dann wissen Sie ja schon Bescheid.«

»Sie gelten dort als Sonderling. Warum sind Sie in den vergangenen Tagen nicht zur Arbeit erschienen?«

Eggerath wischte sich über die Stirn. »Ich war krank. Ich habe mich nicht wohlgefühlt.«

»Warum haben Sie im Amt nicht Bescheid gesagt?«

»Ich, nein, ich fühlte mich so schwach. Ich konnte nicht einmal zum Arzt gehen oder anrufen. Ich habe gedacht, dass ich die Sache mit etwas Ruhe wieder in den Griff bekomme. Ich, ich habe in den vergangenen Monaten hart gearbeitet.«

»Wir waren vor Ihrer Tür. Warum haben Sie nicht geöffnet?

Eine Mieterin hat uns erzählt, dass sie Sie schon ein paar Tage nicht gesehen hatte. Sie dachte, Sie seien verreist.«

Paul Eggerath überlegte einen Augenblick. »Wen meinen Sie? Die kleine Griechin? Die kennt mich doch gar nicht.«

Ecki dachte an den riesigen Handtuchturban. »Eine hübsche Frau. Démi Papadopoulos.«

»Nicht meine Kragenweite.«

»Sie lieben nur Katharina Ungerechts.«

Eggerath nickte.

»Also, waren Sie nicht doch ein paar Tage verreist?«

Eggerath nickte erneut. »Es nützt ja doch nichts. Ja, ich war weg. Alleine. An der Nordsee. In Holland. Mein Onkel hat dort einen fest stehenden Campingwagen. Ich habe dort viel geschlafen – und viel Rotwein getrunken. Ich musste nachdenken. Katharina – sie will nicht verstehen, dass wir zusammengehören. Wissen Sie, sie erinnert mich an das Mädchen, das ich als Schüler mal geliebt habe. Als ich Katharina das erste Mal gesehen habe, dachte ich, sie steht wieder vor mir. Seit dem Tag weiß ich, dass wir beide füreinander bestimmt sind. Katharina wird das auch begreifen.« Er nickte mehrfach.

Als könne man die Liebe berechnen wie den Lastfall eines Gebäudes, dachte Frank. Liebe war immer unberechenbar. Das wusste er nur zu gut. »Wie haben Sie sie kennengelernt?«

»Katharina war zum Interview mit meinem Chef verabredet. Ich habe ihr ein paar Pläne von den aktuellen Bauvorhaben gezeigt. Na ja, und so sind wir uns ein wenig nähergekommen.« Eggerath sah Frank an. »Aber was hat das alles mit mir und Simone zu tun? Simone war Katharinas Freundin. Ich habe sie ja kaum gekannt. Allerdings haben wir uns immer gut unterhalten, wenn wir uns getroffen haben. Deshalb habe ich gedacht, dass sie mich verstehen wird. Und jetzt soll ich sie getötet haben? Das ist doch absurd.«

»Absurd ist, dass Sie uns anlügen. Sie sind nach dem Tod von Simone Contzen untergetaucht! Was wollten Sie vor der Wohnung von Frau Ungerechts?«

»Nichts. Das habe ich doch schon gesagt. Ich war zufällig in der Gegend und wollte sie besuchen.«

»Stalking nennt man so etwas. Sie haben ihr aufgelauert, obwohl Sie wussten, dass sie Sie nicht sehen will.«

»Das stimmt nicht.«

»Was stimmt dann?«

Paul Eggerath schwieg.

»Sie schweigen, weil wir recht haben.«

»Nein!« Eggerath stieß das Mikrofon von sich.

»Wollten Sie sich an Frau Ungerechts rächen? Nachdem Sie bereits Simone getötet hatten? Sollte sie die Nächste sein?«

»Nein, nein, nein!«, brüllte Eggerath. »Ich lass mir nichts anhängen! Ich habe nichts getan! Ich habe Simone nicht getötet! Und ich liebe Katharina! Ich könnte ihr niemals etwas antun!« Er wollte aufspringen.

Ecki legte ihm die Hand auf den Unterarm und stellte das Mikrofon wieder auf. »Bleiben Sie sitzen.«

Eggerath schüttelte sie ab. Schwer atmend blieb er sitzen.

»Corinna Neuhaus? Sagt Ihnen der Name was? Oder Eva Leuchter.« Frank öffnete den Schnellhefter, der vor ihm lag, und zog Fotos der Toten heraus.

Eggerath warf nur einen kurzen Blick auf die Gesichter. »Nie gesehen.« Er wirkte erleichtert. »Was ist mit ihnen?«

Frank klärte ihn auf.

»Wie oft soll ich Ihnen das noch sagen? Ich habe nichts mit dem Tod der Frauen zu tun. Ich bin kein Perverser.«

Sie würden ihn laufen lassen müssen, das war Frank klar. Es gab in den Listen der Funkzellen keine Hinweise darauf, dass Eggeraths Handy im zeitlichen Bezug zu den Morden stand. Er würde dennoch versuchen, einen Durchsuchungsbeschluss für Eggeraths Wohnung zu bekommen.

Gleichzeitig fürchtete er, dass Carolina ihn abweisen würde. Dass Eggerath Ungerechts nachstellte, die eine Freundin von Simone war, reichte als Begründung nicht aus. Auch nicht, dass er zugegeben hatte, Simone nach dem Konzert getroffen zu haben.

Carolina würde ihm raten, ein Auge auf Eggerath zu haben – mehr Unterstützung würde er von ihr nicht bekommen. Vor ihm saß jemand, den er für mehr als verdächtig hielt. Und doch konnte er ihn nicht festhalten. Es war wie verhext.

»Kann ich jetzt gehen?« Paul Eggerath machte mit einem Mal einen gefassten, fast zufriedenen Eindruck. Er spürte, dass die Polizei nichts gegen ihn in der Hand hatte. »Sie müssen mich gehen lassen.« Er wischte sich den Schweiß von der Stirn.

Ecki warf Frank einen Blick zu, ehe er reagierte. »Fühlen Sie sich nicht so sicher. Wir haben Sie auf dem Schirm.«

Eggerath hob seine Hände. »Tun Sie, was Sie nicht lassen können. Ich behalte mir vor, einen Anwalt einzuschalten.«

Wie er sich plötzlich aufplustert, dachte Ecki. »Gute Idee, denn Sie werden auch in Ihrem Bauamt einiges erklären müssen. Nicht nur Ihr unentschuldigtes Fehlen. Um Ihre, sagen wir, freiberufliche Statikertätigkeit kümmern sich nämlich meine Kollegen.«

Frank schlug den Aktendeckel zu. Sein Bauchgefühl sagte ihm, dass der Statiker gehörig Dreck an seinem Rechenschieber hatte. Dieser Eggerath hatte noch längst nicht den Kopf aus der Schlinge gezogen. Mit einem kurzen Nicken stand er auf. »Für heute soll es genug sein.« Er hielt Eggerath zurück, als er an ihm vorbei zur Tür ging. »Wir sehen uns wieder.«

Als sie in ihr Büro zurückkamen, schaltete Frank das Radio ein. Passend zu seiner Stimmung klangen die letzte Takte von *I'd Rather Go Blind* aus dem Lautsprecher.

»Oh, Mary Coughlan. Lange nicht mehr gehört.«

»Mary – wer?«

»Irin, trockene Trinkerin, du solltest dir mal Newmans *You Can Leave Your Hat On* in ihrer Version anhören. Eine großartige Sängerin.«

»Du kannst den Hut aufbehalten?«

»*Yes.*«

»Ist das der Song, in dem die Frau ansonsten nackt ist?«

Frank schmunzelte. Nach dieser beschissen verlaufenen Vernehmung tat ein wenig Ablenkung gut. Und sei es nur in Form eines alten Klassikers. »So ist es. Ja.« Er drehte das Radio lauter und dachte an Lisa.

Zur gleichen Zeit war Paul Eggerath auf dem Weg zur Redaktion der *Rheinischen Allgemeinen*. Es war später Nachmittag, und es regnete heftig.

»Ich möchte Frau Ungerechts sprechen.«

Justus Liebigs Sekretärin musterte den Mann misstrauisch und nahm ihr Headset ab. Seit der Empfangstresen nachmittags nicht mehr besetzt war, landeten sämtliche Besucher, seien es nun Lieferanten von Pizzakartons oder angeblich noch heißeren Insiderinformationen, zunächst vor ihrem Schreibtisch. Mithin auch alle Spinner dieser Welt. Der Typ vor ihr schien kein Pizzabote zu sein.

»Frau Ungerechts ist nicht da.« Sie machte Anstalten, sich das Headset wieder aufzusetzen.

»Ich muss sie aber sprechen.«

Die Sekretärin hielt in der Bewegung inne. »Das geht nicht. Habe ich Ihnen doch gesagt.«

»Es ist dringend. Wirklich.«

Sie musterte den Mann eingehender. Bestimmt noch keine vierzig. Im Prinzip schon mal eine Überlegung wert. Sah sie mal von dem Outfit ab, in dem er etwas verknittert daherkam. Markenklamotten, immerhin. Man konnte ja mal zuhören.

»Was wollen Sie denn von ihr?«

»Das möchte ich ihr lieber persönlich sagen.« Eggerath setzte sich ungefragt.

»Setzen Sie sich ruhig«, flötete sie. Sie mochte Männer mit Tatkraft. »Aber das wird Ihnen nichts nutzen.«

»Ich kann warten«, kam es harsch zurück. Eggerath fuhr sich mit entschlossener Geste durchs Haar. Er hatte das Verhör und die beiden Bullen überstanden, da würde er auch mit dieser aufgetakelten Tippse fertig werden.

»Das geht aber nicht, junger Mann.«

»Macht nichts. Sie müssen sich nicht um mich kümmern. Ich weiß, Frau Ungerechts hat immer viel zu tun. Ist sie auf einem Termin in der Stadt?« Eggerath griff zu einer aktuellen Ausgabe der *Rheinischen Allgemeinen*, die aufgestapelt neben dem Schreibtisch lagen.

»Hören Sie, Herr –?« Die Sekretärin sah ihn ein wenig enttäuscht an. Offenbar doch kein Opfer für ihren Feierabend.

»Eggerath. Sie haben meine Frage nicht beantwortet.«

Der Typ war nicht tatkräftig, sondern unverschämt. Ihr reichte sein Auftritt. »Das werde ich Ihnen nicht sagen. Und ich möchte Sie bitten zu gehen. Warten hat keinen Zweck.«

Eggerath schlug die Beine übereinander und begann, die Schlagzeilen der ersten Seite zu studieren.

»Rehlein, hast du endlich den Oberbürgermeister erreicht? Die Zeit drängt.« Justus Liebig war mit langen Schritten aus seinem Glaskasten gekommen. Erst jetzt bemerkte er den Mann. »Und wer sind Sie? Ich meine, wie kann ich Ihnen helfen?« Er musterte den Blonden. Er kam ihm bekannt vor. Einer der Lokalpolitiker aus der dritten Reihe vermutlich.

»Er will Katharina sprechen«, übernahm seine Sekretärin die Antwort.

Liebig horchte auf. »In welcher Angelegenheit, wenn ich fragen darf?«

Paul Eggerath faltete die Tageszeitung sorgfältig zusammen und legte sie akkurat Stoß auf Stoß zurück auf den Stapel, bevor er antwortete. »Rein privat. Ich bin sozusagen mit ihr verabredet.«

»Sozusagen? Sie ist nicht da.«

»Das sagte Ihre freundliche Sekretärin bereits.« Rehlein! Eggerath fragte sich, welche Beziehung die beiden hatten. Viel mehr als eine flüchtige Nummer auf dem Betriebsfest traute er den beiden nicht zu. Dazu war sie schon über dem Anbagger-Verfallsdatum, zumindest für seinen Geschmack. Und der Typ zu fett und aufgeschwemmt.

»Lieber Herr –?«

»Eggerath.« Wieder war die Sekretärin schneller.

»Also, Herr Eggerath. Wir geben in aller Regel keine Auskunft über unsere Mitarbeiter. Aber in Ihrem Fall«, Liebig setzte sein gönnerhaftes Lächeln auf, man wusste ja nie, wozu der Typ einmal nützlich sein könnte, »will ich eine Ausnahme machen. Katharina hat in letzter Zeit sehr viel gearbeitet. Ich habe ihr ein paar Tage Urlaub verordnet.«

Eggerath sah Liebig irritiert an. Deshalb hatte er sie nicht angetroffen, deshalb war ihr Wagen nicht da!

»Sie hat die Gelegenheit genutzt und gleich eine Auszeit von unbestimmter Dauer genommen. Zumindest klingt ihre letzte Mail so«, fügte Liebig nachdenklich hinzu. »Wie auch immer. In unserem stressigen Metier ist Erholung das A und O. Erholte Menschen sind zufrieden. Und nur zufriedene Menschen sind motiviert. Und die Motivation unserer Mitarbeiter ist das einzige Kapital, das wir als Unternehmer noch nutzen können, sage ich immer.« Er lachte jovial. Wenn er nicht ganz falsch lag, war dieser Eggerath in der Baubranche. Fehlte nur die Rolex. Kontakte in diesen Sumpf waren immer gut.

»Urlaub? Davon hat –« Eggerath unterbrach sich. »Ah ja. Wohin ist sie gefahren?«

»Na, ich kann mir vorstellen, dass sie nach Italien ist«, schaltete sich die Sekretärin wieder ein. Eggerath musste es echt nötig haben, so verzweifelt, wie er aussah. Vielleicht sollte sie doch einen Versuch starten. Man wusste ja nie. Oft verbargen sich hinter den merkwürdigsten Wesen die heißesten Liebhaber. Ich würde in meiner jetzigen Verfassung glatt jeden nehmen: Hatte sie das nicht erst gestern Abend zu ihrer besten Freundin gesagt? So recht konnte sie sich nicht mehr erinnern. Zu viel Wein. Der Sommer war kurz und heiß gewesen, und eine neue Liebe war nicht aufgetaucht. Ganz anders bei Katharina. Seit ein paar Wochen war sie wie ausgewechselt. Immer gut drauf, immer unterwegs. Und immer keine Zeit, wenn sie mal wieder das heulende Elend hatte und jemanden zum Quatschen suchte.

»Italien? Wie kommen Sie auf Italien?«

»Wollen nicht alle Frauen nach Italien?« Sie lächelte.

»Hat sie mir nie etwas von erzählt.« Paul Eggerath warf einen irritierten Blick von der Sekretärin zu Liebig.

Der zuckte nur mit den Schultern. »Frauen. Scheu wie Rehe. So sind sie. Nicht wahr, mein Rehlein?« Liebig lachte meckernd über seinen Herrenwitz und zwinkerte Eggerath zu.

»Ich geh dann mal wieder.« Eggerath wandte sich zur Tür. Liebig war nicht seine Preisklasse. Er mochte solche Typen nicht. Schon gar nicht, wenn sie Journalisten waren.

»Wohin fahren Sie denn gerne in Urlaub?«, startete die Sekretärin einen letzten Versuch.

Aber da war Eggerath schon zur Tür hinaus.

»Italien?« Liebig beugte sich zu seiner Sekretärin und fasste ihr ans Kinn. »Zu viel Dolce Vita, Rehlein? Kann das sein?«

Sie schüttelte seine Hand ab. Wäre Liebig nackt auf ihren Bauch gebunden, sie würde auch dann noch einen Fluchtversuch machen. Mit Schaudern dachte sie an die Redaktionsfete vor zwei Jahren. Nie mehr würde sie sich derart gehen lassen. Nicht für Liebig. Kaum hatte er sie gevögelt, war sie Luft für ihn gewesen. Sie hatte sich danach so schmutzig gefühlt. »Lass mich arbeiten. Ich habe zu tun.«

»In fünf Minuten will ich den Oberbürgermeister an der Strippe haben. Ist das klar – Rehlein?« Laut pfeifend verschwand Liebig wieder in Richtung Glaskasten.

Eines Tages wirst du für den Abend büßen, das schwöre ich dir, dachte sie und schickte ihm einen Fluch hinterher.

Liebig setzte sich und zog das Bündel Beratungsvorlagen für die nächste Ratssitzung aus dem Stapel, der sich gefährlich nahe am Rand des Schreibtisches von Tag zu Tag höher türmte. Dabei warf er einen Blick zu seiner Sekretärin. Zufrieden registrierte er, dass sie innerlich kochte. Gut so, dachte er. Es war nur von Vorteil, bei den Frauen im Gespräch zu bleiben. Rehlein war eine reife Frucht, die er pflücken konnte, wann immer ihm der Sinn danach stand. Sie wusste das nur nicht. Aufgeregte Frauen waren seine Spezialität. Man musste sie ausreichend beschäftigen, dann waren sie gut. Er grinste und schickte ihr einen Kuss durch die Glaswand quer durch den Raum zu. Amüsiert hob er die Augenbrauen, als sie sich wütend abwandte. Sie war reif. An diesem Wochenende noch. Ein Abend bei ihrem Lieblingsitaliener, und dann ab in die Kiste. Ein wohliges Gefühl machte sich in ihm breit wie ein Gläschen Grappa nach einem guten Essen. Die Rechnung würde er als Rechercheaufwand deklarieren. Stimmte ja auch, in gewissem Sinn. Die Gefühlswelt später Mädchen war immer eine Recherche wert.

Er hatte keine Lust auf die Unterlagen. War sowieso kein Sprengstoff drin. Die Sitzung würde er an die Praktikantin abgeben. Er grinste erneut. Auch sie hatte er auf seiner To-do-Liste stehen. Sein Nachtisch, sozusagen. Irgendwann. Den richtigen Zeitpunkt würde er schon noch erwischen.

Er trank den letzten Schluck kalten Kaffees aus seinem fleckigen Redaktionsbecher. Was war noch? Genau. Katharina. Er dachte an ihre handlichen Dinger, die sich in diesem Sommer besonders auffällig in ihren Kleidchen getummelt hatten. Keine schlechte Vorstellung. Soso, Katharina wurde also vermisst. Liebig kratzte sich mit dem Kugelschreiber hinter dem Ohr. Was hatte sie mit Eggerath zu schaffen? Und: Wer war dieser Eggerath überhaupt? Liebig öffnete das Namens- und Telefonverzeichnis in seinem PC. Der Name Eggerath war nirgends abgelegt. Er klickte sich durch die Seiten der beiden stärksten Parteien. Auch dort nichts.

Liebig griff zum Telefon. »Rehlein? Wo bleibt der OB, verdammt! Er soll sich gefälligst ans Telefon schwingen, sag das seiner Sekretärin. Wenn er weiter auf Tauchstation geht, werde ich mit Vergnügen über einen Kommentar zur Arbeitsmoral der Verwaltung nachdenken, oder so ähnlich. Sag ihr das, von Kollegin zu Kollegin. Und dann sieh zu, dass du mir alles zu diesem Eggerath zusammenstellst. Ich will alles, was unser Archiv hergibt. Genau, der Typ, dem du vorhin an die Wäsche wolltest. Hahaha, hast du das?« Liebig hörte, wie sie nur mit Mühe ihre Wut zügeln konnte. »Nun sei nicht gleich eingeschnappt. Rehlein, du bist doch mein bestes Pferd im Stall!« Er sah den Hörer amüsiert an, als sie die Verbindung wortlos unterbrach. Ein gutes Zeichen. Er legte das Telefon zurück in die Ladestation. Rehlein hatte ihn nicht angeblafft. Das versprach für das Wochenende mehr, als sie selbst ahnte.

Er überflog die neu eingetroffenen E-Mails. Ein paar späte Leserstimmen zur Sommerserie über die Eisdielen der Stadt, ein paar offizielle Pressemitteilungen. Die aktuellen der Polizei waren noch nicht dabei. Er stand auf und holte sich einen frischen Kaffee. Er grinste den Kollegen vom Sport an, als er ihn an der betagten Kaffeemaschine um eine knappe Armlänge schlug und ihm den leeren Glasballon überließ. Das Leben war Kampf. Stand das nicht täglich im Sportteil?

Provozierend langsam ging Liebig zu seinem Platz zurück und schloss umständlich die Glastür. Der Stapel auf seinem Tisch trotzte jeder Theorie über Statik und Katastrophe. Er zupfte ein wenig an den Papieren, als er sich setzte.

Einerseits: Katharina hatte Urlaub. Gut. So hatte er den Druck vom Kessel genommen. Der Tod ihrer Freundin hatte sie noch kratzbürstiger gemacht. Ihr war die professionelle Distanz abhandengekommen. Er schnaubte bei dem Gedanken, dass sie seinen Auftrag zur Fortsetzung der Story »Mann mit Hut« als grünes Licht für ihre Bettgeschichte missverstanden hatte.

Andererseits: Dass sie sein Urlaubsangebot als eine Art unbezahlte Auszeit von unbestimmter Dauer verstand, war überhaupt nicht in seinem Sinn. Ihm fehlte Personal. Katharina mit ihrer schnellen, effektiven Recherche fehlte an allen Ecken. Alles konnte und wollte er nicht der Praktikantin überlassen. Die Kleine hatte zwar Potenzial in mancherlei Hinsicht, keine Frage, aber insgesamt war sie noch zu unerfahren. Zumindest was die journalistische Arbeit anging.

Was in Sachen Katharina weitaus schwerer wog als ihre fachliche Abwesenheit, war die Tatsache, dass sie sich seiner Kontrolle entzogen hatte. Er wollte immer wissen, wo sie war und was sie trieb. Das war Teil seiner Fürsorge für seine freien Mitarbeiter. Er grinste bei dem Gedanken und trank einen großen

Schluck. Angewidert verzog er das Gesicht. Er hätte es wissen müssen, die tiefschwarze Plörre hatte zu lange auf der Heizplatte gestanden. Er versuchte, den bitteren Geschmack mit einem Stück Würfelzucker zu neutralisieren.

Einen Justus Liebig ließ man nicht im Unklaren! Vor allem dann nicht, wenn er sich dazu entschlossen hatte, sich zu kümmern. Unbedingte Kontrolle war ein wichtiger Eckpfeiler seiner Lebensstrategie. Das Bewegungsmuster der anderen zu kennen hieß, immer ein paar Schachzüge vorausdenken zu können. Man musste das Leben planen, wenn man überleben wollte!

Das Telefon schrillte. Liebig schreckte auf. Vielleicht war es Ungerechts. Nein, war es nicht.

»Herr Oberbürgermeister! Ich grüße Sie! Sehr schön, dass Sie sich so schnell melden! Immer von der schnellen Truppe, was! Ist das ein Wetter, was? Der Herbst fegt durch die muffigen Gedanken. Aber endlich ein bisschen frischer Wind! Haben Sie den bestellt? Hahaha!«

Das Gespräch dauerte nicht lange. Liebig hatte seinen Text über die geplante Museumserweiterung und den geplanten Neubau der Bibliothek längst fertig und brauchte lediglich das Okay des Oberbürgermeisters für die bereits eingearbeiteten Zitate. Nachdem er aufgelegt hatte, fiel ihm die Lösung seines Problems ein. Er griff erneut zum Hörer und wählte die Nummer eines Anschlusses im Landeskriminalamt. Es dauerte nicht lange, bis am anderen Ende jemand ans Telefon ging.

»Hi, Alter! Alles fit? *Yes, yes*, bei mir auch. Hör mal, ich brauche deine Hilfe. Ja, keine große Sache. Nur eine Handyortung.« Liebig verdrehte die Augen. »Ich weiß, was das bedeutet. Für dich ist das doch kein Problem.« Liebig wollte sich von seinem Informanten im LKA auf keinen Fall abwimmeln lassen. »Pass auf, Alter, kein Ding. Ich weiß, dass das für dich nicht schwer ist. Katharina Ungerechts. Un-ge-rechts. Ja. Katharina. Was? Nein, keine Beziehungskiste. Auch nichts Illegales. Würde ich dich sonst anrufen?« Liebig lachte kumpelhaft in den Hörer. »Sie ist möglicherweise Richtung Italien unterwegs.« Er fuhr sich über die Stirn, auf der sich kleine Schweißtropfen bildeten. »Ich muss wissen, wo sie ist, verdammt. Natürlich ist das wichtig.« Er überlegte kurz. »Eine ziemlich große Sache. Erzähle ich dir später.« Er ließ eine längere Ausführung über Missbrauch von Dienstabläufen über sich ergehen und stoppte schließlich den Redefluss seines Gesprächspartners. »Mag ja alles sein. Aber vergiss nicht, du bist mir noch etwas schuldig. Nun komm schon. Ist für dich doch schnell erledigt und vergessen. Ich zähl auf dich, Alter.« Ohne eine Antwort abzuwarten, legte Liebig auf.

Zufrieden lehnte er sich zurück und verschränkte die Arme hinter dem Kopf. Gut, wenn man wusste, an welchen Hebeln man ziehen musste. In nicht mal sechs Stunden würde er wissen, wo Katharina sich aufhielt. Er hatte immer noch jeden Deppen auf seine Seite ziehen können. Sein Kontakt beim LKA war da keine Ausnahme. Schon gar nicht dieser.

Er warf einen Blick auf seinen Kaffeebecher, entschied sich dann aber für die abgestandene Flasche Mineralwasser. Nach dem ersten Schluck schraubte er die Flasche angewidert wieder zu. Lauwarme Brühe. Er griff in den Papierstapel und zog den dünnen Ordner zu sich, den er zu den Leichenfunden angelegt hatte. Er brauchte dringend ein bisschen Aufmunterung. Die Polizei tappte immer noch im Dunkeln. Er konnte ein Grinsen nicht unterdrücken. So, wie er die Bullen einschätzte, würde das vorerst auch so bleiben. Borsch und Eckers mochten noch so einen hervorragenden Ruf haben, was die Aufklärungsquote von Gewaltdelikten betraf.

Die Frauen waren allesamt mit Propofol betäubt und dann, er überlegte einen Moment, bis er die passende Vokabel gefunden hatte, und dann ausgiebig »bearbeitet« worden. Fast klinisch reine, akkurate Tatorte. Der Täter hatte alles unter Kontrolle. Die gesammelten Berichte waren Zeugnisse von Scheitern und Ignoranz. Sehr schön. Wer kontrollieren will, muss mehr können, als Akten hin und her räumen und dünne Spuren archivieren. Die Bullen schienen immer noch keine Verbindung zu den toten Frauen im Allgäu herstellen zu können.

Die Kontrolle zu haben ist die höchste Form von Kreativität, die nur wenigen ausgesuchten Menschen gegeben ist! Liebig rieb sich die Hände. Er würde dieses Schauspiel aus Versagen und Niederlage noch eine ganze Weile verfolgen können. Quasi aus der ersten Reihe heraus. Er liebte dieses Mit-ansehen-Können des tragischen Scheiterns anderer Menschen.

Liebig zog eine Schublade seines Schreibtisches auf und nahm zum wiederholten Mal die Einladung in die Hand. Er würde auf jeden Fall zu der Ausstellungseröffnung fahren. Wie passend der Titel doch ist, dachte er mit einem Anflug von Ehrfurcht: »Der definierte Mensch – Skulpturen im Wandel und im kontroversen Diskurs des gesellschaftlichen Kontextes. Von Rodin bis Breker.« Der definierte Mensch: Endlich kamen das intellektuelle und das öffentliche Leben seiner Theorie nach, dass der Mensch einzig über den künstlerischen Ausdruck in der Bildhauerei zu definieren ist. Liebig klappte die Einladung zu und verstaute sie wieder sorgfältig in der Schublade.

Er seufzte. Nun galt es aber zunächst, sich durch die Niederungen des Alltagskrams zu wühlen. Die Spätkonferenz mit den ignoranten und blasierten Kollegen aus der Hauptredaktion stand an. Jeden Tag derselbe Sermon und der gleiche gequirlte Schwachsinn. Er würde später weiter über Katharina nachdenken. Er konnte nicht zulassen, dass sie so mir nichts, dir nichts verschwand. Sei es nach Italien, oder sonst wohin.

XX.

Heinz-Jürgen Schrievers streckte seine hundertzwanzig Kilogramm dem Bahnhofsdach entgegen, bevor er den kleinen Koffer aufnahm und dem dünnen Strom der Reisenden Richtung Ausgang folgte. Er war müde. Sein Rücken schmerzte vom Sitzen. Die Fahrt hatte länger gedauert als geplant. Fast zwei Stunden hatten sie irgendwo zwischen Frankfurt und dem Allgäu auf den Gleisen gestanden, wegen einer »technischen Störung«. Er wusste es besser. Der neutrale Begriff der Bahnsprache hatte den tragischen Vorfall vor ihnen im Gleisbett wie ein kaltes Leichentuch bedeckt.

Er sah sich um. Eigentlich wollte Jakisch ihn abholen, aber der Kriminaloberkommissar war nirgends zu sehen. Nicht weiter schlimm, dachte Schrievers, vermutlich steckt er tief in den Ermittlungen der beiden Mordfälle. Nehme ich mir halt ein Taxi. Dienst war eben Dienst. Bis Moosbach konnte es von Kempten aus ja nicht allzu weit sein. Die Aussicht auf ein paar Tage Allgäu und seine eiserne Gisela beflügelte seine gute Laune. Wie gesagt, Dienst war Dienst, und er hatte jetzt so etwas wie Urlaub. Frank und Ecki würden auch ohne ihn auskommen, und die Kemptener Polizei sowieso. Er freute sich auf die Rückfahrt mit seinem neuen Traktor! Er würde ein völlig neues Fahr- und Zeitgefühl erleben. Er stand vor einem der letzten Abenteuer in dieser überzivilisierten Welt. So bald als möglich würde er Gertrud an dieser Erfahrung teilhaben lassen – der Niederrhein war das ideale Terrain für ausgedehnte und vor allem gemütliche Treckertouren wie zu ihrem heiß geliebten Hofcafé *Alt Bruch*.

Noch in der Bahnhofshalle überkam ihn der Hunger. Gertruds liebevoll hergerichtete Leberwurstbrote und perfekt gebratene Hähnchenschenkel waren längst gegessen. Auch die Thermoskanne war leer. Seine Frau hatte ihm die üppige Marschverpflegung eingepackt, weil sie den Bordrestaurants der ICEs misstraute. Er wusste natürlich, dass sie ihm damit zeigen wollte, dass sie ihn bereits vermisste, obwohl er noch daheim in Amern war. Schrievers wollte gerade einen Stehimbiss betreten, als er hinter sich jemanden rufen hörte.

»Heinz-Jürgen! Warte!«

Die knödelige Stimme war ihm vertraut. Und richtig, hinter ihm kam Carsten Jakisch mit hochrotem Kopf angehetzt.

»Tut mit leid, aber es ging nicht eher«, entschuldigte sich Jakisch, als er Schrievers umarmte und ihm dann den Koffer abnahm. »Komm, lass uns direkt nach Moosbach fahren. Martin

Mader hat dein Zimmer schon herrichten lassen. Du weißt ja, das ist der, den du aus der Sache mit Ernst Büschgens kennst. Was gibt es Neues aus Schwalmtal? Wie lange bleibst?«

Natürlich erinnerte sich der Archivar an den spektakulären Fall. Und daran, welche Rolle der kugelige Gastwirt in der Sache gespielt hatte. »Solange ich mag.« Er musste grinsen. Der Satz hatte in ihm ein plötzliches und überschäumendes Gefühl von Freiheit ausgelöst. Solange ich mag: Klang gut!

Jakisch sah seinen niederrheinischen Kollegen an. »Lass dich anschauen. Du hast sicher Hunger und kannst einen ordentlichen Schweinsbraten vertragen. Ist schon geordert.«

Na prächtig! Jakischs pragmatische Einstellung zu den lebensnotwendigen Dingen war ihm sehr recht. Ein ordentliches Abendessen war genau das Richtige nach der langen Reise.

Auf der Fahrt nach Moosbach versorgte Jakisch Schrievers mit einem ausführlichen Bericht über all die Dinge, die sich zugetragen hatten, seit sie sich das letzte Mal gesehen hatten: Mayr sei der unsympathische Sturkopf und Grantler wie eh und je. Er wisse nicht, ob es eine gute Idee sei, ihn zu treffen. Steffi sei stolz auf seine Ermittlungserfolge. Wenn sie derzeit auch noch vergleichsweise klein seien, wie Jakisch bescheiden einflocht. Die MK Iller-Killer sei noch keinen bedeutenden Schritt vorangekommen. Die toten Frauen schienen »wie vom heiteren Allgäuer Himmel gefallen«, die Spurenlage sei gleich null. Das Allgäu stehe vor dem ersten Schnee. Das Wichtigste aber, der Schlüter glänze wie frisch aus dem Werk.

Jakischs Redefluss versickerte plätschernd in Schrievers' Gefühl von Ruhe und Zufriedenheit, das ihn schläfrig machte. Der Kollege war ihm überaus sympathisch, stellte er ein ums andere Mal fest, während er neugierig und mit Augenblicken des Wiedererkennens die Landschaft betrachtete, die in einem ebenso gleichförmigen Strom an ihm vorbeifloss wie Jakischs Schilderungen. Er war noch gar nicht richtig angekommen, und dennoch überkam ihn das gleiche Gefühl, das er schon damals gespürt hatte, als er mit Gertrud das erste Mal Urlaub im Allgäu gemacht hatte: In diesem Teil der Welt gingen die Uhren anders, nämlich deutlich langsamer. Eine zutiefst erholsame Erkenntnis. Schrievers atmete tief durch.

»Grias di!«

Heinz-Jürgen Schrievers schüttelte dem Wirt die Hand. Martin Mader entsprach genau dem Bild, das er sich von ihm gemacht hatte: die speckige Lederhose, die mit Kuhfell bezogenen Holzpantinen und das offene Gesicht, aus dem ihm zwei dunkle Augen neugierig und verschmitzt anlächelten.

Es dauerte nicht lange, und Schrievers hatte sein Zimmer im oberen Stockwerk des alten Gasthauses bezogen. Und er saß kaum mit Jakisch unter dem Porträt des tragischen Bayernregenten König Ludwig I. im Herrgottswinkel der kleinen Gaststube, als auch schon die erste Halbe vor ihnen stand. Die Tische waren gut besetzt, vor allem mit Urlaubern.

Eine Kellnerin im Dirndl trug ihre Mahlzeit auf. Mit einem freundlichen Nicken und einem etwas längeren Blick auf den Archivar der Mönchengladbacher Polizei wünschte sie »An guate« und widmete sich dann den Gästen am Nebentisch.

Schrievers begutachtete mit wachsendem Appetit den üppig gefüllten Teller. »Jesses, Schweinebraten mit Klößen. Genau das Richtige für mich.« Mehr zu sich selbst als zu Jakisch gewandt, kam ihm beim Anschneiden des Bratenstücks ein genüssliches »Ob das wohl eine Biersoße ist?« über die Lippen.

»Knödel, lieber Heinz-Jürgen. Hier heißen die Klöße Knödel. Wir sind im Allgäu.« Jakisch schmunzelte. Er kannte die Feinheiten der kulinarischen Begrifflichkeiten nur zu gut. Als halber Niederrheiner brauchte er stets einen Augenblick, wenn er bei seinen Großeltern in Schwalmtal zu Gast war, um sich an die regionalen Unterschiede zu gewöhnen.

»Klöße oder Knödel – ist doch völlig wurscht, Hauptsache, sie schmecken.« Schrievers nickte und schickte ein zufriedenes »Hm« hinterher.

»Das sagst du so. Aber hier sagt man nicht Rollbraten oder Schweinebraten, sondern Schweinsbraten.«

»Auch egal.« Schrievers winkte mit der Hand ab, die das Messer hielt. »Auch hier im Allgäu kommt es nur auf den Geschmack an.«

Jakisch nickte schweigend. Recht hatte Schrievers, aber er wusste genau, was Mayr über die Unterschiede der beiden Küchen denken und vor allem sagen würde, säße er mit am Tisch.

Mayr!, durchzuckte es Jakisch. O Gott, er hatte seinen Chef völlig vergessen! Er hätte sich noch um die Auswertung der Funkzellen im Umfeld der beiden Leichenfundorte kümmern müssen! Oh Gott! Erst danach hätte Schrievers auf seiner Liste stehen dürfen. Mayr würde toben! Andererseits hatte er sich nicht kümmern können. Die Listen der Kollegen vom Landeskriminalamt in München waren später als erwartet auf seinem Schreibtisch gelandet. Als er längst am Bahnhof hatte sein wollen. Mayr! Jakisch verging augenblicklich der Appetit. Sein Chef saß womöglich im Büro und wartete immer noch auf seinen Bericht.

»Was machst du für ein Gesicht? Schmeckt's dir nicht?«, fragte Schrievers verwundert und nickte der feschen Kellnerin freundlich zu, um ein weiteres Bier zu bestellen. Irritiert bemerkte er, dass ihm ihr Blick unter die Haut ging.

»Ich habe einfach kein Glück. Ich bin auch zu dämlich.« Jakisch hob sein Glas und trank es leer.

»Was meinst du?«, fragte Schrievers abwesend. Er war noch tief in Gedanken an die hübsche, etwas dralle Servicekraft. Gleichzeitig schmeckte es ihm ausgezeichnet – fast so gut wie zu Hause, wenn Gertrud ihren Rollbraten auftischte.

»Ich bin selber schuld, wenn ich Ärger bekomme.«

Schrievers verstand immer noch nicht.

Jakisch erzählte Schrievers von seinem »Missgeschick«.

»Er wird dir schon nicht den Kopf abreißen«, versuchte er, den Kollegen zu trösten. Obwohl er wusste, dass Jakisch in der Tat einen Fehler gemacht hatte. Die Aufklärung der Morde hatte deutlich vor der Wiedersehensfreude zu stehen und der Aussicht, ihm beim Kauf eines Treckers behilflich zu sein.

»Mayr wartet doch nur auf so eine Gelegenheit, um mich loszuwerden.« Jakisch wurde bei dem Gedanken schlecht.

Er hatte ihn kaum ausgesprochen, als die Tür zum Gastraum aufgestoßen wurde. Was Jakisch sah, passte besser in einen Western als in einen Gasthof im Allgäu: In der Schwingtür stand Robert Mayr. Kriminaloberkommissar Carsten Jakisch hatte das Gefühl, dass die Gestalt seines Chefs mit jedem Augenblick ein Stück größer wurde und in Wahrheit längst über den Türrahmen hinausgewachsen war. Robert Mayr ließ seinen Blick langsam über die Szene schweifen. Dabei bewegte er sich keinen Millimeter. Jakisch meinte, dass die übrigen Gäste und, merkwürdigerweise und völlig unerklärlich für ihn, auch die Einrichtung der Gaststube vor diesem Blick zurückwichen. In Mayrs Augen lag der geballte Zorn eines Sheriffs, der am Ende eines langen staubigen Ritts durch das wüste Allgäu endlich den Outlaw gefunden hatte. Mayr schritt auf ihn zu. Jakisch zog unwillkürlich den Kopf ein. Er meinte, das Klirren von Sporen zu hören, die bei jedem Schritt silbern aufblitzten.

Schließlich blieb Robert Mayr vor ihrem Tisch stehen. Seine mächtige Figur warf einen kantigen Schatten auf die beiden Essenden. Erst musterte er Schrievers lange, und immer noch schweigend, und dann blickte er endlich zu Jakisch. Nach einer Ewigkeit beendete er sein düsteres Schweigen. »Darf ich mich setzen?«

Jakisch musste taub geworden sein, denn er verstand die Worte nicht, die Mayr zu ihm sprach.

»Darf ich mich setzen?«

Jakisch verstand immer noch nicht. Aus den Augenwinkeln sah er, dass die übrigen Gäste des Kreuz-Wirtes in ihre Gespräche vertieft waren und keine Notiz von ihnen nahmen.

»Nun, was ist? Hat's Ihnen die Sprache verschlagen?«

Jakisch hatte bereits so lange den Atem angehalten, dass er meinte zu ersticken. Hastig schnappte er nach Luft. Es war Schrievers, der für ihn antwortete.

»Guten Tag, oder Grüß Gott, wie man hierzulande sagt.«

Schrievers hatte sein Besteck zur Seite gelegt und war aufgestanden. Freundlich hielt er dem Neuankömmling die Hand hin. »Sie müssen Robert Mayr sein. Bitte, setzen Sie sich. Sie kommen gerade recht. Wir haben eben erst mit dem Essen begonnen. Kommen Sie, essen Sie mit uns. Der Schweinebraten ist exzellent. Und die Klöße sind frisch gemacht. Fast so gut wie bei uns daheim. Seien Sie mein Gast.« Er setzte sich.

Mayr warf Jakisch einen verständnislosen Blick zu. Was hatte der nur? Hatte er sich verschluckt? Der Knödel sah aus wie eine Fischfrikadelle auf dem Trockenen.

»Warum nicht! Ich bin gekommen, um Sie im Namen der Kemptener Polizei herzlich zu begrüßen. Auch wenn Sie nicht auf Dienstfahrt sind, steht Ihnen selbstverständlich ein offizielles Willkommen zu.« Außerdem kann ich gleich aus erster Hand erfahren, was es droben im Norden Neues in Sachen tote Frauen gibt, führte er still für sich fort. Zwei Fliegen mit einer Klappe schlagen – er war stets für Effektivität in der Arbeit! Besonders, wenn ein überraschendes Abendessen dabei abfiel.

Mayr warf erneut einen Blick auf Jakisch, der ganz weiß um die Nase war. »Also, ausnahmsweise ess ich was. Wann hat man schon mal die Gelegenheit, mit jemandem aus einem anderen Kulturkreis in gemütlicher Runde zu plaudern?« Um seiner Äußerung das nötige Gewicht zu verleihen, schlug er Jakisch kräftig auf die Schulter. »Was!? Jakisch!«

Hätte er etwas im Mund gehabt, Carsten Jakisch hätte sich spätestens jetzt verschluckt. Stattdessen brachte er ein halbwegs verständliches »Aber sicher« heraus und nickte. Mayr hatte die Listen vergessen! Gott sei's gelobt, noch mal gut gegangen!

»Wie war denn die Fahrt hier herunter? Bestimmt sehr beschwerlich – bei den Verbindungen heutzutage. War die Reise denn sicher? Man weiß ja nie. Das Rheinland ist ja doch ganz anders. Werden Sie sich überhaupt bei uns zurechtfinden? Wenn nicht, hilft Ihnen Jakisch. Was, Kollege?«

Carsten Jakisch wusste nichts zu entgegnen. Außer einem

weiteren Nicken. KHK Mayr tat ja gerade so, als läge der Niederrhein im feindlichen Ausland, jenseits weitgehend undurchlässiger Grenzen!

»Wissen Sie, lieber Kollege, wir am Niederrhein –«

Weiter kam Schrievers nicht. Mayr hatte der Bedienung gewunken und lautstark ein Bier bestellt.

»Also, wir Niederrheiner –«

»Ja, ja. Die Rheinländer. Ein lustiges Volk! Sie haben sicher viele Feiertage? Das ganze Jahr Helau. Haha.« Mayr deutete ein Schunkeln an. »Ich habe gehört, dass ihr im Fußball ein Tier als Maskottchen habt. Wie originell.«

»Ein Fohlen.« Der Archivar war etwas irritiert. Kaum saß Mayr am Tisch, und schon ging's um Fußball.

»Ja, Hennes.« Robert Mayr lachte dröhnend. »Ist das immer noch der Bock aus den Zeiten von Hennes Löhr?«

»Bock? Sie meinen sicher Fohlen.«

»Euer 1. FC steht ja ganz gut da im Augenblick. Aber wir werden euch die Suppe schon versalzen! Was, Jakisch?« Mayrs Hand krachte erneut auf Jakischs Schulter. »Die ollen Rheinländer haben gegen uns keine Chance, was?«

»Niederrhein. Sie meinen Niederrhein.«

»Ja, der Kölner Dom! Sie können ihn gewiss vom Präsidium aus sehen. Eine schöne Kirche. Und so schön katholisch. Wie sich das gehört. Hahaha.«

Entweder lag es an der langen Fahrt, die Schrievers nun doch zusetzte, oder es war die Ignoranz seines Kemptener Kollegen, jedenfalls fühlte sich der Archivar mit einem Mal unendlich müde. Trotzdem startete er einen letzten Versuch. »Wissen Sie, ich komme aus Amern. Das ist ein Ortsteil von Schwalmtal. Von dort kann ich den Dom nicht sehen. Selbst vom Präsidium aus nicht. Und das liegt in Mönchengladbach.«

»Dann ist der Dom doch nicht so hoch? Na, jetzt bin ich aber enttäuscht, lieber Kollege. Na, ist ja auch nicht so wichtig. Hauptsache, Sie gehen überhaupt in die Kirche. Und die Greuther steigen auf. Wie gesagt, wir werden eurem roten 1. FC schon noch gehörig die Suppe versalzen. Apropos«, er wandte sich an die Kellnerin, die ihm das Bier brachte, »bringens mir auch an Schweinsbraten. Aber ein ordentliches Stück! Nicht so ein Preußenstückerl.« Er deutete auf Schrievers' Teller. »Mit zwei, nein, bringens zum Blaukraut drei Knödel.« Robert Mayr lehnte sich zufrieden zurück und trank einen großen Schluck. »So ein Meckatzer ist schon ganz was Feines, gell, Jakisch?«

Carsten Jakisch zuckte zusammen, aber der Schlag blieb diesmal aus.

Heinz-Jürgen Schrievers schwieg. Was sollte er auch einem Allgäuer sagen, der konsequent den Niederrhein als Rheinland bezeichnete? Von der Weigerung mal ganz abgesehen, das Maskottchen Jünter als Fohlen der Borussia anzuerkennen und stattdessen obendrein mit dem Kölner Hennes zu verwechseln. Der Archivar spürte Mitleid mit Carsten Jakisch. Sie hatten seine Beschreibungen des Chefs der Abteilung für Kapitales zugegebenermaßen als kauzig belächelt. Nun musste er seine Meinung revidieren. Mayr war schon kapital – aber ein kapitaler Hirsch. In Gedanken entschuldigte er sich schon mal bei Jakisch. Er würde ihm seine Solidarität demnächst noch einmal mündlich ausdrücken. Denn: kauzig – das Attribut passte nicht zu Mayr. Selten zuvor hatte Schrievers einen derart eigensinnigen Menschen kennengelernt. Mayr mochte ja ein passabler Polizist sein, aber sicher auch einer, der eine große Schraube locker hatte. Mindestens eine Zehner.

Während die Kellnerin Mayrs Bestellung aufnahm, wanderte ihr Blick immer wieder zu Heinz-Jürgen Schrievers.

Nickt die Hübsche solidarisch, oder bilde ich mir das nur ein, dachte der Archivar. Auf jeden Fall lag eine Wärme in ihrem Blick, die Schrievers wohltat. Eine wirklich hübsche Frau, musste er sich zum wiederholten Mal eingestehen. Und das Dirndl war ihr wie auf den Leib geschneidert! Er sah ihr wohlwollend hinterher. Wie sagte man hier? Ein fesches Madl. Wobei »Madl« nicht so recht stimmen konnte. Sie müsste ungefähr in meinem Alter sein, schätzte er.

»Noch a Halbe, Schrievers?« Robert Mayr ließ den romantischen Augenblick wie eine Seifenblase zerplatzen.

»Ja? Entschuldigung, ich war gerade ein wenig abwesend. Die lange Reise, Sie verstehen. Und dann der lange Aufenthalt an der Grenze.«

Die sarkastische Bemerkung hat Mayr auch nicht verstanden, dachte Jakisch und kaute nachdenklich seinen Rotkohl. Je nach regionaler Zugehörigkeit des Gebisses heißt es auch Blaukraut, brachte er sich auf Linie. Ihm war im Augenblick selbst nicht klar, welches Blut stärker in ihm pulsierte: das niederrheinische oder das fränkisch-bayerische Allgäuerblut. War aber auch egal. Er hatte Hunger und wollte den Abend mit Mayr nicht unnötig verkomplizieren. Zumal er immer noch mit der Frage beschäftigt war, ob ihn sein Chef noch nach den Listen fragen würde oder nicht.

»Sind Sie schon ein Stück weiter?« Mayr trank einen großen Schluck.

»Nein. Die beiden Morde geben uns immer noch Rätsel auf«, antwortete Heinz-Jürgen Schrievers verhalten. Er hatte keine Lust auf ein Fachgespräch. Nicht mehr zu dieser Stunde und nicht mehr in Anwesenheit der schönen Kellnerin. Er dachte lieber an ihre Kurven. Ups. Er schämte sich ein wenig für seine unkeuschen Gedanken.

»Schmarrn, das meine ich nicht. Ich meine diesen Trecker, den Sie kaufen wollen.«

»Ach so.« Schrievers war einen Moment lang abgelenkt, weil die Bedienung ihm von der Theke aus erneut zulächelte. »Ähm, im Prinzip habe ich ihn schon gekauft. Also, die Entscheidung ist eigentlich längst gefallen. Wenn die Inaugenscheinnahme positiv ausfällt, steht dem Kaufvertrag nichts mehr im Weg.«

»Für was brauchen Sie denn einen Traktor da oben im Norden? Haben S' keine eigenen? Haben Sie Landwirtschaft? Ich denke, Sie sind ein Kollege?« Mayr hatte leichte Zweifel, wen genau er vor sich hatte. Nicht, dass der Rheinländer bloß vorgab, bei der Polizei zu sein. Das wäre ja eine schöne Blamage, wenn er einem Hochstapler aufsitzen würde! Dieser Schrievers war ihm schon damals beim ersten Telefonat nicht geheuer erschienen. Offenbar immer nur in Feierlaune, diese Norddeutschen. Mayr machte sich innerlich eine Notiz. Er würde dem Knödel gehörig einheizen. War mal wieder typisch für Jakisch! Vermutlich hatte er den dicken Anhänger des roten FC aus Köln nicht ordentlich überprüft. Wie der schon daherkam mit seiner Strickjacke. Das würde er dem Knödel schon noch deutlich sagen müssen, das mit der Personenüberprüfung! Das musste ihm noch in Fleisch und Blut übergehen, das mit der Faktenrecherche! Schließlich könnte da ja jeder Hergelaufene sich als Polizeiarchivar ausgeben.

»Wir haben bei uns schon Trak-«

»Dann bleiben S' also nicht so lange?«

Mayr klingt ja geradewegs so, als will er Schrievers umgehend wieder loswerden, kaum dass der Kollege angekommen ist! »Also, zum Dienst wird er mit dem Traktor nicht fahren. Außerdem ist Kollege Schrievers ja quasi privat hier. Er ist nicht gekommen, um uns in unseren Ermittlungen zu helfen.« Jakisch wollte die peinliche Unterhaltung mit einem Scherz entschärfen.

KHK Mayr hörte auch ihm nicht zu. Zufrieden wetzte er das Messer an der Gabel, als die Kellnerin sein Essen brachte. »Schaun S', so muss ein Schweinsbraten aussehen. So was gibt es bei Ihnen da droben sicher nicht.« Mit einer entschlossenen Bewegung und ohne eine Antwort abzuwarten schnitt Mayr ein großes Stück Braten ab. Bevor er es in den Mund schob, setzte er selbstgefällig hinzu: »Nein, so was gibt es bei Ihnen nicht. Niemals.« Und auch keinen Käse, fügte er in Gedanken hinzu. Er hatte gehört, dass man »dort oben« gerne Holländer aß. Dass es sich dabei nicht um Kannibalismus, sondern um die Käsesorte Gouda handelte, hatte ihm Martina erklären müssen. Und dass es oft nur Kunstkäse war. Bei dem Gedanken musste er sich jedes Mal schütteln.

Mayrs Behauptung war nun doch zu viel Lokalpatriotismus. Gertrud und ihre begnadeten Kochkünste ließ er sich von niemandem verunglimpfen. Schrievers war empört, Höflichkeit hin oder her. »Das wage ich zu bezweifeln, Herr Mayr.« Er hatte den Satz nicht länger zurückhalten können und kaute nun nicht mehr ganz so hingebungsvoll an dem Stück Fleisch, das er sich gerade in den Mund geschoben hatte.

»Schmarrn, lieber Schrievers. Ihr Rheinländer könnt ja meinetwegen besser Fasching feiern als unsereins. Wobei Fasching uns in Kempten ohnehin eher wesensfremd ist – viel zu narrisch. Aber einen ordentlichen Schweinsbraten bekommt ihr nicht zustande. Vermutlich wegen euerm Ziegenbock-Maskottchen. Was wahr ist, muss wahr bleiben! Von einer ordentlichen Viehhaltung versteht ihr nix. Basta.«

»Niederrhein. Herr Schrievers kommt vom Niederrhein. Und die Vereinsfarben sind nicht Rot, sondern Schwarz, Weiß und Grün.« Jakisch schwitzte.

»Sag ich doch, Jakisch, hier liegt der Beweis schwarz auf weiß auf diesem Teller. Sagen Sie das dem Kollegen. Dass er anderswo keinen besseren Schweinsbraten bekommt. Schon gar nicht im Schatten von seinem Dings, seinem Dom. Wo ohnehin mehr Japaner herumlaufen als Rheinländer. Und der außerdem kleiner ist, als behauptet wird. Na ja, Schwamm drüber, der Rheinländer übertreibt halt gerne.«

Carsten Jakisch musste an seine Großmutter denken und wie köstlich ihr Schweinebraten zu frischen Kartoffeln und Spargel schmeckte. Und erst ihr Sauerbraten!

»Der Trecker ist wirklich eine Sensation. Den müssen Sie sich ansehen, Chef.« Jakisch versuchte ein letztes Ablenkungsmanöver. Er hatte bemerkt, dass Schrievers' Blick sich zusehends verdunkelte.

Die Rettung kam schließlich in der Person, deren Figur durch dieses grüne Dirndl so perfekt betont wurde.

»Mögen die Herren noch a Halbe?«, fragte die Bedienung in die illustre Runde unter dem Porträt des tragischen Kini, der so huldvoll unbeteiligt gucken konnte, wie nur Könige es können. Sie wandte sich direkt an den Archivar. »Herr Mader hat mir gesagt, dass Sie ein Zimmer bei uns gebucht haben. Das freut mich sehr. Ich wünsche einen erholsamen Aufenthalt. Wenn ich etwas für Sie tun kann, sagen Sie mir einfach Bescheid.«

Heinz-Jürgen Schrievers spürte, wie sich unter dem Eindruck ihres freundlich zwinkernden Lächelns und unter seiner Strickjacke in seinem Bauch ein unerwartet angenehmes Kribbeln ausbreitete.

Bevor er eingehender über das Phänomen nachdenken konnte, meldete Robert Mayr sich zu Wort. »Übrigens, Jakisch, was ist mit den Listen des LKA? Haben Sie sie ausgewertet? Und warum weiß ich nicht Bescheid? Muss ich denn alles alleine machen?«

Bevor Jakisch antworten konnte, donnerte Mayrs Hand auf seine Schulter. »Na, für heute will ich mal nicht so sein. Immerhin haben wir ja Besuch aus dem hohen Norden.«

»Schön, dass Sie mich bis an Ihr Gebirge haben kommen lassen.« Schrievers lächelte und hob seinen Blick aus dem Dekolleté der Kellnerin.

Was für ein ignoranter Flachlandtiroler, dachte Mayr. Wie furchtbar: Gebirge! Diese im Vergleich sanften Hügel waren sein Allgäu, aber doch nicht das Gebirge! Er schüttelte den Kopf. Die Menschen droben im wilden Rheinland, sie kannten nur ihr Siebengebirge. Sollte Schrievers länger im Allgäu bleiben, würde er ihm ein paar Aufnahmen von richtigen Gebirgen zeigen.

»Übrigens, danke noch mal für deinen Hinweis auf das ominöse Auto, dass in deinem Fall ›Werdensteiner Moos‹ eine Rolle spielt. Wir haben den Autotyp überprüft«, Schrievers wollte Carsten Jakisch beistehen, »bei uns in Mönchengladbach und im Kreis Viersen sind mehr als tausendachthundert Fahrzeuge dieses Typs registriert. Und mehr als die Hälfte sind in einer dunklen Farbe gespritzt. Die Frau über diese wenigen Parameter zu finden wird schwierig. Zumal niemand in dem angegebenen Zeitraum als vermisst gemeldet wurde. Hinzu kommt, dass ein Teil der Fahrzeuge zu Autovermietungen gehört oder gehört hat. Viele sind schon verkauft. Die Ermittlungen bleiben schwierig – aber trotzdem hast du uns noch einmal wichtige Impulse für weitere Ermittlungen gegeben. Danke. Du wirst deine verschwundene Frau schon noch finden.«

Schmarrn, dachte Mayr. Aber sollte Jakisch sich ruhig in die Sache verbeißen, dann wäre er ihm wenigstens nicht im Weg.

»Ich kann's gar nicht glauben, guck dir dieses Panorama an.« Katharina saß neben Moritz und deutete auf die Bergkette, die sich am Horizont aus dem milchigen Dunst erhob. »Ich muss unbedingt ein Foto machen.« Sie zückte ihr Smartphone.

»Soll ich anhalten? Wir sind zwar bald da, aber von hier aus hast du in der Tat einen herrlichen Blick auf das Allgäu.« Er legte seine Hand auf ihr Knie und streichelte es. »Dein neues Tuch und dein T-Shirt passen perfekt zu der Kulisse.«

Katharina nahm seine Hand und küsste sie. »Dann halte an.« Sie öffnete ihr Seitenfenster und sog die Luft ein. »Leider riecht es nur nach Autobahn«, stellte sie lachend fest und schloss das Fenster wieder. Sie deutete auf die weiten Wiesen, auf denen vereinzelt Scheunen standen. »Frisch gemäht muss das Gras herrlich duften.«

Nachdem sie auf den Parkplatz an der A 7 abgebogen waren, stieg Katharina aus, streckte sich herzhaft gähnend und beugte sich zu Grünewald, der noch im Wagen saß. »Willst du nicht aussteigen?«

Grünewald schwieg und ließ seinen Blick über die Bergkette schweifen. Dann sah er Katharina an. »Du hast recht, meine Liebe. Das wird ein perfektes Bild für meine Sammlung.«

Katharina hob irritiert eine Augenbraue. »Sammlung? Du sammelst Bilder von Frauen auf Parkplätzen im Allgäu?« Sie lachte und deutete zum Himmel. »Siehst du die Vögel? Dohlen. Ob sie die Landschaft auch so lieben? Es muss wunderbar sein, über die Wiesen und an den Felsen vorbeizuschweben.«

»Wenn du magst, lernen wir Drachenfliegen. Im Allgäu gibt es einige Firmen, die sich auf Drachenfliegen spezialisiert haben.« Grünewald stieg aus und nahm seinen Fotoapparat von der Rückbank.

Der Auslöser klickte unablässig. Katharina beobachtete Moritz und freute sich über den kindlichen Ernst, mit dem er die Bilder schoss. Die Motive hatte er sicher schon oft gesehen und fotografiert. Sie schmunzelte. Moritz war so sehr auf seine Nikon konzentriert, dass alles um ihn herum allein dazu da war, von ihm für alle Zeit fixiert zu werden. Moritz, der gewissenhafte Bewahrer des flüchtigen Augenblicks!

Ich möchte dieses Bild von dir, der du in jeder Sekunde mehr mit deiner Kamera verschmilzt, für immer konservieren, dachte Katharina. Es strahlt so viel Ruhe aus. Und es gibt mir ein Gefühl von Geborgenheit.

Sie strich ihm sacht über den Rücken. »Moritz, lass uns weiterfahren, ja? Ich freue mich so sehr auf unseren Urlaub.«

Moritz hatte sie früh am Morgen abgeholt. Er hatte nicht bei ihr übernachtet, sondern die Stunden bis zu ihrer Abreise alleine verbringen wollen. »Weil ich noch ein paar Sachen regeln muss«, wie er geheimnisvoll angedeutet hatte. Katharina hatte kurzerhand Moritz' Ankündigung zum Anlass genommen und ihr Auto zur Werkstatt gebracht. In ihrer Abwesenheit sollten endlich ein paar längst fällige Reparaturen und eine große Inspektion gemacht werden.

Moritz war die Überraschung gelungen. Er hatte eigens einen Jaguar gemietet, um »seine Prinzessin standesgemäß ins Allgäu zu fahren«, wie er mit Stolz in der Stimme an ihrer Haustür deklamiert hatte. Katharina war ihm um den Hals gefallen und hatte über seinen »total verrückten Einfall« gelacht. »Der Mann mit Hut im Edelschlitten«, hatte sie übermütig gefrotzelt.

Genüsslich hatte sie sich in den Ledersitz fallen lassen. Bisher hatte sie sich als unempfindlich gegen jede Form von Statussymbolen gesehen. Und nun? Der Wagen roch neu und gab ihr umso mehr das Gefühl, exklusiv bewegt zu werden.

Während der Fahrt hatte Moritz immer wieder vom Allgäu geschwärmt und ihr mit überbordender Begeisterung die Lebensart der Menschen geschildert. Katharina hatte sich wie ein kleines Mädchen gefühlt, dessen Traum von der Prinzessin tatsächlich Wirklichkeit werden sollte. Immer wieder hatte sie Moritz von der Seite angesehen und das Glühen in seinen Augen und auf seinen Wangen registriert. Die Fahrt versprach, eine wunderbare Reise zu zweit zu werden.

Sie ließ sich gerne von Moritz leiten. Eine völlig neue Erfahrung! Katharina mochte keine Überraschungen. Schon gar nicht, wenn jemand meinte, über ihren Tag und über ihre Sicht der Dinge hinweg entscheiden zu können. Bei Moritz waren diese Bedenken wie weggeblasen. Mit ihm würde sie bis ans Ende der Welt gehen können, hatte sie nach ihrer ersten gemeinsamen Nacht gedacht. Moritz strahlte eine Wärme aus, die sie nur mit Nähe und Vertrauen beantworten konnte.

Sie waren noch nicht lange auf der A 61 Richtung Süden unterwegs gewesen, als sie beinahe körperlich gespürt hatte, wie dringend sie diese Distanz zu Paul, Ole und auch Liebig brauchte. Mit jedem Kilometer spürte sie, dass sie möglichst viel Raum zwischen sich und ihr bisheriges Leben bringen musste, um nicht verrückt zu werden.

Gegen Mittag kamen sie in Sulzberg an. Von dort ging es direkt weiter den Berg hinauf nach Moosbach. Vor einem Haus nicht weit vom Ortseingang hielt Grünewald an, und beide stiegen aus.

»Hier ist es. Panoramastraße. Wie passend.« Er drehte sich zu Katharina, legte seinen Arm um sie und deutete zwischen den Häusern hindurch auf den See, der unterhalb des Hanges lag. »Schön, nicht?«

Sie war überwältigt. »Es ist so schön hier. Wie ruhig der See da liegt. Und da drüben, auf der anderen Seite, das Dorf. Und die Berge.«

»Das ist Petersthal. Und dahinten, rechts, das ist der Hausberg, der Grünten.« Moritz Grünewald drückte Katharina an sich. »Das wollte ich dir unbedingt zeigen. Das hier ist einer der schönsten Orte, die ich kenne.«

Die Ferienwohnung lag im ersten Stock. Vom Wohnzimmer aus ging ihr Blick ungehindert über den Rottachsee hinaus auf die Hügelkette gegenüber. Das breite Fenster war wie der Rahmen für das Bild eines begnadeten Landschaftsmalers. Mühelos zählte Grünewald die Namen der Bergspitzen auf. Katharina schwirrte bald der Kopf.

»Langsam, Moritz, langsam. Das werde ich mir schon noch alles merken. Lass uns doch erst einmal ankommen.« Katharina war glücklich. Sie erkor die Sitzbank am Fenster spontan zu ihrem Lieblingsplatz.

Sie hatten an ihrem ersten Abend in Moosbach noch lange auf dem Balkon gesessen, der Stille zugehört und die meiste Zeit, jeder für sich, ihren Gedanken nachgehangen. Der See verbindet uns auf magische Weise miteinander, hatte Katharina gedacht, bevor sie die Kerzen gelöscht hatten und zu Bett gegangen waren.

Als sie am Morgen erwachte, war das Bett neben ihr leer. Sie fand Moritz mit einem Becher in der Hand am Fenster sitzen.

»Ich konnte nicht mehr schlafen.« Ohne sich Katharina zuzuwenden, trank er einen Schluck und sah weiter auf den See.

Sie setzte sich neben ihn und küsste ihn auf den Nacken. »Die Aussicht ist viel zu schön, um im Bett zu liegen.«

»Du weißt nicht, was du da sagst, aber du hast recht.«

»Wie meinst du das?«, fragte sie leise.

»Dieses Stückchen Land und dieses Stück See bedeuten mir alles. Ich bin diesem Ort verfallen. Vom ersten Augenblick an. Hier hat sich mein Leben verändert. Von einem Augenblick auf den anderen.«

»Ich kann dich gut verstehen.« Sie fuhr mit ihrer Hand über seinen Rücken. »Die sanften Wiesen und der See strahlen eine große Ruhe aus.«

»Die Landschaft ist schön und zugleich schrecklich.«

»Das sagtest du schon.«

»Du solltest im Winter hier sein. Wenn der See gefroren ist.

Dann ächzt und grollt das Eis, weil sie den Wasserspiegel absenken. Dann ist es am See gefährlich.«

Sie nickte. »Das nennt man die Urgewalt der Natur.« Sie lachte. »Die schaue ich mir lieber im Fernsehen an. Als Kind habe ich einmal einen Sturm an der Nordsee erlebt. Gott, war das unheimlich.«

»Ja, du kannst dieser Gewalt nicht entkommen.«

Katharina spürte eine leichte Gänsehaut auf ihren Armen. Obwohl die helle Sonne bis tief in das Wohnzimmer hineinschien. Sie beobachtete die feinen Staubpartikel, die im Gegenlicht unablässig ihren ewigen Tanz tanzten. »Ich glaube, ich will jetzt auch einen Tee.«

»Der See zieht mich an. Das Wasser will, dass ich genau hinschaue. Ich muss mich zwingen, dem Rufen nicht zu folgen. Und doch muss ich immer wieder an diesen Ort kommen.«

Katharina stupste ihn leicht an. »Das klingt nach Magie. Der Tag ist zu schön, um solche schweren Gedanken zu haben. Lass uns frühstücken und dann hinausgehen. Ich will die Wiesen riechen und den braunen Kühen Guten Tag sagen. Sie sehen so lustig aus mit ihren pelzigen Ohren. Und ich will die Sonne auf meinem Gesicht spüren. Wer weiß, es sind vielleicht die letzten warmen Stunden in diesem Herbst.«

Er griff ihre Hand, bevor sie sich ganz abwenden konnte. »Bleib. Noch einen Augenblick. Das Allgäu und du. Ich fühle, dass ihr eins seid. Ich will diese Stimmung für die Ewigkeit festhalten. Einfach magisch.«

Erst jetzt sah Katharina, dass Moritz seine Kamera neben sich liegen hatte. Schwungvoll stützte sie eine Hand in die Hüfte, mit der anderen schob sie ihr Haar zurück. »Ich bin deine Seejungfrau. Ich bin gekommen, dich zu holen.« Sie gab ihrer Stimme einen ebenso aufreizenden wie dunklen Klang.

»Bleib so. Bitte. Bleib genau so.«

Sie lachte in die Kamera. »Gib mir deinen Hut.« Sie streckte die Hand aus.

»Nein. Warum?« Er nahm die Kamera nicht von seinem Auge.

Sie bog ihren Oberkörper zu ihm wie ein Model. »Ich habe gerade dieses Lied von Joe Cocker im Kopf: *You Can Leave Your Hat On.*«

Sein Finger ließ den Verschluss der Kamera unablässig klicken. »Du bist so süß.«

Katharina beugte sich noch tiefer zu ihm hinunter. Die Sonnenstrahlen flirrten auf Moritz' Gesicht.

Ecki ließ die dünne Akte verärgert auf den Tisch fallen. »Es gibt tatsächlich keine Verbindung zwischen Eggerath, Reiche und von Ambeck. Paulert hat das alles gecheckt. Wenn es ein Bindeglied zwischen ihnen gäbe, hätte er es gefunden.«

Frank nickte. »Während du unterwegs warst, habe ich mit Viola telefoniert.« Er sah seinen Freund abwartend an.

Nein, mein Lieber, dachte Ecki, ich werde dich nicht fragen, wie es ihr geht. Und auch nicht, wie es dir jetzt geht. »Und, was sagt unsere Profilerin?«

»Wir sollten uns mehr mit solchen Fragen beschäftigen: Wie haben die beiden Frauen gelebt? Was haben sie gedacht über das Leben, über die Männer, über die Liebe? Wir sollten noch einmal an die Orte gehen, wo sie gelebt haben. Ihre Aura auf uns wirken lassen. Und wir sollten uns fragen, was den Täter umtreibt. Warum sucht er sich diese Frauen, und warum nimmt er den getöteten Frauen nur bestimmte Körperteile ab, und warum ist stets Propofol im Spiel? Viola meint, er verhält sich wie ein Feinschmecker.«

Ecki schüttelte den Kopf. »Mit dieser Einschätzung kann ich nichts anfangen. Ein Kannibale? Außerdem haben wir diese Fragen längst durchgekaut.«

»Viola ist überzeugt, nicht gründlich genug. Was sie meint, ist, der Täter sucht bestimmte Körperteile. Was er nicht brauchen kann, lässt er einfach liegen.«

Ecki nickte. »Verstehe. Woher hat er das Propofol?«

»Sie meint, vielleicht aus den USA.«

»Das heißt, dass wir jemanden suchen, der Kontakte in die

USA hat? Ich denke, dass er das Propofol einfach über das Internet bestellt hat. Wo sollen wir da ansetzen? Viola in allen Ehren, ich fürchte allerdings, wir wären mit unseren Ermittlungen ganz schnell am Ende, wenn wir ihr folgen würden.«

Frank stimmte zu. »Wir nehmen Kontakt mit den Herstellern auf. Soweit ich weiß, sitzt einer von ihnen keine dreihundert Kilometer von hier. Wir brauchen seine Kundenliste.«

»Schön und gut.« Ecki hatte bereits dessen Seite im Internet aufgerufen. »Aber das Zeug ist weltweit im Einsatz. Und damit unkontrolliert. Denk an Michael Jackson.«

»Hast du eine andere Idee? Wir können auch gerne noch mal Reiche und Co. unter die Lupe nehmen. Schaden kann's nicht.«

Ecki zuckte mit den Schultern. »Die Kollegen werden sicher keinen Spaß daran haben. Sie sind immer noch genervt von der Analyse des Videomaterials. Lass uns lieber die Krankenhäuser abklappern. Die führen Listen, wer wo das Narkosemittel braucht. Vielleicht wurde in einer der Kliniken mal Propofol geklaut. Wenn wir uns dann die Mitarbeiterlisten anschauen, finden wir möglicherweise eine Verbindung, die wir bisher noch nicht kannten.«

»Ich rufe Schrievers an. Er weiß vielleicht Rat.« Frank hatte den Hörer schon in der Hand, als er ihn wieder sinken ließ. »Geht ja nicht, Heini ist in Sachen Trecker unterwegs.« Er rieb sich mit beiden Händen durchs Gesicht. Sie traten mal wieder auf der Stelle. Hinzu kam der wachsende Druck von außen: Polizeipräsident, die Staatsanwältin, die Presse. Die ewig gleiche Leier. Eine Lösung war längst nicht in Sicht. Die Zusammenarbeit mit den Kemptener Kollegen verdiente die Bezeichnung nicht. Eine blutige Spur zog sich quer durch die Republik. Und sie hatten nicht den Schimmer einer Ahnung, wie es weitergehen sollte. Er musste an Lisa denken. Er vermisste sie sehr.

Das Telefon schrillte. Frank schnellte erschrocken vor. Vielleicht doch Schrievers?

Es war Torsten Linder, der Leiter der Kriminaltechnik.

»Ein Hut.«

Frank verstand nicht. »Was meinst du?«

»Die Fasern, die wir in der Ziegelei gefunden haben, könnten von einem Hut stammen.«

»Ein Hut?«

»Zwei Faktoren sprechen dafür. Zum einen die Höhe, in der die Fasern auf der Wand gefunden wurden. Außerdem die Art, wie das Haar verarbeitet ist.«

»Der Mörder trug einen Hut?«

»Wenn mich nicht alles täuscht, dann ist es ein teures Modell. Ich tippe mal auf Italien. Borsalino? Du bekommst bald den ausführlichen Bericht. Toll, was?« Dem umtriebigen Techniker war die Begeisterung über die Leistungsfähigkeit der modernen Ermittlungsmethoden deutlich anzuhören.

»Wenigstens haben wir ein paar Fasern. Nicht viel, aber ein Anfang.« Frank legte auf.

»Dann müssen wir halt die Protokolle der Videos vom Festival noch einmal durchsehen. Und wir werden im Umfeld der Tatorte noch einmal herumfragen. Vielleicht kann sich jemand an einen Mann mit Hut erinnern. Vielleicht ein Künstler? Wir müssen die Kemptener verständigen!« Ecki spürte so etwas wie Aufbruchstimmung. Die Spur war vielversprechender als die Suche nach dem Propofol.

Jens Reiche stellte seine Kaffeetasse eine Spur zu hart auf den Glastisch. »Lass mich endlich damit in Ruhe.«

Peter von Ambeck schwitzte, seit Reiche in sein Büro gekommen war. Er hatte ihn ganz offiziell über das Sekretariat um ein »dringendes Gespräch« gebeten.

»Ich will mit der Sache nichts zu tun haben.« Reiche genoss in Wahrheit den Anblick des schwitzenden Bankers. Von Ambeck saß in seinem Sessel wie ein Frettchen. Er durfte es nur nicht übertreiben und musste aufpassen, dass der Banker nicht zum Angstbeißer wurde.

»Du musste mir helfen. Du hast doch Kontakte, sagst du. Finde heraus, was die Bullen wissen.«

Jens Reiche sah von Ambeck spöttisch lächelnd an. »Das kommt davon, wenn man vom Fremdvögeln nicht genug bekommen kann. Das hättest du dir vorher überlegen sollen.«

»Jens, bitte.« Von Ambeck löste den Knoten seiner Krawatte noch ein Stück. Die Luft in seinem Büro brachte ihn um den Verstand. Seit sich der Sommer verabschiedet hatte und es häufiger regnete, blieben seine Bürofenster geschlossen.

»Hör zu, ich kann nicht einfach zu den Bullen gehen und sagen: Na, steht der ehrenwerte Herr von Ambeck auf eurer Liste? Was denkst du dir?«

»Lass mich nicht hängen. Es steht viel auf dem Spiel! Das weißt du.«

»Du musst mir nicht sagen, was ich weiß und was ich tun soll.« Seine Stimme klang ruhig und deshalb gefährlich klar.

Von Ambeck löste endgültig den Knoten und zerrte die Krawatte von seinem Hals.

»Ist dir nicht heiß?«

Reiche lächelte und hob eine Augenbraue.

»Komm schon, ich weiß, dass du Geld willst.« Von Ambeck wand sich auf seinem Sessel. »Wie viel?«

Reiches Lächeln blieb wie festgetackert.

»Sag schon.« Von Ambeck versuchte einen Vorstoß. »Aber übertreibe nicht.« Er sah, dass es ein kläglicher Versuch war.

Reiches Grinsen hatte sich keinen Millimeter verändert.

»Ich will kein Geld. Deine Peanuts kannst du behalten. Überschreib mir deine Anteile.« Sein Lächeln wurde breiter.

Von Ambeck schüttelte den Kopf. »Niemals.«

Reiche machte Anstalten aufzustehen. »Ich fürchte, ich kann dir nicht wirklich helfen. Mir sind die Hände gebunden. Ehrlich. Tut mir leid.«

Von Ambeck rutschte auf seinem Sessel nach vorne. Mit den Knien berührte er den Glastisch und brachte das Geschirr zum Klappern. »Das geht nicht.«

»Du willst nicht. So übersetze ich dein ›Das geht nicht‹. Ich weiß, was du dir jeden Monat in die Tasche steckst.«

Von Ambeck wollte »Woher?« fragen, aber er blieb stumm. Er würde ohnehin keine Antwort bekommen, und er wusste auch so, wo überall Reiche seine Finger im Spiel hatte. »Das kannst du nicht von mir verlangen.«

»Doch, das kann ich.« Reiche nickte bedächtig. »Du hast genug Kohle gemacht in deinem Job. Da brauchst du nun wirklich keine Altersabsicherung mehr.«

Er hätte sich niemals mit Reiche einlassen dürfen. Er hatte schon bei ihrer ersten Begegnung gespürt, dass er sich vor diesem Emporkömmling würde in Acht nehmen müssen. Dass es einmal so weit kommen würde, hatte er allerdings nicht voraussehen und dafür schon gar nicht Vorsorge treffen können. Er hatte dieses eine Mal seinen Instinkt ignoriert, der ihm in seinem Beruf stets das Überleben garantiert hatte. Reiche hatte recht gehabt, er war damals schwanzgesteuert gewesen. Sein klarer analytischer Verstand hatte ausgesetzt beim Anblick von so viel nacktem Fleisch.

Er hatte das Gefühl gehabt, in sein persönliches Paradies einzutauchen. Bereits als er das erste Mal seinen Fuß über die Schwelle des *Heartbeat* gesetzt hatte. Wie vollendet war sein Glück gewesen, als er die Beteiligung angeboten bekommen hatte! Er hatte nicht mal eine Nacht darüber geschlafen. Im Gegenteil: Eine Flasche Schampus im Magen und in jedem Arm eine nackte Blonde – und er hatte zwischen zwei Durchgängen unterschrieben. Dabei hatte ihm bei dem Gedanken an die ungeahnten Möglichkeiten und Versprechen, die sich mit dem Namenszug auftaten, die Hand gezittert. Er würde seinen eigenen Club besitzen und damit all die Frauen, die von da an von ihm abhängig sein würden. Von Ambeck verzog das Gesicht. Er verachtete sich wegen seiner eigenen dummen Gier. Klassischer hatte das Klischee nicht sein können!

»Warum so verächtlich?« Jens Reiche interpretierte von Ambecks Gesichtsausdruck falsch. »Ich glaube nicht, dass du in der Position bist, mir irgendetwas verwehren zu können.«

Von Ambeck wusste, dass er in der Falle saß. Er kannte die Fotos, die ihnen bei ihren »geschäftlichen« Meetings mit ihren Kunden so überaus hilfreich gewesen waren. Sie hatten in dem weltweiten Ruf gestanden, dass in ihrem Haus alles möglich war. Und das hatten sie gerne mit den Fotos belegt – und dann kassiert. Das *Heartbeat* war gleich in doppelter Hinsicht eine Goldgrube: Der Clubbeitrag überstieg bei Weitem die Betriebskosten, und ihre Kunden waren im Ergebnis mindestens ebenso naiv wie gedankenlos gewesen. So, wie von Ambeck es gewesen war.

Er hatte alle Warnungen seines Verstandes, dass er von Beginn an auf der Verliererstraße war, in den Wind geschlagen.

»Nun?«

»Du bist ein Schwein, Reiche.«

Jens Reiche nickte. »Anders könnte ich meinen Job nicht machen. Und ich mache ihn gut.«

Von Ambeck zog ein Stofftaschentuch aus seiner Hosentasche und wischte sich den Schweiß von der Stirn. Vielleicht war es in der momentanen Situation gar nicht so unklug, sich vom Club zu trennen. Ein wesentliches Moment seines Erfolges war seine Fähigkeit, genau zu erkennen, wann er verloren hatte. Er musste jetzt nur noch wissen, was die Polizei wusste und in welche Richtung sich ihre Ermittlungen bewegten.

»Und du kannst die Informationen garantiert beschaffen? Ich muss wissen, was los ist. Ich muss planen und handeln.«

»Was kann dir schon passieren?« Reiche sah, wie sich von Ambecks Blick veränderte. Er stand tatsächlich kurz davor, zum Angstbeißer zu werden. Reiche hob seine Hände. Es war genug. »Du hast dich immer auf mich verlassen können. Du hast immer gewusst, wo ich stehe.«

Es klang nicht wie Hohn. »Gut.« Von Ambeck ließ sich zurückfallen. Er hatte zwar verloren, aber er würde wieder aufstehen. Und dann würde er mit diesem Stück Dreck abrechnen.

Jens Reiche stand unvermittelt auf. »Dann bereite ich alles vor. Wir treffen uns heute Abend im Club.«

»Das ist viel zu auffällig. Wir treffen uns hier in der Bank.

Aber lass deinen Gorilla aus dem Spiel. Ich will ihn hier nicht sehen.«

Reiche nickte eine Spur zu devot, um nicht spöttisch zu wirken. »Sicher. Ganz wie du willst. Um acht? Du kannst sicher sein, ich werde pünktlich sein. Und bis dahin habe ich die Informationen, die du haben willst.«

»Setz dich wieder hin.«

»Warum?« Jens Reiche war zu verwundert, um der scharf formulierten Aufforderung nicht Folge zu leisten.

»Spar dir dein Theater.« Nun war es von Ambeck, der sich erhob. »Noch bestimme ich, wer sich wann aus meinem Büro verabschiedet. Und nun verschwinde endlich.« Ohne weiter auf Reiche zu achten, trat Peter von Ambeck an die Fensterfront seines Büros. Er spürte es: eine dünne Genugtuung. Aber sie musste für den Augenblick reichen. Auf dem kleinen Platz zu seinen Füßen stand eine Gruppe Platanen, von deren Ästen der Wind ein paar Blätter fegte.

Von Ambeck hörte, wie sich die Tür zum Vorzimmer schloss. Er atmete tief durch. Für den Augenblick war er am Ende seiner Weisheit. Zumindest für den Augenblick. Er musste jetzt für einen klaren Kopf sorgen. Dann würde sich von selbst ein Weg aus diesem Dilemma finden. So war es bisher immer gewesen, und so würde es auch diesmal sein.

Er zog sein Jackett aus und ließ es achtlos auf den Stuhl fallen, der an seinem Schreibtisch stand. Er war nun seit zehn Jahren Vorstand dieser Bank. Und immer hatte er seine Ideen und Entscheidungen durchbringen können. Bei seinen Kollegen, bei seinem Aufsichtsrat, von dem er stets wusste, wie er ihn im Griff behalten konnte, und bei seiner Belegschaft sowieso. Er war nicht irgendwer. Er war Peter von Ambeck. Von Ambeck, der sein Privatleben stets aus allem hatte heraushalten können! Das würde ihm auch dieses Mal gelingen. Er wusste, er stand vor der größten Herausforderung seines Lebens. Von Ambeck straffte sich bei diesem Gedanken.

Er dachte an sein erstes Mal im *Heartbeat*. Kein Club, wie alle

Welt glaubte. Nein, ein Club für die ganz besonderen Bedürfnisse. Regelmäßig bestückt mit »frischer Ware«, bei der niemand fragte, woher sie stammte. Ein einzigartiger Katalog, aufgebaut wie eine exklusive Speisekarte, aus dem er sich hatte bedienen können. Es gab das einfache Menü, FastFood für zwischendurch, wie es auch das exklusive Dinner mit mehreren Gängen gab, von denen jeder exklusiver war als der andere. Er hatte sofort gespürt, dass es genau das war, was er all die Jahre zuvor vermisst hatte. Der Swingerclub war die perfekte Tarnung für dieses ganz spezielle »Restaurant«.

Er war entsprechend stolz gewesen, als ihm die Besitzer die Teilhaberschaft angeboten hatten. Die dazu nötigen Gelder hatte er über die Bank beschafft, ohne dass dies aufgefallen war. Er hatte damals nicht einmal den Aufsichtsrat informieren müssen. Und nun drohte ihm diese Mischung aus eigener Gier und Eitelkeit den Hals zu brechen.

Von Ambeck atmete erneut tief ein. Was ihn von all den Spielertypen unterschied, war das Wissen, wann die Zeit zum Aufhören tatsächlich gekommen war. Im Grunde war dies seine zweite Chance, und sicher war es die letzte. Er hätte damals schon die Bremse ziehen müssen, als die Sache mit dem Mädchen passiert war. Ein unangenehmes Missgeschick. Er erinnerte sich noch genau an das Engelsgesicht, an ihr schüchternes Lachen, das ihn so erregt hatte. Sie hatte sich nicht einmal gewehrt. Obwohl sie gewusst haben musste, was ihr passieren konnte. – Und dann war sie auf einmal nicht mehr da gewesen. Er hatte sich geweigert, einen Zusammenhang zu sehen. Zwischen ihrem Streit, nein, es war kein Streit gewesen, sie hatte lediglich zu lange gezögert, ihn auf seinen Wunsch hin entsprechend zu bedienen, und ihrem Verschwinden. Obwohl er es besser wissen musste und die ungeschriebenen Gesetze des Clubs kannte. Angeblich war sie zurück nach Bulgarien geschickt worden. Eine Version, an der er nicht zweifeln wollte. Ab und an hatte er noch mal an sie denken müssen. Vielleicht war sie ja auch an einen anderen Club weitergereicht worden.

Er seufzte erneut. Er musste diese Bilder aus seinem Kopf bekommen. Vorher würde er keinen Plan entwickeln können. Diese Bilder, die er damals wie im Rausch erlebt hatte – und die nun wie eingebrannt in seinem Kopf hafteten. Er hätte niemals so weit gehen dürfen. Es war anschließend nichts passiert. Er würde einen Schlussstrich ziehen, aber die Bilder würden bleiben. Das war der Preis, den er zahlen musste.

Von Ambeck presste seine Hände gegen die Schläfen. Die Kopfschmerzen wollten nicht verschwinden. Er verfluchte Reiche, und er verfluchte diese Bilder, die sich auch jetzt wieder und wieder in seinen Kopf drängten. Von Ambeck starrte auf den Platz hinaus, ohne wirklich etwas zu sehen. Mit einem Ruck riss er sich von seinen Gedanken los. Er ging zur Sitzgruppe zurück, band sich sorgfältig seine Krawatte um und streifte sein Jackett über. Erst dann griff er zum Telefonhörer.

»Schatz? Ja, ich bin's. Ich komme heute früher nach Hause. Muss dann aber noch mal weg. Und –« Er zögerte. Aber nur einen winzigen Augenblick. »Was hältst du davon, wenn wir für ein paar Tage wegfahren? Nein, es gibt keinen Anlass. Einfach so. Das haben wir schon lange nicht mehr gemacht. Die Bank? Die kommt auch ohne mich zurecht. Und – ich liebe dich. Das wollte ich dir noch schnell sagen. Was? Nein, was soll denn passiert sein? Wir fahren. Was hältst du von Rügen? Oder Lanzarote. Nur wir beide.«

Paulert steckte den Kopf zur Tür herein. »Bevor ich ins Wochenende gehe: Das *Heartbeat* gehört einem Konsortium mit Sitz in Dubai. Dubiose Nummer. Ich glaube nicht, dass wir mehr erfahren.«

Frank musste grinsen, trotz der schlechten Nachricht. »Normalerweise hast du doch überall auf der Welt deine nette Sippschaft sitzen.«

»Scheichs sind leider nicht darunter. Nicht dass ich wüsste.« Auch Ulf Paulert musste lachen. »Kannst du dir das vorstellen, ich hoch zu Kamel? Mit flatterndem Burnus?«

»Paulert von Arabien. Majestätisch – das Kamel, meine ich.«

Paulert war tatsächlich in aufgeräumter Wochenendstimmung. »Ich sollte mir den Schmachtfetzen noch mal ansehen. Bettina hätte sicher ihre Freude. Aber im Ernst, ich kann leider nicht mit Kontakten nach Nahost dienen. Der Persische Golf ist jedenfalls sehr weit weg.« Er trat nun doch ganz ein und machte ein ernstes Gesicht. »Es gibt in Düsseldorf die Vertretung einer arabischen Kanzlei. Ich fürchte aber, an der werden wir uns die Zähne ausbeißen. Araber können sehr verschlossen sein. Vor allem arabische Anwälte, die Scheichs vertreten. Ist das *Heartbeat* wirklich so wichtig für euch?«

Frank drehte sich langsam mit seinem Stuhl hin und her. »Wenn ich das wüsste. Es scheint so, dass der Laden eine Rolle spielen könnte. Zumindest kann es sein, dass eine der toten Frauen, vielleicht aber auch jede von ihnen, schon mal Kontakt mit dem Club hatte, sprich: dort war. Aber mehr als vage Vermutungen haben wir nicht. Es fehlt uns der letzte klare Hinweis, um das *Heartbeat* durchsuchen zu lassen.« Frank hielt inne. »So ist das nun mal.« Er sah zu dem großen Terminplaner an der Wand und nahm dann seine Drehbewegungen wieder auf. »Wir werden den Laden im Auge behalten. Wenn wir mehr haben, muss Carolina ran und einen Beschluss freigeben. Oder wir müssen die Botschaft einschalten.« Er gähnte ausgiebig. »Aber zunächst werde ich mich um unseren Auftritt kümmern. Wir spielen morgen mit STIXX in der *Schlafkultur* in Viersen.«

Ulf Paulert konnte sich ein Grinsen nicht verkneifen. »Wie ich dich so sehe, ist das genau der richtige Ort für dich.«

»Ja, ich könnte endlich mal eine ganze Nacht Schlaf brauchen. Der Dienst schlaucht. Es ist zum Kotzen, um es auf den Punkt zu bringen.« Frank nickte gähnend. »Ich bin am Ende. Alles, was wir haben, ist Kaninchenhaar.«

»Es wird euch zum Mörder führen«, versuchte Paulert, seinem Kollegen Mut zu machen. »Tut mir wirklich leid, dass ich euch nicht viel mehr helfen kann.«

»Lass gut sein, wir wissen deinen Einsatz zu schätzen.« Frank zählte an den Fingern ab: »Reiche ist ein neureicher Spinner, aber kein Mörder. Jedenfalls gibt es keine Indizien. Von Ambeck ist der Chef von Simone Contzen gewesen und sicher kein Kostverächter, was Frauen betrifft. Dass er aber seine Finger nicht von ihr lassen konnte, möglicherweise sogar sie auf dem Gewissen hat – dafür gibt es keinen Beweis. Und drittens, Paul Eggerath. Er ist sozusagen der Mann mit den meisten Verdachtsmomenten. Wir können ihm aber nichts nachweisen. Er taucht auf keinem Video des Konzerts auf. Es gibt keinen Hinweis, dass er in der Nähe des Tatorts war. Und auch nicht in der Nähe der übrigen Tatorte. Nix. Ein liebestoller Spinner. Das war's.«

Paulert nickte. »Wir haben es mit einem hochintelligenten Menschen zu tun. Bestimmt. Jemand, der bis ins kleinste Detail plant, der großen Wert auf Sauberkeit und akkurates Arbeiten legt. Ein Wissenschaftler? Professor? Was ist mit den Dozenten der Hochschule? Habt ihr da schon neue Erkenntnisse? Die Unis in Düsseldorf, Köln, Essen? Die übrigen sind auch nicht so ewig weit weg. Und unten in Kempten gibt es ebenfalls eine Hochschule.« Paulert dachte einen Augenblick nach. »Oder er ist ein besessener Künstler. Der seine Morde als Performance versteht. Gibt es ja: blutige Körperteile von Tieren in Eisblöcken. Habe ich mal gesehen, vor Jahren, bei den *Akzenten* in Duisburg. Das war vielleicht ein Kulturfestival.«

Frank sah ihn skeptisch an.

»Kann doch sein.«

»Das wäre mehr als krank. Wenn es so wäre, wo findet er dann sein Publikum?«

»Vielleicht geht es ihm gar nicht so sehr um öffentliche Aufmerksamkeit. Der Akt des Schaffens ist es, der unseren oder unsere Täter interessiert. Der ihn befriedigt. Die öffentliche Wahrnehmung wäre in dem Fall nur ein Abfallprodukt.«

»Was bedeuten dann die peinlich sauberen Tatorte?«

»Sie sind elementarer Bestandteil dieser Aktionen. Er demonstriert damit, dass er die absolute Gewalt über das Geschehen hat. Die perfekte Inszenierung. Nichts ist dem Zufall überlassen.

Alles ist durchgeplant, durchdacht und bis ins kleinste Detail arrangiert. Eine größere und perfektere Demonstration von Macht gibt es nicht. Es gibt keine Zufälle in seinem Weltbild. Er schafft den absoluten Augenblick in dem Moment, in dem er diese Performance beginnt. Und er weiß, dass er den Augenblick nicht wird festhalten können. Denn jede Sekunde, die über den Akt des Schaffens hinausgeht, erzeugt bereits Vergangenheit. Damit ist der künstlerische Prozess weder in der Entstehung noch in dem Versuch der erinnernden Phantasie bewahrbar, geschweige denn wiederholbar.«

Frank blähte die Wangen auf und ließ hörbar die Luft entweichen. »Das heißt, meine Erinnerung an die Vergangenheit ist nie die Vergangenheit selbst. Ich kann sie nicht abbilden, also das, was da tatsächlich in jenen Momenten passiert ist?«

Ulf Paulert nickte. »Ich habe das vor einiger Zeit mal bei einer Fortbildung gehört. Operative Fallanalyse. Im besten Fall wäre eine ungefähre Ahnung dieser Realität möglich. Und das auch nur für den Augenblick, in dem du diese Ahnung hast. Die Realität, die vergangene wie auch die gegenwärtige, hier in diesem Büro, während unserer Unterhaltung, ist in dem Moment vergangen, in dem sie passiert.«

Frank schüttelte den Kopf. »Sei mir nicht böse, Ulf, das ist mir alles viel zu kompliziert. Sehr schön philosophiert, aber ob das hilft, unsere Fälle aufzuklären? Warum tut unser Mann oder unsere Frau das? Welche Vergangenheit, welchen Augenblick will er oder sie konservieren, meinetwegen auch wiederbeleben?« Frank schüttelte erneut den Kopf.

Der Fahnder zuckte mit den Schultern und stand auf. »Ich sagte ja, dass ich euch sehr gerne helfen würde. Aber mehr fällt mir zu der ganzen Sache nicht ein. Ihr müsst stur weiterermitteln. Dann fallen die einzelnen Puzzlesteinchen schon noch zusammen. Das war doch bisher immer so. Mach's gut, mein Lieber, wir sehen uns Montag. Und grüß Ecki.«

Nachdenklich sah Frank seinem Kollegen hinterher. Wo der Mann nur seine Ideen hernahm? Frank seufzte und dachte an

Schrievers. Er vermisste den Kollegen und Freund, vor allem wegen seiner guten Ideen. Er stand auf und ging im Büro von einem Schrank zum anderen, ohne einen der Ordner zur Hand zu nehmen. Irgendetwas, was Paulert gesagt hatte, ging ihm nicht aus dem Kopf. Wenn er doch wüsste, was es war. Er ging zum Fenster und sah auf den Verkehr hinunter, der sich über die zentrale Achse der Stadt wälzte. Jeden Tag der gleiche Anblick. Plötzlich wusste er es: Bewahren. Paulert hatte von Konservieren und Bewahren gesprochen. Frank ging zu seinem Schreibtisch zurück, setzte sich und legte seine Beine auf den Tisch. Wer tat das? Bewahren. Frank nahm die Füße herunter, natürlich: Archivare. Sein Täter war ein Archivar des Schönen!

Er griff zum Telefon. Ulf Paulert musste sich um die Biografien der Archivare im Land kümmern. Er legte den Hörer wieder zurück. Bevor er den Kollegen anwählte, wollte er erst den Archivar der Stadt Grevenbroich anrufen. Er erinnerte sich an den schlaksigen Mann, dem er im Zusammenhang mit den Ermittlungen in Sachen van Bommel begegnet war. Vielleicht konnte er die Arbeit abkürzen und ihm eine Liste der Kollegen zur Verfügung stellen. Quasi auf dem kleinen Dienstweg und von Musiker zu Musiker. Wolfgang Brandt hatte ihm damals erzählt, dass er Gitarre spielte und, ebenso wie er, den Blues liebte.

Der Gedanke beflügelte ihn. Sie würden sich sicher auch ein wenig über Blues austauschen können. Eine willkommene Abwechslung in seiner ermüdenden Arbeit. Die Leitung war frei.

»Stadtarchiv Grevenbroich, Wolfgang Brandt.«

Liebig schaute unwirsch auf. Wenn er mit seinen Texten beschäftigt war, konnte er keine Unterbrechung brauchen. »Was gibt's, Rehlein?«

Bevor seine Sekretärin antworten konnte, schob sich ein blonder Hüne in T-Shirt und Tarnhose an ihr vorbei vor Liebigs

Schreibtisch. »Mein Name ist Hasso von Bergmann. Kann ich Sie kurz sprechen?«

Ratlos hob Liebigs Sekretärin die Schultern.

»Schon gut, Rehlein, ich kümmere mich schon. Ist gut.« Liebig winkte sie aus seinem Büro und bot dem Mann einen Platz an. Überflüssigerweise, denn der Blonde hatte ohne Umschweife einen Stuhl von einem Stapel Papieren befreit und sie achtlos auf dem Sideboard in Liebigs Büro platziert.

»Was kann ich für Sie tun?« Ein komischer Typ, dachte der Redaktionsleiter der *Rheinischen Allgemeinen*. Liebig kramte in seinem Gedächtnis. Nie gesehen. Hasso von Bergmann: ein Name wie aus dem Stammbaum einer Schäferhunddynastie. Arme wie Eisenklötze. Vermutlich wenig im Kopf.

»Seit wann recherchiert eine Lokalzeitung in Düsseldorf?«

Liebig verstand nicht. »Wie meinen?«

»Bei Ihnen arbeitet die Journalistin Katharina Ungerechts. Das stimmt doch?«

Er runzelte die Stirn. »Schon, aber ich verstehe immer noch nicht?«

»Kann ich sie sprechen? Wo finde ich sie?«

Liebig begann augenblicklich zu schwitzen. Warum, um Himmels willen, wollen alle Ungerechts sprechen? Er musterte sein Gegenüber eingehender. Katharina musste an einer interessanten Story dran sein. Der Kampfhund machte nicht den Eindruck, dass er geradewegs aus einem Proseminar »Deutsche Dichter des 19. Jahrhunderts« kam. Liebig tippte eher auf Fitnessstudio oder Securitybranche.

»Wir geben grundsätzlich keine Auskunft über unsere Mitarbeiter, selbst wenn sie lediglich frei für uns arbeiten. Kann ich Ihnen weiterhelfen? Sie sprachen von Düsseldorf?«

»Ich will mit der Journalistin reden.« Von Bergmann ließ Liebig keinen Zweifel, dass er die schlechtere Wahl war.

Liebig wollte den Typen so schnell wie möglich loswerden. Andererseits sagte ihm sein journalistischer Instinkt, dass er unter Umständen eine gute Geschichte liefern könnte.

»Nun, Herr von«, er nahm die Visitenkarte in die Hand, die der Blonde ihm über den Tisch zugeschoben hatte, »Herr von Bergmann, ich will in Ihrem Fall eine Ausnahme machen. Allein schon, weil Sie sich den weiten Weg herbemüht haben. Es ist so, Frau Ungerechts ist nicht im Haus. Um der Wahrheit die Ehre zu geben, sie ist gar nicht in der Stadt. Sie hat Urlaub genommen.« Er hob bedauernd die Arme. »Wann sie wieder hier ist, weiß ich nicht. Kann ich denn in der Zwischenzeit etwas für Sie tun?«

»Allerdings. Wir mögen es nicht, wenn unser Haus von Journalisten belagert wird. Was wollte die Dame bei uns?«

Liebig warf einen erneuten Blick auf die Visitenkarte. Geschäftsführer des *Heartbeat*. Ein Club. Aha. Ein Sexclub? Was hatte Katharina dort gewollt? Liebig spürte ein Kribbeln. »Das kann ich Ihnen nicht sagen.«

»Sie wollen nicht!«

»Nein, es ist, wie ich es sage: Ich kann Ihnen dazu nichts sagen. Ich habe keine Ahnung, warum sie sich für Ihren Club interessiert. Für diese Art Club.« Um seinen Mund machte sich ein süffisanter Zug breit.

»Sie hat mehr als eine Stunde lang in ihrem Auto gesessen und den Eingang beobachtet.« Von Bergmann zeigte mit dem Finger auf Liebig. »Das ist schlecht fürs Geschäft, eine schnüffelnde Journalistin. Unsere Clubmitglieder sind in der Hinsicht sehr empfindlich.«

Liebig spürte die versteckte Drohung. Ungerechts musste auf eine wahrhaft höllisch interessante Geschichte gestoßen sein. »Frau Ungerechts hat Ihnen doch hoffentlich keine Unannehmlichkeiten gemacht?«

»Ich habe sie angesprochen. Aber sie hat weder ihren Namen genannt noch ihre Absicht. Vor allem hat sie verschwiegen, dass sie uns ausspionieren wollte.«

Und woher hatte dieser Typ dann ihren Namen?

Von Bergmann hob eine Augenbraue. »Ich sehe Ihre grauen Zellen arbeiten. Fragen Sie nicht. Nehmen Sie einfach zur Kenntnis, dass ich heute hier sitze.«

Schweißperlen liefen zwischen Liebigs Schulterblättern im Wettstreit den Rücken hinab. Von Bergmann verbreitete eine Aura, die ihm Angst machte. Die physische Präsenz des Blonden ließ in ihm sämtliche Alarmlampen glühen. Er musste ihn loswerden.

Liebig hob eine Hand. »Ich habe Sie durchaus verstanden. Aber ich versichere Ihnen, Frau Ungerechts hatte zu keiner Zeit den Auftrag, sich vor Ihren Club zu postieren. Und ich kann mir immer noch keinen Reim darauf machen, was sie dazu veranlasst haben könnte. Vielleicht suchte sie ein wenig Abwechslung und hat sich nur nicht getraut.« Er zwinkerte von Bergmann kumpelhaft zu. Aber er machte es nur noch schlimmer.

Hasso von Bergmann beugte sich mit seinem massigen Oberkörper weit über den Tisch und kam Liebigs Gesicht ganz nahe. »Wir sind kein Swingerclub, in den jeder nach Belieben oder Not kommen kann. Unsere Mitglieder haben das Recht, in gepflegter Begleitung zu kommen. Aber ich habe nicht den Eindruck, dass Ihre Journalistin eine Einladung hatte. Ich warne Sie, halten Sie sie von unserem Haus fern. Ich will sie nicht mehr in der Nähe sehen. Wir haben Sie im Blick, Liebig.« Er lehnte sich zurück. »Ich mache Sie verantwortlich, wenn Ihre Journalistin noch einmal auftauchen sollte.« Nun grinste er. »Sie können sicher sein, wir kennen unsere Gegenüber sehr genau. Ich habe mich über Sie erkundigt, lieber Herr Liebig. Sie sind ein interessanter Mensch.«

Vor Liebigs Augen begann das Büro zu schwanken. Über von Bergmann lag nun ein Schleier. Was wusste der Kerl über ihn? In welche Scheiße hatte Ungerechts ihn hineingezogen?

»Ist Ihnen nicht gut? Soll ich Ihre Sekretärin rufen?« Das Lächeln des Geschäftsführers wurde breiter. »Ich sehe, wir haben uns verstanden.« Er nickte selbstgefällig. »Ich gebe Ihnen noch einen Rat: Rufen Sie niemanden an. Niemanden. Vor allem nicht beim LKA. Haben wir uns verstanden?«

Liebig konnte nur noch mechanisch nicken. Was wusste dieser Mann? Was? Er musste es herausbekommen. Scheiß auf die Drohung! Er musste wissen, mit wem er es zu tun hatte! Die Schweißtropfen hatten längst Nachfolger. Das Hemd klebte an seinem Rücken.

»Gut. Gut. Es ist immer gut, wenn man zufrieden aus einem Gespräch herausgeht.« Von Bergmann wollte aufstehen, setzte sich aber gleich wieder, als sei ihm etwas Entscheidendes eingefallen. »Damit Sie sehen, dass ich kein Unhold bin: Wenn Sie ein wenig Abwechslung brauchen«, er zog eine weitere Visitenkarte hervor, auf die er kurz sah, bevor er sie Liebig zuschob, »an dieser Adresse werden Sie genau das bekommen, was Sie suchen. Haben Sie keine Scheu, dort wird Ihnen geholfen. In jeder Hinsicht. In jeder.« Er grinste anzüglich.

Der Redaktionsleiter blickte auf die Karte.

»Nur zu. Ich lade Sie ein. Wozu immer Sie Lust haben.« Von Bergmann sprach das Wort »Lust« besonders deutlich aus.

Liebig hatte das Gefühl, in einem Eisschrank zu sitzen. Die eingebildete Kälte ließ seine Härchen sich aufstellen.

»Na, ich weiß doch, was dir guttut.«

Liebig brachte nicht mehr als ein gekrächztes »Nett von Ihnen« zustande. Er hatte noch nicht einmal gemerkt, dass von Bergmann ihn geduzt hatte.

»Nett? Ich bin sehr, sehr großzügig. Aber meinetwegen, nenn es ruhig nett.« Von Bergmann machte einen vergnügten Eindruck. Er hatte Liebig im Sack. Der schmierige Lokalchef würde früher oder später in seinen anderen Clubs auftauchen, und dann war er fällig.

Liebig war nicht fähig, auch nur eine Faser seines Körpers zu bewegen. Er fühlte sich wie ein Kaninchen vor dem tödlichen Nackenschlag.

»Na, was ist? Flatrate-Vögeln – ist das nichts? Alles gratis, so lange du kannst. Bier, Wein, Schampus, Mädels ohne Ende. Das hast du dir doch schon immer gewünscht.«

Von Bergmann klang immer mehr nach einem Aalverkäufer auf dem Jahrmarkt. Warum ließ er ihn nicht endlich in Ruhe?

Der Geschäftsführer des *Heartbeat* stand unvermittelt auf und hielt Liebig die Hand hin. »War mir ein Vergnügen. Einen angenehmen Tag noch, Herr Liebig.«

Liebig sah mit versteinertem Blick, wie von Bergmann im Hinausgehen seiner Sekretärin eine Kusshand zuwarf. Der Redaktionsleiter spürte seinen Körper nicht mehr. Erst langsam kehrten seine Sinne zurück. Was war das gerade gewesen? So mussten Albträume sein. Als Justus Liebig wieder einigermaßen Herr über seine Hände war, griff er zum Telefon und wählte Katharinas Mobilnummer. Sie war ihm eine Erklärung schuldig. Er wartete auf die Verbindung und beobachtete dabei Rehlein, die aufgeregt telefonierte, vermutlich mit ihrer Mutter.

Katharina meldete sich nicht. Leise fluchend wählte er die Telefonnummer seines Kontaktmannes im LKA. Wie immer klappte die Verbindung sofort.

Liebig hielt sich nicht lange mit Vorreden auf. »Wo hält sich Katharina Ungerechts auf?«

Es blieb kurz still am anderen Ende der Leitung. »Kannst du nicht warten, bis ich mich melde? Ich bin noch nicht so weit. Alles, was ich sagen kann, ist, dass das Mobiltelefon zurzeit im Süden unterwegs ist.«

»Wie witzig. Geht's auch ein bisschen genauer?«

»Mehr hab ich im Moment nicht. Ich brauche Zeit. Außerdem«, die Stimme am anderen Ende hob sich, »geht's auch in einem anderen Ton? Ich bin nicht dein Laufbursche.«

»Schon gut.« Liebig legte auf, ohne sich zu verabschieden. Katharina war also tatsächlich irgendwo in Italien. Er musste wissen, was sie vor diesem Edelpuff gewollt hatte. Er hasste es, er hasste es dermaßen, sein Umfeld nicht unter Kontrolle zu haben. Er schlug auf den Schreibtisch. Er hatte das ungute Gefühl, dass von Bergmann ihm gefährlich werden konnte. Woher wusste der Typ von Katharinas Job? Woher bezog er seine Informationen? Vermutlich hatte er einen Bullen auf der Gehaltsliste. Was noch weitaus schlimmer war: Woher wusste er über ihn Bescheid? Oder bluffte er nur? Liebig wurde zunehmend nervöser.

Das Telefon klingelte.

»Was?«, fragte er barsch. Es war Rehlein.

»Die Mantelredaktion wartet auf deinen Text.«

»Die Arschlöcher können mich mal.« Er knallte den Hörer auf die Station. Über den Rand seines PCs sah er, dass seine Sekretärin entgeistert auf ihren Hörer starrte.

Liebig versuchte, sich auf seinen Text über die Pläne für das neue Wohngebiet zu konzentrieren, das Holländisches Viertel heißen und demnächst auf der Brache des abgebrannten Wellenbades gebaut werden sollte. Außerdem musste er den dazugehörenden Kommentar zu Ende schreiben. »Grachten in Gladbach. Klein Amsterdam auf dem Gelände eines Schwimmbades. Wie passend«. So würde er enden. Aber seine Gedanken trieben immer wieder ab.

Schließlich griff er zum Telefon und wählte erneut die Nummer des LKA. »Danke wollte ich noch sagen. Hatte ich eben vergessen.«

XXI.

»Hast du das Wasser beobachtet? Es verfärbt sich. Es wird an einigen Stellen dunkler. Da hinten ist es noch hell. Sieh.« Katharina hielt eine Hand über die Augen und wies mit der anderen auf das westliche Ufer des Sees.

»Der See ändert seine Farbe ständig. Mal scheint er ein silbernes Tablett zu sein, mal geschmolzenes Blei, mal wetteifert er mit dem Grün der Wiesen. Er ist ein lebendiges Wesen. Mit seinen hellen und seinen Schattenseiten.« Moritz Grünewald war ebenfalls stehen geblieben.

»Du bist ja ein Poet.«

»Unsinn. Das ist Physik. Das liegt am Licht und an der Wassertemperatur.« Er deutete auf die südwestliche Fortsetzung des Sees. »Das Ruderboot, siehst du es? Es gibt hier sogar einen Fischereiverein.«

»Wir sind mitten im Leben und doch weit weg von all der Hektik. Die Redaktion und all der andere Kram sind Teil eines anderen Lebens.« Sie wollte sich gegen Moritz lehnen, aber ihr Freund war auf dem schmalen Pfad oberhalb des Dorfes einen halben Schritt zurückgetreten. »Ups.« Sie war nicht darauf vorbereitet, ihr Gleichgewicht halten zu müssen.

Moritz Grünewald fing sie auf. »Hoppla.«

Sie lachte und gab ihm einen Kuss. »Nix passiert.«

»Hier gibt es Kreuzottern.« Seine Augen verengten sich zu schmalen Schlitzen.

»Oh Gott, wo?« Katharina sah sich ehrlich erschrocken nach allen Seiten um.

Er grinste breit. »Überall. Aber heute habe ich leider nur eine Blindschleiche gesehen.«

»Du Armer, aber ich habe trotzdem keine Lust auf ein Treffen mit Schlangen.«

»Keine Sorge. Sie werden dich nicht beißen. Solange sie sich nicht bedroht fühlen. Das ist wie bei uns Menschen.«

»Der alte Philosoph. Das Licht ist unglaublich. Schau dir das an.« Sie drehte sich wieder zum See und beschattete erneut ihre Augen.

Moritz sagte nichts. Seine Augen suchten den Horizont ab, als wartete er darauf, etwas zu finden.

Schweigend genossen sie die Aussicht auf den Rottachsee. Katharina breitete ihre Arme aus und atmete die Luft ein. So könnte es bleiben: Das Allgäu lag ihr zu Füßen.

Tief unter ihr, jenseits der weitläufigen Weiden und vereinzelt stehenden Tannengruppen, lag der See im Licht des späten Nachmittags. Von Petersthal aus näherte sich langsam ein Paddelboot. Von ihrem Standort aus war es nicht viel mehr als ein großer gelber Fleck. Die gleichförmigen Bewegungen des Paddlers riefen in ihr Begriffe wie Beständigkeit, Sicherheit und Zuversicht hervor; als könnte das Leben weder dem Boot noch dem Menschen etwas anhaben. Sie fühlte sich eins mit der Natur. Ein Gefühl, das sie zuletzt gespürt hatte, als sie als Mädchen in den Ferien auf dem Bauernhof ihrer Tante auf der Wiese gelegen und in den Himmel geschaut hatte. Die schnell ziehenden Wolken erschufen für sie die abenteuerlichsten Heldenfiguren ihrer Kindertage.

Katharina genoss den Wind, der sanft über ihre Wange fuhr. Sie umfasste ihren Oberkörper und legte den Kopf in den Nacken. Die Schlangen hatte sie vergessen. Und auch Moritz, der ein Stückchen hinter ihr stand.

Aber je länger sie auf diesem schmalen Weg stand, umso mehr spürte sie, dass etwas ihr Einssein mit der Natur störte. Zunächst hatte dieses unbestimmte Gefühl geradezu unschlüssig am Rand ihrer Gedanken gewartet. Kaum mehr als ein winziger Fleck auf diesem Empfinden makelloser Reinheit. Auch als es sich endlich in ihr Bewusstsein gedrängt hatte, schenkte Katharina dieser unbedeutenden Störung keine Beachtung. Was sollte es auch sein? Ein kleiner Fehler im Pinselstrich des Malers, der diese Welt vor ihren Augen erschaffen hatte.

Sie waren auf ihrer Wanderung schon seit mehr als einer Stunde niemandem begegnet. Moritz stand direkt hinter ihr. Also, was sollte es schon sein? Vermutlich nur der Rest ihres Arbeits- und Beziehungsstresses, der auf dem besten Weg war, sich endgültig zu verflüchtigen.

Nur, das Gefühl verschwand nicht. Je mehr sie darüber nachdachte, umso eindringlicher wurde es. Schließlich konnte sie es nicht mehr ignorieren. Sie seufzte. Es war wohl so, dass in den schönsten Augenblicken unversehens das Dunkle zurückkehrte und sein Recht forderte. Aber Katharina war fest entschlossen, dieses Dunkle sich nicht festsetzen zu lassen. Sie öffnete die Augen und suchte den See nach dem Paddelboot ab. Der gelbe Fleck war nicht mehr da.

Das Nagen in ihr blieb. Da war etwas, das sie nicht benennen konnte. Es war so dunkel wie die Gebirgsformation, die jenseits ihres Standortes den Horizont bildete. Irgendwo dahinten musste Österreich sein, und weiter südwestlich der Bodensee und die Schweiz. Katharina wollte es nicht glauben, von diesen Felsen ging eine Bedrohung aus, die wuchs, je länger sie sie betrachtete.

Von einem Augenblick auf den anderen spürte sie eine Kälte, die ungebremst auf ihren Körper traf. Es war mit einem Mal windstill. Katharina fühlte sich beobachtet. Erschrocken drehte sie sich zu Moritz um.

»Du bist so stumm.« Sie suchte seinen Blick.

Grünewald hatte die Augen geschlossen und offenbar ebenso bewegungslos hinter ihr gestanden. Nun öffnete er sie langsam und sah sie schweigend an.

»Mir wird kalt. Ich habe ein ganz komisches Gefühl. Wollen wir weiter?«

Moritz deutete hinab. »Ich muss gerade an die Kontraste denken. Nicht weit von hier liegt das Werdensteiner Moos, ein Hochmoor. Heute geschützt und wieder so unwegsam wie damals vor seiner Austrocknung. Ein richtiges Moor, verstehst du? Es ist das größte im Oberallgäu und ziemlich geheimnisvoll. Und dann gibt es überall in den Felsen und zwischen den Wiesen und Weiden plötzliche Einschnitte, die die Einheimischen Tobel nennen. Steile, unwirtliche, manchmal gefährliche Gebilde, von alten Bäumen umsäumt. In den Tobeln gurgelt und tost im Frühjahr das Schmelzwasser.«

Katharina rieb sich über ihre Unterarme. »Wollen wir weiter?« Sie trank einen Schluck aus der Wasserflasche, die sie aus der Seitentasche ihrer Hose gezogen hatte. Als sie sie zurückschob, bekam sie plötzlich Gänsehaut.

Grünewald nickte. »Es ist nicht mehr weit.«

»Was meinst du?«

»Wir sind bald zurück.« Grünewald legte seine Hand auf den Oberarm seiner Freundin. »Komm.«

Nach ihrer Rückkehr fuhren die beiden hinunter nach Sulzberg und kauften für den Abend ein. Später saß Katharina, ihre

Beine in eine Decke gewickelt, auf dem Balkon und wartete darauf, dass Moritz sie zum Essen rief. Sie war zufrieden und glücklich. Den kurzen dunklen Moment auf ihrer Wanderung hatte sie vergessen. Dieses winzige Moosbach wurde für sie mehr und mehr zu einem Stück Himmel auf Erden, je länger sie an diesem sonderbaren Ort verweilte.

Nach dem Abendessen hockte Katharina in einem ihr viel zu großen Sweatshirt von Moritz und dicken Socken im Schneidersitz vor dem großen Sprossenfenster und las in einem Buch. Es wurde bereits dunkel, und sie würde bald ein paar Kerzen anzünden. Ab und zu hob sie ihren Kopf und warf einen Blick hinaus auf das Panorama. Im Westen war ein dünner Streifen rosafarbenen Lichts zu sehen. Der wolkenlose Himmel schimmerte blauschwarz. Erste Sterne leuchteten schwach.

Katharina trank einen letzten Schluck aus ihrem Weinglas, markierte die Seite, auf der sie gerade las, mit einem Eselsohr und schloss die Augen. Sie waren stundenlang in der Gegend um Moosbach herum unterwegs gewesen. Die ungewohnte Anstrengung und die frische Luft hatten sie müde gemacht. Sie würde früh zu Bett gehen. Aber zunächst würde sie auf Moritz warten, der noch »eine kleine Runde durchs Dorf« hatte drehen wollen, um ein frisch Gezapftes zu trinken.

Moritz schien vom ersten Moment ihrer Ankunft an mit dem Dorf verwachsen zu sein. Er und Moosbach waren wie zwei ungleiche Hälften, die sich dennoch auf einen unsichtbaren Wink hin nahtlos ineinanderfügten.

Sie legte das Buch zur Seite. Sie vermisste ihren Freund, obwohl sie ihn nur wenige Meter weiter zwischen Touristen und Einheimischen wusste. Sie war in der Wohnung geblieben, weil sie nach den Stunden im Wald und ihrem ausgiebigen Abendessen keine fremden Menschen um sich haben wollte. Sie sah hinauf zu den Sternen und schloss erneut die Augen. Welch ein Zufall hat uns doch zusammengeführt, dachte Katharina schmunzelnd: die Journalistin auf der Suche nach einer Story. Was sie gefunden hatte, war nicht nur diese Geschichte von dem seltsamen Mann mit Hut. Sie hatte auch den Menschen gefunden, der in ihr Leben passte wie das letzte fehlende Puzzlesteinchen im großen Ganzen. Sie freute sich auf den kommenden Tag, der ebenso friedvoll zu werden versprach wie der sich zu Ende neigende.

Katharina hörte die Wohnungstür. Sie schlang ihre Arme um die Knie. Welch ein Geräusch! Es kündigte eine immer wieder aufs Neue spannende Begegnung an.

»Hi.« Moritz stand unvermittelt im Raum.

»Schön, dass du da bist.«

»Du liest noch?«

Sie schüttelte den Kopf. »Ich habe auf dich gewartet.«

Moritz legte seine Jacke ab und ließ den Wohnungsschlüssel achtlos auf den Esstisch fallen. »Der Gasthof *Zum Kreuz* ist rappelvoll.«

»Wolltest du nicht bleiben?« Katharina musterte ihn neugierig. Moritz sah zugleich beschwingt und müde aus. »Du kennst doch bestimmt Leute.«

»Ich bin müde. Die Wanderung war anstrengender, als ich gedacht habe.«

Sie klopfte mit der Hand auf den Boden. »Komm, setz dich. Von hier aus kannst du den Großen Wagen sehen. Und die vielen anderen Sterne. Du kennst sie sicher alle.«

»Nein, ich will ins Bett.« Er ging zur Spüle und goss sich ein Glas Wasser ein, das er mit großen Schlucken leer trank.

»Ach, schade. Magst du dich nicht doch ein paar Minuten zu mir setzen?« Sie gab ihrer Stimme einen lockenden Ton.

»Ich bin wirklich müde, Katharina.«

»Erzähl mir von dem Gasthof. Nette Leute?« Sie wollte nicht so einfach aufgeben.

»Zu viele Touristen. Nur wenige Einheimische. Ein paar von denen kenne ich noch, seit ich das erste Mal in Moosbach war.«

Sie nickte. »Du hast mir noch gar nicht erzählt, wie du auf diesen wunderschönen Ort gestoßen bist.«

Moritz goss sich ein zweites Glas ein. Bevor er trank, sah er sie lange an. Es sah aus, als müsste er tief in seiner Kiste mit Erinnerungen kramen. »Das war eher Zufall. Da gibt es nicht viel zu erzählen. Ist das so wichtig?«

Sie sah ihn verwundert an. »Nein, natürlich nicht. Ich wollte nur ein wenig an deiner Vergangenheit teilhaben.«

Er zwang sich zu einem Lächeln. »Das ist nett von dir. Sehr nett sogar.« Seine Miene entspannte sich langsam zu einem Schmunzeln. »Was willst du wissen?« Bevor sie etwas sagen konnte, schaltete er das CD-Radio ein, das auf der Anrichte in der Küche stand. »Ein wenig Musik wäre nicht schlecht.« Aus dem Lautsprecher erklang die Stimme von Mary Coughlan, die, begleitet von einem perlenden Klavier und Bläsern, die letzte Strophe ihrer Version von Billie Holidays *You've Changed* sang.

Katharina schlang ihre Arme fester um ihre Knie. Sie hatte die Musik der irischen Sängerin durch Moritz kennengelernt. Sie sang nun Holidays *I'll Be Seeing You.* »Ist ihre Stimme nicht wundervoll?«

Moritz nickte. »Es ist ein großes Glück, dass sie ihre vielen persönlichen Katastrophen einigermaßen unbeschadet überstanden hat. Wäre wirklich schade um sie gewesen. Ihr Talent verschwendet zu haben wäre unentschuldbar.«

»Was hat dich denn nun nach Moosbach gebracht?«

Moritz drehte die Lautstärke zurück. »Der Zufall. Und seit diesem ersten Mal muss ich immer wiederkommen. Es ist wie ein Zwang. Der See, das Moor, die Tobel, die geheimnisvollen Sagen und Legenden: Ich kann ihnen nicht ausweichen. Egal, wo ich bin, irgendwann höre ich diese leisen Stimmen, und dann hält mich nichts mehr. Ich muss hier hin.«

»Und was passiert, wenn du hier bist?«

»Nichts.« Er erwiderte ihren Blick.

»Nichts?«

»Genau. Es passiert nichts. Ich bin einfach hier.«

»Du musst hier sehr glücklich sein.«

Er nickte.

»Moosbach ist ein großes Stück Heimat für dich?«

Er nickte erneut. »An anderen Orten bin ich, das wird mir gerade in diesem Augenblick erst so richtig klar, nur auf der Durchreise.«

»Gilt das auch für dein Zuhause in Mönchengladbach? Ist das der Grund, warum du mich bisher nie zu dir eingeladen hast? Du klingst, als wärst du manchmal sehr rastlos.«

»Jetzt nicht mehr.«

»Du bist wieder angekommen.«

»Aber was viel wichtiger ist: Du bist da. Nur das zählt.«

»Charmanter Lügner.« Katharina hätte gerne noch einen Schluck Wein getrunken. Sie spürte die Wirkung des Alkohols. Ihr Innerstes glitt langsam in einen großen warmen Pool. Mary Coughlan war mittlerweile bei *Heartbreak Hotel* angekommen: *You'll be so lonely you could die.* Ein Lügner, aber sehr charmant. Sie sah ihn durch ihre halb geschlossenen Lider an.

»Das ist mein Ernst. Cheers.« Er hob sein Glas.

»Du bist lieb.«

»Du bist ein Geschenk des Himmels.«

»Nun übertreib mal nicht. Ich bin ein Mensch aus Fleisch und Blut und kein Wesen aus einem anderen Universum.«

»Das ist mein voller Ernst.«

»Du guckst so bedeutungsvoll. Komm, setz dich endlich.«

»Nein. Du kennst das nächste Stück auf der Platte?«

Sie zuckte mit den Schultern.

»Love, love will tear us apart – again.«

»Komm, setz dich. Du Dummer. Was soll uns passieren?« Sie wies mit ihrer Hand in den Raum. Sein Pessimismus konnte ganz schön nerven. Nein, nicht wirklich, dachte sie. Es fehlte ihm nur ein wenig Selbstbewusstsein. Zumindest, was ihre Beziehung betraf. »Diese traumhafte Wohnung mit dem traumhaften Blick in diese wahrhaft traumhafte Umgebung! Wir haben uns. Was wollen wir mehr?« Sie lachte ihn an.

»Du hast ja keine Ahnung.«

»Was meinst du damit?«, fragte sie, irritiert von dem plötzlichen Stimmungswechsel.

»Ach, nichts.« Er trank sein Glas leer und stellte es auf die Anrichte.

»Aha.« Mehr blieb ihr nicht zu sagen.

»Es ist nichts. Mary macht mich manchmal traurig.«

Katharina streckte ihm die Hand entgegen. »Das ist doch das Schöne an Musik: dass sie uns berührt. In jeder Sekunde unseres Lebens und immer anders.«

Moritz nickte. »Vermutlich hast du recht.« Er sang leise die Zeilen seines Lieblingssongs. *»I'd rather go blind than to see you walking away from me. Don't walk away from me.«*

Ihre Hand nahm er nicht.

Sie schmunzelte. »Nun ist es aber gut. Das ist doch nur ein Song. Du wirst weder blind, noch verlasse ich dich.«

»Das kannst du nicht wissen.«

Moritz sah nun endgültig aus wie ein kleiner verzweifelter Junge, der einen viel zu großen Hut auf dem Kopf trug.

»Die Musik ist wirklich schön, aber die Songs haben doch nichts mit uns zu tun.« Sie würde nicht zulassen, dass er in Selbstmitleid versank.

Er kam auf sie zu und küsste sie sanft auf den Scheitel. Dann nahm er ihr Buch in die Hand. »Bücher haben es nicht verdient, dass man sie derart verletzt; sie durch Eselsohren entstellt oder sie verzieht. Schon gar nicht, wenn man sie aufgeschlagen auf die Seiten legt. Das mag ich nicht.«

Sie verzog das Gesicht und schüttelte den Kopf. Was für ein Dummkopf. Das Buch war nur ein Buch.

Er nahm ihr Kinn in die Hand. »Du entkommst mir nicht.«

Sie entzog sich ihm, lachte und küsste ihn dann. »Das will ich auch gar nicht. Dummkopf.«

Justus Liebig saß in seiner Stammkneipe und rührte in seinem Milchkaffee. Er war unzufrieden. Die Sitzung des Hauptausschusses hatte nur wenig Substanz gehabt. Sie war in Rekordzeit zu Ende gewesen, als hätten die Politikfuzzis den wenigen Zuhörern auf den Besucherplätzen demonstrieren wollen, dass ihre Arbeit tatsächlich aus vorweggenommenen Absprachen bestand und die Sitzungen nicht viel mehr waren als ein demokratisches Feigenblatt.

Er war stinksauer. Der Chef der FDP-Fraktion hatte im Vorfeld vollmundig eine politische »Bombe« avisiert. Aber es war nicht einmal ein Knallbonbon hochgegangen. Hätte er doch nur seine Praktikantin geschickt, wie er es vorgehabt hatte! Stattdessen hatte er sich knapp eine Stunde lang den Hintern platt gesessen – für nichts. Was hätte er in dieser Zeit an deutlich interessanteren Dingen erledigen können! Er dachte an Rehleins Dekolleté.

Liebig starrte auf die Straße. Gegenüber wurde kräftig gebaut. Der steingewordene Klüngel aus Politik und Baumafia. Liebig hatte für diese Art Seilschaften nur Verachtung übrig. Politik wurde in dieser Stadt auf sogenannten Herrenabenden gemacht, zu denen Frauen ausschließlich als Serviererinnen zugelassen waren. Die jungen Dinger liefen im Herren-Jargon unter so zweifelhaften Bezeichnungen wie »Mickymäuse« oder »Hühner«.

Je später der Abend, umso ausgelassener solle es dort zugehen, hatte man ihm ein ums andere Mal aus Kreisen der Opposition zugetragen. In einer Mischung aus Neid, Bewunderung und Abscheu. Angeblich wurden dort Partys gefeiert, wie sie in gewissen italienischen Regierungskreisen nur zu gerne genossen wurden. Hatten seine Informanten kolportiert. Liebig war noch nie zu diesen Abenden eingeladen worden. Er war bei den Mächtigen der Stadt wegen seiner angeblich »tendenziösen Artikel« bis an sein Lebensende in Ungnade gefallen.

Es hatte Zeiten gegeben, in denen ihn das geärgert hatte. Damals, als er die Redaktion der *Allgemeinen* übernommen hatte. Denn wer nicht zu diesen Abenden eingeladen wurde, galt in der Stadt nichts. So sahen es jedenfalls die Gäste, die sich, so war ihm gesteckt worden, um den Gastgeber scharten wie die Fliegen um das Aas. Liebig musste über den Vergleich grinsen. Er traf den Kern. Jeder wollte etwas von jedem. Da waren der

Bankchef von Ambeck und seine Kumpane aus der feinen Gesellschaft nicht anders als die Gesellschafter der Baufirma, denen man offen die besten Verbindungen zur mächtigsten Partei nachsagte. Und die nun den imposanten Neubau hochzogen, wo noch vor wenigen Monaten der stattliche Gründerzeitbau des staatlichen Bauamts gestanden hatte.

Liebig trank den letzten Schluck seines Kaffees und verzog den Mund. Zu viel Zucker. Er hatte diese Herrenabende nicht nötig! Dafür hatte er seine eigenen kleinen Fluchten, wie er es nannte. Fluchten, von denen diese feinen Herren nicht zu träumen wagten.

Der Redaktionsleiter orderte einen frischen Milchkaffee. Er würde aus der Sitzung einen kleinen Zweispalter machen und dazu einen Kommentar schreiben, der die enge Verbindung zwischen Politik und Wirtschaft zum Thema haben würde. Vor allem die Art, mit der diese Allianz so unverfroren für alle sichtbar, im Sinne des Wortes, zementiert und öffentlich gemacht wurde. Wie an dieser markanten Stelle der Stadt.

Nachdem die Serviererin, deren schmale Hüften scheinbar allein durch den breiten Gürtel mit der dicken Kellnerbörse zusammengehalten wurden, mit einem freundlichen Nicken seinen Kaffee abgestellt hatte, wanderten seine Gedanken von den Herrenabenden zu Katharina. Er hatte ein paarmal versucht, sie zu knacken. Zunächst hatte er das Abblitzen sportlich gesehen. Im Gegenteil, ihre spröde Haltung hatte ihn eher noch mehr angespornt. Er hatte es mit Blumen versucht, mit kleinen Post-it-Zetteln am PC, später hatte er auf dem Parkplatz auf sie gewartet. Er hatte sie mit Terminen versorgt, auf denen dann auch er rein zufällig gewesen war – aber je hartnäckiger seine Versuche gewesen waren, sie in sein Bett zu holen, umso zickiger war sie geworden. Es war schließlich sogar so weit gegangen, dass Katharina des Öfteren mit ihrer Freundin Simone bei den verschiedenen öffentlichen Anlässen aufgetaucht war. Er hatte damals getobt und ihr vorgeworfen, dass sie durch dieses Verhalten dem Ansehen der Zeitung schaden würde. Was sie lediglich mit der süffisanten Bemerkung quittiert hatte, dass sie gut damit leben könne, für eine Lesbe gehalten zu werden.

Irgendwann hatte er aufgegeben, sie zu bedrängen. Sie hatte ihm nämlich gedroht, das Blatt zu verlassen, wenn er mit seiner Nachstellerei nicht aufhöre. Das wollte er auf keinen Fall. Sie war immer noch eine verdammt gute Journalistin.

Er hatte sich dann damit begnügt, sie in der Redaktion beobachten zu können. Er hatte sie eingehend studiert, jedes Zucken ihres Mundes kannte er, jede Kurve ihres Körpers, kein Hüftschwung entging ihm, und jede Geste kannte er auswendig.

Katharina war für ihn die perfekte Skulptur, an der er seine Phantasie abarbeiten und deren Körper er nach seinen Ideen modellieren konnte. Sie mochte ihn noch so sehr ablehnen, aber durch ihre physische Nähe im Büro gab sie ihm mehr, als sie ahnte. In den vergangenen Wochen war seine Lust auf sie unversehens wieder stärker geworden.

Es war eine winzige selbstvergessene Bewegung gewesen, mit der sie einem Kollegen ausgewichen war, die ihn fast um den Verstand gebracht hatte und seither nicht mehr schlafen ließ. Umso mehr schmerzte ihn, dass er nicht wusste, wo sie war. Er brauchte unbedingt Kontrolle, um leben zu können! Sie musste zurückkehren! In die Stadt. In die Redaktion. Dann war es gut. Rehlein wäre nur ein Ersatz, zuständig für den Abbau des unmittelbaren Drucks. Er könnte sich bei ihr entladen, ohne ihr gegenüber zu irgendetwas verpflichtet zu sein. Nur: Eine derartige Erleichterung hielt nur kurz.

Er rührte eine Weile unschlüssig in seinem Kaffee und zückte dann doch sein Mobiltelefon. Nach wenigen Augenblicken war er mit dem LKA verbunden.

»Liebig hier. Ich wollte noch mal kurz –«

»Du hast Glück«, wurde er unterbrochen, »ich hätte dich sowieso gleich angerufen. Die Zielperson ist tatsächlich im Süden. Ihr Telefon ist im Großraum Kempten eingeloggt. Und das schon seit Tagen.«

»Was heißt das?« Liebig starrte in seine Tasse.

»Das Mobiltelefon bewegt sich im Allgäu. Aber du wirst wenig Glück haben, der Kontakt reißt oft ab.«

»Allgäu? Kempten? Zum Teufel, geht es auch genauer?«

»Entweder ist zwischendurch der Akku raus, oder es gibt keinen Empfang.«

»Kein Empfang? Gibt's nicht. Ihr könnt die Dinger auch orten, wenn sie ausgeschaltet sind.«

Sein Informant klang zunehmend ungehalten. »Wie gesagt, keine Ortung. Im Allgäu gibt es nicht überall Empfang. Alpen. Gebirge. Verstehst du? Mehr kann ich nicht tun. Du wirst warten müssen, bis deine Zielperson sich selbst wieder meldet.«

»Hör zu, du musst sie finden!«

»Ich muss gar nichts. Ich habe mich schon viel zu weit aus dem Fenster gelehnt. Du wirst abwarten müssen.«

»Das kann doch für dich nur ein Klacks sein«, wandte Liebig halbherzig ein. Er wusste zugleich, dass er nicht mehr erfahren würde. Dafür kannte er den Polizeijob lange genug. Wenn Schluss, dann Schluss: Das hatte er im Umgang mit den Bullen lernen müssen.

»Tut mir leid.«

»Mist, verdammter.« Scheiße. Liebig legte auf, ohne sich zu verabschieden. Er hatte alle Hoffnung in die Handyortung gelegt. Was bildete sich die kleine Schlampe ein? Einfach so unterzutauchen! Er musste alles über den Ort wissen, an dem sie war! Dann konnte er sich wenigstens mit Google einen Überblick verschaffen. Nur so konnte er seiner Seele und seinem Verlangen Halt geben.

Katharina war auf dem besten Weg, ein sehr tiefes Loch in sein Leben zu reißen. Das durfte er nicht zulassen! Sein Kaffee schmeckte mit einem Mal schal. Doch es kam ihm eine Idee. Er fuhr zufrieden mit der Zunge über die Zuckerkristalle, die am Rand der Tasse klebten.

Er zahlte und fuhr auf direktem Weg ins Polizeipräsidium. Die Ermittler würden sie ihm zurückbringen. Warum nicht die Bullen für sich arbeiten lassen?

Liebig parkte im Hof der alten Polizeikaserne und ging den kurzen Weg durch die Arkaden. Über das großzügige Treppenhaus erreichte er die Diensträume des KK 11. Er klingelte und warf einen auffordernden Blick in das Auge der kleinen Videokamera. Dann sah er sich um. Ein trister Flur. Die Vorhölle für jeden Verdächtigen, dachte Liebig grimmig. Er hatte erst vor einigen Wochen an gleicher Stelle gewartet. Er war mit den Leuten des KK 11 und dem Pressesprecher zu einem Interview verabredet gewesen, Thema »Stressbewältigung bei der Polizei«. Der Termin war wenig ergiebig gewesen. Niemand hatte so recht mit der Sprache herausrücken wollen. Typische Paranoia überheblicher Bullen! Wie zum Hohn hatten sie ihm zum Abschied bedeutet, dass er jederzeit mit Fragen zu ihnen kommen könne.

Liebig starrte auf die gelbe abgenutzte Wandfarbe, als endlich die Tür geöffnet wurde. Es war Michael Eckers, der sie mit Schwung aufzog.

»Was kann ich für Sie tun?« Ecki wies dem Reporter der *Allgemeinen* geschäftsmäßig freundlich den Weg zu seinem Büro. Was der wohl wollte? Liebig genoss nicht den besten Ruf. Frank war sogar der Meinung, dass er »wie ein Frettchen« daherkam. Und das war aus seinem Repertoire zum Thema Presse die deutlichste Bezeichnung für jemanden, den er für alles Mögliche hielt, nur nicht für ehrlich.

Liebig betrat das Büro der Ermittler und sah sich mit einem schnellen routinierten Blick um, bevor er sich setzte. Das Allerheiligste der beiden anerkannt erfolgreichen Bullen hatte er für spektakulärer gehalten. Stattdessen hingen an den Wänden ein paar Fotos von Ausflügen mit Kollegen und Souvenirs von Treffen mit befreundeten Dienststellen, darunter eine Plakette aus London. Nur das ungewöhnliche Plakat mit einer weißen und einer schwarzen Hand, ineinander verschränkt, deutete so etwas wie eine individuelle Note an.

»Der Blues. Besser kann man die Verbindung der beiden Welten nicht ins Bild setzen, meint mein Kollege.« Ecki hatte Liebigs

Blick bemerkt und ging zum Sideboard, auf dem ein halb gefüllter Glasballon auf der Heizplatte stand. »Kaffee?«

»Danke. Ich trinke zu viel von dem Zeug.« Liebig lächelte gequält. »Berufskrankheit.«

Auch gut, dachte Ecki und setzte sich.

»Ich will es kurz machen, Herr Eckers.« Liebig räusperte sich. »Ich vermisse eine Kollegin. Meine beste Mitarbeiterin, um genau zu sein.«

Ecki runzelte die Stirn. »Das tut mir leid, aber dafür sind wir nicht zuständig. Ich schreibe Ihnen die Namen und die Zimmernummer der Kollegen auf, die sich um vermisste Personen kümmern.« Er griff zu einem Zettel und einem Stift. Gott sei Dank, er würde den Journalisten schnell wieder los sein.

Justus Liebig schüttelte den Kopf. »Ich bin sicher, ich bin bei Ihnen richtig. Ich vermisse Katharina Ungerechts.« Er beobachtete Eckers' Reaktion, als er den Namen aussprach.

»Katharina Ungerechts?«, fragte Ecki zögernd.

»Ja, Sie wissen doch, die Freundin der ermordeten Simone. Ich mache mir Sorgen. Große Sorgen.«

»Warum machen Sie sich Sorgen?« Was sollte das werden? Ecki sah, dass Liebigs Augen nervös hin und her eilten.

»Katharina war in letzter Zeit irgendwie verändert. Der Tod ihrer Freundin hat sie sehr mitgenommen. Ich habe sie sozusagen aus dem Verkehr gezogen und ihr einen, na ja, kleinen Zwangsurlaub verordnet. Sie hat so viel gearbeitet. Und ich wollte nicht, dass sie mir im Büro zusammenklappt.« Liebig zog ein Taschentuch aus der Hosentasche und wischte sich über die Stirn und über den Nacken.

Ecki nickte. Frank hatte recht, der Typ verhielt sich tatsächlich wie ein Frettchen. Ein schmieriger Schreiberling, der mit seinem unsteten Blick das Büro nach brauchbaren Informationen abscannte, die er in seinen Artikeln verwursten könnte. Dabei saß Liebig auf der Kante des Stuhls, als würde er im nächsten Augenblick unter einem der Aktenschränke verschwinden wollen.

»Vielleicht nimmt sie ja Ihr Angebot ausgiebiger wahr, als Sie denken, und genießt die freie Zeit.«

»Sie geht nicht an ihr Handy.«

»Sehen Sie, Sie haben eine folgsame Mitarbeiterin.« Ecki wollte Liebig so schnell wie möglich aus dem Büro haben.

Liebig richtete sich auf. »Sie verstehen nicht. Sie schaltet ihr Handy sonst nie aus. Und nun ist die Leitung tot. Egal, wann ich sie anrufe. Da stimmt etwas nicht, Herr Eckers.« Liebig ließ den letzten Satz bedeutungsschwanger in der Luft hängen.

Ecki strich die Namen der Kollegen wieder durch. Er würde Liebig doch nicht so schnell loswerden. Er konnte sich ja mal anhören, was Liebig umtrieb. Erst Eggerath vor Ungerechts Tür, nun Liebig, der sie vermisste. »Was meinen Sie damit: Da stimmt etwas nicht? Es könnte ihr etwas zugestoßen sein?«

»Das Ganze passt nicht zu ihr. Katharina verschwindet nicht einfach so.«

»Sagen Sie.«

»Ich bin ein paarmal vergeblich an ihrer Wohnungstür gewesen. Ich habe vor dem Haus gewartet. Ich habe ihre Familie angerufen. Niemand weiß, wo sie ist. Ihr Auto steht nicht dort, wo sie für gewöhnlich parkt. Ich mache mir Sorgen.«

»Was können wir Ihrer Meinung nach tun?«

»Sie müssen Sie suchen. Ich fürchte –« Liebig ließ das Satzende offen.

»Ja?« Ecki wusste, worauf Liebig hinauswollte. Aber das sollte das Frettchen ihm selbst sagen.

»Verstehen Sie mich bitte nicht falsch, ich will hier keine Horrorszenarien an die Wand malen. Ich weiß, dass wir Journalisten manchmal zu solchen Phantasien neigen. Aber im Ernst, ich mache mir große Sorgen, ob Katharina möglicherweise in die Fänge des Frauenmörders geraten ist.«

Ecki nickte bedächtig, stand dann auf und goss sich einen tiefschwarzen Kaffee ein. »Wollen Sie nicht doch einen?«

Liebig schüttelte den Kopf. Eckers hatte angebissen. Er würde nicht mehr viel tun müssen, damit das KK 11 die Maschine anwarf und ihm die Arbeit abnahm. Er musste den Kommissar nur unauffällig auf das Allgäu bringen.

Ecki trank einen Schluck. Er verzog das Gesicht. Er hätte den Kaffee längst wegkippen und frischen aufbrühen sollen. »Sie haben mit ihren Angehörigen schon gesprochen, sagen Sie?«

»Sie hat noch einen Bruder, der lebt in Jork. Aber zu dem hat sie kaum noch Kontakt.«

»Sie hat doch einen Freund.«

Liebig zuckte mit den Schultern. »Davon weiß ich nichts.«

Der Journalist der *Allgemeinen* machte auf Ecki mit einem Mal einen verschlossenen, geradezu patzigen Eindruck. Er wusste natürlich über das Privatleben seiner Mitarbeiterin Bescheid. Und das, was er wusste, schien ihm nicht zu gefallen. Vielleicht, weil Liebig bei der Dame nicht zum Zug kam? Ecki musste aufpassen, dass sein Grinsen nicht seine Augen erreichte. »Aber Sie werden doch das ein oder andere schon mal mitbekommen haben.«

»Wie gesagt, ich kümmere mich um solche Dinge nicht.« Liebig rutschte auf seinem Stuhl noch ein Stück weiter vor. »Na ja, Katharina ist sehr attraktiv. Ich habe von meiner Sekretärin mal gehört, dass sie viele Verehrer hat. Aber wer da aktuell im Rennen ist, das weiß ich nicht.«

Ecki war klar, dass er mit dem schwitzenden Liebig so nicht weiterkommen würde. »Wissen Sie was, Herr Liebig, wir kümmern uns um die Sache. Sie haben recht, in der jetzigen Situation können wir für jeden Hinweis dankbar sein.« Er stand auf und gab dem Journalisten die Hand. Sie fühlte sich kalt und feucht an. »Wir melden uns, wenn wir noch Fragen haben.«

Als Justus Liebig vor dem Backsteingebäude im milden Licht des kühlen Nachmittags stand, nickte er zufrieden. Die Dinge begannen, sich zu entwickeln. Mit raumgreifenden Schritten ging er auf seinen Wagen zu. Mal sehen, was heute noch mit Rehlein geht, dachte er vergnügt. Leise pfeifend schloss er sein Auto auf. Ihm würde schon noch einfallen, wie er die Bullen auf das Allgäu stoßen könnte.

Nachdem Liebig gegangen war, legte Ecki seine Füße auf den Schreibtisch. Die Unterredung hatte ihn auf seltsame Art müde gemacht. Er gähnte verhalten. Sie würden sich den Journalisten einmal näher ansehen. Bin gespannt, was dann so alles zutage kommt, dachte Ecki. Wenn die Gerüchte stimmten, die seit geraumer Zeit in der Stadt kursierten, hatte Liebig eine Vorliebe für schlanke junge Frauen mit großer Oberweite. Jedenfalls tauchte er bei den verschiedenen Gelegenheiten immer wieder in wechselnder Begleitung auf. Die öffentlichen Auftritte, ob nun auf der Pressetribüne im Fußballstadion oder beim Sommerfest des Oberbürgermeisters, waren ebenso schillernd wie der Modeschmuck seiner Begleiterinnen. Die Frage war nur, inwieweit die jungen Dinger tatsächlich auf Liebig abfuhren oder lediglich auf die Aufmerksamkeiten und kostenfreien Buffets aus waren, die ab und an mit dem Journalistenberuf verbunden waren. Vielleicht waren es aber auch die ganz speziellen Fototermine, die Liebig angeblich mit seiner jeweils aktuellen Begleiterin abhielt. Na ja, dachte Ecki und kippte den Rest Kaffee in die Topfpflanze, die auf einer Ecke seines Schreibtisches ein kümmerliches Dasein fristete. Wenn der Typ sonst keine Marotten hat und die Mädchen über sechzehn bleiben, soll er tun, was er will.

»Willst du weg?« Katharina stand in der Badezimmertür und schlang sich ein Handtuch um das nasse Haar.

Grünewald sah sie kurz an, während er die Fahrzeugpapiere vom Tisch nahm und einsteckte. »Ich gehe noch einmal raus. Ich werde nicht lange weg sein. Versprochen.«

»Warte.« Katharina lief ihm die wenigen Schritte entgegen. »Ich kann doch mitkommen.« Sie legte die Arme um seinen Hals.

Sanft machte er sich aus ihrer Umarmung frei. »Ich bin nicht lange weg. Ich treffe nur ein paar Freunde. Gespräche übers Angeln und übers Alter. Das würde dich nur langweilen.«

»Wo trefft ihr euch?«

»In Görisried, nicht weit von hier.« Er drückte ihr einen Kuss auf die Stirn. »Mach dir ein paar schöne Stunden. Am Nachmittag bin ich wieder zurück.«

»Na gut. Ausnahmsweise. Mal sehen, ob ich uns bis dahin ein bisschen Brot und Käse für das Abendessen besorgen kann.«

»Frischer Bergkäse, gute Idee.« Grünewald winkte ihr von der Tür aus zu. »Schließ gut ab. Hier weiß man nie.«

Erstaunt runzelte Katharina die Stirn.

»Nein, schon gut, war ein Scherz«, lachte Grünewald. »Hier passiert nichts. Die Menschen hier passen aufeinander auf.« Mit einem Augenzwinkern zog er die Tür hinter sich zu.

Verwundert über Moritz' so unangekündigten wie plötzlichen Alleingang blieb Katharina im Wohnzimmer stehen, ehe sie beschloss, sich erst einmal einen Tee zu kochen.

Eine gute Stunde später machte sie sich auf den Weg hinunter zum See. Sie wollte ein wenig am Ufer sitzen und die Natur genießen.

Von der Kirche aus ging sie quer über die abschüssige Wiese. Unten stand ein Kiosk, an dem sich im Sommer die Gäste mit Getränken und kleinen Snacks versorgen konnten. Jetzt lag er verwaist da. Vor dem breiten Verkaufsfenster war der Rollladen heruntergelassen, und die Biergartenstühle waren gegen die wenigen Tische gekippt.

Es war bewölkt, aber nicht kalt. Ein leichter Wind kräuselte die Wasseroberfläche. Ab und zu blinzelte die Sonne zwischen den Wolkenfeldern hindurch. Kleine Wellen plätscherten an den steinigen Strand. Dort saß eine langhaarige rotblonde Frau mit angezogenen Beinen auf ihrer Decke und blickte auf den See. Sonst war niemand zu sehen. Am Ufer gegenüber stoben ein paar weiße Vögel auf. Katharina blinzelte. Möwen im Allgäu! Die hätte sie am wenigsten hier erwartet. Sollte sie noch einmal auf die Welt kommen, dann als Möwe. Denn die Tiere konnten beides – fliegen und schwimmen.

Sie setzte sich auf eine Bank, schob ihre Sonnenbrille zurück auf die Nase und streckte ihre Beine aus. Mit geschlossenen

Augen spürte sie dem leichten Wind nach. Katharina dachte an die vergangenen Tage und hatte mit einem Mal das kitschige und dennoch zutiefst befriedigende Gefühl, nach einer langen Irrfahrt endlich angekommen zu sein.

Was es genau gewesen war, das sie gesucht hatte, vermochte sie nicht mit Worten zu beschreiben. Moosbach war ihr schon derart vertraut geworden, als hätte sie nie eine andere Heimat gehabt. Katharina seufzte zufrieden, während sie den Kopf gegen den Himmel hob. Ein paar Dohlen zogen hoch über ihr vorbei. Eine wohlige Schläfrigkeit breitete sich in ihr aus, der sie nur zu gerne nachgab.

Sie legte sich auf der schmalen Bank auf den Rücken, schob die Sonnenbrille in ihr Haar und beobachtete das Spiel der Wolken, so, wie sie es als Kind gerne getan hatte. Es wurde kühl, wenn sich die Wolken vor die Sonne schoben. Aber immer nur für kurze Zeit. Katharina schloss die Augen. Die Natur lebte ihr eigenes Leben. Wie gut, dachte sie vergnügt.

Bevor sie endgültig einnickte, schreckte sie auf. Mit der Hand tastete sie nach ihrer Tasche. Dumme Gans, schalt sie sich. Wer sollte ihr hier etwas wegnehmen wollen? Katharina richtete sich wieder auf. Sie schob die Sonnenbrille erneut auf ihre Nase und warf einen Blick auf die Frau, die nun auf ihrer Decke lag. Die Herbstluft schien ihr nichts anzuhaben. Sie hatte ein Bein angewinkelt und ihre Arme locker neben sich liegen. Ob sie ebenfalls eine Touristin war? Zum Sonnenbaden war es eindeutig die falsche Jahreszeit. Aber vielleicht war sie auch aus dem Dorf und gönnte sich eine Pause.

Katharina sah hinüber nach Petersthal. Die dünnen Masten der Segelboote, die dicht an dicht stehenden Tannen sowie der schlanke Kirchturm spiegelten sich im See. Das Bild erinnerte sie an das große Ölgemälde, das in einem schwarzen Rahmen über dem Sofa ihrer Großeltern gehangen hatte.

Von ihrem Platz aus wechselte das dunkle Blau des Wassers westwärts zu immer heller werdenden Blautönen, bis der See in einem milchigen Weiß endete, aus dem erst das schmale Band der Autobahn wuchs und darüber der Himmel. Er stand über Katharina jetzt in einem satten Blau. Sie wartete auf die nächsten Wolken, die sich langsam über die Bergspitzen schoben.

Katharina stand auf und ging die wenigen Schritte bis zum Wasser. Einer plötzlichen Eingebung folgend zog sie Schuhe und Strümpfe aus und setzte vorsichtig einen Schritt vor den anderen. Das Wasser war kalt, und die Steine unter ihren Füßen waren glitschig. Sie versuchte, mit ihren Armen die Balance zu halten, wenn sie abrutschte.

»Um diese Jahreszeit ist es längst zu kalt zum Schwimmen. Selbst für die Menschen hier.«

Katharina drehte sich um und blickte in das freundliche Gesicht der Frau, die eben noch auf ihrer Decke gelegen hatte und jetzt auch im Wasser stand.

»Habe ich Sie erschreckt?« Die Frau hatte Katharinas Blick bemerkt.

»Kein Problem.« Katharina suchte nach den richtigen Worten und balancierte sich mit ausgestreckten Armen aus. »Ich habe nur nicht damit gerechnet, angesprochen zu werden.«

Die Frau kommentierte Katharinas Bemühungen mit einem Lächeln. »Sie müssen aufpassen, sonst nehmen Sie doch noch ein unfreiwilliges Bad.«

»Stimmt, die Steine sind ganz schön glitschig.«

»Die Allgäuer Steine können ziemlich heimtückisch sein.« Die Frau sah zu den Bergen hinüber. Katharina fragte sich, welche Art Steine die Unbekannte tatsächlich meinte.

»Im vergangenen Jahr ist hier in der Gegend ein Junge abgestürzt und tödlich verunglückt. Und im See ist unlängst ein Paddler mit einem Kajak gekentert und ertrunken.« Die Frau sah Katharina mit offenem Blick an. »Entschuldigung. Ich habe mich noch gar nicht vorgestellt. Monika Läufle. Ich habe in Füssen einen kleinen Antikladen.« Sie streckte ihre Hand aus.

»Ich heiße Katharina Ungerechts.« Sie erwiderte den festen Händedruck. »Das ist ja schrecklich. Und keiner hatte eine Chance?«

»Nein. Und es werden nicht die Letzten sein. Die Menschen kommen zu uns in Urlaub und unterschätzen das Risiko. Das Allgäu sieht zwar lieblich aus, aber sie vergessen, dass die Natur gnadenlos sein kann.«

Katharina spürte eine Gänsehaut. Sie sah auf den See hinaus. »Wie furchtbar.«

»Ich will Ihnen keine Angst machen. Die Unfälle passieren, aber sie sind Gott sei Dank selten.« Monika Läufle legte ihre Hand besorgt auf Katharinas Unterarm. »Keine Angst.«

Katharina nickte, aber die Kälte auf ihrer Haut wollte nicht verschwinden. Ein Wolkenballen verdeckte die Sonne.

Die beiden Frauen wateten zum Ufer zurück, und während sie ihre Strümpfe und Schuhe anzogen, hingen beide eine Zeit lang ihren Gedanken nach. Der Himmel hatte sich nun ganz bewölkt. Nicht mehr lange, und es würde zu kalt werden, um sich ohne Jacke draußen aufzuhalten.

Es war Monika Läufle, die zuerst das Schweigen brach. »Woher kommen Sie? Ruhrgebiet? Kölner Gegend? Oder weiter nördlich? Ich habe eine Freundin in Bremen.« Sie nickte bei dem Gedanken. »Sie kommt hin und wieder hierher. Ich kenne sie schon viele Jahre.« Sie lachte ein helles Lachen. »Aber was schwätze ich da, ich will Sie nicht langweilen.«

»Nein, nein«, beeilte sich Katharina zu beteuern. »Sie langweilen mich überhaupt nicht.«

Monika Läufle deutete auf Katharinas Arme. »Sie frieren ja. Wollen Sie noch länger am See bleiben?«

»Es ist viel zu schön, um zu gehen. Haben Sie die Möwen gesehen?«

»Darf ich mich ein wenig zu Ihnen setzen? Aber ich will Sie um Gottes willen nicht belästigen.« Monika Läufle sah Katharina abwartend an.

»Aber gerne.«

Nachdem die Füssenerin ihre Sachen gepackt und sich zu Katharina gesetzt hatte, beobachteten die beiden Frauen einträchtig schweigend die Möwen, die nur wenige Meter über der

Wasseroberfläche träge von einer Seite des Sees zur anderen wechselten, um dann wieder zurückzufliegen. Sie wurden mitunter von den Dohlen begleitet, die Katharina bereits auf dem Weg gesehen hatte. Sie schienen mit den Möwen um die Wette zu fliegen. Am Ende drehten sie aber dann doch ab und verschwanden Richtung Kirchturm.

Katharina beobachtete einen Windsurfer, der sich vom gegenüberliegenden Ufer löste und langsam Fahrt aufnahm. »Die Menschen im Allgäu sind so gelassen und freundlich.«

»Das ist die spezielle Magie dieses Ortes. Die Touristen spüren sie. Viele kommen daher immer wieder. Auch ich finde hier meine Ruhe. Ich fühle mich auf eine sehr zufriedene Art sicher.«

»Ja, ich kann das nachfühlen.« Katharina begleitete mit den Augen den Surfer, der nun in der Mitte des Sees an ihnen vorüberzog. »Woher mag das kommen, dass ein Ort so eine Anziehungskraft auf die Menschen ausüben kann? Es sind doch nur ein paar Häuser an einem See.«

»Wer weiß das schon? Das Allgäu war schon immer eine Gegend voller Mythen und Sagen.« Die Antiquitätenhändlerin legte einen Arm auf die Lehne und betrachtete Katharina aufmerksam von der Seite. »Es ist vielleicht das Grün, das die Natur uns schenkt. Vielleicht ist es das besondere Licht oder auch nur die Vergangenheit, die in den Leuten wach ist.« Sie schmunzelte. »Das Allgäu war früher eine sehr arme Gegend. Die Menschen mussten hart kämpfen, um von der Natur und ihrer Hände Arbeit leben zu können. Da sind die Gelassenheit und die Verschwiegenheit traditionell groß. Hier mussten die Menschen immer schon warten können. Du bist die Freundin von Moritz?«

Die unvermittelte Frage und das übergangslose Du irritierten Katharina. »Du kennst, Sie kennen ihn?«

»Jeder hier kennt ihn.«

Für Katharina klang es, als wollte Monika ihr ausweichen.

»Moritz kommt seit vielen Jahren hierher. Moritz, der Mann mit dem Hut.« Monika streckte sich lächelnd. »Wenn ich es recht bedenke, dann habe ich ihn noch nie ohne gesehen.« Sie zog die Beine unter sich und sah zu, wie der aufkommende Wind die Seeoberfläche deutlich stärker kräuselte. »Wie ist er so?«

»Moritz? Es ist der warmherzigste Mann, den ich kenne. Sehr aufmerksam und sehr zärtlich.« Katharina unterbrach sich. Sie hatte die Abschiedsszene am Mittag vor Augen. Dann fuhr sie fort. »Er ist verständnisvoll und liebevoll. Ein großartiger Freund und Partner.« Sie lächelte bei dem Gedanken. »Sein Hut stört mich nicht. Wenn jemand Hut tragen kann, dann er.«

Die Füssenerin hielt den Blick auf den See gerichtet, dessen Farbe nahezu unmerklich von einem satten Blaugrün zu einem silbrigen Ton gewechselt war. »Ihr müsst glücklich sein.«

Katharina nickte. Ja, sie war glücklich. Moritz gab ihr den Halt, den sie in ihrem Leben bislang vermisst hatte.

»Wollen wir irgendwo etwas trinken gehen? Es ist mir jetzt zu kalt.« Monika Läufle sah Katharina auffordernd an.

Katharina verkniff sich einen Blick auf ihre Uhr. Warum nicht? Und warum nicht auf Moritz' Spürsinn vertrauen? Er würde wissen, wo er sie suchen musste. Sie war neugierig auf ihre neue Bekannte und darauf, was sie und Moritz verband.

Wenig später stiegen die beiden Frauen die Wiese hinauf und gingen am Kirchhof vorbei zum Gasthof *Engel*.

»Nein. Ich werde nicht wiederkommen. Dass ich heute noch einmal bei Ihnen bin, hat nichts zu bedeuten.«

Der Therapeut blieb gelassen. Er wusste es besser.

»Was starren Sie mich so an? Ich hätte doch nicht kommen sollen.«

Der Therapeut schwieg und wartete ab.

»Ich kann Sie nicht länger ertragen. Ihre überhebliche Art, Ihr Geschwafel – das nicht mehr ist als das Gefasel eines selbstgefälligen Schwachkopfs!« Seine Stimme wurde lauter. Er wollte nicht schreien, aber er entkam dieser provozierenden Lässigkeit einfach nicht.

Der Therapeut schwieg immer noch. Er hatte ihn nun fast so

weit. Er bemühte sich nicht einmal, sein zufriedenes Lächeln zu unterdrücken.

»Ihr dämliches Grinsen wird Ihnen noch vergehen! Sie widern mich an!«

Nur zu, dachte er. Jeder Gefühls- und Wutausbruch bringt uns der Wahrheit ein Stück näher. Und außerdem ließ er sich angesichts des Honorars gerne beschimpfen.

»Sagen Sie endlich etwas! Sie Dreckstück! Ich bezahle Sie schließlich nicht fürs Dauergrinsen.«

Er blieb bei seinem Schweigen. Der eigentliche Ausbruch stand kurz bevor.

»Ich weiß, was Sie denken. Aber den Gefallen werde ich Ihnen nicht tun.« Seine Sätze waren nicht mehr als ein hysterisches Zischen zwischen den Zähnen.

Der Therapeut wollte ein wenig nachhelfen. »Was erwarten Sie von mir? Absolution für Ihr abscheuliches Tun? Das werden Sie nicht bekommen. Weder von mir noch von irgendjemandem sonst. Sie sind ganz alleine für Ihr Handeln verantwortlich. Sie sind ein gebildeter Mensch. Sie sollten das wissen, mein Lieber.«

»Woher wissen –?« Er brach verblüfft ab. Das konnte nicht sein. Er hatte nichts, nicht einmal andeutungsweise, davon erzählt, was aus den Frauen geworden war.

Der Therapeut lächelte nur.

»Sie haben mir nachgestellt! Das muss so sein! Sie haben mich hintergangen! Sie sind ein Schwein! Dafür werden Sie bezahlen!« Sein Gehirn arbeitete fieberhaft. Er lief Gefahr, die Kontrolle zu verlieren. Was wusste der Therapeut?

»Sie haben mir immer noch nicht gesagt, warum Sie all die Monate tatsächlich zu mir gekommen sind.«

Das war jetzt nicht mehr wichtig. Viel wichtiger war es, zu erfahren, was der Therapeut wusste und was er mit seinem Wissen zu tun gedachte. Verstohlen taxierte er den Raum.

Nichts!

Der Raum war bis auf die Sitzgelegenheiten leer. Und doch fühlte er sich verfolgt. Er saß in der Klemme wie ein wildes Tier.

Er musste wissen, was der andere wusste. Und dann würde er handeln müssen. Sofort.

»Bitte bleiben Sie doch sitzen und – bleiben Sie bitte ruhig.«

Sein Atem ging rasselnd. Warum nur war er auf die Idee mit dem Therapeuten gekommen? Er hätte wissen müssen, dass er sich durch die regelmäßigen Besuche in die Hand eines anderen Menschen gab. Er hatte einen Fehler gemacht. Er saß in der Falle!

»Du weißt, dass du den Frauen großes Leid zugefügt hast. Und dass du dafür zur Verantwortung gezogen wirst! Und wenn du es selbst tun musst. Deine Taten werden gesühnt werden.«

Der Schrei gellte durch den Raum. Der Therapeut hatte die unsichtbare Linie überschritten, die er doch über die Monate hinweg deutlich gespürt haben musste!

Unter Aufbietung aller Kraft stemmte er sich aus seinem Sitz und warf sich auf den Mann gegenüber. Krachend stießen sie aufeinander. Er meinte, ein gefährliches Splittern zu hören. Gleichzeitig wusste er, dass der Therapeut recht hatte. Es war längst zu spät! Die Wahrheit lag auf dem Tisch. Er würde sie nicht wegwischen können. Er konnte flüchten, sich hier im Wald verkriechen, aber er würde nicht entkommen. Er hatte verloren.

Der Gasthof war um diese Uhrzeit wenig besucht. Ein paar Touristen in karierten Hemden und Wanderhosen saßen leise plaudernd an ihren Tischen, vor sich Kuchen und Kaffee oder ein frühes Bier. An den Wänden hingen Bilder, die das Image des *Engel* als original Allgäuer Landgasthof unterstreichen sollten. Die Schirme der Wandlampen passten perfekt zu den grob gewirkten Tischdecken.

Katharina war mit Moritz erst einmal im *Engel* gewesen und freute sich daher, dass sie vom Wirt gleich mit einem freundlichen Kopfnicken und der Frage nach einem Glas Rotwein begrüßt wurde.

Sie suchten sich einen Tisch an der Fensterfront, die zur Kirche hinausging, und warteten schweigend auf ihre Getränke.

»Moritz ist heute alleine unterwegs. Ich denke aber, dass er nicht mehr lange weg ist.« Katharina wusste nicht so recht, wie sie die Unterhaltung in Gang bringen sollte. Vorhin am See war es einfach gewesen.

»Was machst du beruflich?« Monika sah sie neugierig an.

Katharina erzählte ihr von der Arbeit für die *Rheinische Allgemeine*. Allerdings vermied sie es, ins Detail zu gehen. Auch Simone, Liebig und die Polizei erwähnte sie nicht.

Im Gegenzug erzählte Monika ein paar Anekdoten aus ihrem Geschäft. Darüber, wie schwer es in diesen Tagen war, noch echte Antiquitäten auf den Bauernhöfen zu entdecken. Und über die Niederländer, die immer noch alles kauften, was nur entfernt nach alt und deutschem Bauernhof aussah. Und sie erzählte von den Busladungen Japaner, die regelmäßig in Füssen entleert wurden, sowohl auf dem Weg zum Schloss Neuschwanstein als auch auf dem Rückweg vom Kini-Schloss.

Es wurde dann doch ein leicht dahinfließendes Gespräch über dies und das des Alltags, über die Landschaft, die Menschen und die Unterschiede zwischen Deutschen, Japanern und den ebenso allgegenwärtigen Holländern. Gerade zu diesem Volksstamm konnte Katharina manche Geschichte aus ihrem Leben an der deutsch-niederländischen Grenze erzählen.

Katharina hatte das Gefühl, dass dieser Spätnachmittag aus der Zeit fiel. Sie genoss die Begegnung mit Monika. Sie meinte, die Antiquitätenhändlerin schon lange zu kennen. So vertraut klangen ihre Bemerkungen, die kleinen Begebenheiten und oft lustigen Geschichten, die sie erzählte. In Vielem waren sie sich unausgesprochen ähnlich.

Wenn Monika lachte, schwang sie ihr langes Haar zurück. Sie sah dann aus wie ein Teenager, kurz davor, das Leben zu erobern. Monika könnte meine Freundin werden, dachte Katharina. Es war ein schöner Gedanke.

Nach gut zwei Stunden verabschiedeten sie sich mit der Verabredung auf einen »Kaffee in ein paar Tagen«. Als Katharina die Tür zu ihrer Ferienwohnung aufschloss, hörte sie Moritz in der Küche hantieren.

»Hallo, Schatz.« Sie gab ihm einen Kuss in den Nacken und stellte ihre Tasche auf die Anrichte. »Wie war's mit deinen Freunden? Ich habe unten am See eine nette Frau kennengelernt. Monika. Sie hat einen kleinen Antiquitätenladen in Füssen.« Katharina ließ ihren Blick neugierig über Spüle und Küchentisch schweifen. »Du hast Wild mitgebracht?«

Moritz drehte sich zu ihr um und hob die Rehkeule aus der Spüle, wo sie blutige Spuren hinterließ. »Ja, es war ganz nett. Wir haben ein bisschen gequatscht. Und dann habe ich uns noch dieses entzückende Stück Reh gekauft.«

Katharina lehnte sich an Moritz. »Ich habe dich vermisst.«

»Warst du im Gasthaus?« Moritz sog die Luft ein. Er legte die Keule auf die Arbeitplatte und wischte sich die Hände an einem Handtuch ab.

Katharina deutete auf das Stück Fleisch. »Warum so missmutig. Zu wenig Jagdglück?«

Moritz begann wortlos, die Keule für den Bräter vorzubereiten.

»Moritz?« Sie war mit einem Mal aus ihrer aufgekratzten Stimmung gestoßen worden.

»Du hast getrunken.« Sein Blick ging an ihr vorbei zum Küchenfenster hinaus.

»Ein Glas. Na und?« Katharina schüttelte den Kopf über Moritz' Feststellung. Sie folgte ihm zum Herd und schlang von hinten ihre Arme um seinen Bauch. »Monika hat mich eingeladen. Eine wirklich interessante Frau.«

Er reagierte nicht auf ihre zärtliche Annäherung.

»Sie ist so unkompliziert. Und ihre Geschichten! Unglaublich, was sich in so einem Laden alles ereignen kann.« Sie ließ ihn los.

Moritz stellte schweigend den Herdschalter ein.

»Du kennst Monika?«

Moritz schwieg.

»Sie sagt, dass sie dich kennt. Dass alle dich hier kennen.« Katharina war irritiert. Sie hatte doch nichts Falsches gesagt? Es gab Augenblicke, da machte es Moritz ihr schwer, ihn zu verstehen. Sie spürte einen Anflug von Unmut.

Mit einer großen Fleischgabel hievte er das Stück Reh in den Bräter. »Ja, ich kenne Monika Läufle. Und ich will, dass du dich von ihr fernhältst.«

»Und warum?« Katharina hätte am liebsten laut aufgelacht. Das war ja albern! Was war auf einmal mit Moritz los? Sein Verhalten erinnerte sie an Paul. Paul, der versucht hatte, sie zu besitzen. Nein, es gab keinen vernünftigen Grund, warum Moritz sich ihr gegenüber so barsch verhielt!

»Sie ist kein Umgang für dich.«

»Kein was? Kein Umgang? Komm mal wieder runter, Moritz.«

»Du hast mich verstanden.«

Verblüfft wich Katharina ein Stück zurück. Moritz konnte das nicht ernst meinen! Seit ihrer Rückkehr war er völlig verändert, sein Gesicht auf eine Art verschlossen, die sie ängstigte. Sie hatte doch lediglich eine nette Bekanntschaft gemacht! Moritz hatte kein Recht, sie so zu behandeln.

»Was möchtest du zum Essen trinken?«

Moritz' Frage kam unvermittelt. Ebenso wie sein Lächeln. »Was soll das? Du behandelst mich wie ein, ein –« Ihr fehlten die Worte.

»Hm? Schatz? Bier? Wein? Ich würde gerne auf dem Balkon essen, aber es wird Regen geben. Wenn nicht sogar ein kleiner Sturm droht.« Er überging ihren Ärger und sah zum Fenster hinaus. »Schade. Aber so ist das hier um diese Jahreszeit. Ich sag's ja, der Klimawandel ist längst im Allgäu angekommen.«

»Moritz, ich verstehe dich nicht.« Katharina hatte sich an den Küchentisch gesetzt, ohne ihn aus den Augen zu lassen. »Du bist so anders. Schon seit heute Morgen. Habe ich etwas falsch gemacht?« In ihr sträubte sich etwas ganz entschieden gegen diese Begegnung und Unterhaltung in der Küche, die sie nicht in Worte fassen konnte. Sie war nicht sein Eigentum!

Moritz schüttelte den Kopf. »Unsinn, das bildest du dir nur ein. Es ist nichts. Ich habe eine nette Zeit mit meinen Bekannten verbracht. Auf der Rückfahrt habe ich mich gesorgt, weil ich dich so lange allein gelassen habe.«

»Ich verstehe es trotzdem nicht.« Ihre Unruhe wurde nur langsam weniger. »Was allerdings feststeht: Du kannst nicht so mit mir reden. Das lasse ich nicht zu.«

Er kam zu ihr und legte eine Hand auf ihre Schulter. »Sch, sch, es ist nichts. Nichts. Mach dir keine Sorgen.«

Katharina spürte den leichten Druck und seufzte. »Dann ist es ja gut.« Sie sah ihn stirnrunzelnd an. »Aber warum soll ich mich nicht mit Monika treffen?«

Moritz beugte sich zu ihr und gab ihr einen Kuss auf den Scheitel. »Ach, vergiss einfach, was ich gesagt habe. Es ist ohne Bedeutung. Sicher kannst du dich mit Monika treffen.«

Katharina schluckte. Der Widerspruch blieb. Aber sie würde nicht weiter nachfragen. Nicht jetzt. Vielleicht hatten sie beide nur einen schlechten Tag erwischt. Kam schon mal vor.

Es wurde wider Erwarten ein sehr entspannter Abend. Je länger er dauerte, umso mehr entfernte sich das ungute Gefühl, das trotz Moritz' Beteuerungen zunächst nicht hatte schwinden wollen. Sie hatte herzhaft lachen müssen, als er von seinen früheren Angeltouren erzählte, bei denen der eine oder andere auch mal über Bord gegangen war.

Zum Weinen schön sei das Allgäu, hatte Moritz irgendwann gemeint und sein Glas gehoben. Dann hatte er sich die Augen gewischt. Katharina hatte ihn geküsst und ihm gesagt, wie sehr sie ihn liebe.

Mitten in der Nacht schreckte sie auf. Ihr Herz schlug heftig, ohne dass sie wusste, warum. Sie setzte sich auf und versuchte, sich zu orientieren. Ja, sie war im Schlafzimmer. In der Wohnung musste irgendwo etwas umgefallen sein. Oder war es das Geräusch eines zuschlagenden Fensterflügels gewesen, das sie geweckt hatte? Katharina fuhr sich mit beiden Händen über das Gesicht. Dann tastete sie vorsichtig nach Moritz. Aber das Bett war leer.

Sie schaltete die Nachttischlampe ein. Seine Decke war ein Stück zurückgeschlagen, sein Kissen zerdrückt. Moritz hatte bestimmt in der Küche etwas trinken wollen und dabei einen Stuhl umgestoßen. Sie schwang ihre Beine aus dem Bett und ging in die Küche. Sie war leer. Auf der Spüle standen noch die Reste ihres Abendessens.

»Moritz?«, wiederholte sie mehrfach, als sie die Wohnung absuchte. Aber er war nicht da. In der Diele stellte sie fest, dass seine Stiefel, sein Hut und seine Jacke fehlten.

In Katharina wuchs die Unruhe. Wo war Moritz? Warum war er mitten in der Nacht aufgestanden und hatte das Haus verlassen? Abwartend blieb sie am Wohnzimmerfenster stehen. Moritz war sicher nur kurz draußen und würde jeden Moment zurückkehren. Aber je länger sie über diese Möglichkeit nachdachte, umso größer wurden ihre Zweifel. Und mit einem Mal standen ihr wieder die Szenen vom frühen Abend vor Augen: Moritz' düsterer Blick. Seine Worte, deren Sinn sie nicht verstanden hatte.

Etwas war passiert, das Moritz verändert hatte. Und es konnte nur mit diesem Ort zu tun haben. Davon war Katharina überzeugt. Aber was war es?

Sie löschte das Licht und sah hinaus in die Nacht. Der Himmel hatte sich zugezogen, und es regnete heftig. Der Wind zerrieb die Tropfen auf der Fensterscheibe. Sie setzte sich in einen Sessel, schlang die Arme um ihre Beine und wartete. Als ihr die Augen wiederholt zufielen, stand sie auf und ging in die Küche. Sie trank ein Glas Wasser und fasste einen Entschluss. Sie würde Moritz suchen.

Nachdem sie sich angezogen und mit einer Taschenlampe ausgestattet hatte, bemerkte sie auf dem Küchentisch das Telefon. Für einen Notruf gab es keinen Anlass! Unwirsch wischte sie den Gedanken beiseite und verließ das Haus.

Draußen spürte sie sofort die Kraft des Windes. Moritz hatte recht gehabt, ein früher Herbststurm, der über das Dorf trieb und sich zwischen den rot gedeckten Häusern verfing. Es war stockdunkel. Die wenigen Straßenlaternen verbreiteten ein gelbes Licht, das nicht weit reichte. Katharina sah hinauf zum Himmel. Die Wolken jagten dicht an dicht über sie hinweg.

Mond- oder Sternenlicht würde sie als Hilfe nicht erwarten können.

Sie stand mitten auf der schmalen Panoramastraße, als sie die Panik mit voller Wucht traf. Sie rief Moritz' Namen, aber der Wind riss ihr die Worte von den Lippen. Sie versuchte, im Schein der Taschenlampe etwas zu erkennen. Die Gärten und die Häuser lagen dunkel und abweisend da. Der Sturm hatte alle Farben fortgerissen. Das Dorf wirkte grau und ausgelaugt.

Wohin sollte sie sich wenden? Gott sei Dank, das Auto stand an seinem Platz! Moritz war also zu Fuß unterwegs. Sie leuchtete in das Wageninnere. Kein Moritz. Im scharfen Strahl der Taschenlampe blinkte etwas auf dem Beifahrersitz auf. Katharina ging um den Wagen herum. Auf dem Sitz lag ein Messer, noch in der Originalverpackung. Soweit sie erkennen konnte, hatte das Messer eine lange schmale Klinge. Sie beugte sich vor. »Filetiermesser«, las sie laut. Warum, zum Teufel, hatte Moritz ein solches Messer gekauft? Egal, dachte sie. Darüber kann ich später nachdenken. Erst Moritz finden.

Der Lichtstrahl wanderte unstet über die Hausfassaden, Zäune und über die wenigen Grabsteine, die über die Hecke des Friedhofes ragten, als Katharina dem schmalen Weg folgte, der sie hinunter auf die Parallelstraße führte. Sie überquerte das Asphaltband und rannte mehr als dass sie ging quer über die Wiese. Vorbei an dem kleinen Wäldchen, in dem sie Wasser gurgeln hörte. Der kleine Tobel, dachte sie automatisch. Sie musste achtgeben, dass sie auf der abschüssigen Wiese nicht ausrutschte und hinfiel.

Nach kurzer Zeit hatte sie den Kiosk erreicht. Der Wind hatte weiter an Stärke zugenommen. Katharina war längst durchnässt. Sie hatte in der Eile lediglich eine Strickjacke über ihren dünnen Pulli gezogen. In den Regen mischten sich jetzt Schneeflocken. Während sie weiterhastete, stieß sie sich den Oberschenkel an einem der Biergartenstühle. Der aufgewühlte See verstärkte ihre Panik: Was, wenn Moritz auf dem nassen Ufer ausgerutscht und ins Wasser gestürzt war?

Ihr Herz raste. Sie stolperte am Wasser entlang. Ließ den Strahl der Taschenlampe über die Oberfläche des Sees wandern. Wie absurd, durchfuhr es sie, das Licht verlor sich schon nach wenigen Metern im Dunkel von See und Nacht. Katharina blieb stehen und schrie wieder Moritz' Namen. Ein hilfloser Versuch angesichts des heulenden Windes und des prasselnden Regens.

Sie ließ die Arme sinken. Widerstandslos ertrug sie die Nässe auf ihrem Körper. Der Regen ging nun völlig in nasse Schneeflocken über. Windböen drückten sie fast waagrecht gegen sie. Die Angst um Moritz raubte ihr fast den Verstand. Hätte ich vorhin doch nur angerufen, schoss es ihr durch den Kopf. Sie nahm alle Kraft zusammen und rief durch den Trichter ihrer Hände nach Moritz. Wieder und wieder.

Schließlich schwenkte sie die Taschenlampe wie eine Schiffbrüchige. Schon nach wenigen Malen hielt sie kraftlos inne. Sie spürte ihren Körper und ihre Tränen nicht mehr.

Die Gesichter ihrer Eltern drängten sich mit einem Mal in ihre Gedanken. Sie sah ihre Freundinnen in der Grundschule, wie sie sich umarmten und mit dem Finger auf sie zeigten. Auf sie, die im Rock vor ihnen stand, wo doch alle Mädchen längst in Hosen zur Schule kamen. Sie meinte, in der Dunkelheit Oles und Pauls Gesicht ausmachen zu können. Und sie sah Simone.

Katharina schrie ihre Angst in den Wind. Sie trat einen Schritt näher ans Ufer und merkte nicht, wie ihr das Wasser in die Schuhe lief. Dort, wo sie noch am Nachmittag mit Monika gestanden hatte, war nur noch Leere. Der Wind zerrte wie ein tollwütiger Hund an ihrer Jacke.

Katharina riss sich von ihren Gedanken los. Moritz! Sie drehte sich um. Zum Haus zurück! Ihre Suche hatte keinen Zweck! Sie würde die Polizei anrufen und dann warten müssen. Angst und Kälte ließen sie zittern. Sie zog beim Gehen die Jacke enger um ihren Körper. Der dramatische Wetterumschwung zermürbte sie zusätzlich. Als ginge sie an einem Abgrund entlang, ohne zu wissen, wo die Kante war, von der sie unweigerlich in die Tiefe stürzen musste.

Als sie sich auf der schmalen Straße noch einmal zum See umdrehte, riss die Wolkendecke für einen Augenblick auf, und sie meinte, im Mondlicht eine Gestalt zu erkennen, deren Umrisse sich kaum gegen den Hintergrund abzeichneten.

Katharina schrie auf. Moritz! Ohne nachzudenken hastete sie erneut die aufgeweichte Wiese hinunter. Dabei rutschte sie mehrfach aus. Sie achtete nicht auf den Schmerz. Schließlich erreichte sie keuchend das flache Ufer.

Es war Moritz!

Ihr Freund stand wie eine düstere Statue unbeweglich am See. Warum hatte sie ihn nicht schon eher entdeckt? Seinen Hut hatte er tief ins Gesicht gezogen. Die Arme hatte er vor der Brust verschränkt. Eine düstere aufrechte Statue. Umgeben vom pfeifenden Wind und schräg treibenden Schneeregen.

Katharina wollte zu Moritz stürzen, als sie mitten in der Bewegung innehielt. Er hatte sie noch nicht gesehen! Sie hatte Angst, ihn zu erschrecken. Aber da war noch etwas, das sie zögern ließ. Aufrecht stand er dort und sah nach Petersthal hinüber. Wie ein Racheengel. Ein Fanal! Sie begann zu zittern.

Katharina schüttelte den Kopf. Der Wind, der Regen, ihre Angst und die Dunkelheit trieben ein böses Spiel mit ihr. Moritz ein Racheengel? Das war das falsche Bild! Und doch hatte diese Gestalt vor ihr etwas Entrücktes, das sie nicht in Worte fassen konnte. Die Wolken rissen erneut auf, und sie sah sein Gesicht. Es hob sich weiß gegen die Dunkelheit ab. Seine Züge waren versteinert. Dann schloss sich die Wolkendecke wieder, und die Dunkelheit verschluckte jede Regung.

Sie näherte sich ihm tastend, Schritt für Schritt. Sie war glücklich, ihn gefunden zu haben. Sanft berührte sie seine Schulter. Er zuckte nicht einmal.

»Moritz«, flüsterte sie in den Wind.

Er reagierte nicht.

»Moritz. Was ist passiert?« Ihre Stimme blieb leise.

Er hielt seinen Blick starr auf das aufgewühlte Wasser gerichtet.

Mit einer zaghaften Bewegung versuchte sie, ihn zu sich zu drehen. Aber er reagierte nicht. Sie trat ein Stück zur Seite, um ihm ins Gesicht sehen zu können. Sein Blick war leer, und in seinen Augenwinkeln glitzerten Tränen. Sanft strich sie ihm über die Wange. »Moritz. Endlich. Komm, lass uns gehen.«

Er schwieg.

»Moritz, komm. Ich habe dich überall gesucht. Die Angst hat mich fast um den Verstand gebracht.«

»Ich will dir keine Angst machen«, kam es tonlos zurück. »Es ist die Wahrheit über das Leben, die dir Angst macht.«

Katharina war erschrocken. Und doch drückte sie sich vorsichtig an ihn, um sich dann mit einer entschlossenen Bewegung an seinen Körper zu klammern. Stück für Stück zog sie ihn vom Ufer weg. Er ließ langsam seine Arme fallen und ihre Anstrengung wie ein hilfloses Bündel Mensch über sich ergehen.

»Komm. Mir ist kalt. Ich habe mir solche Sorgen um dich gemacht.« Sie bedeckte sein nasses Gesicht mit Küssen.

Mit hängenden Schultern blieb er vor ihr stehen.

»Lass uns gehen, Moritz.« Erneut stieg Panik in ihr auf. »Es ist gut, Moritz. Komm.«

Mechanisch setzte er Fuß vor Fuß.

Es dauerte eine Weile, bis sie die schmale Straße erreicht hatten. Den ganzen Weg über hatten sie geschwiegen. Als sie den Friedhof passierten, blieb Katharina stehen und nahm sein Gesicht in beide Hände. »Bitte, Moritz, tu das nie wieder.« In ihrem Rücken schlug die Uhr von St. Johannes. Warum sind es immer die unversehrten Tage, in denen das Unaussprechliche geschieht, dachte sie. Dinge verschieben sich um wenige Millimeter, Gedanken verrutschen um Nuancen – und schon ist das Chaos perfekt.

Am Tag danach hatte sich die Natur wieder beruhigt. Der in kräftigem Blau strahlende Himmel machte die Nacht zu einem bösen Traum, aus dem man erleichtert erwacht. Ein glorioses Herbstbild: Die Sonne erinnerte sich an ihre einstige Kraft und schien noch einmal so warm, dass sie auf dem Balkon frühstücken konnten. Friedfertiger konnte Moosbach nicht sein wie an diesem Morgen.

Sie hatten lange geschlafen und bislang jede Gelegenheit ausgelassen, über die Nacht zu sprechen. Moritz war wie ausgewechselt. Was immer ihn bewegt haben mochte, als er am See gestanden hatte, schien vergessen zu sein. Stattdessen hatte er sie beim Tischdecken übermütig in die Arme genommen und geküsst. Und in der Küche hatte er den Stones-Klassiker *Satisfaction* mitgesungen, der im Radio gelaufen war.

Katharina hatte seine gute Laune nicht durch Fragen stören wollen.

»Geht's uns nicht gut?« Moritz hob seufzend sein Glas Orangensaft und deutete auf das Allgäupanorama, das sich vor ihnen ausbreitete.

Katharina war erleichtert. Die Panik der vergangenen Nacht war weit weg. Außerdem hatte Moritz recht. Sie atmete die frische Luft tief ein. Nicht weit von ihnen saßen ein paar Dohlen auf der Wiese. Katharina hatte das Gefühl, dass sie gespannt ihr Frühstück beobachteten. Hoch über ihr zeichneten Flugzeuge weiße Linien in den Himmel. Katharina schloss vor Wohlbehagen die Augen.

»Was willst du heute unternehmen?« Moritz ergriff ihre Hand. »Wandern? Oder möchtest du einfach hier sitzen und das Licht genießen?«

»Lass uns noch ein wenig die Aussicht genießen. Willst du noch einen Toast, oder wollen wir gleich zurück ins Bett?« Mit gespielt unschuldigem Augenaufschlag sah sie Moritz an.

XXII.

Liebig klopfte zufrieden auf die Ausschussunterlagen. Die Umweltthemen waren genau das Richtige für Anja. Es wurde Zeit, dass die Kleine sich in die Lokalpolitik einarbeitete. Wenn das Blondchen in der Redaktion bleiben wollte, würde es mehr tun müssen, als beim Sportchef zu grätschen.

Liebig griff zum Telefonhörer. »Anja, Schätzchen. Ich habe einen wichtigen Termin für dich: Umweltausschuss, 15 Uhr. Das schaffst du doch? Was macht deine Herbststory? Solltest du nicht schon längst liefern?«

Ohne hinzuhören, was sie über ihre Recherchen berichtete, legte Liebig auf. Das Terminproblem hatte er vom Hals. Anja sollte sich nur ja nicht einbilden, dass sie ihr Volontariat schon sicher hatte, nur weil sie ihn anhimmelte, Kaffee kochte und vor seinem Schreibtisch mit dem Hintern wackelte.

Er musste an sein letztes Gespräch mit seinem Informanten beim LKA denken. Es war tatsächlich das letzte gewesen. Er solle nicht mehr anrufen, und er werde sich auch nicht mehr mit Liebig treffen, hatte er gesagt.

Wenn schon, hatte Liebig gedacht. Er hatte bekommen, was er wollte. Und er hatte den LKA-Mann immer noch in der Hand. Das Foto in seiner Schublade war Gold wert. Aufgenommen mit einer versteckten Kamera. Er war mehr zufällig in die Festnahme des russischen Dealers geraten, der vom LKA für den Kopf eines Drogenkartells gehalten wurde. Auf dem Foto war deutlich zu sehen, dass sein Kontaktmann mit einer Eisenstange auf den Dealer eindrosch.

Allgäu. Ziemlich viel Landschaft, hatte er beim Googeln gedacht. Er brauchte die Stadt. Landschaft machte ihn nervös. Die angebliche Ruhe und Gelassenheit der Menschen da unten bereiteten ihm Unbehagen. Dagegen gab ihm der Pulsschlag einer Stadt das Gefühl zu leben. Je mehr Menschen an einem Ort, umso besser. Dann konnte er anonym eintauchen in diese Melange aus Farben, Gerüchen und Gestalten. Ein unergründliches

Gemisch, das immer wieder Blasen warf und unablässig in Bewegung war.

Liebig rief den Großraum Kempten zum wiederholten Mal bei Google auf, als könnte er allein schon durch das Betrachten der bunten Bilder Kontakt zu Katharina aufbauen. Wie seltsam die Orte hießen: Sulzberg, Immenstadt, Missen, Moosbach. Wurde Zeit, dass sie wieder auftauchte. Er hatte sie in den Tagen vor ihrer Abfahrt oft beobachtet. Er hätte sie sich greifen können. In der Nacht, in ihrer Wohnung, auf der Straße, im nahen Park, wo immer er gewollt hätte. Aber er hatte zugleich gewusst, dass es dann vorbei gewesen wäre. Er hatte sich immer wieder zur Geduld ermahnt. Geduld. Irgendwann, bald, würde er sie besitzen. Die wertvollste Trophäe in seiner Sammlung.

Dass sie mit diesem Typen mit Hut ins Bett stieg, war ihm egal. Auch, dass er sie beide hatte wegfahren sehen. Sollte sie vögeln, mit wem sie wollte. Am Ende zählte nur, dass er sie besitzen würde. Für sich alleine.

Liebig schloss die Bildersammlung. Er musste sich noch um die Terminvorschau für die kommende Woche kümmern. Für seine Phantasien war am Abend noch Zeit. Er hob eine Augenbraue. Warum nicht? Er war schon länger nicht mehr im Club gewesen.

»Tag.«

Liebig schreckte auf. Er hatte in seinem Adressbuch gelesen, das aufgeschlagen in seiner Schreibtischschublade lag. Vor ihm stand wieder dieser Typ. Wie war der hier hereingekommen? Rehlein war wohl nicht ganz bei Trost.

»Ich komme noch einmal wegen Kathi.« Er räusperte sich.

»Ja, und?« Liebig schob die Lade zu. Durch das Bürofenster konnte er sehen, dass Rehlein und Anja unisono entschuldigend die Schultern hoben.

»Wissen Sie nun, wann sie zurück ist?«

»Hören Sie, ich habe Ihnen schon einmal erklärt, dass wir Privates unserer Mitarbeiter privat halten.« Liebig musterte Eggerath. Er wirkte, als habe er in den vergangenen Tagen kaum ein Auge zugetan.

»Es ist wichtig. Eine private Angelegenheit. Ich muss Katharina unbedingt sprechen.«

»No way.« Liebig schüttelte den Kopf. »Sie vergeuden bloß Ihre und meine Zeit.«

»Das kann doch nicht Ihr Ernst sein. Es geht«, Eggerath hob bittend die Hände, »um etwas ganz Wichtiges. Haben Sie ein Herz. So von Mann zu Mann, wenn Sie verstehen, was ich meine.«

Was für ein Wicht, dachte Liebig angewidert.

»Bitte.« Eggeraths Lächeln verkrampfte sich. »Es gibt da ein Missverständnis, das ich ausräumen möchte.«

»Aha?« Die Sache begann Liebig zu interessieren.

»Ja, wissen Sie«, Eggerath trat mit hoffnungsvollem Blick einen Schritt näher, »es ist nämlich so, wir lieben uns. Aber wir haben uns gestritten. Und seitdem –« Er sah Liebigs skeptischen Blick. »Nichts von Bedeutung! Aber ich möchte die Sache aus der Welt schaffen. So schnell wie möglich.«

Ihr beide und Liebe. Liebig musste grinsen. Was für ein Würstchen. Wenn er Kathi richtig einschätzte, hatte dieser gelackte Affe nicht den Hauch einer Chance bei ihr.

Eggerath missverstand Liebigs Gesichtsausdruck. »Sehen Sie.« Er straffte sich.

Von ihm würde er nicht hören, wo Katharina sich aufhielt. Er würde Eggerath lieber noch ein wenig quälen. Liebig warf Anja einen verärgerten Blick zu, die im Türrahmen erschienen war, und wandte sich wieder Eggerath zu. »Ich weiß nicht, wohin sie gefahren ist.«

»Wollte sie nicht ins Allgäu? Kempten? Kann sein in so 'n Ort irgendwas mit Berg.« Anja lächelte interessiert von Liebig zu Eggerath. »Rehlein hat so was erzählt, glaube ich.«

Eggerath nickte erleichtert. »Wo genau, schöne Frau?«

Liebig schäumte vor Wut. Die kleine Schlampe würde er sich später vorknöpfen. Und auch Rehlein. Sie musste sein Gespräch mit dem LKA mitgehört haben. »Los, verschwinde. Wenn du noch länger hier herumstehst, passiert ein Unglück.«

Anja zog den Kopf zwischen die Schultern und verschwand.

»Nun reißen Sie ihr nicht gleich den Kopf ab. Sie hat es doch nur gut gemeint.« Paul Eggerath nickte zufrieden. »Wie heißt der Ort im Allgäu? Na egal, Hauptsache, ich weiß, wo sie ist. Wann erwarten Sie sie denn zurück?«

Das Blondchen hatte ihm die Tour vermasselt. Wie eine Katze, die ihren Spaß am Spiel mit der Maus verloren hatte, holte Liebig aus.

»Sie hat einen Neuen. Sehr nett, wenn Sie mich fragen. Katharina hat sich unbezahlten Urlaub genommen. So, und jetzt raus. Ich habe zu arbeiten.«

Nachdem Eggerath abgezogen war, brüllte Liebig durch die Redaktion. »Rehlein zu mir! Aber avanti!«

In weniger als dreißig Sekunden stand sie vor ihm.

»Mach die Tür zu«, zischte er. »Seit wann geht das schon?«

»Ich weiß nicht, was du meinst.« Ihre Augen wanderten unstet durch Liebigs Büro.

»Du weißt genau, was ich meine.« Er legte beide Hände auf die Tischplatte. Noch ein Wort, und er ging ihr an den Hals.

»Ich weiß wirklich nicht, was du meinst, Justus.«

»Seit wann hörst du mein Telefon ab?«

Ihr Gesicht wurde um eine Spur bleicher. »Ach so. Ja. Justus, das war ein Versehen. Kommt nicht wieder vor. Ich habe aus Versehen die falsche Taste gedrückt. Ehrlich.«

»Ich warne dich.« Liebig stand auf und trat dicht vor sie. »Ich warne dich. Und jetzt verschwinde.«

Paul Eggerath blieb vor ihrer Haustür stehen. Er musste wissen, ob Liebig die Wahrheit gesagt hatte. Seit einer halben Stunde schon ging er vor dem Haus auf und ab. Er musste hinein in ihre Wohnung. Vielleicht fand er dort Hinweise: Prospekte, der Hinweis auf ein Ferienhaus. Irgendetwas. Katharina war nicht die Ordentlichste. Er würde sicher etwas finden!

Ihm fiel ein, dass die Frau in der Wohnung über Katharina einen Schlüssel hatte. So, wie Katharina einen Schlüssel zum Apartment der Alten hatte. Er würde klingeln und sie um den Schlüssel bitten. Vorgeben, dass er ein paar Sachen in der Wohnung vergessen hatte. Die Alte würde ihn wiedererkennen. Sie waren sich ein paarmal im Treppenhaus begegnet. Nicht ganz zufällig, wie er damals vermutet hatte, denn Katharina hatte die Alte als überaus neugierig beschrieben.

Der Wind spielte mit den Platanenblättern, die auf den Bürgersteig geweht waren. Seit Tagen konnte er nicht mehr richtig schlafen. Katharinas Abfuhr hatte ihn aus der Bahn geworfen. Dabei wusste er doch, dass sie ihn liebte! Und dass ihr Verhalten zum Spiel dazugehörte. Sie ließ ihn zappeln, um ihn dann umso heftiger zu lieben!

In Katharina schlummerte ein Vulkan. Ihre Augen konnten ihn mit einem Wimpernschlag in Flammen setzen. Sie war das perfekte Ziel seiner Sehnsucht! Er hatte schon viele Frauen gehabt. Bei der einen waren es die Beine, die ihn hatten schier verrückt werden lassen. Bei der anderen waren es ihre wie unschuldig abstehenden Brüste gewesen, die er besitzen wollte. Er musste an die Blonde mit dem schmalen Rücken und dem runden Hintern denken.

Die Statik eines Körpers ist wichtig bei der Wahl der Frauen! Die Proportionen mussten stimmen. Das fließende Spiel von Muskeln und Anmut. Katharina übertraf sie alle. Gelacht hatte er, als sein Therapeut angedeutet hatte, er sei besessen von seinen Ideen. Der armselige Seelenklempner hatte nicht die geringste Vorstellung von seinem Leben!

Nach jenem Gespräch war er nicht mehr in die Praxis dieses Schwachkopfs gegangen. Der hatte nur salbungsvoll gelächelt, als er ihm seine Entscheidung verkündet hatte. Er brauchte in Wirklichkeit dieses Geschwafel nicht! Vertane Zeit. Dabei hatte er bei seiner ersten Sitzung gedacht, endlich jemanden gefunden zu haben, mit dem er auf Augenhöhe sprechen könnte. Der seine Philosophie des perfekten Körpers nicht nur verstand, sondern die Erkenntnis auch teilte. Selten hatte er sich so in einem Menschen geirrt.

Eggerath wurde zunehmend unruhiger. Er sah sich nach allen Seiten um. Er war allein. Er ließ seinen Blick über die Etagen der Häuserzeile schweifen. Er konnte auch an den Fenstern niemanden entdecken.

Er suchte auf dem Klingelschild nach dem richtigen Namen, dann drückte er den Knopf. Sekunden später ging der Türsummer.

Katharinas Nachbarin erwartete ihn an der Wohnungstür.

»Gut, dass ich Sie antreffe.« Paul Eggerath setzte sein Ich-mag-ältere-Frauen-Lächeln auf. »Ich habe eine Bitte.«

Die Frau musterte ihn, während sie die Tür mit einer Hand festhielt, um sie notfalls sofort zuschlagen zu können.

»Ich kaufe keine Zeitungen. Sie waren doch vor ein paar Tagen schon mal da.« Ihre Stimme hatte einen kampflustigen Unterton.

Unauffällig schob Eggerath einen Fuß vor. Er würde sich nicht abwimmeln lassen. Die Alte machte nicht den Eindruck, als ob sie ihm ernsthaft Widerstand entgegensetzen könnte. Zudem schien sie froh über ein bisschen Abwechslung zu sein.

»Ich will Ihnen um Gottes willen nichts verkaufen, Frau Krings. Es geht um Ihre Nachbarin Katharina.«

»Sie ist nicht da.«

»Ich weiß. Darum geht es ja. Ich bin ihr Freund.«

Die Neugier der Seniorin wuchs deutlich. »Jetzt erkenne ich Sie. Und dann sind Sie nicht mit ihr in Urlaub gefahren?« Sie lächelte fragend.

»Nun ja«, Eggerath senkte die Stimme. »Wie das so ist in einer stürmischen Liebesbeziehung«, er lächelte verschwörerisch, »Kathi und ich haben uns ein wenig gestritten. Nichts Wichtiges! Aber sie wollte eine kleine Auszeit. Und da ich meinen Schlüssel bei ihr vergessen habe und ein paar Unterlagen, die ich dringend brauche, wäre es schön, wenn Sie mir aufschließen würden.« Er strahlte sie an. »Geht auch ganz schnell.«

»Junger Mann«, ihre Stimme bekam einen resoluten Klang, »ich bin mir nicht sicher, ob Katharina nur ein wenig Abstand braucht. Immerhin ist sie mit einem anderen Mann weggefahren. Noch dazu mit einem schicken Auto.« Sie fasste die Tür fester.

Jetzt nur keinen Fehler machen, dachte Eggerath. Er schenkte ihr ein erleichtertes Lachen. »Ach so. Das ist ihr Vetter. Katharina hat sich von ihm mitnehmen lassen, weil sie gemeinsam einen Onkel besuchen wollten. Von dort wollte sie dann alleine weiter.«

»Vetter? Onkel?« Sie schüttelte den Kopf. »Junger Mann, da müssen Sie sich irren. Die beiden sind frisch verliebt. Ich habe das mit eigenen Augen gesehen. Ein gut aussehender Mann, vielleicht ein wenig alt für Katharina. Gepflegt, mit Hut.« Ihr Blick ging an Eggerath vorbei, so, als spüre sie wehmütig den Zeiten nach, in denen sie selbst frisch verliebt gewesen war.

Eggerath konnte nur mühsam die Beherrschung wahren. Die Alte hatte natürlich zu jeder Tageszeit das Haus im Blick. Ihr würde er nichts vormachen können. Aber er hatte keine Wahl. »Ich kann mir das nicht vorstellen, Frau Krings. Können Sie mir bitte öffnen? Dann bin ich auch schon wieder weg. Die Sachen sind wirklich wichtig für mich.«

Die Frau zog die Tür ein Stück weiter zu. »Nein. Ich lasse Sie nicht in die Wohnung. Nachher ist Katharina böse. Ich möchte keinen Fehler machen.«

Eggerath schob erneut seinen Fuß ein Stück vor. Nun würde sie nicht einfach die Tür schließen können. »Und wenn ich Sie ganz lieb bitte?« Er faltete seine Hände wie zum Gebet.

Sie zögerte. Er konnte sehen, wie es in ihr arbeitete. »Sie müssen sicher noch die Blumen gießen. In der Zeit bin ich längst wieder weg.« Eggerath nickte beflissen.

»Jesses, die Blumen.« Sie schlug die Hand vor den Mund.

»Sehen Sie! Gut, dass ich bei Ihnen geläutet habe.«

Keine zwei Minuten später standen sie in Katharinas Flur. Während die Nachbarin in der Küche mit den Pflanzen beschäftigt war, sah Eggerath sich im Wohnzimmer um. Auf dem Sofa lagen gelesene Zeitungen und ein paar Bücher mit Lesezeichen.

Im offenen Sekretär fand er ein paar Briefe und die Policen einer Versicherung. Buchungsunterlagen waren nicht darunter. Er überlegte. Ihr Laptop! Sie arbeitete gerne im Schlafzimmer!

»Haben Sie Ihre Sachen gefunden?«

»Was?« Eggerath war so sehr in Gedanken, dass er nur mit halbem Ohr zugehört hatte. Die verschrumpelte Hexe ging ihm auf den Geist.

»Können wir gehen?«

»Nein!«, schrie Eggerath.

Erschrocken fuhr sie zurück und legte eine Hand auf ihre Brust. »Warum schreien Sie so?« Sie straffte sich. »Ich möchte jetzt gehen.«

»Halt endlich die Schnauze! Blöde Kuh. Raus hier!«

Das Gesicht der Frau wurde bleich. Ihre Stimme zitterte. »Was erlauben Sie sich? Hätte ich Sie nur nicht in die Wohnung gelassen! Ich habe gewusst, dass es ein Fehler war.«

»Hör auf zu jammern!«

Eggerath stürzte an ihr vorbei. Dabei stieß er sie zur Seite. Er musste ins Schlafzimmer und dort in Ruhe suchen. Er achtete nicht darauf, dass die Nachbarin durch die Wucht des Stoßes ins Straucheln geriet und auf den Couchtisch stürzte. Er nahm nicht einmal wahr, dass sie verstummt war.

Im Schlafzimmer riss Eggerath die Überdecke vom Bett. Für einen Augenblick hielt er inne und sah, wie Katharina sich nackt in den Laken rekelte. Der Gedanke erregte ihn.

Fieberhaft suchte er das Zimmer ab. Nichts. Er zog die Schranktür auf und riss die Wäsche aus den Fächern. Schwer atmend blieb er vor dem leeren Schrank stehen. Es gab keinen Hinweis auf ihren Aufenthaltsort. Wo war sie hin mit dem Typ? Der Gedanke, dass sie sich von ihm vögeln ließ, war ihm unerträglich! Er spürte Tränen aufsteigen.

Er fuhr herum, als er das Geräusch hörte. Im Türrahmen stand die Alte von oben. Sie blutete an der Stirn.

»Was machen Sie da?«, stöhnte sie.

»Lass mich endlich in Ruhe!«, schrie er und stieß sie mit Macht aus dem Zimmer. Er hörte ihr Aufstöhnen nicht, als er aus der Wohnung rannte.

»Es gibt einen Hinweis auf Eggerath.« Ecki schloss die Tür und ging zu seinem Schreibtisch. »Ich habe Rosteck getroffen. Die Kollegen sind gerade in Ungerechts Wohnung. Dort hat es einen Überfall gegeben.«

Frank war irritiert. »Ich denke, sie ist im Urlaub?«

Ecki riss die Tüte mit den Hefeteilchen auf, die er auf dem Weg zum Präsidium gekauft hatte. »Soviel ich verstanden habe, hat Eggerath bei der Nachbarin geklingelt und ist dann mit ihr in die Wohnung der Ungerechts. Eine Nussschleife?«

Frank schüttelte den Kopf. »Was hat er dort gewollt?«

»Angeblich hat er Unterlagen holen wollen, die er dort angeblich vergessen hat. Als Frau Krings, also die Nachbarin, Eggeraths Verhalten komisch vorkam, hat sie versucht, ihn loszuwerden. Dabei hat er sie angegriffen und verletzt. Sie macht sich ziemliche Vorwürfe.«

»Wir sollten ihr sicherheitshalber das Foto aus Eggeraths Personalakte zeigen.«

Ecki legte sein angebissenes Hefeteilchen zurück auf die Papiertüte. »Bittner ist schon unterwegs ins Krankenhaus.«

»Ist die Frau schwer verletzt?«

»Rippenprellung. Und eine Platzwunde am Kopf. Sie wird schon wieder. Eggerath hat in der Wohnung ziemlich gewütet.«

»Was hat er dort wirklich gewollt?«

Ecki nahm das Hefegebäck wieder in die Hand. »Vielleicht wollte er ein Geschenk zurück? Verschmähte Liebe ist ein schlechter Ratgeber, wenn sie in Wut umschlägt. Wir sollten seine Wohnung observieren lassen.«

Frank nickte. »Warum nicht.«

»Bingo.«

Die beiden sahen zur Tür. Bittner trug wie immer seine Motorradklamotten. In der Hand hielt er eine dünne Mappe.

»Frau Krings hat Eggerath eindeutig erkannt.«

Moritz legte seine Hand auf Katharinas Arm. »Wegen der Nacht – es tut mir leid.« Er schob das Holzbrett mit den Resten der Brotzeit beiseite.

Katharina schüttelte den Kopf. »Längst vergessen. Ist der Blick nicht traumhaft?«

Die beiden saßen auf der Holzterrasse der Schwandalpe und genossen den Blick vom Grünten auf die Berge.

Katharina zeigte auf die Gipfelkette am Horizont. »Gut, dass wir hergekommen sind. Wie eine Spielzeugwelt im Großen.«

Moritz beugte sich zu ihr. »Ich liebe dich. Ich versuche gerade, mir dich im Dirndl vorzustellen. Du passt perfekt hierher. Schau«, er deutete nach rechts, »da hinten liegt Werdenstein mit seinem *Burgcafé*. Und das Werdensteiner Moos.«

»Ist es schön dort? Du hast das Moos schon ein paarmal erwähnt.«

»Du wirst es sehen.« Moritz gab ihr einen Kuss auf die Wange. »Es ist wunderschön dort.«

»Du hast heute Morgen recht gehabt. Von hier aus haben wir wirklich den besten Blick.« Sie knuffte ihn liebevoll in die Seite und trank den Rest ihrer Apfelschorle. Dann kniff sie die Augen zusammen. Es war ihr, als verlöre sie sich im letzten warmen Licht der Nachmittagssonne.

»Wie sind hier, damit ich dir meine Liebe beweisen kann.«

»Da bin ich aber gespannt.«

»Ernsthaft. Wir sind hier oben, damit ich dir das Allgäu und meine Liebe zu Füßen legen kann.«

Die Liebe ist ein seltsames Spiel, summte sie.

»Wie weise.« Er küsste erneut ihre Wange.

»Nee«, lachte sie, »ein oller Schlager von Connie Francis. Lief bei meiner Oma. Wenn ich bei ihr zu Besuch war, hat sie mir viele Schlager auf dem Schallplattenspieler ihrer Musiktruhe vorgespielt.«

Moritz blinzelte in die Sonne, die bereits tief stand.

»Mir wird langsam kalt.« Katharina schüttelte sich ein wenig.

»Das ist das Fatale im Leben, findest du nicht? Exakt in dem Augenblick, in dem du einen Wimpernschlag, eine Stimmung oder die Bedeutung eines Satzes konservieren willst, entzieht sich bereits alles deiner Kontrolle, und nichts, aber auch gar nichts ist mehr wie vorher.« Er legte seinen Arm um sie. »Ich könnte hier für immer mit dir sitzen.«

Katharina lachte leise. »Aber nur in der Wärme. Wir haben noch ein ganzes Stück Weg vor uns.«

»Ich liebe diesen freien Blick. Wenn ich dann bedenke, wie schnell das Wetter umschlagen kann. Diese Ruhe hat für mich gleichzeitig etwas zutiefst Beunruhigendes. Man weiß nie, wann die Natur ihre Laune ändert.«

Katharina legte eine Hand um ihr Glas und drehte es ein wenig. Für den Bruchteil einer Sekunde standen ihr wieder die Bilder der Nacht von vor zwei Tagen vor Augen. Sie legte schnell ihre Hand auf Moritz'. Kurz darauf hatte sie den tosenden Wind wieder vergessen.

Nach ihrer Rückkehr hüllte Katharina sich in eine Decke und setzte sich mit einem Becher Tee auf den Balkon. Moritz hatte sich mit einer langen Umarmung »für eine Weile« ins Bett verabschiedet. Zuvor hatte er ihr aber noch eine Jeansjacke geschenkt, die er, wie er sagte, schon vor geraumer Zeit für sie gekauft hatte. Ein Vintage-Modell, hatte er stolz gemeint, und passend zu den beiden anderen Geschenken.

Katharina nahm sich vor, Moritz zu überraschen und T-Shirt, Jacke und Tuch gleichzeitig anzuziehen. Sie kräuselte die Stirn und sah hinüber zum Grünten, hinter dem sie nun das Werdensteiner Moos wusste. Es schien Moritz wichtig zu sein. Sie war gespannt, wie es dort aussah.

Katharina zog die Decke hinauf bis zum Kinn. Sie schloss die

Augen. Aber die Ruhe, die sie bis vor wenigen Augenblicken verspürt hatte, war mit einem Mal verschwunden. Sie musste an Liebig und die Redaktion denken, an Simone und die andere tote Frau. Und was war an dem Gerücht dran, das sie kurz vor ihrer Abfahrt von Rehlein gehört hatte? Und an das sie auf der Fahrt hierher ein paarmal hatte denken müssen? Dass im Allgäu zwei Frauen auf ähnliche Weise umgebracht worden waren?

Zum Glück war in Moosbach der Horror weit weg. Und doch hockte tief in ihr das Gefühl einer Art inneren Kälte, die sich mit dem anbrechenden Herbstabend mischte. Die Sonne verschwand hinter den Bergen und ließ ein Glühen zurück, das alles um Katharina herum erfasste und in ein magisches Licht tauchte. Sekunden später war alles wieder kalte Realität.

Später wachte Katharina aus einem kurzen traumlosen Schlaf auf. Ihre Decke war verrutscht, und die Kälte war ihren Rücken heraufgezogen. Steifbeinig erhob sie sich aus ihrem Sessel, raffte die Decke zusammen, nahm ihren Becher und ging zu Bett.

Heinz-Jürgen Schrievers reckte sich und setzte sich dann auf sein Bett. Er hielt immer noch die Papiere seines Treckers in den Händen und fühlte sich wie ein kleiner Junge nach der Bescherung. Er hatte gerade mit Gertrud telefoniert und ihr vom Allgäu und von Moosbach erzählt. Und von dem Trecker, den er vor wenig mehr als einer Stunde gekauft hatte. Der Schlüter stand unweit des Gasthofes *Zum Kreuz* auf dem Bauern- und Ferienhof von Resi Mair.

Ehrfürchtig war er ein paarmal um seinen neuen Besitz herumgegangen. Hatte hier seine Hand über die Motorhaube streichen lassen, dort das harte Gummi der Reifen geprüft, lange einen Blick auf die wenigen Armaturen geworfen, um sich schließlich vorsichtig auf den breiten Sitz seiner Gisela niederzulassen.

Dabei hatte ihm die Bäuerin amüsiert zugeschaut. Dass es derart verrückte Städter gab, die sich nur so zum Spaß einen

Trecker kauften, hätte sie sich nicht vorstellen können, als Johann sie darauf aufmerksam gemacht hatte, dass der »Schrott« in ihrer Scheune Gold wert war. Sie hatte seine Idee zwar spinnert gefunden, schließlich aber doch in die Restaurierung des alten Treckers eingewilligt. Dass der Mader Martin auch so einen alten Schlüter gekauft und aufbereiten hatte lassen, das hatte sie ja noch verstanden – aber ein Städter?

Von diesem Gedanken hatte Schrievers nichts geahnt, als er die wenigen Schritte vom Gasthof zu den Mairs gegangen war. Sie hätten ihn auch nicht sonderlich interessiert. Er hatte nur noch seine Gisela im Kopf gehabt. Nicht, dass ich noch eifersüchtig auf die Dame werde, hatte Gertrud scherzhaft gemeint, und sich dann doch damit einverstanden erklärt, für die blecherne Gisela in ihrer großen Garage Platz zu machen.

Der Archivar musste lächeln. Er liebte seine Gertrud für ihre praktische Art, mit ihrer beider Leben umzugehen. Er ließ sich rücklings auf das Bett fallen, dessen Scharniere ein bedrohliches Geräusch von sich gaben. Was soll's, dachte er und verschränkte die Arme zufrieden hinter seinem Kopf. Mit welcher Freude er sich mit Martin, seinem neuer Schlepper-Freund, gestern Abend über Schlepper und über einen Schlüter im Besonderen ausgetauscht hatte! Wie die Kinder hatten sie sich auf die verschiedenen Details der verschiedenen Baujahre aufmerksam gemacht.

Heinz-Jürgen Schrievers war mit sich und der Welt mehr als im Reinen. Seine Arbeit war weit weg. Und selbst die Nähe zu den Morden drunten in Kempten empfand er als nicht sonderlich belastend. Schon übermorgen würde er auf dem Trecker sitzen und gemütlich zurück an den Niederrhein zuckeln.

Welt, wie bist du schön, dachte er, als es klopfte.

Schrievers richtete sich auf und zog seine Strickjacke zurecht. »Ja, bitte?«

Erwartungsvoll blickte er zur Tür, nicht ohne einen prüfenden Blick durchs Zimmer geworfen zu haben, ob es denn aufgeräumt genug war, um Besuch empfangen zu können.

»Darf ich?« Die Bedienung des Gasthofs lugte vorsichtig ins Zimmer.

»Gerne.« Er machte eine einladende Geste. Gut, dass er seine Socken und den Schlafanzug ordentlich verstaut hatte!

Die Kellnerin blieb unschlüssig an der Tür stehen. »Nicht, dass Sie das falsch verstehen.« Als sie Schrievers' fragenden Blick bemerkte, hielt sie inne und schlug sich mit der Hand gegen die Stirn. »Ich Ochs, ich habe mich ja noch gar nicht vorgestellt.« Sie deutete einen Knicks an. »Vroni i bin die Gruber Vroni aus Ottacker. Ich bin schon lang beim Mader.«

Der Archivar nahm amüsiert zur Kenntnis, dass sich ihre Wangen leicht rosa färbten. Eine Frau, die in ihrem Alter noch rot werden konnte! Wie hübsch! Und erst ihre Augen, die ihn so intensiv ansahen, als sei er nicht von dieser Welt.

»Setzen Sie sich doch.« Er wies auf einen niedrigen Sessel, der augenscheinlich noch aus den Fünfzigerjahren zu stammen schien. »Was kann ich denn für Sie tun?«

Vroni Gruber setzte sich auf den Rand des Sessels und legte ihre Hände in den Schoß. Dann zupfte sie unschlüssig an ihrer Dirndlbluse.

»Mich geht das ja nichts an, und normalerweise halte ich Abstand zu den Gästen. Aber in Ihrem Fall, weil ich Sie so –« Sie verstummte.

»Ja?« Schrievers strich seine Strickjacke glatt. Gott sei Dank hatte Gertrud ihm eine frische eingepackt.

»Der Schweinsbraten.« Mehr brachte sie nicht hervor.

»Was ist mit ihm?« Der Archivar zog die Augenbrauen hoch. »War er nicht in Ordnung?«

»Nein. Doch. Ich meine nur, so ein gestandenes Mannsbild wie Sie hat so was nicht verdient.«

»Einen Schweinebraten?« Was wollte Vroni von ihm? Wie schüchtern sie gucken kann! Sein Beschützerinstinkt kam in Bewegung.

Sie holte tief Luft. »Nein, ich meine, wie dieser Herr Mayr mit Ihnen umgeht. Das macht man nicht. So.«

Heinz-Jürgen Schrievers musste lachen. »Ach so, ja, der Kollege ist nicht der diplomatischste. Aber soll er denken, was er will. Das ficht mich nicht an. Ich weiß, was ich an meinem niederrheinischen Schweinebraten habe.« Er neigte sich ihr ein wenig entgegen. »Der ist mindestens so gut wie der Ihrige. Ich meine, wie der hier im Allgäu.«

»Nix für ungut, aber ich an Ihrer Stelle tät mir das nicht gefallen lassen.« Ihr Gesichtsausdruck verriet, dass sie sich heftig über ihre festgestellte Ungerechtigkeit aufregte. »Jede Region hatte ihre eigenen Spezialitäten.« Sie beugte sich ebenfalls ein wenig vor. »Vor Jahren war ich mal in Aachen, mit meiner Schwester. Auf dem Weihnachtsmarkt. Abends gab's Sauerbraten.« Ein seliges Lächeln huschte über ihre Lippen. »Sehr lecker. Sogar die Knödel.«

»Klöße, wir sagen Klöße.«

»Is scho recht. Mei, war des a Fahrt. Mit dem ICE. Mei.« Vroni Gruber schwelgte jetzt vollends in ihren Erinnerungen. Urplötzlich wurde sie wieder ernst und rückte noch ein Stückchen näher. »Also, ich habe mir gedacht: Fordern Sie's heraus.« Ihr Blick senkte sich tief in Schrievers' Augen.

»Was soll ich?« Dem Archivar wurde heiß. Diese Begegnung auf seinem Zimmer war ihm nicht geheuer und doch angenehm. Er öffnete seine Strickjacke ein Stück.

Sie behielt seine Hände im Blick. »Ich mein, Sie sollten den Kommissar herausfordern.« Sie legte ihre Hand auf seine, zog sie aber sofort wieder zurück. »Ein Wettkochen. Na, was halten S' davon? Soll der Mayr doch seinen Schweinsbraten lieben. Braten soll er ihn und Sie auch.« Sie versank erneut in seinen Augen. »Ihren Schweinebraten. Sie haben so sensible Hände. Sie müssen gut kochen können.«

Schrievers war ihr automatisch entgegengerutscht und rückte nun wieder ein Stück von ihr ab. Dabei besah er sich seine Hände. Sensibel? Das hatte ihm noch keine Frau gesagt. Selbst Gertrud nicht. Und die wusste am besten, wie es um seine Hände bestellt war.

»Ein Wettkochen?« Nicht, dass er sich das nicht zutraute, ab und an band er sich tatsächlich die Schürze um und wirbelte in der heimischen Küche. Spargel mit neuen Kartoffeln oder Reibekuchen waren die Rezepte, mit denen er glänzen konnte. Aber Schweinebraten?

Vroni Gruber nickte verschwörerisch. »Nur Sie und er. Bei Mader in der Küche. Fordern Sie ihn heraus und zeigen S' ihm, dass Sie den besseren Schweinsbraten hinbekommen.« Sie nickte verschwörerisch. »Und ich bin mir scho jetzt sicher, dass Sie das Wettkochen gewinnen! Das ist für mich so sicher wie das Amen in der Kirche.« Sie bekreuzigte sich mit einer ebenso kurzen wie automatischen Geste. Dann kam sie ihm ganz nahe. »Ich glaube an Sie.«

Schrievers spürte, dass in seinem Bauch ein Schmetterling erste Flugübungen machte. Mein Gott, diese Augen, diese Stimme, diese Figur! Bevor er ergriffen ihre Hände genommen hätte, straffte er sich und strich zum wiederholten Mal über seine Strickjacke. »Gefällt sie Ihnen? Hat Gertrud gestrickt.« Die letzte Silbe verlor sich in der Stille zwischen ihnen. Er meinte, ein deutliches Knistern zu hören. Das kann nur die Rosshaarmatratze sein, dachte er verwirrt.

»Nun, was meinen Sie?« Vroni Gruber fuhr mit ihrer Hand sachkundig über das Zopfmuster seiner Jacke. »Nicht schlecht.«

Schrievers war nun vollends irritiert. Was meinte sie mit »nicht schlecht«? Er musste etwas tun! Sonst würde etwas passieren, was noch nie passiert war, seit er mit Gertrud zusammen war! Er spürte, dass ihr Blick ihn magisch anzog. Es knisterte noch eine ganze Weile.

»Also gut.« Auf seiner Stirn standen feine Schweißperlen.

»Ich wusste es.« Ihre Augen strahlten.

Ich muss an Gertrud denken! Aber das funktionierte nicht. Also zwang er sich, an Gisela zu denken. Auch das funktionierte nicht. Er dachte an die Theke seines Metzgers. Das half. »Gut. Also Schweinebraten! Mit Klößen und Rotkohl.« Schrievers war erleichtert. Das war knapp gewesen.

»Ich bin froh, dass ich meinem Herzen gefolgt bin und mir ein solches gefasst habe und zu Ihnen heraufgekommen bin. Sie sind ein Kämpfer! Das habe ich gleich gesehen. Ihre ganze Statur steht für die Gerechtigkeit. Genau wie ich. Wir sind Seelenverwandte. Das habe ich gleich gespürt.« Darauf wusste Schrievers nichts zu sagen. Um nicht wie ein Volltrottel dazusitzen, begann er umständlich, seine Brille zu putzen, die bisher an ihrer Kordel auf seinem Bauch geruht hatte.

»Ja, also«, die Kellnerin sah unschlüssig im Zimmer umher. »Ich geh dann mal wieder.« Sie stand auf und strich ihre Schürze glatt. »Martin wird von unserer Entscheidung begeistert sein.« An der Tür blieb sie noch einmal stehen. »Ich habe Sie vorhin auf Ihrem Trecker gesehen. Ich muss schon sagen! Und Sie wollen tatsächlich schon bald wieder abreisen?«

Als die Kellnerin die Tür hinter sich geschlossen hatte, ließ Schrievers sich erneut auf das Bett fallen. Was war das gerade gewesen? Hatte Vroni ihn tatsächlich lediglich zu einem Duell mit Mayr überreden wollen? Und warum war ihm so warm geworden – so wie gestern Abend schon in der Gaststube? Er würde die Angelegenheit mit Gertrud besprechen – müssen. Schon allein, weil sie ihm ihr Schweinebratengeheimrezept schicken musste. Und was Vroni betraf: Er würde sich im Auge behalten müssen. Sich und sie.

Démi Papadopoulos hatte auf ihr Klingeln nicht reagiert. Sie war wohl schon zur Arbeit gegangen. Sie hatten daher auf eine der anderen Klingeln gedrückt, um ins Haus zu kommen. Aber auch das war vergeblich gewesen.

Frank nickte dem Hausmeister zu. »Bitte.«

Ein paar routinierte Handgriffe später verabschiedete sich der Mann im grauen Kittel wieder, und Frank und Ecki standen in Eggeraths Wohnung. Staatsanwältin Carolina Guttat hatte den Beschluss wegen »Gefahr im Verzug« unterschrieben, ohne viel nachzufragen.

Die Räume hatten kaum etwas von dem, was sie unter gemütlich verstanden. Die wenigen Stücke eines schwedischen Möbelhauses waren zweckmäßig. Kaum Dekoratives. Auf einem Sideboard, das nahezu eine komplette Wohnzimmerwand einnahm, stand ein aus Gips oder Marmormehl modellierter Frauentorso.

Ecki nahm den kaum mehr als dreißig Zentimeter hohen Akt in die Hand. »Meine Tante hatte alle möglichen griechisch anmutenden Blumensäulen, Köpfe und Figuren in ihrer Wohnung. Alles weiß, Marmor angeblich, dazu rosafarbene Vorhänge und zu allem Überfluss ein hellgrauer Teppichboden.« Er stellte den Torso hastig auf seinen Platz zurück, als habe er Angst, dass ihn allein schon die Berührung der Skulptur in die vor Kitsch starrende Wohnung seiner Tante befördern könnte.

An den Wänden hingen einige gerahmte Schwarz-Weiß-Fotos stählerner Brücken und griechischer Tempel. Bis auf zwei welke Farne fehlten Pflanzen. Frank trat ans Fenster und sah hinaus. Die leere Straße unterstrich die Tristesse der Wohnung.

Die Küchenzeile verdiente kaum ihre Bezeichnung.

»Eggerath hat wohl nicht oft gekocht«, meinte Frank, als er die Schranktüren auf- und zuklappte. Sie waren bis auf wenige haltbare Lebensmittel leer. Unter der Spüle fand er ein paar Töpfe und eine noch originalverpackte Pfanne. »Wert auf ein gemütliches Nest scheint er nicht gelegt zu haben.«

Ecki nickte. »Kein Buch, keine zerrupfte Zeitung, die mickrigen Farne: Man könnte meinen, dass er der einzige lebende Einrichtungsgegenstand in dieser Möbelhausdeko war.«

Der Eindruck änderte sich, als sie das Schlafzimmer betraten. In der Mitte stand ein Doppelbett, das schon seit Längerem nicht gemacht worden war. An den Wänden hingen große Pläne unterschiedlicher Bauvorhaben. Auf einem Schreibtisch unter dem Fenster stapelten sich Fachbücher über Statik. Am Computerbildschirm klebten gelbe Zettel. Im großen Papierkorb steckte ein leerer Pizzakarton.

»Sieht so aus, als habe Eggerath doch so einiges nebenher gemacht.« Frank war an einen der Pläne herangetreten, um deren Titel zu lesen. »Arcaden. Hm.«

Ecki hatte einen der Unterschränke des Schreibtisches geöffnet. »Sieh mal einer an.« Er reichte Frank einen Stapel erotischer Fotos.

Frank blätterte durch die Schwarz-Weiß-Aufnahmen. »Nicht schlecht. Geradezu ästhetisch.« Er sah von den Fotos zum Bett. »Die meisten hat er offenbar hier geschossen.«

Ecki sah ihm über die Schulter. »Besonders die Details haben es ihm angetan.« Er deutete auf ein Foto, auf dem nur die Schulterpartie einer Dunkelhaarigen zu sehen war. »Könnte auch eine Landschaftsaufnahme sein. Er hätte die Bilder statt der Pläne aufhängen sollen.«

Frank blätterte weiter: Ausgesuchte Partien von Gesichtern, Arme in verschiedenen Haltungen, Brüste im Halbschatten, Schenkel, die mehr erahnen ließen, als sie zeigten.

»Einfach nur Sexbilder sind das jedenfalls nicht.« Er legte den Bilderstapel auf den Schreibtisch.

»Ein Künstler. Ein Frauenliebhaber, der die Schönheit der Körper ergründet.«

»Du klingst wie Philosophie-Volkshochschulkurs drittes Semester.« Frank musterte das zerwühlte Bett. »Für mich ist Eggerath nicht ganz dicht im Kopf. Einerseits fotografiert er Frauenkörper. Okay, wirklich ästhetisch. Und dann die Körperverletzung. So wie Eggerath rastet man nicht einfach aus. Schon gar nicht gegen eine alte Frau.«

Ecki nickte. »Ästhetik und Gewalt passen nicht zusammen. Zumindest nicht in diesem Fall. Der Körper der Frau ist das Höchste und Schönste, was die Natur hervorgebracht hat.« Ecki machte eine Kunstpause. »Denken wir einfach gestrickten Männer.« Er schob die Schublade wieder zu. »Nein. Im Ernst. Wir lassen den ganzen Kram von Bittner abholen. Bin gespannt, was wir auf dem PC finden.« Er sah sich um. »Hast du eine Kameraausrüstung gesehen?«

»Nee. Vielleicht hat er sie im Auto.«

»Wir sollten ihn zur Fahndung ausschreiben.« Ecki öffnete das nächste Schreibtischfach. Mehrere Maßbänder, wie sie Baufirmen früher benutzt hatten, verschiedene Zollstöcke. Eggerath musste eine Vorliebe fürs Messen und Berechnen haben. In der untersten Schublade fand er ein Bündel Papiere: Briefe der Krankenkasse, Formulare für die Steuer, einige Prospekte zu Kunstausstellungen, Rechnungen, Kontoauszüge. Ecki blätterte den schmalen Hefter der Bank aufmerksam durch.

»Übermäßig viel hat er beim Kreis ja nicht verdient.« Ecki blätterte weiter. »Ein paar Überweisungen. Das Honorar für seine nebenberuflichen Gutachten vermutlich. Jeden Monat Abbuchungen vom Fitnessstudio, Strom, Wasser, Gas. Und hier: regelmäßige Zahlungen an eine Firma oder ein Institut mit dem Namen Lebensberatung. Mozartstraße.« Er hielt Frank einen der Auszüge hin.

Frank zückte sein Mobiltelefon und gab die Adresse ein. Das Ergebnis ließ nicht lange auf sich warten. »Schau an, ein Psychologe und Psychotherapeut. Termine nur nach Vereinbarung.«

»Paul Eggerath war also in Behandlung. Wir sollten uns bei dem Seelenklempner mal auf die Couch legen. Bin gespannt, was uns der Doktor über Eggeraths Verhältnis zu Frauen erzählen kann. Ödipus lässt grüßen.«

Frank nickte geistesabwesend. Irgendetwas stimmte nicht in dieser Wohnung. Bis auf das Bett wirkten die Räume nahezu steril. Wie abgezirkelt standen die Möbel zueinander. Wie eine bis ins Kleinste durchdachte Inszenierung. Nichts war dem Zufall überlassen. Ein Sauberkeitsfanatiker mit strengen Ordnungsprinzipien. Nichts in dieser Wohnung war beiläufig oder ohne regelndes Grundmuster. Er fragte sich, ob Eggerath mit Unvorhergesehenem umgehen konnte. Frank trat an den Plan der Arcaden. Das neue Einkaufszentrum würde auf dem Gelände des Schauspielhauses gebaut werden.

In Frank stieg eine Ahnung auf, die ihn unruhig werden ließ. Wie passte Katharina Ungerechts in dieses Bild? Gab es auch von ihr Fotos? War genau das der Grund, warum Eggerath in ihrer Wohnung gewesen war – um sich zu holen, was er dort zurückgelassen hatte und was ihn verraten könnte?

»Die Fahndung muss raus. Lass uns zur Mozartstraße fahren.«

Auf dem Weg änderte Frank seine Meinung und lenkte den Wagen Richtung Zeitungsredaktion. Katharina Ungerechts war ihm nicht aus dem Sinn gegangen.

Sie trafen Liebig auf dem Flur mit einem Becher Kaffee in der Hand.

»Die Polizei im Haus. Das verheißt nichts Gutes.« Justus Liebig bot den beiden Ermittlern mit jovialer Geste seine freie Hand.

Frank übersah die Geste. »Hat Frau Ungerechts sich bei Ihnen gemeldet?«

Liebig warf einen schnellen Blick zu Rehlein, die deutlich angestrengt auf ihren Computerbildschirm sah. »Nein. Heißt das, Sie wissen nicht, wo sie ist? Kommen Sie doch bitte durch in mein Büro. Kaffee? Nein?«

Er räumte zwei Plätze frei und setzte sich. Erwartungsvoll sah er die Kommissare an.

»Wir wissen nicht, wo sie ist. Hat Frau Ungerechts sich vielleicht bei einem ihrer Kollegen gemeldet? Oder bei Ihrer Sekretärin?« Ecki hatte Liebigs Blick bemerkt. Er nahm einen Stuhl und rückte nahe an dessen Schreibtisch heran.

Der Redaktionsleiter schüttelte den Kopf. »Mir hat niemand etwas gesagt. Aber Frau Ungerechts hat auch nicht den engen Kontakt zu den Kollegen, dass sie sich bei ihnen melden würde.« Er griff zum Telefonhörer und rief seine Sekretärin an. »Hat Katharina sich bei dir gemeldet?« Er hörte stirnrunzelnd zu und legte dann auf. »Wie gesagt, auch meine Sekretärin hat keinen Kontakt zu ihr gehabt. Ich weiß nur: Ab und an verabreden sich die beiden auf einen Kaffee oder ein Glas Wein. Aber das letzte Mal ist bestimmt schon Wochen her.« Er faltete die Hände und legte sie auf die Schreibtischplatte. Er musste sich konzentrieren, um nicht seine Genugtuung zu zeigen, inzwischen mehr zu wissen als die Bullen. »Und nun? Was gedenken Sie zu tun?« Er brauchte die Schnüffler nicht mehr. Er hatte seine eigenen Pläne. »Ich mache mir Sorgen. Große Sorgen. Wir brauchen Frau Ungerechts hier in der Redaktion.« Er lächelte jovial. »Sie ist sozusagen unser bestes Pferd im Stall. Und uns wächst die Arbeit über den Kopf. Gute Journalisten gibt es nicht viele auf dem Markt. So schnell finde ich keinen Ersatz.« Dass er gerade mit Anja einen gleichwertigen Ersatz aufbaute, verschwieg er. Anja war das Ass in seinem Bett, das er vorerst nicht ausspielen wollte. Er dachte an den Hintern der blonden Praktikantin. Spurte Ungerechts nicht, würde sie schon merken, dass ihre Zeit abgelaufen war. Anja hatte den unbestreitbaren Vorteil, dass sie nach oben kommen wollte und dafür gerne mit ganzem Körpereinsatz arbeitete. So stellte er sich eine gedeihliche Zusammenarbeit vor. Er musste ein Grinsen unterdrücken. Jetzt galt es, den besorgten Redaktionsleiter zu mimen.

»Das ist doch in Ihrem Beruf sicher seltsam, in Urlaub zu fahren, ohne erreichbar zu sein«, hakte Frank unbeeindruckt nach.

Liebig dachte demonstrativ angestrengt nach. »Ja, Herr Kommissar, das ist mir auch ein Rätsel. Waren Sie schon in ihrer Wohnung? Vielleicht hat sie dort etwas hinterlassen. Fragen Sie die Nachbarn! Sie haben doch Ihre Möglichkeiten, mit Verlaub.« Er beugte sich vor. »Je länger ich darüber nachdenke, umso mysteriöser wird die Sache. Eine Journalistin, die so mir nichts, dir nichts verschwindet. Da ist was faul, wenn Sie mich fragen.« Er ließ sich zurückfallen. »Nicht, dass ihr etwas zugestoßen ist. Nach allem, was passiert ist –«

»Sie meinen, dass ihr Verschwinden mit dem Tod ihrer Freundin zusammenhängt?«

Liebig nickte eifrig. »Man macht sich so seine Gedanken, Herr Kommissar. Als Journalist, vor allem aber als Mensch. Finden Sie Katharina Ungerechts.« Sein Spiel war perfekt! Die beiden hatten keine Ahnung. Er würde einen Teufel tun und den Bullen auf die Nase binden, wo sie Ungerechts suchen mussten. Andererseits würde er schon gerne wissen, warum die beiden so hartnäckig an ihr dranblieben. »Aber vielleicht steckt ja etwas ganz anderes hinter der Sache?«

Ecki überging die Vermutung. Er wurde das Gefühl nicht los, dass Liebig sie an der Nase herumführte. Etwas an dem Verhalten des Redaktionsleiters war nicht sauber. Er würde auf der Hut sein. »Sagt Ihnen der Name Paul Eggerath etwas?«

Daher wehte der Wind also. Die Polizei war hinter Eggerath her. Hätte er sich denken können, so fertig, wie der ausgesehen hatte.

Liebig überlegte und kräuselte dabei die Stirn. »Neee«, sagte er gedehnt und schob »ihr Freund?« hinterher.

»Blond. Statiker beim Kreis Viersen. Keine Ahnung?«

Wenn er jetzt log, konnte er auffliegen. Anja, das Blondchen, hatte ja gezeigt, dass sie unberechenbar sein konnte. Außerdem war da noch Rehlein. Auch nicht gerade die Zuverlässigste, wenn es um Dinge ging, von denen sie besser nichts wusste. Liebig überlegte fieberhaft. Eggerath suchte Katharina, die Bullen ebenfalls, sie kannten Eggerath. Wer weiß, vermutlich ahnten sie auch, dass er hinter ihr her war. Er steckte in einer verfluchten Zwickmühle. Er musste eine Stufe zurück, bevor er aufflog. Besser, er gab den Bullen, was sie wollten. Dann war er sie wieder los. Vorerst zumindest.

»Ja, jetzt, wo Sie es sagen. So ein gestriegelter Bubi? Jetzt bringe ich das Gesicht mit dem Namen wieder zusammen. Der war hier, vor zwei Tagen. Hat sich nach ihr erkundigt.« Er beugte sich erneut vor. »Wenn Sie mich fragen, hat der nicht alle Tassen im Schrank. Da war mal ganz kurz was zwischen ihm und Katharina. Meine ich. Aber wirklich nur ganz kurz. Und nun scheint er seine Niederlage nicht wahrhaben zu wollen.« Liebig grinste. »Katharina ist zwei Nummern zu groß für ihn. Der hat einfach nicht ihre Klasse.«

»Wissen Sie, warum Frau Ungerechts die Beziehung beendet hat?«

Liebig hob bedauernd die Hände. »Wie gesagt, sie ist eine freie Mitarbeiterin.«

»Woher wissen Sie dann von der Affäre?«

Liebigs Grinsen wurde breiter. »Flurfunk.«

Frank nickte. »Soso. Und der Flurfunk sagt nichts über eine neue Beziehung? Sind Sie sicher?«

Was wussten die Bullen wirklich? Justus Liebig trank einen großen Schluck Kaffee, um Zeit zu gewinnen.

»Lassen Sie sich ruhig Zeit. Es ist wichtig.«

»Nicht dass ich wüsste. Nein.« Sollte er von Grünewald erzählen? Er würde abwarten.

»Möglicherweise sagt Ihnen der Name Jens Reiche etwas?«

»Reiche?«

»Jens Reiche.«

»Reiche. Reiche. Bei dem Namen klingelt was. Wohnt der nicht in so einem Edelschuppen am Bunten Garten? Neureich? Der immer und überall Kontakt zu den wirklich Reichen sucht, aber keine Chancen hat?«

Frank nickte aufmunternd.

»Ich habe den Typen ein paarmal bei offiziellen Anlässen gesehen. Macht gerne auf dicke Hose. Brille im gegelten Haar, Dreitagebart, offenes Hemd, Schal. Schmeißt gerne mal einen Schampus und ist mit jedem gleich per Du.« Liebig grinste bei dem Gedanken. »Mindestens drei Nummern zu klein für Katharina. Nee. Die steht nicht auf solche Schaumschläger. Die können noch so viel Kohle haben.«

»Sie scheinen ja doch gut informiert zu sein, was ihre Freien privat so machen.« Ecki nickte freundlich.

Was sollte das? Justus Liebig biss sich auf die Lippen. Er musste auf der Hut sein. Gönnerhaft breitete er die Arme aus. »Ach, wissen Sie, als Chef dieser Redaktion ist man auch so was wie der Kummerkasten. Außerdem quatschen und dramatisieren Journalisten gerne. Wenn da etwas gelaufen wäre, hätte ich es mitbekommen. Ob ich nun gewollt hätte oder nicht.«

»Wo Sie die Arbeit ansprechen. Woran hat Frau Ungerechts zuletzt gearbeitet?« Irgendetwas war faul an Liebig. Erst meldet er sie als vermisst, macht uns Druck. Und dann tut er so, als sei die Sache gar nicht so dramatisch. Und das alles innerhalb von fünf Minuten. Er schob die nächste Frage nach. »Wirklich vermissen tun Sie Frau Ungerechts nicht. Oder?«

»Sie irren sich. Natürlich mache ich mir Sorgen. Ich dachte, das hätte ich schon bei meinem Besuch im Präsidium zum Ausdruck gebracht.« Liebig war irritiert. »Zu Ihrer Frage: Sie hat die Sache mit Simone recherchiert. Soweit Sie das als Ermittlungsbehörde zugelassen haben. Aber das wissen Sie doch schon. Auch dem anderen Mord ist sie nachgegangen.«

»Die klassische Polizeireporterin ist sie aber nicht?«, fragte Frank.

Liebig schüttelte den Kopf. »Lifestyle. Mode und so 'n Kram. Frauenthemen. Das eine oder andere Porträt. Homestorys im Wesentlichen. Darin ist sie echt gut.«

»Homestorys?« Ecki hatte für diese Art Berichterstattung wenig übrig. Königshäuser und ihre kleinen und großen Dramen waren etwas für Marion, ihm waren sie völlig egal.

»Interessante Menschen. Ungewöhnliche Gesichter. Neue Geschichten. Unterhaltung im besten Sinn. Der große Trend bei den Zeitungen. Unsere Leser wollen das. Katharina hat ein viel beachtetes Porträt über Moritz Grünewald geschrieben. Die Kollegen in der Hauptredaktion waren hellauf begeistert.« Hätte er Grünewald nicht doch unterschlagen sollen? Liebig hoffte, dass sie seine beiläufige Antwort als solche nahmen.

»Moritz Grünewald? Und was ist so interessant an ihm? Ich kenne den Mann nicht«, fragte Ecki.

»Kultiviert, gebildet. Ein Dandy alter Schule, würde ich mal sagen. So jemanden gibt es heute kaum noch. Immer im Anzug, Einstecktuch passend zur Krawatte. Ein Gentleman par excellence, wie man so schön sagt. Und immer mit Hut unterwegs. Völlig skurril. Nicht mehr ganz taufrisch, aber charmant und für sein Alter überaus gut aussehend. Aus einer vermögenden Familie. Alter Textiladel.« Er trank seinen Becher leer. »Nicht doch einen Kaffee?«

Frank schüttelte den Kopf. »Können Sie uns bitte die entsprechende Ausgabe heraussuchen? Und auch gleich dem Kollegen ins Präsidium mailen?« Er ließ sich einen Zettel geben und notierte Paulerts Adresse.

Liebig griff zum Hörer. Auch das noch. »Ja. Such mir bitte die Story über Grünewald raus. Was? Ja. Grünewald. Du weißt schon.« Er sah Ecki an. »Kommt gleich.« Er überlegte, wie er weiter vorgehen sollte. Vielleicht ließen sich die Bullen doch noch eine Information entlocken. Katharina und Grünewald. Er musste nachdenken. »Darf ich Sie etwas fragen?«

»Nur zu.«

»Vielleicht kommt jetzt der Journalist in mir durch. Aber ich frage mich, warum Sie solch ein großes Interesse an Frau Ungerechts haben. Gibt es irgendetwas, was ich wissen sollte? Ich meine, als Journalist oder als ihr Arbeitgeber?«

»Wir haben lediglich ein paar Fragen an sie.«

Er hätte sich die Antwort denken können. Bevor Liebig etwas sagen konnte, ging die Tür auf, und Rehlein legte ihm die angeforderten Texte vor. Im Hinausgehen warf sie im Rücken der beiden Polizeibeamten Liebig einen fragenden Blick zu, der aber unbeantwortet blieb.

Er reichte die Zeitungsausgaben weiter. »Kann ich sonst noch etwas für Sie tun?«

Statt zu antworten, stand Ecki auf und warf einen Blick auf die Zeitungsseiten, die an eine Wand des Büros geheftet waren.

»Unser Aufmacher morgen ist der Herbst und die damit verbundenen Probleme: Laub, Erkältung, Lichtcheck für die Autos. Eigentlich nichts Aufregendes, Herr Kommissar.« Liebig machte Eckis Interesse nervös.

Nachdem sie sich verabschiedet hatten und in Richtung Parkplatz gingen, blätterte Frank die Seiten, die Liebigs Sekretärin ihnen mitgegeben hatte, erst auf und dann wieder zu. »Die Story kann warten. Ruf Paulert an. Er soll uns alle Informationen über diesen Grünewald beschaffen. Und wir fahren jetzt zu diesem Psychologen.«

Auf der kurzen Fahrt von der *Rheinischen Allgemeinen* bis zur Mozartstraße schwiegen beide.

Obwohl sie mehrfach klingelten, rührte sich im Inneren der Jugendstilvilla nichts. Ecki fiel auf, dass das Messingschild am Eingang schon länger nicht geputzt worden war.

»Wenn Dr. Corsten gerade Patienten hat, will er sicher nicht gestört werden.« Ecki schlug den Kragen seiner Jacke hoch und sah die Straße entlang, in der der Wind Laub vor sich hertrieb. »Es wird immer ungemütlicher.«

»Mag sein. Aber vielleicht ist er auch unterwegs. Urlaub, Kongress. Was auch immer.«

Ecki ließ Frank stehen, um am Nachbarhaus sein Glück zu versuchen. Aber auch dort öffnete niemand. Missmutig trottete er zurück. »Niemand da.«

Sie versuchten es noch an mehreren Haustüren. Überall das gleiche Ergebnis. Entweder hatte man sie beobachtet und hielt sie für zu suspekt, um ihnen zu öffnen, oder die Bewohner waren unterwegs zu ihren Reitställen, Golfplätzen oder ihrem Arbeitsplatz in einer Bank oder Arztpraxis.

Schließlich steuerte Frank auf ihren Wagen zu. »Wir kommen später wieder. Irgendwann werden sie uns öffnen müssen.«

Sie waren kaum im Präsidium, als Paulert in ihr Büro kam.

»Ich muss euch enttäuschen.« Er machte ein bekümmertes Gesicht. »Moritz Grünewald ist ein unbeschriebenes Blatt. Nicht einmal ein Knöllchen wegen Falschparken, geschweige denn Punkte in Flensburg.«

Frank hängte seine Jacke auf und füllte den Glasballon der Kaffeemaschine mit Wasser. »Das ist in der Tat nicht viel.«

»Die Texte der Ungerechts sind gut recherchiert. Zumindest was die nachprüfbaren Fakten betrifft. Habt ihr auch einen Kaffee für mich?«

Frank nickte. »Dann erzähl mal.«

Ulf Paulert setzte sich. »Grünewald ist Spross einer Fabrikantendynastie. Textil. Vater und Großvater waren mit allen wichtigen Politikern, Privatbankiers und den anderen Textilbaronen verbandelt. Im Zuge der Rezession hat Grünewald junior die übrig gebliebenen Firmenanteile verkauft und ist seither Privatier. Ein Gentleman alter Schule. Ausbildung in England und Amerika. Sogar ein paar Semester in Paris an der Sorbonne. Grünewald hatte von Anfang an wenig Interesse daran, in die Fußstapfen seiner Vorfahren zu treten. So gesehen war er das schwarze Schaf der Familie.« Der Fahnder blätterte in seinem Notizbuch. »Witwer. Keine Frauengeschichten, soweit bekannt. Auch keine Männergeschichten. Keine Skandale. Ganz im Gegenteil. Schon früh den schönen Künsten zugetan. Malerei, Plastiken. Ohne Wissen seiner Eltern hat er neben dem von ihm als eher lästig empfundenen Studium der Textil- und Betriebswirtschaft Malerei, Psychologie und Philosophie studiert. Praktiziert hat er, soweit ich weiß, nicht. Aber das prüfe ich noch nach.« Paulert sah von seinen Aufzeichnungen auf. »Wenn ihr mich fragt, ist Moritz Grünewald das typische Exemplar der Sorte ›von Beruf Sohn‹. Einzelkind und irgendwie der Letzte seiner Sippe.«

Ecki saß bereits an seinem Schreibtisch und blätterte durch die Papiere, die er aus dem Korb für die Eingänge gezogen hatte. »Klingt nach einer Menge Müßiggang. Der Mann muss unendlich viel Zeit haben. Für mich wäre das nichts: Kohle, aber kein Job. Das muss ja so was von langweilig sein. Engagiert Grünewald sich ersatzweise wenigstens in sozialen Projekten?«

»Ich habe bisher nix finden können. Er war mal im Gespräch für einen Vorstandsposten beim Kinderschutzbund. Daraus ist aber nichts geworden.«

»Ich denke, dass wir den Müßiggänger mal besuchen sollten. Wenn er so ein Feingeist ist mit viel Zeit, hat er sich unter Umständen näher mit Ungerechts beschäftigt.« Frank schaltete die Kaffeemaschine ein. Eigentlich sollte er nicht so viel Kaffee trinken. Das machte ihn nur noch nervöser.

»Gut möglich.« Paulert hob unschlüssig die Schultern. »So, wie die Journalistin über Grünewald schreibt, hat es für mich ein wenig den Touch von: Junge Frau erliegt dem Charme des erfahrenen Mannes.«

»Aha. Und warum guckst du mich jetzt so an?«

Der Fahnder zuckte mit den Schultern und schwieg.

»Lass gut sein, so groß ist der Altersunterschied zwischen Lisa und mir nun auch nicht.«

»Ulf hat gar nicht mal so unrecht, Frank. Kann doch sein, dass die beiden mehr Privates ausgetauscht haben, als zwischen Journalist und Interviewpartner üblich ist.«

»Du meinst, die beiden sind zusammen ins Bett gegangen?«

»Quatsch. Andererseits – nee. Aber vielleicht hat sie ihm von ihren Plänen erzählt. Wo sie hin ist. Was sie vorhat. Wir sollten ihn fragen. Vielleicht hat Grünewald eine Idee, wo sie steckt.« Ecki packte den Stapel Eingänge in den Korb zurück. »Nur Laumen-Müll.«

»Ich kann ihn ja mal anrufen.« Frank war wenig überzeugt. »Ich konzentriere mich jetzt noch mal auf Eggerath, besonders nach der Attacke auf die alte Frau.« Er griff zum Telefonhörer und erkundigte sich auf der Leitstelle, ob schon Hinweise auf den Aufenthaltsort von Paul Eggerath eingegangen waren.

»Siehst du, Eggerath ist abgetaucht. Wir werden noch an den Grenzen nachfragen. Fluggesellschaften. Schifffahrtslinien, das ganze Programm.« Frank legte den Hörer zurück in die Ladestation.

Ecki seufzte. »Das kann dauern.«

»Je eher wir anfangen, umso eher haben wir seine Spur.« Frank griff zur Telefonliste mit den wichtigsten Rufnummern. Er konnte nur hoffen, dass ihre mühsame »Fußarbeit« Erfolg haben würde.

Es dauerte bis zum Abend, bis sich genau dieser Erfolg einstellte. Ecki war bereits zu seiner Familie unterwegs, und Frank stand gerade am Fenster und betrachtete gedankenverloren den Feierabendverkehr, der sich wie ein zäher Lavastrom zwischen den Stadtteilen bewegte, als das Telefon klingelte. Es war Paulert, der die Nachricht überbrachte.

»Eggerath hat auf einer Raststätte an der A 7 Richtung Süden getankt, irgendwo bei Ulm. Zumindest sagt uns das die Abbuchung seiner EC-Karte. Entweder wollte er bei Füssen nach Österreich, oder er hält sich irgendwo im Allgäu auf, wenn er nicht von der A 7 auf die Autobahn nach München gewechselt ist.«

»Hm.« Frank machte sich eine Notiz. »Wenn er nach München gewollt hätte, hätte er auch anders fahren können.«

»Stimmt auch wieder.«

»Danke für die Info. Trotzdem Mist.«

»Lass uns sein Handy checken. Dann haben wir ihn doch.«

»Hast recht. Ich kümmere mich sofort.«

Nachdem Frank mit Bittner gesprochen hatte, der noch im Spätdienst saß und über seinen Anruf nicht gerade erfreut gewesen war, fuhr Frank nach Hause. Für diesen Tag hatte er genug gesehen und gehört. Außerdem waren ihm vorerst die Hände gebunden. Wenn Eggerath tatsächlich irgendwo im Süden der Republik unterwegs war, würde bis zu seiner Vorladung noch einige Zeit vergehen.

Als er die Wohnungstür aufschloss, hörte er seine Freundin in der Küche hantieren. Wie gut, dass sie nur für ein paar Tage weg war, dachte er beim Duft von Bratkartoffeln, der bis in den Flur gezogen war. Augenblicklich bekam er Hunger.

»Hm, ich liebe dich und deine Bratkartoffeln.« Frank legte seinen Arm um sie. »Du hättest keine Sekunde länger aus der Stadt fort sein dürfen. Aber wollten wir nicht Sushi essen?«

Lisa befreite sich aus seiner Umarmung. »Vorsicht. Heiß und fettig. Keine Sorge, du bekommst schon noch dein Sushi. Heute Abend. Wie sagt Schrievers doch immer so schön: Das Schnitzel ist das Sushi des Niederrheiners.« Sie wollte Frank liebevoll beiseiteschieben, aber sein Blick ließ sie innehalten. »Geht es dir nicht gut?«

»Ich bin müde und habe Hunger.« Er griff nach ihr, aber sie entzog sich ihm. »Na ja, es ist halt wie immer.«

Während sie weiter das Essen vorbereitete, erzählte Frank Lisa von den jüngsten Entwicklungen.

»Und dieser Mann mit Hut interessiert euch jetzt?« Lisa leckte ihre Fingerspitze ab, die sie in die Salatsoße gesteckt hatte. Sie musste lachen. »Mann mit Hut. Das erinnert mich an die Puppenkiste-Geschichte ›Katze mit Hut‹. Was soll der euch über die Journalistin erzählen können?«

»Genau darum geht es. Niemand weiß, wo sie steckt. Auch in ihrer Redaktion weiß niemand Bescheid. Man macht sich dort Sorgen. Obwohl«, er unterbrach sich, »wenn ich es mir recht überlege, habe ich eher den Eindruck, dass man dort mehr weiß, als man uns über sie erzählen will.«

»Warum wartet ihr nicht einfach, bis sie zurück ist?«

»Ich mache mir eben Sorgen. Irgendwo da draußen läuft ein kranker Frauenmörder herum; die erste Tote war eine Freundin von ihr. Nun ist sie verschwunden. Und dann ist da noch dieser Eggerath, der in ihre Wohnung eingedrungen ist, dabei eine Frau schwer verletzt hat und nun abgetaucht ist.«

»Du hältst ihn für den Täter?« Lisa füllte die Teller und stellte sie auf den Tisch.

Frank setzte sich. »Eggerath verhält sich mehr als verdächtig.« Er seufzte. »Hm. Riecht das gut. Komm, lass uns die kranken Hirne dieser Zeit vergessen. Dieser Abend gehört allein uns. Uns und diesem Gedicht von einem Schnitzel.«

»Noch einen Kaffee?«

»Gerne.«

Monika Läufle gab der Kellnerin einen Wink.

Sie saßen schon eine ganze Weile im *Burgcafé* und genossen ihren Kuchen. Backen können sie im Allgäu, dachte Katharina und aß das letzte Stückchen der »Himmlischen«. Auf dem Weg nach Werdenstein hatten sie viel gelacht. Monika hatte diesmal von den Märchen und Sagen erzählt, die es im Allgäu gab. Die »Venedigermännle« hatten es Katherina besonders angetan. Sie hatten angeblich in den Bergen nach wertvollen Erzen gesucht und große Geheimnisse um ihre Arbeit gemacht. So wollten es jedenfalls die Geschichten. Wenn es denn stimmte, war das Allgäu voll von ihren Höhlen.

»Ich könnte glatt kündigen und mich hier niederlassen.« Katharina streckte ihre Füße aus, sah hinaus in den Regen und ließ ihren Blick zufrieden über die Weiden schweifen, die bis an den Burgberg heranreichten.

»Das Allgäu hat etwas Magisches. Man muss nur achtgeben, dass man den Blick für die Wirklichkeit nicht verliert. Aber das habe ich dir ja schon gesagt.« Monikas Augen wurden unversehens dunkel. »Du solltest im Winter hier sein. Dann ist es bei uns besonders herrlich.«

»Du klingst gerade aber ganz anders. Woran denkst du, wenn ich das fragen darf. Etwas Unangenehmes?«

Sie lachte. »Nein, nein. Es ist alles gut. Ich fühle mich wirklich gut.« Wie zum Beweis hob sie ihre Tasse und trank einen Schluck. Dabei blinzelte sie Katharina lächelnd zu. »Es ist schön, dass wir uns begegnet sind.«

»Danke, gleichfalls.« Etwas an Monikas Verhalten war anders. Etwas, das sie nicht greifen konnte. Ihre Unterhaltung war unversehens ins Stocken geraten. »Wie hast du Moritz eigentlich kennengelernt?«, fragte Katharina schließlich.

»Das ist eine lange Geschichte. Oder auch nicht. Eines Tages ist ein Mann in meinen Laden gekommen und hat sich nach einer kleinen barocken Holzplastik erkundigt, die er durch das Fenster auf einem Tisch neben der Kasse stehen gesehen hatte. Das war Moritz. Die Figur stammte aus einem Bauernhaus im Oberallgäu und war erst wenige Tage in meinem Besitz. Ich habe sie ihm nicht verkaufen wollen, weil ich noch zu wenig über sie wusste. Ich war mir nicht sicher, wie wertvoll sie ist, aus welcher Werkstatt sie stammt. Moritz haben wohl die Proportionen der Bauernmadonna fasziniert. Für ihn war der unbekannte Bildhauer ein Meister in der Tradition eines Tilman Riemenschneiders.« Sie hielt inne und fuhr sich über die Augen, bevor sie weitersprach. »Wir haben uns lange unterhalten. Über die Schönheit des Körpers und all die anderen Dinge, über die man in der Kunst spricht. Wie gesagt, ich habe ihm die Plastik nicht verkauft. Moritz ist dann jeden Tag in meinen Laden gekommen, und wir haben geredet. Am Ende habe ich nicht die barocke Figur, sondern mich an ihn verkauft.« Sie nickte bei dem Gedanken und lachte auf. »Ja, ich hatte mich in ihn verliebt. In seine unergründlichen blauen Augen, in seine feinen Hände, in seine atemberaubende Kultiviertheit.« Sie lachte erneut auf. Es war kein unbeschwertes Lachen. »Sogar in seinen Hut habe ich mich verliebt. Es hat lange gedauert, bis ich seine wahres Ich durchschaut habe: seine Besessenheit, was die Bildhauerei betrifft, die exzessive Liebe zu einzelnen Körperteilen.« Ihre Augen verengten sich. »Irgendwann hat er mir gestanden, dass er nur einen Teil an mir liebte. Allerdings so sehr, dass er mich unbedingt besitzen wollte. Das hat er genau so gesagt: Dass er mich besitzen wollte. Nur meiner Grübchen an den Mundwinkeln wegen! Kannst du dir das vorstellen? Dieser Mann ist großartig charmant, aber er ist wie besessen von der Anatomie des menschlichen Körpers! Anders kann ich das nicht erklären.« Sie legte ihre Hand auf Katharinas Arm. »Ich weiß nur so viel: Nimm dich vor ihm in Acht.«

»Warum sagst du das?« Katharina zog ihre Hand weg, als habe sie sich gerade an einer heißen Herdplatte verbrannt.

Katharinas Reaktion quittierte Monika Läufle mit einer hochgezogenen Augenbraue. »Weil ich dich mag. Und weil ich nicht will, dass du den gleichen Fehler machst, den ich um ein Haar begangen hätte.«

»Wie meinst du das?« Katharinas Kopf schwirrte von all den Gedanken, die Monikas Worte in ihr ausgelöst hatten. Sich vor Moritz in Acht nehmen? Warum? Ihr kam seine Reaktion wieder in den Sinn, als sie ihm von Monika erzählt hatte. Warum hatte er erst nicht gewollt, dass sie sich weiterhin mit ihr traf?

»Versteh mich nicht falsch, ich mag Moritz immer noch. Aber ich wage mich nicht mehr in seine Nähe. Wie soll ich das sagen? Er ist das Feuer, das mich verbrennen würde. Er hat eine unwiderstehliche Art, Menschen für sich zu interessieren. Dabei manipuliert er sie, ohne dass sie es merken. Moritz ist ausschließlich an sich interessiert und an den Vorteilen, die er aus Begegnungen ziehen kann. Und«, sie beugte sich vor, »das kann gefährlich werden.«

Warum sprach sie im Zusammenhang mit Moritz von Gefahr? Unsinn. Das konnte nicht sein. Er war doch der liebenswerteste Mensch auf Erden. Doch keine Gefahr! Seine Gegenwart war im Gegenteil eine Bereicherung für sie. Das hatte Katharina bisher bei keinem anderen Mann gespürt: Dass zwei Menschen sich ergänzen. Undenkbar, dass Moritz sich dermaßen verstellen konnte.

»Ich sehe dir an, dass du mich nicht verstehst. Aber mehr kann ich nicht dazu sagen. Katharina«, Monika war versucht, erneut ihre Hand auf Katharinas Arm zu legen, »sei auf der Hut vor dem Mann mit Hut. Sonst –« Sie ließ den Satz und die damit verbundene Spekulation in der Luft hängen.

»Sonst was? Ergeht es mir schlecht? Warum erzählst du mir das alles?« Der nächste Gedanke ließ sie erschaudern. »Du willst mich von ihm fernhalten – um ihn für dich zu haben!«

»Glaubst du das wirklich?« Monika lachte so laut und so abfällig, dass sich die übrigen Gäste zu ihnen umdrehten. »Meine Liebe, du verstehst nichts! Moritz will dich besitzen, um dich wie ein Kunstobjekt betrachten zu können! Er sieht in dir nicht die Katharina aus Fleisch und Blut! Er sieht in dir eine Skulptur, die er wie ein Bildhauer nach seinem Belieben formen kann. Das ist gefährlich, Katharina. Du wirst ihm nicht entkommen, wenn du dich ihm hingibst. Du verlierst deine Identität, und das ist das Ende deiner Existenz. Glaube mir.«

Aus der noch zarten Freundschaft war mit einem Mal Rivalität geworden, die Katharina wehtat.

»Du sitzt hier und erzählst Dinge, die mir Angst machen. Warum tust du das? Ich habe gedacht, wir könnten Freundinnen werden. Und dann tischst du mir solche Geschichten auf. Das sind doch nur Behauptungen von dir. Für mich ist Moritz der Mann, auf den ich all die Jahre gewartet habe! Da habe ich absolut keinen Zweifel.«

Katharina war entschlossen, Moritz um jeden Preis zu verteidigen. Aber sollte sie wirklich keinen Zweifel haben? Was war mit jener Nacht vor drei Tagen, unten am See? In Katharina regten sich Gedanken, die sie nicht verdrängen konnte. Und das war allein Monikas Schuld. Sie und ihre wirren Geschichten! »Du willst Moritz nur für dich haben. Für dich und dein Bett!«

Monika Läufle schloss die Augen und schüttelte langsam den Kopf. »Es tut zu weh, um darüber zu reden. Glaube mir einfach. Dein Moritz ist ein Besessener! Nichts kann ihn aufhalten, wenn er sich einmal zu etwas entschlossen hat. Selbst die Liebe zu ihm nicht. Ich sage es noch einmal: Gib acht auf dein Leben. Mehr kann ich nicht tun.«

Katharina ballte ihre Hände. Nur langsam kam sie wieder zu einem klaren Gedanken. »Warum tust du das?«

»Weil ich dich mag, und weil ich dir helfen will.«

Katharina packte Monikas Hand. »Sag mir, was passieren kann. Das bist du mir jetzt schuldig. Los.« Erschrocken über ihren heftigen Ton und ihren harten Griff, ließ sie los. »Entschuldige. Aber ich kann diese Geschichte nicht glauben.«

»Haben Sie noch einen Wunsch?«

Irritiert hoben die beiden den Kopf und verneinten. Sie hatten die Kellnerin nicht kommen sehen.

Katharina musste an die langen und so intensiven Gespräche denken, die sie mit Moritz geführt hatte. Und dieser Moritz sollte sein wahres Gesicht vor ihr verbergen? Ein Gedanke, der ihr immer noch als völlig absurd erschien. Aber jetzt stand er im Raum wie eine Hürde, über die sie nicht hinüberkonnte.

Hatte Moritz ihr nicht alles über sich und aus seinem Leben erzählt? Die Nächte mit ihm gingen ihr durch den Kopf, seine Zärtlichkeit, seine unbedingte Nähe und Aufmerksamkeit. Das sollte er alles aus einem einzigen Grund tun? Sie musste Klarheit haben! Um sie herum schien stetig alles von ihr abzurücken: der Raum, die Berge, dieser Nachmittag, ihre Gedanken, Monika. Sie meinte zu schweben. Ein Zustand, der nichts Gutes verhieß. Sie bekam mit einem Mal keine Luft mehr.

»Hat das Ganze nicht doch mit dir zu tun? Hattest du ein Verhältnis mit Moritz? Bitte sag mir die Wahrheit. Ich könnte es sogar verstehen.«

Monika lachte ein brüchiges Lachen. Dann sah sie Katharina direkt in die Augen. »Nein. Ich hatte kein Verhältnis mit ihm. Ich habe anfangs daran gedacht, ja. Aber ich habe schnell erkannt, dass ich mich schützen muss.« Sie sah hinüber zu den Bergen, als spielten dort draußen die Szenen ihrer Erinnerung.

»Kennst du Frauen, die Moritz vorher hatte?«, flüsterte Katharina. Die Mauern des Cafés hatten sich eng um sie gezogen und drohten, sie jeden Augenblick zu erdrücken.

Monika schwieg eine Weile, bevor sie antwortete. »Es hat Frauen in seinem Leben gegeben. Das hat er angedeutet.«

»Angedeutet«, echote Katharina. Ihr hatte Moritz gesagt, dass schon viele Jahre Frauen in seinem Leben keine Rolle mehr gespielt hatten. Sehr dehnbare Begriffe: Jahre, keine Rolle gespielt. In ihrem Kopf wogten die Gedanken wie Baumkronen, in denen der Herbststurm tobte. Von einer Sekunde zur nächsten war ihre Welt eingestürzt. Sie meinte, auf einem Trümmerberg zu stehen, ohne zu wissen, wie sie dort hingekommen war.

Moritz. Sie musste zu ihm. »Bitte, lass uns gehen.« Sie stand abrupt auf.

Monika nickte. »Ich verstehe dich gut.« Sie ließ offen, was genau sie damit meinte.

Katharina schwieg während der Rückfahrt in Monikas Auto. Erst kurz vor Moosbach fasste sie sich wieder. Sie wollte Monika nicht wiedersehen. Sie brachte nur Unglück.

Rund sechshundert Kilometer vom *Burgcafé* entfernt, Richtung Norden, stand Ecki nun schon zum wiederholten Mal vor dem Haus des Psychologen. Und zum wiederholten Mal öffnete niemand. Dafür regte sich auf dem angrenzenden Grundstück etwas.

»Da ist niemand.«

Ecki drehte den Kopf. In der Garageneinfahrt stand eine

junge Frau in Jeans und Gummistiefeln. Ihre Hände steckten in groben Handschuhen und hielten eine Schubkarre voll mit Laub.

»Schon länger nicht?« Ecki kam der schlanken Frau, die ihr dunkles Haar praktisch nach hinten gesteckt hatte, ein paar Schritte entgegen.

»Die Praxis ist geschlossen. Wenn Sie einen Termin wollen, müssen Sie sich gedulden.« Ihre dunkelbraunen Augen sahen ihn prüfend an.

Hübsch, dachte Ecki und lächelte. »Nein. Ich brauche keinen Seelendoktor.« Er zückte seinen Dienstausweis. »Ich habe lediglich ein paar Fragen an den guten Mann.«

Die Frau runzelte die Stirn. »Seelendoktor: Das klingt reichlich abwertend. Dr. Corsten ist eine Koryphäe. Was würden Sie sagen, wenn man Sie bloß Bulle nennen würde?«

Mit so viel Vehemenz hatte Ecki nicht gerechnet. Er fühlte sich mit einem Mal längst nicht mehr so selbstsicher wie beim ersten Anblick der jungen Frau.

»Oh, diese Bezeichnung ist mir nicht fremd. Ich wollte Ihnen, also Herrn Corsten, nicht zu nahe treten. Tut mir leid.« Warum verteidige ich mich jetzt?, ärgerte Ecki sich.

»Dr. Corsten«, sie betonte den Titel »Doktor« deutlich, »hat sich auf den Weg gemacht. Er will zu sich selbst finden, hat er uns erzählt. Er ist unterwegs – auf dem Jakobsweg.«

»Wann erwarten Sie ihn zurück?«

Die Nachbarin stellte die Schubkarre ab. »Was wollen Sie denn von Dr. Corsten, wenn ich fragen darf?«

»Wir haben ein paar Fragen an ihn.« Er räusperte sich. »Wollen Sie mir nicht sagen, wann er zurück ist?«

Die Dunkelhaarige schüttelte den Kopf. »Er hat sich keinen Termin gesetzt. Wir haben Hans, also Dr. Corsten, versprochen, dass wir uns um Haus und Garten kümmern.« Sie hob die Karre wieder an. »Mehr kann ich Ihnen nicht sagen.« Grußlos drehte sie sich um und verschwand in ihrer Garage.

Hübsch, aber kratzig, dachte Ecki und machte missmutig

kehrt. Sie hatte ihn behandelt wie einen lästigen Eindringling in ihre wohlgeordnete Welt. Nachdenklich fuhr er ins Präsidium zurück. Sie würden schon noch an die Informationen über Paul Eggerath kommen. Dr. Corsten hatte sicher eine Vertretung.

»Corsten findet sich gerade selbst. Er ist auf dem Jakobsweg.« Ecki lehnte den Becher Kaffee ab, den Frank ihm hinhielt. »Wir sollten ihn suchen lassen.«

»Der kann überall sein. Wo anfangen?« Frank stellte den Becher auf Eckis Schreibtisch und setzte sich. Wie er seinen Freund kannte, würde er ihn schon noch trinken.

»Was ist los?« Ecki hatte schon beim Betreten ihres Büros das Gefühl gehabt, dass Frank Neuigkeiten hatte.

»Ich hatte Besuch von einem Arzt aus den Städtischen Kliniken. Auch er vermisst Ungerechts.«

»Aha.«

»Ole Olsen. Ein junger Arzt im praktischen Jahr.«

»Langsam wird mir die Dame suspekt. Alle Welt sucht sie. Es wird Zeit, dass wir ihr Handy orten lassen. Was meinst du?«

»Frag unsere Staatsanwältin. Ich fürchte, dass wir nicht genug Argumente für eine Ortung haben. Kann sein, dass wir das Ganze dramatisieren und es eine einfache Erklärung gibt. Denk nur daran, wie viele Menschen für eine Zeit von der Bildfläche verschwinden, um ihre Ruhe zu haben. Von ihrem Job, ihrem Lover, dem Ehemann oder einfach nur von sich selbst.«

»Das hätte ich nicht besser sagen können.« Ulf Paulert kam zur Tür herein. »Störe ich?« Ungefragt steuerte er auf einen Stuhl zu. »Der Weg zu euch wird auch immer weiter.«

»Das solltest du mal dem Vertrauensarzt erzählen.« Ecki wunderte sich. Paulert gehörte eher zu den fitten Kollegen, trotz seiner schweren Schussverletzung, an der er lange Zeit laboriert hatte.

Paulert winkte ab. »War 'n Scherz. Ich habe mich gestern beim Holzhacken wohl etwas zu sehr ins Zeug gelegt. Na ja. Selber schuld. Aber vor dem Winter muss es trocken liegen.«

»Und das wolltest du uns mitteilen?«

»Nee. Ich habe mal ein bisschen recherchiert. Dr. Corsten.

Wollte mal wissen, welches Spezialgebiet der Mann hat. Viel habe ich nicht herausbekommen. Er wohnt schon lange in der Mozartstraße. Sehr vermögend, sehr gebildet. Ein Feingeist erster Güte. Sitzt in den üblichen Gremien seiner Zunft. Hat sich mit der Aufarbeitung von Panikstörungen, sozialen Ängsten, Depression, Phobien und Selbstunsicherheit einen Namen gemacht. So heißt es in den verschiedenen Netzwerken. Und auf der Homepage der Deutschen Psychotherapeutischen Gesellschaft. Ich habe dann mal ein paar Kollegen von Corsten kontaktiert. Sie haben seinen Ruf bestätigt. Ein bisschen verschroben sei er, meinen sie. Aber das ist in dem Job ja nicht unbedingt selten oder von Nachteil.«

»Sagt alles nichts.« Frank drehte den Becher in der Hand.

»Das habe ich auch nicht erwartet. Ich habe hier die Handynummer von Corsten.« Der Fahnder zog einen Zettel aus seiner Hemdtasche und reichte ihn Ecki. »Allerdings ist das Handy ausgeschaltet. Aber irgendwann muss auch mal ein Pilger auf dem Weg zur Erleuchtung telefonieren.«

»Wo du schon mal hier bist, Frank hat Besuch von einem Arzt gehabt. Ole Olsen. Schau doch mal, ob du zu ihm etwas findest. Auch er sucht Katharina Ungerechts.«

»Angeblich ist er ihr Freund. Überprüf das doch mal in den Städtischen Kliniken. Du kennst da doch eine Menge Ärzte. Die gucken sicher auch gleich nach, ob das Hacken größere Schäden bei dir hinterlassen hat.«

Paulert ließ Franks Bemerkung unkommentiert und ging.

Frank sah auf seine Armbanduhr. »Lass uns zu Grünewald fahren. Vielleicht hilft er uns beim Stochern im Nebel.«

»Dein Sarkasmus und deine Ironie sind kaum zu toppen.«

Frank nahm seine Jacke vom Haken. »Nun komm schon.«

Moritz Grünewald bewohnte ein Haus in einem der besseren Wohnviertel in einer Seitenstraße unweit des Stadtparks. Die Jugendstilvilla lag inmitten eines umzäunten Gartens, der das Haus großzügig umgab. Das große Tor stand offen.

»Man muss auch mal Glück haben. Scheint jemand zu Hause

zu sein.« Ecki folgte Frank zur Eingangstreppe, die das alte Haus erst recht herrschaftlich erscheinen ließ. Als sie klingelten, hörten sie die Klangfolge von Big Ben.

Ecki verzog anerkennend die Mundwinkel. »Standesgemäß. Bin gespannt, was Seine Lordschaft uns zu bieten hat.«

Frank mustere die Blumenranken aus Stuck, die sich um die Fenster wanden und der Villa die Leichtigkeit gaben, die den Architekturstil so berühmt gemachte hatte. »Ganz meine Kragenweite.«

Im Inneren des Hauses blieb es ruhig.

»Vielleicht ist er im Garten.« Frank stieg die Stufen wieder hinunter und umrundete mit Ecki das Haus. Am Ende des Gartens konnten sie eine Gestalt erkennen, die vor einem schmiedeeisernen Pavillon mit einem großen Rechen arbeitete.

»Herr Grünewald?«

Der Mann fuhr erschrocken herum. Dabei fasste er den Stiel seines Rechens fester. »Wer sind Sie, und was wollen Sie?« Er sah argwöhnisch von Ecki zu Frank. »Sie befinden sich auf privatem Terrain. Bitte gehen Sie.«

Der Typ sagt doch tatsächlich »Terrain«, dachte Frank und betrachtete amüsiert die grüne Gartenschürze und den Strohhut. Frank stellte sich und Ecki vor. »Darf ich fragen, wer Sie sind?«

»Hans Schäfers. Der Gärtner. Ich bin der Mann für Haus und Garten, um genau zu sein.« Sein misstrauischer Blick blieb.

»Wir würden gerne mit Herrn Grünewald sprechen.«

»Herr Grünewald ist nicht zugegen. Er ist verreist.«

»Verreist?«

»Ja. Wie immer zu dieser Jahreszeit.«

»Wann ist er zurück?« Ecki warf einen Blick auf den zusammengerechten Haufen Laub. Er würde bald damit beginnen müssen, seinen eigenen Garten winterfest zu machen.

»Oh, das weiß man bei Herrn Grünewald nie.«

»Aber Sie müssen doch wissen, wann er wieder da ist?«

Der Gärtner lehnte den Rechen gegen das Gestänge des Pavillons und wischte seine Hände an der Schürze ab. »Warum?«

Ecki verblüffte die Gegenfrage. »Na, Sie müssen doch wissen, als Mann für Garten und Haus, wann die Heizung wieder angedreht oder der Kühlschrank gefüllt sein muss. Oder erledigt das jemand anderes?«

Schäfers schüttelte den Kopf. »Herr Grünewald zieht es vor, alleine zu leben.«

»Können Sie das ein wenig näher erklären?« Ecki konnte mit dem vornehmen Getue des Gärtners nichts anfangen.

»Es ist, wie ich gesagt habe. Herr Grünewald zieht es vor, alleine zu leben.«

»Er sagt Ihnen nie, wohin er geht und wann er kommt?«

»Eigentlich nie. Diesmal ist er allerdings in Begleitung. Ausnahmsweise.« Der Gärtner ließ nicht erkennen, wie er die Abkehr seines Chefs von der Gewohnheit bewertete.

»Begleitung?« Komm endlich zur Sache, dachte Ecki.

Der Gärtner sah erneut von einem zum anderen. »Das ist Privatangelegenheit von Herrn Grünewald. Und es steht mir nicht zu, mit Fremden über ihn zu plaudern.«

Frank wollte der formellen Begegnung am Gartenhaus ein Ende machen. »Können wir nicht ins Haus gehen? Ich habe noch eine ganze Reihe Fragen an Sie.«

Schäfers runzelte die Stirn und wollte etwas sagen, unterbrach sich dann aber und zeigte wortlos auf die offene Terrassentür. Bevor sie das großzügige Wohnzimmer betraten, zog Schäfers seine Schuhe aus. Abwartend blieb er stehen.

Frank und Ecki ignorierten die unausgesprochene Aufforderung, es dem Gärtner gleichzutun, und gingen bis zur Mitte des Raums.

»Darf ich Ihnen einen Tee anbieten?« Schäfers' säuerliche Miene ließ keinen Zweifel daran, was er über das ungehobelte Verhalten der beiden Polizeibeamten dachte.

»Aber gerne«, antwortete Frank betont freundlich.

Während der Gärtner auf dem Weg in die Küche seine Schürze ablegte und damit zum Butler mutierte, sahen sich die beiden um. Frank fühlte sich in eines der Hochglanzmagazine versetzt, die die Kulisse britischer Landhäuser zum Sinnbild des untergegangenen Commonwealth stilisierten und Kultur als perfekte Mischung aus *Times*, Ledersessel und Whiskysammlung definierten. Hübsche Fotos, aber nach Abschalten der Lampen und Abzug des Fotografentrosses eine kalte und leere Hülle. Diesen Eindruck hatte er mit Lisa gemein, die sich zwar für die kleinen englischen Städtchen, *Cream Tea* und *Fish 'n' Chips* begeistern konnte, das puritanisch und konservativ geprägte Lebensgefühl aber als schräg und nicht zeitgemäß ablehnte.

An den Wänden des Wohnraums hingen Jagdszenen vor adeliger Kulisse und in Öl verewigte Galopper in stoischer Pose. In einer Ecke präsentierte ein deckenhohes Regal englische Literatur, in Leder gebunden.

»So was habe ich zuletzt in einem alten Schwarz-Weiß-Film gesehen.« Ecki wandte sich von den Büchern ab und sah hinaus in den Garten. »Ein bisschen verstaubt, nicht wahr?«

»Jeder so, wie er mag.«

»Das passt doch eher auf die Insel als hierhin.«

Frank zuckte mit den Schultern und sah Schäfers entgegen, der mit einem Tablett den Raum betrat und das Teegeschirr auf dem Wohnzimmertisch absetzte. Dann forderte er die beiden Kommissare mit einer Handbewegung auf, sich zu setzen, und nahm ebenfalls Platz.

»Herr Grünewald lebt also alleine.« Den Begriff Single vermied Frank. Zu modern für die nach Lederfett, Zigarren und Whisky riechende Einrichtung.

»Herr Grünewald lebt alleine, ja.«

»Wie kommt das? Er ist offenbar ein Mann von Welt, sehr vermögend und – soweit ich das beurteilen kann – durchaus gut aussehend. Die idealen Bedingungen für eine glückliche Partnerschaft.« Ecki hatte das Bild eines Adligen vor Augen, der mit seinen Gefährten in Tweed und Gummistiefeln auf Moorhuhnjagd war, während die Damen der Gesellschaft Tee tranken und über den Verfall der Sitten diskutierten.

»Oh, durchaus.«

Der Gärtner war jetzt ganz Butler. Fehlt nur noch, dass er weiße Handschuhe trägt, dachte Frank und wartete ab.

Schäfers räusperte sich. »Moritz Grünewald ist schon lange Witwer. Bedauerlicherweise.«

»Merkwürdig, dass davon nichts im Porträt steht.« Ecki runzelte die Stirn.

Schäfers' Rücken wurde noch eine Spur gerader. »Wissen Sie, Herr Grünewald spricht nicht gerne über diesen schweren Schicksalsschlag. Schon gar nicht mit Journalisten.«

»Verstehe. Schwer, sagen Sie?« Frank spürte, dass sich die steife Atmosphäre auf sein Denken und seine Sprache legte. Er nippte vorsichtig an seinem Tee.

»Ich hätte Ihnen gerne ein wenig Shortbread gereicht, aber ich war bedauerlicherweise nicht auf Besuch vorbereitet.« Schäfers' Bedauern klang eher nach einem Vorwurf.

»Was meinen Sie mit Schicksalsschlag?«, fragte Ecki ungerührt nach.

»Nun, es ist so«, Schäfers' Abneigung gegen die beiden Polizeibeamten stand nun deutlich greifbar im Raum, »dass seine Frau gestorben ist. Vor vielen Jahren schon.«

»War sie krank?«

Hans Schäfers rutschte kaum merklich ein Stück auf seinem Stuhl vor. »Wie gesagt, mir steht es nicht zu, über das Privatleben von Herrn Grünewald Auskunft zu geben. Am besten ist es, wenn Sie auf seine Rückkehr warten.«

Frank versuchte einzulenken. »Das tut uns leid. Der Verlust eines geliebten Menschen schmerzt ein Leben lang.«

Hans Schäfers strich nachdenklich über die Tischdecke. »Hannah, ich meine Frau Grünewald, ist ertrunken. Ihre Leiche wurde nie gefunden.« Es war, als sei mit Schäfers' letztem Satz ein Damm gebrochen. Der Gärtner hatte nun beide Hände flach auf den Tisch gepresst, als wollte er verhindern, dass sie zitterten. »Hannah hat an dem Tag das Haus verlassen, und niemand wusste, wo sie war. Sie haben später ihre Sachen gefunden.«

»Sie nennen Frau Grünewald beim Vornamen?«, wunderte sich Frank.

Schäfers hielt seine Augen auf die Tischdecke gerichtet. »Frau Grünewald, also Hannah, war meine Nichte.«

Ecki hörte das Zittern in Schäfers' Stimme. »Wo ist das passiert?« Er konnte sich nicht an den Fall erinnern.

Schäfers sah auf. Sein Blick schweifte durch den Raum. Er blieb am Bücherregal hängen. »In England. Die beiden wollten damals ganz Cornwall erkunden.«

»Man hat sie nicht gefunden?«

»Nein. Ich hoffe seither jeden Tag, dass sie hier zur Tür hereinkommt und es wieder so ist wie früher.«

»Wie früher?«

»Hannah war für mich wie eine Tochter. Ich habe sie nach dem Tod ihrer Mutter zu mir genommen. Da war sie noch keine sieben Jahre alt. Meine Frau war damals sehr krank, aber wir haben uns geschworen, dass wir die Kleine nicht in einem Heim aufwachsen lassen wollten.«

»Und ihr Vater?«

»Der war ein Säufer.« Der Satz schnitt eine tiefe Kerbe in das Gespräch. Nun zitterten Schäfers' Hände doch. Er stand unvermittelt auf und ging zur Ledercouch. Er setzte sich und stand gleich wieder auf. Unruhig begann er, im Wohnzimmer auf und ab zu gehen. »Tagelang habe ich mir immer wieder die gleichen Fragen gestellt: Wie konnte das passieren? Warum wird sie nicht gefunden? Hätte Moritz das nicht verhindern können? Ich habe angefangen, selbst zu recherchieren. Das Wetter war damals nicht schlecht. Nicht unbedingt Badewetter, hat mir der Wetterdienst in England bestätigt. Aber die Stelle, wo ihre Kleidung gefunden wurde, war nicht der klassische Badestrand. Nur schwer zu erreichen. Einsam.« Schäfers blieb unvermittelt am Tisch stehen. »Die Polizei hat alles versucht. Selbst die Marine war im Einsatz. Taucher haben das Meer um die Klippen von Cadgwith herum abgesucht. Aber: nichts.«

»Grausam.« Sie waren gekommen, um mehr über Grünewalds Begegnung mit der Journalistin zu erfahren, und nun steckten sie mitten in einem ungelösten Fall. Ein Badeunfall an der englischen Küste. Ecki schob die Tasse ein Stück von sich. »Sie haben gerade gesagt, dass Sie sich gefragt haben, ob Moritz Grünewald das alles nicht hätte verhindern können. Was meinen Sie damit? Waren die beiden glücklich miteinander?«

Schäfers fiel in seine ursprüngliche steife Haltung zurück. »Was wollen Sie damit andeuten?«

»Nichts. Ich habe nur gefragt, wie ein Polizeibeamter fragt.«

»Die beiden waren glücklich. Die Polizei hat Moritz lange vernommen. Sie haben nichts ausgelassen. Sie haben ihn sogar verdächtigt, Hannah beseitigt zu haben. Aber sie haben sich geirrt. Wie lächerlich! Natürlich war Moritz Opfer ihres Unfalls und nicht Täter.«

»Wenn Sie als Gärtner und als Hausverwalter«, Frank wollte das Thema wechseln und bewusst das Wort »Butler« vermeiden, »im Haus Ihrer Nichte gearbeitet haben, haben Sie sicher viel vom Alltag der beiden mitbekommen.«

»Ich weiß wirklich nicht, was Sie das angeht.« Schäfers schüttelte unwillig den Kopf.

»Sie mögen nicht darüber reden, weil ich mit meiner Vermutung nicht ganz falsch liege. Habe ich recht?«

Schäfers sah Frank erstaunt und misstrauisch zugleich an. Und zog es doch vor zu schweigen.

»Ich habe also recht.«

»Hören Sie! Sie kommen hierher und stellen merkwürdige Fragen! Was soll das Ganze? Was hat das mit Moritz' Urlaub zu tun? Ich muss nicht auf Ihre Fragen antworten, die Sie, mit Verlaub, ohne jede Berechtigung stellen. Habe nun ich recht?«

Frank nickte. »Verzeihen Sie. Natürlich haben Sie recht. Der Fall geht uns nichts an. Allerdings klingt Ihre Geschichte merkwürdig. Das mag daran liegen, dass wir es gewohnt sind, Dinge zu hinterfragen.« Frank warf Ecki einen kurzen Blick zu. »Wenn ich doch noch einmal zum eigentlichen Anlass unseres Besuches zurückkommen darf? Können Sie uns bitte sagen, mit wem er in den Urlaub gefahren ist?«

»Mit der Journalistin. Frau Ungerechts.«

Frank hatte den Eindruck, dass die prompte Antwort nur dazu dienen sollte, sie möglichst schnell loszuwerden.

»Die beiden sind ein Paar?« Er konnte sehen, dass dieser Satz Schäfer ins Mark traf.

»Wie gesagt, das ist eine Angelegenheit, die Sie besser mit Herrn Grünewald besprechen.« In Schäfers' Blick lag nicht mehr nur Ablehnung, sondern auch eine Spur Feindseligkeit.

Ecki nickte. »Das werden wir. Aber das ist doch nichts Besonderes, dass zwei Menschen sich ineinander verlieben. Oder sind Sie mit der Verbindung nicht einverstanden?«

»Hören Sie zu«, gab Schäfers seine Rolle als Gärtner und Hausverwalter auf, »was ich denke, geht Sie nichts an. Und außerdem kann Moritz tun und lassen, was er will. Die Sache mit Hannah ist lange her. Sie ist verschwunden. Und sie wird es bleiben. Ich möchte, dass Sie jetzt gehen.«

Frank hob beschwichtigend die Hand. »Es ist nur so, bisher galt Frau Ungerechts auch als verschwunden. Eine Menge Leute machen sich Sorgen um sie. Nun wissen wir, dass sie Urlaub macht. Was Frau Ungerechts privat macht, geht uns tatsächlich nichts an. Ebenso, wie uns das Privatleben von Herrn Grünewald nichts angeht. Sagen Sie uns, wohin die beiden gefahren sind, und schon sind wir weg.« Er warf Ecki einen Blick zu, der ihn dazu aufforderte, zustimmend zu nicken.

»Allgäu. Moosbach. In der Nähe von Kempten. Dorthin fährt Moritz bereits seit vielen Jahren.«

»Und dennoch ein ausgewiesener Liebhaber der englischen Kultur.« Ecki wies in den Raum.

Hans Schäfers war aufgestanden. »Moritz ist ein Kultur- und Bildungsbürger der alten Schule, wie man so sagt. Es ist nicht allein die grüne Insel, die ihn fasziniert. Es sind auch die Bildhauerei, die Malerei, Philosophie, Psychologie. Seine Privatbibliothek im oberen Stockwerk kann sich sehen lassen.« Schäfers klang so geschäftsmäßig wie ein Museumsführer und so eilfertig wie jemand, der froh war, hinter den letzten Besuchern endlich abschließen zu können.

Bevor sie sich endgültig verabschiedeten, drehte Ecki sich auf der untersten Stufe des Eingangs noch einmal um. »War die Journalistin häufiger zu Gast?«

Schäfers hob eine Hand und beschirmte seine Augen kurz gegen das Herbstlicht. »Hatte ich nicht bereits erwähnt, dass Herr Grünewald es vorzieht, alleine zu leben? Damenbesuch hat er nicht gewünscht und auch nicht bekommen.« Schäfers hatte seine steife Haltung endgültig zurückgewonnen und nickte den beiden Ermittlern kurz zu. Ohne weiter auf sie zu achten, schloss er geräuschlos die wuchtige Haustür.

»Hat man Töne?« Ecki blieb verwundert stehen. Er kam sich vor, als sei er geradewegs mit einer Zeitmaschine aus der Vergangenheit in die Wirklichkeit zurückgekehrt.

»Vergiss Moritz Grünewald. Und vergiss dieses Faktotum. Hauptsache, wir wissen nun, dass Ungerechts lebt und sich im Allgäu von Grünewald die Welt erklären lässt. Lass uns fahren. Wir haben mit unserem Fall genug zu tun. Da müssen wir uns nicht auch noch um verliebte Pressetanten kümmern.«

»Aber irgendwie finde ich diese Wohngemeinschaft schon merkwürdig.« Ecki deutete auf dem Weg zu ihrem Wagen mit dem Kopf auf Grünewalds Haus. »Findest du nicht? Ein Gärtner, der keiner ist und dessen Nichte mit seinem Chef verheiratet war. Grünewald, ein Menschenfreund, der dennoch alleine lebt.«

»Das Leben schreibt die merkwürdigsten Geschichten.«

»Ist doch komisch«, beharrte Ecki, »dass wir bei unseren Ermittlungen auf einen weiteren ungeklärten Todesfall stoßen.«

»Jetzt spekulierst du aber frei auf dem Drahtseil. Nee, ich sehe da keinen Zusammenhang, und ich kann mir auch keinen denken.« Frank blieb kurz stehen. »Wer weiß, vielleicht hatte diese Hannah die Nase voll von ihrem Schöngeist. Und hat ihren Abgang inszeniert.«

»Du meinst, sie ist untergetaucht? Ohne sich bei ihrem Onkel zu melden, der sie so sehr geliebt hat? Nee, das kann ich mir kaum vorstellen.«

»Ist auch nur so eine Idee. Vielleicht ist ja alles ganz anders. Wer weiß, wie stark dort die Meeresströmung ist.«

»Wie auch immer.« Ecki ließ sich in den Beifahrersitz fallen und stellte die Rückenlehne zurück. »Ich bin froh, wenn Feierabend ist. Grünewalds Hütte hat mich geschafft. Zu viel englischer Landadel, zumal wenn er nicht echt ist, schlägt mir aufs Gemüt.«

XXIII.

Paul Eggerath stieg aus seinem Wagen und blickte sich um. So sah also das Allgäu aus. Sanft geschwungene Hügel, überall braune Kühe. Trotz Herbst der Himmel hellblau, das Nachmittagslicht ein bisschen milchig.

Er war müde von der Fahrt und den Gedanken, die sich immer nur um das eine Thema drehten. Seit Katharina Schluss gemacht hatte, konnte er an nichts anderes denken. Seit jenem Abend war seine Liebe nur noch größer geworden. Er konnte und wollte sie nicht vergessen! Es tat weh, aber immer wieder rief er seine Erinnerungen an ihre gemeinsamen Stunden wach. Wenn er an sie dachte, hatte er sofort wieder den Geruch ihrer Haut in der Nase, sah er ihre zärtlichen Augen und spürte ihre Hände. Das Gleiche musste doch auch sie spüren! Es konnte nicht sein, dass sie all das vergessen wollte! Sie waren füreinander bestimmt. Bis an das Ende ihrer Zeit.

Katharina war anders als all die anderen Frauen, die er gehabt hatte. Sie waren schon nach kurzer Zeit für ihn nicht mehr als hübsch anzusehende leere Hüllen gewesen. Bei der einen waren es die Augen gewesen, die ihn fasziniert hatten. Bei der anderen war es der Verlauf der Linie zwischen Schulter und Kopf. Bei der

Nächsten hatte er sich nicht sattsehen können an der Art, wie sie ihre Haare aus dem Gesicht strich. Sie waren perfekt – aber nur in ihrer jeweiligen Besonderheit. Bei Katharina passte alles! Als habe ihr Schöpfer die Proportionen ihres Körpers bis ins kleinste Detail berechnet.

Katharina war wie von einem antiken Künstler für die Ewigkeit geschaffen worden. Er musste sie besitzen. Er wollte für sie leben! Sonst wäre sein Dasein ohne Sinn und Zweck.

Paul Eggerath ließ den Blick über die Kirche und den angrenzenden Kirchhof schweifen, der von einer niedrigen Mauer umgeben war. Als stünde im Allgäu dem Übergang vom Leben zum Tod buchstäblich nichts im Weg. Nur wenige Menschen waren im Dorf unterwegs. Der Feierabendverkehr war noch nicht in Sulzberg angekommen. Am Himmel zog eine Schar Vögel vorbei. Ihr Flug war träge, als würden sie den Rest Sonne tanken wollen für die kommenden Monate der Kälte und Düsternis.

Irgendwo hier musste Katharina stecken, wenn die Kleine in der Redaktion nicht gelogen hatte. Eggerath gähnte. Bevor er losgefahren war, hatte er auf der Karte die Gegend rund um Kempten studiert und versucht, sich jede Besonderheit einzuprägen.

Allein das Gefühl, Katharina nahe zu sein, gab ihm einen Teil seiner Energie zurück. Er würde sie finden und sie nach Hause holen! Es war nur eine Frage der Zeit, aber er würde sie finden. Ohne ihn würde sie nur ein halbes Leben führen!

Eggerath sah hinüber zum Rathaus. Zunächst würde er sich im Touristenbüro einen Überblick verschaffen. Er fasste in die Innentasche seines Jacketts. Er würde dort Katharinas Foto vorzeigen. Vielleicht wusste man da schon was. Wenn nicht, würde er sich im Dorf nach einer Unterkunft umsehen und morgen ausgeruht mit der Suche beginnen. Und wenn er das komplette Allgäu nach ihr abgrasen musste, er würde sie finden.

Er zog sein Handy hervor und entfernte den Akku. Er hatte fast schon vergessen, dass er Statiker bei der Kreisverwaltung in Viersen war. In den vergangenen Wochen hatte sein Leben eine neue Richtung genommen.

Frank zog die Wohnungstür leise hinter sich zu. Er wollte Lisa nicht wecken. Auf dem Weg nach draußen war er kurz an der Schlafzimmertür stehen geblieben. Lisa hatte sich zwar nicht gerührt, aber sie hatte einen leichten Schlaf. Es hätte ihn daher nicht gewundert, wenn sie ihn angeblinzelt und ihm einen schönen Tag gewünscht hätte.

Sie hatten den Abend über immer wieder gestritten und waren sich zwischendurch, so gut es ging, aus dem Weg gegangen. Erst spät hatten sie sich versöhnt. Es war im Grunde nur um Kleinigkeiten gegangen. Dass er mal wieder vergessen hatte, rechtzeitig einzukaufen, dass er sich nicht an sein Versprechen hielt, an den Wochenenden mehr Zeit mit ihr zu verbringen. Am Ende hatte sie ihn geküsst und ihn liebevoll einen Dummkopf geschimpft. Und trotzdem hatte ihn das Gefühl nicht losgelassen, dass der Abend nicht *richtig* verlaufen war. Etwas war anders gewesen als sonst. Lisa war in seinem Arm eingeschlafen, und doch nagte etwas in seinem Kopf, das er nicht benennen konnte.

Als er in seinen Wagen stieg, schoben sich seine Gedanken an Lisa in den Hintergrund. Er warf einen Blick zum Himmel und entschloss sich, noch einmal offen zu fahren. Es würde für dieses Jahr sicher die letzte Gelegenheit sein, das Cabrio zu genießen. Mit wenigen Handgriffen verstaute er das Verdeck seines MGB. In einer halben Stunde stand die Besprechung mit der Mordkommission an, und er musste seine Gedanken sortieren. Welche Fakten hatten sie bisher?

Nicht viel, gestand er sich ein. Die Untersuchungen der Fundorte hatte keine verwertbaren Spuren zutage gefördert, sah man von den Fasern in der Ziegelei ab. Sie wussten immer noch nicht, wie die Kaninchenhaare dort hingekommen sein konnten und was sie mit der Toten ohne Arme zu tun hatten. Tatsächlich von einem Hut? Oder vielleicht von einem Jäger? Ihnen war ebenso rätselhaft, warum der Täter die Fund- und Tatorte so penibel aufgeräumt zurückließ. Die Analysten des LKA waren noch nicht so weit, um aussagekräftige Vermutungen oder Hinweise geben zu können. Offensichtlich handelte es sich um jemanden, wenn es denn überhaupt *ein* Täter war, der sich an den Arrangements der Leichen erfreute. Das brachte die Experten der Operativen Fallanalyse gleich auf einen Täter mit einem gewissen Sinn für Ästhetik. Ein Feingeist. Das war aber auch alles, was sie derzeit sagen konnten. Sie waren weder in der Lage, eine räumliche Eingrenzung vornehmen zu können, noch die besonderen Vorlieben des oder der Unbekannten beschreiben zu können.

Die Orte, an denen die Frauen am Niederrhein und im Allgäu abgelegt beziehungsweise getötet worden waren, standen in keinem logisch erklärbaren, wie auch in keinem räumlichen Zusammenhang. Einzig sicher war, dass die Opfer sich nicht gekannt hatten. Es gab im Kreis Viersen kein gemeinsames Umfeld, das sie haarfein auf mögliche Täter durchkämmen konnten. Nahm man die Toten im Allgäu hinzu, wurde die Situation noch verwirrender.

Frank fuhr am ehemaligen königlichen Bezirkskommando und der Hauptkirche vorbei Richtung Polizeipräsidium. Aus den Augenwinkeln nahm er die Stände des Wochenmarktes wahr. Für einen Augenblick überlegte er, anzuhalten und Gemüse und Obst zu kaufen. Aber dann war er auch schon vorbei. Ich werde am Wochenende mit Lisa auf den Markt gehen, nahm er sich vor.

Er trommelte mit den Fingern aufs Lenkrad. Er würde in der MK von Ecki noch einmal die Ergebnisse der Überprüfungen von Jens Reiche, dem Vorstand der Bank und von Paul Eggerath zusammenfassen lassen. Vielleicht ergaben sich aus der Diskussion neue Ansätze für ihre Arbeit.

Als Frank seinen Wagen auf dem Gelände der ehemaligen Polizeikaserne einparkte, wusste er: Es würde wieder ein Tag voller Wenn und Aber werden. Ob sie sich noch stärker auf Eggerath konzentrieren sollten? Das schien ihm nur eine vage Option. Andererseits konnten sie so die Zeit bis zur Präsentation der Ergebnisse der LKA-Kollegen sinnvoll nutzen.

Frank hatte kaum das Gebäude betreten, als Horst Laumen,

mit Akten bewehrt, wie aus dem Boden gewachsen vor ihm stand.

»Du weißt schon, dass du da nicht parken darfst?« Der Verwaltungsbeamte sah Frank durch seine dicken Brillengläser strafend an.

»Ich habe eine Sondergenehmigung.« Frank wedelte Laumen zur Seite. »Und gleich MK.«

Laumen schnappte hörbar nach Luft. »Davon weiß ich nichts. Von wem?« Er versuchte, Frank den Weg zu verstellen.

»Pack deinen Pullunder beiseite. Der Chef persönlich war so freundlich.« Frank schob sich an ihm vorbei.

»Der Präsident?« Laumens Blinzeln wurde intensiver, und er begann zu stottern. »Das, das geht nicht so einfach. Auch ein Vorgesetzter hat den Dienstweg einzuhalten! Ich habe die Aufgabe, für Ordnung zu sorgen.« Horst Laumen drückte die Aktendeckel fest an seine Brust.

Frank drehte sich noch einmal um und lächelte. »Er hat mir gesagt, dass du demnächst eine neue Aufgabe übernehmen wirst. In einer anderen Abteilung.«

Laumen hielt die Luft an und wurde kreideweiß im Gesicht.

»Atmen nicht vergessen! Das kann böse Folgen haben.«

Bevor Laumen etwas sagen konnte, öffnete und schloss sich sein Mund wie bei einem Karpfen, der auf eine alte Zeitung geworfen worden war. »Warum weiß ich nichts davon?«

So unbeholfen hatte er Laumen schon seit einer Ewigkeit nicht mehr erlebt. Allein dafür hatte sich seine Lüge schon gelohnt. Fast tat ihm der unbeliebte Angestellte ein wenig leid. Aber nur fast. Frank blieb stehen. »Nun, man sollte sich auch als Beamter nicht drauf verlassen, auf ewig einen krisenfesten Arbeitsplatz zu haben. Gerade heutzutage nicht.« Beim Weitergehen hörte er Laumens hektisches Atmen.

Frank hatte soeben seine Ausführungen beendet und verteilte die nächsten Aufgaben, als die Tür zum Besprechungsraum aufschwang und der Polizeipräsident höchstpersönlich eintrat. Auf seinem Mund zeigte sich ein dünnes Lächeln, gleichzeitig überflogen seine Augen den Raum, um festzustellen, wer alles anwesend war. Er steuerte auf einen der freien Plätze zu und deutete mit erhobenen Händen an, dass die anwesenden Beamten auf ihren Stühlen bleiben und sich in ihrer Besprechung nicht stören lassen sollten.

Mit einem Seitenblick stellte Frank fest, dass Ecki kaum merklich die Schultern hob und fragend den Mund verzog.

»Lassen Sie sich bitte nicht stören, meine Herren.« Der Präsident nickte in die Runde. »Ich bin sozusagen nicht da.« Er sah Frank aufmunternd an. »Bitte. Fahren Sie fort.«

Was will der PP ausgerechnet in dieser Besprechung, schoss es Frank durch den Kopf. Ungewöhnlich, dass er einfach nur mal so vorbeischaut.

»Wenn Sie zu den Männern sprechen wollen –?« Frank ließ das Satzende offen.

Der Polizeipräsident räusperte sich. »Wenn Sie mir schon die Gelegenheit geben, will ich sie gerne ergreifen.« Er erhob sich und sah bedeutungsvoll in die Runde. »Männer, ich bin stolz auf euch. Lassen Sie nicht nach in Ihrer Arbeit. Sie können sicher sein, Sie können zu jedem Zeitpunkt auf meine Unterstützung zählen.« Er hoffte sichtlich auf Zustimmung, aber bis auf ein spärliches Kopfnicken hier und da blieb es im Raum ruhig.

Frank sah, dass es in ihm arbeitete.

»Nun ja, um ehrlich zu sein, die Öffentlichkeit macht sich Sorgen, weil der Frauenmörder noch nicht überführt ist. Die Zeitungen haben das Thema jeden Tag im Blatt. Es wäre für uns alle gut, wenn Sie möglichst bald zu Ergebnissen kommen. Ja.« Er schien den Faden verloren zu haben. Dann besann er sich wieder. »Ja, dann möchte ich Ihnen nur noch mitteilen, dass sich auch der Innenminister ganz auf Ihre Seite stellt und jedwede Hilfe anbietet. Das war's.« Mit einem kurzen Nicken verließ er den Raum.

Ecki sah Frank an, der nur mit den Schultern zucken konnte. Was Frank nicht sagen wollte: Er hatte die Drohung, die hinter den Worten des Präsidenten steckte, sehr wohl verstanden.

Der Auftritt ihres Vorgesetzten war auch noch Thema, als Frank und Ecki wieder in ihrem Büro saßen.

Missmutig deutete Frank auf die Formulare im Eingangskorb. »Der Statistikkram bringt mich eines Tages noch um. Ich bin dafür einfach nicht geschaffen.« Er hob ein Blatt an. »Hier, das zum Beispiel. Wir sollen im Detail auflisten, wann und zu welchem Anlass und in welchem Umfang wir unseren Kopierer nutzen. Das ist doch Scheiße. Ich wette, da steckt Laumen dahinter.« Frank warf das Schreiben in den Korb zurück.

Bevor Ecki antworten konnte, flog die Bürotür auf. Horst Laumen stand im Rahmen wie der Erzengel Gabriel im gelben Pullunder persönlich.

Nanu, dachte Frank, welch Gespür der gelbe Laumen doch für den Umgang mit seinen Vorgängen hat. Aber noch ehe er eine Bemerkung loswerden konnte, hatte sich der Verwaltungsfachangestellte mit fast fünfundzwanzig Dienstjahren in voller Größe vor Franks Schreibtisch aufgebaut.

»Das wird dir noch einmal leidtun, dass ich mich beim PP lächerlich gemacht habe, Borsch.« Er warf einen Aktendeckel wie einen Fehdehandschuh auf Franks Schreibtisch. »Du hast weder die Erlaubnis, derart zu parken, noch werde ich meine Abteilung aufgeben müssen. Du wirst für diese Frechheiten bluten, Borsch. So geht man nicht mit einem Horst Laumen um.«

»Hört, hört«, kam es süffisant von Ecki, der von allem nichts wusste.

Laumen fuhr herum. »Das – gilt – auch – für – dich.« Bei jedem Wort stach sein Zeigefinger in Eckis Richtung.

Ecki hob eine Augenbraue. »Bist du völlig übergeschnappt?«

»Pfft.« Ohne sich weiter um Ecki zu kümmern, wandte er sich wieder Frank zu. »Ich erwarte, dass du die Statistik über den Gebrauch deiner Arbeitsgeräte bis morgen Vormittag auf meinen Schreibtisch legst. Deine Aufstellung über jeden Bleistift und jedes Radiergummi ist bis auf das letzte Komma korrekt! Und komm mir bloß nicht mit Ausreden. Du bist mit dem Report seit Wochen in Verzug. Und du, Michael Eckers, brauchst gar nicht so dämlich zu grinsen«, fügte Laumen hinzu, ohne sich umzudrehen, »für dich gilt das Gleiche. Ihr meint wohl, ihr könnt euch alles erlauben. Mit mir nicht. Mit mir nicht!«

In der Tür traf Laumen auf Torsten Linder, der lediglich den Rest von Laumens Auftritt mitbekommen hatte und nun von links nach rechts auswich, weil er nicht wusste, wie er Laumen an sich vorbeilassen sollte, der wie ein angriffslustiger Boxer vor ihm wütend hin und her tänzelte.

»Was hat er denn?«, fragte Linder verwundert, als Laumen endlich den Ausgang gefunden hatte und verschwunden war.

»Die gefährlichere Variante des Geldfiebers.« Ecki lachte. »Nee, keine Ahnung – wie immer.« Er sah zu Frank.

»Erzähl ich euch später.« Er warf Laumens Fehdehandschuh in den Ausgangskorb und sah den Leiter der Kriminaltechnik fragend an. »Kommst du auch mit Statistikformularen?«

Linder schüttelte den Kopf. »Äußerst interessant.« Er tippte auf den dünnen Aktendeckel in seiner Hand.

»Du machst ein Gesicht, als stünden wir kurz vor der Lösung unserer Mordfälle.« Frank deutete auf den Stuhl vor seinem Schreibtisch. So hatte er Linder in der Tat stets nur dann gucken sehen, wenn er eine folgenreiche Entdeckung gemacht hatte. Linders Mimik drückte eine Zufriedenheit aus, gepaart mit einer Anspannung, die einiges erwarten ließ.

»Schieß los.« Auch Ecki spürte die Anspannung.

»Die Ziegelei. Die Kollegen vom LKA haben endlich eine echte Spur.«

Moritz Grünewald blieb stehen und legte seinen Arm um Katharina. »Ich bin so froh, dass du da bist. Du gibst mir ein Gefühl der Ruhe und Gelassenheit, das ich lange vermisst habe.« Er hob den Kopf und ließ die schwache Nachmittagssonne auf sein Gesicht scheinen.

Katharina drückte sich gegen seinen Arm und hob ebenfalls den Kopf. »Ich mag es, wenn du solche Sätze sagst.« Und doch dachte sie an das Gespräch mit Monika. Sie musste ihn fragen, wusste aber nicht, wie. Sie hatte Angst, sich lächerlich zu machen. Noch schlimmer wäre, wenn sie Moritz durch ihren Argwohn verletzen und sein Vertrauen zerstören würde. Sie hatte Angst, dass er sich enttäuscht von ihr trennen würde. Und doch, sie fühlte, dass sie ihm ihre Fragen stellen musste. Sie durfte nicht zu lange warten.

»Ich liebe diesen Zustand. Wenn der Herbst kurz davorsteht, in die dunkle Phase zu gleiten. Dann, wenn sich die Natur ein letztes Mal in ihrer welkenden Pracht zeigt. Als wollte sie sagen: Seht, ihr Menschen, das Ende ist nahe, und es ist ein wunderschönes, kraftvolles Ende. Genießt diese goldene Zeit, solange ihr könnt, denn es wird lange dauern, bis sie zurückkehrt.«

»Ist das von Rilke?«

Er schüttelte vergnügt den Kopf.

»Der Herbst ist auch für mich die schönste Jahreszeit. Ich verstehe die Menschen nicht, die in Trübsinn verfallen, wenn die ersten Blätter von den Bäumen trudeln.«

»Das Schönste kommt am Ende des Lebens.« Moritz küsste ihren Haaransatz. »Dein Haar duftet nach mehr.«

»Ist das nicht immer so? Dass du einen langen Weg gehen musst, bis das Schöne auf dich wartet? Das ist im Alltag so und im Beruf. Das Schöne zu erreichen macht viel Mühe.« Sie lachte. »Wie das klingt.«

»Lass uns weitergehen, sonst ist die Sonne weg.«

Sie legten das letzte Stück ihrer Wanderung im Tannheimer Tal schweigend zurück. Ab und zu blieben sie stehen, um die Aussicht zu genießen, die sich ihnen immer wieder aus anderer Perspektive darbot. Mal war es das dunkle Grün der mächtigen Tannen, die mal einzeln, mal in Gruppen beieinanderstanden. Dann waren es die Berge, die im Licht des Herbstes glühten, und mal war es nur ein Tobel, in dem das Wasser gluckerte.

Doch Katharinas Kopf kam nicht zur Ruhe. Es war, als würde die friedfertige Natur die Konturen ihrer Zweifel und Gedanken nur noch mehr schärfen. In ihr gärten all jene Sätze, die sie im *Burgcafé* so verwirrt und verletzt hatten. Seit dem Gespräch hatte sie nichts mehr von Monika gehört. Sie wollte sich zwar nicht mehr mit ihr treffen, und doch wollte Katharina wissen, was sie dachte und was sie tat.

Das sanfte Bild der Herbstlandschaft zerrann mit jedem Schritt mehr zu einer Kulisse, in der nun viel Vergänglichkeit und Tod zu sehen war. Als hätte ein Maler mit kräftigem Strich seine Studie entstellt, weil sie ihm zu schön geraten war. Immer öfter betrachtete sie verstohlen Moritz' Profil. Er machte nicht den Eindruck, als ob er etwas von ihrem inneren Kampf spürte.

Nach dem Abendessen saßen sie im Wohnzimmer und hörten Musik. Katharina hatte auf dem Sofa die Beine unter sich gezogen. Ihre Gedanken kreisten immer noch um Monikas Worte. Im CD-Player lief Moritz' Lieblingssong. *You Can Leave Your Hat On*. Der Songtext erschien ihr seit jenem Nachmittag im *Burgcafé* in einem völlig neuen Licht. Sie summte den Text mit und übersetzte ihn gleichzeitig in Gedanken: *Du bist der Grund, warum es sich zu leben lohnt!/ Und den Hut, mein süßer Schatz, den kannst du aufbehalten./ Ich weiß, die Leute reden über uns und wollen uns auseinanderbringen./ Sie glauben, ich liebe dich nicht wirklich./ Aber, Baby, die haben einfach keine Ahnung, was Liebe ist./ Ich, Baby, ich weiß, was Liebe ist!*

Moritz legte vom Sessel aus seine Hand auf ihren Arm. »Ich freue mich immer, wenn ich dich so fröhlich sehe.«

»Mir geht etwas nicht aus dem Kopf. Und ich möchte, dass du mir ehrlich antwortest. Monika hat da was angedeutet – dass es in deinem Leben andere Frauen gegeben hat. Wir haben noch nie darüber gesprochen, weil es mich nie interessiert hat. Aber nun geht es mir ständig durch den Kopf. Sag, warst du schon einmal verheiratet?« Katharina atmete tief durch. Es war endlich heraus.

»Was?« Er lachte ungläubig auf und zog seine Hand zurück.

»Du warst also verheiratet?« Katharina war nicht wütend. Sie war enttäuscht. Auch wenn er ihr keine Rechenschaft über sein Leben vor ihrer Beziehung schuldig war, fühlte sie sich mit einem Mal ausgeschlossen.

Grünewald schwieg und blickte auf seine Hände.

»Warum hast du mir nicht gesagt, dass du verheiratet warst?«

»Keine Ahnung«, sagte er. »Ich habe das schon vor langer Zeit vergessen. Was soll das werden? Ein Verhör?« Sein gerade noch entspanntes Lächeln versteinerte.

Katharina stellte ihr Glas ab. Mechanisch zog sie die Wolldecke über ihren Schoß. Sein Verhalten verwirrte sie. Er tat ihr leid.

»Moritz?«

»Was?«, kam es scharf und hart zurück.

»Ich verstehe das nicht. Warum bist du so abweisend? Tu ich dir weh? Ich will doch nur verstehen, was du fühlst und wie es dir damit ergangen ist.« Die Decke wärmte sie nicht.

Statt eine Antwort zu geben, trank Moritz sein Glas leer und stellte es derart heftig ab, dass es zerbrach. Er starrte auf die Scherben und drehte sich dann zu ihr.

»Was willst du?!«, schrie er sie an.

Katharina zuckte zusammen. Ihr wurde heiß, und gleichzeitig lief ihr ein kalter Schauer über den Rücken.

»Moritz«, flüsterte sie entsetzt, »Moritz.«

»Du machst alles kaputt!«

Katharina musste schlucken, ihr Hals schnürte sich zu. »Ich habe doch nichts getan. Was ist mit dir?«

»Ich habe dir gesagt, dass du dich von Monika fernhalten sollst! Habe ich das nicht gesagt?!«

Sie zuckte erneut zusammen. »Ich habe doch nichts getan.« Katharina spürte, dass sie wütend wurde. Tränen schossen ihr in die Augen. Was war in Moritz gefahren?

»Diese Frau hat kein Recht, dir diese Dinge zu erzählen!«

»Es tut mir leid, Moritz.«

Er sprang unvermittelt auf, beugte sich über sie und packte sie bei den Oberarmen. »Du hast kein Recht, mit Monika über mich zu reden. Du hast kein Recht dazu, hörst du?«

»Moritz, du tust mir weh!«

Es war weniger der Schmerz, der sie getroffen hatte, als vielmehr Moritz' Augen. Sein Blick hatte nichts Warmes mehr. Er war kalt und traf sie wie Nadeln.

Sein Griff wurde stärker. Er starrte sie an und ließ sie dann unvermittelt los. Keuchend stand er vor ihr. Er fuhr sich über die Augen, als müsse er sich vergewissern, ob Katharina noch da war.

»Verzeih mir.« Er schlug die Hände vors Gesicht und wandte sich ab.

Katharina rieb sich die Arme. Sein Griff war eine eiserne Klammer gewesen.

»Tu das nie wieder.«

Moritz drehte sich um und sank vor ihr auf die Knie. »Es tut mir leid. Entschuldige bitte, Katharina.« Er suchte ihre Hände, die sie unter ihre Achseln geschoben hatte.

Katharina überließ sie ihm nur widerwillig. Herausfordernd sah sie ihm ins Gesicht. Ihr Brustkorb hob und senkte sich unter ihrem heftigen Atem. Sie hatte Angst.

»Bitte, verzeih mir.« Moritz hatte Tränen in den Augen. »Bitte, Katharina, ich liebe dich doch.« Er streichelte ihre Hände und fuhr dann vorsichtig über ihre Oberarme. Er spürte, dass ihr Körper steif wurde, und zog seine Hände zurück. »Es wird nicht mehr vorkommen.«

»Pass auf die Scherben auf.« Katharina konnte ihm nicht vergeben. Nicht jetzt. Dazu saß der Schock zu tief. Aber sie wollte nicht, dass er sich verletzte.

»Ich liebe dich.« Er nahm ihre Fürsorge als Zeichen, dass sie ihm verzieh. Er stand auf und setzte sich neben sie.

Katharina rutschte ein Stück von ihm ab. »Du hast mich sehr getroffen, Moritz. Ich habe nichts getan. Monika hat mir ein paar Dinge erzählt, die ich nicht glauben konnte und die ich noch immer nicht glauben mag. Aber so, wie du dich gerade benimmst, machst du mich nur wütend und ratlos. Ich will verstehen, was in dir vorgeht. Das ist alles.«

Moritz sagte lange nichts. Nur an seinen Augen konnte sie sehen, wie es in ihm arbeitete. Mit hängenden Schultern, die Hände wie nutzlos im Schoß, saß er da. Schließlich stand er auf, um den CD-Player auszuschalten, und kam zum Sofa zurück. Vor ihr blieb er stehen.

»Monika hat dir sicher die ganze Geschichte erzählt. Es stimmt, was Monika erzählt hat. Ja, ich war verheiratet. Mit Hannah. Sie ist tot. Seit vielen Jahren schon. Ich glaube, dass sie tot ist. Sie war auf einmal verschwunden. «

»Was ist passiert?«

»Ich habe lange gebraucht, bis ich wieder einigermaßen klar denken konnte.« Er versuchte ein Lächeln. »Wie du gemerkt hast, gelingt mir das nicht immer.«

Obwohl Katharina den Impuls hatte, ihn zu umarmen und zu trösten, verschränkte sie ihre Arme vor der Brust. »Was ist damals passiert? Warum ist Hannah verschwunden? Hat sie sich –« Sie zögerte.

»Umgebracht? Meinst du das?« Er setzte sich zu ihr. »Nein, das hat sie nicht. Es war sicher ein Unfall. Ein schrecklicher Unfall. Könnte ich nur an ihrem Grab trauern. Aber es gibt keinen Ort für meine Trauer.«

»Ein Unfall? Oder ein Verbrechen?«

»Die Polizei hat alles versucht. Aber alle Ermittlungen sind im Sand verlaufen.« Moritz sah sie mit flehendem Blick an. »Weißt du, mit dir habe ich das Gefühl, endlich zur Ruhe zu kommen. Du gibst mir so viel Kraft, Katharina.«

»Und seither hat es keine Frau mehr in deinem Leben gegeben?« Katharina war kurz davor, ihre abwehrende Haltung aufzugeben. Seine Geschichte hatte ihr Innerstes aufgewühlt. Vor ihr saß ein Mann, der litt. Und doch musste sie jetzt alles wissen.

»Ich bin kein Mönch, wenn du das meinst. Hin und wieder hat es in den Jahren danach Begegnungen mit Frauen gegeben. Aber immer außerhalb meines Hauses. Ich habe ihre Gegenwart nicht ertragen. In dem Haus, in dem ich mit Hannah mein Leben verbringen wollte.« Sein Versuch zu lächeln misslang kläglich.

»Es hat nie richtig funktioniert. Ich habe mich lieber der Kunst hingegeben. Denn sie ist unvergänglich. Die Schönheit der Skulpturen hat mich mehr angezogen als der lebende Mensch.« Er fuhr sich übers Gesicht. »Mein Gott, wie rede ich da. Ich bin doch kein Pathologe.«

»Ich will dich ja verstehen, Moritz! Aber gerade hast du mir eine Seite an dir gezeigt, die mir Angst macht.« Ihre Gedanken überschlugen sich. Nichts war mehr wie noch vor wenigen Stunden. Diesen Moritz kannte sie nicht. Und diesen Moritz wollte sie nicht. Aber sie sah auch sein erschrockenes Gesicht. »Jedenfalls im Augenblick.«

Er schlug seine Augen nieder. »Ich weiß, dass ich einen Fehler gemacht habe. Das werde ich mir nie verzeihen.«

»Und welche Rolle spielte Monika in deinem Leben?«

Moritz lachte auf. »Ich habe nichts von ihr gewollt. Nur diese Bauernmadonna. Wir haben über Kunst geredet. Über sonst nichts.« Er sah Katharina zärtlich an. »Monika ist ein sehr liebenswerter Mensch. Das ist alles. Glücklich bin ich nur mit dir. Der Himmel hat dich damals ins Café geschickt.«

Er griff nach ihrer Hand. Katharina ließ es zu.

Sie saßen noch lange schweigend nebeneinander. Katharina spürte, dass Moritz sich mehr und mehr entspannte. Es dauerte lange, doch dann strich sie ihm über den Kopf. Als habe er nur auf diese Berührung gewartet, sank er gegen sie und weinte.

Wie ein Kind.

In der Nacht lagen sie nebeneinander und hielten sich bei den Händen. Katharina hatte keine Kraft zu mehr. Sie wollte Moritz verzeihen! Doch immer wieder standen ihr die Szenen ihres Streits vor Augen. Sie wollte endlich schlafen und alles vergessen! Der neue Tag würde einen neuen Anfang bringen. Für sie und für Moritz. Selten hatte sie einen Menschen erlebt, der so unter dem Verlust eines anderen Menschen litt wie Moritz. Er musste Hannah abgöttisch geliebt haben.

Irgendwann am Morgen, kurz bevor sie endlich einschlief, wusste sie es: Sie spürte keine Eifersucht. Nein, ganz im Gegenteil, seine Trauer machte Moritz nur noch mehr zu einem wertvollen Menschen. Wer so trauerte, der liebte auch so.

Wie im Traum hörte sie Moritz' Stimme.

»Ich habe eine Überraschung für dich.«

Katharina fiel in einen tiefen, traumlosen Schlaf.

Robert Mayr sah seine Freundin mit hochgezogenen Brauen an. »Für was soll ich bei dem Schmarrn mitmachen? Ein Wettstreit um den besten Schweinsbraten? Der Sieger steht doch eh schon fest.« Er legte seine Hand auf ihre. »Du brätst mir einen, und den nehm ich dann mit, wenn's denn sein muss.«

Martina schüttelte ihren Kopf. »Robert, was bist du nur für ein Kindskopf. Du musst ihn schon noch vor Ort braten.« Sie lachte, als sie seine abwehrenden Gesten sah. »Du nimmst das Fleisch und die Zutaten mit. Vorher zeig ich dir, wie es geht. Das ist doch eine lustige Idee von der Kellnerin. Findst nicht? Du schaffst das! Du hast doch Erfahrung in der Küche. Schau«, sie sprach zu Mayr wie zu einem kleinen Bub, »die Krautspatzen sind dir letzte Woche doch recht gut geraten.« Sie wussten beide, dass das nicht stimmte. Die ersten je von ihm zubereiteten Krautspatzen waren angebrannt. Außerdem hatte er zu tief in den Salztopf gegriffen. Da hatte selbst sie nix mehr retten können. Aber auch nicht wollen. Sie hatte ihm nicht schon beim ersten Mal die Motivation nehmen wollen.

»Der Archivar hat extra seinen Urlaub verlängert. Dieser Saupreiß. Und überhaupt, ich weiß gar nicht mehr, warum ich zugestimmt habe«, grummelte Mayr.

»Du hast doch keine Angst vor ihm, oder?« Martina konnte nur so gerade eben verhindern, wieder loszulachen. Ihn ein wenig zu ärgern war immer wieder schön. Robert war manchmal wie ein kleines Kind.

»I? Schmarrn.« Das Holz machte auf den Fliesen ein kreischendes Geräusch, als Robert Mayr den Stuhl zurückschob und seinen Teller nahm. »Ich möchte noch ein paar von den Kässpatzen, wenn's recht ist.«

»Nur zu.«

»Willst nix mehr?« Mayr stand am Herd und ließ seinen Ermittlerblick über die Töpfe schweifen.

»Alles für dich.« Martina hob ihr Glas und prostete ihm zu.

Auf dem Tisch stand die letzte Flasche aus der Lieferung ihrer Freundin, die zusammen mit ihrem Mann an der Mosel ein Weingut betrieb. Ein leichter Sommerwein der Bottlers, der perfekt zu dem milden Käse passte, den sie für ihre Kässpatzen verwendet hatte.

Kochen war noch eine ihrer Leidenschaften. Die hatte sie ebenfalls von ihrer Mutter geerbt, die ihr auch das Käsen beigebracht hatte. Martina liebte die Wanderungen zu den Alpen im Oberallgäu, immer auf der Suche nach dem besten Käse der Saison. Und immer gerne mit ihren Freundinnen. Robert, das hatte sie bei ihrem Kennenlernen schnell gemerkt, jagte lieber seine Gauner oder saß im Biergarten bei der »Verkostung« eines frischen Meckatzers. Bier ist eine Wissenschaft wie das Käsen, pflegte er zu sagen, wenn es mal wieder darum ging, dass die letzte gemeinsame Käsetour schon ewig zurücklag.

Martina hegte insgeheim schon lange den Verdacht, dass Robert nicht gerne zu Fuß unterwegs war. Vor allem nicht bergauf. Für einen Allgäuer ein eher ungewöhnliches Verhalten. Aber mei, das war ihr schon recht. Sie liebte Robert ja nicht wegen seiner Wanderlust. Da war eher die andere im Spiel. Sie musste bei dem Gedanken leise lächeln. Sie liebte den alten Grantler, mit all seinen Macken und seiner stetig barocker werdenden Figur.

»Du lachst mich aus.« Mayr kam mit dem gefüllten Teller zum Tisch zurück und setzte sich. »Dieser Käse ist wirklich ein Spitzenprodukt. Da können die Rheinländer da droben und die Holländer mit ihrem Kunstkäse nicht gegen anstinken. Niemals!«

Martina schickte Mayr über den Tisch hinweg einen Kuss. »Ich freu mich, wenn es dir schmeckt. An guate.« Sie spielte mit dem Stiel ihres Glases. »Sag mal, willst du nicht doch das Wohnzimmer neu tapezieren?« Sie kicherte. »Die Prägetapete ist eigentlich nicht mehr ganz so zeitgemäß.«

Das Thema Renovieren stand seit Wochen ebenso im Raum wie der Hochzeitstermin. Martina hatte mittlerweile die Vermutung, dass Robert die Trauung vor allem scheute, weil sie mit Tapezieren und Streichen verbunden war. Wenn ihr Freund eines nicht leiden konnte, dann waren es Veränderungen seiner Gewohnheiten und Umgebungen. Jeglicher Art.

»Jetzt ess ich erst. Dann kläre ich die Morde. Und dann, aber nur dann, überlege ich mir, ob eine Renovierung Sinn macht.« Er wies mit der Gabel in den Raum. »Ist doch alles noch gut in Schuss. Und gemütlich ist es auch. Ich weiß gar nicht, was du immer hast.«

»Robert, im Badezimmer sind die Kacheln dunkelgrün, und in Wohnzimmern hängen heutzutage keine Stores mehr! Außerdem: Deine Küche könnte eine praktischere Aufteilung gebrauchen. Wie soll ich da gescheit kochen?«

Er kaute bedächtig, bevor er antwortete. »Aber Martinchen, denk mal, was das kostet. Die Kacheln sind doch intakt, und das Becken passt perfekt zu den Wänden.«

Martina schüttelte den Kopf. Heute war kein guter Tag für Entscheidungen. Sie hatte verstanden. Sie seufzte lauter als gewollt.

»Nun sei nicht traurig. Wenn wir erst einmal verheiratet sind, wirst du dich schnell daran gewöhnen. Und ich habe dir den Reifekeller für deinen Käse versprochen. Vergiss das nicht. Ein Robert Mayr hält, was er verspricht. Die Kässpatzen sind ein Gedicht.«

Sie hätte jetzt sagen können, dass sie nur in eine frisch renovierte Wohnung ziehen würde. Dass zu einem neuen Anfang auch eine runderneuerte Wohnung gehörte. Dass er sich nicht an den alten Kram klammern sollte, der längst aus der Zeit gefallen war. Dass sie schließlich ihre Wohnung aufgab, um zu ihm zu ziehen. Aber sie schwieg. Sie würde mit ihm noch einmal sprechen, wenn keine Kässpatzen auf dem Tisch standen. Okay, der Reifekeller in seinem Elternhaus war ein Argument. Aber das war noch vermietet, und das Gewölbe stand voller Gerümpel. Bis sie dort würde arbeiten können, war noch eine Menge zu tun.

»Siehst du«, missdeutete er ihr Schweigen, »wenn du recht überlegst, dann musst du mir zustimmen.«

»Du bist manchmal schon ein rechtes Stück Arbeit, Mayr.« Martina stand auf.

»Warte, ich helfe dir beim Abwasch.« Er kratzte ein paar Käsereste vom Teller. »Du musst mir für den Wettstreit noch ein paar Tricks beibringen. Wo kriege ich das beste Fleisch her? Ich will den dicken Rheinländer auf jeden Fall schlagen.«

Sie beugte sich zu Robert und gab ihm einen Kuss. »Du hast doch Angst.«

»Niemals. Nicht vor der Wurst.« Mayr griff zum Weinglas und hob es gegen das Küchenlicht. »Ein Allgäuer hat keine Angst. Vor nichts und niemandem. Und schon gar nicht vor einem Preußen aus dem hohen Norden und seinem jämmerlichen Versuch, einen ordentlichen Schweinsbraten auf den Tisch zu bringen. Da lacht ja selbst der Kini. Gott hab ihn selig.«

Sie waren mitten im Abwasch, als Martinas Telefon läutete.

Es war Jakisch. Als Mayr den Namen seines Mitarbeiters hörte, winkte er heftig ab. Jetzt nicht noch der knödelige Pumuckl! Nicht um diese Uhrzeit. Was er wollte, hatte sicher bis zum nächsten Tag Zeit.

Aber Jakisch ließ sich von Martinas halbherzigem Versuch, Mayr zu verleugnen, nicht abwimmeln.

Widerwillig nahm Mayr den Hörer entgegen. »Ja?«

»Herr Mayr, ich habe es sicher schon x-mal auf Ihrem Handy versucht. Ich habe Sie aber nicht erreicht, deshalb habe ich die Nummer Ihrer Freundin –«

»Was soll das?«, unterbrach er Jakisch. »Langweilen Sie mich nicht mit Ihrem Telefoniergebaren. Sagen Sie, was Sie wollen, und dann legen Sie wieder auf. Ich habe Feierabend. Sie wissen, was das bedeutet? F-e-i-e-r-a-b-e-n-d!« Er buchstabierte das Wort langsam. »Wenn jetzt nicht gerade die Türme von Sankt Lorenz eingestürzt sind, dann Gnade Ihnen Gott, Jakisch.«

Steffi hatte doch recht gehabt. Er hätte Mayr nicht stören sollen, dachte Jakisch und spürte, dass ihm heiß wurde. Und das lag nicht nur an Steffi, die seinen Rücken kraulte. Er konnte nur hoffen, dass sein Chef die Nachricht als genauso wichtig bewertete wie Steffi.

»Ich bitte vielmals um Entschuldigung, Herr Mayr.« Jakisch warf einen bedeutungsvollen Blick zu Steffi, die mit ihrem Ohr ganz nah an seines gerückt war, um ja nichts von der wichtigen Unterredung zu verpassen. »Ich habe endlich die fehlende Verbindung zwischen uns und dem Niederrhein gefunden.«

Es gab keine Verbindung mit den Preußen. Niemals. Wann begriff der Knödel das endlich? »Jakisch!«

Steffi zuckte erschrocken, obwohl sie nicht gemeint war.

»Ich will jetzt nichts von Ihrer Verwandtschaft hören, Jakisch! Was soll das? Das können Sie mir morgen erzählen! Was? Nein, das dürfen Sie nicht! Ich will das nicht hören!«

Martina sah ihren Freund fragend an. Was hatte der arme Jakisch wohl verbrochen, dass Robert so aus dem Hemd fuhr?

Der Kriminaloberkommissar räusperte sich, sah Steffi mit großen Augen an und griff den Hörer fester. »Es geht nicht um meine Familie. Es geht um die fehlende Verbindung zwischen den Morden.« Er atmete durch und nickte dabei seiner Freundin selbstbewusst zu.

»So?«

»Ja.«

»Ja? Ja – und was? Sie, Jakisch, Sie rauben mir den letzen Nerv!« Dieser Oberkommissar würde es nie zu etwas bringen! Das würden allein schon seine rheinischen Wurzeln verhindern. Ein Allgäuer war geradeheraus! Diese Rheinländer lavierten ständig und kamen nie zum Punkt. Mayr wanderte mit dem Telefon am Ohr unruhig in der Küche auf und ab und sah seiner Freundin dabei zu, wie sie mittlerweile in einem Kochbuch blätterte und bei dem Farbfoto eines saftigen Bratens innehielt. Er nickte zufrieden. Die heilige Mission »Rheinländer schlagen« nahm buchstäblich Gestalt an.

Steffi stupste Jakisch auffordernd in die Seite.

»Ja, also, die Textilindustrie ist der Link.«

»Link?«

»Also, die Verbindung.«

»Jakisch!«

»Ich habe mir die Mühe gemacht, zusammen mit ein paar Kollegen, durch das Archiv der alten Textilfabrik zu forsten. Und dabei hat sich herausgestellt, dass es unter anderem einen engen Kontakt nach Mönchengladbach gab.«

»Kontakt?«

»Textilmaschinen. Rohware. Und solche Dinge.«

»Ja und? Das beweist noch nichts.« Robert Mayr sah seine Freundin an und verdrehte die Augen. »Und dafür scheuchen Sie mich aus meinem Feierabend hoch? Sie, ich stehe mitten im Abwasch.«

»Dabei taucht immer wieder der Name einer Firma auf.«

»Das ist bei Geschäftsbeziehungen so.«

»Kühn & Sohn.«

»Ja, und was sagt das jetzt?« Er warf das Küchenhandtuch auf die Spüle.

Jakisch zögerte und ergriff Steffis Hand. »Nix.«

»Nix?«, brüllte Mayr in den Hörer.

»Erst mal.« Jakisch schwitzte und fasste die Hand seiner Freundin fester. »Wir müssten jetzt nur die Kollegen oben in Mönchengladbach bitten, die Namen zu –«

»Wir müssten jetzt, wir müssten jetzt«, äffte Mayr Jakischs Tonfall nach. »Was immer wir müssen, das hat bis morgen Zeit.« Robert Mayr trennte die Verbindung.

»Was ist los? Warum schreist du deinen Kollegen an?«

»Das ist nicht mein Kollege! Das ist allerhöchstens mein Adlatus! Und ein halber Rheinländer dazu. Der hat nur noch Flöhe im Hirnkasterl! Kommt mit einer wilden Theorie daher! Faselt was von einer Verbindung zwischen den Morden hier und da droben!« Mayr reckte sein Kinn gegen das Fenster, wo er in grober Richtung Nordwest das Rheinland vermutete.

»So beruhige dich doch. Das ist doch eine gute Idee. Du musst die jungen Kollegen nicht immer so entmutigen, Robert. Magst einen Heuschnaps? Denk daran, du hast auch mal so angefangen wie der Carsten.« Ihr Versuch zu beschwichtigen blieb fruchtlos.

»Aber jetzt habe ich Feierabend«, erwiderte er störrisch. »Morgen ist auch noch ein Tag.« Er nahm seine Freundin in den Arm. »Es gibt nämlich wichtigere Dinge, die sollte man auf keinen Fall vernachlässigen.«

»Du alter Schwerenöter. Ich weiß doch, was du willst.« Martina küsste ihren Robert. Recht hatte er. Jetzt gehörte Robert ihr – und erst morgen früh wieder der Behörde.

Am anderen Ende der Leitung hatte Jakisch den Hörer sinken lassen und stand vor Steffi wie ein begossener Pudel. Tatkraft und Autorität sahen anders aus.

»Nimm's nicht zu schwer, Schatz. Morgen sieht die Welt schon wieder anders aus. Du wirst sehen, morgen ist bestimmt dein großer Tag. Und dann gibt's bald wieder ein paar neue Artikel für meinen Schatz-Ordner.« Sie gab Jakisch einen Kuss auf die Nasenspitze. »Komm, ich massier dir die Schultern.«

»Schau, was ich für dich habe.«

»Eine Jeans? Das ist jetzt aber echt retro, Moritz.«

»Gefällt sie dir? Ich habe sie im Internet gefunden. Keine Bange, sie ist ungetragen.«

Katharina hielt sich die Hose vor den Bauch. Schlecht sah sie in der Tat nicht aus. Sie passte zu den Kleidungsstücken, die Moritz ihr bereits geschenkt hatte. Er schien ein Faible für die Achtzigerjahre zu haben.

»Und?«

»Ich hoffe, sie passt.« Sie drehte sich vor ihm wie vor einem Spiegel.

»Sie passt.« Er nickte selbstsicher.

»Du hast ein gutes Augenmaß für Kleidergrößen.« Sie kam auf ihn zu. »Oder hast du heimlich Maß genommen, wenn ich in deinem Arm lag?« Ihre Stimme hatte einen verlockenden Klang.

Moritz machte eine nervöse Handbewegung. »Wird nicht verraten, meine Liebe.« Er zog sie zu sich. »Ich würde mich freuen, wenn du die Sachen trägst. Nur für mich.« Er küsste sie auf die Stirn.

»Jetzt?« Katharina sah ihn erstaunt an. »Ich dachte, wir gehen wandern und du zeigst mir das Werdensteiner Moos.«

»Bitte.« Er streichelte ihr Haar.

»Anziehen oder wandern? Oder vielleicht anziehen und dann wieder ausziehen?«, flüsterte sie in sein Ohr. Sie spürte ein angenehmes Ziehen in ihrer Bauchgegend. Wandern konnten sie auch später noch. Im Augenblick war der Weg ins Bett deutlich kürzer als zum Hochmoor.

»Anziehen.« Er schob Katharina ein wenig von sich.

»Ausziehen.« Sie drückte sich wieder an Moritz.

»Nein. Anziehen.« Er nahm ihren Kopf in seine Hände und küsste sie zärtlich. »Bitte. Nicht. Lass das. Bitte.«

Sein Protest verlor sich nach wenigen Augenblicken in einer Tonkulisse aus raschelndem Stoff und heftigem Atmen.

Später kuschelte sich Katharina in seinen Arm und beschloss, nie mehr unglücklich zu sein.

»Ich wäre so gerne mit dir ins Moos gefahren«, flüsterte Moritz. Er klang, als habe Katharina einen Fehler begangen.

»Lieber, als hier mit mir zu liegen?«, kam es irritiert, aber wohlig und leise zurück.

Moritz antwortete nicht. Stattdessen schlug er wenig später die Bettdecke zurück und stand auf. Katharina sah ihm mit schläfrigem Blick zu, wie er seine Shorts und ein T-Shirt überzog. Sie wunderte sich, dass er an den offenen Schrank ging, Tuch, T-Shirt und Jeansjacke herauszog und sie zusammen mit der neuen Jeans ins Bad trug. Aber sie war zu müde, um ihn zu fragen. War auch völlig egal. Bevor sie einschlief, hörte sie noch, wie er in der Wohnung auf und ab ging.

»Ich habe nicht den ganzen Tag Zeit.« Mayr trommelte mit den Fingern einen Marschrhythmus auf die Schreibtischplatte.

Kommt erst am Mittag von daheim und hat keine Zeit. Klar. Wie auch, dachte Jakisch, bei dem Zeitmanagement. Das sollte er sich mal herausnehmen, dann wäre aber Holland in Not. »Also, es ist so, wie ich schon sagte –«

»Das brauchen Sie nicht zu wiederholen. Das habe ich noch im Kopf.«

Davon bin ich nicht überzeugt, dachte Jakisch, sagte aber nichts. »Gut, dann also: Es gibt ein paar Namen, die im Zusammenhang mit Kühn & Sohn immer wieder auftauchen. Und deren Träger offenbar regelmäßig zwischen dem Niederrhein und hier gependelt sind.«

»Kommen Sie zum Punkt, Jakisch. Ich habe nicht viel Zeit. Ich muss mich noch vorbereiten.« Als Mayr den fragenden Blick seines Mitarbeiters bemerkte, schob er »auf das Kochduell« hinterher.

Diesen Kriminalhauptkommissar würde er nie verstehen. Sie hatten zwei Leichen, wie auch die Kollegen in Mönchengladbach, und Mayr hatte nichts anderes zu tun, als an dieses dämliche Wettkochen zu denken, das ihnen die Bedienung vom Mader aufgeschwatzt hatte. Und Mayr war auch noch auf die spinnerte Idee eingegangen! Na ja, kein Wunder bei dem Bierkonsum an jenem Abend.

Er hatte das Bild noch vor Augen, wie sich die Kellnerin weit über den Tisch zu Schrievers gebeugt und ihm dabei tief in die Augen gesehen hatte. Wobei der Archivar nur Blicke für ihr Dekolleté gehabt hatte. Er musste schmunzeln. Der Dicke war verliebt in die Bedienung! Wie dumm. Das würde ihn beim Wettbraten ablenken. Jakisch hatte das Geturtel schon bemerkt, als Schrievers selbst noch keine Ahnung davon gehabt hatte. Wie er sie angehimmelt hatte, als sie am Tisch erschienen war, um die Bestellung aufzunehmen. Und wie danach die Blicke hin und her geflogen waren. Da war mehr als nur Kundenbindung im Spiel. Schau an, hatte er gedacht, wo Heinz-Jürgen doch nur seine Gertrud liebt – und ihre »unvergleichlichen« Kochkünste. Der Dicke aus Amern ließ keine Gelegenheit aus, sie zu bejubeln. Weil Liebe ja durch den Magen ging.

Das Allgäuer Gegenstück zu Schrievers' Gertrud musste eine ähnliche Wirkung auf den Archivar haben. Anders konnte Jakisch sich das Flirten der beiden nicht erklären. Jedenfalls hatte er Schrievers noch nie mit derart geröteten Wangen gesehen. Die Idee mit dem Kochduell war ein kluger Schachzug der Vroni, dachte er. So konnte sie ihren Schwarm noch ein wenig am Ort halten. Er war gespannt, wie Schrievers aus der Nummer herauskommen wollte – wenn er denn wollte. Der Wirt hatte zu allem geschwiegen und sich vermutlich seine eigenen Gedanken gemacht. Das hatte er an Maders Lächeln gesehen. Stillvergnügt hatte er dem Treiben in seiner Gaststube zugesehen – und geschwiegen. Ein Gastwirt der alten Schule eben.

»Jakisch! Ich warte!«

»Was? Ach so, ja.« Er griff sich an seine Krawatte und zog sie zurecht. Eine überflüssige Geste, denn Steffi sorgte jeden Morgen dafür, dass sie ebenso ordentlich saß, wie das Jackett zur gebügelten Jeans passen musste. »Da ist der Name des Chefvertreters, des Chefmonteurs, des Chefverkäufers und des Chefs des Unternehmens.« Jakisch nannte die Namen und sah Mayr abwartend an.

»Und?«

»Ich werde sie gleich den Kollegen in Mönchengladbach mailen, wenn Sie erlauben, Chef.«

»Ich versteh immer nur Chef.«

»Genau. Ich habe vor allem den Chef in Verdacht.«

»Mich? Seien Sie nicht blöd, Jakisch.« Mayr dachte einen Augenblick nach. »Aber warten's noch mit der Mail. Fragen Sie Ihre Kollegen im Rheinland doch gleich, was sie denn da oben an ihren Schweinsbraten tun. So ganz diskret, von Dienststelle zu Dienststelle. Wenn Sie verstehen.« Gut, dass ihm die Idee gekommen war! Ein wenig Spionage konnte nicht schaden. Um den Feind zu schlagen, muss man wissen, was er denkt und was er vorhat. Schrievers solle ja eine exzellente Köchin zur Frau haben, hatte Jakisch mehr als einmal betont. Da war es nur gut, wenn man die Strategie kannte. Martina würde ihm dann schon die rechte Lösung servieren.

»Niederrhein. Es heißt Niederrhein. Nicht Rheinland.«

»Ist mir wurscht. Also, dann mailen Sie die Namen, in Gottes Namen, und stehlen Sie mir nicht die Zeit.« Mayr fiel noch etwas ein. »Wie weit sind Sie eigentlich mit Ihren Vermisstensachen? Ich will Erfolge sehen, Jakisch. Der Erfolg ist das Salz in der Suppe einer jeden Ermittlungsarbeit. Merken Sie sich die Weisheit. Sonst kann das Polizistendasein schnell fad werden. Lernen Sie's, sonst wird's nix mit Ihrer Karriere.« Die du eh nicht haben wirst, dachte Mayr. Da konnte eine noch so strebsame Steffi hinter diesem Knödel stecken.

XXIV.

Frank nahm die Hände von der Tastatur. »Das glaube ich jetzt nicht.«

Ecki legte seinen Berliner Pfannkuchen auf die Tüte zurück. »Was ist?«

»Jakisch. Er hat mir ein paar Namen gemailt, die ihm bei seinen Ermittlungen begegnet sind. Schau dir das an. Der Bursche ist so was von clever. Er hat sich durch die Akten der alten Firma gewühlt, in der die letzte Leiche gefunden wurde. Also: Geschäftspartner, Kunden, Mitarbeiter und so weiter. Und er bittet uns, dass wir sie mit unseren Dateien abgleichen.«

»Nun sag schon.« Ecki war hellhörig geworden und trat hinter Frank. Er warf einen kurzen Blick auf die Liste und stieß einen Pfiff aus. »Anteilseigner von Kühn & Söhne war die Familie Grünewald.«

»Und Grünewald trägt Hut.« Frank nickte. »Einen Fedora. Steht in Ungerechts Artikel. Und auf diese italienische Marke tippen, laut Torsten Linder, LKA und BKA als Spurenlieferant. Die teuren Hüte werden aus Kaninchenhaar gefilzt. Das allein hätte mich nicht weiter stutzig gemacht. Aber im Zusammenhang mit Jakischs Recherchen ergibt sich ein völlig neues Bild.«

»Grünewald.« Ecki ging zu seinem Schreibtisch zurück und setzte sich. »Er als Täter? Und was ist mit Eggerath? Er hat die besseren Motive. Wir kennen Grünewald doch gar nicht. Er mag ja ein Sonderling sein, aber ist er auch ein Mörder? Das geht mir ein wenig zu schnell, Frank.«

»Eben. Wir wissen zu wenig über Grünewald. Wir müssen das abchecken. Er wäre unsere zweite Spur.«

»Nun mal langsam. Ich will dich ja nicht ausbremsen, aber was haben wir an Beweisen? Nichts. Ein paar winzige Fasern. Die reichten zusammen mit der dünnen Faktenlage niemals für einen Durchsuchungsbeschluss.«

»Dann müssen wir auf eigene Faust zu seiner Villa.« Franks Ruhe war dahin. Er musste dem Hinweis nachgehen. Sofort.

»Voreiliger Aktionismus könnte uns eher schaden.« Ecki sah auf den Berlinerrest, ließ ihn aber liegen.

»Vielleicht ist Ungerechts sein nächstes Opfer, Ecki.« Frank stand auf. »Wir müssen Carolina informieren. Gefahr im Verzug. Das muss als Begründung reichen.«

»Du fängst an, was zu konstruieren.« Ecki mochte Franks Gedanken nicht so ohne Weiteres folgen. »Die Geschichte ist die, dass sich eine Reporterin in ihr Thema verliebt hat. Soll vorkommen. Und das mit dem Hut kann Zufall sein.«

»Ungerechts war mit Simone Contzen befreundet.«

»Zufall.« Ecki schüttelte den Kopf.

»Was, wenn Grünewald Ungerechts beobachtet hat und sich ihr als Thema angeboten hat? Er hat sich an sie herangemacht, um auch sie zu töten.«

»Warum?«

»Weil«, Frank hielt inne. Ja, warum? »Weil er aus Lust am Töten tötet. Und weil ihm das einen zusätzlichen Kick gibt – die

Freundin seines Opfers ebenfalls umzubringen.« Frank musste sich eingestehen, dass dies ein schwaches Argument war.

»Angenommen, Grünewald ist unser Täter in allen vier Fällen. Was will er dann von Ungerechts? Der einen Frau schneidet er die Augen aus, bei der anderen hat er es auf die Arme abgesehen, der nächsten fehlen die Beine, der vierten Frau schneidet er die Haut vom Rücken. Was will er von der Journalistin?« Ecki spielte mit seinem Bleistift und setzte hinter jedem Opfer ein Häkchen.

»Was weiß ich? Den Kopf? Sie hat ein hübsches Gesicht. Oder die Haut ihrer Brust.«

»Und wozu das alles?«

»Weil er diese Dinge für sich haben will?«

»Frankenstein 2014?«

»Warum nicht?«

»Er wird intelligent genug sein, um zu wissen, dass das nicht funktioniert.«

»Was hat Intelligenz mit Mordlust zu tun? Eine Abart von Kannibalismus, meinetwegen. Was weiß ich.«

»Schade, dass der Psychotherapeut auf dem Jakobsweg ist.«

»In dem Artikel über Grünewald steht doch auch, dass er ein Philanthrop ist. Und sein Interesse an der Bildhauerei groß ist. Griechische Skulpturen seien für ihn der Inbegriff der ewigen Schönheit«, zitierte Frank aus dem Gedächtnis die entsprechende Passage aus Ungerechts Porträt. »Das ideale Menschenbild habe zum Ziel, dem Individuum seine Unvollkommenheit vor Augen zu führen. Und ihm dennoch zur Aufgabe zu machen, diesem Ideal möglichst nahezukommen.«

»Schweres Thema. Ich halte es eher mit den Skulpturen im *Playboy*.«

»Verstehst du denn nicht? Grünewald bastelt sich seinen idealen Menschen aus Einzelteilen zusammen. Die idealisierte Frau, die der Vollkommenheit nahekommt.«

»Bitte nicht durchdrehen, Frank.« Ecki fehlte jedes Verständnis für Franks Theorie. Er hielt sich lieber an die Erfahrungen aus mehr als zwanzig Jahren Arbeit im KK 11. Hass, Rache, Eifersucht, Habgier, Heimtücke, das waren immer noch die bewährten Motive für Mord und Totschlag. Darauf würden auch diese Fälle letztlich hinauslaufen. Und diese Motive trafen nach seiner Überzeugung deutlich auf Paul Eggerath zu. Grünewald war jemand, der sich gerne in philosophischen Gedanken verlor. Das meinte er zumindest aus Ungerechts Texten herauszulesen. Als Mörder taugte er nicht. Für Grünewald war das Schöne so erhaben, dass es nicht zerstört werden durfte. Hatte das nicht auch so in diesen Texten gestanden?

»Grünewald trägt Hut. Das tut Eggerath nicht. Und er leidet unter einem Trauma.«

»Der ungeklärte Tod seiner Frau?«

»Ja. Da stimmt etwas nicht. Da kannst du sagen, was du willst.«

»Was hat diese Sache mit unseren Fällen zu tun? Das verstehe ich nicht, Frank.« Ecki zeichnete Linien und Kreise auf seinen Notizblock, schrieb hier den Namen Grünewald, dort die Namen Contzen und Ungerechts, strich alles wieder durch und begann von Neuem. Es wollte nichts zusammenpassen.

»Das weiß ich doch auch nicht.« Frank rieb sich mit beiden Händen das Gesicht. Er wünschte sich Viola herbei, die ihnen mit ihrem Wissen aus der operativen Fallanalyse weiterhelfen könnte.

»Nehmen wir mal an, er hat seine Frau damals abgöttisch geliebt. Er kommt über ihren Verlust nicht hinweg. Ganz im Gegenteil, er wird eine Zeit lang sogar für den Mörder seiner Frau gehalten. Er ist am Ende. Schließlich versucht er, aus seiner Verzweiflung zu fliehen, und schafft sich eine neue Frau. In seiner Phantasie. Und in der Realität sucht er sich die entsprechenden Einzelteile zusammen. Das wäre doch denkbar, Ecki. Das Gehirn geht manchmal absonderliche Wege, um mit Verlust fertigzuwerden. Dieser Schmerz ist so stark, dass er nur betäubt werden kann, wenn anderen Menschen Schmerz zugefügt wird. In diesem Sinn ist der Täter auch Opfer.«

»Frank.« Ecki schüttelte den Kopf. »Das wissen wir doch alles nicht. Das mag ja wissenschaftlich betrachtet schlüssig klingen. Aber wir haben keinen Beweis.«

»Deshalb müssen wir Grünewald finden, bevor noch mehr Unheil geschieht. Glaube mir, Katharina Ungerechts schwebt in Lebensgefahr. Wenn sie denn noch lebt, Ecki.«

»Also, Grünewald macht mit Ungerechts Urlaub. Eggerath ist abgetaucht. Keine Handyortung. Benutze doch endlich deinen Ermittlerverstand, Frank. Eggerath ist unser Mann. Lass die beiden Urlaub machen. Die tauchen schon wieder auf. Und dann können wir Grünewald immer noch befragen.«

Frank hatte den Kopf in die Hand gestützt und versuchte, Eckis Argumentation zu folgen. Es sprach manches für Eggerath, das stimmte. Aber er glaubte immer noch, dass die Verbindung, die Jakisch herausgefunden hatte, kein Zufall sein konnte. Schließlich sah er seinen Freund an. »Lass uns zu Grünewalds Villa fahren. Ich glaube, dort liegt der Schlüssel zu dem Ganzen. Grünewalds Name taucht in unseren Ermittlungen auf und in den Listen aus Kempten. Ecki, das ist kein Zufall.«

»Du siehst bezaubernd aus.«

Moritz Grünewald hielt Katharina bei den Händen, und sie drehten sich im Kreis.

»Danke.« Sie lachte. So unbeschwert war Moritz in den vergangenen Tagen immer seltener gewesen. Sie freute sich über diesen Stimmungswechsel. Sie würde gerne länger im Allgäu bleiben. Aber sie konnte sich das nicht leisten. Sie musste wieder zurück in die Redaktion. Sie wollte Liebig keine Argumente liefern, sie als »unzuverlässig« kaltzustellen.

»Es gibt noch eine klitzekleine Winzigkeit. Dann bist du perfekt, mein Schatz.«

»Und das wäre, mein Prinz?« Katharina war einen Schritt auf ihn zugekommen und wiegte sich mit einer Drehung in seinen Arm. Überschwänglich legte sie den Kopf in den Nacken, bereit, geküsst zu werden.

»Eine Petitesse.« Er drehte seinen Kopf zur Seite. »Bitte steck dein Haar zurück, dann bist du die perfekte Skulptur für mich. Meine Göttin der Liebe.«

»Du bist und bleibst verrückt, Moritz.« Sie beugte sich zu ihm und gab ihm einen schnellen Kuss. »Wir wollen doch nur wandern. Nun trage ich schon alle deine Geschenke. Reicht das nicht?«

»Nein!«

Der harte Ton erschreckte Katharina.

»Tut mir leid.« Seine Stimme klang wieder weich. »War nicht so gemeint.« Er zog sie an sich. »Es ist nur – du bist so schön. So perfekt. Und die Frisur macht alles noch schöner.«

Katharina legte ihre Arme um seinen Hals. »Auch wenn du manchmal ein unverbesserlicher Macho sein kannst, ich liebe dich. Und wenn es dich glücklich macht, dann sollst du die Frisur bekommen. Es dauert aber ein Weilchen.«

Mit einem eleganten Hüftschwung drehte sie sich von ihm weg und verschwand im Bad.

Moritz Grünewald trat ans Fenster und betrachtete die Landschaft unter dem blassgrauen Himmel. Der See lag still da. Seine Oberfläche schimmerte wie flüssiges Blei. Ein guter Tag für einen Ausflug ins Werdensteiner Moos.

Es war so weit.

»Sie schon wieder?« Schäfers' Körperhaltung hatte nichts mehr von der blasierten Zurückhaltung eines Butlers.

»Ich habe noch ein paar Fragen. Darf ich?« Frank deutete auf den Flur hinter Schäfers.

»Ich bin nicht auf Besuch eingerichtet. Und wie Sie wissen, ist Herr Grünewald nicht da. Ich kann Ihnen nicht mehr sagen, als ich Ihnen schon bei Ihrem letzten Besuch erzählt habe.« Schäfers machte Anstalten, die Haustür wieder zu schließen.

»Es geht nicht um Grünewald. Es geht um Hannah.«

Beim Namen seiner Nichte hielt Schäfers in der Bewegung inne. »Hannah? Ich verstehe nicht.«

»Darf ich?«

Hans Schäfers gab zögernd den Weg frei. Er musterte Frank aber weiterhin mit argwöhnischem Blick.

»Mir geht das Schicksal Ihrer Nichte nicht aus dem Sinn«, erzählte Frank auf dem Weg ins Haus.

Statt zu antworten, ging Schäfers voraus in die geräumige Küche der Villa.

»Was wollen Sie wirklich?« Schäfers blieb abwartend am Küchentisch stehen. »Was ist mit Hannah?«

»Ich möchte von Ihnen noch einmal ganz genau hören, wie das Verhältnis von Herrn Grünewald zu Ihrer Nichte war.«

»Das habe ich Ihnen doch bereits gesagt. Sie haben sich geliebt.«

»Hat es nie Unstimmigkeiten gegeben?«

»Was soll das heißen?« Schäfers' Gesicht verdunkelte sich.

»Die beiden waren ein glückliches Paar? Uneingeschränkt?«

Hans Schäfers nickte irritiert. »Ich verstehe immer noch nicht. Hannah und Herr Grünewald haben sich lange vor der Hochzeit gekannt. Hannah ist oft hier gewesen. Moritz ist ein paar Jahre älter als sie. Sie hat ihn lange als großen Bruder gesehen. Irgendwann wurde daraus Liebe.«

»Und das war in Ihrem Sinn?«

»Das geht Sie zwar nichts an, aber ja. Mehr als das. Hannah hatte ihre Eltern verloren, und wir haben versucht, ihr ein möglichst schönes Leben zu bieten. Die Liebe zwischen den beiden war für mich ein Geschenk Gottes. Auch, weil kurz vor der Hochzeit meine Frau gestorben ist.«

»Und es hat nie Streit gegeben?«

Schäfers runzelte die Stirn. Sein faltiges Gesicht wirkte dadurch noch furchiger. »Worauf wollen Sie hinaus?«

»Darf ich mich setzen?«

Schäfers deutete auf einen Stuhl.

Frank setzte sich an den Tisch. »Das Verschwinden Ihrer Nichte konnte nie aufgeklärt werden. Das lässt Raum für alle möglichen Spekulationen.«

»Das ist schon dreißig Jahre her. Wie gesagt, die Polizei hat damals alles getan, um den Fall aufzuklären. Nichts.«

»Und? Was denken Sie?«, fragte Frank und behielt ihn im Blick. Er wollte Schäfers' Reaktion genau beobachten.

»Sie kommen hierher und stellen diese Fragen. Warum? Ich denke, es geht um Moritz und diese Journalistin?«

»So ist es.«

Nun setzte sich auch Schäfers. »Hören Sie, ich bin ein alter Mann. Ich verstehe das nicht.«

»Was denken Sie über Hannahs Schicksal?«

Hans Schäfers fuhr sich durch sein graues Haar. »Sie können mir glauben, es vergeht kein Tag, an dem ich mir nicht diese Frage stelle. Aber ich weiß keine Antwort.«

»Was ist damals vorgefallen?«

Schäfers hieb mit der Faust auf den Tisch. »Ich – weiß – es – nicht!«

»Was denken Sie?«

Schäfers schüttelte stumm den Kopf und senkte den Blick.

Frank war davon überzeugt, dass Schäfers sich sehr wohl die gleichen Fragen gestellt hatte wie Ecki und er. Nämlich, dass Grünewald doch einen Anteil am Verschwinden seiner Nichte hatte.

»Darf ich mich im Haus umsehen?«

Die unerwartete Wendung des Gespräches ließ Schäfers den Kopf heben. »Warum?«

»Ich würde mir gerne einen Eindruck verschaffen, wie Sie hier leben.«

»Warum?«

»Sagen wir, ich habe nicht alle Tage die Gelegenheit, mich in solch einem Haus umschauen zu können.« Frank lächelte. »Es wird Ihnen vielleicht merkwürdig erscheinen, aber mich ziehen Häuser dieser Bauepoche an. Wenn ich die finanziellen Mittel hätte, würde ich gerne in solch einer Umgebung leben.« Er deutete auf die Kücheneinrichtung. »Diese Mischung aus Alt und Neu ist es, die mir so gut gefällt. Die hohen Decken, das alte

Parkett, das großzügige Treppenhaus. Meine Freundin und ich sind schon länger auf der Suche nach etwas Ähnlichem. Sicher nicht in der Preisklasse –«

Grünewalds Hausverwalter sah ihn prüfend an, dann erhob er sich. »Sind wir dann fertig?«

Frank nickte. Der Trick hatte funktioniert.

Die Bibliothek im ersten Stock war wirklich beeindruckend. In vielen der Bücher ging es um Fragen der Ästhetik, um Philosophisches. Fontane entdeckte er und Rilke. Er bewunderte die Ölgemälde, die alt und teuer aussahen, und das gediegene Mobiliar. Am Ende des kurzen, widerwillig von Schäfers durchgeführten Rundgangs hatte er viel gesehen, aber nichts, was ihn weitergebracht hätte. Wobei er auch nicht zu sagen gewusst hätte, was dies gewesen sein könnte.

Auf dem Weg nach unten registrierte Frank mehrere Stahlstiche, die im großzügigen Treppenhaus hingen: idealisierte Ansichten weitläufiger und niedriger Firmengebäude, über denen Schornsteine rauchten. »Herr Grünewald, das heißt das Unternehmen Kühn & Sohn, hat enge Verbindungen ins Allgäu gehabt, nicht?«

Schäfers nickte. »Wie viele andere Firmen hier aus dem rheinischen Manchester. Im Allgäu gab es einmal sehr viel Textilindustrie. Das waren lohnende Geschäftsverbindungen. Warum fragen Sie?«

Frank deutete auf die Stahlstiche. »Kam mir gerade in den Sinn. Nur die Firma oder auch Herr Grünewald?«

»Moritz hat Wert darauf gelegt, nicht nur Anteile zu halten. Er wollte sich stets vor Ort informieren und so auf dem neuesten Stand sein.«

»Ich denke, er hat kaum Interesse an den Geschäften gehabt?«

»Das stimmt. Aber die Familie verlangte Räson. Das hat er erfüllt. Nicht mehr.« Schäfers nahm den Schlüsselbund von einer Hand in die andere. »War's das jetzt? Ich habe zu tun.«

An der Haustür drehte Frank sich noch einmal um. »Ein sehr

großes Haus. Mit großem Dachboden und sicher auch mit großem Keller.«

»Das stimmt. Viel zu groß. Ich war schon ewig nicht mehr auf dem Speicher. Und den Gewölbekeller nutzen wir auch nicht. Es gibt einen Vorratsraum. Die anderen Räume werden nicht benutzt. War es das jetzt, Herr Kommissar?«, wiederholte er.

»Besitzt Herr Grünewald nur dieses Haus?«

»Der Immobilienbesitz der Grünewalds verteilt sich auf den gesamten Niederrhein. Dazu gehört auch ein Herrensitz in Nettetal. Den wollen Sie doch wohl nicht auch noch sehen?« Schäfers verzog den Mund zu einem sarkastischen Lächeln. »Es sei denn, Sie suchen eine Leiche?«

»Da sind wir.« Moritz Grünewald schaltete den Motor aus und öffnete die Wagentür. »Komm.«

Katharina löste den Sicherheitsgurt und stieg aus. Vor ihnen lag der schmale Eingang zum Werdensteiner Moos. Der Weg war matschig und machte nicht den Eindruck, dass es im weiteren Verlauf besser würde. Sie hätte nicht auf Moritz hören und doch ihre Wanderschuhe anziehen sollen.

»Was ist?« Moritz hielt ihr die Hand hin. »Deine Schuhe sind völlig okay. Weiter hinten wird es besser.«

Katharina warf ihm einen erstaunten Blick zu. Der ungehaltene Tonfall ärgerte sie.

Sie war auf dem Weg zum Moos wortkarg gewesen und hatte ihren Gedanken nachgehangen. Sie fühlte eine Unruhe in sich, die sie sich nicht erklären konnte. Hinzu kam, dass Moritz seit dem Morgen wieder einmal verändert wirkte. Diese Gefühlsschwankungen machten sie zunehmend müde. Sie war gerade mit ihren Haaren beschäftigt gewesen, als er seinen Kopf zum Badezimmer hineingesteckt und angekündigt hatte, einkaufen zu gehen. Allerdings hatte sie eher den Eindruck gehabt, dass Moritz ein Ventil für seine Rastlosigkeit brauchte. Er war seit dem Aufstehen voller Unruhe gewesen.

Sie hatte nichts gesagt und ihn gehen lassen. Er war dann länger fort gewesen, als sie vermutet hatte. Er habe ein paar Bekannte getroffen, hatte er sie mit wenigen Worten wissen lassen. Ihre hochgesteckten Haare hatte er mit einem kurzen Nicken und einer flüchtigen Berührung kommentiert.

Sie hatten anschließend schweigend am Fenster gesessen und den Wechsel des Lichts beobachtet, der das Grün der Bäume einmal dunkler und dann wieder heller erscheinen ließ und der die Farbe der Wiesen entweder messerscharf vom Spiegel der Wasseroberfläche schied oder die Grenzen zwischen Grün und Rottachsee verwusch.

Sie hatten schon häufiger so dagesessen und still ihre gemeinsame Zeit genossen. Aber diesmal war es anders gewesen. Wie ein ungeduldiges Warten. Als würde die Ruhe das Vorspiel zu einem Ereignis sein, das sich für diesen Tag angekündigt hatte, ohne eine konkrete Zeit zu nennen. Irgendwann waren sie beide wie auf ein Kommando aufgestanden und hatten sich für die Fahrt fertig gemacht. Im Auto hatte die ganze Zeit über eine angespannte Ruhe geherrscht, die sie meinte, mit den Händen greifen zu können.

»Komm.« Er hielt ihre Hand fest. Er zog sie mehr hinter sich her, als dass er entspannt neben ihr ging.

Beide bemerkten nicht, dass sich hinter ihnen ein blauer BMW langsam näherte und auf den Parkplatz bog.

»Warum hast du es so eilig?« Sie versuchte einen Scherz. »Ich brezele mich für einen netten Spaziergang auf, und dann startest du einen Gewaltmarsch. Ich dachte, du willst mir die Schönheit des Moors erklären.« Sie versuchte, ihn in die Seite zu knuffen, aber er hielt ihre Hand fest umklammert.

»Das wirst du schon sehen, das Werdensteiner Moos ist das schönste Naturschutzgebiet der Gegend. Voller Geheimnisse. Kein düsteres Moor, sondern ein Platz zum Verlieben.«

»Moore waren für mich bisher nicht gerade liebenswerte Orte. Sie machen mir ein bisschen Angst. Die schwarzen Wasser, die trügerischen Grasflächen. Das Moor zieht einen in den Tod. Als

Kind fand ich die Geschichten von Leichen im Moor, von dunklen Nebelgestalten und blubbernden Wasserstellen gruselig.«

Grünewald blieb kurz stehen. »Ach, alles Schauermärchen. Schau, der Pfad ist markiert und präpariert. Auf den Holzschnitzeln sinkst du nicht ein. Also –« Er zog sie weiter.

»Na, dann kann ja nix passieren. Bleib bloß bei mir.« Sie warf einen Blick zum Himmel. Ein Bussard zog lautlos seine Kreise. »Aber bitte, dann lass uns das Moos auch genießen. Wir haben doch Zeit. Wir müssen keinen neuen Rekord im Besichtigungstempo aufstellen.« Sie lachte kurz auf und drückte seine Hand.

Doch Moritz Grünewald ließ in seinem Tempo nicht nach. Zielstrebig folgte er dem gewundenen Weg und ließ sich von Katharina nur widerwillig vor die Schautafeln ziehen, die in regelmäßigen Abständen den Besucherpfad säumten. Als sie eine Plattform erreichten, die ein Stück in das Moor hineinragte, blieb Katharina erneut stehen.

»Von hier aus sieht das Moor wirklich schön aus. Und so harmlos. Wie ein dicker Teppich, der sich unter den Fußsohlen weich anfühlt und auf den man sich sinken lassen möchte.« Sie sah Moritz schelmisch von der Seite an. »Um von der Liebe und dem Leben zu träumen. Da, hast du gesehen! Eine Kreuzotter.« Sie drückte sich an Moritz. »Ich habe Angst vor Schlangen. Aber du beschützt mich doch, oder?«

Er legte seinen Arm um ihre Schultern. »Ich bin bei dir, und das bleibe ich auch. Ich zeige dir gleich eine Stelle, die noch schöner ist.« Er gab ihr einen Kuss auf die Wange. »Die ist für den normalen Besucher nicht zugänglich. Aber das soll uns nicht stören. Was meint deine journalistische Neugier dazu?«

Sie zögerte einen Augenblick. »Das Verbotene zu tun ist immer reizvoll. Das ist mein Job: Dort zu sein, wo andere nicht hinkommen.«

»Na, dann los, Frau Investigativ.«

Katharina atmete tief ein. Die kalte Luft tat ihr gut und verscheuchte die trüben Gedanken. Sie war froh, dass Moritz wieder unbeschwert sein konnte. Was mochte am Morgen nur in ihm vorgegangen sein? Vielleicht sollte sie ja nicht so viel grübeln. Es würde sich alles klären. Unternehmungslustig schob sie ihren Arm in seinen. Wenn sich die Gelegenheit bot, würde sie ihn fragen.

Martin Mader hielt Robert Mayr die Tür auf. »Griaß di! Gut, dass heute Ruhetag ist. Sonst ging das nicht mit dem Kochduell.« Er schmunzelte, als er Mayrs ernstes Gesicht sah, und deutete auf den großen Weidenkorb in den Händen des Kommissars. »Dein erster Schweinsbraten?« Er duzte Mayr seit der Mordsache mit dem Mönchengladbacher Unternehmer. Den hatten sie aufgehängt in einem abgebrannten Holzhaus gefunden. Mayr hatte den Gasthof *Zum Kreuz* vorübergehend zur Außenstelle seines KK 11 gemacht.

Robert Mayr gab ein unbestimmtes Geräusch von sich und wuchtete den Korb auf die Arbeitsplatte in der Küche. »Eine saublöde Idee, eigentlich. Ich habe so gar keine Zeit für so was. Ich habe zwei Morde aufzuklären.«

»Warum machst du das dann? Schlimme Sache. Aber Jakisch ist ein guter Mann. Der wird dich schon passabel vertreten.« Mader blickte zuerst ernst, dann schmunzelte er erneut, bis er schließlich grinste.

»Weil ich das Allgäu gegen diesen Rheinländer verteidigen muss. Tut ja sonst niemand. Wo ist der überhaupt?« Mayr sah sich um. Einen vorbereiteten Schweinsbraten mit allem Pipapo konnte er nirgends entdecken. Ganz zu schweigen von dem dicken Polizeiarchivar in seiner ebenso dicken Strickjacke.

»Der ist noch drunten beim Metzger Höbel und holt sein Stück.« Mader schaute auf die Uhr. »Er müsste gleich hier sein.« Er hob einen Zeigefinger. »Da ist er. Hörst du das Geräusch? Er ist mit seinem Trecker nunter nach Sulzberg und zurück.« Seine Augen leuchteten selig. »Welch ein Schnurren.«

»Schnurren?« Mayr packte den Korb aus und verteilte die Zutaten großzügig auf der Arbeitsfläche.

»Der Schlüter schnurrt wie eine Nähmaschine. Er hat einen guten Griff getan.« Amüsiert beobachtete Mader, wie Mayr sowohl das Bratenstück als auch die Gewürze, den Rotkohl und die Zutaten für die Knödel immer wieder in die Hand nahm und jedes Mal neu drapierte. Der Mann war eindeutig nervös. »Wird schon. Außerdem fährt Schrievers morgen. Er will das schöne Wetter ausnutzen. Im Fernsehen haben sie gesagt, dass es in den kommenden Tagen überall trocken, kalt, aber sonnig sein soll. Wenn er jetzt nicht losfährt, wird es auf dem Trecker zu ungemütlich.«

Was stören mich das Wetter und der Trecker, dachte Mayr und spürte, dass er feuchte Hände bekam. Seinetwegen konnte der Rheinländer in einer Schneewehe stecken bleiben. Dann würde er mal ein Gefühl von Winter bekommen! Das war denen da oben im Norden doch längst abhandengekommen.

Der Kriminalhauptkommissar hatte zum wiederholten Mal den großen Rotkohl in der Hand, als die Tür aufschwang. Vor ihnen stand ein gut gelaunter Rheinländer, im einen Arm einen ähnlich großen Korb wie der seine und im anderen Arm die Anstifterin zu dem Wettstreit. Die Kellnerin trug ebenfalls einen Korb und war ebenso gut gelaunt.

»Da ist er ja!« Schrievers nickte Mayr fröhlich zu und streckte ihm die Hand hin. »Wir werden ebenbürtige Gegner sein. Möge der Bessere gewinnen. Ich finde, wir sollten das förmliche Sie vergessen. Schließlich stehen wir jetzt im Ring. Ich heiße Heinz-Jürgen.«

Mayr war völlig verdattert. Das ging nicht – er konnte diesen Rheinländer nicht einfach duzen. Aber das war ja so typisch für diesen merkwürdigen Menschenschlag: Sie taten immer so, als würde man sich schon ewig kennen. Keine Distanz. Wie furchtbar. Immer gut Freund sein wollen. Pah.

Robert Mayr musste an Martinas Erzählungen denken. Ihre Freundinnen versuchten seit Jahren, sie zum Rosenmontagszug nach Köln mitzunehmen. Weil es dort so lustig zugehen soll. Verbrüderung und Völkerverständigung unter Zuhilfenahme von reichlich Alkohol und Konfetti! Allein schon bei dem Gedanken wurde ihm schwindelig. Nur gut, dass Martina bisher abgewunken hatte. Obwohl er den starken Verdacht hatte, dass sie schon wollen täte, wenn er sie denn fahren lassen täte. Er sah auf Schrievers' Hand wie auf ein unbekanntes Objekt und räusperte sich dann. »Mein Name ist Robert.« Er räusperte sich erneut und ergriff die ausgestreckte Hand. »Na ja, angenehm.« Er drückte kräftig zu. Vielleicht war der Archivar ja keinen harten Händedruck gewöhnt und wäre nun beim Kochen beeinträchtigt. »Ich wünsche uns ein faires Kochen.«

Schrievers nickte und sah Vroni Gruber an. »Danke, dass du mitgekommen bist. Jetzt muss ich alleine klarkommen. Aber das wird schon. Jedenfalls, danke, meine Liebe.« Als er Mayrs erstaunten Blick sah, fügte er erklärend hinzu: »Vroni hat mir ein paar Tipps gegeben. Nein, nein, nicht, was das Kochen betrifft. Wenn sie nicht dabei gewesen wäre, wäre ich nie den Umweg über Ottacker gefahren und hätte nie die schöne Aussicht genießen können.«

Die Kellnerin nickte dem Gastwirt zu. »Ich glaube, Heinz hat sein Herz an unser Allgäu verloren. Er will auf jeden Fall wiederkommen.«

Wer weiß, welchen Anteil vom Herz du erobert hast, dachte Mader stillvergnügt. Ihm war nicht entgangen, dass Vroni sich in den vergangenen Tagen um Schrievers mehr gekümmert hatte als um jeden anderen Gast. Er hätte ihr das nicht zugetraut. Sie galt im Dorf nämlich als »spätes Mädchen«, dem bisher die Mannsbilder nichts hatten recht machen können. Jedenfalls hatte Vroni in ihrem Leben bisher wenig Glück mit den Männern gehabt. Schrievers musste in ihr eine ganze Reihe von Saiten zum Klingen gebracht haben.

Vroni sah Schrievers vergnügt an und setzte ihren Korb ab. »Ich drücke dir die Daumen. Ihnen natürlich auch«, fügte sie mit einem Seitenblick auf Mayr hinzu. »Ich bin dann mal weg, Martl.« Mit einem zärtlichen Knuff in Schrievers' Bauch ließ sie die drei Männer in der Küche zurück.

»Also, ich mach dann mal den Schiedsrichter«, lachte der Gastwirt. Er sah beiden Kontrahenten in die Augen. »Ich sehe, dass alle da sind. Dann lasst mal schauen.« Martin Mader begutachtete die mitgebrachten Zutaten. »Ja, das ist super. Dann wünsch ich euch ein gutes Gelingen. Ich bin in der Stube, wenn's ihr Fragen habt.« Er deutete auf die Regale und Schränke. »Bedients euch. Messer, Töpfe, Reindl«, Mader neigte seinen Kopf Richtung Schrievers, »so heißen bei uns die Kasserollen. Es ist alles vorhanden und kann genutzt werden. Andere Hilfsmittel, wie zum Beispiel Handys, sind nicht erlaubt. Kann ich mich darauf verlassen?«

Mayr und Schrievers sahen sich kurz an, nickten und zogen sich dann mit ihrem Fleisch und den Zutaten an jeweils eine Ecke der großen Arbeitsfläche zurück.

Bevor er mit der Arbeit begann, vergewisserte Mayr sich mit einem unauffälligen Griff in die Hosentasche, dass er Martinas Spickzettel auch tatsächlich bei sich trug.

Es dauerte nicht lange, und Martin Mader hörte in seiner Küche das Klappern von Töpfen und ein geschäftiges Hin und Her. Vronis Idee war doch gar nicht so dumm. Vielleicht fanden die beiden über das Kochen zueinander. Die Luft zwischen den beiden Polizeibeamten brannte ziemlich heftig. Das hatte er schon bei ihrem ersten Aufeinandertreffen gespürt. Wobei Mayr deutlich kampflustiger war als der Archivar. An dessen niederrheinischer Gemütlichkeit perlte Mayrs Imponiergehabe einfach ab. Er nickte still vor sich hin. Vroni war halt ein Frauenzimmer mit viel Verstand und noch mehr Herz. Und außerdem brachte ihm selbst das Wettkochen eine Menge Spaß. Er könnte ja mal darüber nachdenken, ob das nicht eine Idee mit Zukunft wäre: Feriengäste kochen Allgäuer Spezialitäten.

»Bist du sicher, dass wir noch auf dem richtigen Weg sind?« Katharina sah sich um, aber sie konnte durch das Dickicht den Weg nicht mehr erkennen.

»Mach dir keine Sorgen. Es ist nicht mehr weit.«

»Sollen wir nicht lieber umkehren?« Sie drückte Moritz' Hand fester und versuchte, mit ihm Schritt zu halten.

»Gleich.«

»Du bist sicher, dass du weißt, wohin wir gehen?«

»Absolut.« Er eilte unbeirrt weiter.

Sie hatten den offiziellen Weg längst verlassen. Um sie herum war jetzt nur noch niedriges Buschwerk. Bei jedem Schritt hatte sie einmal mehr das Gefühl, dass der Boden immer stärker unter ihrem Gewicht nachgab. Es gluckerte unablässig.

»Moritz, der Boden wird immer weicher.«

»Ach was.«

»Moritz«, versuchte sie es erneut.

Schweigend zog er sie hinter sich her. Dabei musste er einige Tümpel umgehen, die sich plötzlich vor ihnen auftaten. In ihnen stiegen kleine Blasen auf.

»Moritz. Mir ist das nicht geheuer. Lass uns umkehren. Bitte. Ich glaube dir, dass das Moor da hinten noch schöner ist. Aber es reicht, wenn du mir davon erzählst.« Ihre Stimme klang längst nicht so unbeschwert, wie sie gewollt hatte.

Grünewald fasste ihre Hand noch fester. »Wir sind kurz vor dem Ziel. Da gebe ich doch nicht auf.«

»Du tust mir weh.« Ihre Hand steckte mit einem Mal fest wie in einem Schraubstock.

Grünewald blieb stehen. »Und du tust, was ich sage.«

Ihre Angst wuchs. Katharina riss sich mit aller Kraft los. »Moritz! Ich will zurück. Wenn du nicht mitkommst, gehe ich alleine.« Sie drehte sich um und ging ein paar Schritte. Die aufsteigende Panik schnürte ihr die Luft ab. Das wutverzerrte Gesicht, der harte Griff. Aber es lag noch etwas in Moritz' Blick, das in ihr eine noch viel größere Angst auslöste.

»Wenn du jetzt gehst, hast du keine Chance! Das Moor wird dich holen. Du wirst den Weg nicht finden.«

Die Kälte seiner Worte ließ sie abrupt stehen bleiben. Erst jetzt wurde ihr klar, in welch aussichtsloser Lage sie sich befand.

Sie sah sich um. Überall lauerte die Gefahr. Moritz hatte recht, wenn sie nur einen falschen Schritt machte, würde sie im Moor feststecken. Ihre Gedanken rasten. Sie musste sich beruhigen. Mein Gott, werde jetzt nicht hysterisch. Was war denn schon passiert? Moritz war doch voller Vorfreude, ihr sein geliebtes Moos zu zeigen. Nur deshalb trieb er sie voran! Ein großer Junge mit Abenteuerlust!

Sie kam wieder zurück.

»So ist es gut.« Er streckte ihr die Hand entgegen und lächelte ihr aufmunternd zu.

Als sie ihn erreichte, packte er sie bei den Oberarmen. Bis sie registrierte, was geschah, hatte Grünewald ihr längst die Hände mit Kabelbindern zusammengebunden.

»Moritz!« In ihren Schrei mischte sich Erstaunen mit Entsetzen. Das schmale Kunststoffband schnitt tief in ihre Gelenke.

»Ich erlebe gerade in Echtzeit, wie dein verdammtes Leben auseinanderfliegt. Es gibt keinen größeren Kick.«

»Du kommst gerade recht. Das LKA hat eben angerufen.«

Ecki sah Frank an. Dessen Gesichtsausdruck verhieß nichts Gutes. Vielleicht war ihnen Eggerath entwischt? Sie hätten die Fahndung nicht abgeben dürfen und sich stattdessen selbst auf die Suche machen müssen. »Eggerath?«

Frank schüttelte den Kopf. »Sie haben Faserspuren in der Kemptener Fabrik gefunden. Reines Kaninchenhaar.«

»Und Grünewald ist mit Ungerechts im Allgäu! Er ist doch unser Mann«, vollendete Ecki Franks Gedankengang.

»Jakisch muss sie finden! Wer weiß, was ihr bevorsteht.«

Ecki nickte und hatte bereits den Hörer in der Hand.

Frank nahm seine Jacke vom Haken und eilte zur Tür. »Ich fahre noch einmal zu Grünewalds Villa.«

»Er ist im Allgäu.«

»Ich weiß! Schäfers muss mir endlich die Wahrheit sagen.«

Eine halbe Stunde später sprang Frank vor Grünewalds Villa

aus dem Auto. »Ich muss Sie sprechen.« Frank drängte sich an Schäfers vorbei. In der Eingangshalle blieb er stehen. »Sagen Sie mir die Wahrheit. Die Zeit für vornehmes Getue, Scham und Zurückhaltung ist vorbei. Sie haben Grünewald immer noch im Verdacht, an Hannahs Tod schuld zu sein.«

»Was wollen Sie von mir?« Aus Schäfers' Gesicht war jede Farbe gewichen. Er stützte sich mit einer Hand auf die Lehne eines Ledersessels, der neben der Treppe stand.

»Das wissen Sie genau. Sagen Sie mir auf der Stelle, wo ich Grünewald finde.«

Hans Schäfers war innerhalb weniger Sekunden zu dem alten Mann geworden, der er war. Seine aufrechte Haltung war einer gebeugten Gestalt gewichen, auf deren Schultern die Last aus Verdacht und Pflichtbewusstsein drückte. Die Falten hatten sich noch tiefer in sein Gesicht gegraben. Schäfers war ein gebrochener Mann. Seit Jahren schon.

»Los, reden Sie endlich!«

Mit einer fahrigen Bewegung zeichnete Schäfers den Verlauf des Leders nach. Die Antwort bereitete ihm Mühe. »Ich habe nicht eine Sekunde daran geglaubt, dass Hannah freiwillig verschwunden ist. Ich habe Moritz auf Knien gebeten, mir die Wahrheit zu sagen. Aber er hat mich einfach stehen lassen und gesagt, dass die Polizei nichts mehr tun kann. Er war nicht einmal in der Lage, meine Trauer zu ertragen. Er hat mich stehen lassen und ist fortgefahren. Dabei war meine Hannah in der ersten Zeit so glücklich mit Moritz. Aber sie wurde immer stiller. Sie haben sich nicht mehr verstanden. Statt sich zu lieben, haben sie sich um Kleinigkeiten gestritten.«

»Wohin? In welches Haus ist er gefahren, wenn er Sie und Ihre Fragen nicht mehr ertragen konnte?«

»Ich vermute mal nach Elmpt. Die Grünewalds besitzen dort ein Stück Wald und eine Jagdhütte. Ich war schon ewig nicht mehr da. Ich wollte nicht dorthin, weil der Ort mit so vielen Erinnerungen verbunden ist. Hannah war oft dort. Sie hat sich dort immer so wohlgefühlt.«

»Die Adresse, ich brauche die Adresse im Allgäu!« Frank fasste den alten Mann bei den Schultern.

»Ich weiß es nicht.« Schäfers machte sich los und ging mit unsicheren Schritten zu einem schmalen Tisch, auf dem eine Kladde neben einem altertümlichen Telefonapparat lag. Er blätterte durch ein paar Seiten und notierte dann einige Ziffern. »Er nutzt ein Prepaidhandy. Ich habe ein paarmal versucht, ihn auf seinem normalen Handy anzurufen, aber die Verbindung ist unterbrochen. Er bucht im Allgäu immer eine andere Wohnung. Er kommt nie ein zweites Mal in das gleiche Quartier. Er will beweglich sein, hat er einmal erzählt. Immer auf der Suche nach dem Neuen.« Schäfers reichte Frank einen Zettel.

»Ist Grünewald oft in der Jagdhütte?«

»Oft?« Hans Schäfers legte eine Hand an die Schläfe. Das Nachdenken fiel ihm schwer. »Die Abstände sind unterschiedlich. Mal ist er nur für ein paar Stunden weg. Und ein anderes Mal sehe ich ihn tagelang nicht.«

»Haben Sie einen Schlüssel?«

Schäfers schüttelte den Kopf. »Nein. Aber wie gesagt, ich habe dort auch nichts mehr verloren.«

»Was genau macht er dort? Außer jagen?«

»Was weiß ich? Nachdenken? Vielleicht seinen Studien nachgehen. Sich betrinken. Keine Ahnung.«

Immerhin ein Anfang, dachte Frank, als er wieder in seinem Auto saß und den Zettel ins Handschuhfach legte. Es würde nicht einfach sein, das Telefon zu orten. Aber nun hatten sie die Chance, Grünewald von Jakisch und Mayr suchen zu lassen.

»Mach mich los. Moritz!« Katharina versuchte, sich zu Grünewald umzudrehen. »Nimm sofort die Fesseln ab!« Panisch vor Angst schrie sie Grünewald an. »Du tust mir weh!«

»Sei still, Katharina. Sch, sch –« Grünewald fuhr ihr mit dem Finger über die Lippen. »Schreien ist zwecklos. Niemand wird dich hören! Spar dir deine Kräfte. Du wirst sie noch brauchen.«

Er hatte plötzlich ein Messer in der Hand. »Zwing mich nicht dazu, dir wehzutun.«

Katharina erstarrte. Es war das Messer, das in seinem Wagen gelegen hatte. In jener stürmischen Nacht, als sie ihn gesucht hatte. Sie hatte seither nicht mehr über das Messer nachgedacht.

»Was willst du mit dem Messer?« Ihr Flüstern war ein Krächzen.

Sie riss an dem Kabelbinder, aber das Plastik drückte sich nur noch tiefer in ihr Fleisch. Sie versuchte, wieder die Kontrolle über ihre Stimme, ihren Atem zu bekommen und über ihre Gedanken. Ihr Puls raste, das Blut pochte gegen ihre Schläfen. Die Schmerzen in den Handgelenken ließen sie stöhnen.

»Warum tust du das? Was habe ich getan?« Sie hustete, und ihre Stimme krächzte noch stärker.

»Halt endlich die Klappe.«

Das Klirren in seiner Stimme ließ sie erzittern.

»Warum? Was hat das alles zu bedeuten? Die Kleider, die Frisur? Warum dieser Ort? Moritz?« Sie versuchte immer noch, ruhiger zu atmen. Vergeblich.

»Das wirst du gleich erfahren.« Er packte sie am Kabelbinder und zog sie hinter sich her wie ein Schlachtkalb.

Der plötzliche Schmerz ließ sie aufschreien. Das war alles nur ein böser Traum! Sie war gefangen. Vom Moor und von Moritz. Was war geschehen? Sie erkannte Moritz nicht wieder. Der gütige Blick, sein zärtliches Lächeln, seine behutsamen Hände: Alles weg! Stattdessen wurde sie mit roher Gewalt fortgerissen.

Sie stolperte. Als sie versuchte, sich abzufangen, versank ihr Fuß bis über den Knöchel in kaltem Moorwasser. Als sie ihn zurückzog, blieb ihr Schuh stecken.

»Moritz! Mein Schuh!«

Grünewald zog sie unerbittlich weiter. Sie stolperte vorwärts. Katharina konnte nicht erkennen, welche Richtung er nahm. Die Umgebung lag wie unter einem dichten Nebelschleier. Die Angst hatte ihren Körper längst in der Gewalt. Sie spürte ihre Muskeln nicht mehr. Sie war kaum fähig, ein paar Schritte zu gehen, ohne zu stolpern. Einmal fiel sie auf ihre Knie. Sofort sog sich der Stoff ihrer Jeans voll Wasser. Grünewald zerrte sie auf ihre Füße, um sie dann tiefer in das Moorgebiet hineinzuschleifen.

Endlich hielt er an. Sie wusste nicht, wie lange sie gegangen waren. Sie konnte erkennen, dass sie auf einer kleinen Lichtung standen. Um sie herum Büsche dicht an dicht. Vereinzelt ein paar Birken. Das Gras unter ihren Füßen war grob. Sie spürte den schwankenden Boden. Sie waren von Wasser umgeben, aus dem Stämme abgestorbener Birken ragten.

»Was tust du mit mir?«

Er zog sie zu einer der Birken und drückte sie zu Boden. »Setz dich.«

Katharina sah zu ihm auf. »Der Boden ist nass. Lass uns gehen. Bitte. Ich verstehe das alles nicht. Moritz?«

Mit einer schnellen Bewegung zog er aus seiner Jackentasche eine Rolle Klebeband und riss ein großes Stück ab. Katharina versuchte, ihren Kopf zur Seite zu drehen. Aber es half nichts. Grünewald schaffte es mühelos, ihren Mund zu verkleben. Entsetzt registrierte sie, wie sich neben ihr eine glänzende Kreuzotter entlangschlängelte. »Keine Angst, sie tut dir nichts.« Grünewald betrachtete interessiert Katharinas weit aufgerissene Augen. »Jetzt sind wir ganz allein.«

Katharina konnte nur noch schnaubende Laute von sich geben. Als sie versuchte aufzustehen, hob Grünewald das Messer.

»Besser, du entspannst dich.« Er trat einen Schritt auf sie zu.

Katharina wich mit ihrem Oberkörper zurück. Ihr Verstand wollte nicht begreifen, dass der gleiche Mann, neben dem sie noch vor wenigen Stunden voller Lust und Vertrauen gelegen hatte, nun mit einem Messer vor ihr stand und jeden Augenblick zustechen konnte. In ihrer Brust tobten Schmerzen. Ihr Herz drohte zu zerspringen. Sie hatte Moritz geliebt. Vom ersten Augenblick an. Ihr Körper und ihre Seele wollten nicht verstehen, dass sie sich so in ihm getäuscht haben sollte. Gleichzeitig wusste sie, dass sie in Lebensgefahr war. Niemand war da, der ihr helfen konnte! Wie lange war das her, dass sie auf den Parkplatz gebogen waren? Erst eine halbe Stunde? Oder waren es Stunden? Katharina sank in sich zusammen. Sie hatte jedes Zeitgefühl verloren.

Grünewald öffnete seinen Rucksack, den er aus dem Auto mitgenommen hatte, und zog eine eng zusammengefaltete Plastikplane hervor. Er öffnete sie bedächtig und breitete sie vor sich aus. Er genoss es sichtlich, dabei von Katharina beobachtet zu werden. Dann setzte er sich ihr gegenüber. Das Messer lag griffbereit neben ihm.

»Niemand wird wissen, was passiert ist.« Er lächelte zufrieden. »Ich werde zur Wohnung zurückfahren und später am Abend Monika anrufen und nach dir fragen. Morgen werde ich die Polizei anrufen und ihr sagen, dass ich dich vermisse. Dass wir einen Streit gehabt haben und ich mir Sorgen mache. Dann wird die Polizei den Fall bearbeiten. Und am Ende werde ich zu Hause einsam und mit gebrochenem Herzen sitzen. Ich werde der Polizei regelmäßig die Hölle heißmachen, dass sie nicht genug tut, um dich zu finden. Das ist alles: der arme alte Mann, der um seine junge Freundin trauert. Der sich Vorwürfe macht, dass der Streit die letzte Begegnung mit seiner geliebten Katharina war. Der alles dafür hergeben würde, wenn er sie doch nur noch einmal sehen könnte, um ihr alles zu erklären. Die alte Geschichte, Katharina: Zwei Menschen, die sich lieben, gehen im Streit auseinander und leiden bis an ihr Lebensende unter dem Verlust.«

Katharina schüttelte den Kopf. Sie drohte unter dem Klebeband zu ersticken. Sie riss an ihrer Fessel. Vergeblich.

Grünewald stand auf und schlang einen zweiten Kabelbinder um ihre Füße. Bevor er sich wieder setzte, strich er ihr über die Wange. Katharina erstarrte.

»So ist es gut. Du willst wissen, warum? Gut, meine liebe Katharina, du hast ein Recht darauf, die ganze Geschichte zu erfahren.«

Katharina stöhnte auf. Der Kabelbinder saß wie eine eiserne Klammer um ihre Fußgelenke und staute ihr Blut.

Grünewald holte tief Luft. »Du weißt, dass ich ein sehr sensibler Mensch bin. Ich hasse nichts mehr, als nicht verstanden zu werden. Was ich tue, hat immer einen Zweck und ein Ziel. Ich kann es nicht ertragen, wenn ich in Zweifel gezogen werde. Das habe ich schon an meinen Eltern gehasst. Und das habe ich auch an Hannah gehasst.«

Katharina stöhnte erneut auf. Sie nahm ihre Umgebung und das, was Moritz sagte, kaum noch wahr. Sie versuchte, sich zu konzentrieren: Wer war Hannah? Kannte sie eine Hannah? Und was hatte diese Frau mit ihr zu tun?

»Ich kann deinen Blick gut verstehen.« Er lachte sie an. »Nicht mehr lange, und du wirst alles begreifen. Ich muss es dir sagen, auch wenn ich dir damit wehtun werde. Ich habe Hannah geliebt, mehr als alles auf der Welt. Mehr als meine Eltern und mehr als dich, Katharina. Obwohl«, er machte eine winzige Pause, »du ihr sehr ähnlich bist. Die Form deines Kopfes, deine Haare. Als ich dich das erste Mal sah, konnte ich es nicht glauben. Das Schicksal hatte mir die Frau gebracht, die ich so lange gesucht habe.«

»Wie läuft's denn? Braucht's was?« Martin Mader steckte neugierig seinen Kopf zur Küchentür herein.

Die beiden Kontrahenten antworteten nicht. Sie standen beide mit dem Rücken zu ihm und waren tief in ihre Arbeit und ihre Rezepte versunken. Mayr hatte den Deckel der Kasserolle angehoben, um einen Blick auf seinen Braten zu werfen. Schrievers war mit seinem Rotkohl beschäftigt. Er probierte gerade, ob er schon gar war.

Martin Mader klatschte zufrieden in die Hände. Die beiden Kontrahenten waren ja nervöser als ein Lehrbub im ersten Monat. »Ich seh schon, alles im grünen Bereich. Also, dann machts weiter. Ich bin jetzt mal kurz weg. Ich muss nämlich noch meinen Bully in die Werkstatt bringen, weil sie morgen früh gleich die Inspektion machen wollen. Ich nehm den Hund mit, dann kann Ginger gleich Gassi gehen. Komm, Ginger!«, rief er und klopfte auf sein Hosenbein. Sofort stand der weiße Schäferhund neben ihm. »Also dann, pfiats eich, bis das Essen fertig ist, bin ich wieder zurück.«

Ohne dass die beiden Duellanten Notiz von ihm nahmen, verließ der Gastwirt seine Küche. Er nahm sich vor, auf dem Rückweg kurz bei Vroni vorbeizuschauen, um ihr davon zu berichten, wie ihre Idee fruchtete.

Sechshundert Kilometer weiter nördlich standen Frank und Ecki vor Grünewalds Jagdhütte. Ihre Anspannung war mit den Händen zu greifen. Carolina Guttat hatte zunächst den Durchsuchungsbeschluss nicht unterschreiben wollen. Aber schließlich hatte sie Franks Drängen nachgegeben. Sie wolle kein Hasenfuß sein, hatte sie mit Blick auf Franks Argumente gemeint. Die einzig verwertbaren Spuren: ein Hut und Kaninchenhaare. Beherzt hatte die Oberstaatsanwältin schließlich daraus doch noch »Gefahr im Verzug« gemacht.

Während der Mann vom Schlüsseldienst die Tür geöffnet hatte, hatte er ihnen erzählt, dass die Grünewalds im Ort eine bekannte Familie waren. Bei allen wohlgelitten. Was vor allem daran lag, dass Grünewald senior viel für den Ort getan hatte. Als Dank, dass die Männer ihm als Treiber bei seinen Jagden zur Verfügung gestanden hatten und er ohne viel juristisches Hin und Her Stück für Stück seinen Besitz hatte erweitern können. Er hatte unter anderem in jedem Jahr zu Nikolaus an die Kinder aus dem Dorf Süßigkeiten verteilen lassen. Und wenn mal jemand zu ihm in die Hütte gekommen war und um Hilfe gebeten hatte, sei er nie mit leeren Händen weggeschickt worden. Ein Unternehmer alter Schule, hatte der Handwerker betont und war nach vollendetem Werk mit einer einladenden Geste von der Tür zurückgetreten. Abwartend blieb er stehen. Erst nach Aufforderung entfernte er sich.

Frank suchte nach dem Lichtschalter. Es war im Wald mittlerweile zu dunkel, um ohne Licht auszukommen. Auf den ersten Blick war der Jagdsitz nicht viel mehr als ein komfortabel ausgebautes Holzhaus. Es hätte einem Förster nicht schlecht zu Gesicht gestanden, hatte Ecki bereits bei der Ankunft bemerkt.

»Gediegen.« Ecki nickte anerkennend, als sie aus dem Flur in das Wohnzimmer traten. »Möchte mal wissen, wer die Zeit findet, all die Bücher zu lesen, wenn man doch wegen der Jagd hier ist.«

Frank warf nur einen kurzen Blick auf die Bücher. Dann betrat er das Nebenzimmer. Der Raum war völlig anders eingerichtet als das, was sie bislang gesehen hatten. Statt des erwarteten waidmännischen Ambientes aus Geweihen, ausgestopften Fasanen oder auf Holztafeln applizierten Keilerzähnen, war der Raum nicht nur nahezu unmöbliert, er strahlte auch eine unerwartete Wärme aus. Hervorgerufen durch die helle Farbe der Tapete und die wenigen Korbmöbel. Der Raum passte nach Franks Einschätzung eher in eine moderne und teure Stadtwohnung als in das Jagdhaus einer Unternehmerfamilie, die es augenscheinlich zuletzt in den Fünfzigerjahren des vergangenen Jahrhunderts umgestaltet hatte.

Aber es war weniger der unerwartete Anblick, der Frank und Ecki erstaunt am Eingang hatte stehen bleiben lassen: Eine professionelle Filmausrüstung, die vor einem der Sessel aufgebaut war und über ein Kabel mit einem ebenso modernen wie teuren Rekorder verbunden war. Daneben stand ein zersprungener Spiegel. Als die beiden Ermittler näher traten, entpuppte sich das Gerät als ein DVD-Player, von dessen Rückseite ein Kabel zu einem Flachbildschirm führte, der an eine Zimmerwand montiert war.

»Was ist das? Ein Filmstudio?« Ecki sah Frank an. »Fehlt nur noch das Bett, und fertig ist das UFA-Studio für Pornofilme.«

»Red keinen Unsinn, Ecki.« Etwas unwirsch nahm Frank einen Stapel DVDs in die Hand, der auf einem niedrigen Glastisch zwischen den Korbsesseln lag. Sie waren nur mit Zahlen beschriftet.

»Was da wohl drauf ist?«, fragte er mehr sich selbst, als dass er Ecki ansprach.

»Schau nach, dann weißt du's.« Ecki trat an das große Fenster, das in den Garten hinausführte, der sich an das Jagdhaus anschloss. Viel konnte er nicht erkennen außer einem Laubbaum, dessen schon fast kahle Äste bis nahe an die Hauswand heranreichten. Was Leute mit Geld sich doch alles leisten konnten! Ein Jagdhaus mitten im Wald, das einem Einfamilienhaus locker zur Ehre gereicht hätte. Er musste an seine Eltern denken, die ein paar Kilometer weiter im Hardterwald einen Ponyhof betrieben und mehr schlecht als recht über die Runden kamen.

Als er Frank am DVD-Player hantieren hörte, drehte er sich um. »Bin gespannt.«

Was sie sahen, machte sie zugleich sprach- und ratlos. Sie sahen einen Mann, der in der Halbtotalen an der Kamera vorbeisprach, dann aufstand, aus dem Bild verschwand und nun aus dem Off zu hören war. Offenbar spielte jemand ein Interview mit sich selbst.

»Mach mal lauter«, forderte Ecki unnötigerweise Frank auf, der bereits mit der Fernbedienung hantierte. Er hatte den Mann erkannt.

»Ich meine, niemals ist man ganz an einem Ort. Meist ist man mit seinen Gedanken irgendwo anders. Körper und Geist sind selten zur gleichen Zeit am gleichen Ort.«

Der Mann stand auf und ging an der Kamera vorbei. Nun war nur seine Stimme zu hören.

»Beunruhigt Sie dieser Gedanke?«

Im nächsten Augenblick tauchte er wieder auf und setzte sich vor die Kamera.

»Nein. Das beunruhigt mich nicht. Das gehört doch zu unserem Wesen dazu – wir können immer nur für Augenblicke vereint an einem Ort sein.«

Und wieder wechselte er seine Position.

»Das klingt so, als würde Sie etwas anderes beunruhigen.«

So ging es eine ganze Weile hin und her. Der Mann sagte etwas und reagierte im Off auf das, was er gerade gesagt hatte.

»Ich rede von den Augen einer Frau. Von den Augen dieser Frau. Herausgetrennt können sie sich überall aufhalten, getrennt vom Rest des Körpers.«

»Welchen Zweck sollte das haben? Sie sind dann doch tot und zu nichts nutze. Tote Materie.«

»Sie verstehen nichts, absolut nichts. Sie sind ein Ignorant.«

»Sie müssen schon ein wenig deutlicher werden, lieber Herr Boveleth.«

»Es ist der Anfang von etwas sehr Großem.«

Frank und Ecki sahen sich fragend an. Ecki wollte etwas sagen, aber Frank legte einen Finger auf den Mund.

»Ihre Stimme hat sich verändert. Sie klingen sehr aufgeregt.«

»Ich bin die Ruhe selbst.«

»Ich sehe, dass Sie Ihre Hände nicht stillhalten können. Was macht Sie so unruhig? Sollen wir eine Pause machen?«

»Sie verstehen nichts. Nichts.«

»Was soll ich denn Ihrer Meinung nach verstehen?«

»Es geht um diese Augen. Sie haben mich angesehen, und da habe ich gewusst, es sind die richtigen.«

»Wessen Augen? Und was machte Sie so sicher?«

»Das tut nichts zur Sache. Es genügt, dass Sie wissen, dass es die richtigen sind.«

»Was haben Sie getan? Als Sie sie gesehen haben? Sie haben eben so etwas angedeutet.«

»Ich habe nichts angedeutet.«

»Wo haben Sie sie gesehen? Diese Frau. Ist sie hübsch? In welcher Umgebung hat Ihre Begegnung stattgefunden? Welches waren die Umstände?«

»Oh, es war eine schöne Umgebung.«

»Und die Frau?«

»Schönheit ist relativ. Ihre Augen waren entscheidend. Schöne Augen sind unsterblich.«

»Kann es sein, dass Sie auf eine ganz bestimmte Sache anspielen?«

»Sie sollten nicht länger in mich dringen. Ich habe Ihnen erzählt, was zu erzählen war.«

»Ich möchte noch einmal auf die Augen zurückkommen.«

»Augen sind so wertvoll wie ein Herzschlag.«

»Aha. Ein Herzschlag?«

»Das ganze Leben ist ein einziger Augenblick.«

»Das klingt sehr philosophisch.«

»Ich kann es auch musikalisch wenden.«

»Nur zu.«

»Wissen Sie, was mich auszeichnet? Ich kann meine Gefühle an- und ausknipsen wie meine Küchenlampe. Schmerzen gehören zu unserem Leben dazu. Wenn man das einmal akzeptiert hat, kann man unbeschwert sterben.«

Ecki sprang auf und stoppte die DVD. »Hast du das gehört, Frank! Die Augen! Du hattest recht. Grünewald ist tatsächlich unser Mann.«

Frank nickte schwerfällig. Er war benommen von dem, was er gesehen hatte: Grünewald saß am helllichten Tag vor dieser Kamera, plauderte unbefangen und gut gelaunt mit sich selbst über die Augen einer Frau. Für ihn gab es keinen Zweifel. Es konnte dabei nur um Simone Contzen gehen!

»Frank?«

»Schon gut. Schon gut.« Er war versucht, eine andere DVD einzulegen, doch dann griff er zu seinem Telefon.

»Die Spurensicherung?«

Frank nickte. »Denkst du, was ich denke?«

Ecki nickte.

Während sein Freund telefonierte, sah Ecki sich in den anderen Räumen um. Sie entsprachen wieder ganz dem, wie ein Jagdhaus eines vermögenden Besitzers in seiner Vorstellung auszusehen hatte. In der oberen Etage waren das Bad und zwei Schlafräume untergebracht. Ecki fuhr mit dem Finger über eine der Kommoden. In dem Haus hatte schon länger niemand mehr übernachtet. Auch im Bad lag auf den Armaturen und den Becken eine dünne Staubschicht. Auf dem Weg zurück ins Erdgeschoss traf er auf Frank, der an der Tür zum Keller auf ihn wartete.

»Der einzige Raum, der nach einer regelmäßigen Benutzung aussieht, ist dieses Studio.« Frank öffnete die Kellertür. »Was ist dieser Grünewald nur für ein Mensch?«

Von der Kellertreppe aus führte ein schmaler Gang zu zwei Türen. Die erste war verschlossen, dafür schwang die zweite ohne Schwierigkeiten auf. Ecki tastete nach dem Schalter und knipste das Licht an. Vor ihnen lag ein großzügiger Kellerraum, an dessen Längswand ein langes Regal aus Metall mit mehreren Böden angebracht war. In der Mitte des Raums stand ein großer Metalltisch. Daneben auf einem Tisch eine Kompaktanlage. Davor und darauf lagen haufenweise aufgeklappte Klassik-CDs. Und überall Kerzen in unterschiedlichen Größen.

»Oh mein Gott!«

Moritz Grünewald seufzte. Er beobachtete Katharina. Es sah aus, als wollte er aufstehen, aber er blieb sitzen.

»Wo war ich stehen geblieben? Ach ja, Katharina, du bist eine wunderschöne Frau.«

Katharina stöhnte. Sie fror. Die Feuchtigkeit hatte längst ihre Kleidung durchzogen. Bei jeder Bewegung meinte sie, tiefer in den Boden zu sinken, obwohl der Untergrund sie doch trug. Noch trug.

»Ja. Nein. Was ich eigentlich sagen wollte: Hannah hat mich betrogen. Ich habe alles für sie getan. Ich habe sie auf Händen getragen. Ich habe ihr die Schönheit der Künste gezeigt. Ich habe ihr gesagt, dass die antiken Skulpturen dennoch erbärmlich sind im Angesicht ihrer Schönheit.« Er fuhr sich mit der Hand über die Augen. »Zuerst hat sie alles begierig in sich aufgesogen, wollte immer mehr hören von der Kunst der Bildhauerei. Sie hat mir sogar Modell stehen wollen! Aber dann, von einem Tag auf den anderen, hat sie nichts mehr davon hören wollen. Sie habe genug von dem Gewäsch.« Er sah ihr unverwandt in die Augen. In seinem Blick paarten sich Verwunderung und Missbilligung. »Kannst du dir das vorstellen? Sie hat tatsächlich ›Gewäsch‹ gesagt! Noch dazu mit einem hämischen Ton. So, als wollte sie mir absichtlich wehtun. Hörst du? Dabei habe ich sie doch so sehr geliebt und ihr die Welt zu Füßen gelegt. Ich habe für sie die schönsten Dinge ausgesucht und sie ihr geschenkt. Ich habe ihr mein Leben geschenkt! Und sie spricht von ›Gewäsch‹! Als sei ich senil oder verrückt. Ich frage dich, Katharina, ist das richtig?«

Grünewald stand auf und begann, vor ihr auf und ab zu gehen.

»Wozu habe ich die schönen Künste studiert? Mit ihr Goethe und Schiller gelesen? Mich ganz ihr gewidmet? Ich habe sie auf Händen getragen. Jeden Tag aufs Neue habe ich ihr meine Liebe gestanden. Katharina, ist das fair? Ich frage dich?«

Sie wollte, dass dieser Wahnsinn aufhörte. Wollte ihn anschreien, endlich damit aufzuhören und sie loszubinden. Aber ihr gelangen nicht mehr als ein paar dumpfe Laute. Ihre Arme und Beine waren längst taub. Ihr Gehirn arbeitete kaum noch, aber ihr Herz raste.

»Schön, dass du mich verstehst.«

Sie schlug ihren Kopf wild hin und her, aber er beachtete sie schon nicht mehr.

»Ich habe lange gebraucht, um zu verstehen, was passiert ist. Ich habe zuerst gedacht, die Phase geht vorüber. Aber sie ging nicht vorüber! Dann habe ich sie zur Rede gestellt, aber sie ist mir ausgewichen. Dann habe ich ihren Onkel gefragt, was mit Hannah los ist. Aber er hat mich nur angesehen und mit den Schultern gezuckt. Am Ende habe ich nur einen Ausweg gewusst.« Grünewald blieb vor Katharina stehen und ging einen Schritt auf sie zu.

Katharina stöhnte laut auf.

»Ich habe einen Privatdetektiv engagiert. Es hat keine zwei

Wochen gedauert, bis ich Klarheit hatte.« Er schlug bei dem Gedanken beide Hände vors Gesicht. »Ausgerechnet in einer Kunstklasse. Ausgerechnet so ein dahergelaufener Referent der Volkshochschule. Wie billig. Hannah hatte ein Verhältnis mit einem arbeitslosen Kunstpädagogen!«

Katharina war blind vor Tränen. Die Sätze rauschten an ihr vorbei, ohne dass sie ihren Sinn verstand. Moritz soll endlich aufhören, der Satz hämmerte unablässig in ihrem Kopf. Der Albtraum sollte endlich aufhören. Hilflos hob sie ihren Kopf zum Himmel. Sie ahnte mehr, dass es immer dunkler wurde, als dass sie es sehen konnte. Dunkelgraue Schlieren. Nicht mehr lange, und die Nacht würde hereinbrechen. Sie zitterte.

»Du kannst dir vorstellen, wie mich das verletzt hat? Tage-, wochen-, monatelang habe ich es ertragen, dass sie ihren Kunstfreund traf. Kunstfreund! Welch widersinnige Bedeutung des Wortes. Ich habe geredet, gefleht, gebettelt. Es hat nichts genutzt. Sie hat mich nur angesehen und gelacht. Sie hat behauptet, dass nichts zwischen ihnen wäre, dass sie auf einer höheren Ebene miteinander kommunizierten. Dass es ihr allein um das erweiterte Verständnis von Kultur und Mensch ging. Nach all den Jahren meines Bemühens.«

Moritz blieb erneut vor Katharina stehen und nickte selbstvergessen. »Damit hat sie mich mehr getroffen als mit ihren heimlichen Treffen in irgendwelchen billigen Absteigen. Und dann ist sie verschwunden. Von einem Tag auf den anderen. Als hätte sie nie existiert. Sie hat mich zurückgelassen, mit meiner unerfüllten Wut und mit meiner Trauer. Einfach so. Du wirst mir endlich die Erleichterung bringen.« Er trat einen Schritt zurück und betrachtete sie von oben bis unten. »Du bist so schön, Katharina. Und ich weiß, dass du mich genauso betrügen wirst.« Er hob die Hand. »Nein, sag jetzt nichts. Du kannst die Folgen deines Handelns nicht absehen, so wie ich es kann. Der Mensch ist so.« Er nahm seine Wanderung wieder auf und verschränkte dabei seine Hände hinter dem Rücken. »Der gemeine Mensch ist so. Es gibt nicht den idealen Partner.« Abrupt blieb er stehen.

»Ich habe weiß Gott versucht, ihn zu erschaffen. Weiß Gott, ich habe es versucht. Wie ein Bildhauer habe ich versucht, die Masse zu modellieren, um die unbedingte Schönheit aus dem tumben Klumpen Fleisch herauszuarbeiten. Ich habe Studien betrieben, gutes Material beschafft, habe vieles ausprobiert, verworfen, wieder von Neuem begonnen! Ich habe gearbeitet bis zum Umfallen. Nur um am Ende zu erkennen, dass es diese Frau nicht gibt und nicht geben kann. Ich bin gescheitert. Hörst du? Ich bin gescheitert.« Er schloss die Augen und stöhnte auf.

Katharina hatte nicht mehr zuhören wollen und können. Sie war in einen Dämmerzustand gefallen, der ihr half, die Qual zu ertragen.

Unvermittelt ging Grünewald auf Katharina zu und riss sie hoch. Sie schwankte vor Erschöpfung und weil ihre Beine taub waren. Sie fühlte nicht einmal mehr Schmerzen.

»Es ist Zeit. Ich habe erkannt, dass auch du mir nicht die Erfüllung geben kannst, die ich brauche, um meinen Frieden zu finden. Keine Frau kann das. Weder diese Unglückliche damals vor sechs Jahren noch du heute, Katharina Ungerechts. Du bist Hannah so ähnlich. Aber du bist nicht sie. Niemand ist wie sie. Und ich habe schon bald geahnt, dass du mich im Stich lassen wirst. Weil du die ewig Suchende bist, der es allein um ihren Seelenfrieden geht. Du bist genauso egoistisch wie alle Menschen. Es wird niemals ein Wir geben, das uns beide befriedigt. Du bist nicht gut genug, nichts sonst. Katharina, du bist eine schöne, aber du bist leider auch eine leere Hülle.« Mit einem schnellen Schnitt löste er ihre Fußfessel. »Komm jetzt. Es ist nicht mehr weit.«

Katharina war halb ohnmächtig vor Angst und der lähmenden Erkenntnis, dass sie einen kranken Menschen geliebt hatte. Grünewald hatte sie benutzt! Seine Zärtlichkeit, seine Freude, seine Geschenke, die strahlende Kraft seiner Augen, ihre tiefgründigen Gespräche: Alles hatte er nur dazu benutzt, sie gefügig zu machen. Er hatte von Beginn an ausschließlich dieses eine Ziel, sie zu seinem Geschöpf zu machen.

Für einen winzigen Augenblick war ihr Geist wach. Hannah war seine erste Frau gewesen. Aber wer war die »Unglückliche« vor sechs Jahren? Wen meinte er? Katharina musste würgen und fürchtete, sich hinter dem Klebeband erbrechen zu müssen.

Sie sah Moritz flehend an, ihr das Pflaster vom Mund zu nehmen. Sie würde nicht schreien, versuchte sie ihm mit ihren Augen zu signalisieren. Aber er reagierte nicht. Er, der noch vor wenigen Stunden jeden ihrer Wimpernschläge zu deuten gewusst hätte.

»Komm.« Grünewald zerrte sie weiter, tiefer in das Moor hinein. Katharina sank bei jedem Schritt in den weichen Boden ein. Nach wenigen Metern blieb Grünewald stehen.

»Wir sind da, meine Liebe.« Grünewald nahm Katharina in den Arm und drückte sie einen winzigen Augenblick lang an sich. »Es ist so weit.« Er löste sich von ihr und trat einen Schritt zurück. Er sah aus wie der Besucher einer Galerie, der mit leicht seitlich geneigtem Kopf den optimalen Blickwinkel auf das Kunstwerk zu finden hoffte. »Ja. So ist es gut. Ich kann mich eigentlich nicht sattsehen. Verstehst du?«

Katharina schüttelte den Kopf. Ihre schreckensweit offenen Augen verfolgten jede seiner Bewegungen. Sie wusste nun: Er liebte nicht sie, sondern das Gefühl, das sie in ihm erzeugte.

»Wie sollst du auch? Du willst, dass ich dir endlich das Klebeband abnehme? Gleich, mein Schatz, gleich. Gleich wirst du frei sein. Und du wirst sie treffen. Du wirst im Sterben nicht alleine sein. Sie wird deine Hand nehmen und dich zu sich ziehen. Ihr werdet in meinen Gedanken auf ewig vereint sein.« Grünewalds Gesichtsausdruck wirkte plötzlich gelöst.

Katharina hatte den letzten Rest Gewalt über ihren Körper verloren. Ihr Zittern wurde stärker. Von welcher Frau sprach er? War sie selbst gemeint? Sprach er von ihr in der dritten Person? Oder hatte es zwischen Hannah und ihr noch eine Frau gegeben? Die an dieser Stelle qualvoll gestorben war? Hier, wo auch ihr Tod auf sie wartete? Das klare Bewusstsein schloss sich wieder. Was war vor sechs Jahren? Sie konnte nicht gemeint sein.

Sie war noch nie hier gewesen. Oder doch? Sie musste Ole fragen. Ole würde es wissen – oder Paul. Wer war Paul?

»Du hast dich gewundert, nicht? Dass ich dir mit so viel Geschmack das Tuch, die Bluse und die anderen Sachen geschenkt habe. Nicht wahr? Du konntest es nicht wissen, aber es sind die gleichen Kleidungsstücke, die Hannah an ihrem letzten Tag getragen hat. Und ich muss dir gestehen, sie sehen an dir perfekt aus.« Er nickte zustimmend und seufzte kurz auf, als sei ihm gerade in diesem Augenblick eine Idee gekommen. »Es wird dunkel.« Er trat auf sie zu.

Katharina erstarrte.

Grünewald drehte sie um und schnitt ihre Fessel auf. Dann stieß er sie von sich. »Los! Ausziehen!«

Robert Mayr riskierte einen Seitenblick auf Schrievers. Warum sah der nur so zufrieden aus? Und warum pfiff der Rheinländer schon die ganze Zeit dieses Lied? Mayr versuchte, den Titel zu erkennen. War es *Am Aschermittwoch ist alles vorbei*? Er kannte sich nicht aus mit diesen Jubel-Trubel-Hits aus Köln. Aber diesen Schlager kannte er. Oder war es doch ein anderes Lied? Mayr schüttelte stumm den Kopf. Egal. Er musste sich auf seinen Braten konzentrieren. Hatte er auch an alles gedacht? Er ging in Gedanken noch einmal alle Arbeitsschritte durch. Majoran, Rosmarin, Bier und alles andere – hatte er gemacht und beachtet. Er betrachtete erneut den Braten. Er wurde langsam zum einzig echten Schweinsbraten. Mayr nickte. Er hätte zufrieden sein können. Aber irgendwas war nicht in Ordnung. Etwas hockte in seinem hintersten Gehirnstübchen und meckerte. Aber was?

Mayr warf erneut einen Blick auf Schrievers. Der pfiff noch immer. Jetzt hatte er sich sogar eine Zeitschrift aus Maders Stube geholt und blätterte durch den Kulturteil! Der Mann hatte die Ruhe weg. Das war verdächtig. Wenn der nicht gedopt ist, dann fress ich einen Besen, dachte Mayr.

Er schaute noch einmal, ob der Rheinländer zu ihm herübersah, und griff dann in seine Hosentasche. Vorsichtig zog er Martinas Zettel hervor und legte ihn auf die Arbeitsplatte. Mit einer Hand deckte er ihn ab, mit dem Zeigefinger der anderen Hand fuhr er über die wenigen Zeilen. Stumm bewegte er beim Lesen seine Lippen. Er hatte an alles gedacht, bis auf –

»Ist dir nicht gut? Kann ich helfen?« Schrievers hatte die Zeitschrift zugeschlagen.

»Na, is scho recht.« Mayr spürte, dass er rot wurde. »Ich hab grad bloß an was denkt.« Mit unendlich langsamer Bewegung schob er seine rechte Hand über den Spickzettel. »I denk, dass i mit den Knödeln bald so weit bin. Und du?«

»Meine Klöße müssen noch ein wenig ruhen. Ich habe den Rotkohl fast fertig. Willst ihn mal probieren?« Schrievers nahm einen Löffel in die Hand.

»Na, das geht doch nicht! Das widerspricht den Regeln.« Wobei er sie nicht eindeutig hätte benennen können.

»Du hast recht. Immer fair bleiben.« Schrievers legte die Zeitschrift beiseite, hob den Deckel der Kasserolle und fächelte sich den Duft zu. »Wie das riecht! Mein Magen verlangt augenblicklich nach Schweinebraten klassisch. Hm, riechst du das? Korinthen und Weißwein. Vielleicht hätte ich doch auch Backpflaumen nehmen sollen.« Der Archivar legte den Deckel zurück und begann vor lauter Vorfreude, erneut zu pfeifen.

Korinthen, ha! Das konnte doch kein Mensch essen! Zu einem ordentlichen Schweinsbraten gehörten eine Biersoße und eine krachende Schwarte. Aber keine Korinthen. Und erst Weißwein! »Na, dann bin ich doch gespannt. Lang wird's ja nicht mehr dauern.« Während er sprach, zerknüllte er vorsichtig den kleinen Zettel. Jetzt nur nicht auf den letzten Metern noch einen dummen Fehler machen.

Robert Mayr wollte gerade mit einer entschlossenen Bewegung den Spickzettel in seiner Hosentasche verschwinden lassen, als sein Mobiltelefon klingelte. Er hatte es demonstrativ auf den großen Kaffeeautomaten gelegt, der neben dem Arbeitstisch stand. Kein Handy zum Spicken, hatte es geheißen. Mayr warf einen Blick auf das Display. Jakisch! Hatte man denn nie Ruhe vor dieser unfähigen Kreatur?

»Geh ruhig ran, wenn's nicht gerade dein Telefonjoker ist«, flachste der Archivar vergnügt. Schrievers hatte das sichere Gefühl, dass er den Contest locker gewinnen würde. Mayr war seit Beginn ihres Kochduells nervös und fahrig bei der Sache. Auf das angeblich original Allgäuer Tellergericht war er wirklich gespannt.

Mayr schüttelte den Kopf. »Nicht nötig. Ist nur Jakisch. Ich will meine Konzentration nicht verlieren.«

Schrievers lächelte. »Das nenne ich Sportsgeist. Aber wenn es wichtig ist?«

Der Kemptener Kommissar schüttelte den Kopf und versuchte, das Klingeln seines Handys zu ignorieren. Jakisch konnte einem dermaßen auf die Nerven gehen mit seinem Timing!

»Scheint doch dringend zu sein.«

Warum musste Schrievers sich einmischen? Und warum wieder mit diesem Gesumme und Gepfeife anfangen? Mayr konzentrierte sich auf den Liedtext. Jetzt fiel es ihm ein! Er kannte das Lied aus den Schwarz-Weiß-Zeiten des Fernsehens: *Man müsste noch mal zwanzig sein und so verliebt wie damals.* Willy Schneider. Genau.

»Willst du nicht doch?« Der Archivar deutete mit dem Kochlöffel auf das Mobiltelefon, das klingelnd und vibrierend unaufhaltsam in den Abgrund zu stürzen drohte.

Mayr verstaute hastig den Zettel in seiner Hosentasche und griff mit dem gleichen Schwung nach dem Telefon.

»Was gibt's, Jakisch? Sie stören!« Ich stehe kurz vor meinem Triumph über diesen karnevalsseligen Kripomann, setzte er stumm hinzu.

»Sie müssen sofort los!«, kam es laut zurück.

»Wieso? Was? Jakisch, ich stehe gerade in der Küche!«

»Die Mönchengladbacher Kollegen haben gerade Moritz Grünewald zur Fahndung ausgeschrieben. Sie wissen, die Liste! Der Mann – die Verbindung zwischen Niederrhein und Allgäu.«

»Ja, Kruzitürken!« Mayr wusste nicht, was er zuerst tun sollte: Das Blaukraut vom Herd ziehen, das eigentlich schon viel zu lange im Topf kochte, die Küche verlassen, um einen besseren Empfang zu haben, oder sich die Küchenschürze vom Leib reißen. Oder Jakisch wegen der unverschämten Störung niederbrüllen.

Als Schrievers Mayrs ratlosen und hektischen Blick sah, verließ er seine »Kampfzone« und ging auf Mayr zu. Jakischs Stimme war laut und deutlich zu vernehmen. Wenn er auch nicht alles verstand, weil es einige Lücken im Gespräch gab.

»Was ist nun wirklich los? Jetzt mal der Reihe nach.« Mayr machte eine halbe Drehung um seine eigene Achse und wechselte in die äußerste Ecke der Küche. Und schon war die Verbindung sauber. Argwöhnisch nahm er zur Kenntnis, dass der Rheinländer ihm gefolgt war.

»Also, es ist so.« Jakisch klang, als spräche er mit einem begriffsstutzigen Kind. »Ich habe den Kollegen die Ergebnisse meiner Recherche in den alten Unterlagen der Textilfabrik weitergeleitet. Wie besprochen. Da taucht der Name Moritz Grünewald auf. Und den haben auch die Gladbacher Kollegen auf dem Schirm gehabt, aber ohne konkrete Verdachtsmomente. Dann habe ich die Auswertung des LKA weitergeleitet. Sie wissen, die Kaninchenhaare. Und da hat es bei denen und beim BKA klick gemacht. Weil sie dort auch Kaninchenhaare an einem Tatort gefunden haben.« Jakisch geriet zunehmend außer Atem. »Frank und Ecki sind dann in das Jagdhaus von Grünewald gefahren. Dort sind sie jetzt mit der Spurensicherung. Es muss grausam dort aussehen. Jedenfalls ist die Fahndung raus, und ich habe auf ihren Wunsch die Handyortung angeleiert.«

Robert Mayr hatte mittlerweile sein Mobiltelefon so von seinem Ohr weggedreht, dass der Archivar mithören konnte, ohne sich den rheinischen Hals zu verrenken. Kochduell hin oder her. Im Hintergrund brannte gerade Mayrs Blaukraut an, ohne dass es die beiden bemerkten.

»Und ich habe auch schon das Ergebnis: Grünewald hat ein Prepaidtelefon, das er zum Glück nicht ausgeschaltet hat. Er ist im Werdensteiner Moos. Und er hat vermutlich ein weiteres Opfer bei sich.«

»Er ist der Frauenmörder?« Mayr schnüffelte. Irgendetwas stimmte nicht.

»So sieht es zurzeit aus.«

»Scheiße!«

»Was meinen Sie, Chef?«

Mayr rannte mit dem Handy am Ohr zum Herd und zog den Topf mit seinem Blaukraut vom Feuer.

»Herr Mayr? Sind Sie noch da?«

»Was soll die dämliche Frage? Natürlich bin ich noch da. Wo sind Sie denn?« Mayr war wieder in die Küchenecke mit dem guten Empfang zurückgekehrt.

»Ich bin mit Steffi auf dem Weg nach Memmingen. Wir sind zum achtzigsten Geburtstag ihrer Tante eingeladen.«

»Was? Ja, Kruzitürken noch einmal. Warum?«

»Ich habe früher Feierabend gemacht. Das habe ich Ihnen doch vorgestern gesagt, dass ich zum Geburtstag möchte.«

Mayr konnte sich an nichts erinnern. Jakisch musste sich irren, oder er warf mal wieder alles durcheinander. Wenn der schon nicht die Fakten ordentlich sortieren konnte, wie sollte aus dem Knödel jemals ein guter Ermittler werden? Eher lernten die da oben noch das Käsen.

»Herr Mayr, die Kollegen in der MK sind mit genug Arbeit versorgt. Um die müssen Sie sich keine Sorgen machen. Sie müssen sofort ins Moos! Ich werde noch das SEK informieren, aber das wird dauern.«

»Wissen S', ich habe hier eine Mission zu erfüllen! Sie müssen ins Moos fahren, aber schleunigst!«

»Ich bin schon fast in Memmingen. Da sind Sie näher dran, Chef.«

Schrievers konnte förmlich hören, dass Jakisch am anderen Ende der Leitung den Kopf schüttelte. »Hat er recht?«

Robert Mayr sah Schrievers an und nickte.

»Na, worauf warten wir dann?«

Mayr ließ sein Telefon sinken. »Ich bin ohne Auto. Meine Freundin hat mich hergebracht.«

»Herr Mayr? Herr Mayr?«, klang es aus dem Hörer.

»Dann muss der Wirt uns –« Schrievers schlug sich mit der Hand gegen die Stirn. »Der ist in der Werkstatt.«

Schrievers und Mayr sahen sich einen Augenblick ratlos an. Dann schlug Schrievers seinem Allgäuer Kochkonkurrenten auf die Schulter. »Wir fahren. Komm.«

»Womit?« Robert Mayr breitete seine Arme aus. »Wie soll das gehen?«

»Herr Mayr? Hallo? Haaallloo.« Es klickte in der Leitung.

»Gisela! Wir nehmen den Trecker!« Schrievers war schon auf dem Weg in den Wirtshausflur, als er kehrtmachte, sämtliche Töpfe vom Herd schob und den Strom abschaltete.

Keine zehn Minuten später hockten die beiden ungleichen Polizeibeamten auf Schrievers' neuem Gefährt und bretterten ab Ottacker auf der OA 3 mit der Höchstgeschwindigkeit von exakt 19,6 Kilometern pro Stunde dem Werdensteiner Moos entgegen. Während Schrievers das Lenkrad fest im Griff hatte, schaukelte Mayr auf dem seitlichen Sitz unsicher hin und her. Mit beiden Händen krallte er sich an das niedrige Eisengitter, um nicht vom schwankenden Holzsitz zu rutschen. Ihm war schleierhaft, wie der dicke Archivar mit seinen karierten Filzpantoffeln auf den blanken Pedalen Halt fand.

»Du sagst, wo es langgeht!«, brüllte Schrievers, um den Fahrtwind und das Motorengeräusch zu übertönen.

Mayr nickte nur. Er war dabei, seekrank zu werden. Den Rest des Weges saßen sie weitgehend schweigend nebeneinander. Nur ab und an gab Mayr die Richtung vor. Heinz-Jürgen Schrievers hatte das dumpfe Gefühl, zu spät zu kommen. Aber seine Gisela fuhr einfach nicht schneller als exakte 19,6 Stundenkilometer.

»Du sollst dich ganz ausziehen, habe ich gesagt. Nun mach schon.«

Katharina hatte bereits Jeans und Bluse ausgezogen und exakt so zusammengefaltet auf den Boden gelegt, wie Grünewald es verlangt hatte. Nun stand sie vor ihm und hatte ihre Hände schützend vor ihren Oberkörper gelegt.

»Du sollst alles ausziehen!« Grünewalds Blick irrte hin und her. Er meinte, ein knackendes Geräusch in seinem Rücken gehört zu haben, aber er konnte in dem dichten Unterholz nichts erkennen. Sicher nur eine Ratte oder ein Frosch.

Katharina hob ihre Hände zum Mund.

»Lass das! Bitte.« Er drohte ihr mit dem Messer. »Die Unterwäsche. Nun mach endlich!« Ihn überkam eine plötzliche Unruhe, die ihm nicht passte. Er musste auf der Hut sein! Katharina konnte im letzten Augenblick noch alles kaputt machen. Das hatte er sich alles ganz anders vorgestellt. Kunst brauchte Zeit und die Unruhe des Künstlers, nicht die der Situation.

Er musste sie endlich nackt sehen, um sie ins Moor treiben zu können. Wie damals vor sechs Jahren die Frau aus Serbien. An ihr hatte er ausprobiert, wie es war, wenn jemand vor seinen Augen verschwand. Stück für Stück. Zentimeter um Zentimeter tiefer sank. Ohne Aussicht auf Rettung. Er hatte jede Regung, jedes Schreien registriert. Hatte sich Notizen gemacht. Er wollte nachlesen können, wie es war, wenn sich das Moor über dem letzten Haarbüschel schloss und nur noch ein paar Blasen vom Ende des Lebens kündeten. Bis auch sie verschwanden und der Ort so friedlich und unschuldig dalag wie zuvor. Die Szenen hatten ihn davon überzeugt, dass vom Leben nach dem Tod nichts blieb. Und doch hatte ihm der Tod der Frau im Werdensteiner Moos nicht über Hannahs Verlust hinweghelfen können. Er hätte es wissen müssen, dabei hatte er die Frau voller Hoffnung getötet.

Jahre später hatte er Monika getroffen. Zufällig. Er hatte sofort den Impuls gespürt, es noch einmal versuchen zu müssen. Aber sie war ihm im letzten Augenblick ausgewichen. Und nun

Katharina. Er hatte gespürt, dass ihr Tod ihn seiner Heilung ein Stück näher bringen würde. Sie hatte Hannahs Statur, ihr Haar, selbst ihre Haltung und Gestik waren Hannah ähnlich. Und die Kleidung! Die perfekte Kopie. Nahezu perfekt. Er konnte es kaum erwarten.

Lediglich ihre Wäsche würde zurückbleiben. Er hatte sorgfältig darauf zu achten, keine Spuren zu hinterlassen. Er würde gleich danach aufräumen und das Moos und das Allgäu für immer verlassen. Nein, nicht für immer. Er würde Monika aufsuchen. Später, wenn alles vorüber war und sich die Ruhe wieder über das Moos und über sein Leben gesenkt hatte. Und er Schäfers endlich zum Schweigen gebracht hatte. Das war noch das schwierigere Unterfangen. Mit Männern hatte er sich noch nie beschäftigt. Schäfers würde nicht einfach werden, aber er würde schon noch einen Weg finden.

Er hatte Katharina schon oft beim Ausziehen beobachtet. Das hatte ihn erregt. Jetzt war er ruhig und betrachtete sie mit rein sachlichem, professionell geschultem Blick. Die Beugung ihrer Arme. Das Strecken ihres Oberkörpers. Die feine Linie, wenn sie sich ein wenig zur Seite drehte. Der Einfall des Lichts auf ihre Haut – die perfekten Proportionen. Aber ihr Körper war so tot wie die Skulpturen aus Marmor, die er so liebte. Er dachte an zu Hause, an seine Arbeit im Jagdhaus. Er musste lächeln. Er hatte noch so viel zu tun.

Katharina ließ Grünewald nicht aus den Augen, während sie die letzten Kleidungsstücke ablegte. Nun war sie nackt. Wenn sie jetzt nicht loslief, würde das Moor ihr Grab werden.

Sie sah alles deutlich vor sich: Sie sollte als Hannah sterben, weil Grünewald anders nicht leben konnte. Ihr Atem ging stoßweise. Das Klebeband saß zu fest, um es mit der Zunge wegzuschieben. Sie wollte ihm ihre Verachtung und ihren Hass entgegenschreien. Ihn anspucken. Ihm sagen, dass er sie anwiderte. Aber Grünewald ließ ihr keine Chance. Sie musste jetzt handeln! Aber wie? Sie schob sich Zentimeter um Zentimeter von der Stelle weg, die ihr Grab werden sollte. Fast unmerklich kam sie voran.

»Wage es nicht! Bleib stehen.« Grünewald griff ihren Arm und setzte ihr die Spitze seines Messers an die Kehle.

Besser, er sticht zu, als dass ich elend ersticke, fuhr es ihr durch den Kopf. Sie riss ihr Bein hoch, um es in Grünewalds Unterleib zu rammen. Aber er hatte mit dem Angriff gerechnet und war ihr katzengleich ausgewichen. Schon war er wieder bei ihr und legte ihr von hinten das Messer an die Kehle.

»Wehr dich nicht, meine Kleine. Es hat doch keinen Zweck. Entspann dich lieber. Atme tief ein und aus, dann stirbt es sich leichter. Du wirst sehen, das Moor wird gnädig mit dir sein.« Er legte seinen Kopf gegen ihren Kopf und sog den Geruch ihres Haares ein. »Hannah, geliebte Hannah. Es ist Zeit für dich zu gehen.«

Katharinas Zittern wurde stärker.

»Sch, sch, alles wird gut.« Grünewald drehte Katharina zu sich und presste sich gegen ihre Brüste. »Ich verspreche dir, ich werde dich nicht vergessen, Hannah.« Er lachte leise. »Wir sind ganz alleine. Nur wir beide. Hannah! Ich bin in der Stunde deines Todes bei dir. Hannah! Geliebte Hannah!« Er streichelte Katharinas Wange. »Ich nehme dir das Klebeband ab. Wenn sie dich finden sollten, glaubt sonst niemand, dass du freiwillig aus dem Leben geschieden bist. Die Journalistin, die dem Leistungsdruck in der Mediengesellschaft nicht mehr gewachsen war. Dein Chef wird Krokodilstränen um dich weinen.«

Katharina zuckte unter der Berührung seiner Finger zurück. Sie schloss die Augen. Hannah. Katharina. Ein Irrer.

»Weißt du«, er lachte, »ich muss sehen, wie sie ins Wasser geht – sonst finde ich keine Ruhe. Du tust das nun an ihrer Stelle.« Er schluchzte kurz auf und wischte sich über die Augen. »Das bricht mir das Herz. Aber ich habe keine Wahl. Wenn du mich liebst, wirst du das verstehen. Und ich weiß, wie du dich jetzt fühlen musst. Aber schlimmer noch ist der kurze Augenblick vor dem Morgengrauen. Die übliche Zeit, in der die Todgeweihten zum Schafott geführt werden.«

Katharinas Augen flogen verzweifelt hin und her. Es gab kein Entkommen.

»Ich werde die Dämonen in mir nicht los. Ich habe Angst vor meinem Leben. Ich habe nichts erreicht. Ich lebe jeden Tag, jede Woche, jedes Jahr mit dem permanenten Gefühl von Verlust.« Er lachte auf. »Das Leben ist ein gut versiegeltes Tagebuch verpasster Chancen. Ich bin nicht, was meine Hülle nach außen ist.«

Katharina vermochte seinen zunehmend wirren Gedanken nicht mehr zu folgen. Erst jetzt fiel ihr auf, dass er seinen Hut nicht trug.

In der Sekunde vor dem Schrei war absolute Stille. Kein Rascheln im Unterholz. Kein Vogelgezwitscher. Kein Luftzug. Es war, als würde die ganze Welt den einen winzigen Moment vor der Eruption den Atem anhalten, die Natur zu einem einzigen Kern zusammenschmelzen.

Dann gellte der lang gezogene Schrei über das Moor, der nichts Menschliches hatte. Als habe sich eine Schar Bussarde zu einem Chor Neuer Musik verabredet.

»Katharina!«

Ein paar Dohlen stoben hoch, als der zweite Schrei ertönte.

Grünewald wirbelte herum und konnte doch nicht verhindern, dass sich die dunkle Gestalt auf ihn warf. Nur mit Mühe konnte er das Messer festhalten. Wie ein Wilder begann er, um sich zu stechen. Aber er konnte nicht erkennen, ob er traf. Sein Körper war viel zu sehr damit beschäftigt, den Angreifer abzuschütteln.

Katharina war unfähig, sich auch nur einen Millimeter zu bewegen. Atemlos und ungläubig sah sie, wie sich zwei Männer am Boden wälzten. Grünewalds Messer blitzte immer wieder auf. Sie presste ihre Hände gegen den Mund. Sie wollte schreien, aber sie konnte nicht. Sie hatte Todesangst!

Paul?

Es war Paul! Wie aus dem Nichts war er aus dem Dickicht hervorgebrochen. Hatte sich auf Grünewald gestürzt.

Sie kniff die Augen zusammen, versuchte, mehr zu erkennen. Sie schüttelte den Kopf, der Albtraum blieb. Sie traute ihren Augen immer noch nicht. Das konnte doch nicht sein! Wie kam er hierher?

Katharina blickte sich keuchend um, aber sie entdeckte nirgends einen Stein oder Ast, den sie als Waffe hätte nutzen können. Sie konnte nicht helfen! Sie wich ein paar Schritte zurück und hockte sich hin. Mit dem Rücken lehnte sie an der Birke, die noch vor wenigen Augenblicken ihr Marterpfahl gewesen war. Mit einem Mal war sie unendlich müde. Sie konnte nichts mehr tun, außer dem Schauspiel vor ihren Augen zu folgen. Teilnahmslos sah sie dem Kampf um ihr Leben und um ihren Tod zu.

Sie wusste nicht, wie lange es gedauert hatte. Plötzlich hörte sie einen gurgelnden Schrei und sah, dass Paul von Grünewald zurückwich. Während Paul sich nur mühsam aufrichtete, lag Grünewald am Boden und hatte eine Hand nach ihr ausgestreckt. Er sah sie an und wollte etwas sagen. Aber er brachte nur ein Stöhnen hervor.

Sie musste sich auf Grünewalds Gestalt konzentrieren, die immer wieder vor ihren Augen zu verschwimmen drohte. Dann sah sie, dass eine seiner Hände voller Blut war und das Messer in seinem Bauch steckte.

Paul stand schwer atmend neben Katharina und brachte kein Wort hervor.

Sie verlor das Bewusstsein.

XXV.

Als Katharina zu sich kam, lag sie in Decken gehüllt auf einer Trage in einem hell erleuchteten Rettungswagen. Zwei Männer beugten sich über sie. Der eine legte ihr den Zugang für eine Infusion. Sie hob ein wenig den Kopf und sah durch die geöffnete Tür. Der Parkplatz des Werdensteiner Mooses stand voller

Polizeifahrzeuge, die zum Teil ihr Blaulicht eingeschaltet hatten. Zwei Männer der Freiwilligen Feuerwehr hasteten mit Lampen über den Platz Richtung Moor. Zwischen all den Einsatzwagen stand ein alter Trecker. Daneben zwei ältere Männer, die sich mit einem uniformierten Beamten unterhielten. Schaulustige, dachte sie mit einem Anflug von Ironie. Und: Wo ist die Presse?

Erst jetzt bemerkte sie Paul. Er stand am Heck des Rettungswagens und hatte eine Decke über seinen Schultern. Sein Hemd war blutverschmiert.

»Danke.« Katharina erschrak über ihre Stimme, die so rau klang wie Schmirgelpapier.

Paul Eggerath hob stumm eine Hand und lächelte. In der anderen Hand hielt er einen dampfenden Becher.

»Grünewald?«, brachte sie mühsam hervor.

»Ist schon auf dem Weg in die Klinik«, antwortete der dunkelhaarige Mann, der sich auf ihren fragenden Blick hin als Notarzt vorstellte. »Er ist schwer verletzt, aber er wird es überleben«, fügte er hinzu.

Und wenn schon, dachte Katharina. Ihre Augen suchten erneut Paul, der ihrem Blick unsicher lächelnd begegnete. Sie wusste, er hatte ihr das Leben gerettet. Aber das änderte nichts. Erschöpft sank ihr Kopf zurück. Der Sanitäter nickte Paul zu und schloss die Hecktür. Mit eingeschaltetem Blaulicht verließ der Rettungswagen das Werdensteiner Moos.

Heinz-Jürgen Schrievers und Robert Mayr waren erst gegen Mitternacht wieder zurück. Einträchtig standen sie in der Küche des *Kreuz* vor den kümmerlichen Resten ihres Wettstreits. Der Archivar aus Schwalmtal stach mit einer großen Gabel in seinen Schweinebraten und hob das Stück ein wenig an. Die Schwarte war über die Stunden weich geworden. Das Fleisch machte ebenfalls keinen appetitlichen Eindruck mehr. Der Kohl war zu einem matschigen Etwas zusammengefallen. Rettung ausgeschlossen. Die Klöße lagen angetrocknet auf einem Teller und warteten auf ihre Entsorgung. Schrievers' Blick auf Mayrs

Töpfe ließ keinen Zweifel, auch für diesen Schweinsbraten gab es keine Rettung mehr.

Sie waren zu spät im Moor eingetroffen. Paul Eggerath hatte einen Notruf abgesetzt, und die Kollegen hatten sofort reagiert. Die erste Streifenwagenbesatzung war deutlich vor dem MEK eingetroffen. Auch Carsten Jakisch war erst kurz vor Schrievers auf den Parkplatz eingebogen.

Der Kriminaloberkommissar hatte nicht mehr viel ausrichten können, denn Grünewald wurde bereits notärztlich versorgt, und das Gelände um den Tatort war schon weiträumig abgesperrt. Jakisch hatte lediglich die Spurensicherung informiert und sich dann um Steffi gekümmert, die kurz vor einer Ohnmacht gestanden hatte. Für die korrekte Sachbearbeiterin des Finanzamtes Kempten waren die Änderung ihres Terminplans, die halsbrecherische Fahrt von Memmingen nach Werdenstein und die Gefahr, in der ihr Freund steckte, einfach zu groß gewesen. Als Schrievers und Mayr mit dem Trecker angerattert gekommen waren, hatte Jakisch vor der geöffneten Wagentür gestanden und Steffi Luft zugefächelt. Bevor Schrievers sich über den Ablauf der Dinge hatte informieren lassen, war ihm aufgefallen, dass die junge Frau trotz ihres Schwächeanfalls Jakisch mit glücklich strahlenden Augen angehimmelt hatte.

Noch vom Parkplatz aus hatte Schrievers Frank und Ecki über die Entwicklung im Allgäu informiert. In einem ersten Impuls hatte Frank angekündigt, nach Kempten zu kommen, um bei der Vernehmung Grünewalds dabei sein zu können. Allerdings hatte er sich kurz darauf anders besonnen. Denn zum jetzigen Zeitpunkt war nicht klar, wann der fünffache Frauenmörder Moritz Grünewald vernehmungsfähig sein würde. Außerdem hatten sie mit der Auswertung der Fundstücke in Grünewalds Jagdhaus noch genug zu tun. Sie würden also abwarten, bis geklärt war, welche Staatsanwaltschaft Anklage erheben würde.

Schrievers hatte nicht glauben wollen, was Frank ihm berichtet hatte: Grünewald hatte die Leichenteile der Frauen sorgsam konserviert und in Glasbehältern auf einem Regal im Keller gelagert. Den Raum hatte Frank beschrieben als die pathologische Schreckenskammer eines Psychopathen. Neben den in Formalin eingelegten Leichenteilen hatten sie größere Mengen Bauplanen und Klebeband gefunden. Zudem chirurgisches Besteck unterschiedlicher Qualität. Besonders erschreckend war ihnen der Inhalt eines großen Kleiderschrankes erschienen. Grünewald hatte dort Kleidung gehortet. Tücher, Blusen, Jeans und Jeansjacken, immer aus der gleichen Modeepoche und immer der gleiche Schnitt und das gleiche Muster. Aber in jeweils unterschiedlichen Größen. Der Mörder war auf jeden Frauentyp vorbereitet gewesen. Er hätte immer die passende Größe parat gehabt.

Nach den Gesprächen hatte Schrievers Robert Mayr einen Wink gegeben, dass sie am Tatort nicht gebraucht würden und in Ruhe zurückfahren könnten.

Der Kemptener Kommissar sah bekümmert drein. »Und jetzt? Was wird nun aus meinem Schweinsbraten? Grünewald hat alles kaputt gemacht.«

Heinz-Jürgen Schrievers überlegte und schlug Mayr dann auf die Schulter. »Haben wir halt beide gewonnen. Was meinst?«

Robert Mayr wollte gerade antworten, dass dies erstens nicht infrage komme und zweitens sein Schweinsbraten mit an Sicherheit grenzender Wahrscheinlichkeit das Rennen gemacht hätte bei der Jury aus der Vroni und dem Mader, als die Tür aufging und der Gastwirt im Raum stand.

»Ja sauber, das nenn ich Timing. Gut, dass ihr den Täter habt.« Er bemerkte Mayrs Kümmernis und fügte hinzu: »Ein geklärter Mord ist mehr wert als ein ungeklärtes Wettkochen. Kommts, jetzt gibt's erst einmal eine Halbe.«

Als die beiden verhinderten Brathelden in die Wirtschaft kamen, staunten sie nicht schlecht. Vroni Gruber hatte für sie im Herrgottswinkel gedeckt und brachte ihnen, kaum dass sie saßen, zwei Teller Leberspätzlesuppe.

»An guate. Die Spätzle habe ich selbstverständlich selbst gemacht und das Ganze schnell herbracht. Ich hab mir denkt, dass ihr hungrig sein werdet, wenn ihr als Helden des Allgäus zurückkommt.« Sie strahlte Schrievers an und zwinkerte ihm zu. »Wennst magst, verrate ich dir hernach des Rezept.«

Schrievers nickte, ohne recht zugehört zu haben. Die Suppe dampfte, und die Leberspätzle schwammen vielversprechend in der kräftigen Brühe.

Von der Theke aus beobachteten Martin Mader und Vroni mit Vergnügen, wie sich die beiden ungleichen und doch wesensverwandten Polizeibeamten über die Suppe hermachten.

»Treckerfahren macht hungrig«, nickte Mader und dachte an seinen Schlepper, der abfahrbereit in der Garage stand. Er hatte sich entschlossen, den Archivar ein Stück auf dessen Heimweg zu begleiten. Eine gute Gelegenheit, um in Nürnberg Station zu machen und den Bruder zu besuchen.

Vroni brachte ein frisches Bier an den Tisch. »Und du bist sicher, dass du hier nicht mehr gebraucht wirst?«

Heinz-Jürgen Schrievers sah sie irritiert an. Etwas in ihrer Stimme sagte ihm deutlich, dass Vroni die Frage zweideutig gestellt hatte.

Er legte den Löffel zur Seite, griff zum Glas, prostete allen zu und trank einen deftigen Schluck. Dann setzte er das Bier ab und fuhr sich gleichzeitig mit der Hand über den Mund.

»Also, es ist so –« Weiter kam Schrievers nicht.

»Weißt, der Rheinländer muss wieder fort. Wenn die ein paar Tage den Dom nicht sehen, haben s' Heimweh. Das singen doch ihre Volksmusiker, die Dings, die Bläck Föös oder wie die heißen. Der nette Kollege muss zurück, das liegt in der Natur des Rheinländers! Da kann man nix machen«, fiel Mayr Schrievers ins Wort. Er war zufrieden, denn er fühlte sich als heimlicher Sieger des Duells. Mader hatte nämlich anerkennend genickt, als er vor seinen Töpfen gestanden hatte. Zumindest meinte er, das so beobachtet zu haben. Wie auch immer, es kam auf die innere Haltung an. Und danach war das Ergebnis eindeutig. Einen echten Schweinsbraten brachten halt nur die Allgäuer auf den Tisch.

Der Archivar zögerte einen Augenblick und nickte dann. Besser hätte er das im Grunde auch nicht formulieren können, fand er. Auch wenn Mayr nie kapieren würde, dass der Niederrhein seine eigenen Kirchen, Fußballvereine und auch Maskottchen hatte. Aber, das wollte er ihm nun doch positiv anrechnen, immerhin hatte er ihn gerade vor einer unangenehmen Situation bewahrt.

Vroni Gruber legte ihre Hände zusammen und rang sichtbar nach Worten, als die Pendeltür zum Flur aufschlug und Carsten Jakisch mit seiner Steffi in die niedrige Gaststube trat.

»Da sind Sie ja noch, Chef.«

Mayr war sich nicht sicher, ob in dem Satz nicht eine gehörige Portion Bedauern mitschwang, aber er zwang sich, nichts zu sagen. Den rothaarigen Knödel würde er sich schon noch zur Brust nehmen. Einfach so nach Memmingen fahren und ihn mit dem Fall alleine lassen! Das würde sich in Jakischs Beurteilung nicht besonders gut machen! Nur gut, dachte Mayr, dass ich mich immer noch auf meine Routine verlassen kann. Sonst hätte die Sache ins Auge gehen können.

»Können wir noch ein Bier bekommen, und haben Sie vielleicht noch eine Kleinigkeit für uns?«, fragte Steffi mit dünner Stimme. Sie sah um die Nase immer noch blass aus.

Vroni Gruber nickte.

Für die nächste Stunde wurde die niedrige Gaststube zum improvisierten Lagezentrum der Kemptener Polizei. Was Martin Mader und die Kellnerin hören durften, wurde ihnen von den drei Akteuren in aller Ausführlichkeit berichtet. Was noch unklar oder nicht für ihre Ohren bestimmt war, klammerte das Trio aus. Zumal es selbst aus verschiedenen Gründen nicht über alle Details verfügte.

Heinz-Jürgen Schrievers bemerkte dennoch Vronis traurige Blicke. Er würde mit ihr reden müssen. Aber das wollte er auf den nächsten Morgen verschieben.

Je länger der Abend dauerte, umso fröhlicher wurde die Runde im Herrgottswinkel des Gasthofs *Zum Kreuz*. Erst tief in der Nacht löste sich die Gesellschaft auf und strebte, jeder für sich, seinem Bett zu.

Während Steffi selig in Jakischs Arm lag, von ihrem Helden träumte und schon überlegte, ob der Platz im Ordner für die Zeitungsartikel reichen würde, Martin Mader mit hinter dem Kopf verschränkten Armen noch lange wach lag und den Sternen zusah, Robert Mayr in einen Tiefschlaf voller Kochduelle um Schweinsbraten gefallen war, sobald er seinen Pyjama übergezogen hatte, kamen Heinz-Jürgen Schrievers und Vroni Gruber nicht in den Schlaf. Aus unterschiedlichen Gründen und selbstverständlich in unterschiedlichen Betten. Wobei das für Vroni das größere Problem war.

Katharina Ungerechts lag im Krankenhaus in Kempten und war von den Ärzten ruhiggestellt worden. Sie war im Allgäu durch die Hölle gegangen.

XXVI.

»Hast du auch wirklich alles gepackt?«, fragte Vroni zum wiederholten Mal und steckte dem Archivar noch ein üppiges Paket mit Broten zu.

Schrievers nickte.

»Dann, auf geht's!« Martin Mader warf den Motor seines Schlüters an und rückte seinen breitkrempigen Hut zurecht, den er stets bei solch offiziellen Ausfahrten trug.

Auch der Archivar hatte die Zündung bereits eingeschaltet. Während er ein letztes Mal die wenigen Armaturen prüfte, stieg Vroni Gruber auf Schrievers' Trecker und gab ihrem »Champion« einen dicken Kuss auf die Wange.

»Der Mayr hätte das Kochduell niemals gewonnen. Das weiß ich genau«, flüsterte sie ihm ins Ohr und stieg wieder ab.

Langsam setzten sich die beiden Schlüter-Trecker in Bewegung und rollten auf die Dorfstraße. Martin Mader schwang seinen großen Hut zum Abschied, und Heinz-Jürgen Schrievers drehte sich noch ein paarmal um, um Vroni zuzuwinken, die auf der Terrasse des Gasthofs zurückgeblieben war und seinen Gruß heftig erwiderte. Seine Zeit in Moosbach waren Tage voller Überraschungen gewesen. Er würde Vroni nicht vergessen.

Als der Archivar sich am Ortsschild ein letztes Mal umdrehte, war vom Gasthof und von Vroni nichts mehr zu sehen. Er atmete die frische Luft ein und warf einen erwartungsfrohen Blick auf die Welt, die vor ihm lag. Heinz-Jürgen Schrievers fasste das Lenkrad fester und freute sich auf die vielen Kilometer, die vor ihm lagen, und die vielen Eindrücke, die er mit zu seiner Gertrud nehmen würde.

Sie hatten gerade das Sulzberger Ortsschild hinter sich gelassen, als Schrievers das Radio einschaltete, das er mit viel Klebeband auf dem Sitz neben sich festgemacht hatte.

Aus dem Radio verwehte der alte Schlager im Fahrtwind: *Resi, i hol di mit mei'm Traktor ab*. Kopfschüttelnd drehte Schrievers am Sendersuchlauf. *Born to Be Wild* wäre ihm jetzt lieber gewesen.

Hinter ihnen glühte der Grünten.

Epilog

Frank blätterte durch den ausführlichen Bericht. »Grünewald hat gestanden, vor sechs Jahren eine Frau im Moor versenkt zu haben. Eine Serbin. Er hatte sie gezielt über das Internet gesucht. Als Dummy, wie er sagt. Er hat tatsächlich von einem Dummy gesprochen. Wie aus einem Kaufhauskatalog bestellt. Zum Ausprobieren! Unglaublich.«

»Hat er etwas zum Tod seiner Frau ausgesagt?« Ecki räumte seinen Schreibtisch auf. Vor seinem Herbsturlaub wollte er noch klar Schiff machen.

»Mayr hat ihn auch dazu befragt. Aber Grünewald hat eisern geschwiegen. Ich hätte Hannahs Onkel gerne endlich Gewissheit gegeben. Das hat Schäfers verdient.«

Ecki schob eine Schreibtischschublade zu. »Das muss für Schäfers ein Horror gewesen sein: dreißig Jahre Ungewissheit. Dreißig Jahre für einen Mann zu arbeiten, der der Mörder seiner Nichte sein könnte. Der alte Mann ist die tragischste Figur in Grünewalds perfidem Schauspiel. Ich würde an dieser Ungewissheit zerbrechen.«

»Wer weiß, ob die Wahrheit jemals ans Licht kommt. Wenn Grünewald zu uns überstellt wird, werden wir noch einmal einen Versuch starten. Vielleicht ist er ja dann bereit, etwas zu sagen. Das sind wir Schäfers schuldig. Wir setzen Paulert auf die Sache an. Er soll sich durch die alten Akten wühlen. Und ich werde meine Kontakte in England aufwärmen. Wer weiß, wozu die gut sind. Eine Frau verschwindet nicht einfach so. Weder in England, im Allgäu oder bei uns. Es gibt immer eine Geschichte und eine Erklärung. Wir müssen sie nur finden. Entweder hat sie keinen anderen Ausweg aus ihrem Leben mit Grünewald gewusst, oder er hat sie doch umgebracht. Ihr Fall ist längst nicht ausermittelt. Nicht nach diesen Morden.«

»Mit tut Eggerath leid.«

»Noch eine tragische Figur, ja. Aber er wird darüber hinwegkommen. Er kann Liebe nicht erzwingen. Ich denke, das hat er verstanden. Für ihn gibt es einen Hoffnungsschimmer: Katharina und er werden Freunde bleiben. Sie verbindet eine Geschichte, die ihr Leben für immer verändert hat.«

»Bleibt immer noch die Frage, warum Grünewald sich auch das Allgäu als Tatort ausgesucht hat.« Ecki fuhr seinen PC herunter. Er wollte zeitig nach Hause, Marion beim Packen helfen.

»Wenn ich den Bericht richtig lese, weil er dort jeden Winkel kennt. Gleichzeitig aber anonym bleiben konnte. Ein harmloser Tourist, den zwar viele kennen, aber niemand wirklich. Und die Serbin ist nach ihrer Flucht vor dem Horror in ihrer Heimat zufällig in Kempten gelandet. Sie hat dort völlig zurückgezogen gelebt. Das perfekte Opfer für Grünewald.« Frank schlug den Bericht zu. »Unser Knödel hat damit auch gleich seine Vermisstensache lösen können. Niemand ist damals auf die Idee gekommen, die Frau im Allgäu zu suchen. Das Kennzeichen MG hat die Kollegen auf die falsche Fährte gelockt. Jakisch bleibt zu wünschen, dass Mayr seine Arbeit anerkennt. Das wird er müssen. Die Kollegen suchen nun nach den Überresten der Frau. Und sie werden sie finden. Und ihr ihren Namen zurückgeben. Auch sie wird Angehörige haben.«

Ecki hob eine Augenbraue. »Wäre schön. Glaubst du daran? Dass Jakisch seine Belobigung bekommt? Mayr ist so ein sturer Knochen. Wer weiß, was von dem noch alles kommt. Mir tut Carsten leid. Er wird es auf Dauer nicht leicht haben.« Er stand auf und nahm seine Jacke vom Haken. »Wenn ich an die Serbin denke, hat sich einmal mehr der Spruch bewahrheitet: Das Leben schreibt die grausamsten Geschichten.« Er dachte an das Schreckenskabinett, das sie im Keller des Jagdhauses vorgefunden hatten. Menschliche Einzelteile. Sorgsam eingelegt in Formalin. Eingelagertes Baumaterial für den perfekten Menschen. Grünewald als Architekt seiner künstlichen Welt.

Ecki wollte sich schon von Frank verabschieden, als sein Blick aus dem Fenster fiel. »Das gibt's nicht!«

Frank stand auf und folgte seinem Blick. Was er sah, passte zu diesem Tag. Unten auf dem Parkplatz redete gerade ein kanariengelber Laumen wild gestikulierend auf den Fahrer eines Treckers ein, an dessen Heck eine weiß-blaue Fahne steckte.

Liebe Leserin,
lieber Leser,

das Kochduell zwischen Robert Mayr und Heinz-Jürgen Schrievers ist tatsächlich anders verlaufen, als es die beiden Kombattanten erwartet haben. Es wäre doch zu schön gewesen, wenn die Kommissare stellvertretend für uns alle hätten klären können, welcher nun der ultimative Schweinebraten ist. Der mit dem -e- oder der mit dem -s- in der Mitte.

Aber nun haben Sie die Chance diese Frage zu klären. Wir haben den Zettel gefunden, den Robert Mayr in seiner Hosentasche hatte verschwinden lassen.

Außerdem war Gertrud Schrievers so freundlich, uns eines ihrer Schweinebratenrezepte zu überlassen, das sie ihrem Mann mit auf den Weg von Amern nach Moosbach gegeben hatte.

Viel Vergnügen beim Kochen. Vielleicht berichten Sie uns bei Gelegenheit von Ihrem ganz persönlichen Kochduell?!

Schweinsbraten bayerische Art
nach Monika Böck, Moosbach

Zutaten:
ca. 750 g Schweinefleisch (am besten Halsstück)
Salz, Kümmel, Pfeffer (auch grob geschrotet)
Das Fleisch rundherum mit den Gewürzen einreiben.

Bratzutaten:
Rapsöl oder Bratfett
Bratenknochen
1 Zwiebel
Wurzelwerk (1 Karotte, 1 Stück Sellerie, Petersilienwurzel, Lauch), alles grob geschnitten
1–2 Knoblauchzehen
Tomatenmark
Paprikapulver

Zum Aufgießen:
½ – ¾ l Fleischbrühe (gekörnte Brühe)

Zum Binden:
1 EL Mehl oder Stärkemehl

Das Fleisch ins heiße Fett geben, Bratzutaten zugeben und alles rundherum anbraten. Knoblauch und Tomatenmark zugeben, kurz mit anbraten. Wenn alles schön gebräunt ist, eine Tasse Fleischbrühe seitlich angießen. Einkochen lassen. Das Ganze noch zweimal wiederholen. Dann die restliche Fleischbrühe und den Paprika zugeben und im Topf bei kleiner Hitze oder im Backofen ca. 90 Min. sanft schmoren (nicht kochen) lassen.

Soße:
Braten herausnehmen, Soße aufkochen, evtl. abseihen, mit angerührtem Mehl binden, abschmecken.
Als Beilage Semmelknödel, Kartoffelknödel oder Kartoffelpüree, sowie Wirsing, Blaukraut oder Salat.

Schweinebraten niederrheinische Art
nach Manfred Ringkowski, Koch, Mönchengladbach

Zutaten:
Schweinerücken mit Knochen, ca. 250 g pro Person
Jeweils 100 g Möhren und Zwiebeln, jeweils 50 g Sellerie, Lauch, Tomaten für das Röstgemüse
40 g Butterschmalz
100 g Tomatenmark
50 g Mehl
1 Liter Fond (wenn vorhanden Fleischjus, zur Not tut's auch H_2O)
200 ml Rotwein
100 ml Sahne
Thymian, Rosmarin, Petersilie, Schnittlauch, Knoblauchzehe, Piment, Pfeffer, Pfefferschrot, Lorbeerblatt, gestoßene Wacholderbeeren, Salz
Pro Person ca. 250 g Gemüse: Auberginen, Zucchini, Staudensellerie, Schalotten, Cherrytomaten, Paprika, Kartoffeln

Vorbereitungen:
Den Schweinerücken auslösen, ein wenig Fett ruhig dranlassen, nur die Silberhaut abziehen. (Vielleicht macht das auch der Metzger. Für Ungeübte ist es nicht so leicht den Rücken auszulösen. Verletzungsgefahr!)

Für den Soßenansatz die Knochen in kleine Stücke hacken. Am besten ebenfalls vom Metzger machen lassen.

Sämtliches Gemüse in grobe Stücke schneiden. Die Cherrytomaten ganz lassen, nur den Stielansatz entfernen.

Pro Person zwei mittelgroße Kartoffeln schälen und achteln. Bei der neuen Ernte kann die Schale ruhig dranbleiben. Sie sollte nur gut geschrubbt werden.

Soße:
Butterschmalz erhitzen, die Knochen und die klein geschnittene Silberhaut hinzugeben und von allen Seiten scharf anbraten (das gibt ein schönes Röstaroma und eine schöne Farbe). Das Röstgemüse hinzugeben und gut von allen Seiten anschwitzen. Nun das Tomatenmark hinzugeben und ebenfalls gut anrösten. Nun den Ansatz mit Mehl bestäuben und mit etwas Fond und Rotwein ablöschen, dann einkochen lassen. Diesen Vorgang mehrmals wiederholen. Am Ende die Gewürze hinzugeben und abschmecken.

Ca. 2 Stunden köcheln lassen – die Flüssigkeit also ganz knapp unterhalb des Siedepunktes reduzieren lassen. Dadurch wird die Soße dickflüssig und muss nicht zusätzlich gebunden werden. Anschließend die Soße passieren und auf die gewünschte Dicke einkochen. Nochmals mit Salz, Pfeffer, Zucker und Knoblauch abschmecken.

Fleisch:
Schweinerücken kurz von allen Seiten im Bräter anbraten, bis zu einer leichten Bräunung. Mit der passierten Sauce auffüllen. Zugedeckt bei 80 Grad ca. 3 Stunden garen lassen. Das Fleisch bleibt durch die niedrige Temperatur wunderbar saftig.

Gemüse:
Die vorbereiteten Auberginen, Zucchini, Staudensellerie, Schalotten, Cherrytomaten, gelbe, rote und grüne Paprikaschoten kurz in Butterschmalz schwenken. Das ist besser als Olivenöl, da es geschmacksneutraler ist. Der Garzustand des Gemüses

sollte knackig sein. Mit Rosmarin, Thymian, Salz, Knoblauch und Pfeffer abschmecken.

Kartoffelecken roh in Butterschmalz geben und garen. Salzen nicht vergessen!

Anrichten:
Das gegarte Fleisch aus dem Bräter nehmen, in etwa 1,5 Zentimeter dicke Tranchen schneiden und mit dem Gemüse und den Kartoffeln auf dem Teller schön anrichten.

Nun in die leicht rötliche Soße ein wenig gehackte Petersilie und Schnittlauch geben. Ein wenig Sahne einlaufen lassen, nicht umrühren – die Soße soll marmoriert sein. Den Schweinerücken damit halb überziehen und servieren.

Restliche Soße extra reichen.

Danksagung

Zunächst will ich den Fans von Heinz-Jürgen Schrievers danken. Weil sie diese Figur so sehr mögen, hat es der Archivar der Mönchengladbacher Polizei mittlerweile bis in seinen siebten Fall geschafft. Heinz-Jürgen Schrievers ist mir an einem einsamen Abend im November in einem Campingwagen an der niederländischen Küste das erste Mal in den Sinn gekommen. Ein echter Niederrheiner. Ein überaus liebenswerter Zeitgenosse, der in Filzpantoffeln und Strickjacke Dienst tut und für Frank und Ecki unverzichtbar ist. Als Kollege und als Freund.

Seit »Ein Knödel zu viel« sind auch der grantige KHK Robert Mayr aus Kempten und der aufgeregte, rothaarige, knödelige Carsten Jakisch dabei. Ein besonderer wie glücklicher Zufall hat sie auf die Personalliste meiner Romane gebracht. Denn ursprünglich hatte ich das Allgäu nicht auf der Liste meiner »Tatorte«. Aber das kommt davon. Schließlich bin ich gerne dort und kenne zudem liebenswerte Menschen, die es mir leicht gemacht haben, aus »meinem« Moosbach ein kriminelles Umfeld zu machen. Allen voran Monika Böck, die auch diesmal wieder ein Rezept aus ihrem privaten Kochbuch beisteuert. Und dann ist da Martin Mader. Sie sollten ihn kennenlernen. Er ist der Allgäuer schlechthin. In seinem Gasthof *Zum Kreuz* haben viele Ideen zu meinen Romanen ihren Anfang genommen. Heute wird das Lokal von Tochter Brigitte und ihrem Ehemann Adam geführt. Aber klar, dass das Kochduell der beiden so gleichen wie verschiedenen Polizeibeamten nur dort stattfinden konnte.

Romane erscheinen ja nicht irgendwie und einfach so. Wenn sich Julia Eisele und Monika Kempf nicht mit Bedacht, mit ihren kreativen Ideen, ihrer verständnisvollen Sympathie für die Nöte und Fragen eines oft hadernden Autors und mit ihrem Glauben an meine Geschichten um meine Bücher kümmern würden, lägen meine Manuskripte immer noch in meinen Schubladen. Und Heinz-Jürgen Schrievers, wie auch all die anderen, hätten nie die Chance bekommen, auf ihr wohlwollendes, und zum Glück auch kritisches Publikum zu treffen. Es ist schön, ihnen aus der Distanz dabei zuschauen zu können.

Wenn meine geduldige Familie nicht wäre, gäbe es nicht einmal Schubladen voller Texte. Ich weiß, ihr habt's nicht einfach mit mir. Danke für eure Gelassenheit und Liebe!

Mönchengladbach, im Juli 2014